FRANZ KAFKA

# Das Schloss

# FRANZ KAFKA

# Das Schloss

Anaconda

Der Roman erschien erstmals 1926 im Kurt Wolff Verlag, Berlin, herausgegeben von Max Brod. Textgrundlage dieser Ausgabe ist die sogenannte Dritte Ausgabe (Franz Kafka, *Gesammelte Werke*, herausgegeben von Max Brod, Frankfurt 1951). Orthografie und Interpunktion wurden unter Wahrung von Lautstand und grammatischen Eigenheiten auf neue Rechtschreibung umgestellt.

Der Verlag behält sich die Verwertung der urheberrechtlich geschützten Inhalte dieses Werkes für Zwecke des Text- und Data-Minings nach § 44 b UrhG ausdrücklich vor. Jegliche unbefugte Nutzung ist hiermit ausgeschlossen.

Penguin Random House Verlagsgruppe FSC® N001967

© 2024 by Anaconda Verlag, einem Unternehmen der Penguin Random House Verlagsgruppe GmbH, Neumarkter Straße 28, 81673 München
produktsicherheit@penguinrandomhouse.de

Alle Rechte vorbehalten.
Umschlagmotiv: Adobe Stock / Cattallina (Schloss); Shutterstock / Apple Art (Wolken) / marukopum (Nebelschwaden)
Umschlaggestaltung: www.katjaholst.de
Satz und Layout: InterMedia – Lemke e. K., Heiligenhaus
Druck und Bindung: GGP Media GmbH, Pößneck
Printed in Germany
ISBN 978-3-7306-1473-0
www.anacondaverlag.de

# Das erste Kapitel

Es war spät abends, als K. ankam. Das Dorf lag in tiefem Schnee. Vom Schlossberg war nichts zu sehen, Nebel und Finsternis umgaben ihn, auch nicht der schwächste Lichtschein deutete das große Schloss an. Lange stand K. auf der Holzbrücke, die von der Landstraße zum Dorf führte, und blickte in die scheinbare Leere empor.

Dann ging er, ein Nachtlager suchen; im Wirtshaus war man noch wach, der Wirt hatte zwar kein Zimmer zu vermieten, aber er wollte, von dem späten Gast äußerst überrascht und verwirrt, K. in der Wirtsstube auf einem Strohsack schlafen lassen. K. war damit einverstanden. Einige Bauern waren noch beim Bier, aber er wollte sich mit niemandem unterhalten, holte selbst den Strohsack vom Dachboden und legte sich in der Nähe des Ofens hin. Warm war es, die Bauern waren still, ein wenig prüfte er sie noch mit den müden Augen, dann schlief er ein. Aber kurze Zeit darauf wurde er schon geweckt. Ein junger Mann, städtisch angezogen, mit schauspielerhaftem Gesicht, die Augen schmal, die Augenbrauen stark, stand mit dem Wirt neben ihm. Die Bauern waren auch noch da, einige hatten ihre Sessel herumgedreht, um besser zu sehen und zu hören. Der junge Mensch entschuldigte sich sehr höflich, K. geweckt zu haben, stellte sich als Sohn des Schlosskastellans vor und sagte dann: »Dieses Dorf ist Besitz des Schlosses, wer hier wohnt oder übernachtet, wohnt oder übernachtet gewissermaßen im Schloss. Niemand darf das ohne gräfliche Erlaubnis. Sie aber haben eine solche Erlaubnis nicht oder haben sie wenigstens nicht vorgezeigt.«

K. hatte sich halb aufgerichtet, hatte die Haare zurechtgestrichen, blickte die Leute von unten her an und sagte: »In welches Dorf habe ich mich verirrt? Ist denn hier ein Schloss?«

»Allerdings«, sagte der junge Mann langsam, während hier und dort einer den Kopf über K. schüttelte, »das Schloss des Herrn Grafen Westwest.«

»Und man muss die Erlaubnis zum Übernachten haben?«, fragte K., als wolle er sich davon überzeugen, ob er die früheren Mitteilungen nicht vielleicht geträumt hätte.

»Die Erlaubnis muss man haben«, war die Antwort, und es lag darin ein großer Spott für K., als der junge Mann mit ausgestrecktem Arm den Wirt und die Gäste fragte: »Oder muss man etwa die Erlaubnis nicht haben?«

»Dann werde ich mir also die Erlaubnis holen müssen«, sagte K. gähnend und schob die Decke von sich, als wolle er aufstehen.

»Ja von wem denn?«, fragte der junge Mann.

»Vom Herrn Grafen«, sagte K., »es wird nichts anderes übrig bleiben.«

»Jetzt um Mitternacht die Erlaubnis vom Herrn Grafen holen?«, rief der junge Mann und trat einen Schritt zurück.

»Ist das nicht möglich?«, fragte K. gleichmütig. »Warum haben Sie mich also geweckt?«

Nun geriet aber der junge Mann außer sich. »Landstreichermanieren!«, rief er. »Ich verlange Respekt vor der gräflichen Behörde! Ich habe Sie deshalb geweckt, um Ihnen mitzuteilen, dass Sie sofort das gräfliche Gebiet verlassen müssen.«

»Genug der Komödie«, sagte K. auffallend leise, legte sich nieder und zog die Decke über sich. »Sie gehen, junger Mann, ein wenig zu weit, und ich werde morgen noch auf Ihr Benehmen zurückkommen. Der Wirt und die Herren dort sind Zeugen, soweit ich überhaupt Zeugen brauche. Sonst aber lassen Sie es sich gesagt sein, dass ich der Landvermesser bin, den der Graf hat kommen lassen. Meine Gehilfen mit den Apparaten kommen morgen im Wagen nach. Ich wollte mir den Marsch durch den Schnee nicht entgehen lassen, bin aber leider einige Mal vom Weg abgeirrt und deshalb erst so spät angekommen. Dass es jetzt zu spät war, im Schloss mich zu melden, wusste ich schon aus eigenem, noch vor Ihrer Belehrung. Deshalb habe ich mich auch mit diesem Nachtlager hier begnügt, das zu stören Sie die – gelinde gesagt – Unhöflichkeit hatten. Damit sind meine Erklärungen beendet. Gute Nacht, meine Herren.« Und K. drehte sich zum Ofen hin.

»Landvermesser?«, hörte er noch hinter seinem Rücken zögernd fragen, dann war allgemeine Stille. Aber der junge Mann fasste sich bald und sagte zum Wirt in einem Ton, der genug gedämpft war, um als Rücksichtnahme auf K.s Schlaf zu gelten, und laut genug, um ihm verständlich zu sein: »Ich werde telefonisch anfragen.« Wie, auch ein Telefon war in diesem Dorfwirtshaus? Man war vorzüglich eingerichtet. Im Einzelnen überraschte es K., im Ganzen hatte er es freilich erwartet. Es zeigte sich, dass das Telefon fast über seinem Kopf angebracht war, in seiner Verschlafenheit hatte er es übersehen. Wenn nun der junge Mann telefonieren musste, dann konnte er beim besten Willen K.s Schlaf nicht schonen, es handelte sich nur darum, ob K. ihn telefonieren lassen sollte, er beschloss, es zuzulassen. Dann hatte es aber freilich auch keinen Sinn, den Schlafenden zu spielen, und er kehrte deshalb in die Rückenlage zurück. Er sah die Bauern scheu zusammenrücken und sich besprechen, die Ankunft eines Landvermessers war nichts Geringes. Die Tür der Küche hatte sich geöffnet, türfüllend stand dort die mächtige Gestalt der Wirtin, auf den Fußspitzen näherte sich ihr der Wirt, um ihr zu berichten. Und nun begann das Telefongespräch. Der Kastellan schlief, aber ein Unterkastellan, einer der Unterkastellane, ein Herr Fritz, war da. Der junge Mann, der sich als Schwarzer vorstellte, erzählte, wie er K. gefunden, einen Mann in den Dreißigern, recht zerlumpt, auf einem Strohsack ruhig schlafend, mit einem winzigen Rucksack als Kopfkissen, einen Knotenstock in Reichweite. Nun sei er ihm natürlich verdächtig gewesen, und da der Wirt offenbar seine Pflicht vernachlässigt hatte, sei es seine, Schwarzers, Pflicht gewesen, der Sache auf den Grund zu gehen. Das Gewecktwerden, das Verhör, die pflichtgemäße Androhung der Verweisung aus der Grafschaft habe K. sehr ungnädig aufgenommen, wie es sich schließlich gezeigt habe, vielleicht mit Recht, denn er behaupte, ein vom Herrn Grafen bestellter Landvermesser zu sein. Natürlich sei es zumindest formale Pflicht, die Behauptung nachzuprüfen, und Schwarzer bitte deshalb Herrn Fritz, sich in der Zentralkanzlei zu erkundigen, ob ein Landvermesser dieser Art wirklich erwartet werde, und die Antwort gleich zu telefonieren.

Dann war es still, Fritz erkundigte sich drüben, und hier wartete man auf die Antwort. K. blieb wie bisher, drehte sich nicht einmal um, schien gar nicht neugierig, sah vor sich hin. Die Erzählung Schwarzers in ihrer Mischung von Bosheit und Vorsicht gab ihm eine Vorstellung von der gewissermaßen diplomatischen Bildung, über die im Schloss selbst kleine Leute wie Schwarzer leicht verfügten. Und auch an Fleiß ließen sie es dort nicht fehlen; die Zentralkanzlei hatte Nachtdienst. Und gab offenbar sehr schnell Antwort, denn schon klingelte Fritz. Dieser Bericht schien allerdings sehr kurz, denn sofort warf Schwarzer wütend den Hörer hin. »Ich habe es ja gesagt!«, schrie er. »Keine Spur von Landvermesser, ein gemeiner, lügnerischer Landstreicher, wahrscheinlich aber Ärgeres.« Einen Augenblick dachte K., alle, Schwarzer, Bauern, Wirt und Wirtin, würden sich auf ihn stürzen. Um wenigstens dem ersten Ansturm auszuweichen, verkroch er sich ganz unter die Decke. Da läutete das Telefon nochmals, und, wie es K. schien, besonders stark. Er steckte langsam den Kopf wieder hervor. Obwohl es unwahrscheinlich war, dass es wieder K. betraf, stockten alle, und Schwarzer kehrte zum Apparat zurück. Er hörte dort eine längere Erklärung ab und sagte dann leise: »Ein Irrtum also? Das ist mir recht unangenehm. Der Bürochef selbst hat telefoniert? Sonderbar, sonderbar. Wie soll ich es dem Herrn Landvermesser erklären?«

K. horchte auf. Das Schloss hatte ihn also zum Landvermesser ernannt. Das war einerseits ungünstig für ihn, denn es zeigte, dass man im Schloss alles Nötige über ihn wusste, die Kräfteverhältnisse abgewogen hatte und den Kampf lächelnd aufnahm. Es war aber andererseits auch günstig, denn es bewies, seiner Meinung nach, dass man ihn unterschätzte und dass er mehr Freiheit haben würde, als er hätte von vornherein hoffen dürfen. Und wenn man glaubte, durch diese geistig gewiss überlegene Anerkennung seiner Landvermesserschaft ihn dauernd in Schrecken halten zu können, so täuschte man sich; es überschauerte ihn leicht, das war aber alles.

Dem sich schüchtern nähernden Schwarzer winkte K. ab; ins Zimmer des Wirtes zu übersiedeln, wozu man ihn drängte, weigerte er sich, nahm nur vom Wirt einen Schlaftrunk an, von der Wirtin ein Waschbecken mit Seife und Handtuch und musste gar nicht erst verlangen, dass der Saal geleert wurde, denn alles drängte mit abgewendeten Gesichtern hinaus, um nicht etwa morgen von ihm erkannt zu werden. Die Lampe wurde ausgelöscht, und er hatte endlich Ruhe. Er schlief tief, kaum ein-, zweimal von vorüberhuschenden Ratten flüchtig gestört, bis zum Morgen.

Nach dem Frühstück, das, wie überhaupt K.s ganze Verpflegung, nach Angabe des Wirts vom Schloss bezahlt werden sollte, wollte er gleich ins Dorf gehen. Aber da der Wirt, mit dem er bisher in Erinnerung an sein gestriges Benehmen nur das Notwendigste gesprochen hatte, mit stummer Bitte sich immerfort um ihn herumdrehte, erbarmte er sich seiner und ließ ihn für ein Weilchen bei sich niedersetzen.

»Ich kenne den Grafen noch nicht«, sagte K., »er soll gute Arbeit gut bezahlen, ist das wahr? Wenn man, wie ich, so weit von Frau und Kind reist, dann will man auch etwas heimbringen.«

»In dieser Hinsicht muss sich der Herr keine Sorge machen, über schlechte Bezahlung hört man keine Klage.« – »Nun«, sagte K., »ich gehöre ja nicht zu den Schüchternen und kann auch einem Grafen meine Meinung sagen, aber in Frieden mit den Herren fertig zu werden ist natürlich weit besser.«

Der Wirt saß K. gegenüber am Rand der Fensterbank, bequemer wagte er sich nicht zu setzen, und sah K. die ganze Zeit über mit großen, braunen, ängstlichen Augen an. Zuerst hatte er sich an K. herangedrängt, und nun schien es, als wolle er am liebsten weglaufen. Fürchtete er, über den Grafen ausgefragt zu werden? Fürchtete er die Unzuverlässigkeit des »Herrn«, für den er K. hielt? K. musste ihn ablenken. Er blickte auf die Uhr und sagte: »Nun werden bald meine Gehilfen kommen, wirst du sie hier unterbringen können?«

»Gewiss, Herr«, sagte er, »werden sie aber nicht mit dir im Schloss wohnen?«

Verzichtete er so leicht und gern auf die Gäste und auf K. besonders, den er unbedingt ins Schloss verwies?

»Das ist noch nicht sicher«, sagte K., »erst muss ich erfahren, was für eine Arbeit man für mich hat. Sollte ich zum Beispiel hier unten arbeiten, dann wird es auch vernünftiger sein, hier unten zu wohnen. Auch fürchte ich, dass mir das Leben oben im Schloss nicht zusagen würde. Ich will immer frei sein.«

»Du kennst das Schloss nicht«, sagte der Wirt leise.

»Freilich«, sagte K., »man soll nicht verfrüht urteilen. Vorläufig weiß ich ja vom Schloss nichts weiter, als dass man es dort versteht, sich den richtigen Landvermesser auszusuchen. Vielleicht gibt es dort noch andere Vorzüge.« Und er stand auf, um den unruhig seine Lippen beißenden Wirt von sich zu befreien. Leicht war das Vertrauen dieses Mannes nicht zu gewinnen.

Im Fortgehen fiel K. an der Wand ein dunkles Porträt in einem dunklen Rahmen auf. Schon von seinem Lager aus hatte er es bemerkt, hatte aber in der Entfernung die Einzelheiten nicht unterschieden und geglaubt, das eigentliche Bild sei aus dem Rahmen fortgenommen und nur ein schwarzer Rückendeckel sei zu sehen. Aber es war doch ein Bild, wie sich jetzt zeigte, das Brustbild eines etwa fünfzigjährigen Mannes. Den Kopf hielt er so tief auf die Brust gesenkt, dass man kaum etwas von den Augen sah, entscheidend für die Senkung schien die hohe, lastende Stirn und die starke, hinabgekrümmte Nase. Der Vollbart, infolge der Kopfhaltung am Kinn eingedrückt, stand weiter unten ab. Die linke Hand lag gespreizt in den vollen Haaren, konnte aber den Kopf nicht mehr heben. »Wer ist das?«, fragte K. »Der Graf?« K. stand vor dem Bild und blickte sich gar nicht nach dem Wirt um. »Nein«, sagte der Wirt, »der Kastellan.« – »Einen schönen Kastellan haben sie im Schloss, das ist wahr«, sagte K., »schade, dass er einen so missratenen Sohn hat.« – »Nein«, sagte der Wirt, zog K. ein wenig zu sich herunter und flüsterte ihm ins Ohr: »Schwarzer hat gestern übertrieben, sein Vater ist nur ein Unterkastellan und sogar einer der Letzten.« In diesem Augenblick kam der Wirt K. wie ein Kind vor. »Der Lump!«, sagte K. lachend, aber der Wirt lachte nicht mit, sondern sagte: »Auch sein Vater ist mächtig.« – »Geh!«, sagte K. »Du hältst jeden für mächtig. Mich etwa auch?« – »Dich«, sagte er schüchtern, aber ernsthaft, »halte ich nicht für mächtig.« – »Du verstehst also doch recht gut zu beobachten«, sagte K., »mächtig bin ich nämlich, im Vertrauen gesagt, wirklich nicht. Und habe infolgedessen vor den Mächtigen wahrscheinlich nicht weniger Respekt als du, nur bin ich nicht so aufrichtig wie du und will es nicht immer eingestehen.« Und K. klopfte dem Wirt, um ihn zu trösten und sich geneigter zu machen, leicht auf die Wange. Nun lächelte er doch ein wenig. Er war wirklich ein Junge mit seinem weichen, fast bartlosen Gesicht. Wie war er zu seiner breiten, ältlichen Frau gekommen, die man nebenan hinter einem Guckfenster, weit die Ellenbogen vom Leib, in der Küche hantieren sah? K. wollte aber jetzt nicht mehr weiter in ihn dringen, das endlich bewirkte Lächeln nicht verjagen. Er gab ihm also nur noch einen Wink, ihm die Tür zu öffnen, und trat in den schönen Wintermorgen hinaus.

Nun sah er oben das Schloss deutlich umrissen in der klaren Luft und noch verdeutlicht durch den alle Formen nachbildenden, in dünner Schicht überall liegenden Schnee. Übrigens schien oben auf dem Berg viel weniger Schnee zu sein als hier im Dorf, wo sich K. nicht weniger mühsam vorwärts brachte als gestern auf der Landstraße. Hier reichte der Schnee bis zu den Fenstern der Hütten und lastete gleich wieder auf dem niedrigen Dach, aber oben auf dem Berg ragte alles frei und leicht empor, wenigstens schien es so von hier aus.

Im Ganzen entsprach das Schloss, wie es sich hier von der Ferne zeigte, K.s Erwartungen. Es war weder eine alte Ritterburg noch ein neuer Prunkbau, sondern eine ausgedehnte Anlage, die aus wenigen zweistöckigen, aber aus vielen eng aneinanderstehenden niedrigen Bauten bestand; hätte man nicht gewusst, dass es ein Schloss sei, hätte man es für ein Städtchen halten können. Nur einen Turm sah K., ob er zu einem Wohngebäude oder einer Kirche gehörte, war nicht zu erkennen. Schwärme von Krähen umkreisten ihn.

Die Augen auf das Schloss gerichtet, ging K. weiter, nichts sonst kümmerte ihn. Aber im Näherkommen enttäuschte ihn das Schloss, es war doch nur ein recht elendes Städtchen, aus Dorfhäusern zusammengetragen, ausgezeichnet nur dadurch, dass vielleicht alles aus Stein gebaut war; aber der Anstrich war längst abgefallen, und der Stein schien abzubröckeln. Flüchtig erinnerte sich K. an sein Heimatstädtchen; es stand diesem angeblichen Schloss kaum nach. Wäre es K. nur auf die Besichtigung angekommen, dann wäre es schade um die lange Wanderschaft gewesen und er hätte vernünftiger gehandelt, wieder einmal die alte Heimat zu besuchen, wo er schon so lange nicht gewesen war. Und er verglich in Gedanken den Kirchturm der Heimat mit dem Turm dort oben. Jener Turm, bestimmt, ohne Zögern geradewegs nach oben sich verjüngend, breitdachig, abschließend mit roten Ziegeln, ein irdisches Gebäude – was können wir anderes bauen? – aber mit höherem Ziel als die niedrige Häusermenge und mit klarerem Ausdruck, als ihn der trübe Werktag hat. Der Turm hier oben – es war der einzig sichtbare –, der Turm eines Wohnhauses, wie es sich jetzt zeigte, vielleicht des Hauptschlosses, war ein einförmiger Rundbau, zum Teil gnädig von Efeu verdeckt, mit kleinen Fenstern, die jetzt in der Sonne aufstrahlten – etwas Irrsinniges hatte das –, und einem söllerartigen Abschluss, dessen Mauerzinnen unsicher, unregelmäßig, brüchig, wie von ängstlicher oder nachlässiger Kinderhand gezeichnet, sich in den blauen Himmel zackten. Es war, wie wenn ein trübseliger Hausbewohner, der gerechterweise im entlegensten Zimmer des Hauses sich hätte eingesperrt halten sollen, das Dach durchbrochen und sich erhoben hätte, um sich der Welt zu zeigen.

Wieder stand K. still, als hätte er im Stillestehen mehr Kraft des Urteils. Aber er wurde gestört. Hinter der Dorfkirche, bei der er stehen geblieben war – es war eigentlich nur eine Kapelle, scheunenartig erweitert, um die Gemeinde aufnehmen zu können –, war die Schule. Ein niedriges, langes Gebäude, merkwürdig den Charakter des Provisorischen und des sehr Alten vereinigend, lag es hinter einem umgitterten Garten, der jetzt ein Schneefeld war. Eben kamen die Kinder mit dem Lehrer heraus. In einem dichten

Haufen umgaben sie den Lehrer, aller Augen blickten auf ihn, unaufhörlich schwatzten sie von allen Seiten, K. verstand ihr schnelles Sprechen gar nicht. Der Lehrer, ein junger, kleiner, schmalschulteriger Mensch, aber ohne dass es lächerlich wurde, sehr aufrecht, hatte K. schon von der Ferne ins Auge gefasst, allerdings war außer seiner Gruppe K. der einzige Mensch weit und breit. K., als Fremder, grüßte zuerst, gar einen so befehlshaberischen kleinen Mann. »Guten Tag, Herr Lehrer«, sagte er. Mit einem Schlag verstummten die Kinder, diese plötzliche Stille als Vorbereitung für seine Worte mochte wohl dem Lehrer gefallen. »Ihr sehet das Schloss an?«, fragte er sanftmütiger, als K. erwartet hatte, aber in einem Ton, als billige er nicht das, was K. tue. »Ja«, sagte K., »ich bin hier fremd, erst seit gestern Abend im Ort.« – »Das Schloss gefällt Euch nicht?«, fragte der Lehrer schnell. »Wie?«, fragte K. zurück, ein wenig verblüfft, und wiederholte in milderer Form die Frage: »Ob mir das Schloss gefällt? Warum nehmt Ihr an, dass es mir nicht gefällt?« – »Keinem Fremden gefällt es«, sagte der Lehrer. Um hier nichts Unwillkommenes zu sagen, wendete K. das Gespräch und fragte: »Sie kennen wohl den Grafen?« – »Nein«, sagte der Lehrer und wollte sich abwenden. K. gab aber nicht nach und fragte nochmals: »Wie? Sie kennen den Grafen nicht?« – »Wie sollte ich ihn kennen?«, sagte der Lehrer leise und fügte laut auf Französisch hinzu: »Nehmen Sie Rücksicht auf die Anwesenheit unschuldiger Kinder.« K. holte daraus das Recht zu fragen: »Könnte ich Sie, Herr Lehrer, einmal besuchen? Ich bleibe längere Zeit hier und fühle mich schon jetzt ein wenig verlassen; zu den Bauern gehöre ich nicht und ins Schloss wohl auch nicht.« – »Zwischen den Bauern und dem Schloss ist kein großer Unterschied«, sagte der Lehrer. »Mag sein«, sagte K., »das ändert an meiner Lage nichts. Könnte ich Sie einmal besuchen?« – »Ich wohne in der Schwanengasse beim Fleischhauer.« Das war nun zwar mehr eine Adressenangabe als eine Einladung, dennoch sagte K.: »Gut, ich werde kommen.« Der Lehrer nickte und zog mit den gleich wieder losschreienden Kinderhaufen weiter. Sie verschwanden bald in einem jäh abfallenden Gässchen.

K. aber war zerstreut, durch das Gespräch verärgert. Zum ersten Mal seit seinem Kommen fühlte er wirkliche Müdigkeit. Der weite Weg hierher schien ihn ursprünglich gar nicht angegriffen zu haben, wie war er durch die Tage gewandert, ruhig, Schritt für Schritt! – Jetzt aber zeigten sich doch die Folgen der übergroßen Anstrengung, zur Unzeit freilich. Es zog ihn unwiderstehlich hin, neue Bekanntschaften zu suchen, aber jede neue Bekanntschaft verstärkte die Müdigkeit. Wenn er sich in seinem heutigen Zustand zwang, seinen Spaziergang wenigstens bis zum Eingang des Schlosses auszudehnen, war übergenug getan.

So ging er wieder vorwärts, aber es war ein langer Weg. Die Straße nämlich, die Hauptstraße des Dorfes, führte nicht zum Schlossberg, sie führte nur nahe heran, dann aber, wie absichtlich, bog sie ab, und wenn sie sich auch vom Schloss nicht entfernte, so kam sie ihm doch auch nicht näher. Immer erwartete K., dass nun endlich die Straße zum Schloss einlenken müsse und nur, weil er es erwartete, ging er weiter; offenbar infolge seiner Müdigkeit zögerte er, die Straße zu verlassen, auch staunte er über die Länge des Dorfes, das kein Ende nahm, immer wieder die kleinen Häuschen und vereisten Fensterscheiben und Schnee und Menschenleere – endlich riss er sich los von dieser festhaltenden Straße, ein schmales Gässchen nahm ihn auf, noch tieferer Schnee, das Herausziehen der einsinkenden Füße war eine schwere Arbeit, Schweiß brach ihm aus, plötzlich stand er still und konnte nicht mehr weiter.

Nun, er war ja nicht verlassen, rechts und links standen Bauernhütten. Er machte einen Schneeball und warf ihn gegen ein Fenster. Gleich öffnete sich die Tür – die erste sich öffnende Tür während des ganzen Dorfweges – und ein alter Bauer, in brauner Pelzjoppe, den Kopf seitwärts geneigt, freundlich und schwach, stand dort. »Darf ich ein wenig zu Euch kommen?«, sagte K., »ich bin sehr müde.« Er hörte gar nicht, was der Alte sagte, dankbar nahm er es an, dass ihm ein Brett entgegengeschoben wurde, das ihn gleich aus dem Schnee rettete, und mit ein paar Schritten stand er in der Stube.

Eine große Stube im Dämmerlicht. Der von draußen Kommende sah zuerst gar nichts. K. taumelte gegen einen Waschtrog, eine Frauenhand hielt ihn zurück. Aus einer Ecke kam viel Kindergeschrei. Aus einer anderen Ecke wälzte sich Rauch und machte aus dem Halblicht Finsternis. K. stand wie in Wolken. »Er ist ja betrunken«, sagte jemand. »Wer seid Ihr?«, rief eine herrische Stimme und wohl zu dem Alten gewendet: »Warum hast du ihn hereingelassen? Kann man alles hereinlassen, was auf den Gassen herumschleicht?« – »Ich bin der gräfliche Landvermesser«, sagte K. und suchte sich so vor den noch immer Unsichtbaren zu verantworten. »Ach, es ist der Landvermesser«, sagte eine weibliche Stimme, und nun folgte eine vollkommene Stille. »Ihr kennt mich?«, fragte K. »Gewiss«, sagte noch kurz die gleiche Stimme. Dass man K. kannte, schien ihn nicht zu empfehlen.

Endlich verflüchtigte sich ein wenig der Rauch, und K. konnte sich langsam zurechtfinden. Es schien ein allgemeiner Waschtag zu sein. In der Nähe der Tür wurde Wäsche gewaschen. Der Rauch war aber aus der anderen Ecke gekommen, wo in einem Holzschaff, so groß, wie K. noch nie eines gesehen hatte – es hatte etwa den Umfang von zwei Betten –, in dampfendem Wasser zwei Männer badeten. Aber noch überraschender, ohne dass man genau wusste, worin das Überraschende bestand, war die rechte Ecke. Aus einer großen Lücke, der einzigen in der Stubenrückwand, kam dort, wohl vom Hof her, bleiches Schneelicht und gab dem Kleid einer Frau, die tief in der Ecke in einem hohen Lehnstuhl müde fast lag, einen Schein wie von Seide. Sie trug einen Säugling an der Brust. Um sie herum spielten ein paar Kinder, Bauernkinder, wie zu sehen war, sie aber schien nicht zu ihnen zu gehören, freilich, Krankheit und Müdigkeit macht auch Bauern fein.

»Setzt Euch!«, sagte der eine der Männer, ein Vollbärtiger, überdies mit einem Schnauzbart, unter dem er den Mund schnaufend immer offenhielt, zeigte, komisch anzusehen, mit der Hand über den Rand des Kübels auf eine Truhe hin und bespritzte dabei K. mit warmem Wasser das ganze Gesicht. Auf der Truhe saß schon, vor sich hin dämmernd, der Alte, der K. eingelassen hatte. K. war dankbar, sich endlich setzen zu dürfen. Nun kümmerte sich niemand mehr um ihn. Die Frau beim Waschtrog, blond, in jugendlicher Fülle, sang leise bei der Arbeit, die Männer im Bad stampften und drehten sich, die Kinder wollten sich ihnen nähern, wurden aber durch mächtige Wasserspritzer, die auch K. nicht verschonten, immer wieder zurückgetrieben, die Frau im Lehnstuhl lag wie leblos, nicht einmal auf das Kind an ihrer Brust blickte sie hinab, sondern unbestimmt in die Höhe.

K. hatte sie wohl lange angesehen, dieses sich nicht verändernde schöne, traurige Bild, dann aber musste er eingeschlafen sein, denn als er, von einer lauten Stimme gerufen, aufschreckte, lag sein Kopf an der Schulter des Alten neben ihm. Die Männer hatten ihr Bad beendet, in dem sich jetzt die Kinder, von der blonden Frau beaufsichtigt, herumtrieben, und standen angezogen vor K. Es zeigte sich, dass der schreierische Vollbärtige der Geringere von den zweien war. Der andere nämlich, nicht größer als der Vollbärtige und mit viel geringerem Bart, war ein stiller, langsam denkender Mann von breiter Gestalt, auch das Gesicht breit, den Kopf hielt er gesenkt. »Herr Landvermesser«, sagte er, »hier könnt Ihr nicht bleiben. Verzeiht die Unhöflichkeit.« – »Ich wollte auch nicht bleiben«, sagte K., »nur ein wenig mich ausruhen. Das ist geschehen, und nun gehe ich.« – »Ihr wundert Euch wahrscheinlich über die geringe Gastfreundlichkeit«, sagte der Mann, »aber Gastfreundlichkeit ist bei uns nicht Sitte, wir brauchen keine Gäste.« Ein wenig erfrischt vom Schlaf, ein wenig hellhöriger als früher, freute sich K. über die offenen Worte. Er bewegte sich freier, stützte seinen Stock einmal hier, einmal dort auf, näherte sich der Frau im Lehnstuhl, war übrigens auch der körperlich Größte im Zimmer.

»Gewiss«, sagte K., »wozu brauchtet ihr Gäste. Aber hier und da braucht man doch einen, zum Beispiel mich, den Landvermesser.« – »Das weiß ich nicht«, sagte der Mann langsam, »hat man Euch gerufen, so braucht man Euch wahrscheinlich, das ist wohl eine Ausnahme, wir aber, wir kleinen Leute, halten uns an die Regel, das könnt Ihr uns nicht verdenken.« – »Nein, nein«, sagte K., »ich habe Euch nur zu danken, Euch und allen hier.« Und unerwartet für jedermann kehrte sich K. förmlich in einem Sprung um und stand vor der Frau. Aus müden, blauen Augen blickte sie K. an, ein seidenes, durchsichtiges Kopftuch reichte ihr bis in die Mitte der Stirn hinab, der Säugling schlief an ihrer Brust. »Wer bist du?«, fragte K. Wegwerfend – es war undeutlich, ob die Verächtlichkeit K. oder ihrer eigenen Antwort galt – sagte sie: »Ein Mädchen aus dem Schloss.«

Das alles hatte nur einen Augenblick gedauert, schon hatte K. rechts und links einen der Männer und wurde, als gäbe es kein anderes Verständigungsmittel, schweigend, aber mit aller Kraft zur Tür gezogen. Der Alte freute sich über irgendetwas dabei und klatschte in die Hände. Auch die Wäscherin lachte bei den plötzlich wie toll lärmenden Kindern.

K. aber stand bald auf der Gasse, die Männer beaufsichtigten ihn von der Schwelle aus. Es fiel wieder Schnee; trotzdem schien es ein wenig heller zu sein. Der Vollbärtige rief ungeduldig: »Wohin wollt Ihr gehen? Hier führt es zum Schloss, hier zum Dorf.« Ihm antwortete K. nicht, aber zu dem anderen, der ihm trotz seiner Überlegenheit der Umgänglichere schien, sagte er: »Wer seid Ihr? Wem habe ich für den Aufenthalt zu danken?« – »Ich bin der Gerbermeister Lasemann«, war die Antwort, »zu danken habt Ihr aber niemandem.« – »Gut«, sagte K., »vielleicht werden wir noch zusammenkommen.« – »Ich glaube nicht«, sagte der Mann. In diesem Augenblick rief der Vollbärtige mit erhobener Hand: »Guten Tag, Artur, guten Tag, Jeremias!« K. wandte sich um, es zeigten sich in diesem Dorf also doch noch Menschen auf der Gasse! Aus der Richtung vom Schloss her kamen zwei junge Männer von mittlerer Größe, beide sehr schlank, in engen Kleidern, auch im Gesicht einander sehr ähnlich. Die Gesichtsfarbe war ein dunkles Braun, von dem ein Spitzbart in seiner besonderen Schwärze dennoch abstach. Sie gingen bei diesen Straßenverhältnissen erstaunlich schnell, warfen im Takt die schlanken Beine. »Was habt ihr?«, rief der Vollbärtige. Man konnte sich nur rufend mit ihnen verständigen, so schnell gingen sie und hielten nicht ein. »Geschäfte!«, riefen sie lachend zurück. »Wo?« – »Im Wirtshaus.« – »Dorthin gehe auch ich!«, schrie K. auf einmal mehr als alle anderen, er hatte großes Verlangen, von den zweien mitgenommen zu werden; ihre Bekanntschaft schien ihm zwar nicht sehr ergiebig, aber gute, aufmunternde Wegbegleiter waren sie offenbar. Sie hörten K.s Worte, nickten jedoch nur und waren schon vorüber.

K. stand noch immer im Schnee, hatte wenig Lust, den Fuß aus dem Schnee zu heben, um ihn ein Stückchen weiter in die Tiefe zu senken; der Gerbermeister und sein Genosse, zufrieden damit, K. endgültig hinausgeschafft zu haben, schoben sich langsam, immer nach K. zurückblickend, durch die nur wenig geöffnete Tür ins Haus, und K. war mit dem ihn einhüllenden Schnee allein. »Gelegenheit zu einer kleinen

Verzweiflung«, fiel ihm ein, »wenn ich nur zufällig, nicht absichtlich hier stünde.«

Da öffnete sich in der Hütte linker Hand ein winziges Fenster; geschlossen hatte es tiefblau ausgesehen, vielleicht im Widerschein des Schnees, und war so winzig, dass, als es jetzt geöffnet war, nicht das ganze Gesicht des Hinausschauenden zu sehen war, sondern nur die Augen, alte, braune Augen. »Dort steht er«, hörte K. eine zittrige Frauenstimme sagen. »Es ist der Landvermesser«, sagte eine Männerstimme. Dann trat der Mann zum Fenster und fragte nicht unfreundlich, aber doch so, als sei ihm daran gelegen, dass auf der Straße vor seinem Haus alles in Ordnung sei: »Auf wen wartet Ihr?« – »Auf einen Schlitten, der mich mitnimmt«, sagte K. »Hier kommt kein Schlitten«, sagte der Mann, »hier ist kein Verkehr.« »Es ist doch die Straße, die zum Schloss führt«, wendete K. ein. »Trotzdem, trotzdem«, sagte der Mann mit einer gewissen Unerbittlichkeit, »hier ist kein Verkehr.« Dann schwiegen beide. Aber der Mann überlegte offenbar etwas, denn das Fenster, aus dem Rauch strömte, hielt er noch immer offen. »Ein schlechter Weg«, sagte K., um ihm nachzuhelfen.

Er aber sagte nur: »Ja freilich.«

Nach einem Weilchen sagte er aber doch: »Wenn Ihr wollt, fahre ich Euch mit meinem Schlitten.« – »Tut das, bitte«, sagte K. erfreut, »wie viel verlangt Ihr dafür?« – »Nichts«, sagte der Mann. K. wunderte sich sehr. »Ihr seid doch der Landvermesser«, sagte der Mann erklärend, »und gehört zum Schloss. Wohin wollt Ihr denn fahren?« – »Ins Schloss«, sagte K. schnell. »Dann fahre ich nicht«, sagte der Mann sofort. »Ich gehöre doch zum Schloss«, sagte K., des Mannes eigene Worte wiederholend. »Mag sein«, sagte der Mann abweisend. »Dann fahrt mich also zum Wirtshaus«, sagte K. »Gut«, sagte der Mann, »ich komme gleich mit dem Schlitten.« Das Ganze machte nicht den Eindruck besonderer Freundlichkeit, sondern eher den einer Art sehr eigensüchtigen, ängstlichen, fast pedantischen Bestrebens, K. von dem Platz vor dem Haus wegzuschaffen.

Das Hoftor öffnete sich, und ein kleiner Schlitten für leichte Lasten, ganz flach, ohne irgendwelchen Sitz, von einem schwachen Pferdchen gezogen, kam hervor, dahinter der Mann, gebückt, schwach, hinkend, mit magerem, rotem, verschnupftem Gesicht, das besonders klein erschien durch einen fest um den Kopf gewickelten Wollschal. Der Mann war sichtlich krank und nur, um K. wegbefördern zu können, war er doch hervorgekommen. K. erwähnte etwas Derartiges, aber der Mann winkte ab. Nur dass er der Fuhrmann Gerstäcker war, erfuhr K., und dass er diesen unbequemen Schlitten genommen habe, weil er gerade bereitstand und das Hervorziehen eines anderen zu viel Zeit gebraucht hätte. »Setzt Euch«, sagte er und zeigte mit der Peitsche hinten auf den Schlitten. »Ich werde mich neben Euch setzen«, sagte K. »Ich werde gehen«, sagte Gerstäcker. »Warum denn?«, fragte K. »Ich werde gehen«, wiederholte Gerstäcker und bekam einen Hustenanfall, der ihn so schüttelte, dass er die Beine in den Schnee stemmen und mit den Händen den Schlittenrand halten musste. K. sagte nichts weiter, setzte sich hinten auf den Schlitten, der Husten beruhigte sich langsam und sie fuhren.

Das Schloss dort oben, merkwürdig dunkel schon, das K. heute noch zu erreichen gehofft hatte, entfernte sich wieder. Als sollte ihm aber doch noch zum vorläufigen Abschied ein Zeichen gegeben werden, erklang dort ein Glockenton, fröhlich beschwingt eine Glocke, die wenigstens einen Augenblick lang das Herz erbeben ließ, so, als drohe ihm – denn auch schmerzlich war der Klang – die Erfüllung dessen, wonach es sich unsicher sehnte. Aber bald verstummte diese große Glocke und wurde von einem schwachen, eintönigen Glöckchen abgelöst, vielleicht noch oben, vielleicht aber schon im Dorf. Dieses Geklingel passte freilich besser zu der langsamen Fahrt und dem jämmerlichen, aber unerbittlichen Fuhrmann.

»Du«, rief K. plötzlich – sie waren schon in der Nähe der Kirche, der Weg ins Wirtshaus nicht mehr weit, K. durfte schon etwas wagen –, »ich wundere mich sehr, dass du auf deine eigene Verantwortung mich herumzufahren wagst, darfst du denn das?« Gerstäcker kümmerte sich nicht darum und schritt ruhig weiter neben dem Pferdchen. »He!«, rief K., ballte etwas Schnee vom Schlitten zusammen und traf Gerstäcker damit voll ins Ohr. Nun blieb dieser stehen und drehte sich um; als ihn K. aber nun so nahe bei sich sah – der Schlitten hatte sich noch ein wenig weitergeschoben –, diese gebückte, gewissermaßen misshandelte Gestalt, das rote müde, schmale Gesicht mit irgendwie verschiedenen Wangen, die eine flach, die andere eingefallen, den offenen, aufhorchenden Mund, in dem nur ein paar vereinzelte Zähne waren, musste er das, was er früher aus Bosheit gesagt hatte, jetzt aus Mitleid wiederholen, ob Gerstäcker nicht dafür, dass er K. transportierte, gestraft werden könne. »Was willst du?«, fragte Gerstäcker verständnislos, erwartete aber auch keine weitere Erklärung, rief dem Pferdchen zu, und sie fuhren wieder.

## Das zweite Kapitel

Als sie – K. erkannte es an einer Wegbiegung – fast beim Wirtshaus waren, war es zu seinem Erstaunen schon völlig finster. War er so lange fort gewesen? Doch nur ein, zwei Stunden etwa nach seiner Berechnung, und am Morgen war er fortgegangen, und kein Essenbedürfnis hatte er gehabt, und bis vor Kurzem war gleichmäßige Tageshelle gewesen, erst jetzt die Finsternis. »Kurze Tage, kurze Tage!«, sagte er zu sich, glitt vom Schlitten und ging dem Wirtshaus zu.

Oben auf der kleinen Vortreppe des Hauses stand, ihm sehr willkommen, der Wirt und leuchtete mit erhobener Laterne ihm entgegen. Flüchtig an den Fuhrmann sich erinnernd, blieb K. stehen, irgendwo hustete es im Dunkeln, das war er. Nun, er würde ihn ja nächstens wiedersehen. Erst als er oben beim Wirt war, der demütig grüßte, bemerkte er zu beiden Seiten der Tür je einen Mann. Er nahm die Laterne aus der Hand des Wirts und beleuchtete die zwei; es waren die Männer, die er schon getroffen hatte und die Artur und Jeremias angerufen worden waren. Sie salutierten jetzt, in Erinnerung an seine Militärzeit, an diese glücklichen Zeiten, lachte er. »Wer seid ihr?«, fragte er und sah vom einen zum anderen. »Euere Gehilfen«, antworteten sie. »Es sind die Gehilfen«, bestätigte leise der Wirt. »Wie?«, fragte K. »Ihr seid meine alten Gehilfen, die ich nachkommen ließ, die ich erwarte?« Sie bejahten es. »Das ist gut«, sagte K. nach einem Weilchen, »es ist gut, dass ihr gekommen seid.« – »Übrigens«, sagte K. nach einem weiteren Weilchen, »ihr habt euch sehr verspätet, ihr seid sehr nachlässig.« »Es war ein weiter Weg«, sagte der eine. »Ein weiter Weg«, wiederholte K., »aber ich habe euch getroffen, wie ihr vom Schloss kamt.« – »Ja« sagten sie, ohne weitere Erklärung. »Wo habt ihr die Apparate?«, fragte K. »Wir haben keine«, sagten sie. »Die Apparate, die ich euch anvertraut habe«, sagte K. »Wir haben keine«, wiederholten sie. »Ach, seid ihr Leute!«, sagte K., »versteht ihr etwas von Landvermessung?« – »Nein«, sagten sie. »Wenn ihr aber meine alten Gehilfen seid, müsst ihr doch das verstehen«, sagte K. und schob sie vor sich ins Haus.

Sie saßen dann zu dritt ziemlich schweigsam in der Wirtsstube beim Bier, an einem kleinen Tischchen, K. in der Mitte, rechts und links die Gehilfen. Sonst war nur ein Tisch mit Bauern besetzt, ähnlich wie am Abend vorher. »Es ist schwer mit euch«, sagte K. und verglich wie schon öfters ihre Gesichter, »wie soll ich euch denn unterscheiden? Ihr unterscheidet euch nur durch die Namen, sonst seid ihr einander ähnlich wie« – er stockte, unwillkürlich fuhr er dann fort –, »sonst seid ihr einander ja ähnlich wie Schlangen.« Sie lächelten. »Man unterscheidet uns sonst gut«, sagten sie zur Rechtfertigung. »Ich glaube es«, sagte K., »ich war ja selbst Zeuge dessen, aber ich sehe nur mit meinen Augen, und mit denen kann ich euch nicht unterscheiden. Ich werde euch deshalb wie einen einzigen Mann behandeln und beide Artur nennen, so heißt doch einer von euch. Du etwa?«, – fragte K. den einen. »Nein«, sagte dieser, »ich heiße Jeremias.« – »Es ist ja gleichgültig«, sagte K., »ich werde euch beide Artur nennen. Schicke ich Artur irgendwohin, so geht ihr beide, gebe ich Artur eine Arbeit, so macht ihr sie beide, das hat zwar für mich einen großen Nachteil, dass ich euch nicht für eine gesonderte Arbeit verwenden kann, aber dafür den Vorteil, dass ihr für alles, was ich euch auftrage, gemeinsam ungeteilt die Verantwortung tragt. Wie ihr untereinander die Arbeit aufteilt, ist mir gleichgültig, nur ausreden dürft ihr euch nicht aufeinander, ihr seid für mich ein einziger Mann.« Sie überlegten das und sagten: »Das wäre uns recht unangenehm.« – »Wie denn nicht«, sagte K., »natürlich muss euch das unangenehm sein, aber es bleibt so.« Schon ein Weilchen lang hatte K. einen der Bauern den Tisch umschleichen sehen, endlich entschloss er sich, ging auf einen Gehilfen zu und wollte ihm etwas zuflüstern. »Verzeiht«, sagte K., schlug mit der Hand auf den Tisch und stand auf, »dies sind meine Gehilfen, und wir haben jetzt eine Besprechung. Niemand hat das Recht, uns zu stören.« – »O bitte, o bitte«, sagte der Bauer ängstlich und ging rücklings zu seiner Gesellschaft zurück. »Dieses müsst ihr vor allem beachten«, sagte K. dann wieder sitzend. »Ihr dürft mit niemandem ohne meine Erlaubnis sprechen. Ich bin hier ein Fremder, und wenn ihr meine alten Gehilfen seid, dann seid auch ihr Fremde. Wir drei Fremden müssen deshalb zusammenhalten, reicht mir daraufhin eure Hände.« Allzu bereitwillig streckten sie sie K. entgegen. »Lasst euch die Pratzen«, sagte er, »mein Befehl aber gilt. Ich werde jetzt schlafen gehen und auch euch rate ich, das zu tun. Heute haben wir einen Arbeitstag versäumt, morgen muss die Arbeit sehr frühzeitig beginnen. Ihr müsst einen Schlitten zur Fahrt ins Schloss verschaffen und um sechs Uhr hier vor dem Haus mit ihm bereitstehen.« – »Gut«, sagte der eine. Der andere aber fuhr dazwischen: »Du sagst: Gut, und weißt doch, dass es unmöglich ist.« – »Ruhe«, sagte K., »ihr wollt wohl anfangen, euch voneinander zu unterscheiden.« Doch nun sagte auch schon der Erste: »Er hat recht, es ist unmöglich, ohne Erlaubnis darf kein Fremder ins Schloss.« – »Wo muss man um die Erlaubnis ansuchen?« – »Ich weiß nicht, vielleicht beim Kastellan.« »Dann werden wir dort telefonisch ansuchen, telefoniert sofort an den Kastellan, beide!« Sie liefen zum Apparat, erlangten die Verbindung – wie sie sich dort drängten! Im Äußerlichen waren sie lächerlich folgsam – und fragten, ob K. mit ihnen morgen ins Schloss kommen dürfe. Das »Nein!« der Antwort hörte K. bis zu seinem Tisch. Die Antwort war aber noch ausführlicher, sie lautete: »Weder morgen noch ein andermal.« – »Ich werde selbst telefonieren«, sagte K. und stand auf. Während K. und seine Gehilfen bisher, abgesehen von dem Zwischenfall des einen Bauern, wenig beachtet worden waren, erregte seine letzte Bemerkung allgemeine Aufmerksamkeit. Alle erhoben sich mit K., und obwohl sie der Wirt zurückzudrängen suchte, gruppierten sie sich beim Apparat in engem Halbkreis um ihn. Es überwog bei ihnen die Meinung, dass K. gar keine Antwort bekommen werde. K. musste sie bitten, ruhig zu sein, er verlange nicht, ihre Meinungen zu hören.

Aus der Hörmuschel kam ein Summen, wie K. es sonst beim Telefonieren nie gehört hatte. Es war, wie wenn sich aus dem Summen zahlloser kindlicher Stimmen – aber auch dieses Summen war keines, sondern war Gesang fernster, allerfernster Stimmen –, wie wenn sich aus diesem Summen in einer geradezu unmöglichen Weise eine einzige hohe, aber starke Stimme bilde, die an das Ohr schlug, so, wie wenn sie fordere, tiefer einzudringen als nur in das armselige Gehör. K. horchte, ohne zu telefonieren, den linken Arm hatte er auf das Telefonpult gestützt und horchte so.

Er wusste nicht wie lange; so lange, bis ihn der Wirt am Rock zupfte, ein Bote sei für ihn gekommen. »Weg!«, schrie K. unbeherrscht vielleicht in das Telefon hinein, denn nun meldete sich jemand. Es entwickelte sich folgendes Gespräch: »Hier Oswald, wer dort?«, rief es, eine strenge, hochmütige Stimme, mit einem kleinen Sprachfehler, wie es K. schien, den sie über sich selbst hinaus durch eine weitere Zugabe von Strenge auszugleichen versuchte. K. zögerte, sich zu nennen, dem Telefon gegenüber war er wehrlos, der andere konnte ihn niederdonnern, die Hörmuschel weglegen, und K. hatte sich einen vielleicht nicht unwichtigen Weg versperrt. K.s Zögern machte den Mann ungeduldig. »Wer dort?«, wiederholte er und fügte hinzu: »Es wäre mir sehr lieb, wenn dortseits nicht so viel telefoniert würde, erst vor einem Augenblick ist telefoniert worden.« K. ging auf diese Bemerkung nicht ein und meldete mit einem plötzlichen Entschluss: »Hier der Gehilfe des Herrn Landvermessers.« »Welcher Gehilfe? Welcher Herr? Welcher Landvermesser?« K. fiel das gestrige Telefongespräch ein. »Fragen Sie Fritz«, sagte er kurz. Es half, zu seinem eigenen Erstaunen. Aber mehr noch als darüber, dass es half, staunte er über die Einheitlichkeit des Dienstes dort. Die Antwort war: »Ich weiß schon. Der ewige Landvermesser. Ja, ja. Was weiter? Welcher Gehilfe?« »Josef«, sagte K. Ein wenig störte ihn hinter seinem Rücken das Murmeln der Bauern; offenbar waren sie nicht damit einverstanden, dass er sich nicht richtig meldete. K. hatte aber keine Zeit, sich mit ihnen zu beschäftigen, denn das Gespräch nahm ihn sehr in Anspruch. »Josef?«, fragte es zurück. »Die Gehilfen heißen« – eine kleine Pause, offenbar verlangte er die Namen jemandem anderen ab – »Artur und Jeremias.« »Das sind die neuen Gehilfen«, sagte K. »Nein, das sind die alten.« – »Es sind die neuen, ich aber bin der alte, der dem Herrn Landvermesser heute nachkam.« – »Nein!«, schrie es nun. »Wer bin ich also?«, fragte K., ruhig wie bisher. Und nach einer Pause sagte die gleiche Stimme mit dem gleichen Sprachfehler und war doch wie eine andere tiefere, achtungswertere Stimme: »Du bist der alte Gehilfe.«

K. horchte dem Stimmklang nach und überhörte dabei fast die Frage: »Was willst du?« Am liebsten hätte er den Hörer schon weggelegt. Von diesem Gespräch erwartete er nichts mehr. Nur gezwungen fragte er noch schnell: »Wann darf mein Herr ins Schloss kommen?« – »Niemals«, war die Antwort. »Gut«, sagte K. und hing den Hörer an.

Die Bauern hinter ihm waren schon ganz nahe an ihn herangerückt. Die Gehilfen waren, mit vielen Seitenblicken nach ihm, damit beschäftigt, die Bauern von ihm abzuhalten. Es schien aber nur Komödie zu sein, auch gaben die Bauern, von dem Ergebnis des Gesprächs befriedigt, langsam nach. Da wurde ihre Gruppe von hinten mit raschem Schritt von einem Mann geteilt, der sich vor K. verneigte und ihm einen Brief übergab. K. behielt den Brief in der Hand und sah den

Mann an, der ihm im Augenblick wichtiger schien. Es bestand eine große Ähnlichkeit zwischen ihm und den Gehilfen, er war so schlank wie sie, ebenso knapp gekleidet, auch so gelenkig und flink wie sie, aber doch ganz anders. Hätte K. doch lieber ihn als Gehilfen gehabt! Ein wenig erinnerte er ihn an die Frau mit dem Säugling, die er beim Gerbermeister gesehen hatte. Er war fast weiß gekleidet, das Kleid war wohl nicht aus Seide, es war ein Winterkleid wie alle anderen, aber die Zartheit und Feierlichkeit eines Seidenkleides hatte es. Sein Gesicht war hell und offen, die Augen übergroß. Sein Lächeln war ungemein aufmunternd; er fuhr mit der Hand über sein Gesicht, so, als wolle er dieses Lächeln verscheuchen, doch gelang ihm das nicht. »Wer bist du?«, fragte K. »Barnabas heiße ich«, sagte er. »Ein Bote bin ich.« Männlich und doch sanft öffneten und schlossen sich seine Lippen beim Reden. »Gefällt es dir hier?«, fragte K. und zeigte auf die Bauern, für die er noch immer nicht an Interesse verloren hatte und die er mit ihren förmlich gequälten Gesichtern – der Schädel sah aus, als sei er oben platt geschlagen worden, und die Gesichtszüge hatten sich im Schmerz des Geschlagenwerdens gebildet –, ihren wulstigen Lippen, ihren offenen Mündern zusahen, aber doch auch wieder nicht zusahen, denn manchmal irrte ihr Blick ab und blieb, ehe er zurückkehrte, an irgendeinem gleichgültigen Gegenstand haften, und dann zeigte K. auch auf die Gehilfen, die einander umfasst hielten, Wange an Wange lehnten und lächelten, man wusste nicht, ob demütig oder spöttisch, er zeigte ihm diese alle, so, als stellte er ein ihm durch besondere Umstände aufgezwungenes Gefolge vor und erwartete – darin lag Vertraulichkeit, auf die kam es K. an –, dass Barnabas ständig unterscheiden werde zwischen ihm und ihnen. Aber Barnabas nahm – in aller Unschuld freilich, das war zu erkennen – die Frage gar nicht auf, ließ sie über sich ergehen, wie ein wohlerzogener Diener ein für ihn nur scheinbar bestimmtes Wort des Herrn, blickte nur im Sinne der Frage umher, begrüßte durch Handwinken Bekannte unter den Bauern und tauschte mit den Gehilfen ein paar Worte aus, das alles frei und selbstständig, ohne sich mit ihnen zu vermischen. K. kehrte – abgewiesen, aber nicht beschämt – zu dem Brief in seiner Hand zurück und öffnete ihn. Sein Wortlaut war:

»Sehr geehrter Herr! Sie sind, wie Sie wissen, in die herrschaftlichen Dienste aufgenommen. Ihr nächster Vorgesetzter ist der Gemeindevorsteher des Dorfes, der Ihnen auch alles Nähere über Ihre Arbeit und die Lohnbedingungen mitteilen wird und dem Sie auch Rechenschaft schuldig sein werden. Trotzdem werde aber auch ich Sie nicht aus den Augen verlieren. Barnabas, der Überbringer dieses Briefes, wird von Zeit zu Zeit bei Ihnen nachfragen, um Ihre Wünsche zu erfahren und mir mitzuteilen. Sie werden mich immer bereitfinden, Ihnen, soweit es möglich ist, gefällig zu sein. Es liegt mir daran, zufriedene Arbeiter zu haben.« Die Unterschrift war nicht leserlich, beigedruckt aber war ihr: Der Vorstand der X. Kanzlei. »Warte!«, sagte K. zu dem sich verbeugenden Barnabas, dann rief er den Wirt, dass er ihm ein Zimmer zeige, er wollte mit dem Brief eine Zeit lang allein sein. Dabei erinnerte er sich daran, dass Barnabas bei aller Zuneigung, die er für ihn hatte, doch nichts anderes als ein Bote war, und ließ ihm Bier geben. Er gab acht, wie er es annehmen würde, er nahm es offenbar sehr gern an und trank sogleich. Dann ging K. mit dem Wirt. In dem Häuschen hatte man für K. nichts als ein kleines Dachzimmer bereitstellen können, und selbst das hatte Schwierigkeiten gemacht, denn man hatte zwei Mägde, die bisher dort geschlafen hatten, anderswo unterbringen müssen. Eigentlich hatte man nichts anderes getan, als die Mägde weggeschafft, das Zimmer war sonst wohl unverändert, keine Bettwäsche zu dem einzigen Bett, nur ein paar Polster und eine Pferdedecke in dem Zustand, wie alles nach der letzten Nacht zurückgeblieben war. An der Wand ein paar Heiligenbilder und Fotografien von Soldaten. Nicht einmal gelüftet war worden, offenbar hoffte man, der neue Gast werde nicht lange bleiben, und tat nichts dazu, ihn zu halten. K. war aber mit allem einverstanden, wickelte sich in die Decke, setzte sich an den Tisch und begann bei einer Kerze, den Brief nochmals zu lesen.

Er war nicht einheitlich, es gab Stellen, wo mit ihm wie mit einem Freien gesprochen wurde, dessen eigenen Willen man anerkennt, so war die Überschrift, so war die Stelle, die seine Wünsche betraf. Es gab aber wieder Stellen, wo er offen oder versteckt als ein kleiner, vom Sitz jenes Vorstandes kaum bemerkbarer Arbeiter behandelt wurde, der Vorstand musste sich anstrengen, »ihn nicht aus den Augen zu verlieren«, sein Vorgesetzter war nur der Dorfvorsteher, dem er sogar Rechenschaft schuldig war, sein einziger Kollege war vielleicht der Dorfpolizist. Das waren zweifellos Widersprüche, sie waren so sichtbar, dass sie beabsichtigt sein mussten. Den einer solchen Behörde gegenüber wahnwitzigen Gedanken, dass hier Unentschlossenheit mitgewirkt habe, streifte K. kaum. Vielmehr sah er darin eine ihm offen dargebotene Wahl, es war ihm überlassen, was er aus den Anordnungen des Briefes machen wollte, ob er Dorfarbeiter mit einer immerhin auszeichnenden, aber nur scheinbaren Verbindung mit dem Schloss sein wolle oder aber scheinbarer Dorfarbeiter, der in Wirklichkeit sein ganzes Arbeitsverhältnis von den Nachrichten des Barnabas bestimmen ließ. K. zögerte nicht zu wählen, hätte auch ohne die Erfahrungen, die er schon gemacht hatte, nicht gezögert. Nur als Dorfarbeiter, möglichst weit den Herren vom Schloss entrückt, war er imstande, etwas im Schloss zu erreichen, diese Leute im Dorf, die noch so misstrauisch gegen ihn waren, würden zu sprechen anfangen, wenn er, wo nicht ihr Freund, so doch ihr Mitbürger geworden war, und war er einmal ununterscheidbar von Gerstäcker oder Lasemann – und sehr schnell musste das geschehen, davon hing alles ab –, dann erschlossen sich ihm gewiss mit einem Schlag alle Wege, die ihm, wenn es nur auf die Herren oben und ihre Gnade angekommen wäre, für immer nicht nur versperrt, sondern unsichtbar geblieben wären. Freilich, eine Gefahr bestand, und sie war in dem Brief genug betont, mit einer gewissen Freude war sie dargestellt, als sei sie unentrinnbar. Es war das Arbeitersein. Dienst, Vorgesetzter, Arbeit, Lohnbestimmungen, Rechenschaft, Arbeiter, davon wimmelte der Brief, und selbst, wenn anderes, Persönlicheres gesagt war, war es von jenem Gesichtspunkt aus gesagt. Wollte K. Arbeiter werden, so konnte er es werden, aber dann in allem furchtbaren Ernst, ohne jeden Ausblick anderswohin. K. wusste, dass nicht mit wirklichem Zwang gedroht war, den fürchtete er nicht und hier am wenigsten, aber die Gewalt der entmutigenden Umgebung, der Gewöhnung an Enttäuschungen, die Gewalt der unmerklichen Einflüsse jedes Augenblicks, die fürchtete er allerdings, aber mit dieser Gefahr musste er den Kampf wagen. Der Brief verschwieg ja auch nicht, dass K., wenn es zu Kämpfen kommen sollte, die Verwegenheit gehabt hatte, zu beginnen; es war mit Feinheit gesagt, und nur ein unruhiges Gewissen – ein unruhiges, kein schlechtes – konnte es merken, es waren die drei Worte »wie Sie wissen« hinsichtlich seiner Aufnahme in den Dienst. K. hatte sich gemeldet, und seither wusste er, wie sich der Brief ausdrückte, dass er aufgenommen war.

K. nahm ein Bild von der Wand und hing den Brief an den Nagel; in diesem Zimmer würde er wohnen, hier sollte der Brief hängen.

Dann stieg er in die Wirtsstube hinunter. Barnabas saß mit den Gehilfen bei einem Tischchen. »Ach, da bist du«, sagte K. ohne Anlass, nur weil er froh war, Barnabas zu sehen. Er sprang gleich auf. Kaum war K. eingetreten, erhoben sich die Bauern, um sich ihm zu nähern, es war schon ihre Gewohnheit geworden, ihm immer nachzulaufen. »Was wollt ihr denn immerfort von mir?«, rief K. Sie nahmen es nicht übel und drehten sich langsam zu ihren Plätzen zurück. Einer sagte im Abgehen zur Erklärung, leichthin, mit einem undeutbaren Lächeln, das einige andere aufnahmen: »Man hört immer etwas Neues«, und er leckte sich die Lippen, als sei das Neue eine Speise. K. sagte nichts Versöhnliches, es war gut, wenn sie ein wenig Respekt vor ihm bekamen, aber kaum saß er bei Barnabas, spürte er schon den Atem eines Bauern im Nacken; er kam, wie er sagte, das Salzfass zu holen, aber K. stampfte vor Ärger auf, der Bauer lief denn auch ohne Salzfass weg. Es war wirklich leicht, K. beizukommen, man musste zum Beispiel nur die Bauern gegen ihn hetzen, ihre hartnäckige Teilnahme schien ihm böser als die Verschlossenheit der anderen, und außerdem war es auch Verschlossenheit, denn hätte K. sich zu ihrem Tisch gesetzt, wären sie gewiss dort nicht sitzengeblieben. Nur die Gegenwart des Barnabas hielt ihn ab, Lärm zu machen. Aber er drehte sich doch noch drohend nach ihnen um, auch sie waren ihm zugekehrt. Wie er sie aber so dasitzen sah, jeden auf seinem Platz, ohne sich miteinander zu besprechen, ohne sichtbare Verbindung untereinander, nur dadurch miteinander verbunden, dass sie alle auf ihn starrten, schien es ihm, als sei es gar nicht Bosheit, was sie ihn verfolgen ließ; vielleicht wollten sie wirklich etwas von ihm und konnten es nur nicht sagen, und war es nicht das, dann war es vielleicht nur Kindlichkeit, die hier zu Hause zu sein schien; war nicht auch der Wirt kindlich, der ein Glas Bier, das er irgendeinem Gast bringen sollte, mit beiden Händen hielt, still stand, nach K. sah und einen Zuruf der Wirtin überhörte, die sich aus dem Küchenfensterchen vorgebeugt hatte?

Ruhiger wandte sich K. an Barnabas, die Gehilfen hätte er gern entfernt, fand aber keinen Vorwand. Übrigens blickten sie still auf ihr Bier. »Den Brief«, begann K., »habe ich gelesen. Kennst du den Inhalt?« – »Nein«, sagte Barnabas, sein Blick schien mehr zu sagen als seine Worte. Vielleicht täuschte sich K. hier im Guten, wie bei den Bauern im Bösen, als das Wohltuende seiner Gegenwart blieb. »Es ist auch von dir in dem Brief die Rede, du sollst nämlich hie und da Nachrichten zwischen mir und dem Vorstand vermitteln, deshalb hatte ich gedacht, dass du den Inhalt kennst.« – »Ich bekam«, sagte Barnabas, »nur den Auftrag, den Brief zu übergeben, zu warten, bis er gelesen ist und, wenn es dir nötig scheint, eine mündliche oder schriftliche Antwort zurückzubringen.« – »Gut«, sagte K., »es bedarf keines Schreibens, richte dem Herrn Vorstand – wie heißt er denn? Ich konnte die Unterschrift nicht lesen.« »Klamm«, sagte Barnabas. »Richte also Herrn Klamm meinen Dank für die Aufnahme aus wie auch für seine besondere Freundlichkeit, die ich als einer, der sich hier noch gar nicht bewährt hat, zu schätzen weiß. Ich werde mich vollständig nach seinen Absichten verhalten. Besondere Wünsche habe ich heute nicht.« Barnabas, der genau aufgemerkt hatte, bat, den Auftrag vor K. wiederholen zu dürfen. K. erlaubte es, Barnabas wiederholte alles wortgetreu. Dann stand er auf, um sich zu verabschieden.

Die ganze Zeit über hatte K. sein Gesicht geprüft, nun tat er es zum letzten Mal. Barnabas war etwa so groß wie K., trotzdem schien sein Blick sich zu K. zu senken, aber fast demütig geschah das, es war unmöglich, dass dieser Mann jemanden beschämte. Freilich, er war nur ein Bote, kannte nicht den Inhalt der Briefe, die er auszutragen hatte, aber auch sein Blick, sein Lächeln, sein Gang schien eine Botschaft zu sein, mochte er auch von dieser nichts wissen. Und K. reichte ihm die Hand, was ihn offenbar überraschte, denn er hatte sich nur verneigen wollen.

Gleich, als er gegangen war – vor dem Öffnen der Tür hatte er noch ein wenig mit der Schulter an der Tür gelehnt und mit einem Blick, der keinem Einzelnen mehr galt, die Stube umfasst –, sagte K. zu den Gehilfen: »Ich hole aus dem

Zimmer meine Aufzeichnungen, dann besprechen wir die nächste Arbeit.« Sie wollten mitgehen. »Bleibt!«, sagte K. Sie wollten noch immer mitgehen. Noch strenger musste K. den Befehl wiederholen. Im Flur war Barnabas nicht mehr. Aber er war doch eben jetzt weggegangen.

Doch auch vor dem Haus – neuer Schnee fiel – sah K. ihn nicht. Er rief: »Barnabas!« Keine Antwort. Sollte er noch im Haus sein? Es schien keine andere Möglichkeit zu geben. Trotzdem schrie K. noch aus aller Kraft den Namen. Der Name donnerte durch die Nacht. Und aus der Ferne kam nun doch eine schwache Antwort. So weit war also Barnabas schon. K. rief ihn zurück und ging ihm gleichzeitig entgegen; wo sie einander trafen, waren sie vom Wirtshaus nicht mehr zu sehen.

»Barnabas«, sagte K. und konnte ein Zittern seiner Stimme nicht bezwingen, »ich wollte dir noch etwas sagen. Ich merke dabei, dass es doch recht schlecht eingerichtet ist, dass ich nur auf dein zufälliges Kommen angewiesen bin, wenn ich etwas aus dem Schloss brauche. Wenn ich dich jetzt nicht zufällig noch erreicht hätte – wie du fliegst, ich dachte du wärest noch im Haus –, wer weiß, wie lange ich auf dein nächstes Erscheinen hätte warten müssen.« »Du kannst ja«, sagte Barnabas, »den Vorstand bitten, dass ich immer zu bestimmten, von dir angegebenen Zeiten komme.« – »Auch das würde nicht genügen«, sagte K., »vielleicht will ich ein Jahr lang gar nichts sagen lassen, aber gerade eine Viertelstunde nach deinem Weggehen etwas Unaufschiebbares.« – »Soll ich also«, sagte Barnabas, »dem Vorstand melden, dass zwischen ihm und dir eine andere Verbindung hergestellt werden soll als durch mich?« – »Nein, nein«, sagte K., »ganz und gar nicht, ich erwähnte diese Sache nur nebenbei, diesmal habe ich dich ja noch glücklich erreicht.« – »Wollen wir«, sagte Barnabas, »ins Wirtshaus zurückgehen, damit du mir dort den neuen Auftrag geben kannst?« Schon hatte er einen Schritt weiter zum Haus hin gemacht. »Barnabas«, sagte K., »es ist nicht nötig, ich gehe ein Stückchen Wegs mit dir.« – »Warum willst du nicht ins Wirtshaus gehen?«, fragte Barnabas. »Die Leute stören mich dort«, sagte K., »die Zudringlichkeit der Bauern hast du selbst gesehen.« – »Wir können in dein Zimmer gehen«, sagte Barnabas. »Es ist das Zimmer der Mägde«, sagte K., »schmutzig und dumpf; um dort nicht bleiben zu müssen, wollte ich ein wenig mit dir gehen; du musst nur«, fügte K. hinzu, um sein Zögern endgültig zu überwinden, »mich in dich einhängen lassen, denn du gehst sicherer.« Und K. hing sich an seinen Arm. Es war ganz finster, sein Gesicht sah K. gar nicht, seine Gestalt undeutlich, den Arm hatte er, schon ein Weilchen vorher, zu ertasten gesucht.

Barnabas gab nach, sie entfernten sich vorn Wirtshaus. Freilich fühlte K., dass er trotz größter Anstrengung gleichen Schritt mit Barnabas zu halten nicht imstande war, seine freie Bewegung hinderte, und dass unter gewöhnlichen Umständen schon an dieser Nebensächlichkeit alles scheitern müsse, gar in Seitengassen wie jener, wo K. am Vormittag im Schnee versunken war und aus der er nur von Barnabas getragen herauskommen konnte. Doch hielt er solche Besorgnisse jetzt von sich fern, auch tröstete es ihn, dass Barnabas schwieg; wenn sie schweigend gingen, dann konnte doch auch für Barnabas nur das Weitergehen selbst den Zweck ihres Beisammenseins bilden.

Sie gingen, aber K. wusste nicht, wohin; nichts konnte er erkennen. Nicht einmal, ob sie schon an der Kirche vorübergekommen waren, wusste er. Durch die Mühe, welche ihm das bloße Gehen verursachte, geschah es, dass er seine Gedanken nicht beherrschen konnte. Statt auf das Ziel gerichtet zu bleiben, verwirrten sie sich. Immer wieder tauchte die Heimat auf, und Erinnerungen an sie erfüllten ihn. Auch dort stand auf dem Hauptplatz eine Kirche, zum Teil war sie von einem alten Friedhof und dieser von einer hohen Mauer umgeben. Nur sehr wenige Jungen hatten diese Mauer erklettert, auch K. war es noch nicht gelungen. Nicht Neugier trieb sie dazu, der Friedhof hatte vor ihnen kein Geheimnis mehr. Durch seine kleine Gittertür waren sie schon oft hineingekommen, nur die glatte, hohe Mauer wollten sie bezwingen. An einem Vormittag – der stille, leere Platz war von Licht überflutet, wann hatte K. ihn je früher oder später so gesehen? – gelang es ihm überraschend leicht; an einer Stelle, wo er schon oft abgewiesen worden war, erkletterte er, eine kleine Fahne zwischen den Zähnen, die Mauer im ersten Anlauf. Noch rieselte Geröll unter ihm ab, schon war er oben. Er rammte die Fahne ein, der Wind spannte das Tuch, er blickte hinunter und in die Runde, auch über die Schulter hinweg, auf die in der Erde versinkenden Kreuze; niemand war jetzt und hier größer als er. Zufällig kam dann der Lehrer vorüber, trieb K. mit einem ärgerlichen Blick hinab. Beim Absprung verletzte sich K. am Knie, nur mit Mühe kam er nach Hause, aber auf der Mauer war er doch gewesen. Das Gefühl dieses Sieges schien ihm damals für ein langes Leben einen Halt zu geben, was nicht ganz töricht gewesen war, denn jetzt, nach vielen Jahren in der Schneenacht am Arm des Barnabas, kam es ihm zu Hilfe.

Er hing sich fester ein, fast zog ihn Barnabas, das Schweigen wurde nicht unterbrochen. Von dem Weg wusste K. nur, dass sie, nach dem Zustand der Straße zu schließen, noch in keine Seitengasse eingebogen waren. Er gelobte sich, durch keine Schwierigkeit des Weges oder gar durch die Sorge um den Rückweg sich vom Weitergehen abhalten zu lassen. Um schließlich weitergeschleift werden zu können, würde seine Kraft wohl noch ausreichen. Und konnte denn der Weg unendlich sein? Bei Tag war das Schloss wie ein leichtes Ziel vor ihm gelegen, und der Bote kannte gewiss den kürzesten Weg.

Da blieb Barnabas stehen. Wo waren sie? Ging es nicht mehr weiter? Würde Barnabas K. verabschieden? Es würde ihm nicht gelingen. K. hielt Barnabas' Arm fest, dass es ihn fast selbst schmerzte. Oder sollte das Unglaubliche geschehen sein, und sie waren schon im Schloss oder vor seinen Toren? Aber sie waren ja, soweit K. wusste, gar nicht gestiegen. Oder hatte ihn Barnabas einen so unmerklich ansteigenden Weg geführt? »Wo sind wir?«, fragte K. leise, mehr sich als ihn. »Zu Hause«, sagte Barnabas ebenso. »Zu Hause?« – »Jetzt aber gib acht, Herr, dass du nicht ausgleitest. Der Weg geht abwärts.« – »Abwärts?« – »Es sind nur ein paar Schritte«, fügte er hinzu, und schon klopfte er an eine Tür.

Ein Mädchen öffnete; sie standen an der Schwelle einer großen Stube fast im Finstern, denn nur über einem Tisch links im Hintergrund hing eine winzige Öllampe. »Wer kommt mit dir, Barnabas?«, fragte das Mädchen. »Der Landvermesser«, sagte er. »Der Landvermesser«, wiederholte das Mädchen lauter zum Tisch hin. Daraufhin erhoben sich dort zwei alte Leute, Mann und Frau, und noch ein Mädchen. Man begrüßte K. Barnabas stellte ihm alle vor, es waren seine Eltern und seine Schwestern Olga und Amalia. K. sah sie kaum an, man nahm ihm den nassen Rock ab, um ihn beim Ofen zu trocknen. K. ließ es geschehen.

Also nicht sie waren zu Hause, nur Barnabas war zu Hause. Aber warum waren sie hier? K. nahm Barnabas zur Seite und fragte: »Warum bist du nach Hause gegangen? Oder wohnt ihr schon im Bereich des Schlosses?« – »Im Bereich des Schlosses?«, wiederholte Barnabas, als verstehe er K. nicht. »Barnabas«, sagte K., »du wolltest doch aus dem Wirtshaus ins Schloss gehen.« – »Nein, Herr«, sagte Barnabas, »ich wollte nach Hause gehen; ich gehe erst früh ins Schloss, ich schlafe niemals dort.« – »So«, sagte K., »du wolltest nicht ins Schloss gehen, nur hierher.« – Matter schien ihm sein Lächeln, unscheinbarer er selbst. – »Warum hast du mir das nicht gesagt?« – »Du hast mich nicht gefragt, Herr«, sagte Barnabas, »du wolltest mir nur noch einen Auftrag geben, aber weder in der Wirtsstube noch in deinem Zimmer, da dachte ich, du könntest mir den Auftrag ungestört hier bei meinen Eltern geben. Sie werden sich alle gleich entfernen, wenn du es befiehlst; auch könntest du, wenn es dir bei uns besser gefällt, hier übernachten. Habe ich nicht recht getan?« K. konnte nicht antworten. Ein Missverständnis war es also gewesen, ein gemeines, niedriges Missverständnis, und K. hatte sich ihm ganz hingegeben. Hatte sich bezaubern lassen von des Barnabas enger, seidenglänzender Jacke, die dieser jetzt aufknöpfte und unter der ein grobes, grau schmutziges, viel geflicktes Hemd erschien über der mächtigen, kantigen Brust eines Knechtes. Und alles ringsum entsprach dem nicht nur, überbot es noch, der alte, gichtische Vater, der mehr mithilfe der tastenden Hände als der sich langsam schiebenden, steifen Beine vorwärts kam, die Mutter mit auf der Brust gefalteten Händen, die wegen ihrer Fülle auch nur die winzigsten Schritte machen konnte. Beide, Vater und Mutter, gingen schon, seitdem K. eingetreten war, aus ihrer Ecke auf ihn zu und hatten ihn noch lange nicht erreicht. Die Schwestern, Blondinen, einander und dem Barnabas ähnlich, aber mit härteren Zügen als Barnabas, große, starke Mägde, umstanden die Ankömmlinge und erwarteten von K. irgendein Begrüßungswort. Er konnte aber nichts sagen; er hatte geglaubt, hier im Dorf habe jeder für ihn Bedeutung, und es war wohl auch so, nur gerade diese Leute hier bekümmerten ihn gar nicht. Wäre er imstande gewesen, allein den Weg ins Wirtshaus zu bewältigen, er wäre gleich fortgegangen. Die Möglichkeit, früh mit Barnabas ins Schloss zu gehen, lockte ihn gar nicht. Jetzt in der Nacht, unbeachtet, hätte er ins Schloss dringen wollen, von Barnabas geführt, aber von jenem Barnabas, wie er ihm bisher erschienen war, einem Mann, der ihm näher war als alle, die er bisher hier gesehen hatte, und von dem er gleichzeitig geglaubt hatte, dass er weit über seinen sichtbaren Rang hinaus eng mit dem Schloss verbunden war. Mit dem Sohn dieser Familie aber, zu der er völlig gehörte und mit der er schon beim Tisch saß, mit einem Mann, der bezeichnenderweise nicht einmal im Schloss schlafen durfte, an seinem Arm am hellen Tag ins Schloss zu gehen, war unmöglich, war ein lächerlich hoffnungsloser Versuch.

K. setzte sich auf eine Fensterbank, entschlossen, dort auch die Nacht zu verbringen und keinen Dienst sonst von der Familie in Anspruch zu nehmen. Die Leute aus dem Dorf, die ihn wegschickten oder die vor ihm Angst hatten, schienen ihm ungefährlicher, denn sie verwiesen ihn im Grund auf ihn selbst, halfen ihm, seine Kräfte gesammelt zu halten; solche scheinbare Helfer aber, die ihn, statt ins Schloss, dank einer kleinen Maskerade, in ihre Familien führten, lenkten ihn ab, ob sie nun wollten oder nicht, arbeiteten an der Zerstörung seiner Kräfte.

Einen einladenden Zuruf vom Familientisch beachtete er gar nicht, mit gesenktem Kopf blieb er auf seiner Bank.

Da stand Olga auf, die sanftere der Schwestern, auch eine Spur mädchenhafter Verlegenheit zeigte sie, kam zu K. und bat ihn, zum Tisch zu kommen. Brot und Speck sei dort vorbereitet, Bier werde sie noch holen. »Von wo?«, fragte K. »Aus dem Wirtshaus«, sagte sie. Das war K. sehr willkommen. Er bat sie, kein Bier zu holen, aber ihn ins Wirtshaus zu begleiten, er habe dort noch wichtige Arbeiten liegen. Es stellte sich nun aber heraus, dass sie nicht so weit, nicht in sein Wirtshaus gehen wollte, sondern in ein anderes, viel näheres, den Herrenhof. Trotzdem bat K., sie begleiten zu dürfen, vielleicht, so dachte er, findet sich dort eine Schlafgelegenheit; wie sie auch sein mochte, er hätte sie dem besten Bett hier im Haus vorgezogen. Olga antwortete nicht gleich, blickte sich nach dem Tisch um. Dort war der Bruder aufgestanden, nickte bereitwillig und sagte: »Wenn der Herr es wünscht.« Fast hätte K. diese Zustimmung dazu bewegen können, seine Bitte zurückzuziehen, nur Wertlosem konnte jener zustimmen. Aber als nun die Frage besprochen wurde, ob man K. in das Wirtshaus einlassen werde, und alle daran zweifelten, bestand er doch dringend darauf, mitzugehen, ohne sich aber die Mühe zu nehmen, einen verständlichen Grund für seine Bitte zu erfinden; diese Familie musste ihn hinnehmen, wie er war, er hatte gewissermaßen kein Schamgefühl vor ihr. Darin beirrte ihn nur Amalia ein wenig mit ihrem ernsten, geraden, unrührbaren, vielleicht auch etwas stumpfen Blick.

Auf dem kurzen Weg ins Wirtshaus – K. hatte sich in Olga eingehängt und wurde von ihr, er konnte sich nicht anders helfen, fast so gezogen wie früher von ihrem Bruder – erfuhr er, dass dieses Wirtshaus eigentlich nur für Herren aus dem Schloss bestimmt sei, die dort, wenn sie etwas im Dorf zu tun hätten, äßen und sogar manchmal übernachteten. Olga sprach mit K. leise und wie vertraut, es war angenehm, mit ihr zu gehen, fast so wie mit dem Bruder. K. wehrte sich gegen das Wohlgefühl, aber es bestand.

Das Wirtshaus war äußerlich sehr ähnlich dem Wirtshaus, in dem K. wohnte. Es gab im Dorf wohl überhaupt keine großen äußeren Unterschiede, aber kleine Unterschiede waren doch gleich zu merken, die Vortreppe hatte ein Geländer, eine schöne Laterne war über der Tür befestigt. Als sie eintraten, flatterte ein Tuch über ihren Köpfen, es war eine Fahne mit den gräflichen Farben. Im Flur begegnete ihnen gleich, offenbar auf einem beaufsichtigenden Rundgang befindlich, der Wirt; mit kleinen Augen, prüfend oder schläfrig, sah er K. im Vorübergehen an und sagte: »Der Herr Landvermesser darf nur bis in den Ausschank gehen.« »Gewiss«, sagte Olga, die sich K.s gleich annahm, »er begleitet mich nur.« K. aber, undankbar, machte sich von Olga los und nahm den Wirt beiseite. Olga wartete unterdessen geduldig am Ende des Flurs. »Ich möchte hier gerne übernachten«, sagte K. »Das ist leider unmöglich«, sagte der Wirt. »Sie scheinen es noch nicht zu wissen. Das Haus ist ausschließlich für die Herren vom Schloss bestimmt.« – »Das mag Vorschrift sein«, sagte K., »aber mich irgendwo in einem Winkel schlafen zu lassen ist gewiss möglich.« – »Ich würde Ihnen außerordentlich gern entgegenkommen«, sagte der Wirt, »aber auch abgesehen von der Strenge der Vorschrift, über die Sie nach Art eines Fremden sprechen, ist es auch deshalb undurchführbar, weil die Herren äußerst empfindlich sind; ich bin überzeugt, dass sie unfähig sind, wenigstens unvorbereitet, den Anblick eines Fremden zu ertragen; wenn ich Sie also hier übernachten ließe und Sie durch einen Zufall – und die Zufälle sind immer auf Seiten der Herren – entdeckt würden, wäre nicht nur ich verloren, sondern auch Sie selbst. Es klingt lächerlich, aber es ist wahr.« Dieser hohe, fest zugeknöpfte Herr, der, die eine Hand gegen die Wand gestemmt, die andere in die Hüfte, die Beine gekreuzt, ein wenig zu K. herabgeneigt, vertraulich zu ihm sprach, schien kaum mehr zum Dorf zu gehören, wenn auch noch sein dunkles Kleid nur bäuerisch festlich aussah. »Ich glaube Ihnen vollkommen«, sagte K., »und auch die Bedeutung der Vorschrift unterschätze ich gar nicht, wenn ich mich auch ungeschickt ausgedrückt habe. Nur auf eines will ich Sie noch aufmerksam machen; ich habe im Schloss wertvolle Verbindungen und werde noch wertvollere bekommen, sie sichern Sie gegen jede Gefahr, die durch mein Übernachten hier entstehen könnte, und bürgen Ihnen dafür, dass ich imstande bin, für eine kleine Gefälligkeit vollwertig zu danken.« – »Ich weiß«, sagte der Wirt und wiederholte nochmals: »Das weiß ich.« Nun hätte K. sein Verlangen nachdrücklich stellen können, aber gerade diese Antwort des Wirtes zerstreute ihn, deshalb fragte er nur: »Übernachten heute viele Herren vom Schloss hier?« – »In dieser Hinsicht ist es heute vorteilhaft«, sagte der Wirt gewissermaßen lockend. »Es ist nur ein Herr geblieben.« Noch immer konnte K. nicht drängen, hoffte nun auch schon, fast aufgenommen zu sein; so fragte er nur noch nach dem Namen des Herrn. »Klamm«, sagte der Wirt nebenbei, während er sich nach seiner Frau umdrehte, welche in sonderbar abgenützten, veralteten, mit Rüschen und Falten überladenen, aber feinen städtischen Kleidern herangerauscht kam. Sie wollte den Wirt holen, der Herr Vorstand habe irgendeinen Wunsch. Ehe der Wirt aber ging, wandte er sich noch an K., als habe nicht mehr er selbst, sondern K. wegen des Übernachtens zu entscheiden. K. konnte aber nichts sagen, besonders der Umstand, dass gerade sein Vorgesetzter hier war, verblüffte ihn. Ohne dass er es sich selbst ganz erklären konnte, fühlte er sich Klamm gegenüber nicht so frei wie sonst gegenüber dem Schloss; von ihm hier ertappt zu werden, wäre für K. zwar kein Schrecken im Sinne des Wirtes, aber doch eine peinliche Unzukömmlichkeit gewesen, so etwa, als würde er jemandem, dem er zu Dankbarkeit verpflichtet war, leichtsinnig einen Schmerz bereiten; dabei bedrückte es ihn schwer, zu sehen, dass sich in solcher Bedenklichkeit offenbar schon die gefürchteten Folgen des Untergeordnetseins, des Arbeiterseins, zeigten und dass er nicht einmal hier, wo sie deutlich auftraten, imstande war, sie niederzukämpfen. So stand er, zerbiss sich die Lippen und sagte nichts. Noch einmal, ehe der Wirt in einer Tür verschwand, sah er zu K. zurück. Dieser sah ihm nach und ging nicht von der Stelle, bis Olga kam und ihn fortzog. »Was wolltest du vom Wirt?«, fragte Olga. »Ich wollte hier übernachten«, sagte K. »Du wirst doch bei uns übernachten«, sagte Olga verwundert. »Ja, gewiss«, sagte K. und überließ ihr die Deutung der Worte.

## Das dritte Kapitel

Im Ausschank, einem großen, in der Mitte völlig leeren Zimmer, saßen an den Wänden bei Fässern und auf ihnen einige Bauern, die aber anders aussahen als die Leute in K.s Wirtshaus. Sie waren reinlicher und einheitlicher in grau gelblichen, groben Stoff gekleidet, die Jacken waren gebauscht, die Hosen anliegend. Es waren kleine, auf den ersten Blick einander sehr ähnliche Männer mit flachen, knochigen und doch rundwangigen Gesichtern. Alle waren ruhig und bewegten sich kaum, nur mit den Blicken verfolgten sie die Eintretenden, aber langsam und gleichgültig. Trotzdem übten sie, weil es so viele waren und weil es so still war, eine gewisse Wirkung auf K. aus. Er nahm wieder Olgas Arm, um damit den Leuten sein Hiersein zu erklären. In einer Ecke erhob sich ein Mann, ein Bekannter Olgas, und wollte auf sie zugehen, aber K. drehte sie mit dem eingehängten Arm in eine andere Richtung. Niemand außer ihr konnte es bemerken, sie duldete es mit einem lächelnden Seitenblick.

Das Bier wurde von einem jungen Mädchen ausgeschenkt, das Frieda hieß. Ein unscheinbares, kleines, blondes Mädchen mit traurigen Augen und mageren Wangen, das aber durch ihren Blick überraschte, einen Blick von besonderer Überlegenheit. Als dieser Blick auf K. fiel, schien es ihm, dass dieser Blick schon K. betreffende Dinge erledigt hatte, von deren Vorhandensein er selbst noch gar nicht wusste, von deren Vorhandensein aber der Blick ihn überzeugte. K. hörte nicht auf, Frieda von der Seite anzusehen, auch als sie schon mit Olga sprach. Freundinnen schienen Olga und Frieda nicht zu sein, sie wechselten nur wenige kalte Worte. K. wollte nachhelfen und fragte deshalb unvermittelt: »Kennen Sie Herrn Klamm?« Olga lachte auf. »Warum lachst du?«, fragte K. ärgerlich. »Ich lache doch nicht«, sagte sie, lachte aber weiter. »Olga ist noch ein recht kindisches Mädchen«, sagte K. und beugte sich weit über den Schreibtisch, um nochmals Friedas Blick fest auf sich zu ziehen. Sie aber hielt ihn gesenkt und sagte leise: »Wollen Sie Herrn Klamm sehen?« K. bat darum. Sie zeigte auf eine Tür, gleich links neben sich. »Hier ist ein kleines Guckloch, hier können Sie durchsehen.« – »Und die Leute hier?«, fragte K. Sie warf die Unterlippe auf und zog K. mit einer ungemein weichen Hand zur Tür. Durch das kleine Guckloch, das offenbar zu Beobachtungszwecken gebohrt worden war, übersah er fast das gesamte Nebenzimmer.

An einem Schreibtisch in der Mitte des Zimmers, in einem bequemen Rundlehnstuhl, saß, grell von einer vor ihm niederhängenden Glühlampe beleuchtet, Herr Klamm. Ein mittelgroßer, dicker, schwerfälliger Herr. Das Gesicht war noch glatt, aber die Wangen senkten sich doch schon mit dem Gewicht des Alters ein wenig hinab. Der schwarze Schnurrbart war lang ausgezogen. Ein schief aufgesetzter, spiegelnder Zwicker verdeckte die Augen. Wäre Herr Klamm völlig beim Tisch gesessen, hätte K. nur sein Profil gesehen; da ihm aber Klamm stark zugedreht war, sah er ihm voll ins Gesicht. Den linken Ellbogen hatte Klamm auf dem Tisch liegen, die rechte Hand, in der er eine Virginia hielt, ruhte auf dem Knie. Auf dem Tisch stand ein Bierglas; da die Randleiste des Tisches hoch war, konnte K. nicht genau sehen, ob dort irgendwelche Schriften lagen, es schien ihm aber, als wäre er leer. Der Sicherheit halber bat er Frieda, durch das Loch zu schauen und ihm darüber Auskunft zu geben. Da sie aber vor Kurzem im Zimmer gewesen war, konnte sie K. ohne Weiteres bestätigen, dass dort keine Schriften lagen. K. fragte Frieda, ob er schon weggehen müsse, sie aber sagte, er könne hindurchschauen, solange er Lust habe. K. war jetzt mit Frieda allein, Olga hatte, wie er flüchtig feststellte, doch den Weg zu ihrem Bekannten gefunden, saß hoch auf einem Fass und strampelte mit den Füßen. »Frieda«, sagte K. flüsternd, »kennen Sie Herrn Klamm sehr gut?« – »Ach ja«, sagte sie. »Sehr gut.« Sie lehnte neben K. und ordnete spielerisch, wie K. jetzt erst auffiel, ihre leichte, ausgeschnittene, cremefarbige Bluse, die wie fremd auf ihrem armen Körper lag. Dann sagte sie: »Erinnern Sie sich nicht an Olgas Lachen?« – »Ja, die Unartige«, sagte K. »Nun«, sagte sie versöhnlich, »es war Grund zum Lachen. Sie fragten, ob ich Klamm kenne, und ich bin doch« – hier richtete sie sich unwillkürlich ein wenig auf, und wieder ging ihr sieghafter, mit dem, was gesprochen wurde, gar nicht zusammenhängender Blick über K. hin –, »ich bin doch seine Geliebte.« – »Klamms Geliebte«, sagte K. Sie nickte. »Dann sind Sie«, sagte K. lächelnd, um nicht allzu viel Ernst zwischen ihnen aufkommen zu lassen, »für mich eine respektable Person.« – »Nicht nur für Sie«, sagte Frieda freundlich, aber ohne sein Lächeln aufzunehmen. K. hatte ein Mittel gegen ihren Hochmut und wandte es an; er fragte: »Waren Sie schon im Schloss?« Es verfing aber nicht, denn sie antwortete: »Nein, aber ist es nicht genug, dass ich hier im Ausschank bin?« Ihr Ehrgeiz war offenbar toll, und gerade an K., so schien es, wollte sie ihn sättigen. »Freilich«, sagte K., »hier im Ausschank, Sie verstehen ja die Arbeit des Wirtes.« – »So ist es«, sagte sie, »und begonnen habe ich als Stallmagd im Wirtshaus ›Zur Brücke‹.« – »Mit diesen zarten Händen?«, sagte K. halb fragend, und wusste selbst nicht, ob er nur schmeichelte oder auch wirklich von ihr bezwungen war. Ihre Hände allerdings waren klein und zart; aber man hätte sie auch schwach und nichtssagend nennen können. »Darauf hat damals niemand geachtet«, sagte sie, »und selbst jetzt –« K. sah sie fragend an. Sie schüttelte den Kopf und wollte nicht weiterreden. »Sie haben natürlich«, sagte K., »Ihre Geheimnisse, und Sie werden über sie nicht mit jemandem reden, den Sie eine halbe Stunde lang kennen und der noch keine Gelegenheit hatte, Ihnen zu erzählen, wie es sich eigentlich mit ihm verhält.« Das war nun aber, wie sich zeigte, eine unpassende Bemerkung, es war, als hätte er Frieda aus einem ihm günstigen Schlummer geweckt. Sie nahm aus der Ledertasche, die sie am Gürtel hängen hatte, ein Hölzchen, verstopfte damit das Guckloch, sagte zu K., sichtbar sich bezwingend, um ihn von der Änderung ihrer Gesinnung nichts merken zu lassen: »Was Sie betrifft, so weiß ich doch alles, Sie sind der Landvermesser«, fügte dann hinzu: »Nun muss ich aber an die Arbeit«, und ging an ihren Platz hinter dem Ausschanktisch, während sich von den Leuten hier und da einer erhob, um sein leeres Glas von ihr füllen zu lassen. K. wollte noch einmal unauffällig mit ihr sprechen, nahm deshalb von einem Ständer ein leeres Glas und ging zu ihr. »Nur eines noch, Fräulein Frieda«, sagte er, »es ist außerordentlich und eine auserlesene Kraft ist dazu nötig, sich von einer Stallmagd zum Ausschankmädchen vorzuarbeiten, ist damit aber für einen solchen Menschen das endgültige Ziel erreicht? Unsinnige Frage. Aus Ihren Augen, lachen Sie mich nicht aus, Fräulein Frieda, spricht nicht so sehr der vergangene, als der zukünftige Kampf. Aber die Widerstände der Welt sind groß, sie werden größer mit den größeren Zielen, und es ist keine Schande, sich die Hilfe selbst eines kleinen, einflusslosen, aber ebenso kämpfenden Mannes zu sichern. Vielleicht könnten wir einmal in Ruhe miteinander sprechen, nicht von so vielen Augen angestarrt.« – »Ich weiß nicht, was Sie wollen«, sagte sie, und in ihrem Ton schienen diesmal gegen ihren Willen nicht die Siege ihres Lebens, sondern die unendlichen Enttäuschungen mitzuklingen. »Wollen Sie mich vielleicht von Klamm abziehen? Du lieber Himmel!« und sie schlug die Hände zusammen. »Sie haben mich durchschaut«, sagte K., wie ermüdet von so viel Misstrauen, »gerade das war meine geheimste Absicht. Sie sollten Klamm verlassen und meine Geliebte werden. Und nun kann ich ja gehen. Olga!«, rief K. »Wir gehen nach Hause.« Folgsam glitt Olga vom Fass, kam aber nicht gleich von den sie umringenden Freunden los. Da sagte Frieda leise, drohend K. anblickend: »Wann kann ich mit Ihnen sprechen?« – »Kann ich hier übernachten?«, fragte K. »Ja«, sagte Frieda. »Kann ich gleich hierbleiben?« – »Gehen Sie mit Olga fort, damit ich die Leute hier wegschaffen kann. In einem Weilchen können Sie dann kommen.« – »Gut«, sagte K. und wartete ungeduldig auf Olga. Aber die Bauern ließen sie nicht, sie hatten einen Tanz erfunden, dessen Mittelpunkt Olga war, im Reigen tanzten sie herum, und immer bei einem gemeinsamen Schrei trat einer zu Olga, fasste sie mit einer Hand fest um die Hüften und wirbelte sie einige Male herum, der Reigen wurde immer schneller, die Schreie, hungrig, röchelnd, wurden allmählich fast ein einziger. Olga, die früher den Kreis hatte lachend durchbrechen wollen, taumelte nur noch mit aufgelöstem Haar von einem zum anderen. »Solche Leute schickt man mir her«, sagte Frieda und biss im Zorn an ihren dünnen Lippen. »Wer ist es?«, fragte K. »Klamms Dienerschaft«, sagte Frieda. »Immer wieder bringt er dieses Volk mit, dessen Gegenwart mich zerrüttet. Ich weiß kaum, was ich heute mit Ihnen, Herr Landvermesser, gesprochen habe; war es etwas Böses, verzeihen Sie es, die Gegenwart dieser Leute ist schuld daran, sie sind das Verächtlichste und Widerlichste, was ich kenne, und ihnen muss ich das Bier in die Gläser füllen. Wie oft habe ich Klamm schon gebeten, sie zu Hause zu lassen; muss ich die Dienerschaft anderer Herren schon ertragen, er könnte doch Rücksicht auf mich nehmen, aber alles Bitten ist umsonst, eine Stunde vor seiner Ankunft stürmen sie immer schon herein, wie das Vieh in den Stall. Aber nun sollen sie wirklich in den Stall, in den sie gehören. Wären Sie nicht da, würde ich die Tür hier aufreißen, und Klamm selbst müsste sie hinaustreiben.« – »Hört er sie denn nicht?«, fragte K. »Nein«, sagte Frieda. »Er schläft.« – »Wie!«, rief K. »Er schläft? Als ich ins Zimmer gesehen habe, war er doch noch wach und saß beim Tisch.« »So sitzt er noch immer«, sagte Frieda, »auch als Sie ihn gesehen haben, hat er schon geschlafen. Hätte ich Sie denn sonst hineinsehen lassen? Das war seine Schlafstellung, die Herren schlafen sehr viel, das kann man kaum verstehen. Übrigens, wenn er nicht so viel schliefe, wie könnte er diese Leute ertragen? Nun werde ich sie aber selbst hinaustreiben müssen.« Sie nahm eine Peitsche aus der Ecke und sprang mit einem einzigen hohen, nicht ganz sicheren Sprung, so wie etwa ein Lämmchen springt, auf die Tanzenden zu. Zuerst wandten sie sich gegen sie, als sei eine neue Tänzerin angekommen, und tatsächlich sah es einen Augenblick lang so aus, als wolle Frieda die Peitsche fallen lassen, aber dann hob sie sie wieder. »Im Namen Klamms«, rief sie, »in den Stall! Alle in den Stall!« Nun sahen sie, dass es ernst war; in einer für K. unverständlichen Angst begannen sie, in den Hintergrund zu drängen, unter dem Stoß der Ersten ging dort eine Tür auf, Nachtluft wehte herein, alle verschwanden mit Frieda, die sie offenbar über den Hof in den Stall trieb.

In der nun plötzlich eingetretenen Stille aber hörte K. Schritte vom Flur. Um sich irgendwie zu sichern, sprang er hinter das Ausschankpult, unter welchem die einzige Möglichkeit sich zu verstecken war. Zwar war ihm der Aufenthalt im Ausschank nicht verboten, aber da er hier übernachten wollte, musste er vermeiden, jetzt noch gesehen zu werden. Deshalb glitt er, als die Tür wirklich geöffnet wurde, unter den Tisch. Dort entdeckt zu werden war freilich auch nicht ungefährlich, immerhin war dann die Ausrede nicht unglaubwürdig, dass er sich vor den wild gewordenen Bauern versteckt habe. Es war der Wirt. »Frieda!«, rief er und ging einige Male im Zimmer auf und ab.

Glücklicherweise kam Frieda bald und erwähnte K. nicht, klagte nur über die Bauern und ging, in dem Bestreben K. zu suchen, hinter das Pult. Dort konnte K. ihren Fuß berühren und fühlte sich von jetzt an sicher. Da Frieda K. nicht erwähnte, musste es der Wirt schließlich tun. »Und wo ist der Landvermesser?«, fragte er. Er war wohl überhaupt ein höflicher, durch den dauernden und verhältnismäßig freien Verkehr mit weit Höhergestellten fein erzogener Mann, aber mit Frieda sprach er in einer besonders achtungsvollen Art, das fiel vor allem deshalb auf, weil er trotzdem im Gespräch nicht aufhörte, Arbeitgeber gegenüber einer Angestellten zu sein, gegenüber einer recht kecken Angestellten überdies. »Den Landvermesser habe ich ganz vergessen«, sagte Frieda und setzte K. ihren kleinen Fuß auf die Brust. »Er ist wohl schon längst fortgegangen.« – »Ich habe ihn aber nicht gesehen«, sagte der Wirt, »und war fast die ganze Zeit über im Flur.« – »Hier ist er aber nicht«, sagte Frieda kühl. »Vielleicht hat er sich versteckt«, sagte der Wirt, »nach dem Eindruck, den ich von ihm hatte, ist ihm manches zuzutrauen.« – »Diese Kühnheit wird er doch wohl nicht haben«, sagte Frieda und drückte stärker ihren Fuß auf K. Etwas Fröhliches, Freies war in ihrem Wesen, was K. früher gar nicht bemerkt hatte, und es nahm ganz unwahrscheinlich überhand, als sie plötzlich lachend mit den Worten: »Vielleicht ist er hier unten versteckt«, sich zu K. hinabbeugte, ihn flüchtig küsste und wieder aufsprang und betrübt sagte: »Nein, er ist nicht hier.« Aber auch der Wirt gab Anlass zum Erstaunen, als er nun sagte: »Es ist mir sehr unangenehm, dass ich nicht mit Bestimmtheit weiß, ob er fortgegangen ist. Es handelt sich nicht nur um Herrn Klamm, es handelt sich um die Vorschrift. Die Vorschrift gilt aber für Sie, Fräulein Frieda, so wie für mich. Für den Ausschank haften Sie, das übrige Haus werde ich noch durchsuchen. Gute Nacht! Angenehme Ruhe!« Er konnte das Zimmer noch gar nicht verlassen haben, schon hatte Frieda das elektrische Licht ausgedreht und war bei K. unter dem Pult. »Mein Liebling! Mein süßer Liebling!«, flüsterte sie, aber rührte K. gar nicht an, wie ohnmächtig vor Liebe lag sie auf dem Rücken und breitete die Arme aus, die

Zeit war wohl unendlich vor ihrer glücklichen Liebe, sie seufzte mehr als sang irgendein kleines Lied. Dann schrak sie auf, da K. still in Gedanken blieb, und fing an, wie ein Kind ihn zu zerren: »Komm, hier unten erstickt man ja!« Sie umfassten einander, der kleine Körper brannte in K.s Händen, sie rollten in einer Besinnungslosigkeit, aus der sich K. fortwährend, aber vergeblich, zu retten suchte, ein paar Schritte weit, schlugen dumpf an Klamms Tür und lagen dann in den kleinen Pfützen Biers und dem sonstigen Unrat, von dem der Boden bedeckt war. Dort vergingen Stunden, Stunden gemeinsamen Atems, gemeinsamen Herzschlags, Stunden, in denen K. immerfort das Gefühl hatte, er verirre sich oder er sei so weit in der Fremde, wie vor ihm noch kein Mensch, einer Fremde, in der selbst die Luft keinen Bestandteil der Heimatluft habe, in der man vor Fremdheit ersticken müsse und in deren unsinnigen Verlockungen man doch nichts tun könne als weiter gehen, weiter sich verirren. Und so war es wenigstens zunächst für ihn kein Schrecken, sondern ein tröstliches Aufdämmern, als aus Klamms Zimmer mit tiefer, befehlend-gleichgültiger Stimme nach Frieda gerufen wurde. »Frieda«, sagte K. in Friedas Ohr und gab so den Ruf weiter. In einem förmlich eingeborenen Gehorsam wollte Frieda aufspringen, aber dann besann sie sich, wo sie war, streckte sich, lachte still und sagte: »Ich werde doch nicht etwa gehen, niemals werde ich zu ihm gehen«. K. wollte dagegensprechen, wollte sie drängen, zu Klamm zu gehen, begann die Reste ihrer Bluse zusammenzusuchen, aber er konnte nichts sagen, allzu glücklich war er, Frieda in seinen Händen zu halten, allzu ängstlich-glücklich auch, denn es schien ihm, wenn Frieda ihn verlasse, verlasse ihn alles, was er habe. Und als sei Frieda gestärkt durch K.s Zustimmung, ballte sie die Faust, klopfte mit ihr an die Tür und rief: »Ich bin beim Landvermesser! Ich bin beim Landvermesser!« Nun wurde Klamm allerdings still. Aber K. erhob sich, kniete neben Frieda und blickte sich im trüben Vormorgenlicht um. Was war geschehen? Wo waren seine Hoffnungen? Was konnte er nun von Frieda erwarten, da alles verraten war? Statt vorsichtigst, entsprechend der Größe des Feindes und des Zieles, vorwärtszugehen, hatte er sich hier eine Nacht lang in den Bierpfützen gewälzt, deren Geruch jetzt betäubend war. »Was hast du getan?«, sagte er vor sich hin. »Wir beide sind verloren.« – »Nein«, sagte Frieda, »nur ich bin verloren, doch ich habe dich gewonnen. Sei ruhig. Sieh aber, wie die zwei lachen.« – »Wer?«, fragte K. und wandte sich um. Auf dem Pult saßen seine beiden Gehilfen, ein wenig übernächtig, aber fröhlich; es war die Fröhlichkeit, welche treue Pflichterfüllung gibt. »Was wollt ihr hier?«, schrie K., als seien sie an allem schuld. Er suchte ringsherum die Peitsche, die Frieda abends gehabt hatte. »Wir mussten dich doch suchen«, sagten die Gehilfen, »da du nicht herunter zu uns in die Wirtsstube kamst; wir suchten dich dann bei Barnabas und fanden dich endlich hier. Hier sitzen wir die ganze Nacht. Leicht ist ja der Dienst nicht.« – »Ich brauche euch bei Tag, nicht in der Nacht«, sagte K., »fort mit euch.« – »Jetzt ist es ja Tag«, sagten sie und rührten sich nicht. Es war wirklich Tag, die Hoftür wurde geöffnet, die Bauern mit Olga, die K. ganz vergessen hatte, strömten herein. Olga war lebendig wie am Abend, so übel auch ihre Kleider und Haare zugerichtet waren, schon in der Tür suchten ihre Augen K. »Warum bist du nicht mit mir nach Hause gegangen?«, sagte sie, fast unter Tränen. »Wegen eines solchen Frauenzimmers!«, sagte sie dann und wiederholte das einige Male. Frieda, die für einen Augenblick verschwunden war, kam mit einem kleinen Wäschebündel zurück. Olga trat traurig beiseite. »Nun können wir gehen«, sagte Frieda; es war selbstverständlich, dass sie das Wirtshaus »Zur Brücke« meinte, in das sie gehen sollten. K. mit Frieda, hinter ihnen die Gehilfen, das war der Zug. Die Bauern zeigten viel Verachtung für Frieda, es war selbstverständlich, weil sie sie bisher streng beherrscht hatte; einer nahm sogar einen Stock und tat so, als wolle er sie nicht fortlassen, ehe sie über den Stock springe; aber ihr Blick genügte, um ihn zu vertreiben. Draußen im Schnee atmete K. ein wenig auf. Das Glück, im Freien zu sein, war so groß, dass es diesmal die Schwierigkeit des Wegs erträglich machte; wäre K. allein gewesen, wäre er noch besser gegangen. Im Wirtshaus ging er gleich in sein Zimmer und legte sich aufs Bett, Frieda machte sich daneben auf dem Boden ein Lager zurecht. Die Gehilfen waren mit eingedrungen, wurden vertrieben, kamen dann aber durchs Fenster wieder herein. K. war zu müde, um sie nochmals zu vertreiben. Die Wirtin kam eigens herauf, um Frieda zu begrüßen, wurde von Frieda »Mütterchen« genannt; es gab eine unverständlich herzliche Begrüßung mit Küssen und langem Aneinanderdrücken. Ruhe war in dem Zimmerchen überhaupt wenig, öfters kamen auch die Mägde in ihren Männerstiefeln hereingepoltert, um irgendetwas zu bringen oder zu holen. Brauchten sie etwas aus dem mit verschiedenen Dingen vollgestopften Bett, zogen sie es rücksichtslos unter K. hervor. Frieda begrüßten sie als ihresgleichen. Trotz dieser Unruhe blieb doch K. im Bett, den ganzen Tag und die ganze Nacht. Kleine Handreichungen besorgte ihm Frieda. Als er am nächsten Morgen sehr erfrischt endlich aufstand, war es schon der vierte Tag seines Aufenthalts im Dorf.

## Das vierte Kapitel

Er hätte gern mit Frieda vertraulich gesprochen, aber die Gehilfen, mit denen übrigens Frieda hie und da auch scherzte und lachte, hinderten ihn daran durch ihre bloße, aufdringliche Gegenwart. Anspruchsvoll waren sie allerdings nicht, sie hatten sich in einer Ecke auf dem Boden auf zwei alten Frauenröcken eingerichtet. Es war, wie sie mit Frieda besprachen, ihr Ehrgeiz, den Herrn Landvermesser nicht zu stören und möglichst wenig Raum zu brauchen, sie machten in dieser Hinsicht, immer freilich unter Lispeln und Kichern, verschiedene Versuche, verschränkten Arme und Beine, kauerten sich gemeinsam zusammen, in der Dämmerung sah man in ihrer Ecke nur ein großes Knäuel. Trotzdem aber wusste man leider aus den Erfahrungen bei Tageslicht, dass es sehr aufmerksame Beobachter waren, immer zu K. herüberstarrten, sei es auch, dass sie in scheinbar kindlichem Spiel etwa ihre Hände als Fernrohre verwendeten und ähnlichen Unsinn trieben oder auch nur herüberblinzelten und hauptsächlich mit der Pflege ihrer Bärte beschäftigt schienen, an denen ihnen sehr viel gelegen war und die sie unzählige Mal der Länge und Fülle nach miteinander verglichen und von Frieda beurteilen ließen.

Oft sah K. von seinem Bett aus dem Treiben der drei in völliger Gleichgültigkeit zu.

Als er sich nun kräftig genug fühlte, das Bett zu verlassen, eilten alle herbei, ihn zu bedienen. So kräftig, sich gegen ihre Dienste wehren zu können, war er noch nicht, er merkte, dass er dadurch in eine gewisse Abhängigkeit von ihnen geriet, die schlechte Folgen haben konnte, aber er musste es geschehen lassen. Es war auch gar nicht sehr unangenehm, bei Tisch den guten Kaffee zu trinken, den Frieda geholt hatte, sich am Ofen zu wärmen, den Frieda geheizt hatte, die Gehilfen in ihrem Eifer und Ungeschick die Treppen hinab- und herauflaufen zu lassen, um Waschwasser, Seife, Kamm und Spiegel zu bringen und schließlich, weil K. einen leisen, dahin deutbaren Wunsch ausgesprochen hatte, auch ein Gläschen Rum.

Inmitten dieses Befehlens und Bedientwerdens sagte K., mehr aus behaglicher Laune als in der Hoffnung auf einen Erfolg: »Geht nun weg, ihr zwei, ich brauche vorläufig nichts mehr und will allein mit Fräulein Frieda sprechen.« Und als er nicht gerade Widerstand auf ihren Gesichtern sah, sagte er noch, um sie zu entschädigen: »Wir drei gehen dann zum Gemeindevorsteher, wartet unten in der Stube auf mich.« Merkwürdigerweise folgten sie, nur dass sie vor dem Weggehen noch sagten: »Wir könnten auch hier warten.« Und K. antwortete: »Ich weiß es, aber ich will es nicht.«

Ärgerlich aber und in gewissem Sinne doch auch willkommen war es K., als Frieda, die sich gleich nach dem Weggehen der Gehilfen auf seinen Schoß setzte, sagte: »Was hast du, Liebling, gegen die Gehilfen? Vor ihnen müssen wir keine Geheimnisse haben. Sie sind treu.« – »Ach, treu«, sagte K., »sie lauern mir fortwährend auf, es ist sinnlos, aber abscheulich.« – »Ich glaube dich zu verstehen«, sagte sie und hing sich an seinen Hals und wollte noch etwas sagen, konnte aber nicht weitersprechen; und weil der Sessel gleich neben dem Bett stand, schwankten sie hinüber und fielen hin. Dort lagen sie, aber nicht so hingegeben wie damals in der Nacht. Sie suchte etwas, und er suchte etwas, wütend, Grimassen schneidend, sich mit dem Kopf einbohrend in der Brust des anderen, suchten sie, und ihre Umarmungen und ihre sich aufwerfenden Körper machten sie nicht vergessen, sondern erinnerten sie an die Pflicht, zu suchen; wie Hunde verzweifelt im Boden scharren, so scharrten sie an ihren Körpern; und hilflos, enttäuscht, um noch letztes Glück zu holen, fuhren manchmal ihre Zungen breit über des anderen Gesicht. Erst die Müdigkeit ließ sie still und einander dankbar werden. Die Mägde kamen dann auch herauf. »Sieh, wie die hier liegen«, sagte eine und warf aus Mitleid ein Tuch über sie.

Als sich später K. aus dem Tuch freimachte und umhersah, waren – das wunderte ihn nicht – die Gehilfen wieder in ihrer Ecke, ermahnten, mit dem Finger auf K. zeigend, einer den anderen zum Ernst und salutierten; aber außerdem saß dicht beim Bett die Wirtin und strickte an einem Strumpf, eine kleine Arbeit, welche wenig passte zu ihrer riesigen, das Zimmer fast verdunkelnden Gestalt. »Ich warte schon lange«, sagte sie und hob ihr breites, von vielen Altersfalten durchzogenes, aber in seiner großen Masse doch noch glattes, vielleicht einmal schönes Gesicht. Die Worte klangen wie ein Vorwurf, ein unpassender, denn K. hatte ja nicht verlangt, dass sie komme. Er bestätigte daher nur durch Kopfnicken ihre Worte und setzte sich aufrecht. Auch Frieda stand auf, verließ aber K. und lehnte sich an den Sessel der Wirtin. »Könnte nicht, Frau Wirtin«, sagte K. zerstreut, »das, was Sie mir sagen wollen, aufgeschoben werden, bis ich vom Gemeindevorsteher zurückkomme. Ich habe eine wichtige Besprechung dort.« »Diese ist wichtiger, glauben Sie mir, Herr Landvermesser«, sagte die Wirtin, »dort handelt es sich wahrscheinlich nur um eine Arbeit, hier aber handelt es sich um einen Menschen, um Frieda, meine liebe Magd.« – »Ach so«, sagte K., »dann freilich; nur weiß ich nicht, warum man diese Angelegenheit nicht uns beiden überlässt.« – »Aus Liebe, aus Sorge«, sagte die Wirtin und zog Friedas Kopf, die stehend nur bis zur Schulter der sitzenden Wirtin reichte, an sich. »Da Frieda zu Ihnen ein solches Vertrauen hat«, sagte K., »kann auch ich nicht anders. Und da Frieda erst vor Kurzem meine Gehilfen treu genannt hat, so sind wir ja Freunde unter uns. Dann kann ich Ihnen also, Frau Wirtin, sagen, dass ich es für das Beste halten würde, wenn Frieda und ich heiraten, und zwar sehr bald. Leider, leider werde ich Frieda dadurch nicht ersetzen können, was sie durch mich verloren hat, die Stellung im Herrenhof und die Freundschaft Klamms.« Frieda hob ihr Gesicht, ihre Augen waren voll Tränen, nichts von Sieghaftigkeit war in ihnen. »Warum ich? Warum bin ich gerade dazu ausersehen?« – »Wie?«, fragten K. und die Wirtin gleichzeitig. »Sie ist verwirrt, das arme Kind«, sagte die Wirtin, »verwirrt vom Zusammentreffen zu vielen Glücks und Unglücks.« Und wie zur Bestätigung dieser Worte stürzte sich Frieda jetzt auf K., küsste ihn wild, als sei niemand sonst im Zimmer, und fiel dann weinend, immer noch ihn umarmend, vor ihm in die Knie. Während K. mit beiden Händen Friedas Haar streichelte, fragte er die Wirtin: »Sie scheinen mir recht zu geben?« »Sie sind ein Ehrenmann«, sagte die Wirtin, auch sie hatte Tränen in der Stimme, sah ein wenig verfallen aus und atmete schwer; trotzdem fand sie noch die Kraft, zu sagen: »Es werden jetzt nur gewisse Sicherungen zu bedenken sein, die Sie Frieda geben müssen, denn wie groß auch nun meine Achtung vor Ihnen ist, so sind Sie doch ein Fremder, können sich auf niemanden berufen, Ihre häuslichen Verhältnisse sind hier unbekannt. Sicherungen sind also nötig, das werden Sie einsehen, lieber Herr Landvermesser, haben Sie doch selbst hervorgehoben, wie viel Frieda durch die Verbindung mit Ihnen immerhin auch verliert.« – »Gewiss, Sicherungen, natürlich«, sagte K., »die werden am besten wohl vor dem Notar gegeben werden, aber auch andere gräfliche Behörden werden sich ja vielleicht noch einmischen. Übrigens habe auch ich noch vor der Hochzeit unbedingt etwas zu erledigen. Ich muss mit Klamm sprechen.« – »Das ist unmöglich«, sagte Frieda, erhob sich ein wenig und drückte sich an K., »was für ein Gedanke!« – »Es muss sein«, sagte K. »Wenn es mir unmöglich ist, es zu erwirken, musst du es tun.« –

»Ich kann nicht, K., ich kann nicht«, sagte Frieda, »niemals wird Klamm mit dir reden. Wie kannst du nur glauben, dass Klamm mit dir reden wird!« – »Und mit dir würde er reden?«, fragte K. »Auch nicht«, sagte Frieda, »nicht mit dir, nicht mit mir, es sind bare Unmöglichkeiten.« Sie wandte sich an die Wirtin mit ausgebreiteten Armen: »Sehen Sie nur, Frau Wirtin, was er verlangt.« »Sie sind eigentümlich, Herr Landvermesser«, sagte die Wirtin und war erschreckend, wie sie jetzt aufrechter dasaß, die Beine auseinandergestellt, die mächtigen Knie vorgetrieben durch den dünnen Rock. »Sie verlangen Unmögliches.« – »Warum ist es unmöglich?«, fragte K. »Das werde ich Ihnen erklären«, sagte die Wirtin in einem Ton, als sei diese Erklärung nicht etwa eine letzte Gefälligkeit, sondern schon die erste Strafe, die sie austeilte, »das werde ich Ihnen gern erklären. Ich gehöre zwar nicht zum Schloss und bin nur eine Frau und bin nur eine Wirtin, hier in einem Wirtshaus letzten Ranges – es ist nicht letzten Ranges, aber nicht weit davon –, und so könnte es sein, dass Sie meiner Erklärung nicht viel Bedeutung beilegen, aber ich habe in meinem Leben die Augen offen gehabt und bin mit vielen Leuten zusammengekommen und habe die ganze Last der Wirtschaft allein getragen, denn mein Mann ist zwar ein guter Junge, aber ein Gastwirt ist er nicht, und was Verantwortlichkeit ist, wird er nie begreifen. Sie zum Beispiel verdanken es doch nur seiner Nachlässigkeit – ich war an dem Abend schon müde zum Zusammenbrechen –, dass Sie hier im Dorf sind, dass Sie hier auf dem Bett in Frieden und Behagen sitzen.« – »Wie?«, fragte K., aus einer gewissen Zerstreutheit aufwachend, aufgeregt mehr von der Neugierde als von Ärger. »Nur seiner Nachlässigkeit verdanken Sie es!«, rief die Wirtin nochmals, mit gegen K. ausgestrecktem Zeigefinger. Frieda suchte sie zu beschwichtigen. »Was willst du«, sagte die Wirtin mit rascher Wendung des ganzen Leibes. »Der

Herr Landvermesser hat mich gefragt, und ich muss ihm antworten. Wie soll er es denn sonst verstehen, was uns selbstverständlich ist, dass Herr Klamm niemals mit ihm sprechen wird, was sage ich ›wird‹, niemals mit ihm sprechen kann. Hören Sie, Herr Landvermesser! Herr Klamm ist ein Herr aus dem Schloss, das bedeutet schon an und für sich, ganz abgesehen von Klamms sonstiger Stellung, einen sehr hohen Rang. Was sind nun aber Sie, um dessen Heiratseinwilligung wir uns hier so demütig bewerben! Sie sind nicht aus dem Schloss, Sie sind nicht aus dem Dorf, Sie sind nichts. Leider aber sind Sie doch etwas, ein Fremder, einer, der überzählig und überall im Weg ist, einer, wegen dessen man immerfort Scherereien hat, wegen dessen man die Mägde ausquartieren muss, einer, dessen Absichten unbekannt sind, einer, der unsere liebste kleine Frieda verführt hat und dem man sie leider zur Frau geben muss. Wegen alles dessen mache ich Ihnen ja im Grunde keine Vorwürfe. Sie sind, was Sie sind; ich habe in meinem Leben schon zu viel gesehen, als dass ich nicht noch diesen Anblick ertragen sollte. Nun aber stellen Sie sich vor, was Sie eigentlich verlangen. Ein Mann wie Klamm soll mit Ihnen sprechen! Mit Schmerz habe ich gehört, dass Frieda Sie hat durchs Guckloch schauen lassen, schon als sie das tat, war sie von Ihnen verführt. Sagen Sie doch, wie haben Sie überhaupt Klamms Anblick ertragen? Sie müssen nicht antworten, ich weiß es, Sie haben ihn sehr gut ertragen. Sie sind ja gar nicht imstande, Klamm wirklich zu sehen, das ist nicht Überhebung meinerseits, denn ich selbst bin es auch nicht imstande. Klamm soll mit Ihnen sprechen, aber er spricht doch nicht einmal mit Leuten aus dem Dorf, noch niemals hat er selbst mit jemandem aus dem Dorf gesprochen. Es war ja die große Auszeichnung Friedas, eine Auszeichnung, die mein Stolz sein wird bis an mein Ende, dass er wenigstens Friedas Namen zu rufen pflegte und dass sie zu ihm sprechen konnte nach Belieben und die Erlaubnis des Gucklochs bekam, gesprochen aber hat er auch mit ihr nicht. Und dass er Frieda manchmal rief, muss gar nicht die Bedeutung haben, die man dem gerne zusprechen möchte, er rief einfach den Namen ›Frieda‹ – wer kennt seine Absichten? –, dass Frieda natürlich eilends kam, war ihre Sache, und dass sie ohne Widerspruch zu ihm gelassen wurde, war Klamms Güte, aber dass er sie geradezu gerufen hätte, kann man nicht behaupten. Freilich, nun ist auch das, was war, für immer dahin. Vielleicht wird Klamm noch den Namen ›Frieda‹ rufen, das ist möglich, aber zugelassen wird sie zu ihm gewiss nicht mehr, ein Mädchen, das sich mit Ihnen abgegeben hat. Und nur eines, nur eines kann ich nicht verstehen mit meinem armen Kopf, dass ein Mädchen, von dem man sagte, es sei Klamms Geliebte – ich halte das übrigens für eine sehr übertriebene Bezeichnung –, sich von Ihnen auch nur berühren ließ.«

»Gewiss, das ist merkwürdig«, sagte K., und nahm Frieda, die sich, wenn auch mit gesenktem Kopf, gleich fügte, zu sich auf den Schoß, »es beweist aber, glaube ich, dass sich auch sonst nicht alles genauso verhält, wie Sie glauben. So haben Sie zum Beispiel gewiss recht, wenn Sie sagen, dass ich vor Klamm ein Nichts bin; und wenn ich jetzt auch verlange, mit Klamm zu sprechen, und nicht einmal durch Ihre Erklärungen davon abgebracht bin, so ist damit noch nicht gesagt, dass ich imstande bin, den Anblick Klamms ohne dazwischenstehende Tür auch nur zu ertragen, und ob ich nicht schon bei seinem Erscheinen aus dem Zimmer renne. Aber eine solche, wenn auch berechtigte Befürchtung ist für mich noch kein Grund, die Sache nicht doch zu wagen. Gelingt es mir aber, ihm standzuhalten, dann ist es gar nicht nötig, dass er mit mir spricht, es genügt mir, wenn ich den Eindruck sehe, den meine Worte auf ihn machen, und machen sie keinen oder hört er sie gar nicht, habe ich doch den Gewinn, frei vor einem Mächtigen gesprochen zu haben. Sie aber, Frau Wirtin, mit Ihrer großen Lebens- und Menschenkenntnis, und Frieda, die noch gestern Klamms Geliebte war – ich sehe keinen Grund, von diesem Wort abzugehen –, können mir gewiss leicht die Gelegenheit verschaffen, mit Klamm zu sprechen; ist es auf keine andere Weise möglich, dann eben im Herrenhof, vielleicht ist er auch heute noch dort.«

»Es ist unmöglich«, sagte die Wirtin, »und ich sehe, dass Ihnen die Fähigkeit fehlt, es zu begreifen. Aber sagen Sie doch, worüber wollen Sie denn mit Klamm sprechen?« – »Über Frieda natürlich«, sagte K.

»Über Frieda?«, fragte die Wirtin verständnislos und wandte sich an Frieda. »Hörst du, Frieda, über dich will er, er, mit Klamm, mit Klamm sprechen.«

»Ach«, sagte K., »Sie sind, Frau Wirtin, eine so kluge, Achtung einflößende Frau, und doch erschreckt Sie jede Kleinigkeit. Nun also, ich will über Frieda mit ihm sprechen, das ist doch nicht so sehr ungeheuerlich als vielmehr selbstverständlich. Denn Sie irren gewiss auch, wenn Sie glauben, dass Frieda von dem Augenblick an, wo ich auftrat, für Klamm bedeutungslos geworden ist. Sie unterschätzen ihn, wenn Sie das glauben. Ich fühle gut, dass es anmaßend von mir ist, Sie in dieser Hinsicht belehren zu wollen, aber ich muss es doch tun. Durch mich kann in Klamms Beziehung zu Frieda nichts geändert worden sein. Entweder bestand keine wesentliche Beziehung – das sagen eigentlich diejenigen, welche Frieda den Ehrennamen Geliebte nehmen –, nun, dann besteht sie auch heute nicht; oder aber sie bestand, wie könnte sie dann durch mich, wie Sie richtig sagten, ein Nichts in Klamms Augen, wie könnte sie dann durch mich gestört sein. Solche Dinge glaubt man im ersten Augenblick des Schreckens, aber schon die kleinste Überlegung muss das richtigstellen. Lassen wir übrigens doch Frieda ihre Meinung hierzu sagen.«

Mit in die Ferne schweifendem Blick, die Wange an K.s Brust, sagte Frieda: »Es ist gewiss so, wie Mütterchen sagt: Klamm will nichts mehr von mir wissen. Aber freilich nicht deshalb, weil du, Liebling, kamst, nichts Derartiges hätte ihn erschüttern können. Wohl aber, glaube ich, ist es sein Werk, dass wir uns dort unter dem Pult zusammengefunden haben; gesegnet, nicht verflucht sei die Stunde.« – »Wenn es so ist«, sagte K. langsam, denn süß waren Friedas Worte, er schloss ein paar Sekunden lang die Augen, um sich von den Worten durchdringen zu lassen, »wenn es so ist, ist noch weniger Grund, sich vor einer Aussprache mit Klamm zu fürchten.«

»Wahrhaftig«, sagte die Wirtin und sah K. von hoch herab an, »Sie erinnern mich manchmal an meinen Mann, so trotzig und kindlich wie er sind Sie auch. Sie sind ein paar Tage im Ort, und schon wollen Sie alles besser kennen als die Eingeborenen, besser als ich alte Frau und als Frieda, die im Herrenhof so viel gesehen und gehört hat. Ich leugne nicht, dass es möglich ist, einmal auch etwas ganz gegen die Vorschriften und gegen das Althergebrachte zu erreichen; ich habe etwas Derartiges nicht erlebt, aber es gibt angeblich Beispiele dafür, mag sein; aber dann geschieht es gewiss nicht auf die Weise, wie Sie es tun, indem man immerfort ›Nein, nein‹ sagt und nur auf seinen Kopf schwört und die wohlmeinendsten Ratschläge überhört. Glauben Sie denn, meine Sorge gilt Ihnen? Habe ich mich um Sie gekümmert, solange Sie allein waren? Obwohl es gut gewesen wäre und manches sich hätte vermeiden lassen. Das Einzige, was ich damals meinem Mann über Sie sagte, war: ›Halte dich von ihm fern.‹ Das hätte auch heute noch für mich gegolten, wenn nicht Frieda jetzt in Ihr Schicksal mit hineingezogen worden wäre. Ihr verdanken Sie – ob es Ihnen gefällt oder nicht – meine Sorgfalt, ja sogar meine Beachtung. Und Sie dürfen mich nicht einfach abweisen, weil Sie mir, der Einzigen, die über der kleinen Frieda mit mütterlicher Sorge wacht, streng verantwortlich sind. Möglich, dass Frieda recht hat und alles, was geschehen ist, der Wille Klamms ist; aber von Klamm weiß ich jetzt nichts; ich werde niemals mit ihm sprechen, er ist mir gänzlich unerreichbar; Sie aber sitzen hier, halten meine Frieda und werden – warum soll ich es verschweigen? – von mir gehalten. Ja, von mir gehalten, denn versuchen Sie es, junger Mann, wenn ich Sie auch aus dem Haus weise, irgendwo im Dorf ein Unterkommen zu finden, und sei es in einer Hundehütte.«

»Danke«, sagte K., »das sind offene Worte, und ich glaube Ihnen vollkommen. So unsicher ist also meine Stellung und damit zusammenhängend auch die Stellung Friedas.«

»Nein!«, rief die Wirtin wütend dazwischen. »Friedas Stellung hat in dieser Hinsicht gar nichts mit Ihrer zu tun. Frieda gehört zu meinem Haus, und niemand hat das Recht, ihre Stellung hier eine unsichere zu nennen.«

»Gut, gut«, sagte K., »ich gebe Ihnen auch darin recht, besonders da Frieda aus mir unbekannten Gründen zu viel Angst vor Ihnen zu haben scheint, um sich einzumischen. Bleiben wir also vorläufig nur bei mir. Meine Stellung ist höchst unsicher, das leugnen Sie nicht, sondern strengen sich vielmehr an, es zu beweisen. Wie bei allem, was Sie sagen, ist auch dieses nur zum größten Teil richtig, aber nicht ganz. So weiß ich zum Beispiel von einem recht guten Nachtlager, das mir freisteht.«

»Wo denn? Wo denn?«, riefen Frieda und die Wirtin, so gleichzeitig und so begierig, als hätten sie die gleichen Beweggründe für ihre Frage. – »Bei Barnabas«, sagte K.

»Die Lumpen!«, rief die Wirtin. »Die abgefeimten Lumpen! Bei Barnabas! Hört ihr –« und sie wandte sich nach der Ecke, die Gehilfen aber waren schon längst hervorgekommen und standen Arm in Arm hinter der Wirtin, die jetzt, als brauche sie einen Halt, die Hand des einen ergriff, »hört ihr, wo sich der Herr herumtreibt, in der Familie des Barnabas! Freilich, dort bekommt er ein Nachtlager, ach, hätte er es doch lieber dort gehabt als im Herrenhof. Aber wo wart denn ihr?«

»Frau Wirtin«, sagte K., noch ehe die Gehilfen antworteten, »es sind meine Gehilfen, Sie aber behandeln sie so, wie wenn es Ihre Gehilfen, aber meine Wächter wären. In allem anderen bin ich bereit, höflichst über Ihre Meinungen zumindest zu diskutieren, hinsichtlich meiner Gehilfen aber nicht, denn hier liegt die Sache doch zu klar! Ich bitte Sie daher, mit meinen Gehilfen nicht zu sprechen, und wenn meine Bitte nicht genügen sollte, verbiete ich meinen Gehilfen, Ihnen zu antworten.«

»Ich darf also nicht mit euch sprechen«, sagte die Wirtin, und alle drei lachten, die Wirtin spöttisch, aber viel sanfter, als K. es erwartet hatte, die Gehilfen in ihrer gewöhnlichen, viel und nichts bedeutenden, jede Verantwortung ablehnenden Art.

»Werde nur nicht böse«, sagte Frieda, »du musst unsere Aufregung richtig verstehen. Wenn man will, verdanken wir es nur Barnabas, dass wir jetzt einander gehören. Als ich dich zum ersten Mal im Ausschank sah – du kamst herein, eingehängt in Olga –, wusste ich zwar schon einiges über dich, aber im Ganzen warst du mir doch völlig gleichgültig. Nun, nicht nur du warst mir gleichgültig, fast alles, fast alles war mir gleichgültig. Ich war ja auch damals mit vielem unzufrieden, und manches ärgerte mich, aber was war das für eine Unzufriedenheit und was für ein Ärger! Es beleidigte mich zum Beispiel einer der Gäste im Ausschank, sie waren ja immer hinter mir her – du hast die Burschen dort gesehen, es kamen aber noch viel ärgere, Klamms Dienerschaft war nicht die ärgste –, also einer beleidigte mich, was bedeutete mir das? Es war mir, als sei es vor vielen Jahren geschehen oder als sei es gar nicht mir geschehen oder als hätte ich es nur erzählen hören oder als hätte ich selbst es schon vergessen. Aber ich kann es nicht beschreiben, ich kann es mir nicht einmal mehr vorstellen, so hat sich alles geändert, seitdem Klamm mich verlassen hat.«

Und Frieda brach ihre Erzählung ab, traurig senkte sie den Kopf, die Hände hielt sie gefaltet im Schoß.

»Sehen Sie«, rief die Wirtin, und sie tat es so, als spreche sie nicht selbst, sondern leihe nur Frieda ihre Stimme, sie rückte auch näher und saß nun knapp neben Frieda, »sehen Sie nun, Herr Landvermesser, die Folgen Ihrer Taten, und auch Ihre Gehilfen, mit denen ich ja nicht sprechen darf, mögen zu ihrer Belehrung zusehen! Sie haben Frieda aus dem glücklichsten Zustand gerissen, der ihr je beschieden war, und es ist Ihnen vor allem deshalb gelungen, weil Frieda mit ihrem kindlich übertriebenen Mitleid es nicht ertragen konnte, dass Sie an Olgas Arm hingen und so der barnabasschen Familie ausgeliefert schienen. Sie hat Sie gerettet und sich dabei geopfert. Und nun, da es geschehen ist und Frieda alles, was sie hatte, eingetauscht hat für das Glück, auf Ihrem Knie zu sitzen, nun kommen Sie und spielen es als Ihren großen Trumpf aus, dass Sie einmal die Möglichkeit hatten, bei Barnabas übernachten zu dürfen. Damit wollen Sie wohl beweisen, dass Sie von mir unabhängig sind. Gewiss, wenn Sie wirklich bei Barnabas übernachtet hätten, wären Sie so unabhängig von mir, dass Sie im Nu, aber allerschleunigst, mein Haus verlassen müssten.«

»Ich kenne die Sünden der barnabasschen Familie nicht«, sagte K., während er Frieda, die wie leblos war, vorsichtig aufhob, langsam auf das Bett setzte und selbst aufstand, »vielleicht haben Sie darin recht, aber ganz gewiss hatte ich recht, als ich Sie ersucht habe, unsere Angelegenheiten, Friedas und meine, uns beiden allein zu überlassen. Sie erwähnten damals etwas von Liebe und Sorge, davon habe ich dann aber weiter nicht viel gemerkt, desto mehr aber von Hass und Hohn und Hausverweisung. Sollten Sie es darauf angelegt haben, Frieda von mir oder mich von Frieda abzubringen, so war es ja recht geschickt gemacht; aber es wird Ihnen doch, glaube ich, nicht gelingen, und wenn es Ihnen gelingen sollte, so werden Sie es – erlauben Sie auch mir einmal eine dunkle Drohung – bitter bereuen. Was die Wohnung betrifft, die Sie mir gewähren – Sie können damit nur dieses abscheuliche Loch meinen –, so ist es durchaus nicht gewiss, dass Sie es aus eigenem Willen tun, vielmehr scheint darüber eine Weisung der gräflichen Behörde vorzuliegen. Ich werde nun dort melden, dass mir hier gekündigt worden ist, und wenn man mir dann eine andere Wohnung zuweist, werden Sie wohl befreit aufatmen, ich aber noch tiefer. Und nun gehe ich in dieser und in anderen Angelegenheiten zum Gemeindevorstand; bitte, nehmen Sie sich wenigstens Friedas an, die Sie mit Ihren sozusagen mütterlichen Reden übel genug zugerichtet haben.«

Dann wandte er sich an die Gehilfen. »Kommt!«, sagte er, nahm den klammschen Brief vom Haken und wollte gehen. Die Wirtin hatte ihm schweigend zugesehen, erst als er die Hand schon auf der Türklinke hatte, sagte sie: »Herr Landvermesser, noch etwas gebe ich Ihnen mit auf den Weg, denn welche Reden Sie auch führen mögen und wie Sie mich auch beleidigen wollen, mich alte Frau, so sind Sie doch Friedas künftiger Mann. Nur deshalb sage ich es Ihnen, dass Sie hinsichtlich der hiesigen Verhältnisse entsetzlich unwissend sind, der Kopf schwirrt einem, wenn man Ihnen zuhört, und wenn man das, was Sie sagen und meinen, in Gedanken mit der wirklichen Lage vergleicht. Zu verbessern ist diese Unwissenheit nicht mit einem Mal und vielleicht gar nicht; aber vieles kann besser werden, wenn Sie mir nur ein wenig glauben und sich diese Unwissenheit immer vor

Augen halten. Sie werden dann zum Beispiel sofort gerechter gegen mich werden und zu ahnen beginnen, was für einen Schrecken ich durchgemacht habe – und die Folgen des Schreckens halten noch an –, als ich erkannt habe, dass meine liebste Kleine gewissermaßen den Adler verlassen hat, um sich der Blindschleiche zu verbinden, aber das wirkliche Verhältnis ist ja noch viel schlimmer, und ich muss es immerfort zu vergessen suchen, sonst könnte ich kein ruhiges Wort mit Ihnen sprechen. Ach, nun sind Sie wieder böse. Nein, gehen Sie noch nicht, nur diese Bitte hören Sie noch an: Wohin Sie auch kommen, bleiben Sie sich dessen bewusst, dass Sie hier der Unwissendste sind, und seien Sie vorsichtig; hier bei uns, wo Friedas Gegenwart Sie vor Schaden schützt, mögen Sie sich dann das Herz freischwätzen, hier können Sie uns dann zum Beispiel zeigen, wie Sie mit Klamm zu sprechen beabsichtigen; nur in Wirklichkeit, nur in Wirklichkeit, bitte, bitte, tun Sie's nicht!«

Sie stand auf, ein wenig schwankend vor Aufregung, ging zu K., fasste seine Hand und sah ihn bittend an. »Frau Wirtin«, sagte K., »ich verstehe nicht, warum Sie wegen einer solchen Sache sich dazu erniedrigen, mich zu bitten. Wenn es, wie Sie sagen, für mich unmöglich ist, mit Klamm zu sprechen, so werde ich es eben nicht erreichen, ob man mich bittet oder nicht. Wenn es aber doch möglich sein sollte, warum soll ich es dann nicht tun, besonders da dann mit dem Wegfall Ihres Haupteinwandes auch Ihre weiteren Befürchtungen sehr fraglich werden. Freilich, unwissend bin ich, die Wahrheit bleibt jedenfalls bestehen, und das ist sehr traurig für mich; aber es hat doch auch den Vorteil, dass der Unwissende mehr wagt, und deshalb will ich die Unwissenheit und ihre gewiss schlimmen Folgen gerne noch ein Weilchen tragen, solange die Kräfte reichen. Diese Folgen aber treffen doch im Wesentlichen nur mich, und deshalb vor allem verstehe ich nicht, warum Sie bitten. Für Frieda werden Sie doch gewiss immer sorgen, und verschwinde ich gänzlich aus Friedas Gesichtskreis, kann es doch in Ihrem Sinn nur ein Glück bedeuten. Was fürchten Sie also? Sie fürchten doch nicht etwa – dem Unwissenden scheint alles möglich«, hier öffnete K. schon die Tür –, »Sie fürchten doch nicht etwa für Klamm?« Die Wirtin sah ihm schweigend nach, wie er die Treppe hinabeilte und die Gehilfen ihm folgten.

## Das fünfte Kapitel

Die Besprechung mit dem Vorsteher machte K. fast zu seiner eigenen Verwunderung wenig Sorgen. Er suchte es sich dadurch zu erklären, dass nach seinen bisherigen Erfahrungen der amtliche Verkehr mit den gräflichen Behörden für ihn sehr einfach gewesen war. Das lag einerseits daran, dass hinsichtlich der Behandlung seiner Angelegenheit offenbar ein für alle Mal ein bestimmter, äußerlich ihm sehr günstiger Grundsatz ausgegeben worden war, und andererseits lag es an der bewunderungswürdigen Einheitlichkeit des Dienstes, die man besonders dort, wo sie scheinbar nicht vorhanden war, als eine besonders vollkommene ahnte. K. war, wenn er manchmal nur an diese Dinge dachte, nicht weit davon entfernt seine Lage zufriedenstellend zu finden, obwohl er sich immer nach solchen Anfällen des Behagens schnell sagte, dass gerade darin die Gefahr lag.

Der direkte Verkehr mit den Behörden war ja nicht allzu schwer, denn die Behörden hatten, so gut sie auch organisiert sein mochten, immer nur im Namen entlegener, unsichtbarer Herren entlegene, unsichtbare Dinge zu verteidigen, während K. für etwas lebendigst Nahes kämpfte, für sich selbst; überdies, zumindest in der allerersten Zeit, aus eigenem Willen, denn er war der Angreifer; und nicht nur er kämpfte für sich, sondern offenbar noch andere Kräfte, die er nicht kannte, aber an die er nach den Maßnahmen der Behörden glauben konnte. Dadurch nun aber, dass die Behörden K. von vornherein in unwesentlichen Dingen – um mehr hatte es sich bisher nicht gehandelt – weit entgegenkamen, nahmen sie ihm die Möglichkeit kleiner, leichter Siege und mit dieser Möglichkeit auch die zugehörige Genugtuung und die aus ihr sich ergebende, gut begründete Sicherheit für weitere größere Kämpfe. Stattdessen ließen sie K., allerdings nur innerhalb des Dorfes, überall durchgleiten, wo er wollte, verwöhnten und schwächten ihn dadurch, schalteten hier überhaupt jeden Kampf aus und verlegten ihn dafür in das außeramtliche, völlig unübersichtliche, trübe, fremdartige Leben. Auf diese Weise konnte es, wenn er nicht immer auf der Hut war, wohl geschehen, dass er eines Tages trotz aller Liebenswürdigkeit der Behörden und trotz der vollständigen Erfüllung aller so übertrieben leichten amtlichen Verpflichtungen, getäuscht durch die ihm erwiesene scheinbare Gunst, sein sonstiges Leben so unvorsichtig führte, dass er hier zusammenbrach und die Behörde, noch immer sanft und freundlich gleichsam gegen ihren Willen, aber im Namen irgendeiner ihm unbekannten öffentlichen Ordnung kommen musste, um ihn aus dem Weg zu räumen. Und was war es eigentlich hier, jenes sonstige Leben? Nirgends noch hatte K. Amt und Leben so verflochten gesehen wie hier, so verflochten, dass es manchmal scheinen konnte, Amt und Leben hätten ihre Plätze gewechselt. Was bedeutete zum Beispiel die bis jetzt nur formelle Macht, welche Klamm über K.s Dienst ausübte, verglichen mit der Macht, die Klamm in K.s Schlafkammer in aller Wirklichkeit hatte. So kam es, dass hier ein etwas leichtsinnigeres Verfahren, eine gewisse Entspannung, nur direkt gegenüber den Behörden am Platze war, während sonst aber immer große Vorsicht nötig war, ein Herumblicken nach allen Seiten, vor jedem Schritt.

Seine Auffassung der hiesigen Behörden fand K. zunächst beim Vorsteher sehr bestätigt. Der Vorsteher, ein freundlicher, dicker, glatt rasierter Mann, war krank, hatte einen schweren Gichtanfall und empfing K. im Bett. »Das ist also unser Herr Landvermesser«, sagte er, wollte sich zur Begrüßung aufrichten, konnte es aber nicht zustande bringen und warf sich, entschuldigend auf die Beine zeigend, wieder zurück in die Kissen. Eine stille, im Dämmerlicht des kleinfenstrigen, durch Vorhänge noch verdunkelten Zimmers fast schattenhafte Frau brachte K. einen Sessel und stellte ihn zum Bett. »Setzen Sie sich, setzen Sie sich, Herr Landvermesser«, sagte der Vorsteher, »und sagen Sie mir Ihre Wünsche.« K. las den Brief Klamms vor und knüpfte einige Bemerkungen daran. Wieder hatte er das Gefühl der außerordentlichen Leichtigkeit des Verkehrs mit den Behörden. Sie trugen förmlich jede Last, alles konnte man ihnen auferlegen, und selbst blieb man unberührt und frei. Als fühle das in seiner Art auch der Vorsteher, drehte er sich unbehaglich im Bett. Schließlich sagte er: »Ich habe, Herr Landvermesser, wie Sie ja gemerkt haben, von der ganzen Sache gewusst. Dass ich selbst noch nichts veranlasst habe, hat seinen Grund erstens in meiner Krankheit und dann darin, dass Sie so lange nicht kamen, ich dachte schon, Sie seien von der Sache abgekommen. Nun aber, da Sie so freundlich sind, selbst mich aufzusuchen, muss ich Ihnen freilich die volle, unangenehme Wahrheit sagen. Sie sind als Landvermesser aufgenommen, wie Sie sagen; aber leider, wir brauchen keinen Landvermesser. Es wäre nicht die geringste Arbeit für ihn da. Die Grenzen unserer kleinen Wirtschaften sind abgesteckt, alles ist ordentlich eingetragen. Besitzwechsel kommt kaum vor, und kleine Grenzstreitigkeiten regeln wir selbst. Was soll uns also ein Landvermesser?« K. war, ohne dass er allerdings früher darüber nachgedacht hätte, im Innersten davon überzeugt, eine ähnliche Mitteilung erwartet zu haben. Eben deshalb konnte er gleich sagen: »Das überrascht mich sehr. Das wirft alle meine Berechnungen über den Haufen. Ich kann nur hoffen, dass ein Missverständnis vorliegt.« – »Leider nicht«, sagte der Vorsteher, »es ist so, wie ich sage.« – »Aber wie ist das möglich!«, rief K. »Ich habe doch diese endlose Reise nicht gemacht, um jetzt wieder zurückgeschickt zu werden!« – »Das ist eine andere Frage«, sagte der Vorsteher, »die ich nicht zu entscheiden habe aber wie jenes Missverständnis möglich war, das kann ich Ihnen allerdings erklären. In einer so großen Behörde wie der gräflichen kann es einmal vorkommen, dass eine Abteilung dieses angeordnet, die andere jenes, keine weiß von der anderen, die übergeordnete Kontrolle ist zwar äußerst genau, kommt aber ihrer Natur nach zu spät, und so kann immerhin eine kleine Verwirrung entstehen. Immer sind es freilich nur winzigste Kleinigkeiten wie zum Beispiel Ihr Fall. In großen Dingen ist mir noch kein Fehler bekannt geworden, aber die Kleinigkeiten sind oft auch peinlich genug. Was nun Ihren Fall betrifft, so will ich Ihnen, ohne Amtsgeheimnisse zu machen – dazu bin ich nicht genug Beamter, ich bin Bauer und dabei bleibt es –, den Hergang offen erzählen. Vor langer Zeit, ich war damals erst einige Monate Vorsteher, kam ein Erlass, ich weiß nicht mehr von welcher Abteilung, in welchem in der den Herren dort eigentümlichen kategorischen Art mitgeteilt war, dass ein Landvermesser berufen werden solle, und der Gemeinde aufgetragen war, alle für seine Arbeiten notwendigen Pläne und Aufzeichnungen bereitzuhalten. Dieser Erlass kann natürlich nicht Sie betroffen haben, denn das war vor vielen Jahren, und ich hätte mich nicht daran erinnert, wenn ich nicht jetzt krank wäre und im Bett über die lächerlichsten Dinge nachzudenken Zeit genug hätte.« – »Mizzi«, sagte er, plötzlich seinen Bericht unterbrechend, zu der Frau, die noch immer in unverständlicher Tätigkeit durch das Zimmer huschte, »bitte, sieh dort im Schrank nach, vielleicht findest du den Erlass.« – »Er ist nämlich«, sagte er erklärend zu K., »aus meiner ersten Zeit, damals habe ich noch alles aufgehoben.« Die Frau öffnete gleich den Schrank, K. und der Vorsteher sahen zu. Der Schrank war mit Papieren vollgestopft. Beim Öffnen rollten zwei große Aktenbündel heraus, welche rund gebunden waren, so wie man Brennholz zu binden pflegt, die Frau sprang erschrocken zur Seite. »Unten dürfte es sein, unten«, sagte der Vorsteher, vom Bett aus dirigierend. Folgsam warf die Frau, mit beiden Armen die Akten zusammenfassend, alles aus dem Schrank, um zu den unteren Papieren zu gelangen. Die Papiere bedeckten schon das halbe Zimmer. »Viel Arbeit ist geleistet worden«, sagte der Vorsteher nickend, »und das ist nur ein kleiner Teil. Die Hauptmasse habe ich in der Scheune aufbewahrt, und der größte Teil ist allerdings verloren gegangen. Wer kann das alles zusammenhalten! In der Scheune ist aber noch sehr viel.« – »Wirst du den Erlass finden können?«, wandte er sich dann wieder zu seiner Frau. »Du musst einen Akt suchen, auf dem das Wort ›Landvermesser‹ blau unterstrichen ist.« – »Es ist zu dunkel hier«, sagte die Frau, »ich werde eine Kerze holen«, und sie ging über die Papiere hinweg aus dem Zimmer. »Meine Frau ist mir eine große Stütze«, sagte der Vorsteher, »in dieser schweren Amtsarbeit, die doch nur nebenbei geleistet werden muss. Ich habe zwar für die schriftlichen Arbeiten noch eine Hilfskraft, den Lehrer, aber es ist trotzdem unmöglich, fertig zu werden, es bleibt immer viel Unerledigtes zurück, das ist dort in jenem Kasten gesammelt«, und er zeigte auf einen anderen Schrank. »Und gar, wenn ich jetzt krank bin, nimmt es überhand«, sagte er und legte sich müde, aber doch auch stolz zurück. »Könnte ich nicht«, sagte K., als die Frau mit der Kerze zurückgekommen war und vor dem Kasten kniend den Erlass suchte, »Ihrer Frau beim Suchen helfen?« Der Vorsteher schüttelte lächelnd den Kopf: »Wie ich schon sagte, ich habe keine Amtsgeheimnisse vor Ihnen; aber Sie selbst in den Akten suchen zu lassen, so weit kann ich denn doch nicht gehen.« Es wurde jetzt still im Zimmer, nur das Rascheln der Papiere war zu hören, der Vorsteher schlummerte vielleicht sogar ein wenig. Ein leises Klopfen an der Tür ließ K. sich umdrehen. Es waren natürlich die Gehilfen. Immerhin waren sie schon ein wenig erzogen, stürmten nicht gleich ins Zimmer, sondern flüsterten zunächst durch die ein wenig geöffnete Tür: »Es ist uns zu kalt draußen.« – »Wer ist es?«, fragte der Vorsteher aufschreckend. »Es sind nur meine Gehilfen« sagte K., »ich weiß nicht, wo ich sie auf mich warten lassen soll, draußen ist es zu kalt, und hier sind sie lästig.« – »Mich stören sie nicht«, sagte der Vorsteher freundlich. »Lassen Sie sie hereinkommen. Übrigens kenne ich sie ja. Alte Bekannte.« – »Mir aber sind sie lästig«, sagte K. offen, ließ den Blick von den Gehilfen zum Vorsteher und wieder zurück zu den Gehilfen wandern und fand aller drei Lächeln ununterscheidbar gleich. »Wenn ihr aber nun schon hier seid«, sagte er dann versuchsweise, »so bleibt und helft dort der Frau Vorsteher einen Akt zu suchen, auf dem das Wort ›Landvermesser‹ blau unterstrichen ist.« Der Vorsteher erhob keinen Widerspruch. Was K. nicht durfte, die Gehilfen durften es, sie warfen sich auch gleich auf die Papiere, aber sie wühlten mehr in den Haufen, als dass sie suchten, und während einer eine Schrift buchstabierte, riss sie ihm der andere immer aus der Hand. Die Frau dagegen kniete vor dem leeren Kasten, sie schien gar nicht mehr zu suchen, jedenfalls stand die Kerze sehr weit von ihr.

»Die Gehilfen«, sagte der Vorsteher mit einem selbstzufriedenen Lächeln, so als gehe alles auf seine Anordnungen zurück, aber niemand sei imstande, das auch nur zu vermuten, »sie sind Ihnen also lästig, aber es sind doch Ihre eigenen Gehilfen.« – »Nein«, sagte K. kühl, »sie sind mir erst hier zugelaufen.« – »Wie denn, zugelaufen«, sagte der Vorsteher, »zugeteilt worden, meinen Sie wohl.« – »Nun denn, zugeteilt worden«, sagte K. »Sie könnten aber ebenso gut herabgeschneit sein, so bedenkenlos war diese Zuteilung.« – »Bedenkenlos geschieht hier nichts«, sagte der Vorsteher, vergaß sogar den Fußschmerz und setzte sich aufrecht. »Nichts«, sagte K., »und wie verhält es sich mit meiner Berufung?« – »Auch Ihre Berufung war wohl erwogen«, sagte der Vorsteher, »nur Nebenumstände haben verwirrend eingegriffen, ich werde es Ihnen an Hand der Akten nachweisen.« – »Die Akten werden ja nicht gefunden werden«, sagte K. »Nicht gefunden?«, rief der Vorsteher. »Mizzi, bitte, such ein wenig schneller! Ich kann Ihnen jedoch zunächst die Geschichte auch ohne Akten erzählen. Jenen Erlass, von dem ich schon sprach, beantworteten wir dankend damit, dass wir keinen Landvermesser brauchen. Diese Antwort scheint aber nicht an die ursprüngliche Abteilung, ich will sie A nennen, zurückgelangt zu sein, sondern irrtümlicherweise an eine andere Abteilung B. Die Abteilung A blieb also ohne Antwort, aber leider bekam auch B nicht unsere ganze Antwort; sei es, dass der Akteninhalt bei uns zurückgeblieben war, sei es, dass er auf dem Weg verloren gegangen ist – in der Abteilung selbst gewiss nicht, dafür will ich bürgen –, jedenfalls kam auch in der Abteilung B nur ein Aktenumschlag an, auf dem nichts weiter vermerkt war, als dass der einliegende, leider in Wirklichkeit aber fehlende Akt von der Berufung eines Landvermessers handle. Die Abteilung A wartete inzwischen auf unsere Antwort, sie hatte zwar Vermerke über die Angelegenheit, aber wie das begreiflicherweise öfters geschieht und bei der Präzision aller Erledigungen geschehen darf, verließ sich der Referent darauf, dass wir antworten würden und dass er dann entweder den Landvermesser berufen oder nach Bedürfnis weiter über die Sache mit uns korrespondieren würde. Infolgedessen vernachlässigte er die Vormerke, und das Ganze geriet bei ihm in Vergessenheit. In der Abteilung B kam aber der Aktenumschlag an einen wegen seiner Gewissenhaftigkeit berühmten Referenten, Sordini heißt er, ein Italiener; es ist selbst mir einem Eingeweihten, unbegreiflich, warum ein Mann von seinen Fähigkeiten in der fast untergeordneten Stellung gelassen wird. Dieser Sordini schickte uns natürlich den leeren Aktenumschlag zur Ergänzung zurück. Nun waren aber seit jenem ersten Schreiben der Abteilung A schon viele Monate, wenn nicht Jahre vergangen; begreiflicherweise, denn wenn, wie es die Regel ist, ein Akt den richtigen Weg geht, gelangt er an seine Abteilung spätestens in einem Tag und wird am gleichen Tag noch erledigt; wenn er aber einmal den Weg verfehlt – und er muss bei der Vorzüglichkeit der Organisation den falschen Weg förmlich mit Eifer suchen, sonst findet er ihn nicht –, dann, dann dauert es freilich sehr lange. Als wir daher Sordinis Note bekamen, konnten wir uns an die Angelegenheit nur noch ganz unbestimmt erinnern, wir waren damals nur zwei für die Arbeit, Mizzi und ich, der Lehrer war mir damals noch nicht zugeteilt, Kopien bewahrten wir nur in den wichtigsten Angelegenheiten auf, kurz, wir konnten nur sehr unbestimmt antworten, dass wir von einer solchen Berufung nichts wüssten und dass nach einem Landvermesser bei uns kein Bedarf sei.«

»Aber«, unterbrach sich hier der Vorsteher, als sei er im Eifer des Erzählens zu weit gegangen oder als sei es wenigstens möglich, dass er zu weit gegangen sei, »langweilt Sie die Geschichte nicht?«

»Nein«, sagte K. »Sie unterhält mich.«

Darauf der Vorsteher: »Ich erzähle es Ihnen nicht zur Unterhaltung.«

»Es unterhält mich nur dadurch«, sagte K., »dass ich einen Einblick in das lächerliche Gewirre bekomme, welches unter Umständen über die Existenz eines Menschen entscheidet.«

»Sie haben noch keinen Einblick bekommen«, sagte ernst der Vorsteher, »und ich kann Ihnen weiter erzählen. Von unserer Antwort war natürlich ein Sordini nicht befriedigt. Ich bewundere den Mann, obwohl er für mich eine Qual ist. Er misstraut nämlich jedem, auch wenn er zum Beispiel irgendjemanden bei unzähligen Gelegenheiten als den vertrauenswürdigsten Menschen kennengelernt hat, misstraut er ihm bei der nächsten Gelegenheit, wie wenn er ihn gar nicht kennte oder richtiger, wie wenn er ihn als Lumpen kennte. Ich halte das für richtig, ein Beamter muss so vorgehen; leider kann ich diesen Grundsatz meiner Natur nach nicht befolgen, Sie sehen ja, wie ich Ihnen, einem Fremden, alles offen vorlege, ich kann eben nicht anders. Sordini dagegen fasste unserer Antwort gegenüber sofort Misstrauen. Es entwickelte sich nun eine große Korrespondenz. Sordini fragte, warum es mir plötzlich eingefallen sei, dass kein Landvermesser berufen werden solle; ich antwortete mithilfe von Mizzis ausgezeichnetem Gedächtnis, dass doch die erste Anregung von Amts wegen ausgegangen sei (dass es sich um eine andere Abteilung handelte, hatten wir natürlich schon längst vergessen); Sordini dagegen: warum ich diese amtliche Zuschrift erst jetzt erwähne; ich wiederum: weil ich mich erst jetzt an sie erinnert habe; Sordini: das sei sehr merkwürdig; ich: das sei gar nicht merkwürdig bei einer so lange sich hinziehenden Angelegenheit; Sordini: es sei doch merkwürdig, denn die Zuschrift, an die ich mich erinnert habe, existiere nicht; ich: natürlich existiere sie nicht, weil der ganze Akt verloren gegangen sei; Sordini: es müsste aber doch ein Vormerk hinsichtlich jener ersten Zuschrift bestehen, der aber bestehe nicht. Da stockte ich, denn dass in Sordinis Abteilung ein Fehler unterlaufen sei, wagte ich weder zu behaupten noch zu glauben. Sie machen vielleicht, Herr Landvermesser, Sordini in Gedanken den Vorwurf, dass ihn die Rücksicht auf meine Behauptung wenigstens dazu hätte bewegen sollen, sich bei anderen Abteilungen nach der Sache zu erkundigen. Gerade das aber wäre unrichtig gewesen, ich will nicht, dass an diesem Manne auch nur in Ihren Gedanken ein Makel bleibt. Es ist ein Arbeitsgrundsatz der Behörde, dass mit Fehlermöglichkeiten überhaupt nicht gerechnet wird. Dieser Grundsatz ist berechtigt durch die vorzügliche Organisation des Ganzen, und er ist notwendig, wenn äußerste Schnelligkeit der Erledigung erreicht werden soll. Sordini durfte sich also bei anderen Abteilungen gar nicht erkundigen, übrigens hätten ihm diese Abteilungen gar nicht geantwortet, weil sie gleich gemerkt hätten, dass es sich um Ausforschung einer Fehlermöglichkeit handle.«

»Erlauben Sie, Herr Vorsteher, dass ich Sie mit einer Frage unterbreche«, sagte K., »erwähnten Sie nicht früher einmal eine Kontrollbehörde? Die Wirtschaft ist ja nach Ihrer Darstellung eine derartige, dass einem bei der Vorstellung, die Kontrolle könnte ausbleiben, übel wird.«

»Sie sind sehr streng«, sagte der Vorsteher. »Aber vertausendfachen Sie Ihre Strenge, und sie wird noch immer nichts sein, verglichen mit der Strenge, welche die Behörde gegen sich selbst anwendet. Nur ein völlig Fremder kann Ihre Frage stellen. Ob es Kontrollbehörden gibt? Es gibt nur Kontrollbehörden. Freilich, sie sind nicht dazu bestimmt, Fehler im groben Wortsinn herauszufinden, denn Fehler kommen ja nicht vor, und selbst, wenn einmal ein Fehler vorkommt, wie in Ihrem Fall, wer darf denn endgültig sagen, dass es ein Fehler ist.«

»Das wäre etwas völlig Neues!«, rief K.

»Mir ist es etwas sehr Altes«, sagte der Vorsteher. »Ich bin nicht viel anders als Sie selbst davon überzeugt, dass ein Fehler vorgekommen ist, und Sordini ist infolge der Verzweiflung darüber schwer erkrankt, und die ersten Kontrollämter, denen wir die Aufdeckung der Fehlerquelle verdanken, erkennen hier auch den Fehler. Aber wer darf behaupten, dass die zweiten Kontrollämter ebenso urteilen und auch die dritten und weiterhin die anderen?«

»Mag sein«, sagte K., »in solche Überlegungen will ich mich doch lieber nicht einmischen, auch höre ich ja zum ersten Mal von diesen Kontrollämtern und kann sie natürlich noch nicht verstehen. Nur glaube ich, dass hier zweierlei unterschieden werden müsse: nämlich erstens das, was innerhalb der Ämter vorgeht und was dann wieder amtlich so oder so aufgefasst werden kann, und zweitens meine wirkliche Person, ich, der ich außerhalb der Ämter stehe und dem von den Ämtern eine Beeinträchtigung droht, die so unsinnig wäre, dass ich noch immer an den Ernst der Gefahr nicht glauben kann. Für das erstere gilt wahrscheinlich das, was Sie, Herr Vorsteher, mit so verblüffender, außerordentlicher Sachkenntnis erzählen, nur möchte ich aber dann auch ein Wort über mich hören.«

»Ich komme auch dazu«, sagte der Vorsteher, »doch könnten Sie es nicht verstehen, wenn ich nicht noch einiges vorausschickte. Schon dass ich jetzt die Kontrollämter erwähnte, war verfrüht. Ich kehre also zu den Unstimmigkeiten mit Sordini zurück. Wie erwähnt, ließ meine Abwehr allmählich nach. Wenn aber Sordini auch nur den geringsten Vorteil gegenüber irgendjemandem in Händen hat, hat er schon gesiegt, denn nun erhöht sich noch seine Aufmerksamkeit, Energie, Geistesgegenwart; und er ist für den Angegriffenen ein schrecklicher, für die Feinde des Angegriffenen ein herrlicher Anblick. Nur weil ich in anderen Fällen auch dieses Letztere erlebt habe, kann ich so von ihm erzählen, wie ich es tue. Übrigens ist es mir noch nie gelungen, ihn mit Augen zu sehen, er kann nicht herunterkommen, er ist zu sehr mit Arbeit überhäuft, sein Zimmer ist mir so geschildert worden, dass alle Wände mit Säulen von großen, aufeinandergestapelten Aktenbündeln verdeckt sind, es sind dies nur Akten, die Sordini gerade in Arbeit hat, und da immerfort den Bündeln Akten entnommen und eingefügt werden und alles in großer Eile geschieht, stürzen diese Säulen immerfort zusammen, und gerade dieses fortwährende, kurz aufeinanderfolgende Krachen ist für Sordinis Arbeitszimmer bezeichnend geworden. Nun ja, Sordini ist ein Arbeiter, und dem kleinsten Fall widmet er die gleiche Sorgfalt wie dem größten.«

»Sie nennen, Herr Vorsteher«, sagte K., »meinen Fall immer einen der kleinsten, und doch hat er viele Beamte sehr beschäftigt, und wenn er vielleicht auch anfangs sehr klein war, so ist er doch durch den Eifer von Beamten von Herrn Sordinis Art zu einem großen Fall geworden. Leider, und sehr gegen meinen Willen, denn mein Ehrgeiz geht nicht dahin, große, mich betreffende Aktensäulen entstehen und zusammenkrachen zu lassen, sondern als kleiner Landvermesser bei einem kleinen Zeichentisch ruhig zu arbeiten.

»Nein«, sagte der Vorsteher, »es ist kein großer Fall. In dieser Hinsicht haben Sie keinen Grund zur Klage, es ist einer der kleinsten Fälle unter den kleinen. Der Umfang der Arbeit bestimmt nicht den Rang des Falles, Sie sind noch weit entfernt vom Verständnis für die Behörde, wenn Sie das glauben. Aber selbst wenn es auf den Umfang der Arbeit ankäme, wäre Ihr Fall einer der geringsten, die gewöhnlichen Fälle, also jene ohne sogenannte Fehler, geben noch viel mehr und freilich auch viel ergiebigere Arbeit. Übrigens wissen Sie ja noch gar nichts von der eigentlichen Arbeit, die Ihr Fall verursachte, von der will ich ja erst erzählen. Zunächst ließ mich nun Sordini aus dem Spiel, aber seine Beamten kamen, täglich fanden protokollarische Verhöre angesehener Gemeindemitglieder im Herrenhof statt. Die meisten hielten zu mir, nur einige wurden stutzig; die Frage der Landvermessung geht einem Bauern nahe, sie witterten irgendwelche geheime Verabredungen und Ungerechtigkeiten, fanden überdies einen Führer, und Sordini musste aus ihren Angaben die Überzeugung gewinnen, dass, wenn ich die Frage im Gemeinderat vorgebracht hätte, nicht alle gegen die Berufung eines Landvermessers gewesen wären. So wurde eine Selbstverständlichkeit – dass nämlich kein Landvermesser nötig ist – immerhin zumindest fragwürdig gemacht. Besonders zeichnete sich hierbei ein gewisser Brunswick aus – Sie kennen ihn wohl nicht –, er ist vielleicht nicht schlecht, aber dumm und fantastisch, er ist ein Schwager von Lasemann.«

»Vom Gerbermeister?«, fragte K. und beschrieb den Vollbärtigen, den er bei Lasemann gesehen hatte.

»Ja, das ist er«, sagte der Vorsteher.

»Ich kenne auch seine Frau«, sagte K., ein wenig aufs Geratewohl.

»Das ist möglich«, sagte der Vorsteher und verstummte.

»Sie ist schön«, sagte K., »aber ein wenig bleich und kränklich. Sie stammt wohl aus dem Schloss?« Das war halb fragend gesagt.

Der Vorsteher sah auf die Uhr, goss Medizin auf einen Löffel und schluckte sie hastig.

»Sie kennen im Schloss wohl nur die Büroeinrichtungen?«, fragte K. grob.

»Ja«, sagte der Vorsteher mit einem ironischen und doch dankbaren Lächeln. »Sie sind auch das Wichtigste. Und was Brunswick betrifft: Wenn wir ihn aus der Gemeinde ausschließen könnten, wären wir fast alle glücklich und Lasemann nicht am wenigsten. Aber damals gewann Brunswick einigen Einfluss, ein Redner ist er zwar nicht, aber ein Schreier, und auch das genügt manchen. Und so kam es, dass ich gezwungen wurde, die Sache dem Gemeinderate vorzulegen, übrigens zunächst Brunswicks einziger Erfolg, denn natürlich wollte der Gemeinderat mit großer Mehrheit von einem Landvermesser nichts wissen. Auch das ist nun schon jahrelang her, aber die ganze Zeit über ist die Sache nicht zur Ruhe gekommen, zum Teil durch die Gewissenhaftigkeit Sordinis, der die Beweggründe sowohl der Majorität als auch der Opposition durch die sorgfältigsten Erhebungen zu erforschen suchte, zum Teil durch die Dummheit und den Ehrgeiz Brunswicks, der verschiedene persönliche Verbindungen mit den Behörden hat, die er mit immer neuen Erfindungen seiner Fantasie in Bewegung brachte. Sordini allerdings ließ sich von Brunswick nicht täuschen, wie könnte Brunswick Sordini täuschen? – Aber eben um sich nicht täuschen zu lassen, waren neue Erhebungen nötig, und noch ehe sie beendigt waren, hatte Brunswick schon wieder etwas Neues ausgedacht, sehr beweglich ist er ja, es gehört das zu seiner Dummheit. Und nun komme ich auf eine besondere Eigenschaft unseres behördlichen Apparates zu sprechen. Entsprechend seiner Präzision ist er auch äußerst empfindlich. Wenn eine Angelegenheit sehr lange erwogen worden ist, kann es, auch ohne dass die Erwägungen schon beendet wären, geschehen, dass plötzlich blitzartig an einer unvorhersehbaren und auch später nicht mehr auffindbaren Stelle eine Erledigung hervorkommt, welche die Angelegenheit, wenn auch meistens sehr richtig, so doch immerhin willkürlich abschließt. Es ist, als hätte der behördliche Apparat die Spannung, die jahrelange Aufreizung durch die gleiche, vielleicht an sich geringfügige Angelegenheit nicht mehr ertragen und aus sich selbst heraus, ohne Mithilfe der Beamten, die Entscheidung getroffen. Natürlich ist kein Wunder geschehen, und gewiss hat irgendein Beamter die Erledigung geschrieben oder eine ungeschriebene Entscheidung getroffen, jedenfalls aber kann, wenigstens von uns aus, von hier aus, ja selbst vom Amt aus nicht festgestellt werden, welcher Beamte in diesem Fall entschieden hat, und aus welchen Gründen. Erst die Kontrollämter stellen das viel später fest; wir aber erfahren es nicht mehr, es würde übrigens dann auch kaum Jemanden noch interessieren. Nun sind, wie gesagt, gerade diese Entscheidungen meistens vortrefflich, störend ist an ihnen nur, dass man, wie es gewöhnlich die Sache mit sich bringt, von diesen Entscheidungen zu spät erfährt und daher inzwischen über längst entschiedene Angelegenheiten noch immer leidenschaftlich berät. Ich weiß nicht, ob in Ihrem Fall eine solche Entscheidung ergangen ist – manches spricht dafür, manches dagegen –; wenn es aber geschehen wäre, so wäre die Berufung an Sie geschickt worden, und Sie hätten die große Reise hierher gemacht, viel Zeit wäre dabei vergangen, und inzwischen hätte noch immer Sordini hier in der gleichen Sache bis zur Erschöpfung gearbeitet, Brunswick intrigiert, und ich wäre von beiden gequält worden. Diese Möglichkeit deute ich nur an, bestimmt aber weiß ich Folgendes: Ein Kontrollamt entdeckte inzwischen, dass aus der Abteilung A vor vielen Jahren an die Gemeinde eine Anfrage wegen eines Landvermessers ergangen sei, ohne dass bisher eine Antwort gekommen wäre. Man fragte neuerlich bei mir an, und nun war freilich die ganze Sache aufgeklärt, die Abteilung A begnügte sich mit meiner Antwort, dass kein Landvermesser nötig sei, und Sordini musste erkennen, dass er in diesem Fall nicht zuständig gewesen war und, freilich schuldlos, so viele unnütze, Nerven zerstörende Arbeit geleistet hatte. Wenn nicht neue Arbeit von allen Seiten sich herangedrängt hätte wie immer und wenn nicht Ihr Fall doch nur ein sehr kleiner Fall gewesen wäre – man kann fast sagen, der kleinste unter den kleinen –, so hätten wir wohl alle aufgeatmet, ich glaube, sogar Sordini selbst. Nur Brunswick grollte, aber das war nur lächerlich. Und nun stellen Sie sich, Herr Landvermesser, meine Enttäuschung vor, als jetzt, nach glücklicher Beendigung der ganzen Angelegenheit – und auch seither ist schon wieder viel Zeit verflossen –, plötzlich Sie auftreten und es den Anschein bekommt, als sollte die Sache wieder von vorn beginnen. Dass ich fest entschlossen bin, dies, soweit es an mir liegt, auf keinen Fall zuzulassen, das werden Sie wohl verstehen?«

»Gewiss«, sagte K., »noch besser aber verstehe ich, dass hier ein entsetzlicher Missbrauch mit mir, vielleicht sogar mit den Gesetzen getrieben wird. Ich werde mich für meine Person dagegen zu wehren wissen.«

»Wie wollen Sie das tun?«, fragte der Vorsteher.

»Das kann ich nicht verraten«, sagte K.

»Ich will mich nicht aufdrängen«, sagte der Vorsteher, »nur gebe ich Ihnen zu bedenken, dass Sie in mir – ich will nicht sagen, einen Freund, denn wir sind ja völlig Fremde – aber gewissermaßen einen Geschäftsfreund haben. Nur dass Sie als Landvermesser aufgenommen werden, lasse ich nicht zu; sonst aber können Sie sich immer mit Vertrauen an mich wenden, freilich in den Grenzen meiner Macht, die nicht groß ist.«

»Sie sprechen immer davon«, sagte K., »dass ich als Landvermesser aufgenommen werden soll, aber ich bin doch schon aufgenommen. Hier ist Klamms Brief.«

»Klamms Brief«, sagte der Vorsteher. »Er ist wertvoll und ehrwürdig durch Klamms Unterschrift, die echt zu sein scheint, sonst aber – doch ich wage es nicht, mich allein dazu zu äußern. – Mizzi!«, rief er, und dann: »Aber was macht ihr denn?«

Die so lange unbeachteten Gehilfen und Mizzi hatten offenbar den gesuchten Akt nicht gefunden, hatten dann alles wieder in den Schrank sperren wollen, aber es war ihnen wegen der ungeordneten Überfülle der Akten nicht gelungen. Da waren wohl die Gehilfen auf den Gedanken gekommen, den sie jetzt ausführten. Sie hatten den Schrank auf den Boden gelegt, alle Akten hineingestopft, hatten sich dann mit Mizzi auf die Schranktür gesetzt und suchten jetzt so, sie langsam niederzudrücken.

»Der Akt ist also nicht gefunden«, sagte der Vorsteher.

»Schade, aber die Geschichte kennen Sie ja schon, eigentlich brauchen wir den Akt nicht mehr, übrigens wird er gewiss noch gefunden werden, er ist wahrscheinlich beim Lehrer, bei dem noch sehr viele Akten sind. Aber komm nun mit deiner Kerze her, Mizzi, und lies mir diesen Brief.«

Mizzi kam und sah nun noch grauer und unscheinbarer aus, als sie auf dem Bettrand saß und sich an den starken, Leben erfüllten Mann drückte, der sie umfasst hielt. Nur ihr kleines Gesicht fiel jetzt im Kerzenlicht auf, mit klaren, strengen, nur durch den Verfall des Alters gemilderten Linien. Kaum hatte sie in den Brief geblickt, faltete sie leicht die Hände. »Von Klamm«, sagte sie. Sie lasen dann gemeinsam den Brief, flüsterten ein wenig miteinander, und schließlich, während die Gehilfen gerade »Hurra!«, riefen, denn sie hatten endlich die Schranktür zugedrückt, und Mizzi sah still dankbar zu ihnen hin, sagte der Vorsteher:

»Mizzi ist völlig meiner Meinung, und nun kann ich es wohl auszusprechen wagen. Dieser Brief ist überhaupt keine amtliche Zuschrift, sondern ein Privatbrief. Das ist schon an der Überschrift: ›Sehr geehrter Herr!‹ deutlich erkennbar. Außerdem ist darin mit keinem Worte gesagt, dass Sie als Landvermesser aufgenommen sind, es ist vielmehr nur im Allgemeinen von herrschaftlichen Diensten die Rede, und auch das ist nicht bindend ausgesprochen, sondern Sie sind nur aufgenommen ›wie Sie wissen‹, das heißt, die Beweislast dafür, dass Sie aufgenommen sind, ist Ihnen auferlegt. Endlich werden Sie in amtlicher Hinsicht ausschließlich an mich, den Vorsteher, als Ihren nächsten Vorgesetzten verwiesen, der Ihnen alles Nähere mitteilen soll, was ja zum größten Teil schon geschehen ist. Für einen, der amtliche Zuschriften zu lesen versteht und infolgedessen nicht amtliche Briefe noch besser liest, ist das alles überdeutlich. Dass Sie, ein Fremder, das nicht erkennen, wundert mich nicht. Im Ganzen bedeutet der Brief nichts anderes, als dass Klamm persönlich sich um Sie zu kümmern beabsichtigt für den Fall, dass Sie in herrschaftliche Dienste aufgenommen werden.«

»Sie deuten, Herr Vorsteher«, sagte K., »den Brief so gut, dass schließlich nichts anderes übrig bleibt als die Unterschrift auf einem leeren Blatt Papier. Merken Sie nicht, wie Sie damit Klamms Namen, den Sie zu achten vorgeben, herabwürdigen?«

»Das ist ein Missverständnis«, sagte der Vorsteher. »Ich verkenne die Bedeutung des Briefes nicht, ich setze ihn durch meine Auslegung nicht herab, im Gegenteil. Ein Privatbrief Klamms hat natürlich viel mehr Bedeutung als eine amtliche Zuschrift; nur gerade die Bedeutung, die Sie ihm beilegen, hat er nicht.«

»Kennen Sie Schwarzer?«, fragte K.

»Nein«, sagte der Vorsteher, »du vielleicht, Mizzi? Auch nicht. Nein, wir kennen ihn nicht.«

»Das ist merkwürdig«, sagte K., »er ist der Sohn eines Unterkastellans.«

»Lieber Herr Landvermesser«, sagte der Vorsteher, »wie soll ich denn alle Söhne aller Unterkastellane kennen?«

»Gut«, sagte K., »dann müssen Sie mir also glauben, dass er es ist. Mit diesem Schwarzer hatte ich noch am Tag meiner Ankunft einen ärgerlichen Auftritt. Er erkundigte sich dann telefonisch bei dem Unterkastellan namens Fritz und bekam die Auskunft, dass ich als Landvermesser aufgenommen sei. Wie erklären Sie sich das, Herr Vorsteher?«

»Sehr einfach«, sagte der Vorsteher. »Sie sind eben noch niemals mit unseren Behörden in Berührung gekommen. Alle diese Berührungen sind nur scheinbar, Sie aber halten sie infolge Ihrer Unkenntnis der Verhältnisse für wirklich. Und was das Telefon betrifft: Sehen Sie, bei mir, der ich wohl wahrlich genug mit den Behörden zu tun habe, gibt es kein Telefon. In Wirtsstuben und dergleichen, da mag es gute Dienste leisten, so etwa wie ein Musikautomat, mehr ist es auch nicht. Haben Sie schon einmal hier telefoniert, ja? Nun also, dann werden Sie mich vielleicht verstehen. Im Schloss funktioniert das Telefon offenbar ausgezeichnet; wie man mir erzählt hat, wird dort ununterbrochen telefoniert, was natürlich das Arbeiten sehr beschleunigt. Dieses ununterbrochene Telefonieren hören wir in den hiesigen Telefonen als Rauschen und Gesang, das haben Sie gewiss auch gehört. Nun ist aber dieses Rauschen und dieser Gesang das einzig Richtige und Vertrauenswerte, was uns die hiesigen Telefone übermitteln, alles andere ist trügerisch. Es gibt keine bestimmte telefonische Verbindung mit dem Schloss, keine Zentralstelle, welche unsere Anrufe weiterleitet; wenn man von hier aus im Schloss anruft, läutet es dort bei allen Apparaten der untersten Abteilungen oder vielmehr, es würde bei allen läuten, wenn nicht, wie ich bestimmt weiß, bei fast allen dieses Läutewerk abgestellt wäre. Hier und da aber hat ein übermüdeter Beamter das Bedürfnis, sich ein wenig zu zerstreuen, besonders am Abend oder bei Nacht, und schaltet das Läutewerk ein; dann bekommen wir Antwort, allerdings eine Antwort, die nichts ist als Scherz. Es ist das ja auch sehr verständlich. Wer darf denn Anspruch erheben, wegen seiner privaten kleinen Sorgen mitten in die wichtigsten und immer rasend vor sich gehenden Arbeiten hineinzuläuten? Ich begreife auch nicht, wie selbst ein Fremder glauben kann, dass, wenn er zum Beispiel Sordini anruft, es auch wirklich Sordini ist, der ihm antwortet. Vielmehr ist es wahrscheinlich ein kleiner Registratur einer ganz anderen Abteilung. Dagegen kann es allerdings in auserlesener Stunde geschehen, dass, wenn man den kleinen Registrator anruft, Sordini selbst die Antwort gibt. Dann freilich ist es besser, man läuft vom Telefon weg, ehe der erste Laut zu hören ist.«

»So habe ich das allerdings nicht angesehen«, sagte K., »diese Einzelheiten konnte ich nicht wissen; viel Vertrauen hatte ich zu diesen telefonischen Gesprächen nicht und war mir immer bewusst, dass nur das wirkliche Bedeutung hat, was man geradezu im Schloss erfährt oder erreicht.«

»Nein«, sagte der Vorsteher, an einem Wort sich festhaltend, »wirkliche Bedeutung kommt diesen telefonischen Antworten durchaus zu, wie denn nicht? Wie sollte eine Auskunft, die ein Beamter aus dem Schloss gibt, bedeutungslos sein? Ich sagte es schon gelegentlich des klammschen Briefes; alle diese Äußerungen haben keine amtliche Bedeutung; wenn Sie ihnen amtliche Bedeutung zuschreiben, gehen Sie in die Irre; dagegen ist ihre private Bedeutung in freundschaftlichem oder feindseligem Sinne sehr groß, meist größer, als eine amtliche Bedeutung jemals sein könnte.«

»Gut«, sagte K., »angenommen, dass sich alles so verhält, dann hätte ich also eine Menge guter Freunde im Schloss;

genau besehen, war schon damals vor vielen Jahren der Einfall jener Abteilung, man könnte einmal einen Landvermesser kommen lassen, ein Freundschaftsakt mir gegenüber, und in der Folgezeit reihte sich dann einer an den anderen, bis ich dann, allerdings zu bösem Ende, hergelockt wurde und man mir mit dem Hinauswurf droht.«

»Es ist eine gewisse Wahrheit in Ihrer Auffassung«, sagte der Vorsteher, »Sie haben darin recht, dass man die Äußerungen des Schlosses nicht wortwörtlich hinnehmen darf. Aber Vorsicht ist doch überall nötig, nicht nur hier, und desto nötiger, je wichtiger die Äußerung ist, um die es sich handelt. Was Sie dann aber vom Herlocken sagten, ist mir unbegreiflich Wären Sie meinen Ausführungen besser gefolgt, dann müssten Sie doch wissen, dass die Frage Ihrer Hierherberufung viel zu schwierig ist, als dass wir sie hier im Laufe einer kleinen Unterhaltung beantworten könnten.«

»So bleibt dann das Ergebnis«, sagte K., »dass alles sehr unklar und unlösbar ist, bis auf den Hinauswurf.«

»Wer wollte wagen, Sie hinauszuwerfen, Herr Landvermesser?«, sagte der Vorsteher. »Eben die Unklarheit der Vorfragen verbürgt Ihnen die höflichste Behandlung, nur sind Sie dem Anschein nach zu empfindlich. Niemand hält Sie hier zurück, aber das ist doch kein Hinauswurf.«

»Oh, Herr Vorsteher«, sagte K., »nun sind wieder Sie es, der manches allzu klar sieht. Ich werde Ihnen einiges davon aufzählen, was mich hier zurückhält: die Opfer, die ich brachte, um von zu Hause fortzukommen, die lange, schwere Reise, die begründeten Hoffnungen, die ich mir wegen der Aufnahme hier machte, meine vollständige Vermögenslosigkeit, die Unmöglichkeit, jetzt wieder eine andere entsprechende Arbeit zu Hause zu finden, und endlich, nicht zum wenigsten, meine Braut, die eine Hiesige ist.«

»Ach, Frieda«, sagte der Vorsteher ohne jede Überraschung. »Ich weiß. Aber Frieda würde Ihnen überallhin folgen. Was freilich das Übrige betrifft, so sind hier allerdings gewisse Erwägungen nötig, und ich werde darüber im Schloss berichten. Sollte eine Entscheidung kommen oder sollte es vorher nötig werden, Sie noch einmal zu verhören, werde ich Sie holen lassen. Sind Sie damit einverstanden?«

»Nein, gar nicht«, sagte K., »ich will keine Gnadengeschenke vom Schloss, sondern mein Recht.«

»Mizzi«, sagte der Vorsteher zu seiner Frau, die noch immer an ihn gedrückt dasaß und traumverloren mit Klamms Brief spielte, aus dem sie ein Schiffchen geformt hatte, erschrocken nahm es ihr K. jetzt fort. »Mizzi, das Bein fängt mich wieder sehr zu schmerzen an, wir werden den Umschlag erneuern müssen.«

K. erhob sich. »Dann werde ich mich also empfehlen«, sagte er. »Ja«, sagte Mizzi, die schon eine Salbe zurechtmachte, »es zieht auch zu stark.« K. wandte sich um; die Gehilfen hatten, in ihrem immer unpassenden Diensteifer, gleich auf K.s Bemerkung hin beide Türflügel geöffnet. K. konnte, um das Krankenzimmer vor der mächtig eindringenden Kälte zu bewahren, nur flüchtig vor dem Vorsteher sich verbeugen. Dann lief er, die Gehilfen mit sich reißend, aus dem Zimmer und schloss schnell die Tür.

## Das sechste Kapitel

Vor dem Wirtshaus erwartete ihn der Wirt. Ohne gefragt zu werden, hätte er nicht zu sprechen gewagt, deshalb fragte ihn K., was er wolle. »Hast du schon eine neue Wohnung?«, fragte der Wirt, zu Boden sehend. »Du fragst im Auftrage deiner Frau«, sagte K., »du bist wohl sehr abhängig von ihr?« – »Nein«, sagte der Wirt, »ich frage nicht in ihrem Auftrag. Aber sie ist sehr aufgeregt und unglücklich deinetwegen, kann nicht arbeiten, liegt im Bett und seufzt und klagt fortwährend.« – »Soll ich zu ihr gehen?«, fragte K. »Ich bitte dich darum«, sagte der Wirt, »ich wollte dich schon vom Vorsteher holen, horchte dort an der Tür, aber ihr wart im Gespräch, ich wollte nicht stören, auch hatte ich Sorge wegen meiner Frau, lief wieder zurück, sie ließ mich aber nicht zu sich, so blieb mir nichts übrig, als auf dich zu warten.« – »Dann komm also schnell«, sagte K., »ich werde sie bald beruhigen.« – »Wenn es nur gelingen wollte«, sagte der Wirt.

Sie gingen durch die lichte Küche, wo drei oder vier Mägde, jede weit von der anderen, bei ihrer zufälligen Arbeit im Anblick K.s förmlich erstarrten. Schon in der Küche hörte man das Seufzen der Wirtin. Sie lag in einem durch eine leichte Bretterwand von der Küche abgetrennten, fensterlosen Verschlag. Er hatte nur Raum für ein großes Ehebett und einen Schrank. Das Bett war so aufgestellt, dass man von ihm aus die ganze Küche übersehen und die Arbeit beaufsichtigen konnte. Dagegen war von der Küche aus im Verschlag kaum etwas zu sehen. Dort war es ganz finster, nur das weiß-rote Bettzeug schimmerte ein wenig hervor. Erst wenn man eingetreten war und die Augen sich eingewöhnt hatten, unterschied man Einzelheiten.

»Endlich kommen Sie«, sagte die Wirtin schwach. Sie lag auf dem Rücken ausgestreckt, der Atem machte ihr offenbar

Beschwerden, sie hatte das Federbett zurückgeworfen. Sie sah im Bett viel jünger aus als in den Kleidern, aber ein Nachthäubchen aus zartem Spitzengewebe, das sie trug, obwohl es zu klein war und auf ihrer Frisur schwankte, machte die Verfallenheit des Gesichtes mitleiderregend. »Wie hätte ich kommen sollen?«, sagte K. sanft. »Sie haben mich doch nicht rufen lassen.« – »Sie hätten mich nicht so lange warten lassen sollen«, sagte die Wirtin mit dem Eigensinn des Kranken. »Setzen Sie sich«, sagte sie und zeigte auf den Bettrand, »ihr anderen geht aber fort!« Außer den Gehilfen hatten sich inzwischen auch die Mägde eingedrängt. »Ich will auch fortgehen, Gardena«, sagte der Wirt. K. hörte zum ersten Mal den Namen der Frau. »Natürlich«, sagte sie langsam und, als sei sie mit anderen Gedanken beschäftigt, fügte sie zerstreut hinzu: »Warum solltest denn gerade du bleiben?« Aber als sich alle in die Küche zurückgezogen hatten – auch die Gehilfen folgten diesmal gleich, allerdings waren sie hinter einer Magd her –, war Gardena doch aufmerksam genug, um zu erkennen, dass man aus der Küche alles hören konnte, was hier gesprochen wurde, denn der Vorschlag hatte keine Tür, und so befahl sie allen, auch die Küche zu verlassen. Es geschah sofort.

»Bitte«, sagte dann Gardena, »Herr Landvermesser, gleich vorn im Schrank hängt ein Umhängetuch, reichen Sie es mir, ich will mich damit zudecken, ich ertrage das Federbett nicht, ich atme so schwer.« Und als ihr K. das Tuch gebracht hatte, sagte sie: »Sehen Sie, das ist ein schönes Tuch, nicht wahr?« K. schien es ein gewöhnliches Wolltuch zu sein, er befühlte es nur aus Gefälligkeit noch einmal, sagte aber nichts. »Ja, es ist ein schönes Tuch«, sagte Gardena und hüllte sich ein. Sie lag nun friedlich da; alles Leid schien von ihr genommen zu sein, ja sogar ihre vom Liegen in Unordnung gebrachten Haare fielen ihr ein, sie setzte sich für ein Weilchen auf und verbesserte die Frisur ein wenig rings um das Häubchen. Sie hatte reiches Haar.

K. wurde ungeduldig und sagte: »Sie ließen mich, Frau Wirtin, fragen, ob ich schon eine andere Wohnung habe.« – »Ich ließ Sie fragen?«, sagte die Wirtin. »Nein, das ist ein Irrtum.« – »Ihr Mann hat mich eben jetzt danach gefragt.« – »Das glaube ich«, sagte die Wirtin, »ich bin mit ihm geschlagen. Als ich Sie nicht hier haben wollte, hat er Sie hier gehalten, jetzt, da ich glücklich bin, dass Sie hier wohnen, treibt er Sie fort. So ähnlich macht er es immer« »Sie haben also«, sagte K., »Ihre Meinung über mich so sehr geändert? In ein, zwei Stunden?« – »Ich habe meine Meinung nicht geändert«, sagte die Wirtin, wieder schwächer, »reichen Sie mir Ihre Hand. So. Und nun versprechen Sie mir, völlig aufrichtig zu sein, auch ich will es Ihnen gegenüber sein.« – »Gut«, sagte K., »wer wird aber anfangen?« – »Ich«, sagte die Wirtin. Es machte nicht den Eindruck, als wolle sie K. damit entgegenkommen, sondern als sei sie begierig, als Erste zu reden.

Sie zog eine Fotografie unter dem Polster hervor und reichte sie K. »Sehen Sie dieses Bild an«, sagte sie bittend. Um es besser zu sehen, machte K. einen Schritt in die Küche, aber auch dort war es nicht leicht, etwas auf dem Bild zu erkennen, denn dieses war vom Alter ausgebleicht, vielfach gebrochen, zerdrückt und fleckig. »Es ist in keinem sehr guten Zustand«, sagte K. »Leider, leider«, sagte die Wirtin, »wenn man es durch Jahre immer bei sich herumträgt, wird es so. Aber wenn Sie es genau ansehen, werden Sie doch alles erkennen, ganz gewiss. Ich kann Ihnen übrigens helfen, sagen Sie mir, was Sie sehen, es freut mich sehr, von dem Bild zu hören. Was also?« – »Einen jungen Mann«, sagte K. »Richtig«, sagte die Wirtin, »und was macht er?« – »Er liegt, glaube ich, auf einem Brett, streckt sich und gähnt.« Die Wirtin lachte. »Das ist ganz falsch«, sagte sie. »Aber hier ist doch das Brett, und hier liegt er«, beharrte K. auf seinem Standpunkt. »Sehen Sie doch genauer hin«, sagte die Wirtin ärgerlich, »liegt er wirklich?« – »Nein«, sagte nun K., »er liegt nicht, er schwebt und, nun sehe ich es, es ist gar kein Brett, sondern wahrscheinlich eine Schnur, und der junge Mann macht einen Hochsprung.« – »Nun also«, sagte die Wirtin erfreut, »er springt, so üben die amtlichen Boten. Ich habe ja gewusst, dass Sie es erkennen werden. Sehen Sie auch sein Gesicht?« – »Vom Gesicht sehe ich nur sehr wenig«, sagte K., »er strengt sich offenbar sehr an, der Mund ist offen, die Augen zusammengekniffen, und das Haar flattert.« – »Sehr gut«, sagte die Wirtin anerkennend. »Mehr kann einer, der ihn nicht persönlich gesehen hat, nicht erkennen. Aber es war ein schöner Junge; ich habe ihn nur einmal flüchtig gesehen und werde ihn nie vergessen.« – »Wer war es denn?«, fragte K. »Es war«, sagte die Wirtin, »der Bote, durch den Klamm mich zum ersten Mal zu sich berief.«

K. konnte nicht genau zuhören, er wurde durch Klirren von Glas abgelenkt. Er fand gleich die Ursache der Störung. Die Gehilfen standen draußen im Hof, hüpften im Schnee von einem Fuß auf den anderen. Sie taten, als wären sie glücklich, K. wiederzusehen; vor Glück zeigten sie ihn einander und tippten dabei immerfort an das Küchenfenster. Auf eine drohende Bewegung K.s ließen sie sofort davon ab, suchten einander zurückzudrängen, aber einer entwischte gleich dem anderen, und schon waren sie wieder beim Fenster. K. eilte in den Verschlag, wo ihn die Gehilfen von außen nicht sehen konnten und er sie nicht sehen musste. Aber das leise, wie bittende Klirren der Fensterscheibe verfolgte ihn auch dort noch lange.

»Wieder einmal die Gehilfen«, sagte er der Wirtin zu seiner Entschuldigung und zeigte hinaus. Sie aber achtete nicht auf ihn, das Bild hatte sie ihm fortgenommen, angesehen, geglättet und wieder unter das Polster geschoben. Ihre Bewegungen waren langsamer geworden, aber nicht vor Müdigkeit, sondern unter der Last der Erinnerung. Sie hatte K. erzählen wollen und hatte ihn vergessen über der Erzählung. Sie spielte mit den Fransen ihres Tuches. Erst nach einem Weilchen blickte sie auf, fuhr sich mit der Hand über die Augen und sagte: »Auch dieses Tuch ist von Klamm. Und auch das Häubchen. Das Bild, das Tuch und das Häubchen, das sind drei Andenken, die ich an ihn habe. Ich bin nicht jung wie Frieda, ich bin nicht so ehrgeizig wie sie, auch nicht so zartfühlend, sie ist sehr zartfühlend; kurz, ich weiß mich in das Leben zu schicken, aber das muss ich eingestehen, ohne die drei Dinge hätte ich es hier nicht so lange ausgehalten, ja, ich hätte es wahrscheinlich keinen Tag hier ausgehalten. Diese drei Andenken scheinen Ihnen vielleicht gering, aber sehen Sie: Frieda, die so lange mit Klamm verkehrt hat, besitzt gar kein Andenken, ich habe sie gefragt, sie ist zu schwärmerisch und auch zu ungenügsam; ich dagegen, die nur dreimal bei Klamm war – später ließ er mich nicht mehr rufen, ich weiß nicht, warum –, habe doch wie in Vorahnung der Kürze meiner Zeit diese Andenken mitgebracht. Freilich, man muss sich darum kümmern, Klamm selbst gibt nichts, aber wenn man dort etwas Passendes liegen sieht, kann man es sich ausbitten.«

K. fühlte sich unbehaglich gegenüber diesen Geschichten, sosehr sie ihn auch betrafen.

»Wie lange ist denn das alles her?«, fragte er seufzend.

»Über zwanzig Jahre«, sagte die Wirtin. »Weit über zwanzig Jahre.«

»So lange hält man Klamm die Treue«, sagte K. »Sind Sie sich aber, Frau Wirtin, dessen auch bewusst, dass Sie mir mit solchen Geständnissen, wenn ich an meine zukünftige Ehe denke, schwere Sorgen machen?«

Die Wirtin fand es ungebührlich, dass sich K. mit seinen Angelegenheiten hier einmischen wollte, und sah ihn erzürnt von der Seite an.

»Nicht so böse, Frau Wirtin«, sagte K. »Ich sagte ja kein Wort gegen Klamm, aber ich bin doch durch die Macht der Ereignisse in gewisse Beziehungen zu Klamm getreten; das kann der größte Verehrer Klamms nicht leugnen. Nun also. Infolgedessen muss ich bei Klamms Erwähnung immer auch an mich denken, das ist nicht zu ändern. Übrigens, Frau Wirtin« – hier fasste K. ihre zögernde Hand –, »denken Sie daran, wie schlecht unsere letzte Unterhaltung ausgefallen ist und dass wir diesmal in Frieden auseinandergehen wollen.«

»Sie haben recht«, sagte die Wirtin und beugte den Kopf, »aber schonen Sie mich. Ich bin nicht empfindlicher als andere, im Gegenteil, jeder hat empfindliche Stellen, ich habe nur diese eine.«

»Leider ist es gleichzeitig auch die meine«, sagte K., »ich aber werde mich gewiss beherrschen; nun aber erklären Sie mir, Frau Wirtin, wie soll ich in der Ehe diese entsetzliche Treue gegenüber Klamm ertragen, vorausgesetzt, dass auch Frieda Ihnen darin ähnlich ist?«

»Entsetzliche Treue?«, wiederholte die Wirtin grollend. »Ist es denn Treue? Treu bin ich meinem Mann, aber Klamm? Klamm hat mich einmal zu seiner Geliebten gemacht, kann ich diesen Rang jemals verlieren? Und wie Sie es bei Frieda ertragen sollen? Ach, Herr Landvermesser, wer sind Sie denn, der so zu fragen wagt?«

»Frau Wirtin«, sagte K. warnend.

»Ich weiß«, sagte die Wirtin, sich fügend, »aber mein Mann hat solche Fragen nicht gestellt. Ich weiß nicht, wer unglücklich zu nennen ist, ich damals oder Frieda jetzt. Frieda, die mutwillig Klamm verließ, oder ich, die er nicht mehr hat rufen lassen. Vielleicht ist es doch Frieda, wenn sie es auch noch nicht in vollem Umfang zu wissen scheint. Aber meine Gedanken beherrschte doch mein Unglück damals ausschließlicher, denn immerfort musste ich mich fragen und höre im Grunde auch heute noch nicht auf, so zu fragen: Warum ist das geschehen? Dreimal hat dich Klamm rufen lassen und zum vierten Mal nicht mehr und niemals mehr zum vierten Mal! Was beschäftigte mich damals mehr?

Worüber konnte ich denn sonst mit meinem Mann sprechen, den ich damals kurz nachher heiratete? Bei Tag hatten wir keine Zeit, wir hatten dieses Wirtshaus in einem elenden Zustand übernommen und mussten es in die Höhe zu bringen suchen, aber in der Nacht? Jahrelang drehten sich unsere nächtlichen Gespräche nur um Klamm und die Gründe seiner Sinnesänderung. Und wenn mein Mann bei diesen Unterhaltungen einschlief, weckte ich ihn, und wir sprachen weiter.«

»Nun werde ich«, sagte K., »wenn Sie erlauben, eine sehr grobe Frage stellen.«

Die Wirtin schwieg.

»Ich darf also nicht fragen«, sagte K., »auch das genügt mir.«

»Freilich«, sagte die Wirtin, »auch das genügt Ihnen, und das besonders. Sie missdeuten alles, auch das Schweigen. Sie können eben nicht anders. Ich erlaube Ihnen zu fragen.«

»Wenn ich alles missdeute«, sagte K., »missdeute ich vielleicht auch meine Frage, vielleicht ist sie gar nicht so grob. Ich wollte nur wissen, wie Sie Ihren Mann kennengelernt haben und wie dieses Wirtshaus in Ihren Besitz gekommen ist?«

Die Wirtin runzelte die Stirn, sagte aber gleichmütig: »Das ist eine sehr einfache Geschichte. Mein Vater war Schmied, und Hans, mein jetziger Mann, der Pferdeknecht bei einem Großbauern war, kam öfters zu meinem Vater. Es war damals nach der letzten Zusammenkunft mit Klamm, ich war sehr unglücklich und hätte es eigentlich nicht sein dürfen, denn alles war ja korrekt vor sich gegangen, und dass ich nicht mehr zu Klamm durfte, war eben Klamms Entscheidung, war also korrekt; nur die Gründe waren dunkel, in denen durfte ich nicht forschen, aber unglücklich hätte ich nicht sein dürfen. Nun, ich war es doch und konnte nicht arbeiten und saß in unserem Vorgärtchen, den ganzen Tag.

Dort sah mich Hans, setzte sich manchmal zu mir, ich klagte ihm nicht, aber er wusste, worum es ging, und weil er ein guter Junge ist, kam es vor, dass er mit mir weinte. Und als der damalige Gastwirt, dem die Frau gestorben war und der deshalb das Gewerbe aufgeben musste – auch war er schon ein alter Mann –, einmal an unserem Gärtchen vorüberkam und uns dort sitzen sah, blieb er stehen und bot uns kurzerhand das Wirtshaus zur Pacht an, wollte, weil er Vertrauen zu uns habe, kein Geld im Voraus und setzte die Pacht sehr billig an. Dem Vater wollte ich nicht zur Last fallen, alles andere war mir gleichgültig, und so reichte ich in Gedanken an das Wirtshaus und an die neue, vielleicht ein wenig Vergessen bringende Arbeit Hans die Hand. Das ist die Geschichte.«

Es war ein Weilchen still, dann sagte K.: »Die Handlungsweise des Gastwirts war schön, aber unvorsichtig, oder hatte er besondere Gründe für sein Vertrauen zu Ihnen beiden?«

»Er kannte Hans gut«, sagte die Wirtin, »er war Hansens Onkel.«

»Dann freilich«, sagte K. »Hansens Familie war also offenbar viel an der Verbindung mit Ihnen gelegen?«

»Vielleicht«, sagte die Wirtin, »ich weiß es nicht, ich kümmerte mich nie darum.«

»Es muss doch aber so gewesen sein«, sagte K., »wenn die Familie bereit war, solche Opfer zu bringen und das Wirtshaus einfach, ohne Sicherung, in Ihre Hände zu geben.«

»Es war nicht unvorsichtig, wie sich später gezeigt hat«, sagte die Wirtin. »Ich warf mich in die Arbeit, stark war ich, des Schmiedes Tochter, ich brauchte nicht Magd, nicht Knecht; ich war überall, in der Wirtsstube, in der Küche, im Stall, im Hof, ich kochte so gut, dass ich sogar dem Herrenhof Gäste abjagte. Sie waren zu Mittag noch nicht in der Wirtsstube, Sie kennen nicht unsere Mittagsgäste, damals waren noch mehr, seitdem haben sich schon viele verlaufen.

Und das Ereignis war, dass wir nicht nur die Pacht richtig zahlen konnten, sondern nach einigen Jahren das Ganze kauften und es heute fast schuldenfrei ist. Das weitere Ergebnis freilich war, dass ich mich dabei zerstörte, herzkrank wurde und nun eine alte Frau geworden bin. Sie glauben vielleicht, dass ich viel älter als Hans bin, aber in Wirklichkeit ist er nur zwei oder drei Jahre jünger und wird allerdings niemals altern, denn bei seiner Arbeit – Pfeiferauchen, den Gästen zuhören, dann die Pfeife ausklopfen und manchmal ein Bier holen –, bei dieser Arbeit altert man nicht.«

»Ihre Leistungen sind bewundernswert«, sagte K., »daran ist kein Zweifel, aber wir sprachen von den Zeiten vor Ihrer Heirat, und damals wäre es doch merkwürdig gewesen, wenn Hansens Familie unter Geldopfern oder zumindest mit Übernahme eines so großen Risikos, wie es die Hingabe des Wirtshauses war, zur Heirat gedrängt und hierbei keine andere Hoffnung gehabt hätte als Ihre Arbeitskraft, die man ja noch gar nicht kannte, und Hansens Arbeitskraft, deren Nichtvorhandensein man doch schon erfahren haben musste.«

»Nun ja«, sagte die Wirtin müde, »ich weiß ja, worauf Sie zielen und wie fehl Sie dabei gehen. Von Klamm war in allen diesen Dingen keine Spur. Warum hätte er für mich sorgen sollen oder richtiger: Wie hätte er überhaupt für mich sorgen können? Er wusste ja nichts mehr von mir. Dass er mich nicht mehr hatte rufen lassen, war ein Zeichen, dass er mich vergessen hatte. Wen er nicht mehr rufen lässt, vergisst er völlig. Ich wollte davon vor Frieda nicht reden. Es ist aber nicht nur Vergessen, es ist mehr als das. Den, welchen man vergessen hat, kann man ja wieder kennenlernen. Bei Klamm ist das nicht möglich. Wen er nicht mehr rufen lässt, den hat er nicht nur für die Vergangenheit völlig vergessen, sondern förmlich auch für alle Zukunft. Wenn ich mir viel Mühe gebe, kann ich mich ja hineindenken in Ihre Gedanken, in Ihre hier sinnlosen, in der Fremde, aus der Sie kommen, vielleicht gültigen Gedanken. Möglicherweise versteigen Sie sich bis zu der Tollheit, zu glauben, Klamm hätte mir gerade meinen Hans deshalb zum Manne gegeben, damit ich nicht viel Hindernis habe, zu ihm zu kommen, wenn er mich in Zukunft einmal riefe. Nun, weiter kann auch Tollheit nicht gehen. Wo wäre der Mann, der mich hindern könnte, zu Klamm zu laufen, wenn mir Klamm ein Zeichen gibt? Unsinn, völliger Unsinn; man verwirrt sich selbst, wenn man mit diesem Unsinn spielt.«

»Nein«, sagte K, »verwirren wollen wir uns nicht, ich war mit meinen Gedanken noch lange nicht so weit, wie Sie annehmen, wenn auch, um die Wahrheit zu sagen, auf dem Wege dorthin. Vorläufig wunderte mich aber nur, dass die Verwandtschaft so viel von der Heirat erhoffte und dass diese Hoffnungen sich tatsächlich auch erfüllten, allerdings durch den Einsatz Ihres Herzens, Ihrer Gesundheit. Der Gedanke an einen Zusammenhang dieser Tatsachen mit Klamm drängte sich mir dabei allerdings auf, aber nicht oder noch nicht in der Grobheit, mit der Sie es darstellten, offenbar nur zu dem Zweck, um mich wieder einmal anfahren zu können, weil Ihnen das Freude macht. Mögen Sie die Freude haben! Mein Gedanke aber war der: Zunächst ist Klamm offenbar die Veranlassung der Heirat. Ohne Klamm wären Sie nicht unglücklich gewesen, nicht untätig im Vorgärtchen gesessen, ohne Klamm hätte Sie Hans dort nicht gesehen, ohne Ihre Traurigkeit hätte der schüchterne Hans Sie nie anzusprechen gewagt, ohne Klamm hätten Sie sich nie mit Hans in Tränen gefunden, ohne Klamm hätte der alte, gute Onkel-Gastwirt niemals Hans und Sie dort friedlich beisammen gesehen, ohne Klamm wären Sie nicht gleichgültig gegen das Leben gewesen, hätten also Hans nicht geheiratet. Nun, in dem allen ist doch schon genug Klamm, sollte ich meinen. Es geht aber noch weiter. Hätten Sie nicht Vergessen gesucht, hätten Sie gewiss nicht so rücksichtslos gegen sich selbst gearbeitet und die Wirtschaft nicht so hoch gebracht. Also auch hier Klamm. Aber Klamm ist auch noch, abgesehen davon, die Ursache Ihrer Krankheit, denn Ihr Herz war schon vor Ihrer Heirat von der unglücklichen Leidenschaft erschöpft. Bleibt nur noch die Frage, was Hansens Verwandte so sehr an der Heirat lockte. Sie selbst erwähnten einmal, dass Klamms Geliebte zu sein eine unverlierbare Rangerhöhung bedeutet; nun, so mag sie also dies gelockt haben. Außerdem aber glaube ich, die Hoffnung, dass der gute Stern, der Sie zu Klamm geführt hat – vorausgesetzt, dass es ein guter Stern war, aber Sie behaupten es –, zu Ihnen gehöre, also bei Ihnen bleiben müsse und Sie nicht etwa so schnell und plötzlich verlassen werde, wie Klamm es getan hat.«

»Meinen Sie das alles im Ernst?«, fragte die Wirtin.

»Im Ernst«, sagte K. schnell, »nur glaube ich, dass Hansens Verwandtschaft mit ihren Hoffnungen weder ganz recht noch ganz unrecht hatte, und ich glaube auch den Fehler zu erkennen, den sie gemacht haben. Äußerlich scheint ja alles gelungen, Hans ist gut versorgt, hat eine stattliche Frau, steht in Ehren, die Wirtschaft ist schuldenfrei. Aber eigentlich ist doch nicht alles gelungen, er wäre mit einem einfachen Mädchen, dessen erste große Liebe er gewesen wäre, gewiss viel glücklicher geworden; wenn er, wie Sie es ihm vorwerfen, manchmal in der Wirtsstube wie verloren dasteht, so deshalb, weil er sich wirklich wie verloren fühlt – ohne darüber unglücklich zu sein, gewiss, soweit kenne ich ihn schon –, aber ebenso gewiss ist es, dass dieser hübsche, verständige Junge mit einer anderen Frau glücklicher, womit ich gleichzeitig meine, selbstständiger, fleißiger, männlicher geworden wäre. Und Sie selbst sind doch gewiss nicht glücklich und, wie Sie sagten, ohne die drei Andenken wollten Sie gar nicht weiterleben, und herzkrank sind Sie auch. Also hatte die Verwandtschaft mit ihren Hoffnungen unrecht? Ich glaube nicht. Der Segen war über Ihnen, aber man verstand nicht, ihn herunterzuholen.«

»Was hat man denn versäumt?«, fragte die Wirtin. Sie lag nun ausgestreckt auf dem Rücken und blickte zur Decke empor.

»Klamm zu fragen«, sagte K.

»So wären wir also wieder bei Ihnen«, sagte die Wirtin.

»Oder bei Ihnen«, sagte K. »Unsere Angelegenheiten grenzen aneinander.«

»Was wollen Sie also von Klamm?«, fragte die Wirtin. Sie hatte sich aufrecht gesetzt, die Kissen aufgeschüttelt, um sitzend sich anlehnen zu können, und sah K. voll in die Augen. »Ich habe Ihnen meinen Fall, aus dem Sie einiges hätten lernen können, offen erzählt. Sagen Sie mir nun ebenso offen, was Sie Klamm fragen wollen. Nur mit Mühe habe ich Frieda überredet, in ihr Zimmer hinaufzugehen und dort zu bleiben; ich fürchtete, Sie würden in ihrer Anwesenheit nicht genug offen sprechen.«

»Ich habe nichts zu verbergen«, sagte K. »Zunächst aber will ich Sie auf etwas aufmerksam machen. Klamm vergisst gleich, sagten Sie. Das kommt mir nun erstens sehr unwahrscheinlich vor, zweitens aber ist es unbeweisbar, offenbar nichts anderes als eine Legende, ausgedacht vom Mädchenverstand derjenigen, welche bei Klamm gerade in Gnade waren. Ich wundere mich, dass Sie einer so platten Erfindung glauben.«

»Es ist keine Legende«, sagte die Wirtin, »es ist vielmehr der allgemeinen Erfahrung entnommen.«

»Also auch durch eine Erfindung zu widerlegen«, sagte K. »Dann gibt es aber auch noch einen Unterschied zwischen Ihrem und Friedas Fall. Dass Klamm Frieda nicht mehr gerufen hätte, ist gewissermaßen gar nicht vorgekommen, vielmehr hat er sie gerufen, aber sie hat nicht gefolgt. Es ist sogar möglich, dass er noch immer auf sie wartet.«

Die Wirtin schwieg und ließ nur ihren Blick beobachtend an K. auf und ab gehen. Dann sagte sie: »Ich will allem, was

Sie zu sagen haben, ruhig zuhören. Reden Sie lieber offen, als dass Sie mich schonen. Nur eine Bitte habe ich. Gebrauchen Sie nicht Klamms Namen. Nennen Sie ihn ›Er‹ oder sonst wie, aber nicht beim Namen.«

»Gern«, sagte K., »aber was ich von ihm will, ist schwer zu sagen. Zunächst will ich ihn in der Nähe sehen, dann will ich seine Stimme hören, dann will ich von ihm wissen, wie er sich zu unserer Heirat verhält. Worum ich ihn dann vielleicht noch bitten werde, hängt vom Verlauf der Unterredung ab. Es kann manches zur Sprache kommen, aber das Wichtigste ist doch für mich, dass ich ihm gegenüberstehe. Ich habe nämlich noch mit keinem wirklichen Beamten unmittelbar gesprochen. Es scheint das schwerer zu erreichen zu sein, als ich glaubte. Nun aber habe ich die Pflicht, mit ihm als einem Privatmann zu sprechen, und dieses ist meiner Meinung nach viel leichter durchzusetzen. Als Beamten kann ich ihn nur in seinem vielleicht unzugänglichen Büro sprechen, im Schloss oder, was schon fraglich ist, im Herrenhof. Als Privatmann aber überall, im Haus, auf der Straße, wo es mir nur gelingt, ihm zu begegnen. Dass ich dann nebenbei auch den Beamten mir gegenüber haben werde, werde ich gern hinnehmen, aber es ist nicht mein erstes Ziel.«

»Gut«, sagte die Wirtin und drückte ihr Gesicht in die Kissen, als sage sie etwas Schamloses. »Wenn ich durch meine Verbindungen es erreiche, dass Ihre Bitte um eine Unterredung zu Klamm geleitet wird, versprechen Sie mir, bis zum Herabkommen der Antwort nichts auf eigene Faust zu unternehmen?«

»Das kann ich nicht versprechen«, sagte K., »so gerne ich Ihre Bitte oder Ihre Laune erfüllen wollte. Die Sache drängt nämlich, besonders nach dem ungünstigen Ergebnis meiner Besprechung mit dem Vorsteher.«

»Dieser Einwand entfällt«, sagte die Wirtin, »der Vorsteher ist eine ganz belanglose Person. Haben Sie denn das nicht bemerkt? Er könnte keinen Tag in seiner Stellung bleiben, wenn nicht seine Frau wäre, die alles führt.«

»Mizzi?«, fragte K. Die Wirtin nickte. »Sie war dabei«, sagte K. »Hat sie sich geäußert?«, fragte die Wirtin.

»Nein«, sagte K., »ich hatte aber auch nicht den Eindruck, dass sie das könnte.«

»Nun ja«, sagte die Wirtin, »so irrig sehen Sie hier alles an. Jedenfalls: Was der Vorsteher über Sie verfügt hat, hat keine Bedeutung, und mit der Frau werde ich gelegentlich reden. Und wenn ich Ihnen nun noch verspreche, dass die Antwort Klamms spätestens in einer Woche kommen wird, haben Sie wohl keinen Grund mehr, mir nicht nachzugeben.«

»Das alles ist nicht entscheidend«, sagte K. »Mein Entschluss steht fest und ich würde ihn auch auszuführen versuchen, wenn eine ablehnende Antwort käme. Wenn ich aber diese Absicht von vornherein habe, kann ich doch nicht vorher um die Unterredung bitten lassen. Was ohne die Bitte vielleicht ein kühner, aber doch gutgläubiger Versuch bleibt, wäre nach einer ablehnenden Antwort offene Widersetzlichkeit. Das wäre freilich viel schlimmer.«

»Schlimmer?«, sagte die Wirtin. »Widersetzlichkeit ist es auf jeden Fall. Und nun tun Sie nach Ihrem Willen. Reichen Sie mir den Rock.«

Ohne Rücksicht auf K. zog sie sich den Rock an und eilte in die Küche. Schon seit längerer Zeit hörte man Unruhe von der Wirtsstube her. An das Guckfenster war geklopft worden. Die Gehilfen hatten es einmal aufgestoßen und hereingerufen, dass sie Hunger hätten. Auch andere Gesichter waren dann dort erschienen. Sogar einen leisen, aber mehrstimmigen Gesang hörte man.

Freilich, K.s Gespräch mit der Wirtin hatte das Kochen des Mittagessens sehr verzögert, es war noch nicht fertig, aber die Gäste waren versammelt. Immerhin hatte niemand gewagt, gegen das Verbot der Wirtin die Küche zu betreten.

Nun aber, da die Beobachter am Guckfenster meldeten, die Wirtin komme schon, liefen die Mägde gleich in die Küche, und als K. die Wirtsstube betrat, strömte die erstaunlich zahlreiche Gesellschaft, mehr als zwanzig Leute, Männer und Frauen, provinzmäßig, aber nicht bäuerisch angezogen, vom Guckfenster, wo sie versammelt gewesen waren, zu den Tischen, um sich Plätze zu sichern. Nur an einem kleinen Tisch in einem Winkel saß schon ein Ehepaar mit einigen Kindern; der Mann, ein freundlicher, blauäugiger Herr mit zerrauftem, grauem Haar und Bart, stand zu den Kindern hinabgebeugt und gab mit einem Messer den Takt zu ihrem Gesang, den er immerfort zu dämpfen bemüht war; vielleicht wollte er sie durch den Gesang den Hunger vergessen machen. Die Wirtin entschuldigte sich vor der Gesellschaft mit einigen gleichgültig hingesprochenen Worten, niemand machte ihr Vorwürfe. Sie sah sich nach dem Wirt um, der sich aber vor der Schwierigkeit der Lage wohl schon längst geflüchtet hatte. Dann ging sie langsam in die Küche; für K., der zu Frieda in sein Zimmer eilte, hatte sie keinen Blick mehr.

## Das siebente Kapitel

Oben traf K. den Lehrer. Das Zimmer war erfreulicherweise kaum wiederzuerkennen, so fleißig war Frieda gewesen. Es war gut gelüftet worden, der Ofen reichlich geheizt, der Fußboden gewaschen, das Bett geordnet, die Sachen der Mägde, dieser hassenswerte Unrat, einschließlich ihrer Bilder, waren verschwunden, der Tisch, der einem früher, wohin man sich auch wendete, mit seiner schmutzüberkrusteten Platte förmlich nachgestarrt hatte, war mit einer weißen, gestrickten Decke überzogen. Nun konnte man schon Gäste empfangen; dass K.s kleiner Wäschevorrat, den Frieda offenbar früh gewaschen hatte, beim Ofen zum Trocknen ausgehängt war, störte wenig. Der Lehrer und Frieda waren bei Tisch gesessen, sie erhoben sich bei K.s Eintritt. Frieda begrüßte K. mit einem Kuss, der Lehrer verbeugte sich ein wenig. K., zerstreut und noch in der Unruhe des Gesprächs mit der Wirtin, begann, sich zu entschuldigen, dass er den Lehrer bisher noch nicht hatte besuchen können; es war so, als nehme er an, der Lehrer hätte, ungeduldig wegen K.s Ausbleiben, nun selbst den Besuch gemacht. Der Lehrer aber, in seiner gemessenen Art, schien sich nun erst selbst langsam zu erinnern, dass einmal zwischen ihm und K. eine Art Besuch verabredet worden war. »Sie sind ja, Herr Landvermesser«, sagte er langsam, »der Fremde, mit dem ich vor ein paar Tagen auf dem Kirchplatz gesprochen habe.« – »Ja«, sagte K. kurz; was er damals in seiner Verlassenheit geduldet hatte, musste er hier, in seinem Zimmer, sich nicht gefallen lassen. Er wandte sich an Frieda und beriet sich mit ihr wegen eines wichtigen Besuches, den er sofort zu machen habe und bei dem er möglichst gut angezogen sein müsse. Frieda rief sofort, ohne K. weiter auszufragen, die Gehilfen, die gerade mit der Untersuchung der neuen Tischdecke beschäftigt waren, und befahl ihnen, K.s

Kleider und Stiefel, die er gleich auszuziehen begann, unten im Hof sorgfältig zu putzen. Sie selbst nahm ein Hemd von der Schnur und lief in die Küche hinunter, um es zu bügeln.

Jetzt war K. mit dem Lehrer, der wieder still beim Tisch saß, allein; er ließ ihn noch ein wenig warten, zog sich das Hemd aus und begann, sich beim Waschbecken zu waschen. Erst jetzt, den Rücken dem Lehrer zugekehrt, fragte er ihn nach dem Grund seines Kommens. »Ich komme im Auftrag des Herrn Gemeindevorstehers«, sagte er. K. war bereit, den Auftrag zu hören. Da aber K.s Worte in dem Wasserschwall schwer verständlich waren, musste der Lehrer näher kommen und lehnte sich neben K. an die Wand. K. entschuldigte sein Waschen und seine Unruhe mit der Dringlichkeit des beabsichtigten Besuches. Der Lehrer ging darüber hinweg und sagte: »Sie waren unhöflich gegenüber dem Herrn Gemeindevorsteher, diesem alten, verdienten, vielerfahrenen, ehrwürdigen Mann.« – »Dass ich unhöflich gewesen wäre, weiß ich nicht«, sagte K., während er sich abtrocknete, »dass ich aber an anderes zu denken hatte als an ein feines Benehmen, ist richtig, denn es handelte sich um meine Existenz, die bedroht ist durch eine schmachvolle amtliche Wirtschaft, deren Einzelheiten ich Ihnen nicht darlegen muss, da Sie selbst ein tätiges Glied dieser Behörde sind. Hat sich der Gemeindevorsteher über mich beklagt?« – »Wem gegenüber hätte er sich beklagen sollen?«, sagte der Lehrer. »Und selbst, wenn er jemanden hätte, würde er sich denn jemals beklagen? Ich habe nur ein kleines Protokoll nach seinem Diktat über Ihre Besprechung aufgesetzt und daraus über die Güte des Herrn Vorstehers und über die Art Ihrer Antworten genug erfahren.«

Während K. seinen Kamm suchte, den Frieda irgendwo eingeordnet haben musste, sagte er: »Wie? Ein Protokoll? In meiner Abwesenheit nachträglich aufgesetzt von jemandem, der gar nicht bei der Besprechung war? Das ist nicht übel. Und warum denn ein Protokoll? War es denn eine amtliche

Handlung?« – »Nein«, sagte der Lehrer, »eine halbamtliche, auch das Protokoll ist nur halbamtlich; es wurde nur gemacht, weil bei uns in allem strenge Ordnung sein muss. Jedenfalls liegt es nun vor und dient nicht zu Ihrer Ehre.« K., der den Kamm, der ins Bett geglitten war, endlich gefunden hatte, sagte ruhiger: »Mag es vorliegen. Sind Sie gekommen, mir das zu melden?« – »Nein«, sagte der Lehrer, »aber ich bin kein Automat und musste Ihnen meine Meinung sagen. Mein Auftrag dagegen ist ein weiterer Beweis der Güte des Herrn Vorstehers; ich betone, dass mir diese Güte unbegreiflich ist und dass ich nur unter dem Zwang meiner Stellung und in Verehrung des Herrn Vorstehers den Auftrag ausführe.« K., gewaschen und gekämmt, saß nun in Erwartung des Hemdes und der Kleider bei Tisch; er war wenig neugierig auf das, was der Lehrer ihm brachte; auch war er beeinflusst von der geringen Meinung, welche die Wirtin vom Vorsteher hatte. »Es ist wohl schon Mittag vorüber?«, fragte er in Gedanken an den Weg, den er vorhatte, dann verbesserte er sich und sagte: »Sie wollten mir etwas vom Vorsteher ausrichten.« – »Nun ja«, sagte der Lehrer mit einem Achselzucken, als schüttle er jede eigene Verantwortung von sich ab. »Der Herr Vorsteher befürchtet, dass Sie, wenn die Entscheidung Ihrer Angelegenheit zu lange ausbleibt, etwas Unbedachtes auf eigene Faust tun werden. Ich für meinen Teil weiß nicht, warum er das befürchtet; meine Ansicht ist, dass Sie doch am besten tun mögen, was Sie wollen. Wir sind nicht Ihre Schutzengel und haben keine Verpflichtung, Ihnen auf allen Ihren Wegen nachzulaufen. Nun gut. Der Herr Vorsteher ist anderer Meinung. Die Entscheidung selbst, welche Sache der gräflichen Behörden ist, kann er freilich nicht beschleunigen. Wohl aber will er in seinem Wirkungskreis eine vorläufige, wahrhaftig generöse Entscheidung treffen, es liegt nur an Ihnen, sie anzunehmen: Er bietet Ihnen vorläufig die Stelle eines Schuldieners an.« Darauf, was ihm angeboten wurde, achtete K. zunächst kaum, aber die Tatsache, dass ihm etwas angeboten wurde, schien ihm nicht bedeutungslos. Es deutete daraufhin dass er nach Ansicht des Vorstehers imstande war, um sich zu wehren, Dinge auszuführen, vor denen sich zu schützen für die Gemeinde selbst gewisse Aufwendungen rechtfertigte. Und wie wichtig man die Sache nahm! Der Lehrer, der hier schon eine Zeit lang gewartet und vorher noch das Protokoll aufgesetzt hatte, musste ja vom Vorsteher geradezu hergejagt worden sein. Als der Lehrer sah, dass er nun doch K. nachdenklich gemacht hatte, fuhr er fort: »Ich machte meine Einwendungen. Ich wies darauf hin, dass bisher kein Schuldiener nötig gewesen sei; die Frau des Kirchendieners räumt von Zeit zu Zeit auf, und Fräulein Gisa, die Lehrerin, beaufsichtigt es. Ich habe Plage genug mit den Kindern, ich will mich nicht auch noch mit einem Schuldiener ärgern. Der Herr Vorsteher entgegnete, dass es aber doch sehr schmutzig in der Schule sei. Ich erwiderte, der Wahrheit gemäß, dass es nicht sehr arg sei. Und, fügte ich hinzu, wird es dann besser werden, wenn wir den Mann als Schuldiener nehmen? Ganz gewiss nicht. Abgesehen davon, dass er von solchen Arbeiten nichts versteht, hat doch das Schulhaus nur zwei große Lehrzimmer ohne Nebenräume, der Schuldiener muss also mit seiner Familie in einem der Lehrzimmer wohnen, schlafen, vielleicht gar kochen, das kann natürlich die Reinlichkeit nicht vergrößern. Aber der Herr Vorsteher verwies darauf, dass diese Stelle für Sie eine Rettung in der Not sei und dass Sie daher sich mit allen Kräften bemühen werden, sie gut auszufüllen; ferner meinte der Herr Vorsteher, gewinnen wir mit Ihnen auch noch die Kräfte Ihrer Frau und Ihrer Gehilfen, sodass nicht nur die Schule, sondern auch der Schulgarten in musterhafter Ordnung wird gehalten werden können. Das alles widerlegte ich mit Leichtigkeit. Schließlich konnte der Herr Vorsteher gar nichts mehr zu Ihren Gunsten vorbringen, lachte und sagte nur, Sie seien doch Landvermesser und würden daher die Beete im Schulgarten besonders schön gerade ziehen können. Nun, gegen Späße gibt es keine Einwände, und so ging ich mit dem Auftrag zu Ihnen.« »Sie machen sich unnütze Sorgen, Herr Lehrer«, sagte K. »Es fällt mir nicht ein, die Stelle anzunehmen.« – »Vorzüglich«, sagte der Lehrer, »vorzüglich, ganz ohne Vorbehalt lehnen Sie ab«, und er nahm den Hut, verbeugte sich und ging.

Gleich darauf kam Frieda mit verstörtem Gesicht herauf, das Hemd brachte sie ungebügelt, Fragen beantwortete sie nicht; um sie zu zerstreuen, erzählte ihr K. von dem Lehrer und dem Angebot; kaum hörte sie es, warf sie das Hemd auf das Bett und lief wieder fort. Sie kam bald zurück, aber mit dem Lehrer, der verdrießlich aussah und gar nicht grüßte. Frieda bat ihn um ein wenig Geduld – offenbar hatte sie das auf dem Weg hierher schon einige Male getan –, zog dann K. durch eine Seitentür, von der er gar nicht gewusst hatte, auf den benachbarten Dachboden und erzählte dort schließlich aufgeregt außer Atem, was ihr geschehen war. Die Wirtin, empört darüber, dass sie sich vor K. zu Geständnissen und, was noch ärger war, zur Nachgiebigkeit hinsichtlich einer Unterredung Klamms mit K. erniedrigt und nichts damit erreicht hatte als, wie sie sagte, kalte und überdies unaufrichtige Abweisung, sei entschlossen, K. nicht mehr in ihrem Haus zu dulden; habe er Verbindungen mit dem Schloss, so möge er sie nur schnell ausnützen, denn noch heute, noch jetzt müsse er das Haus verlassen, und nur auf direkten behördlichen Befehl und Zwang werde sie ihn wieder aufnehmen; doch hoffe sie, dass es nicht dazu kommen werde, denn auch sie habe Verbindungen mit dem Schloss und werde sie geltend zu machen verstehen. Übrigens sei er ja in das Wirtshaus nur infolge der Nachlässigkeit des Wirtes gekommen und sei auch sonst gar nicht in Not, denn noch heute Morgen habe er sich eines für ihn bereitstehenden Nachtlagers gerühmt. Frieda natürlich solle bleiben; wenn Frieda mit K.

ausziehen sollte, werde sie, die Wirtin, tief unglücklich sein, schon unten in der Küche sei sie bei dem bloßen Gedanken weinend neben dem Herd zusammengesunken, die arme, herzleidende Frau! Aber wie könnte sie anders handeln, jetzt, da es sich, in ihrer Vorstellung wenigstens geradezu um die Ehre von Klamms Andenken handle! So stehe es also mit der Wirtin. Frieda freilich werde ihm, K., folgen, wohin er wolle, in Schnee und Eis, darüber sei natürlich kein weiteres Wort zu verlieren, aber sehr schlimm sei doch ihrer beider Lage jedenfalls, darum habe sie das Angebot des Vorstehers mit großer Freude begrüßt, sei es auch eine für K. nicht passende Stelle, so sei sie doch, das werde ausdrücklich betont, eine nur vorläufige, man gewinne Zeit und werde leicht andere Möglichkeiten finden, selbst wenn die endgültige Entscheidung ungünstig ausfallen sollte. »Im Notfall«, rief schließlich Frieda, schon an K.s Hals, »wandern wir aus, was hält uns hier im Dorf? Vorläufig aber, nicht wahr, Liebster, nehmen wir das Angebot an. Ich habe den Lehrer zurückgebracht, du sagst ihm ›Angenommen‹, nichts weiter, und wir übersiedeln in die Schule.«

»Das ist schlimm«, sagte K., ohne es aber ganz ernsthaft zu meinen, denn die Wohnung kümmerte ihn wenig, auch fror er sehr in seiner Unterwäsche hier auf dem Dachboden, der, auf zwei Seiten ohne Wand und Fenster, scharf von kalter Luft durchzogen wurde, »jetzt hast du das Zimmer so schön hergerichtet, und nun sollen wir ausziehen! Ungern, ungern würde ich die Stelle annehmen, schon die augenblickliche Demütigung vor diesem kleinen Lehrer ist mir peinlich, und nun soll er gar mein Vorgesetzter werden. Wenn man nur noch ein Weilchen hierbleiben könnte, vielleicht ändert sich meine Lage noch heute Nachmittag. Wenn wenigstens du hier bliebest, könnte man es abwarten und dem Lehrer nur eine unbestimmte Antwort geben. Für mich finde ich immer ein Nachtlager, wenn es sein muss, wirklich bei

Bar …« Frieda verschloss ihm mit der Hand den Mund. »Das nicht«, sagte sie ängstlich, »bitte, sage das nicht wieder. Sonst aber folge ich dir in allem. Wenn du willst, bleibe ich allein hier, so traurig es für mich wäre. Wenn du willst, lehnen wir den Antrag ab, so unrichtig das meiner Meinung nach wäre. Denn sieh, wenn du eine andere Möglichkeit findest, gar noch heute Nachmittag, nun, so ist es selbstverständlich, dass wir die Stelle in der Schule sofort aufgeben, niemand wird uns daran hindern. Und was die Demütigung vor dem Lehrer betrifft, so lass mich dafür sorgen, dass es keine wird, ich selbst werde mit ihm sprechen, du wirst nur stumm dabeistehen, und auch später wird es nicht anders sein, niemals wirst du, wenn du nicht willst, selbst mit ihm sprechen müssen, ich allein werde in Wirklichkeit seine Untergebene sein, und nicht einmal ich werde es sein, denn ich kenne seine Schwächen. So ist also nichts verloren, wenn wir die Stelle annehmen, vieles aber, wenn wir sie ablehnen; vor allem würdest du wirklich auch nur für dich allein, wenn du nicht noch heute etwas vom Schloss erreichst, nirgends im Dorf ein Nachtlager finden, ein Nachtlager nämlich, für das ich mich als deine künftige Frau nicht schämen müsste. Und wenn du kein Nachtlager bekommst, willst du dann etwa von mir verlangen, dass ich hier im warmen Zimmer schlafe, während ich weiß, dass du draußen in Nacht und Kälte umherirrst?« K., der die ganze Zeit über, die Arme über der Brust gekreuzt, mit den Händen seinen Rücken schlug, um sich ein wenig zu erwärmen, sagte: »Dann bleibt nichts übrig, als anzunehmen. Komm!«

Im Zimmer eilte er gleich zum Ofen; um den Lehrer kümmerte er sich nicht; dieser saß beim Tisch, zog die Uhr hervor und sagte: »Es ist spät geworden.« – »Dafür sind wir aber jetzt auch völlig einig, Herr Lehrer«, sagte Frieda. »Wir nehmen die Stelle an.« »Gut«, sagte der Lehrer, »aber die Stelle ist dem Herrn Landvermesser angeboten. Er selbst muss sich äußern.«

Frieda kam K. zu Hilfe. »Freilich«, sagte sie, »er nimmt die Stelle an, nicht wahr, K.?« So konnte K. seine Erklärung auf ein einfaches »ja« beschränken, das nicht einmal an den Lehrer, sondern an Frieda gerichtet war. »Dann«, sagte der Lehrer, »bleibt mir nur noch übrig, Ihnen Ihre Dienstpflichten vorzuhalten, damit wir in dieser Hinsicht ein für alle Mal einig sind; Sie haben, Herr Landvermesser, täglich beide Schulzimmer zu reinigen und zu heizen, kleinere Reparaturen im Haus, ferner an den Schul- und Turngeräten selbst vorzunehmen, den Weg durch den Garten schneefrei zu halten, Botengänge für mich und das Fräulein Lehrerin zu machen und in der wärmeren Jahreszeit alle Gartenarbeit zu besorgen. Dafür haben Sie das Recht, nach Ihrer Wahl in einem der Schulzimmer zu wohnen; doch müssen Sie, wenn nicht gleichzeitig in beiden Zimmern unterrichtet wird und Sie gerade in dem Zimmer, in welchem unterrichtet wird, wohnen, natürlich in das andere Zimmer übersiedeln. Kochen dürfen Sie in der Schule nicht, dafür werden Sie und die Ihren auf Kosten der Gemeinde hier im Wirtshaus verpflegt. Dass Sie sich der Würde der Schule gemäß verhalten müssen und dass insbesondere die Kinder, gar während des Unterrichts, niemals etwa Zeugen unliebsamer Szenen in Ihrer Häuslichkeit werden dürfen, erwähne ich nur nebenbei, denn als gebildeter Mann müssen Sie das wissen. In Zusammenhang damit bemerke ich noch, dass wir darauf bestehen müssen, dass Sie Ihre Beziehungen zu Fräulein Frieda möglichst bald legitimieren. Über dies alles und noch einige Kleinigkeiten wird ein Dienstvertrag aufgesetzt, den Sie gleich, wenn Sie ins Schulhaus einziehen, unterzeichnen müssen.« K. erschien das alles unwichtig, so, als ob es ihn nicht betreffe oder jedenfalls nicht binde; nur die Großtuerei des Lehrers reizte ihn, und er sagte leichthin: »Nun ja, es sind die üblichen Verpflichtungen.« Um diese Bemerkung ein wenig zu verwischen, fragte Frieda nach dem Gehalt. »Ob Gehalt gezahlt wird«, sagte der Lehrer, »wird erst nach einmonatigem Probedienst erwogen werden.« – »Das ist aber hart für uns«, sagte Frieda. »Wir sollen fast ohne Geld heiraten, unsere Hauswirtschaft aus nichts schaffen. Könnten wir nicht doch, Herr Lehrer, durch eine Eingabe an die Gemeinde um ein kleines sofortiges Gehalt bitten? Würden Sie dazu raten?« – »Nein«, sagte der Lehrer, der seine Worte immer an K. richtete. »Einer solchen Eingabe würde nur entsprochen werden, wenn ich es empfehle, und ich würde es nicht tun. Die Verleihung der Stelle ist ja nur eine Gefälligkeit Ihnen gegenüber, und Gefälligkeiten muss man, wenn man sich seiner öffentlichen Verantwortung bewusst bleibt, nicht zu weit treiben.« Nun mischte sich aber doch K. ein, fast gegen seinen Willen. »Was die Gefälligkeit betrifft, Herr Lehrer«, sagte er, »glaube ich, dass Sie irren. Diese Gefälligkeit ist vielleicht eher auf meiner Seite.« – »Nein«, sagte der Lehrer lächelnd, nun hatte er doch K. zum Reden gezwungen. »Darüber bin ich genau unterrichtet. Wir brauchen den Schuldiener etwa so dringend wie den Landvermesser. Schuldiener wie Landvermesser, es ist eine Last an unserem Halse. Es wird mich noch viel Nachdenken kosten, wie ich die Ausgaben vor der Gemeinde begründen soll. Am besten und wahrheitsgemäßesten wäre es, die Forderung nur auf den Tisch zu werfen und gar nicht zu begründen.« – »So meine ich es ja«, sagte K., »gegen Ihren Willen müssen Sie mich aufnehmen. Obwohl es Ihnen schweres Nachdenken verursacht, müssen Sie mich aufnehmen. Wenn nun jemand genötigt ist, einen anderen aufzunehmen, und dieser andere sich aufnehmen lässt, so ist er es doch, der gefällig ist.« – »Sonderbar«, sagte der Lehrer, »was sollte uns zwingen, Sie aufzunehmen? Des Herrn Vorstehers gutes, übergutes Herz zwingt uns. Sie werden, Herr Landvermesser, das sehe ich wohl, manche Fantasien aufgeben müssen, ehe Sie ein brauchbarer Schuldiener werden. Und für die Gewährung eines eventuellen Gehaltes machen natürlich solche

Bemerkungen wenig Stimmung. Auch merke ich leider, dass mir Ihr Benehmen noch viel zu schaffen geben wird; die ganze Zeit über verhandeln Sie ja mit mir – ich sehe es immerfort an und glaube es fast nicht in Hemd und Unterhosen.« – »Ja«, rief K. lachend und schlug in die Hände, »die entsetzlichen Gehilfen! Wo bleiben sie denn?« Frieda eilte zur Tür; der Lehrer, der merkte, dass nun K. für ihn nicht mehr zu sprechen war, fragte Frieda, wann sie in die Schule einziehen würden. »Heute«, sagte Frieda. »Dann komme ich morgen früh revidieren«, sagte der Lehrer, grüßte durch Handwinken, wollte durch die Tür, die Frieda für sich geöffnet hatte, hinausgehen, stieß aber mit den Mägden zusammen, die schon mit ihren Sachen kamen, um sich im Zimmer wieder einzurichten. Er musste zwischen ihnen, die vor niemandem zurückgewichen wären, durchschlüpfen, Frieda folgte ihm. »Ihr habt es aber eilig«, sagte K., der diesmal sehr zufrieden mit ihnen war, »wir sind noch hier, und ihr müsst schon einrücken?« Sie antworteten nicht und drehten nur verlegen ihre Bündel, aus denen K. die wohlbekannten schmutzigen Fetzen hervorhängen sah. »Ihr habt wohl euere Sachen noch niemals gewaschen«, sagte K., es war nicht böse, sondern mit einer gewissen Zuneigung gesagt. Sie merkten es, öffneten gleichzeitig ihren harten Mund, zeigten die schönen, starken, tiermäßigen Zähne und lachten lautlos. »Nun kommt«, sagte K., »richtet euch ein, es ist ja euer Zimmer.« Als sie aber noch immer zögerten – ihr Zimmer schien ihnen wohl allzu sehr verwandelt –, nahm K. eine beim Arm, um sie weiterzuführen. Aber er ließ sie gleich los, so erstaunt war beider Blick, den sie, nach einer kurzen gegenseitigen Verständigung, nun nicht mehr von K. wandten. »Jetzt habt ihr mich aber lange genug angesehen«, sagte K., irgendein unangenehmes Gefühl abwehrend, nahm Kleider und Stiefel, die eben Frieda, schüchtern von den Gehilfen gefolgt, gebracht hatte, und zog sich an. Unbegreiflich war ihm immer, und jetzt wieder, die

Geduld, die Frieda mit den Gehilfen hatte. Sie hatte sie, die doch die Kleider im Hof hätten putzen sollen, nach längerem Suchen friedlich unten beim Mittagessen gefunden, die ungeputzten Kleider vor sich zusammengepresst auf dem Schoß, sie hatte dann selbst alles putzen müssen; und doch zankte sie, die gemeines Volk gut zu beherrschen wusste, gar nicht mit ihnen, erzählte überdies in ihrer Gegenwart von ihrer großen Nachlässigkeit wie von einem kleinen Scherz und klopfte gar noch dem einen leicht, wie schmeichelnd, auf die Wange. K. wollte ihr nächstens darüber Vorhaltungen machen. Jetzt aber war es höchste Zeit, wegzugehen. »Die Gehilfen bleiben hier, dir bei der Übersiedlung zu helfen«, sagte K. Sie waren allerdings nicht damit einverstanden; satt und fröhlich, wie sie waren, hätten sie sich gern ein wenig Bewegung gemacht. Erst als Frieda sagte: »Gewiss, ihr bleibt hier«, fügten sie sich. »Weißt du, wohin ich gehe?«, fragte K. »Ja«, sagte Frieda. »Und du hältst mich also nicht mehr zurück?«, fragte K. »Du wirst so viele Hindernisse finden«, sagte sie, »was würde da mein Wort bedeuten!« Sie küsste K. zum Abschied, gab ihm, da er nicht zu Mittag gegessen hatte, ein Päckchen mit Brot und Wurst, das sie von unten für ihn mitgebracht hatte, erinnerte ihn daran, dass er dann nicht mehr hierher, sondern gleich in die Schule kommen solle, und begleitete ihn, die Hand auf seiner Schulter, bis vor die Tür hinaus.

## Das achte Kapitel

Zunächst war K. froh, dem Gedränge der Mägde und Gehilfen in dem warmen Zimmer entgangen zu sein. Auch fror es ein wenig, der Schnee war fester, das Gehen leichter. Nur fing es freilich schon zu dunkeln an, und er beschleunigte die Schritte.

Das Schloss, dessen Umrisse sich schon aufzulösen begannen, lag still wie immer, niemals noch hatte K. dort das geringste Zeichen von Leben gesehen, vielleicht war es gar nicht möglich, aus dieser Ferne etwas zu erkennen, und doch verlangten es die Augen und wollten die Stille nicht dulden. Wenn K. das Schloss ansah, so war es ihm manchmal, als beobachtete er jemanden, der ruhig dasitze und vor sich hinsehe, nicht etwa in Gedanken verloren und dadurch gegen alles abgeschlossen, sondern frei und unbekümmert, so, als sei er allein und niemand beobachte ihn, und doch musste er merken, dass er beobachtet wurde, aber es rührte nicht im Geringsten an seiner Ruhe, und wirklich – man wusste nicht, war es Ursache oder Folge –, die Blicke des Beobachters konnten sich nicht festhalten und glitten ab. Dieser Eindruck wurde heute noch verstärkt durch das frühe Dunkel; je länger er hinsah, desto weniger erkannte er, desto tiefer sank alles in Dämmerung.

Gerade als K. zu dem noch unbeleuchteten Herrenhof kam, öffnete sich ein Fenster im ersten Stock, ein junger, dicker, glatt rasierter Herr im Pelzrock beugte sich heraus und blieb dann im Fenster. K.s Gruß schien er auch nicht mit dem leichtesten Kopfnicken zu beantworten. Weder im Flur noch im Ausschank traf K. jemanden, der Geruch von abgestandenem Bier war noch schlimmer als letzthin, etwas Derartiges kam wohl im Wirtshaus »Zur Brücke« nicht vor. K. ging sofort zu der Tür, durch die er letzthin Klamm beobachtet hatte, drückte vorsichtig die Klinke nieder, aber die Tür war versperrt; dann suchte er die Stelle zu ertasten, wo das Guckloch war, aber der Verschluss war wahrscheinlich so gut eingepasst, dass er die Stelle auf diese Weise nicht finden konnte, er zündete deshalb ein Streichholz an. Da wurde er durch einen Schrei erschreckt. In dem Winkel zwischen Tür und Kredenztisch, nahe beim Ofen, saß zusammengeduckt ein junges Mädchen und starrte ihn in dem Aufleuchten des Streichholzes mit mühsam geöffneten, schlaftrunkenen Augen an. Es war offenbar die Nachfolgerin Friedas. Sie fasste sich bald, drehte das elektrische Licht an, der Ausdruck ihres Gesichtes war noch böse, da erkannte sie K. »Ah, der Herr Landvermesser«, sagte sie lächelnd, reichte ihm die Hand und stellte sich vor: »Ich heiße Pepi.« Sie war klein, rot, gesund, das üppige, rötlich blonde Haar war in einen starken Zopf geflochten, außerdem krauste es sich rund um das Gesicht, sie hatte ein ihr sehr wenig passendes, glatt niederfallendes Kleid aus grau glänzendem Stoff, unten war es kindlich ungeschickt von einem in eine Masche endigenden Seidenband zusammengezogen, sodass es sie beengte. Sie erkundigte sich nach Frieda, und ob sie nicht bald zurückkommen werde. Das war eine Frage, die nahe an Boshaftigkeit grenzte. »Ich bin«, sagte sie dann, »gleich nach Friedas Weggang in Eile hierher berufen worden, weil man doch nicht eine Beliebige hier verwenden kann, ich war bis jetzt Zimmermädchen, aber es ist kein guter Tausch, den ich gemacht habe. Viel Abend- und Nachtarbeit ist hier, das ist sehr ermüdend, ich werde es kaum ertragen, ich wundere mich nicht, dass Frieda es aufgegeben hat.« – »Frieda war hier sehr zufrieden«, sagte K., um Pepi endlich auf den Unterschied aufmerksam zu machen, der zwischen ihr und Frieda bestand und den sie vernachlässigte. »Glauben Sie ihr nicht«, sagte Pepi. »Frieda kann sich beherrschen wie nicht leicht jemand. Was sie nicht gestehen will, gesteht sie nicht, und dabei merkt man gar nicht, dass sie etwas zu gestehen hätte. Ich diene doch jetzt hier schon einige Jahre mit ihr, immer haben wir zusammen in einem Bett geschlafen, aber vertraut bin ich mit ihr nicht, gewiss denkt sie heute schon nicht mehr an mich. Ihre einzige Freundin vielleicht ist die alte Wirtin aus dem Brückengasthaus, und das ist doch auch bezeichnend.« – »Frieda ist meine Braut«, sagte K. und suchte nebenbei die Gucklochstelle in der Tür. »Ich weiß«, sagte Pepi, »deshalb erzähle ich es ja. Sonst hätte es doch für Sie keine Bedeutung.« – »Ich verstehe«, sagte K. »Sie meinen, dass ich stolz darauf sein kann, ein so verschlossenes Mädchen für mich gewonnen zu haben.« – »Ja«, sagte sie und lachte zufrieden, so, als habe sie K. zu einem geheimen Einverständnis hinsichtlich Friedas gewonnen.

Aber es waren nicht eigentlich ihre Worte, die K. beschäftigten und ein wenig vom Suchen ablenkten, sondern ihre Erscheinung war es und ihr Vorhandensein an dieser Stelle. Freilich, sie war viel jünger als Frieda, fast kindlich noch, und ihre Kleidung war lächerlich, sie hatte sich offenbar angezogen entsprechend den übertriebenen Vorstellungen, die sie von der Bedeutung eines Ausschankmädchens hatte. Und diese Vorstellungen hatte sie gar noch in ihrer Art mit Recht, denn die Stellung, für die sie noch gar nicht passte, war wohl unverhofft und unverdient und nur vorläufig ihr zuteil geworden, nicht einmal das Ledertäschchen, das Frieda immer im Gürtel getragen hatte, hatte man ihr anvertraut. Und ihre angebliche Unzufriedenheit mit der Stellung war nichts als Überhebung. Und doch, trotz ihrem kindlichen Unverstand hatte auch sie wahrscheinlich Beziehungen zum Schloss; sie war ja, wenn sie nicht log, Zimmermädchen gewesen; ohne von ihrem Besitz zu wissen, verschlief sie hier die Tage, aber eine Umarmung dieses kleinen, dicken, ein wenig rundrückigen Körpers konnte ihr zwar den Besitz nicht entreißen, konnte aber an ihn rühren und aufmuntern für den schweren Weg. Dann war es vielleicht nicht anders als bei Frieda? O doch, es war anders. Man musste nur an Friedas Blick denken, um das zu verstehen. Niemals hätte K. Pepi angerührt. Aber doch musste er jetzt für ein Weilchen seine Augen bedecken, so gierig sah er sie an.

»Es muss ja nicht angezündet sein«, sagte Pepi und drehte das Licht wieder aus, »ich habe nur angezündet, weil Sie mich so sehr erschreckt haben. Was wollen Sie denn hier? Hat Frieda etwas vergessen?« – »Ja«, sagte K. und zeigte auf die Tür, »hier im Zimmer nebenan eine Tischdecke, eine weiße, gestrickte.« – »Ja, ihre Tischdecke«, sagte Pepi, »ich erinnere mich, eine schöne Arbeit, ich habe ihr dabei geholfen, aber in diesem Zimmer ist sie wohl kaum.« – »Frieda glaubt es. Wer wohnt denn hier?«, fragte K. »Niemand«, sagte Pepi. »Es ist das Herrenzimmer, hier trinken und essen die Herren, das heißt, es ist dafür bestimmt, aber die meisten bleiben oben in ihren Zimmern.« – »Wenn ich wüsste«, sagte K., »dass jetzt nebenan niemand ist, würde ich sehr gerne hineingehen und die Decke suchen. Aber es ist eben unsicher; Klamm, zum Beispiel, pflegt oft dort zu sitzen.« – »Klamm ist jetzt gewiss nicht dort«, sagte Pepi, »er fährt ja gleich weg, der Schlitten wartet schon im Hof.«

Sofort, ohne ein Wort der Erklärung, verließ K. den Ausschank, wandte sich im Flur anstatt zum Ausgang gegen das Innere des Hauses und hatte nach wenigen Schritten den Hof erreicht. Wie still und schön es hier war! Ein viereckiger Hof, auf drei Seiten vom Haus, gegen die Straße zu – eine Nebenstraße, die K. nicht kannte – von einer hohen, weißen Mauer mit einem großen, schweren, jetzt offenen Tor begrenzt. Hier, auf der Hofseite, schien das Haus höher als auf der Vorderseite, wenigstens war der erste Stock vollständig ausgebaut und hatte ein größeres Ansehen, denn er war von einer hölzernen, bis auf einen kleinen Spalt in Augenhöhe geschlossenen Galerie umlaufen. K. schief gegenüber, noch im Mitteltrakt, aber schon im Winkel, wo sich der gegenüberliegende

Seitenflügel anschloss, war ein Eingang ins Haus, offen, ohne Tür. Davor stand ein dunkler, geschlossener, mit zwei Pferden bespannter Schlitten. Bis auf den Kutscher, den K. auf die Entfernung hin jetzt in der Dämmerung mehr vermutete als erkannte, war niemand zu sehen.

Die Hände in den Taschen, vorsichtig sich umschauend, nahe an der Mauer, umging K. zwei Seiten des Hofes, bis er beim Schlitten war. Der Kutscher, einer jener Bauern, die letzthin im Ausschank gewesen waren, hatte ihn, im Pelz versunken, teilnahmslos herankommen sehen, so wie man etwa den Weg einer Katze verfolgt. Auch als K. schon bei ihm stand, grüßte, und sogar die Pferde ein wenig unruhig wurden wegen des aus dem Dunkel auftauchenden Mannes, blieb er gänzlich unbekümmert. Das war K. sehr willkommen. Angelehnt an die Mauer, packte er sein Essen aus, gedachte dankbar Friedas, die ihn so gut versorgt hatte, und spähte dabei in das Innere des Hauses. Eine rechtwinklig gebrochene Treppe führte herab und war unten von einem niedrigen, aber scheinbar tiefen Gang gekreuzt; alles war rein, weiß getüncht, scharf und gerade abgegrenzt.

Das Warten dauerte länger, als K. gedacht hatte. Längst schon war er mit dem Essen fertig, die Kälte war empfindlich, aus der Dämmerung war schon völlige Finsternis geworden, und Klamm kam immer noch nicht. »Das kann noch sehr lange dauern«, sagte plötzlich eine raue Stimme so nahe bei K., dass er zusammenfuhr. Es war der Kutscher, der, wie aufgewacht, sich streckte und laut gähnte. »Was kann denn lange dauern?«, fragte K., nicht undankbar wegen der Störung, denn die fortwährende Stille und Spannung war schon lästig gewesen. »Ehe Sie weggehen werden«, sagte der Kutscher. K. verstand ihn nicht, fragte aber nicht weiter, er glaubte auf diese Weise den Hochmütigen am besten zum Reden zu bringen. Ein Nichtantworten hier in der Finsternis war fast aufreizend. Und tatsächlich fragte der Kutscher nach einem

Weilchen: »Wollen Sie Kognak?« – »Ja«, sagte K. unüberlegt, durch das Angebot allzu sehr verlockt, denn ihn fröstelte. »Dann machen Sie den Schlitten auf«, sagte der Kutscher, »in der Seitentasche sind einige Flaschen, nehmen Sie eine, trinken Sie und reichen Sie sie mir dann. Mir ist es wegen des Pelzes zu beschwerlich hinunterzusteigen.« Es verdross K., solche Handreichungen zu machen, aber da er sich nun mit dem Kutscher schon eingelassen hatte, gehorchte er, selbst auf die Gefahr hin, beim Schlitten etwa von Klamm überrascht zu werden. Er öffnete die breite Tür und hätte gleich aus der Tasche, welche auf der Innenseite der Tür angebracht war, die Flasche herausziehen können, aber da nun die Tür offen war, trieb es ihn so sehr in das Innere des Schlittens, dass er nicht widerstehen konnte, nur einen Augenblick lang wollte er darin sitzen. Er huschte hinein. Außerordentlich war die Wärme im Schlitten, und sie blieb so, obwohl die Tür, die K. nicht zu schließen wagte, weit offen war. Man wusste gar nicht, ob man auf einer Bank saß, so sehr lag man in Decken, Polstern und Pelzen; nach allen Seiten konnte man sich drehen und strecken, immer versank man weich und warm. Die Arme ausgebreitet, den Kopf durch Polster gestützt, die immer bereit waren, blickte K. aus dem Schlitten in das dunkle Haus. Warum dauerte es so lange, ehe Klamm herunterkam? Wie betäubt von der Wärme nach dem langen Stehen im Schnee, wünschte K., dass Klamm endlich komme. Der Gedanke, dass er in seiner jetzigen Lage von Klamm lieber nicht gesehen werden sollte, kam ihm nur undeutlich, als leise Störung, zu Bewusstsein. Unterstützt in dieser Vergesslichkeit wurde er durch das Verhalten des Kutschers, der doch wissen musste, dass er im Schlitten war, und ihn dort ließ, sogar ohne den Kognak von ihm zu fordern. Das war rücksichtsvoll, aber K. wollte ihn ja bedienen. Schwerfällig, ohne seine Lage zu verändern, langte er nach der Seitentasche, aber nicht in der offenen Tür, die zu weit entfernt war, sondern hinter sich in die geschlossene, nun, es war gleichgültig, auch in dieser waren Flaschen. Er holte eine hervor, schraubte den Verschluss auf und roch dazu, unwillkürlich musste er lächeln, der Geruch war so süß, so schmeichelnd, so wie man von jemand, den man sehr lieb hat, Lob und gute Worte hört und gar nicht genau weiß, worum es sich handelt, und es gar nicht wissen will und nur glücklich ist in dem Bewusstsein, dass er es ist, der so spricht. »Sollte das Kognak sein?«, fragte sich K. zweifelnd und kostete aus Neugier. Doch, es war Kognak, merkwürdigerweise, und brannte und wärmte. Wie es sich beim Trinken verwandelte, aus etwas, das fast nur Träger süßen Duftes war, in ein kutschermäßiges Getränk! »Ist es möglich?«, fragte sich K., wie vorwurfsvoll gegen sich selbst, und trank noch einmal.

Da – K. war gerade in einem langen Schluck befangen – wurde es hell, das elektrische Licht brannte, innen auf der Treppe, im Gange, im Flur, außen über dem Eingang. Man hörte Schritte die Treppe herabkommen, die Flasche entfiel K.s Hand, der Kognak ergoss sich über einen Pelz, K. sprang aus dem Schlitten, gerade hatte er noch die Tür zuschlagen können, was einen dröhnenden Lärm gab, als kurz darauf ein Herr langsam aus dem Haus trat. Das einzig Tröstliche schien, dass es nicht Klamm war, oder war gerade dieses zu bedauern? Es war der Herr, den K. schon im Fenster des ersten Stockes gesehen hatte. Ein junger Herr, äußerst wohlaussehend, weiß und rot, aber sehr ernst. Auch K. sah ihn düster an, aber er meinte sich selbst mit diesem Blick. Hätte er doch lieber seine Gehilfen hergeschickt; sich so zu benehmen, wie er es getan hatte, hätten auch sie verstanden. Ihm gegenüber der Herr schwieg noch, so, als hätte er für das zu Sagende nicht genug Atem in seiner überbreiten Brust. »Das ist ja entsetzlich«, sagte er dann und schob seinen Hut ein wenig aus der Stirn. Wie? Der Herr wusste doch wahrscheinlich nichts von K.s Aufenthalt im Schlitten und fand schon irgendetwas entsetzlich? Etwa dass K. bis in den Hof gedrungen war? »Wie kommen Sie denn hierher?«, fragte der Herr schon leiser, schon ausatmend, sich ergebend in das Unabänderliche. Was für Fragen! Was für Antworten! Sollte etwa K. noch ausdrücklich selbst dem Herrn bestätigen, dass sein mit so viel Hoffnungen begonnener Weg vergebens gewesen war? Statt zu antworten, wandte sich K. zum Schlitten, öffnete ihn und holte seine Mütze, die er darin vergessen hatte.

Mit Unbehagen merkte er, wie der Kognak auf das Trittbrett tropfte.

Dann wandte er sich wieder dem Herrn zu; ihm zu zeigen, dass er im Schlitten gewesen war, hatte er nun keine Bedenken mehr, es war auch nicht das Schlimmste; wenn er gefragt würde, allerdings nur dann, wollte er nicht verschweigen, dass ihn der Kutscher selbst zumindest zum Öffnen des Schlittens veranlasst hatte. Das eigentlich Schlimme aber war ja, dass ihn der Herr überrascht hatte, dass nicht genug Zeit mehr gewesen war, sich vor ihm zu verstecken, um dann ungestört auf Klamm warten zu können, oder dass er nicht genug Geistesgegenwart gehabt hatte, im Schlitten zu bleiben, die Tür zu schließen und dort auf den Pelzen Klamm zu erwarten oder dort wenigstens zu bleiben, solange dieser Herr in der Nähe war. Freilich, er hatte ja nicht wissen können, ob nicht vielleicht doch schon jetzt Klamm selbst komme, in welchem Fall es natürlich viel besser gewesen wäre, ihn außerhalb des Schlittens zu empfangen. Ja, es war mancherlei hier zu bedenken gewesen, jetzt aber gar nichts mehr, denn es war zu Ende.

»Kommen Sie mit mir«, sagte der Herr, nicht eigentlich befehlend, aber der Befehl lag nicht in den Worten, sondern in einem sie begleitenden kurzen, absichtlich gleichgültigen Schwenken der Hand. »Ich warte hier auf jemanden«, sagte K., nicht mehr in Hoffnung auf irgendeinen Erfolg, sondern nur grundsätzlich. »Kommen Sie«, sagte der Herr nochmals ganz unbeirrt, so, als wolle er zeigen, dass er niemals daran gezweifelt habe, dass K. auf jemanden warte. »Aber ich verfehle dann den, auf den ich warte«, sagte K. mit einem Zucken des Körpers. Trotz allem, was geschehen war, hatte er das Gefühl, dass das, was er bisher erreicht hatte, eine Art Besitz war, den er zwar nur noch scheinbar festhielt, aber doch nicht auf einen beliebigen Befehl hin ausliefern musste. »Sie verfehlen ihn auf jeden Fall, ob Sie warten oder gehen«, sagte der Herr, zwar schroff in seiner Meinung, aber auffallend nachgiebig für K.s Gedankengang.

»Dann will ich ihn lieber beim Warten verfehlen«, sagte K. trotzig, durch bloße Worte dieses jungen Herrn würde er sich gewiss nicht von hier vertreiben lassen. Darauf schloss der Herr mit einem überlegenen Ausdruck des zurückgelehnten Gesichtes für ein Weilchen die Augen, so, als wolle er von K.s Unverständigkeit wieder zu seiner eigenen Vernunft zurückkehren, umlief mit der Zungenspitze die Lippen des ein wenig geöffneten Mundes und sagte dann zum Kutscher: »Spannen Sie die Pferde aus.«

Der Kutscher, ergeben dem Herrn, aber mit einem bösen Seitenblick auf K., musste nun doch im Pelz heruntersteigen und begann, sehr zögernd, so, als erwarte er nicht vom Herrn einen Gegenbefehl, aber von K. eine Sinnesänderung, die Pferde mit dem Schlitten rückwärts näher zum Seitenflügel zurückzuführen, in welchem offenbar hinter einem großen Tor der Stall mit dem Wagenschuppen untergebracht war. K. sah sich allein zurückbleiben; auf der einen Seite entfernte sich der Schlitten, auf der anderen, auf dem Weg, den K. gekommen war, der junge Herr, beide allerdings sehr langsam, so, als wollten sie K. zeigen, dass es noch in seiner Macht gelegen sei, sie zurückzuholen.

Vielleicht hatte er diese Macht, aber sie hätte ihm nichts nützen können; den Schlitten zurückzuholen bedeutete sich selbst zu vertreiben. So blieb er still als Einziger, der den Platz behauptete, aber es war ein Sieg, der keine Freude machte. Abwechselnd sah er dem Herrn und dem Kutscher nach. Der Herr hatte schon die Tür erreicht, durch die K. zuerst den Hof betreten hatte, noch einmal blickte er zurück, K. glaubte ihn den Kopf schütteln zu sehen über so viel Hartnäckigkeit, dann wandte er sich mit einer entschlossenen, kurzen, endgültigen Bewegung um und betrat den Flur, in dem er gleich verschwand. Der Kutscher blieb länger auf dem Hof, er hatte viel Arbeit mit dem Schlitten, er musste das schwere Stalltor aufmachen, durch Rückwärtsfahren den Schlitten an seinen Ort bringen, die Pferde ausspannen, zu ihrer Krippe führen, das alles machte er ernst, ganz in sich gekehrt, ohne jede Hoffnung auf eine baldige Fahrt; dieses schweigende Hantieren ohne jeden Seitenblick auf K. schien diesem ein viel härterer Vorwurf zu sein als das Verhalten des Herrn. Und als nun, nach Beendigung der Arbeit im Stall, der Kutscher quer über den Hof ging, in seinem langsamen, schaukelnden Gang, das große Tor zumachte, dann zurückkam, alles langsam und förmlich nur in Betrachtung seiner eigenen Spur im Schnee, dann sich im Stall einschloss und nun auch alles elektrische Licht verlöschte – wem hätte es leuchten sollen? – und nur noch oben der Spalt in der Holzgalerie hell blieb und den irrenden Blick ein wenig festhielt, da schien es K., als habe man nun alle Verbindung mit ihm abgebrochen und als sei er nun freilich freier als jemals und könne hier auf dem ihm sonst verbotenen Ort warten, so lange er wolle, und habe sich diese Freiheit erkämpft, wie kaum ein anderer es könnte, und niemand dürfe ihn anrühren oder vertreiben, ja kaum ansprechen; aber – diese Überzeugung war zumindest ebenso stark – als gäbe es gleichzeitig nichts Sinnloseres, nichts Verzweifelteres als diese Freiheit, dieses Warten, diese Unverletzlichkeit.

## Das neunte Kapitel

Und er riss sich los und ging ins Haus zurück, diesmal nicht an der Mauer entlang, sondern mitten durch den Schnee, traf im Flur den Wirt, der ihn stumm grüßte und auf die Tür des Ausschanks zeigte, folgte dem Wink, weil ihn fror und weil er Menschen sehen wollte, war aber sehr enttäuscht, als er dort an einem Tischchen, das wohl eigens hingestellt worden war, denn sonst begnügte man sich dort mit Fässern, den jungen Herrn sitzen und vor ihm – ein für K. bedrückender Anblick – die Wirtin aus dem Brückengasthaus stehen sah. Pepi, stolz, mit zurückgeworfenem Kopf, ewig gleichem Lächeln, ihrer Würde unwiderlegbar sich bewusst, schwenkend den Zopf bei jeder Wendung, eilte hin und wieder, brachte Bier und dann Tinte und Feder, denn der Herr hatte Papiere vor sich ausgebreitet, verglich Daten, die er einmal in diesem, dann wieder einmal in einem Papiere am anderen Ende des Tisches fand, und wollte nun schreiben. Die Wirtin, von ihrer Höhe, überblickte still, mit ein wenig aufgestülpten Lippen, wie ausruhend, den Herrn und die Papiere, so, als habe sie schon alles Nötige gesagt und es sei gut aufgenommen worden. »Der Herr Landvermesser, endlich«, sagte der Herr bei K.s Eintritt mit kurzem Aufschauen, dann vertiefte er sich wieder in seine Papiere. Auch die Wirtin streifte K. nur mit einem gleichgültigen, gar nicht überraschten Blick. Pepi aber schien K. überhaupt erst zu bemerken, als er zum Ausschankpult trat und einen Kognak bestellte.

K. lehnte dort, drückte die Hand an die Augen und kümmerte sich um nichts. Dann nippte er von dem Kognak und schob ihn zurück, weil er ungenießbar sei. »Alle Herren trinken ihn«, sagte Pepi kurz, goss den Rest aus, wusch das Gläschen und stellte es ins Regal. »Die Herren haben auch besseren«, sagte K. »Möglich«, sagte Pepi, »ich aber nicht.«

Damit hatte sie K. erledigt und war wieder dem Herrn zu Diensten, der aber nichts benötigte und hinter dem sie nur im Bogen immerfort auf und ab ging, mit respektvollen Versuchen, über seine Schultern hinweg einen Blick auf die Papiere zu werfen; es war aber nur wesenlose Neugier und Großtuerei, welche auch die Wirtin mit zusammengezogenen Augenbrauen missbilligte.

Plötzlich aber horchte die Wirtin auf und starrte, ganz dem Horchen hingegeben, ins Leere. K. drehte sich um, er hörte gar nichts Besonderes, auch die anderen schienen nichts zu hören, aber die Wirtin lief auf den Fußspitzen mit großen Schritten zu der Tür im Hintergrund, die in den Hof führte, blickte durchs Schlüsselloch wandte sich dann zu den anderen mit aufgerissenen Augen, erhitztem Gesicht, winkte sie mit dem Finger zu sich, und nun blickten sie abwechselnd durch, der Wirtin blieb zwar der größte Anteil, aber auch Pepi wurde immer bedacht, der Herr war der verhältnismäßig Gleichgültigste. Pepi und der Herr kamen auch bald zurück, nur die Wirtin sah noch immer angestrengt hindurch, tief gebückt, fast kniend, man hatte fast den Eindruck, als beschwöre sie jetzt nur noch das Schlüsselloch, sie durchzulassen, denn zu sehen war wohl schon längst nichts mehr. Als sie sich dann endlich doch erhob, mit den Händen das Gesicht überfuhr, die Haare ordnete, tief Atem holte, die Augen scheinbar erst wieder an das Zimmer und die Leute hier gewöhnen musste und es mit Widerwillen tat, sagte K., nicht um sich etwas bestätigen zu lassen, was er wusste, sondern um einem Angriff zuvorzukommen, den er fast fürchtete, so verletzlich war er jetzt: »Ist also Klamm schon fortgefahren?« Die Wirtin ging stumm an ihm vorüber, aber der Herr sagte von seinem Tischchen her: »Ja, gewiss. Da Sie Ihren Wachtposten aufgegeben hatten, konnte ja Klamm fahren. Aber wunderbar ist es, wie empfindlich der Herr ist. Bemerkten Sie, Frau Wirtin, wie unruhig Klamm ringsumher sah?« Die Wirtin schien das nicht bemerkt zu haben, aber der Herr fuhr fort: »Nun, glücklicherweise war ja nichts mehr zu sehen, der Kutscher hatte auch die Fußspuren im Schnee glatt gekehrt.« –

»Die Frau Wirtin hat nichts bemerkt«, sagte K., aber er sagte es nicht aus irgendeiner Hoffnung, sondern nur gereizt durch des Herrn Behauptung, die so abschließend und inappellabel hatte klingen wollen. »Vielleicht war ich gerade nicht beim Schlüsselloch«, sagte die Wirtin, zunächst um den Herrn in Schutz zu nehmen, dann aber wollte sie auch Klamm sein Recht geben und fügte hinzu: »Allerdings, ich glaube nicht an eine so große Empfindlichkeit Klamms. Wir freilich haben Angst um ihn und suchen ihn zu schützen und gehen hierbei von der Annahme einer äußersten Empfindlichkeit Klamms aus. Das ist gut so und gewiss Klamms Wille. Wie es sich aber in Wirklichkeit verhält, wissen wir nicht. Gewiss, Klamm wird mit jemandem, mit dem er nicht sprechen will, niemals sprechen, so viel Mühe sich auch dieser Jemand gibt und so unerträglich er sich vordrängt, aber diese Tatsache allein, dass Klamm niemals mit ihm sprechen, niemals ihn vor sein Angesicht kommen lassen wird, genügt ja, warum sollte er in Wirklichkeit den Anblick irgendjemandes nicht ertragen können. Zumindest lässt es sich nicht beweisen, da es niemals zur Probe kommen wird.« Der Herr nickte eifrig. »Es ist das natürlich im Grunde auch meine Meinung«, sagte er, »habe ich mich ein wenig anders ausgedrückt, so geschah es, um dem Herrn Landvermesser verständlich zu sein. Richtig jedoch ist, dass sich Klamm, als er ins Freie trat, mehrmals im Halbkreis umgesehen hat.« – »Vielleicht hat er mich gesucht«, sagte K. »Möglich«, sagte der Herr, »darauf bin ich nicht verfallen.« Alle lachten, Pepi, die kaum etwas von dem Ganzen verstand, am lautesten.

»Da wir jetzt so fröhlich beisammen sind«, sagte dann der Herr, »würde ich Sie, Herr Landvermesser, sehr bitten, durch einige Angaben meine Akten zu ergänzen.« – »Es wird hier viel geschrieben«, sagte K. und blickte von der Ferne auf die Akten hin. »Ja, eine schlechte Angewohnheit«, sagte der Herr und lachte wieder, »aber vielleicht wissen Sie noch gar nicht, wer ich bin. Ich bin Momus, der Dorfsekretär Klamms.« Nach diesen Worten wurde es im ganzen Zimmer ernst; obwohl die Wirtin und Pepi den Herrn natürlich kannten, waren sie doch wie betroffen von der Nennung des Namens und der Würde. Und sogar der Herr selbst, als habe er für die eigene Aufnahmefähigkeit zu viel gesagt und als wolle er wenigstens vor jeder nachträglichen, den eigenen Worten innewohnenden Feierlichkeit sich flüchten, vertiefte sich in die Akten und begann zu schreiben, dass man im Zimmer nichts als die Feder hörte. »Was ist denn das: Dorfsekretär?«, fragte K. nach einem Weilchen. Für Momus, der es jetzt, nachdem er sich vorgestellt hatte, nicht mehr für angemessen hielt, solche Erklärungen selbst zu geben, sagte die Wirtin: »Herr Momus ist der Sekretär Klamms wie irgendeiner der klammschen Sekretäre, aber sein Amtssitz und, wenn ich nicht irre, auch seine Amtswirksamkeit –«, Momus schüttelte aus dem Schreiben heraus lebhaft den Kopf, und die Wirtin verbesserte sich, »also nur sein Amtssitz, nicht seine Amtswirksamkeit ist auf das Dorf eingeschränkt. Herr Momus besorgt die im Dorf nötig werdenden schriftlichen Arbeiten Klamms und empfängt alle aus dem Dorf stammenden Ansuchen an Klamm als erster.« Als K., noch wenig ergriffen von diesen Dingen, die Wirtin mit leeren Augen ansah, fügte sie, halb verlegen, hinzu: »So ist es eingerichtet, alle Herren aus dem Schloss haben ihre Dorfsekretäre.« Momus, der viel aufmerksamer als K. zugehört hatte, sagte ergänzend zur Wirtin: »Die meisten Dorfsekretäre arbeiten nur für einen Herrn, ich aber für zwei, für Klamm und für Vallabene.« – »Ja«, sagte die Wirtin, sich nun ihrerseits auch erinnernd, und wandte sich an K. »Herr Momus arbeitet für zwei Herren, für Klamm und für Vallabene, ist also zweifacher Dorfsekretär.« – »Zweifacher gar«, sagte K. und nickte Momus, der jetzt, fast vorgebeugt, voll zu ihm aufsah, zu, so wie man einem Kind zunickt, das man eben hat loben hören. Lag darin eine gewisse Verachtung, so wurde sie entweder nicht bemerkt oder geradezu verlangt. Gerade vor K., der doch nicht einmal würdig genug war, um von Klamm auch nur zufällig gesehen werden zu dürfen, wurden die Verdienste eines Mannes aus der nächsten Umgebung Klamms ausführlich dargestellt mit der unverhüllten Absicht, K.s Anerkennung und Lob herauszufordern. Und doch hatte K. nicht den richtigen Sinn dafür; er, der sich mit allen Kräften um einen Blick Klamms bemühte, schätzte zum Beispiel die Stellung eines Momus, der unter Klamms Augen leben durfte, nicht hoch ein, fern war ihm Bewunderung oder gar Neid, denn nicht Klamms Nähe an sich war ihm das Erstrebenswerte, sondern dass er, K., nur er, kein anderer mit seinen, mit keines anderen Wünschen an Klamm herankam und an ihn herankam, nicht um bei ihm zu ruhen, sondern um an ihm vorbeizukommen, weiter ins Schloss.

Und er sah auf seine Uhr und sagte: »Nun muss ich aber nach Hause gehen.« Sofort veränderte sich das Verhältnis zu Momus' Gunsten. »Ja, freilich«, sagte dieser, »die Schuldienerpflichten rufen. Aber einen Augenblick müssen Sie mir noch widmen. Nur ein paar kurze Fragen.« – »Ich habe keine Lust dazu«, sagte K. und wollte zur Tür gehen. Momus schlug einen Akt gegen den Tisch und stand auf: »Im Namen Klamms fordere ich Sie auf, meine Fragen zu beantworten.« – »In Klamms Namen?«, wiederholte K. »Kümmern ihn denn meine Dinge?« – »Darüber«, sagte Momus, »habe ich kein Urteil und Sie doch wohl noch viel weniger, das wollen wir also beide getrost ihm überlassen. Wohl aber fordere ich Sie, in meiner mir von Klamm verliehenen Stellung, auf, zu bleiben und zu antworten.« – »Herr Landvermesser«, mischte sich die Wirtin ein, »ich hüte mich, Ihnen noch weiter zu raten; ich bin ja mit meinen bisherigen Ratschlägen, den wohlmeinendsten, die es geben kann, in unerhörter Weise von Ihnen abgewiesen worden, und hierher zum Herrn Sekretär – ich habe nichts zu verbergen – bin ich nur gekommen, um das Amt von Ihrem Benehmen und Ihren Absichten gebührend zu verständigen und mich für alle Zeiten davor zu bewahren, dass Sie etwa neu bei mir einquartiert würden, so stehen wir zueinander, und daran wird wohl nichts mehr geändert werden, und wenn ich daher jetzt meine Meinung sage, so tue ich es nicht etwa, um Ihnen zu helfen, sondern um dem Herrn Sekretär die schwere Aufgabe, die es bedeutet, mit einem Mann wie Ihnen zu verhandeln, ein wenig zu erleichtern. Trotzdem aber können Sie eben wegen meiner vollständigen Offenheit – anders als offen kann ich mit Ihnen nicht verkehren, und selbst so geschieht es widerwillig – aus meinen Worten auch für sich Nutzen ziehen, wenn Sie nur wollen. Für diesen Fall mache ich Sie nun also darauf aufmerksam, dass der einzige Weg, der für Sie zu Klamm führt, hier durch die Protokolle des Herrn Sekretärs geht. Aber ich will nicht übertreiben, vielleicht führt der Weg nicht bis zu Klamm, vielleicht hört er weit vor ihm auf, darüber entscheidet das Gutdünken des Herrn Sekretärs. Jedenfalls aber ist es der einzige Weg, der für Sie wenigstens in der Richtung zu Klamm führt. Und auf diesen einzigen Weg wollen Sie verzichten, aus keinem anderen Grund als aus Trotz?« – »Ach, Frau Wirtin«, sagte K., »es ist weder der einzige Weg zu Klamm, noch ist er mehr wert als die anderen. Und Sie, Herr Sekretär, entscheiden darüber, ob das, was ich hier sagen würde, bis zu Klamm dringen darf oder nicht?« »Allerdings«, sagte Momus und blickte mit stolz gesenkten Augen rechts und links, wo nichts zu sehen war, »wozu wäre ich sonst Sekretär.« – »Nun sehen Sie, Frau Wirtin«, sagte K., »nicht zu Klamm brauche ich einen Weg, sondern erst zum Herrn Sekretär.« – »Diesen Weg wollte ich Ihnen öffnen«, sagte die Wirtin. »Habe ich Ihnen nicht am Vormittag angeboten, Ihre Bitte an Klamm zu leiten? Dies wäre durch den Herrn Sekretär geschehen. Sie aber haben es abgelehnt, und doch wird Ihnen jetzt nichts anderes übrig bleiben als nur dieser Weg. Freilich, nach Ihrer heutigen Aufführung, nach dem versuchten Überfall auf Klamm, mit noch weniger Aussicht auf Erfolg. Aber diese letzte, kleinste, verschwindende, eigentlich gar nicht vorhandene Hoffnung ist doch Ihre einzige.« – »Wie kommt es, Frau Wirtin«, sagte K., »dass Sie ursprünglich mich so sehr davon abzuhalten versucht haben, zu Klamm vorzudringen, und jetzt meine Bitte gar so ernst nehmen und mich beim Misslingen meiner Pläne gewissermaßen für verloren zu halten scheinen? Wenn man mir einmal aus aufrichtigem Herzen davon abraten konnte, überhaupt zu Klamm zu streben, wie ist es möglich, dass man mich jetzt scheinbar ebenso aufrichtig auf dem Weg zu Klamm, mag er zugegebenerweise auch gar nicht bis hin führen, geradezu vorwärts treibt?« – »Treibe ich Sie denn vorwärts?«, sagte die Wirtin. »Heißt es vorwärts treiben, wenn ich sage, dass Ihre Versuche hoffnungslos sind? Das – wäre doch wahrhaftig das Äußerste an Kühnheit, wenn Sie auf solche Weise die Verantwortung für sich auf mich überwälzen wollten. Ist es vielleicht die Gegenwart des Herrn Sekretärs, die Ihnen dazu Lust macht? Nein, Herr Landvermesser, ich treibe Sie zu gar nichts an. Nur das eine kann ich gestehen, dass ich Sie, als ich Sie zum ersten Mal sah, vielleicht ein wenig überschätzte. Ihr schneller Sieg über Frieda erschreckte mich, ich wusste nicht, wessen Sie noch fähig sein könnten, ich wollte weiteres Unheil verhüten und glaubte, dies durch nichts anderes erreichen zu können, als dass ich Sie durch Bitten und Drohungen zu erschüttern versuchte. Inzwischen habe ich über das Ganze ruhiger zu denken gelernt. Mögen Sie tun, was Sie wollen. Ihre Taten werden vielleicht draußen im Schnee auf dem Hof tiefe Fußspuren hinterlassen, mehr aber nicht.« – »Ganz scheint mir der Widerspruch nicht aufgeklärt zu sein«, sagte K., »doch ich gebe mich damit zufrieden, auf ihn aufmerksam gemacht zu haben. Nun bitte ich aber Sie, Herr Sekretär, mir zu sagen, ob die Meinung der Frau Wirtin richtig ist, dass nämlich das Protokoll, das Sie mit mir aufnehmen wollen, in seinen Folgen dazu führen könnte, dass ich vor Klamm erscheinen darf. Ist dies der Fall, bin ich sofort bereit, alle Fragen zu beantworten. In dieser Hinsicht bin ich überhaupt zu allem bereit.« – »Nein«, sagte Momus, »solche Zusammenhänge bestehen nicht. Es handelt sich nur darum, für die klammsche Dorfregistratur eine genaue Beschreibung des heutigen Nachmittags zu erhalten. Die Beschreibung ist schon fertig, nur zwei, drei Lücken sollen Sie noch ausfüllen, der Ordnung halber; ein anderer Zweck besteht nicht und kann auch nicht erreicht werden.« K. sah die Wirtin schweigend an. »Warum sehen Sie mich an«, fragte die Wirtin, »habe ich vielleicht etwas anderes gesagt? So ist er immer, Herr Sekretär, so ist er immer. Fälscht die Auskünfte, die man ihm gibt, und behauptet dann, falsche Auskunft bekommen zu haben. Ich sagte ihm seit jeher, heute und nimmer, dass er nicht die geringste Aussicht hat, von Klamm empfangen zu werden; nun, wenn es also keine Aussicht gibt, wird er sie auch durch dieses Protokoll nicht bekommen. Kann etwas deutlicher sein? Weiter sage ich, dass dieses Protokoll die einzige wirkliche amtliche Verbindung ist, die er mit Klamm haben kann; auch das ist doch deutlich genug und unanzweifelbar. Wenn er mir nun aber nicht glaubt, immerfort – ich weiß nicht, warum und wozu – hofft, zu Klamm vordringen zu können, dann kann ihm, wenn man in seinem Gedankengang bleibt, nur die einzige wirkliche amtliche Verbindung helfen, die er mit Klamm hat, also dieses Protokoll. Nur dieses habe ich gesagt, und wer etwas anderes behauptet, verdreht böswillig die Worte.« – »Wenn es so ist, Frau Wirtin«, sagte K., »dann bitte ich Sie um Entschuldigung, dann habe ich Sie missverstanden; ich glaubte nämlich – irrigerweise, wie sich jetzt herausgestellt – aus Ihren früheren Worten herauszuhören, dass doch irgendeine allerkleinste Hoffnung für mich besteht.« – »Gewiss«, sagte die Wirtin, »das ist allerdings meine Meinung, Sie verdrehen meine Worte wieder, nur diesmal nach der entgegengesetzten Richtung. Eine derartige Hoffnung für Sie besteht meiner Meinung nach und gründet sich allerdings nur auf dieses Protokoll. Es verhält sich aber damit nicht so, dass Sie einfach den Herrn Sekretär mit der Frage anfallen können:

›Werde ich zu Klamm dürfen, wenn ich die Fragen beantworte?‹ Wenn ein Kind so fragt, lacht man darüber, wenn es ein Erwachsener tut, ist es eine Beleidigung des Amtes, der Herr Sekretär hat es nur durch die Feinheit seiner Antwort gnädig verdeckt. Die Hoffnung aber, die ich meine, besteht eben darin, dass Sie durch das Protokoll eine Art Verbindung, vielleicht eine Art Verbindung mit Klamm haben. Ist das nicht Hoffnung genug? Wenn man Sie nach Ihren Verdiensten fragt, die Sie des Geschenkes einer solchen Hoffnung würdig machen, könnten Sie das Geringste vorbringen? Freilich, Genaueres lässt sich über diese Hoffnung nicht sagen, und insbesondere der Herr Sekretär wird in seiner amtlichen Eigenschaft niemals auch nur die geringste Andeutung darüber machen können. Für ihn handelt es sich, wie er sagt, nur um eine Beschreibung des heutigen Nachmittags, der Ordnung halber; mehr wird er nicht sagen, auch wenn Sie ihn gleich jetzt mit Bezug auf meine Worte danach fragen.« – »Wird denn, Herr Sekretär«, fragte K., »Klamm dieses Protokoll lesen?« – »Nein«, sagte Momus, »warum denn? Klamm kann doch nicht alle Protokolle lesen, er liest sogar überhaupt keines. ›Bleibt mir vom Leibe mit eueren Protokollen!‹ pflegt er zu sagen.« – »Herr Landvermesser«, klagte die Wirtin, »Sie erschöpfen mich mit solchen Fragen.

Ist es denn nötig oder auch nur wünschenswert, dass Klamm dieses Protokoll liest und von den Nichtigkeiten Ihres Lebens wortwörtlich Kenntnis bekommt; wollen Sie nicht lieber demütigst bitten, dass man das Protokoll vor Klamm verbirgt, eine Bitte übrigens, die ebenso unvernünftig wäre wie die frühere – denn wer kann vor Klamm etwas verbergen? –, die aber doch einen sympathischeren Charakter erkennen ließe. Und ist es denn für das, was Sie Ihre Hoffnung nennen, nötig? Haben Sie nicht selbst erklärt, dass Sie zufrieden sein würden, wenn Sie nur Gelegenheit hätten, vor Klamm zu sprechen, auch wenn er Sie nicht ansehen und Ihnen nicht zuhören würde? Und erreichen Sie durch dieses Protokoll nicht zumindest dieses, vielleicht aber viel mehr?« »Viel mehr?«, fragte K. »Auf welche Weise?« – »Wenn Sie nur nicht immer«, rief die Wirtin, »wie ein Kind alles gleich in essbarer Form dargeboten haben wollten! Wer kann denn Antwort auf solche Fragen geben? Das Protokoll kommt in die Dorfregistratur Klamms, das haben Sie gehört, mehr kann darüber mit Bestimmtheit nicht gesagt werden. Kennen Sie aber dann schon die ganze Bedeutung des Protokolls, des Herrn Sekretärs, der Dorfregistratur? Wissen Sie, was es bedeutet, wenn der Herr Sekretär Sie verhört? Vielleicht oder wahrscheinlich weiß er es selbst nicht. Er sitzt ruhig hier und tut seine Pflicht, der Ordnung halber, wie er sagte. Bedenken Sie aber, dass ihn Klamm ernannt hat, dass er im Namen Klamms arbeitet, dass das, was er tut, wenn es auch niemals bis zu Klamm gelangt, doch von vornherein Klamms Zustimmung hat. Und wie kann etwas Klamms Zustimmung haben, was nicht von seinem Geiste erfüllt ist? Fern sei es von mir, damit etwa in plumper Weise dem Herrn Sekretär schmeicheln zu wollen, er würde es sich auch selbst sehr verbitten, aber ich rede nicht von seiner selbstständigen Persönlichkeit, sondern davon, was er ist, wenn er Klamms Zustimmung hat, wie eben jetzt: Dann ist er ein Werkzeug, auf dem die Hand Klamms liegt, und wehe jedem, der sich ihm nicht fügt.«

Die Drohungen der Wirtin fürchtete K. nicht, der Hoffnungen, mit denen sie ihn zu fangen suchte, war er müde. Klamm war fern. Einmal hatte die Wirtin Klamm mit einem Adler verglichen, und das war K. lächerlich erschienen, jetzt aber nicht mehr; er dachte an seine Ferne, an seine uneinnehmbare Wohnung, an seine, nur vielleicht von Schreien, wie sie K. noch nie gehört hatte, unterbrochene Stummheit, an seinen herabdringenden Blick, der sich niemals nachweisen, niemals widerlegen ließ, an seine von K.s Tiefe her unzerstörbaren Kreise, die er oben nach unverständlichen Gesetzen zog, nur für Augenblicke sichtbar: Das alles war Klamm und dem Adler gemeinsam. Gewiss aber hatte damit dieses Protokoll nichts zu tun, über dem jetzt gerade Momus eine Salzbrezel auseinanderbrach, die er sich zum Bier schmecken ließ und mit der er alle Papiere mit Salz und Kümmel überstreute.

»Gute Nacht«, sagte K., »ich habe eine Abneigung gegen jedes Verhör«, und er ging nun wirklich zur Tür. »Er geht also doch«, sagte Momus fast ängstlich zur Wirtin. »Er wird es nicht wagen«, sagte diese, mehr hörte K. nicht, er war schon im Flur. Es war kalt, und ein starker Wind wehte. Aus einer Tür gegenüber kam der Wirt, er schien dort hinter einem Guckloch den Flur unter Aufsicht gehalten zu haben. Die Schöße seines Rockes musste er sich um den Leib schlagen, so riss der Wind selbst hier im Flur an ihnen. »Sie gehen schon, Herr Landvermesser?«, sagte er. »Sie wundern sich darüber?«, fragte K. »Ja«, sagte der Wirt. »Werden Sie denn nicht verhört?« – »Nein«, sagte K. »Ich ließ mich nicht verhören.« – »Warum nicht?«, fragte der Wirt. »Ich weiß nicht«, sagte K., »warum ich mich verhören lassen solle, warum ich einem Spaß oder einer amtlichen Laune mich fügen solle. Vielleicht hätte ich es ein anderes Mal gleichfalls aus Spaß oder Laune getan, heute aber nicht.« – »Nun ja, gewiss«, sagte der Wirt, aber es war nur eine höfliche, keine überzeugte Zustimmung. »Ich muss jetzt die Dienerschaft in den Ausschank lassen«, sagte er dann, »es ist schon längst ihre Stunde. Ich wollte nur das Verhör nicht stören.« – »Für so wichtig hielten Sie es?«, fragte K. »O ja«, sagte der Wirt. »Ich hätte es also nicht ablehnen sollen«, sagte K. »Nein«, sagte der Wirt, »das hätten Sie nicht tun sollen.« Da K. schwieg, fügte er hinzu, sei es, um K. zu trösten, sei es, um schneller fortzukommen: »Nun, nun es muss aber deshalb nicht gleich Schwefel vom Himmel regnen.« – »Nein«, sagte K., »danach sieht das Wetter nicht aus.« Und sie gingen lachend auseinander.

## Das zehnte Kapitel

Auf die wild umwehte Freitreppe trat K. hinaus und blickte in die Finsternis. Ein böses, böses Wetter. Irgendwie im Zusammenhang damit fiel ihm ein, wie sich die Wirtin bemüht hatte, ihn dem Protokoll gefügig zu machen, wie er aber standgehalten hatte. Es war freilich keine offene Bemühung, im Geheimen hatte sie ihn gleichzeitig vom Protokoll fortgezerrt; schließlich wusste man nicht, ob man standgehalten oder nachgegeben hatte. Eine intrigante Natur, scheinbar sinnlos arbeitend wie der Wind, nach fernen, fremden Aufträgen, in die man nie Einsicht bekam.

Kaum hatte er ein paar Schritte auf der Landstraße gemacht, als er in der Ferne zwei schwankende Lichter sah; dieses Zeichen des Lebens freute ihn, und er eilte auf sie zu, die ihm auch ihrerseits entgegenschwebten. Er wusste nicht, warum er so enttäuscht war, als er die Gehilfen erkannte. Sie kamen ihm doch, wahrscheinlich von Frieda geschickt, entgegen, und die Laternen, die ihn von der Finsternis befreiten, in der es ringsum gegen ihn lärmte, waren wohl sein Eigentum, trotzdem war er enttäuscht, er hatte Fremde erwartet, nicht diese alten Bekannten, die ihm eine Last waren. Aber es waren nicht nur die Gehilfen, aus dem Dunkel zwischen ihnen trat Barnabas hervor. »Barnabas!«, rief K. und streckte ihm die Hand entgegen. »Kommst du zu mir?« Die Überraschung des Wiedersehens machte zunächst allen Ärger vergessen, den Barnabas K. einmal verursacht hatte. »Zu dir«, sagte Barnabas unverändert freundlich wie einst. »Mit einem Brief von Klamm!« – »Ein Brief von Klamm!«, sagte K., den Kopf zurückwerfend, und nahm ihn eilig aus des Barnabas Hand. »Leuchtet!«, sagte er zu den Gehilfen, die sich rechts und links eng an ihn drückten und die Laternen hoben. K. musste den großen Briefbogen zum Lesen ganz klein zusammenfalten, um ihn vor dem Wind zu schützen. Dann las er: »Dem Herrn Landvermesser im Brückenhof. Die Landvermesserarbeiten, die Sie bisher ausgeführt haben, finden meine Anerkennung. Auch die Arbeiten der Gehilfen sind lobenswert, Sie wissen sie gut zur Arbeit anzuhalten. Lassen Sie nicht nach in Ihrem Eifer! Führen Sie die Arbeiten zu einem guten Ende. Eine Unterbrechung würde mich erbittern. Im Übrigen seien Sie getrost, die Entlohnungsfrage wird nächstens entschieden werden. Ich behalte Sie im Auge.« K. sah vom Brief erst auf, als die viel langsamer als er lesenden Gehilfen zur Feier der guten Nachrichten dreimal laut »Hurra!«, riefen und die Laternen schwenkten. »Seid ruhig«, sagte er und zu Barnabas: »Es ist ein Missverständnis.« Barnabas verstand ihn nicht. »Es ist ein Missverständnis«, wiederholte K., und die Müdigkeit des Nachmittags kam wieder, der Weg ins Schulhaus schien ihm noch so weit, und hinter Barnabas stand dessen ganze Familie auf, und die Gehilfen drückten sich noch immer an ihn, sodass er sie mit dem Ellenbogen wegstieß; wie hatte Frieda sie ihm entgegenschicken können, da er doch befohlen hatte, sie sollten bei ihr bleiben. Den Nachhauseweg hätte er auch allein gefunden, und leichter allein als in dieser Gesellschaft. Nun hatte überdies der eine ein Tuch um den Hals geschlungen, dessen freie Enden im Wind flatterten und einige Mal gegen das Gesicht K.s geschlagen hatten, der andere Gehilfe hatte allerdings immer gleich das Tuch von K.s Gesicht mit einem langen, spitzen, immerfort spielenden Finger weggenommen, damit aber die Sache nicht besser gemacht. Beide schienen sogar an dem Hin und Her Gefallen gefunden zu haben, wie sie überhaupt der Wind und die Unruhe der Nacht begeisterte. »Fort!«, schrie K. »Wenn ihr mir schon entgegengekommen seid, warum habt ihr nicht meinen Stock mitgebracht? Womit soll ich euch denn nach Hause treiben?« Sie duckten sich hinter Barnabas, aber so verängstigt waren sie nicht, dass sie nicht doch ihre Laternen rechts und links auf die Achseln ihres Beschützers gestellt hätten, er schüttelte sie freilich gleich ab. »Barnabas«, sagte K., und es legte sich ihm schwer aufs Herz, dass ihn Barnabas sichtlich nicht verstand, dass in ruhigen Zeiten seine Jacke schön glänzte, wenn es aber Ernst wurde, keine Hilfe, nur stummer Widerstand zu finden war, Widerstand, gegen den man nicht ankämpfen konnte, denn er selbst war wehrlos, nur sein Lächeln leuchtete, aber es half ebenso wenig wie die Sterne oben gegen den Sturmwind hier unten. »Sieh, was mir der Herr schreibt«, sagte K. und hielt ihm den Brief vors Gesicht. »Der Herr ist falsch unterrichtet. Ich mache doch keine Vermesserarbeit, und was die Gehilfen wert sind, siehst du selbst. Und die Arbeit, die ich nicht mache, kann ich freilich auch nicht unterbrechen, nicht einmal die Erbitterung des Herrn kann ich erregen, wie sollte ich seine Anerkennung verdienen! Und getrost kann ich niemals sein.« – »Ich werde es ausrichten«, sagte Barnabas, der die ganze Zeit über am Brief vorbeigelesen hatte, den er allerdings auch gar nicht hätte lesen können, denn er hatte ihn dicht vor dem Gesicht. »Ach«, sagte K., »du versprichst mir, dass du es ausrichten wirst, aber kann ich dir denn wirklich glauben? So sehr brauche ich einen vertrauenswürdigen Boten, jetzt mehr als jemals.« K. biss in die Lippen vor Ungeduld. »Herr«, sagte Barnabas mit einer weichen Neigung des Halses – fast hätte K. sich wieder von ihr verführen lassen, Barnabas zu glauben –, »ich werde es gewiss ausrichten; auch was du mir letzthin aufgetragen hast, werde ich gewiss ausrichten.« – »Wie!«, rief K. »Hast du denn das noch nicht ausgerichtet? Warst du denn nicht am nächsten Tag im Schloss?« – »Nein«, sagte Barnabas. »Mein guter Vater ist alt, du hast ja gesehen, und es war gerade viel Arbeit da, ich musste ihm helfen, aber nun werde ich bald wieder einmal ins Schloss gehen.« – »Aber was tust du denn, unbegreiflicher Mensch!«, rief K. und schlug sich an die Stirn. »Gehen denn nicht Klamms Sachen allen anderen vor? Du hast das hohe Amt eines Boten und verwaltest es so schmählich? Wen kümmert die Arbeit deines Vaters? Klamm wartet auf die Nachrichten, und du, statt im Lauf dich zu überschlagen, ziehst es vor, den Mist aus dem Stall zu führen.« – »Mein Vater ist Schuster«, sagte Barnabas unbeirrt«, er hatte Aufträge von Brunswick, und ich bin ja des Vaters Geselle.« – »Schuster – Aufträge – Brunswick«, rief K. verbissen, als mache er jedes der Worte für immer unbrauchbar. »Und wer braucht denn hier Stiefel auf den ewig leeren Wegen? Und was kümmert mich diese ganze Schusterei; eine Botschaft habe ich dir anvertraut, nicht damit du sie auf der Schusterbank vergisst und verwirrst, sondern damit du sie gleich hinträgst zum Herrn.« Ein wenig beruhigte sich hier K., als ihm einfiel, dass ja Klamm wahrscheinlich die ganze Zeit über nicht im Schloss, sondern im Herrenhof gewesen war, aber Barnabas reizte ihn wieder, als er K.s erste Nachricht, zum Beweis, dass er sie gut behalten hatte, aufzusagen begann. »Genug, ich will nichts wissen«, sagte K. »Sei mir nicht böse, Herr«, sagte Barnabas und, wie wenn er unbewusst K. strafen wollte, entzog er ihm seinen Blick und senkte die Augen, aber es war wohl Bestürzung wegen K.s Schreien. »Ich bin dir nicht böse«, sagte K., und seine Unruhe wandte sich nun gegen ihn selbst. »Dir nicht, aber es ist sehr schlimm für mich, nur einen solchen Boten zu haben für die wichtigsten Dinge.«

»Sieh«, sagte Barnabas, und es schien, als sage er, um seine Botenehre zu verteidigen, mehr, als er dürfte, »Klamm wartet doch nicht auf die Nachrichten, er ist sogar ärgerlich, wenn ich komme. ›Wieder neue Nachrichten‹ sagte er einmal, und meistens steht er auf, wenn er mich von der Ferne kommen sieht, geht ins Nebenzimmer und empfängt mich nicht. Es ist auch nicht bestimmt, dass ich gleich mit jeder Botschaft kommen soll, wäre es bestimmt, käme ich natürlich gleich, aber es ist nichts darüber bestimmt, und wenn ich niemals käme, würde ich nicht darum gemahnt werden. Wenn ich eine Botschaft bringe, geschieht es freiwillig.«

»Gut«, sagte K., Barnabas beobachtend und geflissentlich wegsehend von den Gehilfen, welche abwechselnd hinter Barnabas' Schultern wie aus der Versenkung langsam aufstiegen und schnell mit einem leichten, dem Wind nachgemachten Pfeifen, als seien sie von K.s Anblick erschreckt, wieder verschwanden, so vergnügten sie sich lange. »Wie es bei Klamm ist, weiß ich nicht; dass du dort alles genau erkennen kannst, bezweifle ich, und selbst, wenn du es könntest, wir könnten diese Dinge nicht bessern. Aber eine Botschaft überbringen, das kannst du, und darum bitte ich dich. Eine ganz kurze Botschaft. Kannst du sie gleich morgen überbringen und gleich morgen mir die Antwort sagen oder wenigstens ausrichten, wie du aufgenommen wurdest? Kannst du das und willst du das tun? Es wäre für mich sehr wertvoll. Und vielleicht bekomme ich noch Gelegenheit, dir entsprechend zu danken, oder vielleicht hast du schon jetzt einen Wunsch, den ich dir erfüllen kann.« – »Gewiss werde ich den Auftrag ausführen«, sagte Barnabas. »Und willst du dich anstrengen, ihn möglichst gut auszuführen, Klamm selbst ihn überreichen, von Klamm selbst die Antwort bekommen und gleich, alles gleich, morgen, noch am Vormittag, willst du das?«

»Ich werde mein Bestes tun«, sagte Barnabas, »aber das tue ich immer.« – »Wir wollen jetzt nicht mehr darüber streiten«, sagte K. »Das ist der Auftrag: Der Landvermesser K. bittet den Herrn Vorstand, ihm zu erlauben, persönlich bei ihm vorzusprechen; er nimmt von vornherein jede Bedingung an, welche an eine solche Erlaubnis geknüpft werden könnte. Zu seiner Bitte ist er deshalb gezwungen, weil bisher alle Mittelspersonen vollständig versagt haben, zum Beweis führt er an, dass er nicht die geringste Vermesserarbeit bisher ausgeführt hat und nach den Mitteilungen des Gemeindevorstehers auch niemals ausführen wird, mit verzweifelter Beschämung hat er deshalb den letzten Brief des Herrn Vorstandes gelesen, nur die persönliche Vorsprache beim Herrn Vorstand kann hier helfen. Der Landvermesser weiß, wie viel er damit erbittet, aber er wird sich anstrengen, die Störung dem Herrn Vorstand möglichst wenig fühlbar zu machen, jeder zeitlichen Beschränkung unterwirft er sich, auch einer etwa als notwendig erachteten Festsetzung der Zahl der Worte, die er bei der Unterredung gebrauchen darf, fügt er sich, schon mit zehn Worten glaubt er auskommen zu können. In tiefer Ehrfurcht und äußerster Ungeduld erwartet er die Entscheidung.« K. hatte in Selbstvergessenheit gesprochen, so, als stehe er vor Klamms Tür und spreche mit dem Türhüter. »Es ist viel länger geworden, als ich dachte«, sagte er dann, »aber du musst es doch mündlich ausrichten, einen Brief will ich nicht schreiben, er würde ja doch wieder nur den endlosen Aktenweg gehen.« So kritzelte es K. nur für Barnabas auf einem Stück Papier auf eines Gehilfen Rücken, während der andere leuchtete, aber K. konnte es schon nach dem Diktat des Barnabas aufschreiben, der alles behalten hatte und es schülerhaft genau aufsagte, ohne sich um das falsche Einsagen der Gehilfen zu kümmern. »Dein Gedächtnis ist außerordentlich«, sagte K. und gab ihm das Papier, »nun aber, bitte, zeige dich außerordentlich auch im anderen. Und die Wünsche? Hast du keine? Es würde mich, ich sage es offen, hinsichtlich des Schicksals meiner Botschaft ein wenig beruhigen, wenn du welche hättest?« Zuerst blieb Barnabas still, dann sagte er: »Meine Schwestern lassen dich grüßen.« – »Deine Schwestern«, sagte K., »ja, die großen, starken Mädchen.« – »Beide lassen dich grüßen, aber besonders Amalia« sagte Barnabas, »sie hat mir auch heute diesen Brief für dich aus dem Schloss gebracht.« An dieser Mitteilung vor allen anderen sich festhaltend, fragte K.: »Könnte sie nicht auch meine Botschaft ins Schloss bringen? Oder könntet ihr nicht beide gehen und jeder sein Glück versuchen?« – »Amalia darf nicht in die Kanzleien«, sagte Barnabas, »sonst würde sie es gewiss sehr gerne tun.« – »Ich werde vielleicht morgen zu euch kommen«, sagte K., »komm nur du zuerst mit der Antwort. Ich erwarte dich in der Schule. Grüß auch von mir deine Schwestern.« K.s Versprechen schien Barnabas sehr glücklich zu machen, nach dem verabschiedenden Händedruck berührte er überdies noch K. flüchtig an der Schulter. So, als sei jetzt alles wieder wie damals, als Barnabas zuerst in seinem Glanz unter die Bauern in die Wirtsstube getreten war, empfand K. diese Berührung, lächelnd allerdings, als eine Auszeichnung. Sanftmütiger geworden, ließ er auf dem Rückweg die Gehilfen tun, was sie wollten.

# Das elfte Kapitel

Ganz durchfroren kam er zu Hause an, es war überall finster, die Kerzen in den Laternen waren niedergebrannt, von den Gehilfen geführt, die sich hier schon auskannten, tastete er sich in ein Schulzimmer durch. »Euere erste lobenswerte Leistung«, sagte er in Erinnerung an Klamms Brief; noch halb im Schlaf, rief aus einer Ecke Frieda: »Lasst K. schlafen! Stört ihn doch nicht!« So beschäftigte K. ihre Gedanken, selbst wenn sie, von Schläfrigkeit überwältigt, ihn nicht hatte erwarten können. Nun wurde Licht gemacht; allerdings konnte die Lampe nicht stark genug aufgedreht werden, denn es war nur sehr wenig Petroleum da. Die junge Wirtschaft hatte noch verschiedene Mängel. Eingeheizt war zwar, aber das große Zimmer, das auch zum Turnen verwendet wurde – die Turngeräte standen herum und hingen von der Decke herab –, hatte schon alles vorrätige Holz verbraucht, war auch, wie man K. versicherte, schon sehr angenehm warm gewesen, aber leider wieder ganz ausgekühlt. Es war zwar ein großer Holzvorrat in einem Schuppen vorhanden, dieser Schuppen aber war versperrt, und den Schlüssel hatte der Lehrer, der eine Entnahme des Holzes nur für das Heizen während der Unterrichtsstunden gestattete. Das wäre erträglich gewesen, wenn man Betten gehabt hätte, um sich in sie zu flüchten. Aber in dieser Hinsicht war nichts anderes da als ein einziger Strohsack, anerkennenswert reinlich mit einem wollenen Umhängetuch Friedas überzogen, aber ohne Federbett, und nur mit zwei groben, steifen Decken, die kaum wärmten. Und selbst diesen armen Strohsack sahen die Gehilfen begehrlich an, aber Hoffnung, auf ihm jemals liegen zu dürfen, hatten sie natürlich nicht. Ängstlich blickte Frieda K. an; dass sie ein Zimmer, und sei es das elendste, wohnlich einzurichten verstand, hatte sie ja im Brückenhof bewiesen, aber hier hatte sie nicht mehr leisten können, ganz ohne Mittel, wie sie gewesen war. »Unser einziger Zimmerschmuck sind die Turngeräte«, sagte sie, unter Tränen mühselig lachend. Aber hinsichtlich der größten Mängel, der ungenügenden Schlafgelegenheit und Heizung, versprach sie mit Bestimmtheit schon für den nächsten Tag Abhilfe und bat K., nur bis dahin Geduld zu haben. Kein Wort, keine Andeutung, keine Miene ließ darauf schließen, dass sie gegen K. auch nur die kleinste Bitterkeit im Herzen trug, obwohl er doch, wie er sich sagen musste, sie sowohl aus dem Herrenhof als auch jetzt aus dem Brückenhof gerissen hatte. Deshalb bemühte sich aber K., alles erträglich zu finden, was ihm auch gar nicht so schwer war, weil er in Gedanken mit Barnabas wanderte und seine Botschaft Wort für Wort wiederholte, aber nicht so, wie er sie Barnabas übergeben hatte sondern so, wie er glaubte, dass sie vor Klamm erklingen werde. Daneben aber freute er sich allerdings auch aufrichtig auf den Kaffee, den ihm Frieda auf einem Spiritusbrenner kochte, und verfolgte, an dem erkaltenden Ofen lehnend, ihre flinken, vielerfahrenen Bewegungen, mit denen sie auf dem Kathedertisch die unvermeidliche, weiße Decke ausbreitete, eine geblümte Kaffeetasse hinstellte, daneben Brot und Speck und sogar eine Sardinenbüchse. Nun war alles fertig, auch Frieda hatte noch nicht gegessen sondern auf K. gewartet. Zwei Sessel waren vorhanden, dort saßen K. und Frieda beim Tisch, die Gehilfen zu ihren Füßen auf dem Podium, aber sie blieben niemals ruhig, auch beim Essen störten sie. Obwohl sie reichlich von allem bekommen hatten und noch lange nicht fertig waren, erhoben sie sich von Zeit zu Zeit um festzustellen, ob noch viel auf dem Tisch war und sie noch einiges für sich erwarten konnten. K. kümmerte sich um sie nicht, erst durch Friedas Lachen wurde er auf sie aufmerksam. Er bedeckte ihre Hand auf dem Tisch schmeichelnd mit seiner und fragte leise, warum sie ihnen so vieles nachsehe, ja sogar Unarten freundlich hinnehme. Auf diese Weise werde man sie niemals loswerden, während man es durch eine gewissermaßen kräftige, ihrem Benehmen auch wirklich entsprechende Behandlung erreichen könnte, entweder sie zu zügeln oder, was noch wahrscheinlicher und auch besser wäre, ihnen die Stellung so zu verleiden, dass sie endlich durchbrennen würden. Es scheine ja kein sehr angenehmer Aufenthalt hier im Schulhaus werden zu wollen, nun, er werde ja auch nicht lange dauern, aber von allen Mängeln würde man kaum etwas merken, wenn die Gehilfen fort wären und sie beide allein wären in dem stillen Haus. Merke sie denn nicht auch, dass die Gehilfen frecher würden von Tag zu Tag, so, als ermutige sie eigentlich erst Friedas Gegenwart und die Hoffnung, dass K. vor ihr nicht so fest zugreifen werde, wie er es sonst tun würde. Übrigens gäbe es vielleicht ganz einfache Mittel, sie sofort ohne alle Umstände loszuwerden, vielleicht kenne sie sogar Frieda, die doch mit den hiesigen Verhältnissen so vertraut sei. Und den Gehilfen selbst tue man doch wahrscheinlich nur einen Gefallen, wenn man sie irgendwie vertreibe, denn groß sei ja das Wohlleben nicht, das sie hier führten, und selbst das Faulenzen, das sie bisher genossen hatten, werde ja hier wenigstens zum Teil aufhören, denn sie würden arbeiten müssen, während Frieda nach den Aufregungen der letzten Tage sich schonen müsse und er, K., damit beschäftigt sein werde, einen Ausweg aus ihrer Notlage zu finden. Jedoch werde er, wenn die Gehilfen fortgehen sollten, dadurch sich so erleichtert fühlen, dass er leicht alle Schuldienerarbeit neben allem Sonstigen werde ausführen können.

Frieda, die aufmerksam zugehört hatte, streichelte langsam seinen Arm und sagte, dass das alles auch ihre Meinung sei, dass er aber vielleicht doch die Unarten der Gehilfen überschätze, es seien junge Burschen, lustig und etwas einfältig, zum ersten Mal in Diensten eines Fremden, aus der strengen Schlosszucht entlassen, daher immerfort ein wenig erregt und erstaunt, und in diesem Zustand führten sie eben manchmal Dummheiten aus, über die sich zu ärgern zwar natürlich sei, aber vernünftiger sei es zu lachen. Sie könne sich manchmal nicht zurückhalten zu lachen. Trotzdem sei sie völlig mit K. einverstanden, dass es das Beste wäre, sie wegzuschicken und allein zu zweit zu sein. Sie rückte näher zu K. und verbarg ihr Gesicht an seiner Schulter. Und dort sagte sie, so schwer verständlich, dass sich K. zu ihr hinabbeugen musste, sie wisse aber kein Mittel gegen die Gehilfen und sie fürchte, alles, was K. vorgeschlagen hatte, werde versagen. Soviel sie wisse, habe ja K. selbst sie verlangt, und nun habe er sie und werde sie behalten. Am besten sei es, sie leichthin zu nehmen als das leichte Volk, das sie auch sind, so ertrage man sie am besten.

K. war mit der Antwort nicht zufrieden; halb im Scherz, halb im Ernst sagte er, sie scheine ja mit ihnen im Bunde zu sein oder wenigstens eine große Zuneigung zu ihnen zu haben; nun, es seien ja hübsche Burschen, aber es gäbe niemanden, den man nicht bei einigem guten Willen loswerden könne, und er werde es ihr an den Gehilfen beweisen.

Frieda sagte, sie werde ihm sehr dankbar sein, wenn es ihm gelinge. Übrigens werde sie von jetzt ab nicht mehr über sie lachen und kein unnötiges Wort mit ihnen sprechen, es sei auch wirklich nichts Geringes, immerfort von zwei Männern beobachtet zu werden, sie habe gelernt, die zwei mit seinen Augen anzusehen. Und wirklich zuckte sie ein wenig zusammen, als sich jetzt die Gehilfen wieder erhoben, teils um die Essvorräte zu revidieren, teils um dem fortwährenden Flüstern auf den Grund zu kommen.

K. nützte das aus, um Frieda die Gehilfen zu verleiden, zog Frieda an sich, und eng beisammen beendeten sie das Essen. Nun hätte man schlafen gehen sollen, und alle waren sehr müde, ein Gehilfe war sogar über dem Essen eingeschlafen, das unterhielt den anderen sehr, und er wollte die Herrschaft dazu bringen, sich das dumme Gesicht des Schlafenden anzusehen, aber es gelang ihm nicht, abweisend saßen K. und Frieda oben. In der unerträglich werdenden Kälte zögerten sie, auch schlafen zu gehen; schließlich erklärte K., es müsse noch eingeheizt werden, sonst sei es nicht möglich, zu schlafen. Er forschte nach irgendeiner Axt, die Gehilfen wussten von einer und brachten sie, und nun ging es zum Holzschuppen. Nach kurzer Zeit war die leichte Tür erbrochen, entzückt, als hätten sie etwas so Schönes noch nicht erlebt, einander jagend und stoßend, begannen die Gehilfen Holz ins Schulzimmer zu tragen, bald war ein großer Haufen dort, es wurde eingeheizt, alle lagerten um den Ofen, eine Decke bekamen die Gehilfen, um sich in sie einzuwickeln, sie genügte ihnen vollauf, denn es wurde verabredet, dass immer einer wachen und das Feuer erhalten solle, bald war es beim Ofen so warm, dass man gar nicht mehr die Decke brauchte, die Lampe wurde ausgelöscht, und glücklich über die Wärme und Stille streckten sich K. und Frieda zum Schlaf.

Als K. in der Nacht durch irgendein Geräusch erwachte und in der ersten unsicheren Schlafbewegung nach Frieda tastete, merkte er, dass statt Friedas ein Gehilfe neben ihm lag. Es war das, wahrscheinlich infolge der Reizbarkeit, die schon das plötzliche Gewecktwerden mit sich brachte, der größte Schrecken, den er bisher im Dorf erlebt hatte. Mit einem Schrei erhob er sich halb und gab besinnungslos dem Gehilfen einen solchen Faustschlag, dass der zu weinen anfing. Das Ganze klärte sich übrigens gleich auf. Frieda war dadurch geweckt worden, dass – wenigstens war es ihr so erschienen – irgendein großes Tier, eine Katze wahrscheinlich, ihr auf die Brust gesprungen und dann gleich weggelaufen sei. Sie war aufgestanden und suchte mit einer Kerze das ganze Zimmer nach dem Tier ab. Das hatte der eine Gehilfe benützt, um sich für ein Weilchen den Genuss des Strohsackes zu verschaffen, was er jetzt bitter büßte. Frieda aber konnte nichts finden, vielleicht war es nur eine Täuschung gewesen, sie kehrte zu K. zurück, auf dem Weg strich sie, als hätte sie das Abendgespräch vergessen, dem zusammengekauert wimmernden Gehilfen tröstend über das Haar. K. sagte dazu nichts; nur den Gehilfen befahl er, mit dem Heizen aufzuhören, denn es war, unter Verbrauch fast des ganzen angesammelten Holzes, schon überheiß geworden.

## Das zwölfte Kapitel

Am Morgen erwachten alle erst, als schon die ersten Schulkinder da waren und neugierig die Lagerstätte umringten. Das war unangenehm, denn infolge der großen Hitze, die jetzt gegen Morgen allerdings wieder einer empfindlichen Kühle gewichen war, hatten sich alle bis auf das Hemd ausgekleidet und gerade, als sie sich anzuziehen anfingen, erschien Gisa, die Lehrerin, ein blondes, großes, schönes, nur ein wenig steifes Mädchen, in der Tür. Sie war sichtlich auf den neuen Schuldiener vorbereitet und hatte wohl auch vom Lehrer Verhaltungsmaßregeln erhalten, denn schon auf der Schwelle sagte sie: »Das kann ich nicht dulden. Das wären schöne Verhältnisse. Sie haben bloß die Erlaubnis, im Schulzimmer zu schlafen, ich aber habe nicht die Verpflichtung, in Ihrem Schlafzimmer zu unterrichten. Eine Schuldienerfamilie, die sich bis in den Vormittag in den Betten räkelt, Pfui!« Nun, dagegen wäre einiges zu sagen, besonders hinsichtlich der Familie und der Betten, dachte K., während er mit Frieda – die Gehilfen waren dazu nicht zu gebrauchen, auf dem Boden liegend, staunten sie die Lehrerin und die Kinder an – eiligst den Barren und das Pferd herbeischob, beide mit den Decken überwarf und so einen kleinen Raum bildete, in dem man, vor den Blicken der Kinder gesichert, sich wenigstens anziehen konnte. Ruhe hatte man allerdings keinen Augenblick lang, zuerst zankte die Lehrerin, weil im Waschbecken kein frisches Wasser war; gerade hatte K. daran gedacht, das Waschbecken für sich und Frieda zu holen, er gab die Absicht zunächst auf, um die Lehrerin nicht allzu sehr zu reizen, aber der Verzicht half nichts, denn kurz darauf erfolgte ein großer Krach, unglücklicherweise hatte man nämlich versäumt, die Reste des Nachtmahls vom Katheder zu räumen, die Lehrerin entfernte alles mit dem Lineal, alles flog auf die Erde; dass das Sardinenöl und die Kaffeereste ausflossen und der Kaffeetopf in Trümmer ging, musste die Lehrerin nicht kümmern, der Schuldiener würde ja gleich Ordnung machen. Noch nicht ganz angezogen, sahen K. und Frieda am Barren lehnend der Vernichtung ihres kleinen Besitzes zu; die Gehilfen, die offenbar gar nicht daran dachten, sich anzuziehen, lugten zum großen Vergnügen der Kinder unten zwischen den Decken durch. Am meisten schmerzte Frieda natürlich der Verlust des Kaffeetopfes; erst als K., um sie zu trösten, ihr versicherte, er werde gleich zum Gemeindevorsteher gehen und Ersatz verlangen und bekommen, fasste sie sich so weit, dass sie, nur in Hemd und Unterrock, aus der Umzäunung hinauslief, um wenigstens die Decke zu holen und vor weiterer Beschmutzung zu bewahren. Es gelang ihr auch, obwohl die Lehrerin, um sie abzuschrecken, mit dem Lineal immerfort nervenzerrüttend auf den Tisch hämmerte. Als K. und Frieda sich angezogen hatten, mussten sie die Gehilfen, die von den Ereignissen wie benommen waren, nicht nur mit Befehlen und Stößen zum Anziehen drängen, sondern zum Teil sogar selbst anziehen. Dann, als alle fertig waren, verteilte K. die nächsten Arbeiten: Die Gehilfen sollten Holz holen und einheizen, zuerst aber im anderen Schulzimmer, von dem noch große Gefahren drohten – denn dort war wahrscheinlich schon der Lehrer. Frieda sollte den Fußboden reinigen und K. würde Wasser holen und sonst Ordnung machen; ans Frühstücken war vorläufig nicht zu denken. Um sich aber im Allgemeinen über die Stimmung der Lehrerin zu unterrichten, wollte K. als Erster hinausgehen, die anderen sollten erst folgen, wenn er sie riefe, er traf diese Einrichtung einerseits, weil er durch Dummheiten der Gehilfen die Lage nicht von vornherein verschlimmern lassen wollte, und andererseits, weil er Frieda möglichst schonen wollte, denn sie hatte Ehrgeiz, er keinen, sie war empfindlich, er nicht, sie dachte nur an die gegenwärtigen kleinen Abscheulichkeiten, er aber an Barnabas und die Zukunft. Frieda folgte allen seinen Anordnungen genau, ließ kaum die Augen von ihm. Kaum war er vorgetreten, rief die Lehrerin unter dem Gelächter der Kinder, das von jetzt ab überhaupt nicht mehr aufhörte: »Na, ausgeschlafen?«, und als K. darauf nicht achtete, weil es doch keine eigentliche Frage war, sondern auf den Waschtisch losging, fragte die Lehrerin: »Was haben Sie denn mit meiner Mieze gemacht?« Eine große, alte fleischige Katze lag träg ausgebreitet auf dem Tisch, und die Lehrerin untersuchte ihre offenbar ein wenig verletzte Pfote. Frieda hatte also doch recht gehabt, diese Katze war zwar nicht auf sie gesprungen, denn springen konnte sie wohl nicht mehr, aber über sie hinweggekrochen, war über die Anwesenheit von Menschen in dem sonst leeren Haus erschrocken, hatte sich eilig versteckt und bei dieser ihr ungewohnten Eile sich verletzt. K. suchte es der Lehrerin ruhig zu erklären, diese aber fasste nur das Ergebnis auf und sagte: »Nun ja, ihr habt sie verletzt, damit habt ihr euch hier eingeführt. Sehen Sie doch!«, und sie rief K. auf das Katheder, zeigte ihm die Pfote, und ehe er sich dessen versah, hatte sie ihm mit den Krallen einen Strich über den Handrücken gemacht; die Krallen waren zwar schon stumpf, aber die Lehrerin hatte, diesmal ohne Rücksicht auf die Katze, sie so fest eingedrückt, dass es doch blutige Striemen wurden. »Und jetzt gehen Sie an Ihre Arbeit«, sagte sie ungeduldig und beugte sich wieder zur Katze hinab. Frieda, welche mit den Gehilfen hinter dem Barren zugesehen hatte, schrie beim Anblick des Blutes auf. K. zeigte die Hand den Kindern und sagte: »Seht, das hat mir eine böse, hinterlistige Katze gemacht.« Er sagte es freilich nicht der Kinder wegen, deren Geschrei und Gelächter schon so selbstverständlich geworden war, dass es keines weiteren Anlasses oder Anreizes bedurfte und dass kein Wort es durchdringen oder beeinflussen konnte. Da aber auch die Lehrerin nur durch einen kurzen Seitenblick die Beleidigung beantwortete und sonst mit der Katze beschäftigt blieb, die erste Wut also durch die blutige Bestrafung befriedigt schien, rief K. Frieda und die Gehilfen, und die Arbeit begann.

Als K. den Eimer mit dem Schmutzwasser hinausgetragen, frisches Wasser gebracht hatte und nun das Schulzimmer auszukehren begann, trat ein etwa zwölfjähriger Junge aus einer Bank, berührte K.s Hand und sagte etwas im großen Lärm gänzlich Unverständliches. Da hörte plötzlich aller Lärm auf, K. wandte sich um. Das den ganzen Morgen über Gefürchtete war geschehen. In der Tür stand der Lehrer, mit jeder Hand hielt er, der kleine Mann, einen Gehilfen beim Kragen; er hatte sie wohl beim Holzholen abgefangen, denn mit mächtiger Stimme rief er und legte nach jedem Wort eine Pause ein: »Wer hat es gewagt, in den Holzschuppen einzubrechen? Wo ist der Kerl, dass ich ihn zermalme?« Da erhob sich Frieda vom Boden, den sie zu Füßen der Lehrerin reinzuwaschen sich abmühte, sah nach K. hin, so, als wolle sie sich Kraft holen, und sagte, wobei etwas von ihrer alten Überlegenheit in Blick und Haltung war: »Das habe ich getan, Herr Lehrer. Ich wusste mir keine andere Hilfe. Sollten früh die Schulzimmer geheizt sein, musste man den Schuppen öffnen; in der Nacht den Schlüssel von Ihnen zu holen wagte ich nicht; mein Bräutigam war im Herrenhof, es war möglich, dass er die Nacht über dort blieb, so musste ich mich allein entscheiden. Habe ich unrecht getan, verzeihen Sie es meiner Unerfahrenheit; ich bin schon von meinem Bräutigam genug ausgezankt worden, als er sah, was geschehen war. Ja, er verbot mir sogar, früh einzuheizen, weil er glaubte, dass Sie durch Versperrung des Schuppens gezeigt hätten, dass Sie nicht geheizt haben wollten, bevor Sie selbst gekommen wären. Dass nicht geheizt ist, ist also seine Schuld, dass aber der Schuppen erbrochen wurde, meine.« – »Wer hat die Tür erbrochen?«, fragte der Lehrer die Gehilfen, die noch immer vergeblich seinen Griff abzuschütteln versuchten. »Der Herr«, sagten beide und zeigten, damit kein Zweifel sei, auf K. Frieda lachte, und dieses Lachen schien noch beweisender als ihre Worte, dann begann sie den Lappen, mit dem sie den Boden gewaschen hatte, in den Eimer auszuwinden, so, als sei durch ihre Erklärung der Zwischenfall beendet und die Aussagen der Gehilfen nur ein nachträglicher Scherz; erst als sie wieder, zur Arbeit bereit, niedergekniet war, sagte sie: »Unsere Gehilfen sind Kinder, die trotz ihren Jahren noch in diese Schulbänke gehören. Ich habe nämlich gegen Abend die Tür mit der Axt allein geöffnet, es war sehr einfach, die Gehilfen brauchte ich dazu nicht, sie hätten nur gestört. Als dann in der Nacht aber mein Bräutigam kam und hinausging, um den Schaden zu besehen und womöglich zu reparieren, liefen die Gehilfen mit, wahrscheinlich weil sie fürchteten, hier allein zu bleiben, sahen meinen Bräutigam an der aufgerissenen Tür arbeiten, und deshalb sagen sie jetzt – nun, es sind Kinder –.«

Zwar schüttelten die Gehilfen während Friedas Erklärung immerfort die Köpfe, zeigten weiter auf K. und strengten sich an, durch stummes Mienenspiel Frieda von ihrer Meinung abzubringen; da es ihnen aber nicht gelang, fügten sie sich endlich, nahmen Friedas Worte als Befehl, und auf eine neuerliche Frage des Lehrers antworteten sie nicht mehr. »So«, sagte der Lehrer, »ihr habt also gelogen? Oder wenigstens leichtsinnig den Schuldiener beschuldigt?« Sie schwiegen noch immer, aber ihr Zittern und ihre ängstlichen Blicke schienen auf Schuldbewusstsein zu deuten. »Dann werde ich euch sofort durchprügeln«, sagte der Lehrer und schickte ein Kind ins andere Zimmer um den Rohrstab. Als er dann den Stab hob, rief Frieda: »Die Gehilfen haben ja die Wahrheit gesagt«, warf verzweifelt den Lappen in den Eimer, dass das Wasser aufspritzte, und lief hinter den Barren, wo sie sich versteckte. »Ein verlogenes Volk«, sagte die Lehrerin, die den Verband der Pfote eben beendigt hatte und das Tier auf den Schoß nahm, für den es fast zu breit war.

»Bleibt also der Herr Schuldiener«, sagte der Lehrer, stieß die Gehilfen fort und wandte sich K. zu, der während der ganzen Zeit, auf den Besen gestützt, zugehört hatte: »Dieser Herr Schuldiener, der aus Feigheit ruhig zugibt, dass man andere fälschlich seiner eigenen Lumpereien beschuldigt.« – »Nun«, sagte K., der wohl merkte, dass Friedas Dazwischentreten den ersten hemmungslosen Zorn des Lehrers doch gemildert hatte, »wenn die Gehilfen ein wenig durchgeprügelt worden wären, hätte es mir nicht leid getan; wenn sie bei zehn gerechten Anlässen geschont worden sind, können sie es einmal bei einem ungerechten abbüßen. Aber auch sonst wäre es mir willkommen gewesen, wenn ein unmittelbarer Zusammenstoß zwischen mir und Ihnen, Herr Lehrer, vermieden worden wäre, vielleicht wäre es sogar auch Ihnen lieb. Da nun aber Frieda mich den Gehilfen geopfert hat –«, hier machte K. eine Pause, man hörte in der Stille hinter den Decken Frieda schluchzen –, »muss nun natürlich die Sache ins Reine gebracht werden.« – »Unerhört«, sagte die Lehrerin. »Ich bin völlig Ihrer Meinung, Fräulein Gisa«, sagte der Lehrer. »Sie, Schuldiener, sind natürlich wegen dieses schändlichen Dienstvergehens auf der Stelle entlassen; die Strafe, die noch folgen wird, behalte ich mir vor, jetzt aber scheren Sie sich sofort mit allen Ihren Sachen aus dem Haus. Es wird uns eine wahre Erleichterung sein, und der Unterricht wird endlich beginnen können. Also schleunig!« – »Ich rühre mich von hier nicht fort«, sagte K. »Sie sind mein Vorgesetzter, aber nicht derjenige, welcher mir die Stelle verliehen hat, das ist der Herr Gemeindevorsteher, nur seine Kündigung nehme ich an. Er aber hat mir die Stelle doch wohl nicht gegeben, dass ich hier mit meinen Leuten erfriere, sondern – wie Sie selbst sagten – damit er unbesonnene Verzweiflungstaten meinerseits verhindert. Mich jetzt plötzlich zu entlassen wäre daher geradewegs gegen seine Absicht; solange ich nicht das Gegenteil aus seinem eigenen Munde höre, glaube ich es nicht. Es geschieht übrigens wahrscheinlich auch zu Ihrem großen Vorteil, wenn ich Ihrer leichtsinnigen Kündigung nicht folge.« – »Sie folgen also nicht?«, fragte der Lehrer. K. schüttelte den Kopf. »Überlegen Sie es wohl«, sagte der Lehrer. »Ihre Entschlüsse sind nicht immer die allerbesten; denken Sie zum Beispiel an den gestrigen Nachmittag, als Sie es ablehnten, verhört zu werden.« – »Warum erwähnen Sie das jetzt?«, fragte K. »Weil es mir beliebt«, sagte der Lehrer, »und nun wiederhole ich zum letzten Mal: Hinaus!« Als aber auch das keine Wirkung hatte, ging der Lehrer zum Katheder und beriet sich leise mit der Lehrerin, diese sagte etwas von der Polizei, aber der Lehrer lehnte es ab, schließlich einigten sie sich, der Lehrer forderte die Kinder auf, in seine Klasse hinüberzugehen, sie würden dort mit den anderen Kindern gemeinsam unterrichtet werden. Diese Abwechslung freute alle, gleich war unter Lachen und Schreien das Zimmer geleert, der Lehrer und die Lehrerin folgten als Letzte. Die Lehrerin trug das Klassenbuch und auf ihm die in ihrer Fülle ganz teilnahmslose Katze. Der Lehrer hätte die Katze gern hiergelassen, aber eine darauf bezügliche Andeutung wehrte die Lehrerin mit dem Hinweis auf die Grausamkeit K.s entschieden ab; so bürdete K. zu allem Ärger auch noch die Katze dem Lehrer auf. Es beeinflusste dies wohl auch die letzten Worte, die der Lehrer in der Tür an K. richtete: »Das Fräulein verlässt mit den Kindern notgedrungen dieses Zimmer, weil Sie renitenterweise meiner Kündigung nicht folgen und weil niemand von ihr, einem jungen Mädchen, verlangen kann, dass sie inmitten Ihrer schmutzigen Familienwirtschaft Unterricht erteilt. Sie bleiben also allein und können sich, ungestört durch den Widerwillen anständiger Zuschauer, hier so breitmachen, wie Sie wollen. Aber es wird nicht lange dauern, dafür bürge ich!« Damit schlug er die Tür zu.

## Das dreizehnte Kapitel

Kaum waren alle fort, sagte K. zu den Gehilfen: »Geht hinaus!« Verblüfft durch diesen unerwarteten Befehl, folgten sie, aber als K. hinter ihnen die Tür zusperrte, wollten sie wieder zurück, winselten draußen und klopften an die Tür. »Ihr seid entlassen!«, rief K. »Niemals mehr nehme ich euch in meine Dienste.« Das wollten sie sich nun freilich nicht gefallen lassen und hämmerten mit Händen und Füßen gegen die Tür. »Zurück zu dir, Herr!«, riefen sie, als wäre K. das trockene Land und sie daran, in der Flut zu versinken. Aber K. hatte kein Mitleid, ungeduldig wartete er, bis der unerträgliche Lärm den Lehrer zwingen werde, einzugreifen. Es geschah bald. »Lassen Sie Ihre verfluchten Gehilfen ein!«, schrie er. »Ich habe sie entlassen!«, schrie K. zurück; es hatte die ungewollte Nebenwirkung, dem Lehrer zu zeigen, wie es auffiel, wenn jemand kräftig genug war, nicht nur zu kündigen, sondern auch die Kündigung auszuführen. Der Lehrer versuchte nun, die Gehilfen gütlich zu beruhigen, sie sollten hier nur ruhig warten, schließlich werde K. sie doch wieder einlassen müssen. Dann ging er. Und es wäre nun vielleicht still geblieben, wenn nicht K. ihnen wieder zuzurufen angefangen hätte, dass sie nun endgültig entlassen seien und nicht die geringste Hoffnung auf Wiederaufnahme hätten. Daraufhin begannen sie wieder zu lärmen wie zuvor. Wieder kam der Lehrer, aber nun verhandelte er nicht mehr mit ihnen, sondern trieb sie, offenbar mit dem gefürchteten Rohrstab, aus dem Haus.

Bald erschienen sie vor den Fenstern des Turnzimmers, klopften an die Scheiben und schrien; aber die Worte waren nicht mehr zu verstehen. Sie blieben jedoch auch dort nicht lange, in dem tiefen Schnee konnten sie nicht herumspringen, wie es ihre Unruhe verlangte. Sie eilten deshalb zu dem Gitter des Schulgartens, sprangen auf den steinernen Unterbau, wo sie auch, allerdings nur von der Ferne, einen besseren Einblick in das Zimmer hatten; sie liefen dort, an dem Gitter sich festhaltend, hin und her, blieben dann wieder stehen und streckten flehend die gefalteten Hände gegen K. aus. So trieben sie es lange, ohne Rücksicht auf die Nutzlosigkeit ihrer Anstrengungen; sie waren wie verblendet, sie hörten wohl auch nicht auf, als K. die Fenstervorhänge herunterließ, um sich von ihrem Anblick zu befreien.

In dem jetzt dämmerigen Zimmer ging K. zu dem Barren, um nach Frieda zu sehen. Unter seinem Blick erhob sie sich, ordnete die Haare, trocknete das Gesicht und machte sich schweigend daran, Kaffee zu kochen. Obwohl sie von allem wusste, verständigte sie doch K. förmlich davon, dass er die Gehilfen entlassen hatte. Sie nickte nur. K. saß in einer Schulbank und beobachtete ihre müden Bewegungen. Es war immer die Frische und Entschlossenheit gewesen, welche ihren nichtigen Körper verschönt hatte; nun war diese Schönheit dahin. Wenige Tage des Zusammenlebens mit K. hatten genügt, das zu erreichen. Die Arbeit im Ausschank war nicht leicht gewesen, aber ihr wahrscheinlich doch entsprechender. Oder war die Entfernung von Klamm die eigentliche Ursache ihres Verfalles? Die Nähe Klamms hatte sie so unsinnig verlockend gemacht, in dieser Verlockung hatte sie K. an sich gerissen, und nun verwelkte sie in seinen Armen.

»Frieda«, sagte K. Sie legte gleich die Kaffeemühle fort und kam zu K. in die Bank. »Du bist mir böse?«, fragte sie. »Nein«, sagte K. »Ich glaube, du kannst nicht anders. Du hast zufrieden im Herrenhof gelebt. Ich hätte dich dort lassen sollen.« – »Ja«, sagte Frieda und sah traurig vor sich hin, »du hättest mich dort lassen sollen. Ich bin dessen nicht wert, mit dir zu leben. Von mir befreit, könntest du vielleicht alles erreichen, was du willst. Aus Rücksicht auf mich unterwirfst du dich dem tyrannischen Lehrer, übernimmst du diesen kläglichen Posten, bewirbst dich mühevoll um ein Gespräch mit Klamm.

Alles für mich, aber ich lohne es dir schlecht.« »Nein«, sagte K. und legte tröstend den Arm um sie. »Alles das sind Kleinigkeiten, die mir nicht weh tun, und zu Klamm will ich ja nicht nur deinetwegen. Und was hast du alles für mich getan! Ehe ich dich kannte, ging ich ja hier ganz in die Irre. Niemand nahm mich auf, und wem ich mich aufdrängte, der verabschiedete mich schnell. Und wenn ich bei jemandem Ruhe hätte finden können, so waren es Leute, vor denen wieder ich mich flüchtete, etwa die Leute des Barnabas.« – »Du flüchtetest vor ihnen? Nicht wahr? Liebster!«, rief Frieda lebhaft dazwischen und versank dann nach einem zögernden »Ja« K.s wieder in ihre Müdigkeit. Aber auch K. hatte nicht mehr die Entschlossenheit, zu erklären, worin sich durch die Verbindung mit Frieda alles zum Guten für ihn gewendet hatte. Er löste langsam den Arm von ihr und saß ein Weilchen schweigend, bis dann Frieda, so, als hätte K.s Arm ihr Wärme gegeben, die sie jetzt nicht mehr entbehren könne, sagte: »Ich werde dieses Leben hier nicht ertragen. Willst du mich behalten, müssen wir auswandern, irgendwohin, nach Südfrankreich nach Spanien.« – »Auswandern kann ich nicht«, sagte K., »ich bin hierhergekommen, um hier zu bleiben. Ich werde hierbleiben.« Und in einem Widerspruch, den er gar nicht zu erklären sich Mühe gab, fügte er wie im Selbstgespräch zu: »Was hätte mich denn in dieses öde Land locken können, als das Verlangen hierzubleiben?« Dann sagte er: »Aber auch du willst hierbleiben, es ist ja dein Land. Nur Klamm fehlt dir, und das bringt dich auf verzweifelte Gedanken.« – »Klamm sollte mir fehlen?«, sagte Frieda. »Von Klamm ist hier ja eine Überfülle, zu viel Klamm; um ihm zu entgehen, will ich fort. Nicht Klamm, sondern du fehlst mir, deinetwegen will ich fort; weil ich mich an dir nicht sättigen kann, hier wo alle an mir reißen. Würde mir doch lieber die hübsche Larve abgerissen, würde doch lieber mein Körper elend, dass ich in Frieden bei dir leben könnte.« K. hörte daraus nur eines. »Klamm ist noch immer in Verbindung mit dir?«, fragte er gleich. »Er ruft dich?« – »Von Klamm weiß ich nichts«, sagte Frieda, »ich rede jetzt von anderen, zum Beispiel von den Gehilfen.« – »Ah, die Gehilfen!«, sagte K. überrascht. »Sie verfolgen dich?« – »Hast du es denn nicht bemerkt?«, fragte Frieda. »Nein«, sagte K. und suchte sich vergeblich an Einzelheiten zu erinnern, »zudringliche und lüsterne Jungen sind es wohl, aber dass sie sich an dich herangewagt hätten, habe ich nicht bemerkt.« – »Nicht?«, sagte Frieda. »Du hast nicht bemerkt, wie sie aus unserem Zimmer im Brückenhof nicht fortzubringen waren, wie sie unsere Beziehungen eifersüchtig überwachten, wie sich einer letzthin auf meinen Platz auf den Strohsack legte, wie sie jetzt gegen dich aussagten, um dich zu vertreiben, zu verderben, um mit mir allein zu sein. Das alles hast du nicht bemerkt?« K. sah Frieda an, ohne zu antworten. Diese Anklagen gegen die Gehilfen waren wohl richtig, aber sie konnten alle auch viel unschuldiger gedeutet werden, aus dem ganzen lächerlichen, kindischen, fahrigen, unbeherrschten Wesen der beiden. Und sprach nicht gegen die Beschuldigung auch, dass sie doch immer danach gestrebt hatten, überall mit K. zu gehen und nicht bei Frieda zurückzubleiben? K. erwähnte etwas Derartiges. »Heuchelei«, sagte Frieda, »das hast du nicht durchschaut? Ja, warum hast du sie denn fortgetrieben, wenn nicht aus diesen Gründen?« Und sie ging zum Fenster, rückte den Vorhang ein wenig zur Seite, blickte hinaus und rief dann K. zu sich. Noch immer waren die Gehilfen draußen am Gitter, so müde sie auch sichtlich schon waren, streckten sie doch noch von Zeit zu Zeit, alle Kräfte zusammennehmend, die Arme bittend gegen die Schule aus. Einer hatte, um sich nicht immerfort festhalten zu müssen, den Rock hinten auf einer Gitterstange aufgespießt.

»Die Armen! Die Armen!«, sagte Frieda.

»Warum ich sie weggetrieben habe?«, rief K. »Der unmittelbare Anlass dafür bist du gewesen.« – »Ich?«, fragte Frieda, ohne den Blick von draußen abzuwenden. »Deine allzu freundliche Behandlung der Gehilfen«, sagte K., »das Verzeihen ihrer Unarten, das Lachen über sie, das Streicheln ihrer Haare, das fortwährende Mitleid mit ihnen, ›die Armen, die Armen‹, sagst du wieder, und schließlich der letzte Vorfall, da ich dir als Preis nicht zu hoch war, die Gehilfen von den Prügeln loszukaufen.« – »Das ist es ja«, sagte Frieda, »davon spreche ich doch, das ist es ja, was mich unglücklich macht, was mich von dir abhält, während ich doch kein größeres Glück für mich weiß, als bei dir zu sein, immerfort, ohne Unterbrechung, ohne Ende, während ich doch davon träume, dass hier auf der Erde kein ruhiger Platz für unsere Liebe ist, nicht im Dorf und nicht anderswo, und ich mir deshalb ein Grab vorstelle, tief und eng; dort halten wir uns umarmt wie mit Zangen, ich verberge mein Gesicht an dir, du deines an mir, und niemand wird uns jemals mehr sehen. Hier aber – sieh die Gehilfen! Nicht dir gilt es, wenn sie die Hände falten, sondern mir.« – »Und nicht ich«, sagte K., »sehe sie an, sondern du.« – »Gewiss, ich«, sagte Frieda fast böse, »davon spreche ich doch immerfort. Was würde denn sonst daran liegen, dass die Gehilfen hinter mir her sind; mögen sie auch Abgesandte Klamms sein.« – »Abgesandte Klamms«, sagte K., den diese Bezeichnung, so natürlich sie ihm gleich erschien, doch sehr überraschte. »Abgesandte Klamms, gewiss«, sagte Frieda, »mögen sie dies sein, so sind sie doch auch gleichzeitig läppische Jungen, die zu ihrer Erziehung noch Prügel brauchen. Was für hässliche, schwarze Jungen es sind! Und wie abscheulich ist der Gegensatz zwischen ihren Gesichtern, die auf Erwachsene, ja fast auf Studenten schließen lassen, und ihrem kindisch-närrischen Benehmen! Glaubst du, dass ich das nicht sehe? Ich schäme mich ja ihrer. Aber das ist es ja eben, sie stoßen mich nicht ab, sondern ich schäme mich ihrer. Ich muss immer zu ihnen hinsehen. Wenn man sich über sie ärgern sollte, muss ich lachen. Wenn man sie schlagen wollte, muss ich über ihr Haar streichen. Und wenn ich neben dir liege in der Nacht, kann ich nicht schlafen, und muss über dich hinweg zusehen, wie der eine, fest in die Decke eingerollt, schläft und der andere vor der offenen Ofentür kniet und heizt, und ich muss mich vorbeugen, dass ich dich fast wecke. Und nicht die Katze erschreckt mich – ach, ich kenne Katzen und ich kenne auch das unruhige, immerfort gestörte Schlummern im Ausschank – nicht die Katze erschreckt mich, ich selbst mache mir Schrecken. Und es bedarf gar nicht dieses Ungetümes von einer Katze, ich fahre beim kleinsten Geräusch zusammen. Einmal fürchtete ich, dass du aufwachen wirst und alles zu Ende sein wird, und dann wieder springe ich auf und zünde die Kerze an, damit du nur schnell aufwachst und mich beschützen kannst.« – »Von dem allen habe ich nichts gewusst«, sagte K., »nur in einer Ahnung dessen habe ich sie vertrieben; nun sind sie aber fort, nun ist vielleicht alles gut.« – »Ja, endlich sind sie fort«, sagte Frieda, aber ihr Gesicht war gequält, nicht freudig, »nur wissen wir nicht, wer sie sind. Abgesandte Klamms, ich nenne sie in meinen Gedanken, im Spiele so, aber vielleicht sind sie es wirklich. Ihre Augen, diese einfältigen und doch funkelnden Augen, erinnern mich irgendwie an die Augen Klamms, ja, das ist es: Es ist Klamms Blick, der mich manchmal aus ihren Augen durchfährt. Und unrichtig ist es deshalb, wenn ich sagte, dass ich mich ihrer schäme. Ich wollte nur, es wäre so. Ich weiß zwar, dass anderswo und bei anderen Menschen das gleiche Benehmen dumm und anstößig wäre, bei ihnen ist es nicht so. Mit Achtung und Bewunderung sehe ich ihren Dummheiten zu. Wenn es aber Klamms Abgesandte sind, wer befreit uns von ihnen; und wäre es dann überhaupt gut, von ihnen befreit zu werden? Müsstest du sie dann nicht schnell hereinholen und glücklich sein, wenn sie noch kämen?« – »Du willst, dass ich sie wieder hereinlasse?«, fragte K. »Nein, nein«, sagte Frieda, »nichts will ich weniger. Ihren

Anblick, wenn sie nun hereinstürmten, ihre Freude, mich wiederzusehen, ihr Herumhüpfen von Kindern und ihr Armausstrecken von Männern, das alles würde ich vielleicht gar nicht ertragen können. Wenn ich dann aber wieder bedenke, dass du, wenn du gegen sie hart bleibst, damit vielleicht Klamm selbst den Zutritt zu dir verweigerst, will ich dich mit allen Mitteln vor den Folgen dessen bewahren. Dann will ich, dass du sie hereinkommen lässt. Dann K., nur schnell herein mit ihnen! Nimm keine Rücksicht auf mich, was liegt an mir! Ich werde mich wehren, solange ich kann; wenn ich aber verlieren sollte, nun, so werde ich verlieren, aber dann mit dem Bewusstsein, dass auch dies für dich geschehen ist.« – »Du bestärkst mich nur in meinem Urteil hinsichtlich der Gehilfen«, sagte K. »Niemals werden sie mit meinem Willen hereinkommen. Dass ich sie hinausgebracht habe, beweist doch, dass man sie unter Umständen beherrschen kann, und damit weiterhin, dass sie nichts Wesentliches mit Klamm zu tun haben. Erst gestern Abend bekam ich einen Brief von Klamm, aus dem zu sehen ist, dass Klamm über die Gehilfen ganz falsch unterrichtet ist, woraus wieder geschlossen werden muss, dass sie ihm völlig gleichgültig sind, denn wären sie dies nicht, so hätte er sich gewiss genaue Nachrichten über sie beschaffen können. Dass aber du Klamm in ihnen siehst, beweist nichts, denn noch immer, leider, bist du von der Wirtin beeinflusst und siehst Klamm überall. Noch immer bist du Klamms Geliebte, noch lange nicht meine Frau. Manchmal macht mich das ganz trübe, mir ist dann, wie wenn ich alles verloren hätte, ich habe dann das Gefühl, als sei ich eben erst ins Dorf gekommen, aber nicht hoffnungsvoll, wie ich damals in Wirklichkeit war, sondern im Bewusstsein, dass mich nur Enttäuschungen erwarten und dass ich eine nach der anderen werde durchkosten müssen bis zum letzten Bodensatz. Doch ist das nur manchmal«, fügte K. lächelnd hinzu, als er sah, wie Frieda unter seinen Worten zusammensank, »und beweist doch im Grunde etwas Gutes, nämlich, was du mir bedeutest. Und wenn du mich jetzt aufforderst, zwischen dir und den Gehilfen zu wählen, so haben damit die Gehilfen schon verloren. Was für ein Gedanke, zwischen dir und den Gehilfen zu wählen! Nun will ich sie aber endgültig los sein, in Worten und Gedanken. Wer weiß übrigens, ob die Schwäche, die uns beide überkommen hat, nicht daher stammt, dass wir noch immer nicht gefrühstückt haben?« – »Möglich«, sagte Frieda, müde lächelnd, und ging an die Arbeit. Auch K. ergriff wieder den Besen.

Nach einem Weilchen klopfte es leise. »Barnabas!«, schrie K., warf den Besen hin und war mit einigen Sätzen bei der Tür. Über den Namen mehr als über alles andere erschrocken, sah ihn Frieda an. Mit den unsicheren Händen konnte K. das alte Schloss nicht gleich öffnen. »Ich öffne schon«, wiederholte er immerfort, statt zu fragen, wer denn eigentlich klopfe. Und musste dann zusehen, wie durch die weit aufgerissene Tür nicht Barnabas hereinkam, sondern der kleine Junge, der schon früher einmal hatte K. ansprechen wollen. K. hatte aber keine Lust, sich an ihn zu erinnern. »Was willst du denn hier?«, sagte er. »Unterrichtet wird nebenan.« – »Ich komme von dort«, sagte der Junge und sah mit seinen großen, braunen Augen ruhig zu K. auf, stand aufrecht da, die Arme eng am Leib. »Was willst du also? Schnell!«, sagte K. und beugte sich ein wenig hinab, denn der Junge sprach leise. »Kann ich dir helfen?«, fragte der Junge. »Er will uns helfen«, sagte K. zu Frieda, und dann zum Jungen: »Wie heißt du denn?« – »Hans Brunswick«, sagte der Junge, »Schüler der vierten Klasse, Sohn des Otto Brunswick, Schustermeister in der Madeleinegasse.« – »Sieh mal, Brunswick heißt du«, sagte K. und war nun freundlicher zu ihm. Es stellte sich heraus, dass Hans durch die blutigen Striemen, welche die Lehrerin in K.s Hand eingekratzt hatte, so erregt worden war, dass er sich vorhin entschlossen hatte, K. beizustehen. Eigenmächtig war er jetzt auf die Gefahr großer Strafe hin aus dem Schulzimmer nebenan wie ein Deserteur weggeschlichen. Es mochten vor allem solche knabenhaften Vorstellungen sein, die ihn beherrschten. Ihnen entsprechend war auch der Ernst, der aus allem sprach, was er tat. Nur anfänglich hatte ihn Schüchternheit behindert, bald aber gewöhnte er sich an K. und Frieda, und als er dann heißen, guten Kaffee zu trinken bekommen hatte, war er lebhaft und zutraulich geworden, und seine Fragen waren eifrig und eindringlich, so, als wolle er möglichst schnell das Wichtigste erfahren, um dann selbstständig für K. und Frieda Entschlüsse fassen zu können. Es war auch etwas Befehlshaberisches in seinem Wesen; aber es war mit kindlicher Unschuld so gemischt, dass man sich ihm, halb aufrichtig, halb scherzend, gern unterwarf. Jedenfalls nahm er alle Aufmerksamkeit für sich in Anspruch, alle Arbeit hatte aufgehört, das Frühstück zog sich sehr in die Länge. Obwohl er in der Schulbank saß, K. oben auf dem Kathedertisch, Frieda auf einem Sessel nebenan, sah es aus, als sei Hans der Lehrer, als prüfe er und beurteile die Antworten; ein leichtes Lächeln um seinen weichen Mund schien anzudeuten, dass er wohl wisse, es handle sich nur um ein Spiel, aber desto ernsthafter war er im Übrigen bei der Sache, vielleicht war es auch gar kein Lächeln, sondern das Glück der Kindheit, das die Lippen umspielte. Auffallend spät erst hatte er zugegeben, dass er K. schon kannte, seit dieser einmal bei Lasemann eingekehrt war. K. war glücklich darüber. »Du spieltest damals zu Füßen der Frau?«, fragte K. »Ja«, sagte Hans, »es war meine Mutter.« Und nun musste er von seiner Mutter erzählen, aber er tat es nur zögernd und erst auf wiederholte Aufforderung, es zeigte sich nun doch, dass er ein kleiner Junge war, aus dem zwar manchmal, besonders in seinen Fragen, vielleicht im Vorgefühl der Zukunft, vielleicht aber auch nur infolge der Sinnestäuschung des unruhiggespannten Zuhörers, fast ein energischer, kluger, weitblickender Mann zu sprechen schien, der dann aber gleich darauf ohne Übergang nur ein Schuljunge war, der manche Fragen gar nicht verstand, andere missdeutete, der in kindlicher Rücksichtslosigkeit zu leise sprach, obwohl er oft auf den Fehler aufmerksam gemacht worden war, und der schließlich wie aus Trotz gegenüber manchen dringenden Fragen vollkommen schwieg, und zwar ganz ohne Verlegenheit, wie es ein Erwachsener niemals könnte. Es war überhaupt, wie wenn seiner Meinung nach nur ihm das Fragen erlaubt sei, durch das Fragen der anderen aber irgendeine Vorschrift durchbrochen und Zeit verschwendet würde. Er konnte dann lange Zeit still sitzen mit aufrechtem Körper, gesenktem Kopf, aufgeworfener Unterlippe. Frieda gefiel das so, dass sie ihm öfters Fragen stellte, von denen sie hoffte, dass sie ihn auf diese Weise verstummen lassen würden; es gelang ihr auch manchmal, aber K. ärgerte es. Im Ganzen erfuhr man wenig. Die Mutter war ein wenig kränklich, aber was für eine Krankheit es war, blieb unbestimmt, das Kind, das Frau Brunswick auf dem Schoß gehabt hatte, war Hansens Schwester und hieß Frieda (die Namensgleichheit mit der ihn ausfragenden Frau nahm Hans unfreundlich auf), sie wohnten alle im Dorf, aber nicht bei Lasemann, sie waren dort nur zu Besuch gewesen, um gebadet zu werden, weil Lasemann das große Schaff hatte, in dem zu baden und sich herumzutreiben den kleinen Kindern, zu denen aber Hans nicht gehörte, ein besonderes Vergnügen machte; von seinem Vater sprach Hans ehrfurchtsvoll oder ängstlich, aber nur, wenn nicht gleichzeitig von der Mutter die Rede war, gegenüber der Mutter war des Vaters Wert offenbar klein, übrigens blieben alle Fragen über das Familienleben, wie immer man auch heranzukommen suchte, unbeantwortet. Vom Gewerbe des Vaters erfuhr man, dass er der größte Schuster des Ortes war, keiner war ihm gleich, wie öfters auch auf ganz andere Fragen hin wiederholt wurde, er gab sogar den andern Schustern, zum Beispiel auch dem Vater Barnabas', Arbeit, in diesem letzten Fall tat es Brunswick wohl nur aus besonderer Gnade, wenigstens deutete dies die stolze Kopfwendung Hansens an, welche Frieda veranlasste, zu ihm hinunterzuspringen und ihm einen Kuss zu geben. Die Frage, ob er schon im Schloss gewesen sei, beantwortete er erst nach vielen Wiederholungen, und zwar mit »Nein«; die gleiche Frage hinsichtlich der Mutter beantwortete er gar nicht. Schließlich ermüdete K.; auch ihm schien das Fragen unnütz, er gab darin dem Jungen recht, auch war darin etwas Beschämendes, auf dem Umweg über das unschuldige Kind Familiengeheimnisse ausforschen zu wollen, doppelt beschämend allerdings war, dass man auch hier nichts erfuhr. Und als dann K. zum Abschluss den Jungen fragte, worin er denn zu helfen sich anbiete, wunderte er sich nicht mehr zu hören, dass Hans nur hier bei der Arbeit helfen wolle, damit der Lehrer und die Lehrerin mit K. nicht mehr so zankten. K. erklärte Hans, dass eine solche Hilfe nicht nötig sei, Zanken gehöre wohl zu des Lehrers Natur, und man werde wohl auch durch genaueste Arbeit sich kaum davor schützen können, die Arbeit selbst sei nicht schwer, und nur infolge zufälliger Umstände sei er mit ihr heute im Rückstand, übrigens wirke auf K. dieses Zanken nicht so wie auf einen Schüler, er schüttle es ab, es sei ihm fast gleichgültig, auch hoffe er, dem Lehrer sehr bald völlig entgehen zu können. Da es sich also nur um Hilfe gegen den Lehrer gehandelt habe, danke er dafür bestens und Hans könne wieder zurückgehen, hoffentlich werde er nicht noch bestraft werden. Obwohl es K. gar nicht betonte und nur unwillkürlich andeutete, dass es nur die Hilfe gegenüber dem Lehrer sei, die er nicht brauche, während er die Frage nach anderer Hilfe offenließ, hörte es Hans doch klar heraus und fragte, ob K. vielleicht andere Hilfe brauche; sehr gern würde er ihm helfen, und wenn er es selbst nicht imstande wäre, würde er seine Mutter darum bitten, und dann würde es gewiss gelingen. Auch wenn der Vater Sorgen hat, bittet er die Mutter um Hilfe. Und die Mutter habe auch schon einmal nach K. gefragt, sie selbst gehe kaum aus dem Haus, nur ausnahmsweise sei sie damals bei Lasemann gewesen; er, Hans, aber gehe öfters hin, um mit Lasemanns Kindern zu spielen, und da habe ihn die Mutter einmal gefragt, ob dort vielleicht wieder einmal der Landvermesser gewesen sei. Nun dürfe man die Mutter, weil sie so schwach und müde sei, nicht unnütz aufregen, und so habe er nur einfach gesagt, dass er den Landvermesser dort nicht gesehen habe, und weiter sei davon nicht gesprochen worden; als er ihn nun aber hier in der Schule gefunden habe, habe er ihn ansprechen müssen, damit er der Mutter berichten könne. Denn das habe die Mutter am liebsten, wenn man, ohne ausdrücklichen Befehl, ihre Wünsche erfüllt. Darauf sagte K. nach kurzer Überlegung, er brauche keine Hilfe, er habe alles, was er benötigte, aber es sei sehr lieb von Hans, dass er ihm helfen wolle, und er danke ihm für die gute Absicht, es sei ja möglich, dass er später einmal etwas brauchen werde, dann werde er sich an ihn wenden, die Adresse habe er ja. Dagegen könne vielleicht er, K., diesmal ein wenig helfen, es tue ihm leid, dass Hansens Mutter kränkle und offenbar niemand hier das Leiden verstehe; in einem solchen vernachlässigten Fall kann oft eine schwere Verschlimmerung eines an sich leichten Leidens eintreten. Nun habe er, K., einige medizinische Kenntnisse und, was noch mehr wert sei, Erfahrung in der Krankenbehandlung. Manches, was Ärzten nicht gelungen sei, sei ihm geglückt. Zu Hause habe man ihn wegen seiner Heilwirkung immer »das bittere Kraut« genannt. Jedenfalls würde er gern Hansens Mutter ansehen und mit ihr sprechen. Vielleicht könnte er einen guten Rat geben, schon um Hansens willen täte er es gern. Hansens Augen leuchteten bei diesem Angebot zuerst auf, verführten K. dazu, dringlicher zu werden, aber das Ergebnis war unbefriedigend, denn Hans sagte auf verschiedene Fragen, und war dabei nicht einmal sehr traurig, zur Mutter dürfe kein fremder Besuch kommen, weil sie sehr schonungsbedürftig sei; obwohl doch K. damals kaum mit ihr gesprochen habe, sei sie nachher einige Tage im Bett gelegen, was freilich öfters geschehe. Der Vater habe sich damals aber über K. sehr geärgert, und er würde gewiss niemals erlauben, dass K. zur Mutter komme; ja, er habe damals K. aufsuchen wollen, um ihn wegen seines Benehmens zu strafen, nur die Mutter habe ihn davon zurückgehalten. Vor allem aber wolle die Mutter selbst im Allgemeinen mit niemandem sprechen, und ihre Frage nach K. bedeutete keine Ausnahme von der Regel, im Gegenteil, gerade gelegentlich seiner Erwähnung hätte sie den Wunsch aussprechen können, ihn zu sehen, aber sie habe dies nicht getan und damit deutlich ihren Willen geäußert. Sie wolle nur von K. hören, aber mit ihm sprechen wolle sie nicht. Übrigens sei es gar keine eigentliche Krankheit, woran sie leide, sie wisse sehr wohl die Ursache ihres Zustandes, und manchmal deute sie sie auch an: Es sei wahrscheinlich die Luft hier, die sie nicht vertrage; aber sie wolle doch auch wieder den Ort nicht verlassen, des Vaters und der Kinder wegen, auch sei es schon besser, als es früher gewesen war. Das war es etwa, was K. erfuhr, die Denkkraft Hansens steigerte sich sichtlich, da er seine Mutter vor K. schützen sollte, vor K., dem er angeblich hatte helfen wollen; ja, zu dem guten Zweck, K. von der Mutter abzuhalten, widersprach er in manchem sogar seinen eigenen früheren Aussagen, zum Beispiel hinsichtlich der Krankheit. Trotzdem aber merkte K. auch jetzt, dass Hans ihm noch immer gutgesinnt war, nur vergaß er über der Mutter alles andere; wen immer man gegenüber der Mutter aufstellte, er kam gleich ins Unrecht, jetzt war es K. gewesen, aber es konnte zum Beispiel auch der Vater sein. K. wollte dieses Letztere versuchen und sagte, es sei gewiss sehr vernünftig vom Vater, dass er die Mutter vor jeder Störung so behüte, und wenn er, K., damals etwas Ähnliches nur geahnt hätte, hätte er gewiss die Mutter nicht anzusprechen gewagt, und er lasse jetzt noch nachträglich zu Hause um Entschuldigung bitten. Dagegen könne er nicht ganz verstehen, warum der Vater, wenn die Ursache des Leidens so klargestellt sei, wie Hans sagte, die Mutter zurückhalte, sich in anderer Luft zu erholen; man müsse sagen, dass er sie zurückhalte, denn sie gehe nur der Kinder und seinetwegen nicht fort, die Kinder aber könnte sie mitnehmen, sie müsste ja nicht für lange Zeit fortgehen und auch nicht sehr weit, schon oben auf dem Schlossberg sei die Luft ganz anders. Die Kosten eines solchen Ausflugs müsse der Vater nicht fürchten, er sei ja der größte Schuster im Ort, und gewiss habe auch er oder die Mutter Verwandte oder Bekannte im Schloss, die sie gern aufnehmen würden. Warum lasse er sie nicht fort? Er möge ein solches Leiden nicht unterschätzen; K. habe ja die Mutter nur flüchtig gesehen, aber eben ihre auffallende Blässe und Schwäche habe ihn dazu bewogen, sie anzusprechen; schon damals habe er sich gewundert, dass der Vater in der schlechten Luft des allgemeinen Bade- und Waschraumes die kranke Frau gelassen und sich auch in seinen lauten Reden keine Zurückhaltung auferlegt habe. Der Vater wisse wohl nicht, worum es sich handle; mag sich auch das Leiden in der letzten Zeit vielleicht gebessert haben, ein solches Leiden hat Launen, aber schließlich kommt es doch, wenn man es nicht bekämpft, mit gesammelter Kraft, und nichts kann dann mehr helfen. Wenn K. schon nicht mit der Mutter sprechen könne, wäre es doch vielleicht gut, wenn er mit dem Vater sprechen und ihn auf dies alles aufmerksam machen würde.

Hans hatte gespannt zugehört, das meiste verstanden, die Drohung des unverständlichen Restes stark empfunden. Trotzdem sagte er, mit dem Vater könne K. nicht sprechen, der Vater habe eine Abneigung gegen ihn, und er würde ihn wahrscheinlich wie der Lehrer behandeln. Er sagte dies lächelnd und schüchtern, wenn er von K. sprach, und verbissen und traurig, wenn er den Vater erwähnte. Doch fügte er hinzu, dass K. vielleicht doch mit der Mutter sprechen könnte, aber nur ohne Wissen des Vaters. Dann dachte Hans mit starrem Blick ein Weilchen nach, ganz wie eine Frau, die etwas Verbotenes tun will und eine Möglichkeit sucht, es ungestraft auszuführen, und sagte, übermorgen wäre es vielleicht möglich, der Vater gehe abends in den Herrenhof, er habe dort Besprechungen, da werde er, Hans, abends kommen und K. zur Mutter führen, vorausgesetzt allerdings, dass die Mutter zustimme, was noch sehr unwahrscheinlich sei. Vor allem tue sie ja nichts gegen den Willen des Vaters, in allem füge sie sich ihm, auch in Dingen, deren Unvernunft selbst er, Hans, klar einsehe. Wirklich suchte nun Hans bei K. Hilfe gegen den Vater; es war, als habe er sich selbst getäuscht, da er geglaubt hatte, er wolle K. helfen, während er in Wirklichkeit hatte ausforschen wollen, ob nicht vielleicht, da niemand aus der alten Umgebung hatte helfen können, dieser plötzlich erschienene und nun von der Mutter sogar erwähnte Fremde dies imstande sei. Wie unbewusst verschlossen, fast hinterhältig war der Junge. Es war bisher aus seiner Erscheinung und seinen Worten kaum zu entnehmen gewesen; erst aus den förmlich nachträglichen, durch Zufall und Absicht hervorgeholten Geständnissen merkte man es. Und nun überlegte er in langen Gesprächen mit K., welche Schwierigkeiten zu überwinden wären. Es waren, beim besten Willen Hansens, fast unüberwindliche Schwierigkeiten; ganz in Gedanken und doch Hilfe suchend, sah er mit unruhig zwinkernden Augen K. immerfort an. Vor des Vaters Weggang durfte er der Mutter nichts sagen, sonst erfuhr es der Vater, und alles war unmöglich gemacht, also erst später durfte er es erwähnen; aber auch jetzt, mit Rücksicht auf die Mutter, nicht plötzlich und schnell, sondern langsam und bei passender Gelegenheit; dann erst musste er der Mutter Zustimmung erbitten, dann erst konnte er K. holen; war es aber dann nicht schon zu spät, drohte nicht schon des Vaters Rückkehr? Nein, es war doch unmöglich. K. bewies dagegen, dass es nicht unmöglich war. Dass die Zeit nicht ausreichen werde, davor müsse man sich nicht fürchten, ein kurzes Gespräch, ein kurzes Beisammensein genüge, und holen müsse Hans K. nicht. K. werde irgendwo in der Nähe des Hauses versteckt warten, und auf ein Zeichen Hansens werde er gleich kommen. Nein, sagte Hans, beim Haus warten dürfe K. nicht – wieder war es die Empfindlichkeit wegen seiner Mutter, die ihn beherrschte –, ohne Wissen der Mutter dürfe K. sich nicht auf den Weg machen, in ein solches vor der Mutter geheimes Einverständnis dürfe Hans mit K. nicht eintreten; er müsse K. aus der Schule holen, und nicht früher, als es die Mutter wisse und erlaube. Gut, sagte K., dann sei es ja wirklich gefährlich, und es sei dann möglich, dass der Vater ihn im Haus ertappen werde; und wenn schon dies nicht geschehen sollte, so wird doch die Mutter in Angst davor K. überhaupt nicht kommen lassen, und so werde doch alles am Vater scheitern. Dagegen wehrte sich wieder Hans, und so ging der Streit hin und her.

Längst schon hatte K. Hans aus der Bank zum Katheder gerufen, hatte ihn zu sich zwischen die Knie gezogen und streichelte ihn manchmal begütigend. Diese Nähe trug auch dazu bei, trotz Hansens zeitweiligem Widerstreben ein Einvernehmen herzustellen. Man einigte sich schließlich auf Folgendes: Hans werde zunächst der Mutter die volle Wahrheit sagen; jedoch, um ihr die Zustimmung zu erleichtern, hinzufügen, dass K. auch mit Brunswick selbst sprechen wolle, allerdings nicht wegen der Mutter, sondern wegen seiner Angelegenheiten. Dies war auch richtig, im Laufe des Gesprächs war es K. eingefallen, dass ja Brunswick, mochte er auch sonst ein gefährlicher und böser Mensch sein, sein

Gegner eigentlich nicht mehr sein konnte, war er doch, wenigstens nach dem Bericht des Gemeindevorstehers, der Führer derjenigen gewesen, welche, sei es auch aus politischen Gründen, die Berufung eines Landvermessers verlangt hatten. K.s Ankunft im Dorf musste also für Brunswick willkommen sein; dann waren allerdings die ärgerliche Begrüßung am ersten Tag und die Abneigung, von der Hans sprach, fast unverständlich; vielleicht aber war Brunswick gerade deshalb gekränkt, weil sich K. nicht zuerst an ihn um Hilfe gewendet hatte, vielleicht lag ein anderes Missverständnis vor, das durch ein paar Worte aufgeklärt werden konnte. Wenn das aber geschehen war, dann konnte K. in Brunswick recht wohl einen Rückhalt gegenüber dem Lehrer, ja sogar gegenüber dem Gemeindevorsteher bekommen, der ganze amtliche Trug was war es denn anderes? –, mit welchem der Gemeindevorsteher und der Lehrer ihn von den Schlossbehörden abhielten und in die Schuldienerstellung zwängten, konnte aufgedeckt werden; kam es neuerlich zu einem um K. geführten Kampf zwischen Brunswick und dem Gemeindevorsteher, musste Brunswick K. an seine Seite ziehen, K. würde Gast in Brunswicks Haus werden, Brunswicks Machtmittel würden ihm zur Verfügung gestellt werden, dem Gemeindevorsteher zum Trotz; wer weiß, wohin er dadurch gelangen würde, und in der Nähe der Frau würde er jedenfalls häufig sein – so spielte er mit den Träumen und sie mit ihm, während Hans, nur in Gedanken an die Mutter, das Schweigen K.s sorgenvoll beobachtete, so, wie man es gegenüber einem Arzte tut, der in Nachdenken versunken ist, um für einen schweren Fall ein Hilfsmittel zu finden. Mit diesem Vorschlag K.s, dass er mit Brunswick wegen der Landvermesserstellung sprechen wolle, war Hans einverstanden, allerdings nur deshalb, weil dadurch seine Mutter vor dem Vater geschützt war und es sich überdies nur um einen Notfall handelte, der hoffentlich nicht eintreten würde. Er fragte nur noch, wie K. die späte

Stunde des Besuches dem Vater erklären würde, und begnügte sich schließlich, wenn auch mit ein wenig verdüstertem Gesicht, damit, dass K. sagen würde, die unerträgliche Schuldienerstellung und die entsprechende Behandlung durch den Lehrer habe ihn in plötzlicher Verzweiflung alle Rücksicht vergessen lassen.

Als nun auf diese Weise alles, soweit man sehen konnte, vorbedacht und die Möglichkeit des Gelingens doch wenigstens nicht mehr ausgeschlossen war, wurde Hans, von der Last des Nachdenkens befreit, fröhlicher, plauderte noch ein Weilchen kindlich, zuerst mit K. und dann auch mit Frieda, die lange wie in ganz anderen Gedanken dagesessen war und jetzt erst wieder an dem Gespräch teilzunehmen begann. Unter anderem fragte sie ihn, was er werden wolle; er überlegte nicht viel und sagte, er wolle ein Mann werden wie K. Als er dann nach seinen Gründen gefragt wurde, wusste er freilich nicht zu antworten, und die Frage, ob er etwa Schuldiener werden wolle, verneinte er mit Bestimmtheit. Erst als man weiter fragte, erkannte man, auf welchem Umweg er zu seinem Wunsche gekommen war. Die gegenwärtige Lage K.s war keineswegs beneidenswert, sondern traurig und verächtlich, das sah auch Hans genau, und er brauchte, um das zu erkennen, gar nicht andere Leute zu beobachten, er selbst hätte am liebsten die Mutter vor jedem Blick und Wort K.s bewahren wollen. Trotzdem aber kam er zu K. und bat ihn um Hilfe und war glücklich, wenn K. zustimmte, auch bei anderen Leuten glaubte er Ähnliches zu erkennen, und vor allem hatte doch die Mutter selbst K. erwähnt. Aus diesem Widerspruch entstand in ihm der Glaube, jetzt sei zwar K. noch niedrig und abschreckend, aber in einer allerdings fast unvorstellbar fernen Zukunft werde er doch alle übertreffen. Und eben diese geradezu törichte Ferne und die stolze Entwicklung, die in sie führen sollte, lockten Hans: Um diesen Preis wollte er sogar den gegenwärtigen K. in Kauf nehmen.

Das besonders Kindlich-Altkluge dieses Wunsches bestand darin, dass Hans auf K. herabsah wie auf einen Jüngeren, dessen Zukunft sich weiter dehne als seine eigene, die Zukunft eines kleinen Knaben. Und es war auch ein fast trüber Ernst, mit dem er, durch Fragen Friedas immer wieder gezwungen, von diesen Dingen sprach. Erst K. heiterte ihn wieder auf, als er sagte, er wisse, worum ihn Hans beneide, es handle sich um seinen schönen Knotenstock, der auf dem Tisch lag und mit dem Hans, zerstreut im Gespräch, gespielt hatte. Nun, solche Stöcke verstehe K. herzustellen, und er werde, wenn ihr Plan geglückt sei, Hans einen noch schöneren machen. Es war jetzt nicht mehr ganz deutlich, ob nicht Hans wirklich nur den Stock gemeint hatte, so freute er sich über K.s Versprechen und nahm fröhlichen Abschied, nicht ohne K. fest die Hand zu drücken und zu sagen: »Also übermorgen.«

Es war höchste Zeit, dass Hans weggegangen war, denn kurz darauf riss der Lehrer die Tür auf und schrie, als er K. und Frieda ruhig bei Tisch sitzen sah: »Verzeiht die Störung! Aber sagt mir, wann wird endlich hier aufgeräumt sein? Wir müssen drüben zusammengepfercht sitzen, der Unterricht leidet, ihr aber dehnt und streckt euch hier im großen Turnzimmer, und um noch mehr Platz zu haben, habt ihr auch noch die Gehilfen weggeschickt! Jetzt aber steht wenigstens auf und rührt euch!« Und nur zu K.: »Du holst mir jetzt das Gabelfrühstück aus dem Brückenhof!«

Das alles war wütend geschrien, aber die Worte waren verhältnismäßig sanft, selbst das an sich grobe Du. K. war sofort bereit zu folgen; nur um den Lehrer auszuhorchen, sagte er: »Ich bin doch gekündigt.« – »Gekündigt oder nicht gekündigt, hol mir das Gabelfrühstück«, sagte der Lehrer. »Gekündigt oder nicht gekündigt, das eben will ich wissen«, sagte K. »Was schwätzt du?«, sagte der Lehrer. »Du hast doch die Kündigung nicht angenommen.« – »Das genügt, um sie unwirksam zu machen?«, fragte K. »Mir nicht«, sagte der Lehrer, »das darfst du mir glauben, wohl aber dem Gemeindevorsteher, unbegreiflicherweise. Nun aber lauf, sonst fliegst du wirklich hinaus.« K. war zufrieden, der Lehrer hatte also mit dem Gemeindevorsteher inzwischen gesprochen oder vielleicht gar nicht gesprochen, sondern nur des Gemeindevorstehers voraussichtliche Meinung sich zurechtgelegt, und diese lautete zu K.s Gunsten. Nun wollte K. gleich um das Gabelfrühstück eilen, aber noch aus dem Gang rief ihn der Lehrer wieder zurück; sei es, dass er die Dienstwilligkeit K.s durch diesen besonderen Befehl nur hatte erproben wollen, um sich danach weiterhin richten zu können, sei es, dass er nun wieder neue Lust zum Kommandieren bekam und es ihn freute, K. eilig laufen und dann auf seinen Befehl hin wie einen Kellner ebenso eilig wieder wenden zu lassen. K. seinerseits wusste, dass er durch allzu großes Nachgeben sich zum Sklaven und Prügeljungen des Lehrers machen würde, aber bis zu einer gewissen Grenze wollte er jetzt die Launen des Lehrers geduldig hinnehmen, denn wenn ihm auch der Lehrer, wie sich gezeigt hatte, rechtmäßig nicht kündigen konnte, qualvoll bis zum Unerträglichen konnte er die Stellung gewiss machen. Aber gerade an dieser Stellung lag jetzt K. mehr als früher. Das Gespräch mit Hans hatte ihm neue, zugegebenermaßen unwahrscheinliche, völlig grundlose, aber nicht mehr zu vergessende Hoffnungen gemacht; sie verdeckten sogar fast Barnabas. Wenn er ihnen nachging, und er konnte nicht anders, so musste er alle seine Kraft darauf sammeln, sich um nichts anderes sorgen, nicht um das Essen, die Wohnung, die Dorfbehörden, ja selbst um Frieda nicht; und im Grunde handelte es sich ja nur um Frieda, denn alles kümmerte ihn ja nur mit Bezug auf sie. Deshalb musste er diese Stellung, welche Frieda einige Sicherheit gab, zu behalten suchen, und es durfte ihn nicht reuen, im Hinblick auf diesen Zweck mehr vom Lehrer zu dulden, als er sonst zu dulden über sich gebracht hätte. Das alles war nicht allzu schmerzlich, es gehörte in die Reihe der fortwährenden kleinen Leiden des Lebens, es war nichts im Vergleich zu dem, was K. erstrebte, und er war nicht hergekommen, um ein Leben in Ehren und Frieden zu führen.

Und so war er, wie er gleich hatte ins Wirtshaus laufen wollen, auf den geänderten Befehl hin auch gleich wieder bereit, zuerst das Zimmer in Ordnung zu bringen, damit die Lehrerin mit ihrer Klasse wieder herüberkommen könne. Aber es musste sehr schnell Ordnung gemacht werden, denn nachher sollte K. doch das Gabelfrühstück holen, und der Lehrer hatte schon großen Hunger und Durst. K. versicherte, es werde alles nach Wunsch geschehen; ein Weilchen sah der Lehrer zu, wie K. sich beeilte, die Lagerstätte wegräumte, die Turngeräte zurechtschob, im Fluge auskehrte, während Frieda das Podium wusch und rieb. Der Eifer schien den Lehrer zu befriedigen; er machte noch darauf aufmerksam, dass vor der Tür ein Haufen Holz zum Heizen vorbereitet sei – zum Schuppen wollte er K. wohl nicht mehr zulassen –, und ging dann mit der Drohung, bald wiederzukommen und nachzuschauen, zu den Kindern hinüber.

Nach einer Weile schweigenden Arbeitens fragte Frieda, warum sich denn K. jetzt dem Lehrer so sehr füge. Es war wohl eine mitleidige, sorgenvolle Frage, aber K., der daran dachte, wie wenig es Frieda gelungen war, nach ihrem ursprünglichen Versprechen ihn vor den Befehlen und Gewalttätigkeiten des Lehrers zu bewahren, sagte nur kurz, dass er nun, da er einmal Schuldiener geworden sei, den Posten auch ausfüllen müsse. Dann war es wieder stille, bis K. – gerade durch das kurze Gespräch daran erinnert, dass Frieda schon so lange wie in sorgenvollen Gedanken verloren gewesen war, vor allem fast während des ganzen Gespräches mit Hans – sie jetzt, während er das Holz hereintrug, offen fragte, was sie denn beschäftige. Sie antwortete, langsam zu ihm aufblickend, es sei nichts Bestimmtes; sie denke nur an die Wirtin und an die Wahrheit mancher ihrer Worte. Erst als K. in sie drang, antwortete sie nach mehreren Weigerungen ausführlicher, ohne aber hierbei von ihrer Arbeit abzulassen, was sie nicht aus Fleiß tat, denn die Arbeit ging dabei doch gar nicht vorwärts, sondern nur, um nicht gezwungen zu sein, K. anzusehen. Und nun erzählte sie, wie sie bei K.s Gespräch mit Hans zuerst ruhig zugehört habe, wie sie dann, durch einige Worte K.s aufgeschreckt, schärfer den Sinn der Worte zu erfassen angefangen habe und wie sie von nun ab nicht mehr habe aufhören können, in K.s Worten Bestätigungen einer Mahnung zu hören, die sie der Wirtin verdanke, an deren Berechtigung sie aber niemals hatte glauben wollen. K., ärgerlich über die allgemeinen Redewendungen und selbst durch die tränenvolle, klagende Stimme mehr gereizt als gerührt – vor allem, weil sich die Wirtin nun wieder in sein Leben mischte, wenigstens durch Erinnerungen, da sie in Person bis jetzt wenig Erfolg gehabt hatte –, warf das Holz, das er in den Armen trug, zu Boden, setzte sich darauf und verlangte nun mit ernsten Worten völlige Klarheit. »Schon öfters«, begann Frieda, »gleich anfangs, hat sich die Wirtin bemüht, mich an dir zweifeln zu machen, sie behauptete nicht, dass du lügst, im Gegenteil, sie sagte, du seist kindlich offen, aber dein Wesen sei so verschieden von dem unseren, dass wir, selbst wenn du offen sprichst, dir zu glauben uns schwer überwinden können, und wenn nicht eine gute Freundin uns früher rettet, erst durch bittere Erfahrung zu glauben uns gewöhnen müssen. Selbst ihr, die einen so scharfen Blick für Menschen hat, sei es kaum anders ergangen. Aber nach dem letzten Gespräch mit dir im Brückenhof sei sie – ich wiederhole nur ihre bösen Worte – auf deine Schliche gekommen, jetzt könntest du sie nicht mehr täuschen, selbst wenn du dich anstrengtest, deine Absichten zu verbergen. Aber du verbirgst ja nichts, das sagte sie immer wieder, und dann sagte sie noch: Streng dich doch an, ihm bei beliebiger Gelegenheit wirklich zuzuhören, nicht nur oberflächlich, nein, wirklich zuzuhören. Nichts weiter als dieses habe sie getan und dabei hinsichtlich meiner Folgendes etwa herausgehört: Du hast dich an mich herangemacht – sie gebrauchte dieses schmähliche Wort – nur deshalb, weil ich dir zufällig in den Weg kam, dir nicht gerade missfiel und weil du ein Ausschankmädchen sehr irrigerweise für das vorbestimmte Opfer jedes die Hand ausstreckenden Gastes hältst. Außerdem wolltest du, wie die Wirtin vom Herrenhofwirt erfahren hat, aus irgendwelchen Gründen damals im Herrenhof übernachten, und das war allerdings überhaupt nicht anders als durch mich zu erlangen. Das alles wäre genügender Anlass gewesen, dich zu meinem Liebhaber für jene Nacht zu machen; damit aber mehr daraus würde, brauchte es auch mehr, und dieses Mehr war Klamm. Die Wirtin behauptet nicht zu wissen, was du von Klamm willst, sie behauptet nur, dass du, ehe du mich kanntest, ebenso heftig zu Klamm strebtest wie nachher. Der Unterschied habe nur darin bestanden, dass du früher hoffnungslos warst, jetzt aber in mir ein zuverlässiges Mittel zu haben glaubtest, wirklich und bald und sogar mit Überlegenheit zu Klamm vorzudringen. Wie erschrak ich – aber das war nur erst flüchtig, ohne tieferen Grund –, als du heute einmal sagtest, ehe du mich kanntest, wärest du hier in die Irre gegangen. Es sind vielleicht die gleichen Worte, welche die Wirtin gebrauchte; auch sie sagt, dass du erst, seit du mich kanntest, zielbewusst geworden bist. Das sei daher gekommen, dass du glaubtest, in mir eine Geliebte Klamms erobert zu haben und dadurch ein Pfand zu besitzen, das nur zum höchsten Preise ausgelöst werden könne. Über diesen Preis mit Klamm zu verhandeln, sei dein einziges Bestreben. Da dir an mir nichts, am Preise alles liegt, seist du hinsichtlich meiner zu jedem Entgegenkommen bereit, hinsichtlich des Preises hartnäckig. Deshalb ist es dir gleichgültig, dass ich die Stelle im Herrenhof verliere, gleichgültig, dass ich auch den Brückenhof verlassen muss, gleichgültig, dass ich die schwere Schuldienerarbeit werde leisten müssen. Du hast keine Zärtlichkeit, ja nicht einmal Zeit mehr für mich, du überlässt mich den Gehilfen, Eifersucht kennst du nicht, mein einziger Wert für dich ist, dass ich Klamms Geliebte war, in deiner Unwissenheit strengst du dich an, mich Klamm nicht vergessen zu lassen, damit ich am Ende nicht zu sehr widerstrebe, wenn der entscheidende Zeitpunkt gekommen ist; dennoch kämpfst du auch gegen die Wirtin, der allein du es zutraust, dass sie mich dir entreißen könnte, darum triebst du den Streit mit ihr auf die Spitze, um den Brückenhof mit mir verlassen zu müssen; dass ich, soweit es nur an mir liegt, unter allen Umständen dein Besitz bin, daran zweifelst du nicht. Die Unterredung mit Klamm stellst du dir als ein Geschäft vor, bar gegen bar. Du rechnest mit allen Möglichkeiten; vorausgesetzt, dass du den Preis erreichst, bist du bereit, alles zu tun; will mich Klamm, wirst du mich ihm geben; will er, dass du bei mir bleibst, wirst du bleiben, will er, dass du mich verstößt, wirst du mich verstoßen; aber du bist auch bereit Komödie zu spielen wird es vorteilhaft sein, so wirst du vorgeben, mich zu lieben. Seine Gleichgültigkeit wirst du dadurch zu bekämpfen suchen, dass du deine Nichtigkeit hervorhebst und ihn durch die Tatsache deiner Nachfolgerschaft beschämst, oder dadurch, dass du meine Liebesgeständnisse hinsichtlich seiner Person, die ich ja wirklich gemacht habe, ihm übermittelst und ihn bittest, er möge mich wieder aufnehmen, unter Zahlung des Preises allerdings; und hilft nichts anderes, dann wirst du im Namen des Ehepaares K. einfach betteln. Wenn du aber dann, so schloss die Wirtin, sehen wirst, dass du dich in allem getäuscht hast, in deinen Annahmen und in deinen Hoffnungen, in deiner Vorstellung von Klamm und seinen Beziehungen zu mir, dann wird meine Hölle beginnen, denn dann werde ich erst recht dein einziger Besitz sein, auf den du angewiesen bleibst, aber zugleich ein Besitz, der sich als wertlos erwiesen hat und den du entsprechend behandeln wirst, da du kein anderes Gefühl für mich hast als das des Besitzers.«

Gespannt, mit zusammengezogenem Mund, hatte K. zugehört das Holz unter ihm war ins Rollen gekommen, er war fast auf den Boden geglitten, er hatte es nicht beachtet; erst jetzt stand er auf setzte sich auf das Podium, nahm Friedas Hand, die sich ihm schwach zu entziehen suchte, und sagte: »Ich habe in dem Bericht deine und der Wirtin Meinung nicht immer voneinander unterscheiden können.« – »Es war nur die Meinung der Wirtin«, sagte Frieda. »Ich habe allem zugehört, weil ich die Wirtin verehre; aber es war das erste Mal in meinem Leben, dass ich ihre Meinung ganz und gar verwarf. So kläglich schien mir alles, was sie sagte, so fern jedem Verständnis dessen, wie es mit uns zweien stand. Eher schien mir das vollkommene Gegenteil dessen, was sie sagte, richtig. Ich dachte an den trüben Morgen nach unserer ersten Nacht wie du neben mir knietest mit einem Blick, als sei alles verloren. Und wie es sich dann auch wirklich so gestaltete, dass ich, so sehr ich mich anstrengte, dir nicht half, sondern dich hinderte. Durch mich wurde die Wirtin deine Feindin, eine mächtige Feindin, die du noch immer unterschätzt; meinetwegen, für die du solche Sorgen hattest, musstest du um deine Stelle kämpfen, warst im Nachteil gegenüber dem Gemeindevorsteher, musstest dich dem Lehrer unterwerfen, warst den Gehilfen ausgeliefert, das Schlimmste aber: Um meinetwillen hattest du dich vielleicht gegen Klamm vergangen. Dass du jetzt immerfort zu Klamm gelangen wolltest, war ja nur das ohnmächtige Streben, ihn irgendwie zu versöhnen. Und ich sagte mir, dass die Wirtin, die dies alles gewiss viel besser wisse als ich, mich mit ihren Einflüsterungen nur vor allzu schlimmen Selbstvorwürfen bewahren wollte. Gutgemeinte, aber überflüssige Mühe. Meine Liebe zu dir hätte mir über alles hinweggeholfen, sie hätte schließlich auch dich vorwärtsgetragen, wenn nicht hier im Dorf, so anderswo; einen Beweis ihrer Kraft hatte sie ja schon gegeben, vor der barnabasschen Familie hat sie dich gerettet.« – »Das war damals also deine Gegenmeinung«, sagte K., »und was hat sich seitdem geändert?« – »Ich weiß nicht«, sagte Frieda und blickte auf K.s Hand, welche die ihre hielt, »vielleicht hat sich nichts geändert; wenn du so nahe bei mir bist und so ruhig fragst, dann glaube ich, dass sich nichts geändert hat. In Wirklichkeit aber« – sie nahm K. ihre Hand fort, saß ihm aufrecht gegenüber und weinte, ohne ihr Gesicht zu bedecken; frei hielt sie ihm dieses tränenüberflossene Gesicht entgegen, so, als weine sie nicht über sich selbst und habe also nichts zu verbergen, sondern als weine sie über K.s Verrat und so gebühre ihm auch der Jammer ihres Anblicks –, »in Wirklichkeit aber hat sich alles geändert, seit ich dich mit dem Jungen habe sprechen hören. Wie unschuldig hast du begonnen, fragtest nach den häuslichen Verhältnissen, nach dem und jenem; mir war, als kämst du gerade in den Ausschank, zutunlich, offenherzig, und suchtest so kindlich-eifrig meinen Blick. Es war kein Unterschied gegen damals, und ich wünschte nur, die Wirtin wäre hier, hörte dir zu und versuchte dann noch, an ihrer Meinung festzuhalten. Dann aber, plötzlich, ich weiß nicht, wie es geschah, merkte ich, in welcher Absicht du mit dem Jungen sprachst. Durch die teilnehmenden Worte gewannst du sein nicht leicht zu gewinnendes Vertrauen, um dann ungestört auf dein Ziel loszugehen, das ich mehr und mehr erkannte. Dieses Ziel war die Frau. Aus deinen ihretwegen scheinbar besorgten Reden sprach gänzlich unverdeckt nur die Rücksicht auf deine Geschäfte. Du betrogst die Frau, noch ehe du sie gewonnen hast. Nicht nur meine Vergangenheit, auch meine Zukunft hörte ich aus deinen Worten; es war mir, als sitze die Wirtin neben mir und erkläre mir alles, und ich suche sie mit allen Kräften wegzudrängen, sehe aber klar die Hoffnungslosigkeit solcher Anstrengung, und dabei war es ja eigentlich gar nicht mehr ich, die betrogen wurde – nicht einmal betrogen wurde ich schon –, sondern die fremde Frau. Und als ich mich dann noch aufraffte und Hans fragte, was er werden wolle, und er sagte, er wolle werden wie du, dir also schon so vollkommen gehörte, was war denn jetzt für ein großer Unterschied zwischen ihm, dem guten Jungen, der hier missbraucht wurde, und mir, damals im Ausschank?«

»Alles«, sagte K., durch die Gewöhnung an den Vorwurf hatte er sich gefasst, »alles, was du sagst, ist in gewissem Sinne richtig; unwahr ist es nicht, nur feindselig ist es. Es sind Gedanken der Wirtin, meiner Feindin, auch wenn du glaubst, dass es deine eigenen sind, das tröstet mich. Aber lehrreich sind sie, man kann noch manches von der Wirtin lernen. Mir selbst hat sie es nicht gesagt, obwohl sie mich sonst nicht geschont hat; offenbar hat sie dir diese Waffe anvertraut in der Hoffnung, dass du sie in einer für mich besonders schlimmen oder entscheidungsreichen Stunde anwenden würdest. Missbrauche ich dich, so missbraucht sie dich ähnlich. Nun aber, Frieda, bedenke: Auch wenn alles ganz genau so wäre, wie es die Wirtin sagt, wäre es sehr arg nur in einem Fall nämlich, wenn du mich nicht lieb hast. Dann, nur dann wäre es wirklich so, dass ich mit Berechnung und List dich gewonnen habe, um mit diesem Besitz zu wuchern. Vielleicht gehörte es dann schon sogar zu meinem Plan, dass ich damals, um dein Mitleid hervorzulocken, Arm in Arm mit Olga vor dich trat, und die Wirtin hat nur vergessen, dies noch in meiner Schuldrechnung zu erwähnen. Wenn es aber nicht der arge Fall ist und nicht ein schlaues Raubtier dich damals an sich gerissen hat, sondern du mir entgegenkamst, so wie ich dir entgegenkam und wir uns fanden, selbstvergessen beide, sag, Frieda, wie ist es denn dann? Dann führe ich doch meine Sache so wie deine; es ist hier kein Unterschied, und sondern kann nur eine Feindin. Das gilt überall, auch hinsichtlich Hansens. Bei Beurteilung des Gespräches mit Hans übertreibst du übrigens in deinem Zartgefühl sehr, denn wenn sich Hansens und meine Absichten nicht ganz decken, so geht das doch nicht so weit, dass etwa ein Gegensatz zwischen ihnen bestünde, außerdem ist ja Hans unsere Unstimmigkeit nicht verborgen geblieben, glaubst du das, so würdest du diesen vorsichtigen kleinen Mann sehr unterschätzen, und selbst wenn ihm alles verborgen geblieben sein sollte, so wird doch daraus niemandem ein Leid entstehen, das hoffe ich.«

»Es ist so schwer, sich zurechtzufinden, K.«, sagte Frieda und seufzte. »Ich habe gewiss kein Misstrauen gegen dich gehabt, und ist etwas Derartiges von der Wirtin auf mich übergegangen, werde ich es glückselig abwerfen und dich auf den Knien um Verzeihung bitten, wie ich es eigentlich die ganze Zeit über tue, wenn ich auch noch so böse Dinge sage. Wahr aber bleibt, dass du viel vor mir geheim hältst; du kommst und gehst, ich weiß nicht woher und wohin. Damals, als Hans klopfte, hast du sogar den Namen ›Barnabas‹ gerufen. Hättest du doch nur einmal so liebend mich gerufen wie damals aus mir unverständlichem Grund diesen verhassten Namen. Wenn du kein Vertrauen zu mir hast, wie soll dann bei mir nicht Misstrauen entstehen; bin ich dann doch völlig der Wirtin überlassen, die du durch dein Verhalten zu bestätigen scheinst. Nicht in allem, ich will nicht behaupten, dass du sie in allem bestätigst; hast du denn nicht doch immerhin meinetwegen die Gehilfen verjagt? Ach, wüsstest du doch, mit welchem Verlangen ich in allem, was du tust und sprichst, auch wenn es mich quält, einen für mich guten Kern suche.« – »Vor allem, Frieda«, sagte K., »ich verberge dir doch nicht das Geringste. Wie mich die Wirtin hasst und wie sie sich anstrengt, dich mir zu entreißen, und mit was für verächtlichen Mitteln sie das tut und wie du ihr nachgibst, Frieda, wie du ihr nachgibst! Sag doch, worin verberge ich dir etwas? Dass ich zu Klamm gelangen will, weißt du, dass du mir dazu nicht verhelfen kannst und dass ich es daher auf eigene Faust erreichen muss, weißt du auch, dass es mir bisher noch nicht gelungen ist, siehst du. Soll ich nun durch Erzählen der nutzlosen Versuche, die mich schon in der Wirklichkeit reichlich demütigen, doppelt mich demütigen? Soll ich mich etwa dessen rühmen, am Schlag des klammschen Schlittens frierend, einen langen Nachmittag vergeblich gewartet zu haben? Glücklich, nicht mehr an solche Dinge denken zu müssen, eile ich zu dir, und nun kommt mir wieder alles dieses drohend aus dir entgegen. Und Barnabas? Gewiss, ich erwarte ihn. Er ist der Bote Klamms; nicht ich habe ihn dazu gemacht.« – »Wieder Barnabas!«, rief Frieda. »Ich kann nicht glauben, dass er ein guter Bote ist.« – »Du hast vielleicht recht«, sagte K., »aber er ist der einzige Bote, der mir geschickt wird.« »Desto schlimmer«, sagte Frieda, »desto mehr solltest du dich vor ihm hüten.« – »Er hat mir leider bisher keinen Anlass hierzu gegeben«, sagte K. lächelnd. »Er kommt selten, und was er bringt, ist belanglos; nur dass es geradewegs von Klamm herrührt, macht es wertvoll.« – »Aber sieh nur«, sagte Frieda, »es ist ja nicht einmal mehr Klamm dein Ziel, vielleicht beunruhigt mich das am meisten. Dass du dich immer über mich hinweg zu Klamm drängtest, war schlimm, dass du jetzt von Klamm abzukommen scheinst, ist viel schlimmer, es ist etwas, was nicht einmal die Wirtin vorhersah. Nach der Wirtin endete mein Glück, fragwürdiges und doch sehr wirkliches Glück, mit dem Tag, an dem du endgültig einsahst, dass deine Hoffnung auf Klamm vergeblich war. Nun aber wartest du nicht einmal mehr auf diesen Tag; plötzlich kommt ein kleiner Junge herein, und du beginnst mit ihm um seine Mutter zu kämpfen, so, wie wenn du um deine Lebensluft kämpftest.« – »Du hast mein Gespräch mit Hans richtig aufgefasst«, sagte K. »So war es wirklich. Ist aber denn dein ganzes früheres Leben für dich so versunken (bis auf die

Wirtin natürlich, die sich nicht mit hinabstoßen lässt), dass du nicht mehr weißt, wie um das Vorwärtskommen gekämpft werden muss, besonders wenn man von tief unten herkommt? Wie alles benützt werden muss, was irgendwie Hoffnung gibt? Und diese Frau kommt vom Schloss, sie selbst hat es mir gesagt, als ich mich am ersten Tag zu Lasemann verirrte. Was lag näher, als sie um Rat oder sogar um Hilfe zu bitten; kennt die Wirtin ganz genau nur alle Hindernisse, die von Klamm abhalten, dann kennt diese Frau wahrscheinlich den Weg, sie ist ihn ja selbst herabgekommen.« – »Den Weg zu Klamm?«, fragte Frieda. »Zu Klamm, gewiss, wohin denn sonst«, sagte K. Dann sprang er auf: »Nun aber ist es höchste Zeit, das Gabelfrühstück zu holen.« Dringend, weit über den Anlass hinaus, bat ihn Frieda zu bleiben, so, wie wenn erst sein Bleiben alles Tröstliche, was er ihr gesagt hatte, bestätigen würde. K. aber erinnerte an den Lehrer, zeigte auf die Tür, die jeden Augenblick mit Donnerkrach aufspringen könnte, versprach auch gleich zu kommen, nicht einmal einheizen müsse sie, er selbst werde es besorgen. Schließlich fügte sich Frieda schweigend. Als K. draußen durch den Schnee stapfte – längst schon hätte der Weg freigeschaufelt sein sollen, merkwürdig, wie langsam die Arbeit vorwärtsging –, sah er am Gitter einen der Gehilfen todmüde sich festhalten. Nur einen, wo war der andere? Hatte K. also wenigstens die Ausdauer des einen gebrochen? Der Zurückgebliebene war freilich noch eifrig genug bei der Sache; das sah man, als er, durch den Anblick K.s belebt, sofort wilder mit dem Armeausstrecken und dem sehnsüchtigen Augenverdrehen begann. »Seine Unnachgiebigkeit ist musterhaft«, sagte sich K. und musste allerdings hinzufügen, »man erfriert mit ihr am Gitter.« Äußerlich hatte aber K. für den Gehilfen nichts anderes als ein Drohen mit der Faust, das jede Annäherung ausschloss, ja, der Gehilfe rückte ängstlich noch ein ansehnliches Stück zurück. Eben öffnete Frieda ein Fenster, um, wie es mit K. besprochen war, vor dem Einheizen zu lüften. Gleich ließ der Gehilfe von K. ab und schlich, unwiderstehlich angezogen, zum Fenster. Das Gesicht verzerrt von Freundlichkeit gegenüber dem Gehilfen und flehender Hilflosigkeit zu K. hin, schwenkte sie ein wenig die Hand oben aus dem Fenster – es war nicht einmal deutlich, ob es Abwehr oder Gruß war –, der Gehilfe ließ sich dadurch im Näherkommen auch nicht beirren. Da schloss Frieda eilig das äußere Fenster, blieb aber dahinter, die Hand auf der Klinke, mit zur Seite geneigtem Kopf, großen Augen und einem starren Lächeln. Wusste sie, dass sie den Gehilfen damit mehr lockte, als abschreckte? K. sah aber nicht mehr zurück, er wollte sich lieber möglichst beeilen und bald zurückkommen.

## Das vierzehnte Kapitel

Endlich – es war schon dunkel, später Nachmittag – hatte K. den Gartenweg freigelegt, den Schnee zu beiden Seiten des Weges hochgeschichtet und festgeschlagen und war nun mit der Arbeit des Tages fertig. Er stand am Gartentor, im weiten Umkreis allein. Den Gehilfen hatte er vor Stunden schon vertrieben, eine große Strecke gejagt; dann hatte sich der Gehilfe irgendwo zwischen Gärtchen und Hütten versteckt, war nicht mehr aufzufinden gewesen und auch seitdem nicht wieder hervorgekommen. Frieda war zu Hause und wusch entweder schon die Wäsche oder noch immer Gisas Katze; es war ein Zeichen großen Vertrauens seitens Gisas gewesen, dass sie Frieda diese Arbeit übergeben hatte, eine allerdings unappetitliche und unpassende Arbeit, deren Übernahme K. gewiss nicht geduldet hätte, wenn es nicht sehr ratsam gewesen wäre, nach den verschiedenen Dienstversäumnissen jede Gelegenheit zu benützen, durch die man sich Gisa verpflichten konnte. Gisa hatte wohlgefällig zugesehen, wie K. die kleine Kinderbadewanne vom Dachboden gebracht hatte, wie Wasser gewärmt wurde und wie man schließlich vorsichtig die Katze in die Wanne hob. Dann hatte Gisa die Katze sogar völlig Frieda überlassen, denn Schwarzer, K.s Bekannter vom ersten Abend, war gekommen, hatte K. mit einer Mischung von Scheu, zu welcher an jenem Abend der Grund gelegt worden war, und unmäßiger Verachtung, wie sie einem Schuldiener gebührte, begrüßt und hatte sich dann mit Gisa in das andere Schulzimmer begeben. Dort waren die beiden noch immer. Wie man im Brückenhof K. erzählt hatte, lebte Schwarzer, der doch ein Kastellanssohn war, aus Liebe zu Gisa schon lange im Dorf, hatte es durch seine Verbindungen erreicht, dass er von der Gemeinde zum Hilfslehrer ernannt worden war, übte aber dieses Amt hauptsächlich in der Weise aus, dass er fast keine Unterrichtsstunde Gisas versäumte, entweder in der Schulbank zwischen den Kindern saß oder, lieber, am Podium zu Gisas Füßen. Es störte gar nicht mehr, die Kinder hatten sich schon längst daran gewöhnt, und dies vielleicht umso leichter, als Schwarzer weder Zuneigung noch Verständnis für die Kinder hatte, kaum mit ihnen sprach, nur den Turnunterricht von Gisa übernommen hatte und im Übrigen damit zufrieden war, in der Nähe, in der Luft, in der Wärme Gisas zu leben. Sein größtes Vergnügen war es, neben Gisa zu sitzen und Schulhefte zu korrigieren. Auch heute waren sie damit beschäftigt, Schwarzer hatte einen großen Stoß Hefte gebracht, der Lehrer gab ihnen immer auch die seinen und, solange es noch hell gewesen war, hatte K. die beiden an einem Tischchen beim Fenster arbeiten gesehen, Kopf an Kopf, unbeweglich, jetzt sah man dort nur zwei Kerzen flackern. Es war eine ernste, schweigsame Liebe, welche die beiden verband; den Ton gab eben Gisa an, deren schwerfälliges Wesen zwar manchmal, wild geworden, alle Grenzen durchbrach, die aber etwas Ähnliches bei anderen zu anderer Zeit niemals geduldet hätte; so musste sich auch der lebhafte Schwarzer fügen, langsam gehen, langsam sprechen, viel schweigen; aber er wurde für alles, das sah man, reichlich belohnt durch Gisas einfache, stille Gegenwart. Dabei liebte ihn Gisa vielleicht gar nicht; jedenfalls gaben ihre runden, grauen, förmlich niemals blinzelnden, eher in den Pupillen scheinbar sich drehenden Augen auf solche Fragen keine Antwort; nur dass sie Schwarzer ohne Widerspruch duldete, sah man, aber die Ehrung, von einem Kastellanssohn geliebt zu werden, verstand sie gewiss nicht zu würdigen, und ihren vollen, üppigen Körper trug sie unverändert ruhig dahin, ob Schwarzer ihr mit den Blicken folgte oder nicht. Schwarzer dagegen brachte ihr das ständige Opfer, dass er im Dorf blieb; Boten des Vaters, die ihn öfters abzuholen kamen, fertigte er so empört ab, als sei schon die kurze, von ihnen verursachte Erinnerung an das Schloss und an seine Sohnespflicht eine empfindliche, nicht zu ersetzende Störung seines Glückes. Und doch hatte er eigentlich reichlich freie Zeit, denn Gisa zeigte sich ihm im Allgemeinen nur während der Unterrichtsstunden und beim Heftekorrigieren, dies freilich nicht aus Berechnung, sondern weil sie die Bequemlichkeit und deshalb das Alleinsein über alles liebte und wahrscheinlich am glücklichsten war, wenn sie sich zu Hause in völliger Freiheit auf dem Kanapee ausstrecken konnte, neben sich die Katze, die nicht störte, weil sie sich ja kaum mehr bewegen konnte. So trieb sich Schwarzer einen großen Teil des Tages beschäftigungslos herum, aber auch das war ihm lieb, denn immer hatte er dabei die Möglichkeit, die er auch sehr oft ausnützte, in die Löwengasse zu gehen, wo Gisa wohnte, zu ihrem Dachzimmerchen hinaufzusteigen, an der immer versperrten Tür zu horchen und dann eiligst wieder wegzugehen, nachdem er im Zimmer ausnahmslos die vollkommenste, unbegreiflichste Stille festgestellt hatte. Immerhin zeigten sich doch auch bei ihm die Folgen dieser Lebensweise manchmal – aber niemals in Gisas Gegenwart – in lächerlichen Ausbrüchen auf Augenblicke wiedererwachten amtlichen Hochmuts, der freilich gerade zu seiner gegenwärtigen Stellung schlecht genug passte; es ging dann allerdings meistens nicht sehr gut aus, wie es ja auch K. erlebt hatte.

Erstaunlich war nur, dass man, wenigstens im Brückenhof, doch mit einer gewissen Achtung von Schwarzer sprach, selbst wenn es sich um mehr lächerliche als achtungswerte Dinge handelte, auch Gisa war in diese Achtung mit eingeschlossen. Es war aber dennoch unrichtig, wenn Schwarzer als Hilfslehrer K. außerordentlich überlegen zu sein glaubte, diese Überlegenheit war nicht vorhanden; ein Schuldiener ist für die Lehrerschaft, und gar für einen Lehrer von Schwarzers Art, eine sehr wichtige Person, die man nicht ungestraft missachten darf und der man die Missachtung, wenn man aus

Standesinteressen auf sie nicht verzichten kann, zumindest mit entsprechender Gegengabe erträglich machen muss. K. wollte bei Gelegenheit daran denken, auch war Schwarzer bei ihm noch vom ersten Abend her in Schuld, die dadurch nicht kleiner geworden war, dass die nächsten Tage dem Empfang Schwarzers eigentlich recht gegeben hatten. Denn es war dabei nicht zu vergessen, dass der Empfang vielleicht allem Folgenden die Richtung gegeben hatte. Durch Schwarzer war ganz unsinnigerweise gleich in der ersten Stunde die volle Aufmerksamkeit der Behörden auf K. gelenkt worden, als er, noch völlig fremd im Dorf, ohne Bekannte, ohne Zuflucht, übermüdet vom Marsch, ganz hilflos, wie er dort auf dem Strohsack lag, jedem behördlichen Zugriff ausgeliefert war. Nur eine Nacht später hätte schon alles anders, ruhig, halb im Verborgenen verlaufen können, jedenfalls hätte niemand etwas von ihm gewusst, keinen Verdacht gehabt, zumindest nicht gezögert, ihn als Wanderburschen einen Tag bei sich zu lassen; man hätte seine Brauchbarkeit und Zuverlässigkeit gesehen, es hätte sich in der Nachbarschaft herumgesprochen, wahrscheinlich hätte er bald als Knecht irgendwo ein Unterkommen gefunden. Natürlich, der Behörde wäre es nicht entgangen. Aber es war ein wesentlicher Unterschied, ob mitten in der Nacht seinetwegen die Zentralkanzlei oder wer sonst beim Telefon gewesen war, aufgerüttelt wurde, eine augenblickliche Entscheidung eingefordert wurde, in scheinbarer Demut, aber doch mit lästiger Unerbittlichkeit eingefordert wurde, überdies von dem oben wahrscheinlich missliebigen Schwarzer, oder ob statt alles dessen K. am nächsten Tag in den Amtsstunden beim Gemeindevorsteher anklopfte und, wie es sich gehörte, sich als fremder Wanderbursch meldete, der bei einem bestimmten Gemeindemitglied schon eine Schlafstelle hat und wahrscheinlich morgen wieder weiterziehen wird; es wäre denn, dass der ganz unwahrscheinliche Fall eintritt und er hier Arbeit findet, nur für ein paar

Tage natürlich, denn länger will er keinesfalls bleiben. So oder ähnlich wäre es ohne Schwarzer geworden. Die Behörde hätte sich auch weiter mit der Angelegenheit beschäftigt, aber ruhig, im Amtswege, ungestört von der ihr wahrscheinlich besonders verhassten Ungeduld der Partei. Nun war ja K. an dem allen unschuldig, die Schuld traf Schwarzer, aber Schwarzer war der Sohn eines Kastellans, und äußerlich hatte er sich ja korrekt verhalten, man konnte es also nur K. vergelten lassen. Und der lächerliche Anlass alles dessen? Vielleicht eine ungnädige Laune Gisas an jenem Tag, wegen der Schwarzer schlaflos in der Nacht herumgestrichen war, um sich dann an K. für sein Leid zu entschädigen. Man konnte freilich von anderer Seite her auch sagen, dass K. diesem Verhalten Schwarzers sehr viel verdanke. Nur dadurch war etwas möglich geworden, was K. allein niemals erreicht, nie zu erreichen gewagt hätte und was auch ihrerseits die Behörde kaum je zugegeben hätte, dass er nämlich von allem Anfang an, ohne Winkelzüge, offen, Aug in Aug, der Behörde entgegentrat, soweit dies bei ihr überhaupt möglich war. Aber das war ein schlimmes Geschenk, es ersparte zwar K. viel Lüge und Heimlichtuerei, aber es machte ihn auch fast wehrlos, benachteiligte ihn jedenfalls im Kampf und hätte ihn im Hinblick darauf verzweifelt machen können, wenn er sich nicht hätte sagen müssen, dass der Machtunterschied zwischen der Behörde und ihm so ungeheuerlich war, dass alle Lüge und List, deren er fähig gewesen wäre, den Unterschied nicht wesentlich zu seinen Gunsten hätte herabdrücken können. Doch war dies nur ein Gedanke, mit dem K. sich selbst tröstete, Schwarzer blieb trotzdem in seiner Schuld, hatte er K. damals geschadet, vielleicht konnte er nächstens helfen, K. würde auch weiterhin Hilfe im Allergeringsten, in den allerersten Vorbedingungen nötig haben, so schien ja zum Beispiel auch Barnabas wieder zu versagen.

Friedas wegen hatte K. den ganzen Tag gezögert, in des Barnabas Wohnung nachfragen zu gehen; um ihn nicht vor Frieda empfangen zu müssen, hatte er jetzt draußen gearbeitet und war nach der Arbeit noch hier geblieben in Erwartung des Barnabas, aber Barnabas kam nicht. Nun blieb nichts anderes übrig, als zu den Schwestern zu gehen, nur für ein kleines Weilchen, nur von der Schwelle aus wollte er fragen, bald würde er wieder zurück sein. Und er rammte die Schaufel in den Schnee ein und lief. Atemlos kam er beim Haus des Barnabas an, riss nach kurzem Klopfen die Tür auf und fragte, ohne darauf zu achten, wie es in der Stube aussah: »Ist Barnabas noch immer nicht gekommen?« Erst jetzt bemerkte er, dass Olga nicht da war, die beiden Alten wieder bei dem weit entfernten Tisch in einem Dämmerzustande saßen, sich noch nicht klargemacht hatten, was bei der Tür geschehen war, und erst langsam die Gesichter hinwendeten und dass schließlich Amalia unter Decken auf der Ofenbank lag und im ersten Schrecken über K.s Erscheinen aufgefahren war und die Hand an die Stirn hielt, um sich zu fassen. Wäre Olga hier gewesen, hätte sie gleich geantwortet, und K. hätte wieder fortgehen können, so musste er wenigstens die paar Schritte zu Amalia machen, ihr die Hand reichen, die sie schweigend drückte, und sie bitten, die aufgescheuchten Eltern vor irgendwelchen Wanderungen abzuhalten, was sie auch mit ein paar Worten tat. K. erfuhr, dass Olga im Hof Holz hackte, Amalia erschöpft – sie nannte keinen Grund – vor Kurzem sich hatte niederlegen müssen und Barnabas zwar noch nicht gekommen war, aber sehr bald kommen musste, denn über Nacht blieb er nie im Schloss. K. dankte für die Auskunft, er konnte nun wieder gehen, Amalia aber fragte, ob er nicht noch auf Olga warten wollte; aber er hatte leider keine Zeit mehr. Dann fragte Amalia, ob er denn schon heute mit Olga gesprochen habe; er verneinte es erstaunt und fragte, ob ihm Olga etwas Besonderes mitteilen wollte. Amalia verzog wie in leichtem Ärger den Mund, nickte K. schweigend zu – es war deutlich eine Verabschiedung – und legte sich wieder zurück. Aus der Ruhelage musterte sie ihn, so, als wundere sie sich, dass er noch da sei. Ihr Blick war kalt, klar, unbeweglich wie immer; er war nicht geradezu auf das gerichtet, was sie beobachtete, sondern ging – das war störend – ein wenig, kaum merklich, aber zweifellos daran vorbei, es schien nicht Schwäche zu sein, nicht Verlegenheit, nicht Unehrlichkeit, die das verursachte, sondern ein fortwährendes, jedem anderen Gefühl überlegenes Verlangen nach Einsamkeit, das vielleicht ihr selbst nur auf diese Weise zu Bewusstsein kam. K. glaubte sich zu erinnern, dass dieser Blick schon am ersten Abend ihn beschäftigt hatte, ja, dass wahrscheinlich der ganze hässliche Eindruck, den diese Familie gleich auf ihn gemacht hatte, auf diesen Blick zurückging, der für sich selbst nicht hässlich war, sondern stolz und in seiner Verschlossenheit aufrichtig. »Du bist immer so traurig, Amalia«, sagte K., »quält dich etwas? Kannst du es nicht sagen? Ich habe ein Landmädchen wie dich noch nicht gesehen. Erst heute, erst jetzt ist es mir eigentlich aufgefallen. Stammst du hier aus dem Dorf? Bist du hier geboren?« Amalia bejahte es, so, als habe K. nur die letzte Frage gestellt, dann sagte sie: »Du wirst also doch auf Olga warten?« – »Ich weiß nicht, warum du immerfort das gleiche fragst«, sagte K. »Ich kann nicht länger bleiben, weil zu Hause meine Braut wartet.«

Amalia stützte sich auf den Ellbogen, sie wusste von keiner Braut. K. nannte den Namen. Amalia kannte sie nicht. Sie fragte, ob Olga von der Verlobung wisse; K. glaubte es wohl, Olga habe ihn ja mit Frieda gesehen, auch verbreiten sich im Dorf solche Nachrichten schnell. Amalia versicherte ihm aber, dass Olga es nicht wisse und dass es sie sehr unglücklich machen werde, denn sie scheine K. zu lieben. Offen habe sie davon nicht gesprochen, denn sie sei sehr zurückhaltend, aber Liebe verrate sich ja unwillkürlich. K. war überzeugt, dass sich Amalia irre. Amalia lächelte, und dieses Lächeln, obwohl es traurig war, erhellte das düster zusammengezogene Gesicht, machte die Stummheit sprechend, machte die Fremdheit vertraut, war die Preisgabe eines Geheimnisses, die Preisgabe eines bisher gehüteten Besitzes, der zwar wieder zurückgenommen werden konnte, aber niemals mehr ganz. Amalia sagte, sie irre sich gewiss nicht; ja, sie wisse noch mehr, sie wisse, dass auch K. Zuneigung zu Olga habe und dass seine Besuche, die irgendwelche Botschaften des Barnabas zum Vorwand haben, in Wirklichkeit nur Olga gelten. Jetzt aber, da Amalia von allem wisse, müsse er es nicht mehr so streng nehmen und dürfe öfters kommen. Nur dieses habe sie ihm sagen wollen. K. schüttelte den Kopf und erinnerte an seine Verlobung. Amalia schien nicht viele Gedanken an diese Verlobung zu verschwenden, der unmittelbare Eindruck K.s, der doch allein vor ihr stand, war für sie entscheidend; sie fragte nur, wann denn K. jenes Mädchen kennengelernt habe, er sei doch erst wenige Tage im Dorf. K. erzählte von dem Abend im Herrenhof, worauf Amalia nur kurz sagte, sie sei sehr dagegen gewesen, dass man ihn in den Herrenhof führte. Sie rief dafür auch Olga als Zeugin an, die mit einem Arm voll Holz eben hereinkam, frisch und gebeizt von der kalten Luft, lebhaft und kräftig, wie verwandelt durch die Arbeit gegenüber ihrem sonstigen schweren Dastehen im Zimmer. Sie warf das Holz hin, begrüßte unbefangen K. und fragte gleich nach Frieda. K. verständigte sich durch einen Blick mit Amalia, aber sie schien sich nicht für widerlegt zu halten. Ein wenig gereizt dadurch, erzählte K. ausführlicher, als er es sonst getan hätte, von Frieda, beschrieb, unter wie schwierigen Verhältnissen sie in der Schule immerhin eine Art Haushalt führte, und vergaß sich in der Eile des Erzählens – er wollte ja gleich nach Hause gehen – derart, dass er in der Form eines Abschieds die Schwestern einlud, ihn einmal zu besuchen. Jetzt allerdings erschrak er und stockte, während Amalia sofort, ohne ihm noch zu einem Worte Zeit zu lassen die Einladung anzunehmen erklärte; nun musste sich auch Olga anschließen und tat es. K. aber, immerfort von Gedanken an die Notwendigkeit eiligen Abschieds bedrängt und sich unruhig fühlend unter Amalias Blick, zögerte nicht, ohne weitere Verbrämung einzugestehen, dass die Einladung gänzlich unüberlegt und nur von seinem persönlichen Gefühl eingegeben gewesen sei, dass er sie aber leider nicht aufrechterhalten könne, da eine große, ihm allerdings ganz unverständliche Feindschaft zwischen Frieda und dem barnabasschen Haus bestehe. »Es ist keine Feindschaft«, sagte Amalia, stand von der Bank auf und warf die Decke hinter sich, »ein so großes Ding ist es nicht, es ist bloß ein Nachbeten der allgemeinen Meinung. Und nun geh, geh zu deiner Braut, ich sehe, wie du eilst. Fürchte auch nicht, dass wir kommen, ich sagte es gleich anfangs nur im Scherz, aus Bosheit. Du aber kannst öfters zu uns kommen, dafür ist wohl kein Hindernis, du kannst ja immer die barnabasschen Botschaften vorschützen. Ich erleichtere es dir noch dadurch, dass ich sagte, dass Barnabas, auch wenn er eine Botschaft vom Schloss für dich bringt, nicht wieder bis in die Schule gehen kann, um sie dir zu melden. Er kann nicht so viel herumlaufen, der arme Junge, er verzehrt sich im Dienst, du wirst selbst kommen müssen, dir die Nachricht zu holen.« K. hatte Amalia so viel im Zusammenhang noch nicht sagen hören, es klang auch anders als sonst ihre Rede, eine Art Hoheit war darin, die nicht nur K. fühlte, sondern offenbar auch Olga, die doch an sie gewöhnte Schwester. Sie stand ein wenig abseits, die Hände im Schoß, nun wieder in ihrer gewöhnlichen breitbeinigen, ein wenig gebeugten Haltung, die Augen hatte sie auf Amalia gerichtet, während diese nur K. ansah. »Es ist ein Irrtum«, sagte K., »ein großer Irrtum, wenn du glaubst, dass es mir mit dem Warten auf Barnabas nicht ernst ist. Meine Angelegenheiten mit den Behörden in Ordnung zu bringen ist mein höchster, eigentlich mein einziger Wunsch. Und Barnabas soll mir dazu verhelfen, viel von meiner Hoffnung liegt auf ihm. Er hat mich zwar schon einmal sehr enttäuscht; aber das war mehr meine eigene Schuld als seine, es geschah in der Verwirrung der ersten Stunden, ich glaubte damals alles durch einen kleinen Abendspaziergang erreichen zu können, und dass sich das Unmögliche als unmöglich gezeigt hat, habe ich ihm dann nachgetragen. Selbst im Urteil über euere Familie, über euch hat es mich beeinflusst. Das ist vorüber, ich glaube euch jetzt besser zu verstehen, ihr seid sogar ...« K. suchte das richtige Wort, fand es nicht gleich und begnügte sich mit einem beiläufigen – »ihr seid vielleicht gutmütiger als irgendjemand sonst von den Dorfleuten, soweit ich sie bisher kenne. Aber nun, Amalia, beirrst du mich wieder dadurch, dass du, wenn schon nicht den Dienst deines Bruders, so doch die Bedeutung, die er für mich hat, herabsetztest. Vielleicht bist du in die Angelegenheiten des Barnabas nicht eingeweiht, dann ist es gut und ich will die Sache auf sich beruhen lassen, vielleicht aber bist du eingeweiht – und ich habe eher diesen Eindruck –, dann ist es schlimm, denn das würde bedeuten, dass mich dein Bruder täuscht.« – »Sei ruhig«, sagte Amalia, »ich bin nicht eingeweiht, nichts könnte mich dazu bewegen, mich einweihen zu lassen, nichts könnte mich dazu bewegen, nicht einmal die Rücksicht auf dich, für den ich doch manches täte, denn, wie du sagtest, gutmütig sind wir. Aber die Angelegenheiten meines Bruders gehören ihm an, ich weiß nichts von ihnen als das, was ich gegen meinen Willen zufällig hier und da davon höre. Dagegen kann dir Olga volle Auskunft geben, denn sie ist seine Vertraute.« Und Amalia ging fort, zuerst zu den Eltern, mit denen sie flüsterte, dann in die Küche; sie war ohne Abschied von K. fortgegangen, so, als wisse sie, er werde noch lange bleiben und es sei kein Abschied nötig.

## Das fünfzehnte Kapitel

K. blieb mit etwas erstauntem Gesicht zurück, Olga lachte über ihn, zog ihn zur Ofenbank, sie schien wirklich glücklich zu sein darüber, dass sie jetzt mit ihm allein hier sitzen konnte, aber es war ein friedliches Glück, von Eifersucht war es gewiss nicht getrübt. Und gerade dieses Fernsein von Eifersucht und daher auch von jeglicher Strenge tat K. wohl; gern sah er in diese blauen, nicht lockenden, nicht herrischen, sondern schüchtern ruhenden, schüchtern standhaltenden Augen. Es war, als hätten ihn für alles dieses hier die Warnungen Friedas und der Wirtin nicht empfänglicher, aber aufmerksamer und findiger gemacht. Und er lachte mit Olga, als diese sich wunderte, warum er gerade Amalia gutmütig genannt habe, Amalia sei mancherlei, nur gutmütig sei sie eigentlich nicht. Worauf K. erklärte, das Lob habe natürlich ihr, Olga, gegolten, aber Amalia sei so herrisch, dass sie sich nicht nur alles aneigne, was in ihrer Gegenwart gesprochen werde, sondern dass man ihr auch freiwillig alles zuteile. »Das ist wahr«, sagte Olga, ernster werdend, »wahrer, als du glaubst. Amalia ist jünger als ich, jünger auch als Barnabas, aber sie ist es, die in der Familie entscheidet, im Guten und im Bösen; freilich, sie trägt es auch mehr als alle, das Gute wie das Böse.« K. hielt das für übertrieben, eben hatte doch Amalia gesagt, dass sie sich zum Beispiel um des Bruders Angelegenheiten nicht kümmere, Olga dagegen alles darüber wisse. »Wie soll ich es erklären?«, sagte Olga. »Amalia kümmert sich weder um Barnabas noch um mich, sie kümmert sich eigentlich um niemanden außer um die Eltern, sie pflegt sie bei Tag und Nacht, jetzt hat sie wieder nach ihren Wünschen gefragt und ist in die Küche für sie kochen gegangen, hat sich ihretwegen überwunden aufzustehen, denn sie ist schon seit Mittag krank und lag hier auf der Bank. Aber obwohl sie sich nicht um uns kümmert, sind wir von ihr abhängig, so, wie wenn sie die Älteste wäre, und wenn sie uns in unseren Dingen riete, würden wir ihr gewiss folgen, aber sie tut es nicht, wir sind ihr fremd. Du hast doch viel Menschenerfahrung, du kommst aus der Fremde; scheint sie dir nicht auch besonders klug?« – »Besonders unglücklich scheint sie mir«, sagte K., »aber wie stimmt es mit eurem Respekt vor ihr überein, dass zum Beispiel Barnabas diese Botendienste tut, die Amalia missbilligt, vielleicht sogar missachtet?« »Wenn er wüsste, was er sonst tun sollte, er würde den Botendienst, der ihn gar nicht befriedigt, sofort verlassen.« – »Ist er denn nicht ausgelernter Schuster?«, fragte K. »Gewiss«, sagte Olga, »er arbeitet ja auch nebenbei für Brunswick und hätte, wenn er wollte, Tag und Nacht Arbeit und reichlichen Verdienst.« – »Nun also«, sagte K., »dann hätte er doch einen Ersatz für den Botendienst.« »Für den Botendienst?«, fragte Olga erstaunt. »Hat er ihn denn des Verdienstes halber übernommen?« – »Mag sein«, sagte K., »aber du erwähntest doch, dass er ihn nicht befriedigt.« – »Er befriedigt ihn nicht, und aus verschiedenen Gründen«, sagte Olga, »aber es ist doch Schlossdienst, immerhin eine Art Schlossdienst, so sollte man wenigstens glauben.« – »Wie«, sagte K., »sogar darin seid ihr im Zweifel?« – »Nun«, sagte Olga, »eigentlich nicht; Barnabas geht in die Kanzleien, verkehrt mit den Dienern wie ihresgleichen, sieht von der Ferne auch einzelne Beamte, bekommt verhältnismäßig wichtige Briefe, ja sogar mündlich auszurichtende Botschaften anvertraut, das ist doch recht viel, und wir können stolz darauf sein, wie viel er in so jungen Jahren schon erreicht hat.« K. nickte, an die Heimkehr dachte er jetzt nicht. »Er hat auch eine eigene Livree?«, fragte er. »Du meinst die Jacke?«, sagte Olga. »Nein, die hat ihm Amalia gemacht, noch ehe er Bote war. Aber du näherst dich dem wunden Punkt. Er hätte schon längst nicht eine Livree, die es im Schloss nicht gibt, aber einen Anzug vom Amt bekommen sollen, es ist ihm auch zugesichert worden, aber in dieser Hinsicht ist man im Schloss sehr langsam, und das Schlimme ist, dass man niemals weiß, was diese Langsamkeit bedeutet; sie kann bedeuten, dass die Sache im Amtsgang ist, sie kann aber auch bedeuten, dass der Amtsgang noch gar nicht begonnen hat, dass man also zum Beispiel Barnabas immer noch erst erproben will, sie kann aber schließlich auch bedeuten, dass der Amtsgang schon beendet ist, man aus irgendwelchen Gründen die Zusicherung zurückgezogen hat und Barnabas den Anzug niemals bekommt. Genaueres kann man darüber nicht erfahren oder erst nach langer Zeit. Es ist hier die Redensart, vielleicht kennst du sie: Amtliche Entscheidungen sind scheu wie junge Mädchen.« – »Das ist eine gute Beobachtung«, sagte K., er nahm es noch ernster als Olga, »eine gute Beobachtung, die Entscheidungen mögen noch andere Eigenschaften mit Mädchen gemeinsam haben.« – »Vielleicht«, sagte Olga. »Ich weiß freilich nicht, wie du es meinst. Vielleicht meinst du es gar lobend. Aber was das Amtskleid betrifft, so ist dies eben eine der Sorgen des Barnabas, und da wir die Sorgen gemeinsam haben, auch meine. Warum bekommt er kein Amtskleid, fragen wir uns vergebens. Nun ist aber diese ganze Sache nicht so einfach. Die Beamten zum Beispiel scheinen überhaupt kein Amtskleid zu haben; soviel wir hier wissen und so viel Barnabas erzählt, gehen die Beamten in gewöhnlichen, allerdings schönen Kleidern herum. Übrigens hast du ja Klamm gesehen. Nun, ein Beamter, auch ein Beamter niedrigster Kategorie, ist natürlich Barnabas nicht und versteigt sich nicht dazu, es sein zu wollen. Aber auch höhere Diener, die man hier im Dorf freilich überhaupt nicht zu sehen bekommt, haben nach des Barnabas Bericht keine Amtsanzüge; das ist ein gewisser Trost, könnte man von vornherein meinen, aber er ist trügerisch, denn ist Barnabas ein höherer Diener? Nein, wenn man ihm noch so sehr geneigt ist, das kann man nicht sagen, ein höherer Diener ist er nicht, schon dass er ins Dorf kommt, ja sogar hier wohnt, ist ein Gegenbeweis, die höheren Diener sind noch zurückhaltender als die Beamten, vielleicht mit Recht, vielleicht sind sie sogar höher als manche Beamte; einiges spricht dafür: Sie arbeiten weniger, und es soll nach Barnabas ein wunderbarer Anblick sein, diese auserlesen großen, starken Männer langsam durch die Korridore gehen zu sehen, Barnabas schleicht an ihnen immer herum. Kurz, es kann keine Rede davon sein, dass Barnabas ein höherer Diener ist. Also könnte er einer der niedrigen Dienerschaft sein, aber diese haben eben Amtsanzüge, wenigstens soweit sie ins Dorf hinunterkommen, es ist keine eigentliche Livree, es gibt auch viele Verschiedenheiten, aber immerhin erkennt man sofort an den Kleidern den Diener aus dem Schloss, du hast ja solche Leute im Herrenhof gesehen. Das auffallendste an den Kleidern ist, dass sie meistens eng anliegen, ein Bauer oder ein Handwerker könnte ein solches Kleid nicht gebrauchen. Nun, dieses Kleid hat also Barnabas nicht; das ist nicht nur etwa beschämend oder entwürdigend, das könnte man ertragen, aber es lässt, besonders in trüben Stunden – und manchmal, nicht zu selten, haben wir solche, Barnabas und ich – an allem zweifeln. Ist es überhaupt Schlossdienst, was Barnabas tut, fragen wir dann; gewiss, er geht in die Kanzleien, aber sind die Kanzleien das eigentliche Schloss? Und selbst wenn Kanzleien zum Schloss gehören, sind es die Kanzleien, welche Barnabas betreten darf? Er kommt in Kanzleien; aber es ist doch nur ein Teil aller, dann sind Barrieren, und hinter ihnen sind noch andere Kanzleien. Man verbietet ihm nicht gerade weiterzugehen, aber er kann doch nicht weitergehen, wenn er seine Vorgesetzten schon gefunden hat, sie ihn abgefertigt haben und wegschicken.

Man ist dort überdies immer beobachtet, wenigstens glaubt man es. Und selbst wenn er weiterginge, was würde es helfen, wenn er dort keine amtliche Arbeit hat und ein Eindringling wäre? Diese Barrieren darfst du dir auch nicht als eine bestimmte Grenze vorstellen, darauf macht mich auch Barnabas immer wieder aufmerksam. Barrieren sind auch in den Kanzleien, in die er geht; es gibt also auch Barrieren, die er passiert, und sie sehen nicht anders aus als die, über die er noch nicht hinweggekommen ist, und es ist auch deshalb nicht von vornherein anzunehmen, dass sich hinter diesen letzteren Barrieren wesentlich andere Kanzleien befinden als jene, in denen Barnabas schon war. Nur eben in jenen trüben Stunden glaubt man das. Und dann geht der Zweifel weiter, man kann sich gar nicht wehren. Barnabas spricht mit Beamten, Barnabas bekommt Botschaften. Aber was für Beamte, was für Botschaften sind es? Jetzt ist er, wie er sagt, Klamm zugeteilt und bekommt von ihm persönlich die Aufträge. Nun, das wäre doch sehr viel, selbst höhere Diener gelangen nicht so weit, es wäre fast zu viel, das ist das Beängstigende. Denk nur, unmittelbar Klamm zugeteilt sein, mit ihm von Mund zu Mund sprechen. Aber es ist doch so? Nun ja, es ist so, aber warum zweifelt denn Barnabas daran, dass der Beamte, der dort als Klamm bezeichnet wird, wirklich Klamm ist?« »Olga«, sagte K., »du willst doch nicht scherzen, wie kann über Klamms Aussehen ein Zweifel bestehen, es ist doch bekannt, wie er aussieht, ich selbst habe ihn gesehen.« – »Gewiss nicht, K.«, sagte Olga. »Scherze sind es nicht, sondern meine allerernstesten Sorgen. Doch erzähle ich es dir nicht, um mein Herz zu erleichtern und deines etwa zu beschweren, sondern weil du nach Barnabas fragtest, Amalia mir den Auftrag gab, zu erzählen, und weil ich glaube, dass es auch für dich nützlich ist, Genaueres zu wissen. Auch wegen Barnabas tue ich es, damit du nicht allzu große Hoffnungen auf ihn setzt, er dich enttäuscht und dann selbst unter deiner Enttäuschung leidet. Er ist sehr empfindlich; er hat zum Beispiel heute Nacht nicht geschlafen, weil du gestern Abend mit ihm unzufrieden warst; du sollst gesagt haben, dass es sehr schlimm für dich ist, dass du nur einen solchen Boten wie Barnabas hast. Die Worte haben ihn um den Schlaf gebracht. Du selbst wirst wohl von seinen Aufregungen nicht viel gemerkt haben, Schlossboten müssen sich sehr beherrschen. Aber er hat es nicht leicht, selbst mit dir nicht. Du verlangst ja in deinem Sinn gewiss nicht zu viel von ihm, du hast bestimmte Vorstellungen vom Botendienst mitgebracht, und nach ihnen bemisst du deine Anforderungen. Aber im Schloss hat man andere Vorstellungen vom Botendienst, sie lassen sich mit deinen nicht vereinen, selbst wenn sich Barnabas gänzlich dem Dienst opferte, wozu er leider manchmal bereit scheint. Man müsste sich ja fügen, dürfte nichts dagegen sagen, wäre nur nicht die Frage, ob es wirklich Botendienst ist, was er tut. Dir gegenüber darf er natürlich keinen Zweifel darüber aussprechen; es hieße für ihn, seine eigene Existenz untergraben, wenn er das täte, Gesetze grob verletzen, unter denen er ja noch zu stehen glaubt, und selbst mir gegenüber spricht er nicht frei, abschmeicheln, abküssen muss ich ihm seine Zweifel, und selbst dann wehrt er sich noch zuzugeben, dass die Zweifel Zweifel sind. Er hat etwas von Amalia im Blut. Und alles sagt er mir gewiss nicht, obwohl ich seine einzige Vertraute bin. Aber über Klamm sprechen wir manchmal, ich habe Klamm noch nicht gesehen – du weißt, Frieda liebt mich wenig und hätte mir den Anblick nie gegönnt –, aber natürlich ist sein Aussehen im Dorf bekannt, Einzelne haben ihn gesehen, alle von ihm gehört, und es hat sich aus dem Augenschein, aus Gerüchten und auch manchen fälschlichen Nebenabsichten ein Bild Klamms ausgebildet, das wohl in den Grundzügen stimmt. Aber nur in den Grundzügen. Sonst ist es veränderlich und vielleicht nicht einmal so veränderlich wie Klamms wirkliches Aussehen. Er soll ganz anders aussehen, wenn er ins Dorf kommt, und anders, wenn er es verlässt, anders, ehe er Bier getrunken hat, anders nachher, anders im Wachen, anders im Schlafen, anders allein, anders im Gespräch und, was hiernach verständlich ist, fast grundverschieden oben im Schloss. Und es sind schon selbst innerhalb des Dorfes ziemlich große Unterschiede, die berichtet werden, Unterschiede der Größe, der Haltung, der Dicke, des Bartes, nur hinsichtlich des Kleides sind die Berichte glücklicherweise einheitlich: Er trägt immer das gleiche Kleid, ein schwarzes Jackettkleid mit langen Schößen. Nun gehen natürlich alle diese Unterschiede auf keine Zauberei zurück, sondern sind sehr begreiflich, entstehen durch die augenblickliche Stimmung, den Grad der Aufregung, die unzähligen Abstufungen der Hoffnung oder Verzweiflung, in welcher sich der Zuschauer, der überdies meist nur augenblickweise Klamm sehen darf, befindet. Ich erzähle dir das alles wieder, so wie es mir Barnabas oft erklärt hat, und man kann sich im Allgemeinen, wenn man nicht persönlich unmittelbar an der Sache beteiligt ist, damit beruhigen. Wir können es nicht, für Barnabas ist es eine Lebensfrage, ob er wirklich mit Klamm spricht oder nicht.« – »Für mich nicht minder«, sagte K., und sie rückten noch näher zusammen auf der Ofenbank.

Durch alle die ungünstigen Neuigkeiten Olgas war K. zwar betroffen, doch sah er einen Ausgleich zum großen Teil darin, dass er hier Menschen fand, denen es, wenigstens äußerlich, sehr ähnlich ging wie ihm selbst, denen er sich also anschließen konnte, mit denen er sich in vielem verständigen konnte, nicht nur in manchem, wie mit Frieda. Zwar verlor er allmählich die Hoffnung auf einen Erfolg der barnabasschen Botschaft, aber je schlechter es Barnabas ging, desto näher kam er ihm hier unten, niemals hätte K. gedacht, dass aus dem Dorf selbst ein derart unglückliches Bestreben hervorgehen konnte, wie es das des Barnabas und seiner Schwester war. Es war freilich noch bei Weitem nicht genug erklärt und konnte sich schließlich noch ins Gegenteil wenden; man musste durch das gewisse unschuldige Wesen Olgas sich nicht gleich verführen lassen, auch an die Aufrichtigkeit des Barnabas zu glauben. »Die Berichte über Klamms Aussehen«, fuhr Olga fort, »kennt Barnabas sehr gut, hat viele gesammelt und verglichen, vielleicht zu viele, hat einmal selbst Klamm im Dorf durch ein Wagenfenster gesehen oder zu sehen geglaubt, war also genügend vorbereitet, ihn zu erkennen, und hat doch – wie erklärst du es dir? –, als er im Schloss in eine Kanzlei kam und man ihm unter mehreren Beamten einen zeigte und sagte, dass dieser Klamm sei, ihn nicht erkannt und auch nachher noch lange sich nicht daran gewöhnen können, dass es Klamm sein sollte. Fragst du nun aber Barnabas, worin sich jener Mann von der üblichen Vorstellung, die man von Klamm hat, unterscheidet, kann er nicht antworten, vielmehr er antwortet und beschreibt den Beamten im Schloss, aber die Beschreibung deckt sich genau mit der Beschreibung Klamms, wie wir sie kennen. ›Nun also, Barnabas‹, sage ich, ›warum zweifelst du, warum quälst du dich?‹ Worauf er dann, in sichtlicher Bedrängnis, Besonderheiten des Beamten im Schloss aufzuzählen beginnt, die er aber mehr zu erfinden als zu berichten scheint, die aber außerdem so geringfügig sind – sie betreffen zum Beispiel ein besonderes Nicken des Kopfes oder auch nur die aufgeknöpfte Weste –, dass man sie unmöglich ernst nehmen kann. Noch wichtiger scheint mir die Art, wie Klamm mit Barnabas verkehrt. Barnabas hat es mir oft beschrieben, sogar gezeichnet. Gewöhnlich wird Barnabas in ein großes Kanzleizimmer geführt, aber es ist nicht Klamms Kanzlei, überhaupt nicht die Kanzlei eines

Einzelnen. Der Länge nach ist dieses Zimmer durch ein einziges, von Seitenwand zu Seitenwand reichendes Stehpult in zwei Teile geteilt, einen schmalen, wo einander zwei Personen nur knapp ausweichen können, das ist der Raum der Beamten, und einen breiten, das ist der Raum der Parteien, der Zuschauer, der Diener, der Boten. Auf dem Pult liegen aufgeschlagen große Bücher, eines neben dem anderen, und bei den meisten stehen Beamte und lesen darin. Doch bleiben sie nicht immer beim gleichen Buch, tauschen aber nicht die Bücher, sondern die Plätze, am erstaunlichsten ist es Barnabas, wie sie sich bei solchem Plätzewechsel aneinander vorbeidrücken müssen, eben wegen der Enge des Raumes. Vorn, eng am Stehpult, sind niedrige Tischchen, an denen Schreiber sitzen, welche, wenn die Beamten es wünschen, nach ihrem Diktat schreiben. Immer wundert sich Barnabas, wie das geschieht. Es erfolgt kein ausdrücklicher Befehl des Beamten, auch wird nicht laut diktiert, man merkt kaum, dass diktiert wird, vielmehr scheint der Beamte zu lesen wie früher, nur dass er dabei auch noch flüstert, und der Schreiber hört's. Oft diktiert der Beamte so leise, dass der Schreiber es sitzend gar nicht hören kann, dann muss er immer aufspringen, das Diktierte auffangen, schnell sich setzen und es aufschreiben, dann wieder aufspringen und so fort. Wie merkwürdig das ist! Es ist fast unverständlich. Barnabas freilich hat genug Zeit, das alles zu beobachten, denn dort in dem Zuschauerraum steht er stunden- und manchmal tagelang, ehe Klamms Blick auf ihn fällt. Und auch wenn ihn Klamm schon gesehen hat und Barnabas sich in Habachtstellung aufrichtet, ist noch nichts entschieden, denn Klamm kann sich wieder von ihm dem Buch zuwenden und ihn vergessen; so geschieht es oft. Was ist es aber für ein Botendienst, der so unwichtig ist? Mir wird wehmütig, wenn Barnabas früh sagt, dass er ins Schloss geht. Dieser wahrscheinlich ganz unnütze Weg, dieser wahrscheinlich verlorene Tag, diese wahrscheinlich vergebliche Hoffnung. Was soll das alles? Und hier ist Schusterarbeit aufgehäuft, die niemand macht und auf deren Ausführung Brunswick drängt.« »Nun gut«, sagte K. »Barnabas muss lange warten, ehe er einen Auftrag bekommt. Das ist verständlich, es scheint ja hier ein Übermaß von Angestellten zu sein, nicht jeder kann jeden Tag einen Auftrag bekommen, darüber müsst ihr nicht klagen, das trifft wohl jeden. Schließlich aber bekommt doch wohl auch Barnabas Aufträge, mir selbst hat er schon zwei Briefe gebracht.« »Es ist ja möglich«, sagte Olga, »dass wir unrecht haben zu klagen, besonders ich, die alles nur vom Hörensagen kennt und es als Mädchen auch nicht so gut verstehen kann wie Barnabas, der ja auch noch manches zurückhält. Aber nun höre, wie es sich mit den Briefen verhält, mit den Briefen an dich zum Beispiel. Diese Briefe bekommt er nicht unmittelbar von Klamm, sondern vom Schreiber. An einem beliebigen Tag, zu beliebiger Stunde – deshalb ist auch der Dienst, so leicht er scheint, sehr ermüdend, denn Barnabas muss immerfort aufpassen – erinnert sich der Schreiber an ihn und winkt ihm. Klamm scheint das gar nicht veranlasst zu haben, er liest ruhig in seinem Buch; manchmal allerdings, aber das tut er auch sonst öfters, putzt er gerade den Zwicker, wenn Barnabas kommt, und sieht ihn dabei vielleicht an; vorausgesetzt, dass er ohne Zwicker überhaupt sieht, Barnabas bezweifelt es, Klamm hat dann die Augen fast geschlossen, er scheint zu schlafen und nur im Traum den Zwicker zu putzen. Inzwischen sucht der Schreiber aus den vielen Akten und Briefschaften, die er unter dem Tisch hat, einen Brief für dich heraus, es ist also kein Brief, den er gerade geschrieben hat, vielmehr ist es, dem Aussehen des Umschlages nach, ein sehr alter Brief, der schon lange dort liegt. Wenn es aber ein alter Brief ist, warum hat man Barnabas so lange warten lassen? Und wohl auch dich? Und schließlich auch den Brief, denn er ist ja jetzt wohl schon veraltet. Und Barnabas bringt man dadurch in den Ruf, ein schlechter, langsamer Bote zu sein. Der Schreiber allerdings macht es sich leicht, gibt Barnabas den Brief, sagt: ›Von Klamm für K.‹, und damit ist Barnabas entlassen. Nun, und dann kommt Barnabas nach Hause, atemlos, den endlich ergatterten Brief unter dem Hemd am bloßen Leib, und wir setzen uns dann hierher auf die Bank wie jetzt, und er erzählt, und wir untersuchen dann alles einzeln und schätzen ab, was er erreicht hat, und finden schließlich, dass es sehr wenig ist – und das wenige fragwürdig, und Barnabas legt den Brief weg und hat keine Lust, ihn zu bestellen, hat aber auch keine Lust, schlafen zu gehen, nimmt die Schusterarbeit vor und versitzt dort auf dem Schemel die Nacht. So ist es, K., und das sind meine Geheimnisse, und nun wunderst du dich wohl nicht mehr, dass Amalia auf sie verzichtet.« – »Und der Brief?«, fragte K. »Der Brief?«, sagte Olga. »Nun; nach einiger Zeit, wenn ich Barnabas genug gedrängt habe, es können Tage und Wochen inzwischen vergangen sein, nimmt er doch den Brief und geht, ihn zuzustellen. In solchen Äußerlichkeiten ist er doch sehr abhängig von mir. Ich kann mich nämlich, wenn ich den ersten Eindruck seiner Erzählung überwunden habe, dann auch wieder fassen, wozu er wahrscheinlich, weil er eben mehr weiß, nicht imstande ist. Und so kann ich ihm dann immer wieder etwa sagen: ›Was willst du denn eigentlich, Barnabas? Von welcher Laufbahn, welchem Ziel träumst du? Willst du vielleicht so weit kommen, dass du uns, dass du mich gänzlich verlassen musst? Ist das etwa dein Ziel? Muss ich das nicht glauben, da es ja sonst unverständlich wäre, warum du mit dem schon Erreichten so entsetzlich unzufrieden bist? Sieh dich doch um, ob jemand unter unseren Nachbarn schon so weit gekommen ist? Freilich, ihre Lage ist anders als die unsrige, und sie haben keinen Grund, über ihre Wirtschaft hinauszustreben, aber auch ohne zu vergleichen muss man doch einsehen, dass bei dir alles in bestem Gange ist. Hindernisse sind da, Fragwürdigkeiten, Enttäuschungen, aber das bedeutet doch nur, was wir schon vorher gewusst haben, dass dir nichts geschenkt wird, dass du dir vielmehr jede einzelne Kleinigkeit selbst erkämpfen musst; ein Grund mehr, um stolz, nicht um niedergeschlagen zu sein. Und dann kämpfst du doch auch für uns? Bedeutet dir das gar nichts? Gibt dir das keine neue Kraft? Und dass ich glücklich und fast hochmütig bin, einen solchen Bruder zu haben, gibt dir das keine Sicherheit? Wahrhaftig, nicht in dem, was du im Schloss erreicht hast, aber in dem, was ich bei dir erreicht habe, enttäuschst du mich. Du darfst ins Schloss, bist ein ständiger Besucher der Kanzleien, verbringst ganze Tage im gleichen Raum mit Klamm, bist öffentlich anerkannter Bote, hast ein Amtskleid zu beanspruchen, bekommst wichtige Briefschaften auszutragen; das alles bist du, das alles darfst du und kommst herunter, und statt, dass wir uns weinend vor Glück in den Armen liegen, scheint dich bei meinem Anblick aller Mut zu verlassen; an allem zweifelst du, nur der Schusterleisten lockt dich, und den Brief, diese Bürgschaft unserer Zukunft, lässt du liegen.‹ So rede ich zu ihm, und nachdem ich das tagelang wiederholt habe, nimmt er einmal seufzend den Brief und geht. Aber es ist wahrscheinlich gar nicht die Wirkung meiner Worte, sondern es treibt ihn nur wieder ins Schloss, und ohne den Auftrag ausgerichtet zu haben, würde er es nicht wagen hinzugehen.« – »Aber du hast doch auch mit allem recht, was du ihm sagst«, sagte K. »Bewunderungswürdig richtig hast du alles zusammengefasst. Wie erstaunlich klar du denkst!« »Nein«, sagte Olga, »es täuscht dich, und so täusche ich vielleicht auch ihn. Was hat er denn erreicht? In eine Kanzlei darf er eintreten, aber es scheint nicht einmal eine Kanzlei, eher ein Vorzimmer der Kanzleien, vielleicht nicht einmal das, vielleicht ein Zimmer, wo alle zurückgehalten werden sollen, die nicht in die wirklichen Kanzleien dürfen. Mit Klamm spricht er, aber ist es Klamm? Ist es nicht eher jemand, der Klamm ein wenig ähnlich ist? Ein Sekretär vielleicht, wenn's hoch geht, der Klamm ein wenig ähnlich ist und sich anstrengt, ihm noch ähnlicher zu werden, und sich dann wichtig macht, in Klamms verschlafener, träumerischer Art. Dieser Teil seines Wesens ist am leichtesten nachzuahmen, daran versuchen sich manche, von seinem sonstigen Wesen freilich lassen sie wohlweislich die Finger. Und ein so oft ersehnter und so selten erreichter Mann, wie es Klamm ist, nimmt in der Vorstellung der Menschen leicht verschiedene Gestalten an. Klamm hat zum Beispiel hier einen Dorfsekretär namens Momus. So? Du kennst ihn? Auch er hält sich sehr zurück, aber ich habe ihn doch schon einige Male gesehen. Ein junger, starker Herr, nicht? Und sieht also wahrscheinlich Klamm gar nicht ähnlich. Und doch kannst du im Dorf Leute finden, die beschwören würden, dass Momus Klamm ist und kein anderer. So arbeiten die Leute an ihrer eigenen Verwirrung. Und muss es im Schloss anders sein? Jemand hat Barnabas gesagt, dass jener Beamte Klamm ist, und tatsächlich besteht eine Ähnlichkeit zwischen beiden, aber eine von Barnabas immer fort angezweifelte Ähnlichkeit. Und alles spricht für seine Zweifel. Klamm sollte hier in einem allgemeinen Raum, zwischen anderen Beamten, den Bleistift hinter dem Ohr, sich drängen müssen? Das ist doch höchst unwahrscheinlich, Barnabas pflegt, ein wenig kindlich, manchmal – dies ist aber schon eine zuversichtliche Laune – zu sagen: Der Beamte sieht ja Klamm sehr ähnlich; würde er in einer eigenen Kanzlei sitzen, am eigenen Schreibtisch, und wäre an der Tür sein Name – ich hätte keine Zweifel mehr. Das ist kindlich, aber doch auch verständig. Noch viel verständiger allerdings wäre es, wenn Barnabas sich, wenn er oben ist, gleich bei mehreren Leuten erkundigte, wie sich die Dinge wirklich verhalten; es stehen doch seiner Angabe nach genug Leute in dem Zimmer herum. Und wären auch ihre Angaben nicht viel verlässlicher als die Angabe jenes, der ungefragt ihm Klamm gezeigt hat, es müssten sich doch zumindest aus ihrer Mannigfaltigkeit irgendwelche Anhaltspunkte, Vergleichspunkte ergeben. Es ist das nicht mein Einfall, sondern der Einfall des Barnabas, aber er wagt nicht, ihn auszuführen; aus Furcht, er könnte durch irgendwelche ungewollte Verletzung unbekannter Vorschriften seine Stelle verlieren, wagt er niemanden anzusprechen, so unsicher fühlt er sich; diese doch eigentlich jämmerliche Unsicherheit beleuchtet mir seine Stellung schärfer als alle Beschreibungen. Wie zweifelhaft und drohend muss ihm dort alles erscheinen, wenn er nicht einmal zu einer unschuldigen Frage den Mund aufzutun wagt. Wenn ich das überlege, klage ich mich an, dass ich ihn allein in jenen unbekannten Räumen lasse, wo es derart zugeht, dass sogar er, der eher waghalsig als feig ist, dort vor Furcht wahrscheinlich zittert.«

»Hier, glaube ich, kommst du zu dem Entscheidenden«, sagte K. »Das ist es. Nach allem, was du erzählt hast, glaube ich, jetzt klar zu sehen. Barnabas ist zu jung für diese Aufgabe. Nichts von dem, was er erzählt, kann man ohne Weiteres ernst nehmen. Da er oben vor Furcht vergeht, kann er dort nicht beobachten, und zwingt man ihn, hier dennoch zu berichten, erhält man verwirrte Märchen. Ich wundere mich nicht darüber. Die Ehrfurcht vor der Behörde ist euch hier eingeboren, wird euch weiter während des ganzen Lebens auf die verschiedensten Arten und von allen Seiten eingeflößt, und ihr selbst helft dabei mit, wie ihr nur könnt. Doch sage ich im Grunde nichts dagegen; wenn eine Behörde gut ist, warum sollte man vor ihr nicht Ehrfurcht haben. Nur darf man dann nicht einen unbelehrten Jüngling wie Barnabas, der über den Umkreis des Dorfes nicht hinausgekommen ist, plötzlich ins Schloss schicken und dann wahrheitsgetreue Berichte von ihm verlangen wollen und jedes seiner Worte wie ein Offenbarungswort untersuchen und von der Deutung das eigene Lebensglück abhängig machen. Nichts kann verfehlter sein. Freilich habe auch ich, nicht anders als du, mich von ihm beirren lassen und sowohl Hoffnungen auf ihn gesetzt, als Enttäuschungen durch ihn erlitten, die beide nur auf seinen Worten, also fast gar nicht, begründet waren.« Olga schwieg. »Es wird mir nicht leicht«, sagte K., »dich in dem Vertrauen zu deinem Bruder zu beirren, da ich doch sehe, wie du ihn liebst und was du von ihm erwartest. Es muss aber geschehen, und nicht zum wenigsten deiner Liebe und deiner Erwartungen wegen. Denn sieh, immer wieder hindert dich etwas – ich weiß nicht, was es ist –, voll zu erkennen, was Barnabas nicht etwa erreicht hat, aber was ihm geschenkt worden ist. Er darf in die Kanzleien oder, wenn du es so willst, in einen Vorraum; nun, dann ist's also ein Vorraum, aber es sind Türen da, die weiterführen, Barrieren, die man durchschreiten kann, wenn man das Geschick dazu hat. Mir zum Beispiel ist dieser Vorraum, wenigstens vorläufig, völlig unzugänglich. Mit wem Barnabas dort spricht, weiß ich nicht, vielleicht ist jener Schreiber der niedrigste Diener, aber auch wenn er der niedrigste ist, kann er zu dem nächsthöheren führen, und wenn er nicht zu ihm führen kann, so kann er ihn doch wenigstens nennen, und wenn er ihn nicht nennen kann, so kann er doch auf jemanden verweisen, der ihn wird nennen können. Der angebliche Klamm mag mit dem wirklichen nicht das Geringste gemeinsam haben, die Ähnlichkeit mag nur für die vor Aufregung blinden Augen des Barnabas bestehen, er mag der niedrigste der Beamten, er mag noch nicht einmal Beamter sein, aber irgendeine Aufgabe hat er doch bei jenem Pult, irgendetwas liest er in seinem großen Buch, irgendetwas flüstert er dem Schreiber zu, irgendetwas denkt er, wenn einmal in langer Zeit sein Blick auf Barnabas fällt, und selbst wenn das alles nicht wahr ist und er und seine Handlungen gar nichts bedeuten, so hat ihn doch jemand dort hingestellt und hat dies mit irgendeiner Absicht getan. Mit dem allem will ich sagen, dass irgendetwas da ist, irgendetwas dem Barnabas angeboten wird, wenigstens irgendetwas, und dass es nur die Schuld des Barnabas ist, wenn er damit nichts anderes erreichen kann als Zweifel, Angst und Hoffnungslosigkeit. Und dabei bin ich ja immer noch von dem ungünstigsten Fall ausgegangen, der sogar sehr unwahrscheinlich ist. Denn wir haben ja die Briefe in der Hand, denen ich zwar nicht viel traue, aber viel mehr als des Barnabas Worten. Mögen es auch alte, wertlose Briefe sein, die wahllos aus einem Haufen genauso wertloser Briefe hervorgezogen wurden, wahllos und mit nicht mehr Verstand, als die Kanarienvögel auf den Jahrmärkten aufwenden, um das Lebenslos eines Beliebigen aus einem Haufen herauszupicken, und mag das so sein, so haben diese Briefe doch wenigstens irgendeinen Bezug auf meine Arbeit; sichtlich sind sie für mich, wenn auch vielleicht nicht für meinen Nutzen bestimmt; sind, wie der Gemeindevorsteher und seine Frau bezeugt haben, von Klamm eigenhändig gefertigt und haben, wiederum nach dem Gemeindevorsteher, zwar nur eine private und wenig durchsichtige, aber doch eine große Bedeutung.« – »Sagte das der Gemeindevorsteher?«, fragte Olga. »Ja, das sagte er«, antwortete K. »Ich werde es Barnabas erzählen«, sagte Olga schnell, »das wird ihn sehr aufmuntern.« – »Er braucht aber nicht Aufmunterung«, sagte K., »ihn aufmuntern bedeutet, ihm zu sagen, dass er recht hat, dass er nur in seiner bisherigen Art fortfahren soll, aber eben auf diese Art wird er niemals etwas erreichen. Du kannst jemanden, der die Augen verbunden hat, noch so sehr aufmuntern, durch das Tuch zu starren, er wird doch niemals etwas sehen; erst wenn man ihm das Tuch abnimmt, kann er sehen. Hilfe braucht Barnabas, nicht Aufmunterung. Bedenke doch nur: Dort oben ist die Behörde in ihrer unentwirrbaren Größe – ich glaubte, annähernde Vorstellungen von ihr zu haben, ehe ich hierher kam, wie kindlich war das alles –, dort also ist die Behörde und ihr tritt Barnabas entgegen, niemand sonst, nur er, erbarmungswürdig allein, zu viel Ehre noch für ihn, wenn er nicht sein ganzes Leben lang verschollen in einen dunklen Winkel der Kanzleien geduckt bleibt.« – »Glaube nicht, K.«, sagte Olga, »dass wir die Schwere der Aufgabe, die Barnabas übernommen hat, unterschätzen. An Ehrfurcht vor der Behörde fehlt es uns ja nicht, das hast du selbst gesagt.« – »Aber es ist irregeleitete Ehrfurcht«, sagte K. »Ehrfurcht am unrechten Ort, solche Ehrfurcht entwürdigt ihren Gegenstand. Ist es noch Ehrfurcht zu nennen, wenn Barnabas das Geschenk des Eintritts in jenen Raum dazu missbraucht, um untätig dort die Tage zu verbringen, oder wenn er herabkommt und diejenigen, vor denen er eben gezittert hat, verdächtigt und verkleinert oder wenn er aus Verzweiflung oder Müdigkeit Briefe nicht gleich austrägt und ihm anvertraute Botschaften nicht gleich ausrichtet? Das ist doch wohl keine Ehrfurcht mehr. Aber der Vorwurf geht noch weiter, geht auch gegen dich, Olga; ich kann dir ihn nicht ersparen. Du hast Barnabas, obwohl du Ehrfurcht vor der Behörde zu haben glaubst, in aller seiner Jugend und Schwäche und Verlassenheit ins Schloss geschickt oder wenigstens nicht zurückgehalten.«

»Den Vorwurf, den du mir machst«, sagte Olga, »mache ich mir auch, seit jeher schon. Allerdings nicht, dass ich Barnabas ins Schloss geschickt habe, ist mir vorzuwerfen, ich habe ihn nicht geschickt, er ist selbst gegangen, aber ich hätte ihn wohl mit allen Mitteln, mit Gewalt, mit List, mit Überredung, zurückhalten sollen. Ich hätte ihn zurückhalten sollen, aber wenn heute jener Tag, jener Entscheidungstag wäre und ich die Not des Barnabas, die Not unserer Familie so fühlte wie damals und heute und wenn Barnabas wieder, aller Verantwortung und Gefahr deutlich sich bewusst, lächelnd und sanft sich von mir losmachte, um zu gehen, ich würde ihn auch heute nicht zurückhalten, trotz allen Erfahrungen der Zwischenzeit und, ich glaube, auch du an meiner Stelle könntest nicht anders. Du kennst nicht unsere Not, deshalb tust du uns, vor allem aber Barnabas, unrecht. Wir hatten damals mehr Hoffnung als heute, aber groß war unsere Hoffnung auch damals nicht, groß war nur unsere Not und ist es geblieben. Hat dir denn Frieda nichts über uns erzählt?« – »Nur Andeutungen«, sagte K., »nichts Bestimmtes; aber schon euer Name erregt sie.« – »Und auch die Wirtin hat nichts erzählt?« – »Nein, nichts.« – »Und auch sonst niemand?« – »Niemand.« – »Natürlich, wie könnte jemand etwas erzählen. Jeder weiß etwas über uns, entweder die Wahrheit, soweit sie den Leuten zugänglich ist, oder wenigstens irgendein übernommenes oder meist selbst erfundenes Gerücht, und jeder denkt an uns mehr, als nötig ist, aber geradezu erzählen wird es niemand, diese Dinge in den Mund zu nehmen, scheuen sie sich. Und sie haben recht darin. Es ist schwer, es hervorzubringen, selbst dir gegenüber, K., und ist es denn nicht auch möglich, dass du, wenn du es angehört hast, weggehst und nichts mehr von uns wirst wissen wollen, so wenig es dich auch zu betreffen scheint.

Dann haben wir dich verloren, der du mir jetzt, ich gestehe es, fast mehr bedeutest als der bisherige Schlossdienst des Barnabas. Und doch – dieser Widerspruch quält mich schon den ganzen Abend – musst du es erfahren, denn sonst bekommst du keinen Überblick über unsere Lage, bliebest, was mich besonders schmerzen würde, ungerecht zu Barnabas; die notwendige völlige Einigkeit würde uns fehlen, und du könntest weder uns helfen noch unsere Hilfe, die außerordentliche, annehmen. Aber es bleibt noch eine Frage: Willst du es denn überhaupt wissen?« – »Warum fragst du das?«, sagte K. »Wenn es notwendig ist, will ich es wissen; aber warum fragst du so?« – »Aus Aberglauben«, sagte Olga. »Du wirst hineingezogen sein in unsere Dinge, unschuldig, nicht viel schuldiger als Barnabas.« – »Erzähle schnell«, sagte K., »ich fürchte mich nicht. Du machst es auch durch Weiberängstlichkeit schlimmer, als es ist.«

## *Amalias Geheimnis*

»Urteile selbst«, sagte Olga, »übrigens klingt es sehr einfach, man versteht nicht gleich, wie es eine große Bedeutung haben kann. Es gibt einen großen Beamten im Schloss, der heißt Sortini.« – »Ich habe schon von ihm gehört«, sagte K., »er war an meiner Berufung beteiligt.« – »Das glaube ich nicht«, sagte Olga, »Sortini tritt in der Öffentlichkeit kaum auf. Irrst du dich nicht mit Sordini, mit ›d‹ geschrieben?« – »Du hast recht«, sagte K. »Sordini war es.« »Ja«, sagte Olga, »Sordini ist sehr bekannt, einer der fleißigsten Beamten, von dem viel gesprochen wird; Sortini dagegen ist sehr zurückgezogen und den meisten fremd. Vor mehr als drei Jahren sah ich ihn zum ersten und letzten Mal. Es war am dritten Juli bei einem Fest des Feuerwehrvereins, das Schloss hatte sich auch beteiligt und eine neue Feuerspritze gespendet. Sortini, der sich zum Teil mit Feuerwehrangelegenheiten beschäftigen soll (vielleicht war er aber auch nur in Vertretung da – meistens vertreten einander die Beamten gegenseitig, und es ist deshalb schwer, die Zuständigkeit dieses oder jenes Beamten zu erkennen), nahm an der Übergabe der Spritze teil; es waren natürlich auch noch andere aus dem Schloss gekommen, Beamte und Dienerschaft, und Sortini war, wie es seinem Charakter entspricht, ganz im Hintergrund. Es ist ein kleiner, schwacher, nachdenklicher Herr; etwas, was allen, die ihn überhaupt bemerkten, auffiel, war die Art, wie sich bei ihm die Stirn in Falten legte, alle Falten – und es war eine Menge, obwohl er gewiss nicht mehr als vierzig ist – zogen sich nämlich geradewegs fächerartig über die Stirn zur Nasenwurzel hin, ich habe etwas Derartiges nie gesehen. Nun, das war also jenes Fest. Wir, Amalia und ich, hatten uns schon seit Wochen darauf gefreut, die Sonntagskleider waren zum Teil neu zurechtgemacht, besonders das Kleid Amalias war schön, die weiße Bluse vorn hoch aufgebauscht, eine Spitzenreihe über der anderen, die Mutter hatte alle ihre Spitzen dazu geborgt, ich war damals neidisch und weinte vor dem Fest die halbe Nacht durch. Erst als am Morgen die Brückenhofwirtin uns zu besichtigen kam …« – »Die Brückenhofwirtin?«, fragte K. »Ja«, sagte Olga, »sie war sehr mit uns befreundet, sie kam also, musste zugeben, dass Amalia im Vorteil war, und borgte mir deshalb, um mich zu beruhigen, ihr eigenes Halsband aus böhmischen Granaten. Als wir dann aber ausgehfertig waren, Amalia vor mir stand, wir sie alle bewunderten und der Vater sagte: ›Heute, denkt an mich, bekommt Amalia einen Bräutigam‹, da, ich weiß nicht warum, nahm ich mir das Halsband, meinen Stolz, ab, und hing es Amalia um, gar nicht neidisch mehr. Ich beugte mich eben vor ihrem Sieg, und ich glaubte, jeder müsse sich vor ihr beugen, vielleicht überraschte uns damals, dass sie anders aussah als sonst, denn eigentlich schön war sie ja nicht, aber ihr düsterer Blick, den sie in dieser Art seitdem behalten hat, ging hoch über uns hinweg, und man beugte sich fast tatsächlich und unwillkürlich vor ihr. Alle bemerkten es, auch Lasemann und seine Frau, die uns abholen kamen.« – »Lasemann?«, fragte K. »Ja, Lasemann«, sagte Olga. »Wir waren doch sehr angesehen, und das Fest hätte zum Beispiel nicht gut ohne uns anfangen können, denn der Vater war dritter Übungsleiter der Feuerwehr.« – »So rüstig war der Vater noch?«, fragte K. »Der Vater?«, fragte Olga, als verstehe sie nicht ganz. »Vor drei Jahren war er noch gewissermaßen ein junger Mann; er hat zum Beispiel bei einem Brand im Herrenhof einen Beamten, den schweren Galater, im Laufschritt auf dem Rücken hinausgetragen. Ich bin selbst dabei gewesen, es war zwar keine Feuergefahr, nur das trockene Holz neben einem Ofen fing zu rauchen an, aber Galater bekam Angst, rief aus dem Fenster um Hilfe, die Feuerwehr kam, und mein Vater musste ihn hinaustragen, obwohl schon das Feuer gelöscht war. Nun, Galater ist ein schwer beweglicher Mann und muss in solchen Fällen vorsichtig sein. Ich erzähle es nur des Vaters wegen, viel mehr als drei Jahre sind seitdem nicht vergangen, und nun sieh, wie er dort sitzt.« Erst jetzt sah K., dass Amalia schon wieder in der Stube war, aber sie war weit entfernt beim Tisch der Eltern, sie fütterte dort die Mutter, welche die rheumatischen Arme nicht bewegen konnte, und sprach dabei dem Vater zu, er möge sich wegen des Essens noch ein wenig gedulden, gleich werde sie auch zu ihm kommen, um ihn zu füttern. Doch hatte sie mit ihrer Mahnung keinen Erfolg, denn der Vater, sehr gierig, schon zu seiner Suppe zu kommen, überwand seine Körperschwäche und suchte, die Suppe bald vom Löffel zu schlürfen, bald gleich vom Teller aufzutrinken, und brummte böse, als ihm weder das eine noch das andere gelang, der Löffel längst leer war, ehe er zum Munde kam, und niemals der Mund, nur immer der herabhängende Schnauzbart in die Suppe tauchte und es nach allen Seiten, nur in seinen Mund nicht, tropfte und sprühte. »Das haben drei Jahre aus ihm gemacht?«, fragte K., aber noch immer hatte er für die Alten und für die ganze Ecke des Familientisches dort kein Mitleid, nur Widerwillen. »Drei Jahre«, sagte Olga langsam, »oder, genauer, ein paar Stunden eines Festes. Das Fest war auf einer Wiese vor dem

Dorf am Bach, es war schon ein großes Gedränge, als wir ankamen, auch aus den Nachbardörfern war viel Volk gekommen, man war ganz verwirrt von dem Lärm. Zuerst wurden wir natürlich vom Vater zur Feuerspritze geführt, er lachte vor Freude, als er sie sah, eine neue Spritze machte ihn glücklich, er fing an, sie zu betasten und uns zu erklären, er duldete keinen Widerspruch und keine Zurückhaltung der anderen; war etwas unter der Spritze zu besichtigen, mussten wir uns alle bücken und fast unter die Spritze kriechen; Barnabas, der sich damals wehrte, bekam deshalb Prügel. Nur Amalia kümmerte sich um die Spritze nicht, stand aufrecht dabei in ihrem schönen Kleid, und niemand wagte, ihr etwas zu sagen, ich lief manchmal zu ihr und fasste ihren Arm unter, aber sie schwieg. Ich kann es mir noch heute nicht erklären, wie es kam, dass wir so lange vor der Spritze standen und erst, als sich der Vater von ihr losmachte, Sortini bemerkten, der offenbar schon die ganze Zeit über hinter der Spritze an einem Spritzenhebel gelehnt hatte. Es war freilich ein entsetzlicher Lärm damals, nicht nur wie es sonst bei Festen ist. Das Schloss hatte nämlich der Feuerwehr auch noch einige Trompeten geschenkt, besondere Instrumente, auf denen man mit der kleinsten Kraftanstrengung, ein Kind konnte das, die wildesten Töne hervorbringen konnte; wenn man das hörte, glaubte man, die Türken seien schon da, und man konnte sich nicht daran gewöhnen, bei jedem neuen Blasen fuhr man wieder zusammen. Und weil es neue Trompeten waren, wollte sie jeder versuchen, und weil es doch ein Volksfest war, erlaubte man es. Gerade um uns, vielleicht hatte sie Amalia angelockt, waren einige solcher Bläser; es war schwer, die Sinne dabei zusammenzuhalten, und wenn man nun auch noch, nach dem Gebot des Vaters, Aufmerksamkeit für die Spritze haben sollte, so war das das Äußerste, was man leisten konnte, und so entging uns Sortini, den wir ja vorher auch gar nicht gekannt hatten, so ungewöhnlich lange. ›Dort ist Sortini‹, flüsterte endlich – ich stand dabei – Lasemann dem Vater zu. Der Vater verbeugte sich tief und gab auch uns aufgeregt ein Zeichen, uns zu verbeugen. Ohne ihn bisher zu kennen, hatte der Vater seit jeher Sortini als einen Fachmann in Feuerwehrangelegenheiten verehrt und öfters zu Hause von ihm gesprochen, es war uns daher auch sehr überraschend und bedeutungsvoll, jetzt Sortini in Wirklichkeit zu sehen. Sortini aber kümmerte sich um uns nicht – es war das keine Eigenheit Sortinis, die meisten Beamten scheinen in der Öffentlichkeit teilnahmslos –, auch war er müde, nur seine Amtspflicht hielt ihn hier unten; es sind nicht die schlechtesten Beamten, welche gerade solche Repräsentationspflichten als besonders drückend empfinden; andere Beamten und Diener mischten sich, da sie nun schon einmal da waren, unter das Volk; er aber blieb bei der Spritze, und jeden, der sich ihm mit irgendeiner Bitte oder Schmeichelei zu nähern suchte, vertrieb er durch sein Schweigen. So kam es, dass er uns noch später bemerkte als wir ihn. Erst als wir uns ehrfurchtsvoll verbeugten und der Vater uns zu entschuldigen suchte, blickte er nach uns hin, blickte der Reihe nach von einem zum andern, müde; es war, als seufzte er darüber, dass neben dem einen immer wieder noch ein zweiter sei, bis er dann bei Amalia haltmachte, zu der er aufschauen musste, denn sie war viel größer als er. Da stutzte er, sprang über die Deichsel, um Amalia näher zu sein, wir missverstanden es zuerst und wollten uns alle unter Anführung des Vaters ihm nähern, aber er hielt uns ab mit erhobener Hand und winkte uns dann zu gehen. Das war alles. Wir neckten dann Amalia viel damit, dass sie nun wirklich einen Bräutigam gefunden habe, in unserem Unverstand waren wir den ganzen Nachmittag über sehr fröhlich; Amalia aber war schweigsamer als jemals. ›Sie hat sich ja toll und voll in Sortini verliebt‹, sagte Brunswick, der immer ein wenig grob ist und für Naturen wie Amalia kein Verständnis hat; aber diesmal schien uns seine Bemerkung fast richtig; wir waren überhaupt närrisch an dem Tag und alle, bis auf Amalia, von dem süßen Schlosswein wie betäubt, als wir nach Mitternacht nach Hause kamen.« – »Und Sortini?«, fragte K. »Ja, Sortini«, sagte Olga, »Sortini sah ich während des Festes im Vorübergehen noch öfters, er saß auf der Deichsel, hatte die Arme über der Brust gekreuzt und blieb so, bis der Schlosswagen kam, um ihn abzuholen. Nicht einmal zu den Feuerwehrübungen ging er, bei denen der Vater damals, gerade in der Hoffnung, dass Sortini zusehe, vor allen Männern seines Alters sich auszeichnete.« – »Und habt ihr nicht mehr von ihm gehört?«, fragte K. »Du scheinst ja für Sortini große Verehrung zu haben.« »Ja, Verehrung«, sagte Olga. »Ja, und gehört haben wir auch noch von ihm. Am nächsten Morgen wurden wir aus unserem Weinschlaf durch einen Schrei Amalias geweckt; die anderen fielen gleich wieder in die Betten zurück, ich war aber gänzlich wach und lief zu Amalia. Sie stand beim Fenster und hielt einen Brief in der Hand, den ihr eben ein Mann durch das Fenster gereicht hatte, der Mann wartete noch auf Antwort. Amalia hatte den Brief – er war kurz – schon gelesen und hielt ihn in der schlaff hinabhängenden Hand; wie liebte ich sie, immer wenn sie so müde war. Ich kniete neben ihr nieder und las so den Brief. Kaum war ich fertig, nahm ihn Amalia, nach einem kurzen Blick auf mich, wieder auf, brachte es aber nicht mehr über sich, ihn zu lesen, zerriss ihn, warf die Fetzen dem Mann draußen ins Gesicht und schloss das Fenster. Das war jener entscheidende Morgen. Ich nenne ihn entscheidend, aber jeder Augenblick des vorhergehenden Nachmittags ist ebenso entscheidend gewesen.« – »Und was stand in dem Brief?«, fragte K. »Ja, das habe ich noch nicht erzählt«, sagte Olga. »Der Brief war von Sortini, adressiert war er an das Mädchen mit dem Granatenhalsband. Den Inhalt kann ich nicht wiedergeben. Es war eine Aufforderung, zu ihm in den Herrenhof zu kommen, und zwar sollte Amalia sofort kommen, denn in einer halben Stunde musste Sortini wegfahren. Der Brief war in den gemeinsten Ausdrücken gehalten, die ich noch nie gehört hatte und nur aus dem Zusammenhang halb erriet. Wer Amalia nicht kannte und nur diesen Brief gelesen hatte, musste das Mädchen, an das jemand so zu schreiben gewagt hatte, für entehrt halten, auch wenn es gar nicht berührt worden sein sollte. Und es war kein Liebesbrief, kein Schmeichelwort war darin, Sortini war vielmehr offenbar böse, dass der Anblick Amalias ihn ergriffen, ihn von seinen Geschäften abgehalten hatte. Wir legten es uns später so zurecht, dass Sortini wahrscheinlich gleich abends hatte ins Schloss fahren wollen, nur Amalias wegen im Dorf geblieben war und am Morgen, voll Zorn darüber, dass es ihm auch in der Nacht nicht gelungen war, Amalia zu vergessen, den Brief geschrieben hatte. Man musste dem Brief gegenüber zuerst empört sein, auch die Kaltblütigste, dann aber hätte bei einer anderen als Amalia wahrscheinlich vor dem bösen, drohenden Ton die Angst überwogen, bei Amalia blieb es bei der Empörung, Angst kennt sie nicht, nicht für sich, nicht für andere. Und während ich mich dann wieder ins Bett verkroch und mir den abgebrochenen Schlusssatz wiederholte: ›Dass du also gleich kommst, oder –!‹ blieb Amalia auf der Fensterbank und sah hinaus, als erwarte sie noch weitere Boten und sei bereit, jeden so zu behandeln wie den ersten.« – »Das sind also die Beamten«, sagte K. zögernd, »solche Exemplare findet man unter ihnen. Was hat dein Vater gemacht? Ich hoffe, er hat sich kräftig an zuständiger Stelle über Sortini beschwert, wenn er nicht den kürzeren und sicheren Weg in den Herrenhof vorgezogen hat. Das allerhässlichste an der Geschichte ist ja nicht die Beleidigung Amalias, die konnte leicht gutgemacht werden, ich weiß nicht, warum du so übermäßig großes Gewicht gerade darauf legst; warum sollte Sortini mit einem solchen Brief Amalia für immer bloßgestellt haben, nach deiner Erzählung könnte man das glauben, gerade das ist aber doch nicht möglich, eine Genugtuung war Amalia leicht zu verschaffen, und in ein paar Tagen war der Vorfall vergessen; Sortini hat nicht Amalia bloßgestellt, sondern sich selbst. Vor Sortini also schrecke ich zurück, vor der Möglichkeit, dass es einen solchen Missbrauch der Macht gibt. Was in diesem Fall misslang, weil es klipp und klar gesagt und völlig durchsichtig war und an Amalia einen überlegenen Gegner fand, kann in tausend anderen Fällen, bei nur ein wenig ungünstigeren Fällen, völlig gelingen und kann sich jedem Blick entziehen, auch dem Blick des Missbrauchten.«

»Still«, sagte Olga, »Amalia sieht herüber.« Amalia hatte die Fütterung der Eltern beendet und war jetzt daran, die Mutter auszuziehen; sie hatte ihr gerade den Rock losgebunden, hing sich die Arme der Mutter um den Hals, hob sie so ein wenig, streifte ihr den Rock ab und setzte sie dann sanft wieder nieder. Der Vater, immer unzufrieden damit, dass die Mutter zuerst bedient wurde – was aber offenbar nur deshalb geschah, weil die Mutter noch hilfloser war als er –, versuchte, vielleicht auch, um die Tochter für ihre vermeintliche Langsamkeit zu strafen, sich selbst zu entkleiden, aber obwohl er bei dem Unnötigsten und Leichtesten anfing, den übergroßen Pantoffeln, in welchen seine Füße nur lose staken, wollte es ihm auf keine Weise gelingen, sie abzustreifen; er musste es unter heiserem Röcheln bald aufgeben und lehnte wieder steif in seinem Stuhl.

»Das Entscheidende erkennst du nicht«, sagte Olga, »du magst ja recht haben mit allem, aber das Entscheidende war, dass Amalia nicht in den Herrenhof ging; wie sie den Boten behandelt hatte, das mochte an sich noch hingehen, das hätte sich vertuschen lassen; damit aber, dass sie nicht hinging, war der Fluch über unsere Familie ausgesprochen, und nun war allerdings auch die Behandlung des Boten etwas Unverzeihliches, ja, es wurde sogar für die Öffentlichkeit in den Vordergrund geschoben.« – »Wie!«, rief K. und dämpfte sofort die Stimme, da Olga bittend die Hände hob. »Du, die Schwester, sagst doch nicht etwa, dass Amalia Sortini hätte folgen und in den Herrenhof hätte laufen sollen?« »Nein«, sagte Olga, »möge ich beschützt werden vor derartigem Verdacht; wie kannst du das glauben? Ich kenne niemanden, der so fest im Recht wäre wie Amalia bei allem, was sie tut. Wäre sie in den Herrenhof gegangen, hätte ich ihr freilich ebenso recht gegeben; dass sie aber nicht gegangen ist, war heldenhaft. Was mich betrifft, ich gestehe es dir offen, wenn ich einen solchen Brief bekommen hätte, ich wäre gegangen. Ich hätte die Furcht vor dem Kommenden nicht ertragen, das konnte nur Amalia. Es gab ja manche Auswege, eine andere hätte sich zum Beispiel recht schön geschmückt, und es wäre ein Weilchen darüber vergangen, und dann wäre sie in den Herrenhof gekommen und hätte erfahren, dass Sortini schon fort, vielleicht, dass er gleich nach Entsendung des Boten weggefahren sei, etwas, was sogar sehr wahrscheinlich ist, denn die Launen der Herren sind flüchtig. Aber Amalia tat das nicht und nichts Ähnliches, sie war zu tief beleidigt und antwortete ohne Vorbehalt. Hätte sie nur irgendwie zum Schein gefolgt, nur die Schwelle des Herrenhofes zurzeit gerade überschritten, das Verhängnis hätte sich abwenden lassen, wir haben hier sehr kluge Advokaten, die aus einem Nichts alles, was man nur will, zu machen verstehen, aber in diesem Fall war nicht einmal das günstige Nichts vorhanden; im Gegenteil, es war noch die Entwürdigung des sortinischen Briefes da und die Beleidigung des Boten.« – »Aber was für ein Verhängnis denn«, sagte K., »was für Advokaten; man konnte doch wegen der verbrecherischen Handlungsweise Sortinis nicht Amalia anklagen oder gar bestrafen?« – »Doch«, sagte Olga, »das konnte man; freilich nicht nach einem regelrechten Prozess, und man bestrafte sie auch nicht unmittelbar, wohl aber bestrafte man sie auf andere Weise, sie und unsere ganze Familie, und wie schwer diese Strafe ist, das fängst du wohl an zu erkennen. Dir scheint das ungerecht und ungeheuerlich, das ist eine im Dorf völlig vereinzelte Meinung, sie ist uns sehr günstig und sollte uns trösten, und so wäre es auch, wenn sie nicht sichtlich auf Irrtümer zurückginge. Ich kann dir das leicht beweisen, verzeih, wenn ich dabei von Frieda spreche, aber zwischen Frieda und Klamm ist – abgesehen davon, wie es sich schließlich gestaltet hat – etwas ganz Ähnliches vorgegangen wie zwischen Amalia und Sortini, und doch findest du das, wenn du auch anfangs erschrocken sein magst, jetzt schon richtig. Und das ist nicht Gewöhnung, so abstumpfen kann man durch Gewöhnung nicht, wenn es sich um einfache Beurteilung handelt, das ist bloß Ablegen von Irrtümern.« – »Nein, Olga«, sagte K., »ich weiß nicht, warum du Frieda in die Sache hineinziehst, der Fall wäre doch gänzlich anders, misch nicht so Grundverschiedenes durcheinander und erzähle weiter.« – »Bitte«, sagte Olga, »nimm es mir nicht übel, wenn ich auf dem Vergleich bestehe, es ist ein Rest von Irrtümern, auch hinsichtlich Friedas noch, wenn du sie gegen einen Vergleich verteidigen zu müssen glaubst. Sie ist gar nicht zu verteidigen, sondern nur zu loben. Wenn ich die Fälle vergleiche, so sage ich ja nicht, dass sie gleich sind; sie verhalten sich zueinander wie Weiß und Schwarz, und Weiß ist Frieda. Schlimmstenfalls kann man über Frieda lachen, wie ich es unartigerweise – ich habe es später sehr bereut – im Ausschank getan habe, aber selbst wer hier lacht, ist schon boshaft oder neidisch, immerhin, man kann lachen.

Amalia aber kann man, wenn man nicht durch Blut mit ihr verbunden ist, nur verachten. Deshalb sind es zwar grundverschiedene Fälle, wie du sagst, aber doch auch ähnliche.« – »Sie sind auch nicht ähnlich«, sagte K. und schüttelte unwillig den Kopf, »lass Frieda beiseite, Frieda hat keinen solchen sauberen Brief wie Amalia von Sortini bekommen, und Frieda hat Klamm wirklich geliebt, und wer es bezweifelt, kann sie fragen, sie liebt ihn noch heute.« – »Sind das aber große Unterschiede?«, fragte Olga. »Glaubst du, Klamm hätte Frieda nicht ebenso schreiben können? Wenn die Herren vom Schreibtisch aufstehen, sind sie so, sie finden sich in der Welt nicht zurecht, sie sagen dann in der Zerstreutheit das Allergröbste, nicht alle, aber viele. Der Brief an Amalia kann ja in Gedanken, in völliger Nichtachtung des wirklich Geschriebenen auf das Papier geworfen worden sein. Was wissen wir von den Gedanken der Herren? Hast du nicht selbst gehört oder es erzählen hören, in welchem Ton Klamm mit Frieda verkehrt hat? Von Klamm ist es bekannt, dass er sehr grob ist; er spricht angeblich stundenlang nicht, und dann sagt er plötzlich eine derartige Grobheit, dass es einen schaudert. Von Sortini ist das nicht bekannt, wie er ja überhaupt sehr unbekannt ist. Eigentlich weiß man von ihm nur, dass sein Name dem Sordinis ähnlich ist; wäre nicht diese Namensähnlichkeit, würde man ihn wahrscheinlich gar nicht kennen. Auch als Feuerwehrfachmann verwechselt man ihn wahrscheinlich mit Sordini, welcher der eigentliche Fachmann ist und die Namensähnlichkeit ausnützt, um besonders die Repräsentationspflichten auf Sortini abzuwälzen und so in seiner Arbeit ungestört zu bleiben. Wenn nun ein solcher weltungewandter Mann wie Sortini plötzlich von Liebe zu einem Dorfmädchen ergriffen wird, so nimmt das natürlich andere Formen an, als wenn der Tischlergehilfe von nebenan sich verliebt. Auch muss man bedenken, dass zwischen einem Beamten und einer Schusterstochter doch ein großer Abstand besteht, der irgendwie überbrückt werden muss, Sortini versuchte es auf diese Art, ein anderer mag's anders machen. Zwar heißt es, dass wir alle zum Schloss gehören und gar kein Abstand besteht und nichts zu überbrücken ist, und das stimmt auch vielleicht für gewöhnlich, aber wir haben leider Gelegenheit gehabt zu sehen, dass es, gerade, wenn es darauf ankommt, gar nicht stimmt. Jedenfalls wird dir nach dem allem die Handlungsweise Sortinis verständlicher, weniger ungeheuerlich geworden sein, und sie ist tatsächlich, mit jener Klamms verglichen, viel verständlicher und, selbst wenn man ganz nah beteiligt ist, viel erträglicher. Wenn Klamm einen zarten Brief schreibt, ist es peinlicher als der gröbste Brief Sortinis. Verstehe mich dabei recht, ich wage nicht, über Klamm zu urteilen, ich vergleiche nur, weil du dich gegen den Vergleich wehrst. Klamm ist doch wie ein Kommandant über den Frauen, befiehlt bald dieser, bald jener, zu ihm zu kommen, duldet keine lange, und so, wie er zu kommen befiehlt, befiehlt er auch zu gehen. Ach, Klamm würde sich gar nicht die Mühe geben, erst einen Brief zu schreiben. Und ist es nun im Vergleich damit noch immer ungeheuerlich, wenn der ganz zurückgezogen lebende Sortini, dessen Beziehungen zu Frauen zumindest unbekannt sind, einmal sich niedersetzt und in seiner schönen Beamtenschrift einen allerdings abscheulichen Brief schreibt? Und wenn sich also hier kein Unterschied zu Klamms Gunsten ergibt, sondern das Gegenteil, so sollte ihn Friedas Liebe bewirken? Das Verhältnis der Frauen zu den Beamten ist, glaube mir, sehr schwer oder vielmehr immer sehr leicht zu beurteilen. Hier fehlt es an Liebe nie. Unglückliche Beamtenliebe gibt es nicht. Es ist in dieser Hinsicht kein Lob, wenn man von einem Mädchen sagt – ich rede hier bei Weitem nicht nur von Frieda –, dass sie sich dem Beamten nur deshalb hingegeben hat, weil sie ihn liebte. Sie liebte ihn und hat sich ihm hingegeben, so war es, aber zu loben ist dabei nichts. Amalia aber hat Sortini nicht geliebt, wendest du ein. Nun ja, sie hat ihn nicht geliebt, aber vielleicht hat sie ihn doch geliebt, wer kann das entscheiden? Nicht einmal sie selbst. Wie kann sie glauben, ihn nicht geliebt zu haben, wenn sie ihn so kräftig abgewiesen hat, wie wahrscheinlich noch niemals ein Beamter abgewiesen worden ist? Barnabas sagt, dass sie noch jetzt manchmal zittert von der Bewegung, mit der sie vor drei Jahren das Fenster zugeschlagen hat. Das ist auch wahr, und deshalb darf man sie nicht fragen; sie hat mit Sortini abgeschlossen und weiß nichts mehr als das; ob sie ihn liebt oder nicht, weiß sie nicht. Wir aber wissen, dass Frauen nicht anders können, als Beamte lieben, wenn sich diese ihnen einmal zuwenden; ja, sie lieben die Beamten schon vorher, sosehr sie es leugnen wollen, und Sortini hat sich Amalia ja nicht nur zugewendet, sondern ist über die Deichsel gesprungen, als er Amalia sah, mit den von der Schreibtischarbeit steifen Beinen ist er über die Deichsel gesprungen. Aber Amalia ist ja eine Ausnahme, wirst du sagen. Ja, das ist sie, das hat sie bewiesen, als sie sich weigerte, zu Sortini zu gehen, das ist der Ausnahme genug; dass sie nun aber außerdem Sortini auch nicht geliebt haben sollte, das wäre nun schon der Ausnahme fast zu viel, das wäre gar nicht mehr zu fassen. Wir waren ja gewiss an jenem Nachmittag mit Blindheit geschlagen, aber dass wir damals durch allen Nebel etwas von Amalias Verliebtheit zu bemerken glaubten, zeigte doch wohl noch etwas Besinnung. Wenn man aber das alles zusammenhält, was bleibt dann für ein Unterschied zwischen Frieda und Amalia? Einzig der, dass Frieda tat, was Amalia verweigert hat.« – »Mag sein«, sagte K., »für mich aber ist der Hauptunterschied der, dass Frieda meine Braut ist, Amalia aber mich im Grunde nur so weit bekümmert, als sie die Schwester des Barnabas, des Schlossboten, ist und ihr Schicksal in den Dienst des Barnabas vielleicht mit verflochten ist. Hätte ihr ein Beamter ein derart schreiendes Unrecht getan, wie es nach deiner Erzählung anfangs mir schien, hätte mich das sehr beschäftigt, aber auch dies viel mehr als öffentliche Angelegenheit denn als persönliches Leid Amalias. Nun ändert sich aber nach deiner Erzählung das Bild in einer mir zwar nicht ganz verständlichen, aber, da du es bist, die erzählt, in einer genügend glaubwürdigen Weise, und ich will diese Sache deshalb sehr gern völlig vernachlässigen, ich bin kein

Feuerwehrmann, was kümmert mich Sortini. Wohl aber kümmert mich Frieda, und da ist es mir sonderbar, wie du, der ich völlig vertraute und gerne immer vertrauen will, Frieda auf dem Umweg über Amalia immerfort anzugreifen und mir verdächtig zu machen suchst. Ich nehme nicht an, dass du das mit Absicht oder gar mit böser Absicht tust; sonst hätte ich doch schon längst fortgehen müssen. Du tust es nicht mit Absicht, die Umstände verleiten dich dazu; aus Liebe zu Amalia willst du sie hoch erhaben über alle Frauen hinstellen, und da du in Amalia selbst zu diesem Zweck nicht genug Rühmenswertes findest, hilfst du dir damit, dass du andere Frauen verkleinerst. Amalias Tat ist merkwürdig, aber je mehr du von dieser Tat erzählst, desto weniger lässt es sich entscheiden, ob sie groß oder klein, klug oder töricht, heldenhaft oder feig gewesen ist, ihre Beweggründe hält Amalia in ihrer Brust verschlossen, niemand wird sie ihr entreißen. Frieda dagegen hat gar nichts Merkwürdiges getan, sondern ist nur ihrem Herzen gefolgt, für jeden, der sich gutwillig damit befasst, ist das klar, jeder kann es nachprüfen, für Klatsch ist kein Raum. Ich aber will weder Amalia heruntersetzen noch Frieda verteidigen, sondern dir nur klarmachen, wie ich mich zu Frieda verhalte und wie jeder Angriff gegen Frieda gleichzeitig ein Angriff gegen meine Existenz ist. Ich bin aus eigenem Willen hierhergekommen, und aus eigenem Willen habe ich mich hier festgehakt, aber alles, was seither geschehen ist, und vor allem meine Zukunftsaussichten – so trübe sie auch sein mögen, immerhin, sie bestehen –, alles dies verdanke ich Frieda, das lässt sich nicht wegdiskutieren. Ich war hier zwar als Landvermesser aufgenommen, aber das war nur scheinbar, man spielte mit mir, man trieb mich aus jedem Haus, man spielt auch heute mit mir, aber wie viel umständlicher ist das, ich habe gewissermaßen an Umfang gewonnen, und das bedeutet schon etwas, ich habe, so geringfügig das alles ist, doch scheint ein Heim, eine Stellung und wirkliche Arbeit, ich habe eine Braut, die, wenn ich andere Geschäfte habe, mir die Berufsarbeit abnimmt, ich werde sie heiraten und Gemeindemitglied werden, ich habe außer den amtlichen auch noch eine, bisher freilich unausnützbare, persönliche Beziehung zu Klamm. Das ist doch wohl nicht wenig? Und wenn ich zu euch komme, wen begrüßt ihr? Wem vertraust du die Geschichte euerer Familie an? Von wem erhoffst du die Möglichkeit, sei es auch nur die winzige, unwahrscheinliche Möglichkeit irgendeiner Hilfe? Doch wohl nicht von mir, dem Landvermesser, den zum Beispiel noch vor einer Woche Lasemann und Brunswick mit Gewalt aus ihrem Haus gedrängt haben, sondern du erhoffst das von dem Mann, der schon irgendwelche Machtmittel hat, diese Machtmittel aber verdanke ich Frieda, Frieda, die so bescheiden ist, dass sie, wenn du sie nach etwas Derartigem zu fragen versuchen wirst, gewiss nicht das Geringste davon wird wissen wollen. Und doch scheint es nach dem allem, dass Frieda in ihrer Unschuld mehr getan hat als Amalia in allem ihrem Hochmut; denn sieh, ich habe den Eindruck, dass du Hilfe für Amalia suchst. Und von wem? Doch eigentlich von keinem anderen als von Frieda?« – »Habe ich wirklich so hässlich von Frieda gesprochen?«, sagte Olga. »Ich wollte es gewiss nicht und glaube es auch nicht getan zu haben, aber möglich ist es, unsere Lage ist derart, dass wir mit aller Welt zerfallen sind, und fangen wir zu klagen an, reißt es uns fort, wir wissen nicht, wohin. Du hast auch recht, es ist ein großer Unterschied jetzt zwischen uns und Frieda, und es ist gut, ihn einmal zu betonen. Vor drei Jahren waren wir Bürgermädchen und Frieda, die Waise, Magd im Brückenhof, wir gingen an ihr vorüber, ohne sie mit dem Blick zu streifen; wir waren gewiss zu hochmütig, aber wir waren so erzogen worden. An dem Abend im Herrenhof magst du aber den jetzigen Stand erkannt haben: Frieda mit der Peitsche in der Hand und ich in dem Haufen der Knechte. Aber es ist ja noch schlimmer.

Frieda mag uns verachten, es entspricht ihrer Stellung, die tatsächlichen Verhältnisse erzwingen es. Aber wer verachtet uns nicht alles! Wer sich entschließt, uns zu verachten, kommt gleich in die allergrößte Gesellschaft. Kennst du die Nachfolgerin Friedas? Pepi heißt sie. Ich habe sie erst vorgestern Abend kennengelernt; bisher war sie Zimmermädchen. Sie übertrifft gewiss Frieda an Verachtung für mich. Sie sah mich aus dem Fenster, wie ich Bier holen kam, lief zur Tür und versperrte sie, ich musste lange bitten und ihr das Band versprechen, das ich im Haare trug, ehe sie mir aufmachte. Als ich es ihr aber dann gab, warf sie es in den Winkel. Nun, sie mag mich verachten, zum Teil bin ich ja auf ihr Wohlwollen angewiesen, und sie ist Ausschankmädchen im Herrenhof; freilich, sie ist es nur vorläufig und hat gewiss nicht die Eigenschaften, die nötig sind, um dort dauernd angestellt zu werden. Man mag nur zuhören, wie der Wirt mit Pepi spricht, und mag es damit vergleichen, wie er mit Frieda sprach. Aber das hindert Pepi nicht, auch Amalia zu verachten, Amalia, deren Blick allein genügen würde, die ganze kleine Pepi mit allen ihren Zöpfen und Maschen so schnell aus dem Zimmer zu schaffen, wie sie es, nur auf ihre eigenen dicken Beinchen angewiesen, niemals zustande brächte. Was für ein empörendes Geschwätz musste ich gestern wieder von ihr über Amalia anhören, bis sich dann schließlich die Gäste meiner annahmen, in der Art freilich, wie du es schon einmal gesehen hast.« – »Wie verängstigt du bist«, sagte K., »ich habe ja nur Frieda auf den ihr gebührenden Platz gestellt, aber nicht euch herabsetzen wollen, wie du es jetzt auffasst. Irgendetwas Besonderes hat euere Familie auch für mich, das habe ich nicht verschwiegen; wie dieses Besondere aber Anlass zur Verachtung geben könnte, das verstehe ich nicht.« – »Ach, K.«, sagte Olga, »auch du wirst es noch verstehen, fürchte ich; dass Amalias Verhalten gegenüber Sortini der erste Anlass dieser Verachtung war, kannst du das auf keine Weise verstehen?« –

»Das wäre doch zu sonderbar«, sagte K., »bewundern oder verurteilen könnte man Amalia deshalb, aber verachten? Und wenn man, aus mir unverständlichem Gefühl, wirklich Amalia verachtet, warum dehnt man die Verachtung auf euch aus, auf die unschuldige Familie? Dass zum Beispiel Pepi dich verachtet, ist ein starkes Stück, und ich will, wenn ich wieder einmal in den Herrenhof komme, es ihr heimzahlen.« – »Wolltest du, K.«, sagte Olga, »alle unsere Verräter umstimmen, das wäre eine harte Arbeit, denn alles geht vom Schloss aus. Ich erinnere mich noch genau an den Vormittag, der jenem Morgen folgte. Brunswick, der damals unser Gehilfe war, war gekommen wie jeden Tag, der Vater hatte ihm Arbeit zugeteilt und ihn nach Hause geschickt, wir saßen dann beim Frühstück, alle, bis auf Amalia und mich, waren sehr lebhaft, der Vater erzählte immerfort von dem Fest, er hatte hinsichtlich der Feuerwehr verschiedene Pläne, im Schloss ist nämlich eine eigene Feuerwehr, die zu dem Fest auch eine Abordnung geschickt hatte, mit der manches besprochen worden war, die anwesenden Herren aus dem Schloss hatten die Leistungen unserer Feuerwehr gesehen, sich sehr günstig über sie ausgesprochen, die Leistungen der Schlossfeuerwehr damit verglichen, das Ergebnis war uns günstig, man hatte von der Notwendigkeit einer Neuorganisation der Schlossfeuerwehr gesprochen, dazu waren Instruktoren aus dem Dorf nötig, es kamen zwar einige dafür in Betracht, aber der Vater hatte doch Hoffnung, dass die Wahl auf ihn fallen werde. Davon sprach er nun, und wie es so seine liebe Art war, sich bei Tisch recht auszubreiten, saß er da, mit den Armen den halben Tisch umfassend, und wie er aus dem offenen Fenster zum Himmel aufsah, war sein Gesicht so jung und hoffnungsfreudig; niemals mehr sollte ich ihn so sehen. Da sagte Amalia mit einer Überlegenheit, die wir an ihr nicht kannten, solchen Reden der Herren müsse man nicht sehr vertrauen, die Herren pflegen bei derartigen Gelegenheiten gern etwas Gefälliges zu sagen, aber Bedeutung habe das wenig oder gar nicht, kaum gesprochen, sei es schon für immer vergessen, freilich bei der nächsten Gelegenheit gehe man ihnen wieder auf den Leim. Die Mutter verwies ihr solche Reden, der Vater lachte nur über ihre Altklugheit und Vielerfahrenheit, dann aber stutzte er, schien etwas zu suchen, dessen Fehlen er erst jetzt merkte, aber es fehlte doch nichts, und sagte: Brunswick habe etwas von einem Boten und einem zerrissenen Brief erzählt, und er fragte, ob wir etwas davon wussten, wen es betreffe und wie es sich damit verhalte. Wir schwiegen, Barnabas, damals noch jung wie ein Lämmchen, sagte irgendetwas besonders Dummes oder Keckes, man sprach von anderem, und die Sache kam in Vergessenheit.«

## *Amalias Strafe*

»Aber kurz darauf wurden wir schon von allen Seiten mit Fragen wegen der Briefgeschichte überschüttet, es kamen Freunde und Feinde, Bekannte und Fremde; man blieb aber nicht lange, die besten Freunde verabschiedeten sich am allereiligsten. Lasemann, immer sonst langsam und würdig, kam herein, so, als wolle er nur das Ausmaß der Stube prüfen, ein Blick im Umkreis, und er war fertig, es sah wie ein schreckliches Kinderspiel aus, als Lasemann sich flüchtete und der Vater von anderen Leuten sich losmachte und hinter ihm her eilte bis zur Schwelle des Hauses und es dann aufgab; Brunswick kam und kündigte dem Vater; er wolle sich selbstständig machen, sagte er ganz ehrlich, ein kluger Kopf, der den Augenblick zu nützen verstand; Kundschaften kamen und suchten in Vaters Lagerraum ihre Stiefel hervor, die sie zur Reparatur hier liegen hatten, zuerst versuchte der Vater, die Kundschaften umzustimmen – und wir alle unterstützten ihn nach unseren Kräften –, später gab es der

Vater auf und half stillschweigend den Leuten beim Suchen, im Auftragsbuch wurde Zeile für Zeile gestrichen, die Ledervorräte, welche die Leute bei uns hatten, wurden herausgegeben, Schulden bezahlt, alles ging ohne den geringsten Streit, man war zufrieden, wenn es gelang, die Verbindung mit uns schnell und vollständig zu lösen, mochte man dabei auch Verluste haben, das kam nicht in Betracht. Und schließlich, was ja vorauszusehen war, erschien Seemann, der Obmann der Feuerwehr; ich sehe die Szene noch vor mir: Seemann, groß und stark, aber ein wenig gebeugt und lungenkrank, immer ernst, er kann gar nicht lachen, steht vor meinem Vater, den er bewundert hat, dem er in vertrauten Stunden die Stelle eines Obmannstellvertreters in Aussicht gestellt hat, und soll ihm nun mitteilen, dass ihn der Verein verabschiedet und um Rückgabe des Diploms ersucht. Die Leute, die gerade bei uns waren, ließen ihre Geschäfte ruhen und drängten sich im Kreis um die zwei Männer. Seemann kann nichts sagen, klopft nur immerfort dem Vater auf die Schulter, so, als wolle er dem Vater die Worte ausklopfen, die er selbst sagen soll und nicht finden kann. Dabei lacht er immerfort, wodurch er wohl sich und alle ein wenig beruhigen will; aber da er nicht lachen kann und man ihn noch niemals lachen gehört, fällt es niemandem ein zu glauben, dass das ein Lachen sei. Der Vater aber ist von diesem Tag schon zu müde und verzweifelt, um jemandem helfen zu können, ja, er scheint zu müde, um überhaupt nachzudenken, worum es sich handelt. Wir waren ja alle in gleicher Weise verzweifelt, aber da wir jung waren, konnten wir an einen solchen vollständigen Zusammenbruch nicht glauben, immer dachten wir, dass in der Reihe der vielen Besucher endlich doch jemand kommen werde, der Halt befiehlt und alles wieder zu einer rückläufigen Bewegung zwingt. Seemann erschien uns in unserem Unverstand dafür besonders geeignet. Mit Spannung warteten wir, dass sich aus diesem fortwährenden Lachen endlich das klare Wort loslösen werde. Worüber war denn jetzt zu lachen, doch nur über das dumme Unrecht, das uns geschah. Herr Obmann, Herr Obmann, sagen Sie es doch endlich den Leuten, dachten wir und drängten uns an ihn heran, was ihn aber nur zu merkwürdigen Drehbewegungen veranlasste. Endlich fing er, zwar nicht, um unsere geheimen Wünsche zu erfüllen, sondern um den aufmunternden oder ärgerlichen Zurufen der Leute zu entsprechen, doch zu reden an. Noch immer hatten wir Hoffnung. Er begann mit großem Lob des Vaters. Nannte ihn eine Zierde des Vereins, ein unerreichbares Vorbild des Nachwuchses, ein unentbehrliches Mitglied, dessen Ausscheiden den Verein fast zerstören müsse. Das war alles sehr schön; hätte er doch hier geendet! Aber er sprach weiter. Wenn sich nun trotzdem der Verein entschlossen habe, den Vater, vorläufig allerdings nur, um den Abschied zu ersuchen, werde man den Ernst der Gründe erkennen, die den Verein dazu zwangen. Vielleicht hätte es ohne die glänzenden Leistungen des Vaters am gestrigen Fest gar nicht so weit kommen müssen, aber eben diese Leistungen hätten die amtliche Aufmerksamkeit besonders erregt; der Verein stand jetzt in vollem Licht und müsse auf seine Reinheit noch mehr bedacht sein als früher. Und nun war die Beleidigung des Boten geschehen, da habe der Verein keinen anderen Ausweg gefunden und er, Seemann, habe das schwere Amt übernommen, es zu melden. Der Vater möge es ihm nicht noch mehr erschweren. Wie froh war Seemann, das hervorgebracht zu haben, aus Zuversicht darüber war er nicht einmal mehr übertrieben rücksichtsvoll, er zeigte auf das Diplom, das an der Wand hing, und winkte mit dem Finger. Der Vater nickte und ging es holen, konnte es aber mit den zitternden Händen nicht vom Haken bringen; ich stieg auf einen Sessel und half ihm. Und von diesem Augenblick an war alles zu Ende; er nahm das Diplom nicht einmal mehr aus dem Rahmen, sondern gab Seemann alles, wie es war. Dann setzte er sich in einen Winkel, rührte sich nicht und sprach mit niemandem mehr, wir mussten mit den Leuten allein verhandeln, so gut es ging.« – »Und worin siehst du hier den Einfluss des Schlosses?«, fragte K. »Vorläufig scheint es noch nicht eingegriffen zu haben. Was du bisher erzählt hast, war nur gedankenlose Ängstlichkeit der Leute, Freude am Schaden des Nächsten, unzuverlässige Freundschaft, Dinge, die überall anzutreffen sind, und aufseiten deines Vaters allerdings auch – wenigstens scheint es mir so – eine gewisse Kleinlichkeit; denn jenes Diplom, was war es? Bestätigung seiner Fähigkeiten, und die behielt er doch, machten sie ihn unentbehrlich, desto besser, und er hätte dem Obmann die Sache wirklich schwer nur dadurch gemacht, dass er ihm das Diplom gleich beim zweiten Wort vor die Füße geworfen hätte. Besonders bezeichnend scheint mir aber, dass du Amalia gar nicht erwähnst, Amalia, die doch alles verschuldet hatte, stand wahrscheinlich ruhig im Hintergrund und betrachtete die Verwüstung.« – »Nein«, sagte Olga, »niemandem ist ein Vorwurf zu machen, niemand konnte anders handeln, das alles war schon Einfluss des Schlosses.« – »Einfluss des Schlosses«, wiederholte Amalia, die unvermerkt vom Hofe her eingetreten war, die Eltern lagen längst zu Bett. »Schlossgeschichten werden erzählt? Noch immer sitzt ihr beisammen? Und du hattest dich doch gleich verabschieden wollen, K., und nun geht es schon auf zehn. Bekümmern dich denn solche Geschichten überhaupt? Es gibt hier Leute, die sich von solchen Geschichten nähren, sie setzen sich zusammen, so wie ihr hier sitzt, und traktieren sich gegenseitig; du scheinst mir aber nicht zu diesen Leuten zu gehören.« – »Doch«, sagte K., »ich gehöre genau zu ihnen; dagegen machen Leute, die sich um solche Geschichten nicht bekümmern und nur andere sich bekümmern lassen, nicht viel Eindruck auf mich.« – »Nun ja«, sagte Amalia, »aber das

Interesse der Leute ist ja sehr verschiedenartig, ich hörte einmal von einem jungen Mann, der beschäftigte sich mit den Gedanken an das Schloss bei Tag und Nacht, alles andere vernachlässigte er, man fürchtete für seinen Alltagsverstand, weil sein ganzer Verstand oben im Schloss war. Schließlich aber stellte es sich heraus, dass er nicht eigentlich das Schloss, sondern nur die Tochter einer Aufwaschfrau in den Kanzleien gemeint hatte, die bekam er nun allerdings und dann war alles wieder gut.« »Der Mann würde mir gefallen, glaube ich«, sagte K. »Dass dir der Mann gefallen würde«, sagte Amalia, »bezweifle ich, aber vielleicht seine Frau. Nun lasst euch aber nicht stören, ich gehe allerdings schlafen, und auslöschen werde ich müssen, der Eltern wegen; sie schlafen zwar gleich fest ein, aber nach einer Stunde ist schon der eigentliche Schlaf zu Ende, und dann stört sie der kleinste Schein. Gute Nacht.« Und wirklich wurde es gleich finster. Amalia machte sich wohl irgendwo auf der Erde beim Bett der Eltern ihr Lager zurecht. »Wer ist denn dieser junge Mann, von dem sie sprach?«, fragte K. »Ich weiß nicht«, sagte Olga. »Vielleicht Brunswick, obwohl es für ihn nicht ganz passt, vielleicht aber auch ein anderer. Es ist nicht leicht, sie genau zu verstehen, weil man oft nicht weiß, ob sie ironisch oder ernst spricht. Meistens ist es ja ernst, aber es klingt ironisch.« – »Lass die Deutungen!«, sagte K. »Wie kamst du denn in diese große Abhängigkeit von ihr? War es schon vor dem großen Unglück so? Oder erst nachher? Und hast du niemals den Wunsch, von ihr unabhängig zu werden? Und ist denn diese Abhängigkeit irgendwie vernünftig begründet? Sie ist die Jüngste und hat als solche zu gehorchen. Sie hat, schuldig oder unschuldig, das Unglück über die Familie gebracht. Statt dafür jeden neuen Tag jeden von euch von Neuem um Verzeihung zu bitten, trägt sie den Kopf höher als alle, kümmert sich um nichts als knapp gnadenweise um die Eltern, will in nichts eingeweiht werden, wie sie sich ausdrückt, und wenn sie endlich einmal mit euch spricht, dann ist es meistens ernst, aber es klingt ironisch. Oder herrscht sie etwa durch ihre Schönheit, die du manchmal erwähnst? Nun, ihr seid euch alle drei sehr ähnlich, das aber, wodurch sie sich von euch zweien unterscheidet, ist durchaus zu ihren Ungunsten, schon als ich sie zum ersten Mal sah, schreckte mich ihr stumpfer, liebloser Blick ab. Und dann ist sie zwar die Jüngste, aber davon merkt man nichts in ihrem Äußeren, sie hat das alterlose Aussehen der Frauen, die kaum altern, die aber auch kaum jemals eigentlich jung gewesen sind. Du siehst sie jeden Tag, du merkst gar nicht die Härte ihres Gesichtes. Darum kann ich auch Sortinis Neigung, wenn ich es überlege, nicht einmal sehr ernst nehmen, vielleicht wollte er sie mit dem Brief nur strafen, aber nicht rufen.« – »Von Sortini will ich nicht reden«, sagte Olga. »Bei den Herren im Schloss ist alles möglich, ob es nun um das schönste oder um das hässlichste Mädchen geht. Sonst aber irrst du hinsichtlich Amalias vollkommen. Sieh, ich habe doch keinen Anlass, dich für Amalia besonders zu gewinnen, und versuche ich es dennoch, tue ich es nur deinetwegen. Amalia war irgendwie die Ursache unseres Unglücks, das ist gewiss, aber selbst der Vater, der doch am schwersten von dem Unglück getroffen war und sich in seinen Worten niemals sehr beherrschen konnte, gar zu Hause nicht, selbst der Vater hat Amalia auch in den schlimmsten Zeiten kein Wort des Vorwurfs gesagt. Und das nicht etwa deshalb, weil er Amalias Vorgehen gebilligt hätte; wie hätte er, ein Verehrer Sortinis, es billigen können; nicht von der Ferne konnte er es verstehen; sich und alles, was er hatte, hätte er Sortini wohl gern zum Opfer gebracht, allerdings nicht so, wie es jetzt wirklich geschah, unter Sortinis wahrscheinlichem Zorn. Wahrscheinlichem Zorn, denn wir erfuhren nichts mehr von Sortini; war er bisher zurückgezogen gewesen, so war er es von jetzt ab, als sei er überhaupt nicht mehr. Und nun hättest du Amalia sehen sollen in jener Zeit. Wir alle wussten, dass keine ausdrückliche Strafe kommen werde. Man zog sich nur von uns zurück. Die Leute hier wie auch das Schloss. Während man aber den Rückzug der Leute natürlich merkte, war vom Schloss gar nichts zu merken. Wir hatten ja früher auch keine Fürsorge des Schlosses gemerkt, wie hätten wir jetzt einen Umschwung merken können. Diese Ruhe war das Schlimmste. Bei Weitem nicht der Rückzug der Leute, sie hatten es ja nicht aus irgendeiner Überzeugung getan, hatten vielleicht auch gar nichts Ernstliches gegen uns, die heutige Verachtung bestand noch gar nicht, nur aus Angst hatten sie es getan, und jetzt warteten sie, wie es weiter ausgehen werde. Auch Not hatten wir noch keine zu fürchten, alle Schuldner hatten uns gezahlt, die Abschlüsse waren vorteilhaft gewesen, was uns an Lebensmitteln fehlte, darin halfen uns im Geheimen Verwandte aus, es war leicht, es war ja in der Erntezeit, allerdings Felder hatten wir keine, und mitarbeiten ließ man uns nirgends, wir waren zum ersten Mal im Leben fast zum Müßiggang verurteilt. Und nun saßen wir beisammen, bei geschlossenen Fenstern, in der Hitze des Juli und August. Es geschah nichts. Keine Vorladung, keine Nachricht, kein Bericht, kein Besuch, nichts.« – »Nun«, sagte K., »da nichts geschah und auch keine ausdrückliche Strafe zu erwarten war, wovor habt ihr euch gefürchtet? Was seid ihr doch für Leute!« – »Wie soll ich es dir erklären?«, sagte Olga. »Wir fürchteten nichts Kommendes, wir litten schon nur unter dem Gegenwärtigen, wir waren mitten in der Bestrafung darin. Die Leute im Dorf warteten ja nur darauf, dass wir zu ihnen kämen, dass der Vater seine Werkstatt wieder aufmachte, dass Amalia, die sehr schöne Kleider zu nähen verstand, allerdings nur für die Vornehmsten, wieder zu Bestellungen käme, es tat ja allen Leuten leid, was sie getan hatten; wenn im Dorf eine angesehene Familie plötzlich ganz ausgeschaltet wird, hat jeder irgendeinen Nachteil davon, sie hatten, als sie sich von uns lossagten, nur ihre Pflicht zu tun geglaubt, wir hätten es an ihrer Stelle auch nicht anders getan. Sie hatten ja auch nicht genau gewusst, worum es sich gehandelt hatte, nur der Bote war, die Hand voll Papierfetzen, in den Herrenhof zurückgekommen. Frieda hatte ihn ausgehen und dann wiederkommen gesehen, ein paar Worte mit ihm gesprochen und das, was sie erfahren hatte, gleich verbreitet; aber wieder gar nicht aus Feindseligkeit gegen uns, sondern einfach aus Pflicht, wie es im gleichen Fall die Pflicht jedes anderen gewesen wäre. Und nun wäre den Leuten, wie ich schon sagte, eine glückliche Lösung des Ganzen am willkommensten gewesen. Wenn wir plötzlich einmal gekommen wären mit der Nachricht, dass alles schon in Ordnung sei, dass es zum Beispiel nur ein inzwischen völlig aufgeklärtes Missverständnis gewesen sei oder dass es zwar ein Vergehen gewesen sei, aber es sei schon durch die Tat gutgemacht oder – selbst das hätte den Leuten genügt – dass es uns durch unsere Verbindungen ins Schloss gelungen sei, die Sache niederzuschlagen; man hätte uns ganz gewiss wieder mit offenen Armen aufgenommen, Küsse, Umarmungen, Feste hätte es gegeben, ich habe Derartiges bei anderen einige Male erlebt. Aber nicht einmal eine solche Nachricht wäre nötig gewesen; wenn wir nur freigekommen wären und uns angeboten, die alten Verbindungen wieder aufgenommen hätten, ohne auch nur ein Wort über die Briefgeschichte zu verlieren, es hätte genügt, mit Freude hätten alle auf die Besprechung der Sache verzichtet; es war ja, neben der Angst, vor allem die Peinlichkeit der Sache gewesen, weshalb man sich von uns getrennt hatte, einfach um nichts von der Sache zu hören, nicht von ihr zu sprechen, nicht an sie denken, in keiner Weise von ihr berührt werden zu müssen. Wenn Frieda die Sache verraten hatte, so hatte sie es nicht getan, um sich an ihr zu freuen, sondern um sich und alle vor ihr zu bewahren, um die Gemeinde darauf aufmerksam zu machen, dass hier etwas geschehen war, von dem man sich auf das Sorgfältigste fernzuhalten hatte. Nicht wir kamen hier als Familie in Betracht, sondern nur die Sache und wir nur der Sache wegen, in die wir uns verflochten hatten. Wenn wir also nur wieder hervorgekommen wären, das Vergangene ruhen gelassen hätten, durch unser Verhalten gezeigt hätten, dass wir die Sache überwunden hatten, gleichgültig auf welche Weise, und die Öffentlichkeit so die Überzeugung gewonnen hätte, dass die Sache, wie immer sie auch beschaffen gewesen sein mag, nicht wieder zur Besprechung kommen werde, auch so wäre alles gut gewesen; überall hätten wir die alte Hilfsbereitschaft gefunden, selbst wenn wir die Sache nur unvollständig vergessen hätten, man hätte es verstanden und hätte uns geholfen, es völlig zu vergessen. Stattdessen aber saßen wir zu Hause. Ich weiß nicht, worauf wir warteten, auf Amalias Entscheidung wohl, sie hatte damals an jenem Morgen die Führung der Familie an sich gerissen und hielt sie fest. Ohne besondere Veranstaltungen, ohne Befehle, ohne Bitten, fast nur durch Schweigen. Wir anderen hatten freilich viel zu beraten, es war ein fortwährendes Flüstern vom Morgen bis zum Abend, und manchmal rief mich der Vater in plötzlicher Beängstigung zu sich, und ich verbrachte am Bett die halbe Nacht. Oder manchmal hockten wir uns zusammen, ich und Barnabas, der ja erst sehr wenig von dem Ganzen verstand und immerfort ganz glühend Erklärungen verlangte, immerfort die gleichen, er wusste wohl, dass die sorgenlosen Jahre, die andere seines Alters erwarteten, für ihn nicht mehr vorhanden waren, so saßen wir zusammen – ganz ähnlich, K., wie wir zwei jetzt – und vergaßen, dass es Nacht wurde und wieder Morgen. Die Mutter war die Schwächste von uns allen, wohl weil sie nicht nur das gemeinsame Leid, sondern auch noch jedes Einzelnen Leid mitgelitten hat, und so konnten wir mit Schrecken Veränderungen an ihr wahrnehmen, die, wie wir ahnten, unserer ganzen Familie bevorstanden. Ihr bevorzugter Platz war der Winkel eines Kanapees – wir haben es längst nicht mehr –, es steht in Brunswicks großer Stube, dort saß sie und – man wusste nicht genau, was es war – schlummerte oder hielt, wie die bewegten Lippen anzudeuten schienen, lange Selbstgespräche. Es war ja so natürlich, dass wir immerfort die Briefgeschichte besprachen, kreuz und quer, in allen sicheren Einzelheiten und allen unsicheren Möglichkeiten, und dass wir immerfort im Aussinnen von Mitteln zur guten Lösung uns übertrafen, es war natürlich und unvermeidlich, aber nicht gut, wir kamen ja dadurch immerfort tiefer in das, dem wir entgehen wollten. Und was halfen denn diese noch so ausgezeichneten Einfälle; keiner war ausführbar ohne Amalia, alle waren nur Vorbereitungen, sinnlos dadurch, dass ihre Ergebnisse gar nicht bis zu Amalia kamen und, wenn sie hingekommen wären, nichts anderes angetroffen hätten als Schweigen. Nun, glücklicherweise verstehe ich heute Amalia besser als damals. Sie trug mehr als wir alle; es ist unbegreiflich, wie sie es ertragen hat und noch heute unter uns lebt. Die Mutter trug vielleicht unser aller Leid, sie trug es, weil es über sie hereingebrochen ist, und sie trug es nicht lange, dass sie es heute noch irgendwie trägt, kann man nicht sagen, und schon damals war ihr Sinn verwirrt. Aber Amalia trug nicht nur das Leid, sondern hatte auch den Verstand, es zu durchschauen, wir sahen nur die Folgen, sie sah in den Grund, wir hofften auf irgendwelche kleinen Mittel, sie wusste, das alles entschieden war, wir hatten zu flüstern, sie hatte nur zu schweigen, Aug in Aug mit der Wahrheit stand sie und lebte und ertrug dieses Leben damals wie heute. Wie viel besser ging es uns in aller unserer Not als ihr. Wir mussten freilich unser Haus verlassen; Brunswick bezog es, man wies uns diese Hütte zu, mit einem Handkarren brachten wir unser Eigentum in einigen Fahrten hier herüber, Barnabas und ich zogen, der Vater und

Amalia halfen hinten nach, die Mutter, die wir gleich anfangs hergebracht hatten, empfing uns, auf einer Kiste sitzend, immer mit leisem Jammern. Aber ich erinnere mich, dass wir, selbst während der mühevollen Fahrten – die auch sehr beschämend waren, denn öfters begegneten wir Erntewagen, deren Begleitung vor uns verstummte und die Blicke wandte –, dass wir, Barnabas und ich, selbst während dieser Fahrten es nicht unterlassen konnten, von unseren Sorgen und Plänen zu sprechen, dass wir im Gespräch manchmal stehen blieben und erst das ›Hallo!‹ des Vaters uns an unsere Pflicht wieder erinnerte. Aber alle Besprechungen änderten auch nach der Übersiedlung unser Leben nicht, nur dass wir jetzt allmählich auch die Armut zu fühlen bekamen. Die Zuschüsse der Verwandten hörten auf, unsere Mittel waren fast zu Ende, und gerade in jener Zeit begann die Verachtung für uns, wie du sie kennst, sich zu entwickeln. Man merkte, dass wir nicht die Kraft hatten, uns aus der Briefgeschichte herauszuarbeiten, und man nahm uns das sehr übel, man unterschätzte nicht die Schwere unseres Schicksals, obwohl man es nicht genau kannte, man wusste, dass man selbst die Probe wahrscheinlich nicht besser bestanden hätte als wir, aber umso notwendiger war es, sich von uns völlig zu trennen; man hätte, wenn wir es überwunden hätten, uns entsprechend hoch geehrt, da es uns aber nicht gelungen war, tat man das, was man bisher nur vorläufig getan hatte, endgültig: Man schloss uns aus jedem Kreise aus. Nun sprach man von uns nicht mehr wie von Menschen, unser Familienname wurde nicht mehr genannt; wenn man von uns sprechen musste, nannte man uns nach Barnabas, dem Unschuldigsten von uns, selbst unsere Hütte geriet in Verruf, und wenn du dich prüfst, wirst du gestehen, dass auch du beim ersten Eintritt die Berechtigung dieser Verachtung zu merken glaubtest; später, als wieder manchmal Leute zu uns kamen, rümpften sie die Nase über ganz belanglose Dinge, etwa darüber, dass die kleine Öllampe dort über dem Tisch hing. Wo sollte sie denn anders hängen als über dem Tisch, ihnen aber erschien es unerträglich. Hängten wir aber die Lampe anderswohin, änderte sich doch nichts an ihrem Widerwillen. Alles, was wir waren und hatten, traf die gleiche Verachtung.«

### *Bittgänge*

»Und was taten wir unterdessen? Das Schlimmste, was wir hätten tun können, etwas, wofür wir gerechter hätten verachtet werden dürfen, als wofür es wirklich geschah: Wir verrieten Amalia, wir rissen uns los von ihrem schweigenden Befehl, wir konnten nicht mehr so weiterleben, ganz ohne Hoffnung konnten wir nicht leben, und wir begannen, jeder auf seine Art, das Schloss zu bitten oder zu bestürmen, es möge uns verzeihen. Wir wussten zwar, dass wir nicht imstande waren, etwas gutzumachen, wir wussten auch, dass die einzige hoffnungsvolle Verbindung, die wir mit dem Schloss hatten, die Sortinis, des unserem Vater geneigten Beamten, eben durch die Ereignisse uns unzugänglich geworden war, trotzdem machten wir uns an die Arbeit. Der Vater begann, es begannen die sinnlosen Bittwege zum Vorsteher, zu den Sekretären, den Advokaten, den Schreibern, meistens wurde er nicht empfangen, und wenn er durch List oder Zufall doch empfangen wurde – wie jubelten wir bei solcher Nachricht und rieben uns die Hände –, wurde er äußerst schnell abgewiesen und nie wieder empfangen. Es war auch allzu leicht, ihm zu antworten, das Schloss hat es immer so leicht. Was wollte er denn? Was war ihm geschehen? Wofür wollte er eine Verzeihung? Wann und von wem war denn im Schloss auch nur ein Finger gegen ihn gerührt worden? Gewiss, er war verarmt, hatte die Kundschaft verloren und so fort, aber das waren Erscheinungen des täglichen Lebens, Handwerks- und Marktangelegenheiten, sollte sich denn das Schloss um alles kümmern? Es kümmert sich ja in Wirklichkeit um alles, aber es konnte doch nicht grob eingreifen in die Entwicklung, einfach und zu keinem anderen Zweck, als dem Interesse eines einzelnen Mannes zu dienen. Sollte es etwa seine Beamten ausschicken, und sollten diese den Kunden des Vaters nachlaufen und sie ihm mit Gewalt zurückbringen? Aber, wendete der Vater dann ein – wir besprachen diese Dinge alle genau zu Hause vorher und nachher in einen Winkel gedrückt, wie versteckt vor Amalia, die alles zwar merkte, aber es geschehen ließ –, aber, wendete der Vater dann ein, er beklage sich ja nicht wegen der Verarmung, alles, was er hier verloren habe, wolle er leicht wieder einholen, das alles sei nebensächlich, wenn ihm nur verziehen würde. ›Aber was solle ihm denn verziehen werden?‹, antwortete man ihm, eine Anzeige sei bisher nicht eingelaufen, wenigstens stehe sie noch nicht in den Protokollen, zumindest nicht in den der advokatorischen Öffentlichkeit zugänglichen Protokollen; infolgedessen sei auch, soweit es sich feststellen lasse, weder etwas gegen ihn unternommen worden noch sei etwas im Zuge. Könne er vielleicht eine amtliche Verfügung nennen, die gegen ihn erlassen worden sei? Das konnte der Vater nicht. Oder habe ein Eingriff eines amtlichen Organs stattgefunden? Davon wusste der Vater nichts. Nun also, wenn er nichts wisse und wenn nichts geschehen sei, was wolle er denn? Was könnte ihm verziehen werden? Höchstens, dass er jetzt zwecklos die Ämter belästige, aber gerade dieses sei unverzeihlich. Der Vater ließ nicht ab, er war damals noch immer sehr kräftig, und der aufgezwungene Müßiggang gab ihm reichlich Zeit. ›Ich werde Amalia die Ehre zurückgewinnen, es wird nicht mehr lange dauern‹, sagte er zu Barnabas und mir einige Mal während des Tages, aber nur sehr leise, denn Amalia durfte es nicht hören; trotzdem war es nur Amalias wegen gesagt, denn in Wirklichkeit dachte er gar nicht an das Zurückgewinnen der Ehre, sondern nur an Verzeihung. Aber um Verzeihung zu bekommen, musste er erst die Schuld feststellen; und die wurde ihm ja in den Ämtern abgeleugnet. Er verfiel auf den Gedanken – und dies zeigte, dass er doch schon geistig geschwächt war –, man verheimliche ihm die Schuld, weil er nicht genug zahle, er zahlte bisher nämlich immer nur die festgesetzten Gebühren, die, wenigstens für unsere Verhältnisse, hoch genug waren. Er glaubte aber jetzt, er müsse mehr zahlen, was gewiss unrichtig war, denn bei unseren Ämtern nimmt man zwar der Einfachheit halber, um unnötige Rede zu vermeiden, Bestechungen an, aber erreichen kann man dadurch nichts. War es aber die Hoffnung des Vaters, wollten wir ihn darin nicht stören. Wir verkauften, was wir noch hatten – es war fast nur noch Unentbehrliches –, um dem Vater die Mittel für seine Nachforschungen zu verschaffen, und lange Zeit hatten wir jeden Morgen die Genugtuung, dass der Vater, wenn er sich morgens auf den Weg machte, immer wenigstens mit einigen Münzen in der Tasche klimpern konnte. Wir freilich hungerten den Tag über, während das Einzige, was wir wirklich durch die Geldbeschaffung bewirkten, war, dass der Vater in einer gewissen Hoffnungsfreudigkeit erhalten wurde. Dieses aber war kaum ein Vorteil. Er plagte sich bald auf seinen Gängen, und was ohne das Geld sehr bald das verdiente Ende genommen hätte, zog sich so in die Länge. Da man für die Überzahlungen in Wirklichkeit nichts Außerordentliches leisten konnte, versuchte manchmal ein Schreiber wenigstens scheinbar, etwas zu leisten, versprach Nachforschungen, deutete an, dass man gewisse Spuren schon gefunden hätte, die man nicht aus Pflicht, sondern nur dem Vater zuliebe verfolgen werde; der Vater, statt zweifelnder zu werden, wurde immer gläubiger. Er kam mit einer solchen, deutlich sinnlosen Versprechung zurück, so, als bringe er schon wieder den vollen Segen ins Haus, und es war qualvoll anzusehen, wie er immer hinter Amalias Rücken, mit verzerrtem Lächeln und groß aufgerissenen Augen auf Amalia hindeutend, uns zu verstehen geben wollte, wie die Errettung Amalias, die niemanden mehr als sie selbst überraschen werde, infolge seiner Bemühungen ganz nahe bevorstehe, aber alles sei noch Geheimnis, und wir wollten es streng hüten. So wäre es gewiss noch sehr lange weitergegangen, wenn wir schließlich nicht vollständig außerstande gewesen wären, dem Vater das Geld noch zu liefern. Zwar war inzwischen Barnabas von Brunswick als Gehilfe nach vielen Bitten aufgenommen worden, allerdings nur in der Weise, dass er abends im Dunkel die Aufträge abholte und wieder im Dunkel die Arbeit zurückbrachte – es ist zuzugeben, dass Brunswick hier eine gewisse Gefahr für sein Geschäft unseretwegen auf sich nahm, aber dafür zahlte er ja dem Barnabas sehr wenig, und die Arbeit des Barnabas ist fehlerlos –, doch genügte der Lohn knapp nur, um uns vor völligem Verhungern zu bewahren. Mit großer Schonung und nach viel Vorbereitungen kündigten wir dem Vater die Einstellung unserer Geldunterstützungen an, aber er nahm es sehr ruhig auf. Mit dem Verstand war er nicht mehr fähig, das Aussichtslose seiner Interventionen einzusehen, aber müde war er der fortwährenden Enttäuschungen doch.

Zwar sagte er – er sprach nicht mehr so deutlich wie früher, er hatte fast zu deutlich gesprochen –, dass er nur noch sehr wenig Geld gebraucht hätte, morgen oder heute schon hätte er alles erfahren, und nun sei alles vergebens gewesen, nur am Geld sei es gescheitert und so fort, aber der Ton, in dem er es sagte, zeigte, dass er das alles nicht glaubte. Auch hatte er gleich, unvermittelt neue Pläne. Da es ihm nicht gelungen war, die Schuld nachzuweisen, und er infolgedessen auch weiter im amtlichen Wege nichts erreichen konnte, musste er sich ausschließlich aufs Bitten verlegen und die

Beamten persönlich angehen. Es gab unter ihnen gewiss auch solche mit gutem, mitleidigem Herzen, dem sie zwar im Amt nicht nachgeben durften, wohl aber außerhalb des Amtes, wenn man zu gelegener Stunde sie überraschte.«

Hier unterbrach K., der bisher ganz versunken Olga zugehört hatte, die Erzählung mit der Frage: »Und du hältst das nicht für richtig?« Zwar musste ihm die weitere Erzählung darauf Antwort geben, aber er wollte es gleich wissen.

»Nein«, sagte Olga, »von Mitleid oder dergleichen kann gar nicht die Rede sein. So jung und unerfahren wir auch waren, das wussten wir, und auch der Vater wusste es natürlich, aber er hatte es vergessen, dieses, wie das allermeiste. Er hatte sich den Plan zurechtgelegt, in der Nähe des Schlosses auf der Landstraße, dort wo die Wagen der Beamten vorüberfuhren, sich aufzustellen und, wenn es irgendwie ging, seine Bitte um Verzeihung vorzubringen. Aufrichtig gesagt, ein Plan ohne allen Verstand, selbst wenn das Unmögliche geschehen wäre und die Bitte wirklich bis zum Ohr eines Beamten gekommen wäre. Kann denn ein einzelner Beamter verzeihen? Das könnte doch höchstens Sache der Gesamtbehörde sein, aber selbst diese kann wahrscheinlich nicht verzeihen, sondern nur richten. Aber kann denn überhaupt ein Beamter, selbst wenn er aussteigen und mit der Sache sich befassen wollte, nach dem, was der Vater, der arme, müde, gealterte Mann, ihm vormurmelt, sich ein Bild von der Sache machen? Die Beamten sind sehr gebildet, aber doch nur einseitig, in seinem Fach durchschaut ein Beamter auf ein Wort hin gleich ganze Gedankenreihen, aber Dinge aus einer anderen Abteilung kann man ihm stundenlang erklären, er wird vielleicht höflich nicken, aber kein Wort verstehen. Das ist ja alles selbstverständlich; man suche doch nur selbst die kleinen amtlichen Angelegenheiten, die einen selbst betreffen, winziges Zeug, das ein Beamter mit einem Achselzucken erledigt, man suche nur dieses bis auf den Grund zu verstehen, und man wird ein ganzes Leben zu tun haben und nicht zu Ende kommen. Aber wenn der Vater an einen zuständigen Beamten geraten wäre, so kann doch dieser ohne Vorakten nichts erledigen und insbesondere nicht auf der Landstraße, er kann eben nicht verzeihen, sondern nur amtlich erledigen und zu diesem Zweck wieder nur auf den Amtsweg verweisen, aber auf diesem etwas zu erreichen, war ja dem Vater schon völlig misslungen. Wie weit musste es schon mit dem Vater gekommen sein, dass er mit diesem neuen Plan irgendwie durchdringen wollte! Wenn irgendeine Möglichkeit solcher Art auch nur im Entferntesten bestünde, müsste es ja dort auf der Landstraße von Bittgängern wimmeln, aber da es sich hier um eine Unmöglichkeit handelt, welche einem schon die elementarste Schulbildung einprägt, ist es dort völlig leer. Vielleicht bestärkte auch das den Vater in seiner Hoffnung, er nährte sie von überall her. Es war hier auch sehr nötig; ein gesunder Verstand musste sich ja gar nicht in jene großen Überlegungen einlassen, er musste schon im Äußerlichsten die Unmöglichkeit klar erkennen. Wenn die Beamten ins Dorf fahren oder zurück ins Schloss, so sind das doch keine Lustfahrten, in Dorf und Schloss wartet Arbeit auf sie, daher fahren sie im schärfsten Tempo. Es fällt ihnen auch nicht ein, aus dem Wagenfenster zu schauen und draußen Gesuchsteller zu suchen, sondern die Wagen sind vollgepackt mit Akten, welche die Beamten studieren.«

»Ich habe aber«, sagte K., »das Innere eines Beamtenschlittens gesehen, in welchem keine Akten waren.« In der Erzählung Olgas eröffnete sich ihm eine so große, fast unglaubwürdige Welt, dass er es sich nicht versagen konnte, mit seinen kleinen Erlebnissen an sie zu rühren, um sich ebenso von ihrem Dasein als auch von dem eigenen deutlicher zu überzeugen.

»Das ist möglich«, sagte Olga, »dann ist es aber noch schlimmer, dann hat der Beamte so wichtige Angelegenheiten, dass die Akten zu kostbar oder zu umfangreich sind, um mitgenommen werden zu können, solche Beamte lassen dann Galopp fahren. Jedenfalls, für den Vater kann keiner Zeit erübrigen. Und außerdem: Es gibt mehrere Zufahrten ins Schloss. Einmal ist die eine in Mode, dann fahren die meisten dort, einmal eine andere, dann drängt sich alles hin. Nach welchen Regeln dieser Wechsel stattfindet, ist noch nicht herausgefunden worden. Einmal um acht Uhr morgens fahren alle auf einer anderen, zehn Minuten später wieder auf einer dritten, eine halbe Stunde später vielleicht wieder auf der ersten und dort bleibt es dann den ganzen Tag, aber jeden Augenblick besteht die Möglichkeit einer Änderung. Zwar vereinigen sich in der Nähe des Dorfes alle Zufahrtsstraßen, aber dort rasen schon alle Wagen, während in der Schlossnähe das Tempo noch ein wenig gemäßigter ist. Aber so wie die Ausfahrordnung hinsichtlich der Straßen unregelmäßig und nicht zu durchschauen ist, so ist es auch mit der Zahl der Wagen. Es gibt ja oft Tage, wo gar kein Wagen zu sehen ist; dann aber fahren sie wieder in Mengen. Und allem diesem gegenüber stell dir nun unseren Vater vor. In seinem besten Anzug – bald ist es sein einziger – zieht er jeden Morgen, von unseren Segenswünschen begleitet, aus dem Haus. Ein kleines Abzeichen der Feuerwehr, das er eigentlich zu Unrecht erhalten hat, nimmt er mit, um es außerhalb des Dorfes anzustecken, im Dorf selbst fürchtet er, es zu zeigen, obwohl es so klein ist, dass man es auf zwei Schritte Entfernung kaum sieht, aber nach des Vaters Meinung soll es sogar geeignet sein, die vorüberfahrenden Beamten auf ihn aufmerksam zu machen. Nicht weit vom Zugang zum Schloss ist eine Handelsgärtnerei, sie gehört einem gewissen Bertuch, er liefert Gemüse ins Schloss, dort auf dem schmalen Steinpostament des Gartengitters wählte sich der Vater einen Platz. Bertuch duldete es, weil er früher mit dem Vater befreundet gewesen war und auch zu seinen treuesten Kundschaften gehört hatte, er hat nämlich einen ein wenig verkrüppelten Fuß und glaubte, nur der Vater sei imstande, ihm einen passenden Stiefel zu machen. Dort saß nun der Vater Tag für Tag, es war ein trüber, regnerischer Herbst, aber das Wetter war ihm völlig gleichgültig; morgens zu bestimmter Stunde hatte er die Hand an der Klinke und winkte uns zum Abschied zu, abends kam er – es schien, als werde er täglich gebückter – völlig durchnässt zurück und warf sich in eine Ecke. Zuerst erzählte er uns von seinen kleinen Erlebnissen, etwa, dass ihm Bertuch aus Mitleid und alter Freundschaft eine Decke über das Gitter geworfen hatte oder dass er in einem vorüberfahrenden Wagen den oder jenen Beamten zu erkennen geglaubt habe oder dass wieder ihn schon hie und da ein Kutscher erkenne und zum Scherz mit dem Peitschenriemen streife. Später hörte er dann auf, diese Dinge zu erzählen, offenbar hoffte er nicht mehr, auch nur irgendetwas dort zu erreichen, er hielt es schon nur für seine Pflicht, seinen öden Beruf, hinzugehen und dort den Tag zu verbringen. Damals begannen seine rheumatischen Schmerzen, der Winter näherte sich, es kam früher Schneefall, bei uns fängt der Winter sehr bald an; nun, und so saß er dort einmal auf den regennassen Steinen, dann wieder im Schnee. In der Nacht seufzte er vor Schmerzen, morgens war er manchmal unsicher, ob er gehen sollte, überwand sich dann aber doch und ging. Die Mutter hängte sich an ihn und wollte ihn nicht fortlassen; er, wahrscheinlich furchtsam geworden infolge der nicht mehr gehorsamen Glieder, erlaubte ihr mitzugehen, so wurde auch die Mutter von den Schmerzen gepackt. Wir waren oft bei ihnen, brachten Essen oder kamen nur zu Besuch oder wollten sie zur Rückkehr nach Hause überreden; wie oft fanden wir sie dort zusammengesunken und aneinanderlehnend auf ihrem schmalen Sitz, gekauert in eine dünne Decke, die sie kaum umschloss, ringsherum nichts als das Grau von Schnee und Nebel und weit und breit und tagelang kein Mensch oder

Wagen, ein Anblick, K., ein Anblick! Bis dann eines Morgens der Vater die steifen Beine nicht mehr aus dem Bett brachte, es war trostlos, in einer leichten Fieberfantasie glaubte er zu sehen, wie eben jetzt oben bei Bertuch ein Wagen haltmachte, ein Beamter ausstieg, das Gitter nach dem Vater absuchte und kopfschüttelnd und ärgerlich wieder in den Wagen zurückkehrte. Der Vater stieß dabei solche Schreie aus, dass es war, als wolle er sich von hier aus dem Beamten oben bemerkbar machen und erklären, wie unverschuldet seine Abwesenheit sei. Und es wurde eine lange Abwesenheit, er kehrte gar nicht mehr dorthin zurück, wochenlang musste er im Bett bleiben. Amalia übernahm die Bedienung, die Pflege, die Behandlung, alles, und hat es mit Pausen eigentlich bis heute behalten. Sie kennt Heilkräuter, welche die Schmerzen beruhigen, sie braucht fast keinen Schlaf, sie erschrickt nie, fürchtet nichts, hat niemals Ungeduld, sie leistet alle Arbeit für die Eltern; während wir aber, ohne etwas helfen zu können, unruhig umherflatterten, blieb sie bei allem kühl und still. Als dann aber das Schlimmste vorüber war und der Vater, vorsichtig und rechts und links gestützt, wieder aus dem Bett sich herausarbeiten konnte, zog sich Amalia gleich zurück und überließ ihn uns.«

## *Olgas Pläne*

»Nun galt es, wieder irgendeine Beschäftigung für den Vater zu finden, für die er noch fähig war, irgendetwas, was ihn zumindest in dem Glauben erhielt, dass es dazu diene, die Schuld von der Familie abzuwälzen. Etwas Derartiges zu finden war nicht schwer, so zweckdienlich wie das Sitzen vor Bertuchs Garten war im Grunde alles, aber ich fand etwas, was sogar mir einige Hoffnung gab. Wann immer bei Ämtern oder Schreibern oder sonst wo von unserer Schuld die Rede gewesen war, war immer wieder nur die Beleidigung des sortinischen Boten erwähnt worden, weiter wagte niemand zu dringen. Nun, sagte ich mir, wenn die allgemeine Meinung, sei es auch nur scheinbar, nur von der Botenbeleidigung weiß, ließe sich, sei es auch wieder nur scheinbar, alles wiedergutmachen, wenn man den Boten versöhnen könnte. Es ist ja keine Anzeige eingelaufen, wie man erklärt, noch kein Amt hat also die Sache in der Hand, und es steht demnach dem Boten frei, für seine Person, und um mehr handelt es sich nicht, zu verzeihen. Das alles konnte ja keine entscheidende Bedeutung haben, war nur Schein und konnte wieder nichts anderes ergeben, aber dem Vater würde es doch Freude machen, und die vielen Auskunftgeber, die ihn so gequält hatten, könnte man damit vielleicht zu seiner Genugtuung ein wenig in die Enge treiben. Zuerst musste man freilich den Boten finden. Als ich meinen Plan dem Vater erzählte, wurde er zuerst sehr ärgerlich, er war nämlich äußerst eigensinnig geworden, zum Teil glaubte er – während der Krankheit hatte sich das entwickelt –, dass wir ihn immer am letzten Erfolg gehindert hätten: Zuerst durch Einstellung der Geldunterstützung, jetzt durch Zurückhalten im Bett, zum Teil war er gar nicht mehr fähig, fremde Gedanken völlig aufzunehmen. Ich hatte noch nicht zu Ende erzählt, schon war mein Plan verworfen; nach seiner Meinung musste er bei Bertuchs Garten weiter warten, und da er gewiss nicht mehr imstande sein würde, täglich hinaufzugehen, müssten wir ihn im Handkarren hinbringen. Aber ich ließ nicht ab, und allmählich söhnte er sich mit dem Gedanken aus, störend war ihm dabei nur, dass er in dieser Sache ganz von mir abhängig war, denn nur ich hatte damals den Boten gesehen, er kannte ihn nicht. Freilich, ein Diener gleicht dem anderen, und völlig sicher dessen, dass ich jenen wiedererkennen würde, war auch ich nicht. Wir begannen dann, in den Herrenhof zu gehen und unter der Dienerschaft dort zu suchen. Es war zwar ein Diener Sortinis gewesen, und Sortini kam nicht mehr ins Dorf, aber die Herren wechselten häufig die Diener, man konnte ihn recht wohl in der Gruppe eines anderen Herrn finden, und wenn er selbst nicht zu finden war, so konnte man doch vielleicht von den anderen Dienern Nachricht über ihn bekommen. Zu diesem Zweck musste man allerdings allabendlich im Herrenhof sein, und man sah uns nirgends gern, wie erst an einem solchen Ort; als zahlende Gäste konnten wir ja auch nicht auftreten. Aber es zeigte sich, dass man uns doch brauchen konnte; du weißt wohl, was für eine Plage die Dienerschaft für Frieda war, es sind im Grunde meist ruhige Leute, durch leichten Dienst verwöhnt und schwerfällig gemacht. ›Es möge dir gehen wie einem Diener‹ heißt ein Segensspruch der Beamten, und tatsächlich sollen, was Wohlleben betrifft, die Diener die eigentlichen Herren im Schloss sein, sie wissen das auch zu würdigen und sind im Schloss, wo sie sich unter seinen Gesetzen bewegen, still und würdig – vielfach ist mir das bestätigt worden –, und man findet auch hier unter den Dienern noch Reste dessen, aber nur Reste, sonst sind sie dadurch, dass die Schlossgesetze für sie im Dorf nicht mehr vollständig gelten, wie verwandelt; ein wildes, unbotmäßiges, statt von den Gesetzen von ihren unersättlichen Trieben beherrschtes Volk. Ihre Schamlosigkeit kennt keine Grenzen, ein Glück für das Dorf, dass sie den Herrenhof nur über Befehl verlassen dürfen, im Herrenhof selbst aber muss man mit ihnen auszukommen suchen; Frieda nun fiel das sehr schwer, und so war es ihr sehr willkommen, dass sie mich dazu verwenden konnte, die Diener zu beruhigen; seit mehr als zwei Jahren, zumindest zweimal in der Woche, verbringe ich die Nacht mit den Dienern im Stall. Früher, als der Vater noch in den Herrenhof mitgehen konnte, schlief er irgendwo im Ausschankzimmer und wartete so auf die Nachrichten, die ich früh bringen würde. Es war wenig. Den gesuchten Boten haben wir bis heute noch nicht gefunden, er soll noch immer in den Diensten Sortinis sein, der ihn sehr hoch schätzt, und soll ihm gefolgt sein, als sich Sortini in entferntere Kanzleien zurückzog. Meist haben ihn die Diener ebenso lange nicht gesehen wie wir, und wenn einer ihn inzwischen doch gesehen haben will, ist es wohl ein Irrtum. So wäre also mein Plan eigentlich misslungen und ist es doch nicht völlig, den Boten haben wir zwar nicht gefunden, und dem Vater haben die Wege in den Herrenhof und die Übernachtungen dort, vielleicht sogar das Mitleid mit mir, soweit er dessen noch fähig ist, leider den Rest gegeben, und er ist schon seit fast zwei Jahren in diesem Zustand, in dem du ihn gesehen hast, und dabei geht es ihm vielleicht noch besser als der Mutter, deren Ende wir täglich erwarten und das sich nur dank der übermäßigen Anstrengung Amalias verzögert. Was ich aber doch im Herrenhof erreicht habe, ist eine gewisse Verbindung mit dem Schloss; verachte mich nicht, wenn ich sage, dass ich das, was ich getan habe, nicht bereue. Was mag das für eine große Verbindung mit dem Schloss sein, wirst du dir vielleicht denken. Und du hast recht; eine große Verbindung ist es nicht. Ich kenne jetzt zwar viele Diener, die Diener aller der Herren fast, die in den letzten Jahren ins Dorf kamen, und wenn ich einmal ins Schloss kommen sollte, so werde ich dort nicht fremd sein. Freilich, es sind nur Diener im Dorf, im Schloss sind sie ganz anders und erkennen dort wahrscheinlich niemand mehr und jemanden, mit dem sie im Dorf verkehrt haben, ganz besonders nicht, mögen sie es auch im Stall hundertmal beschworen haben, dass sie sich auf ein Wiedersehen im Schloss sehr freuen. Ich habe es ja übrigens auch schon erfahren, wie wenig allen solche Versprechungen bedeuten. Aber das Wichtigste ist das ja gar nicht. Nicht nur durch die Diener selbst habe ich eine Verbindung mit dem Schloss, sondern vielleicht und hoffentlich auch noch so, dass jemand, der von oben mich und was ich tue beobachtet – und die Verwaltung der großen Dienerschaft ist freilich ein äußerst wichtiger und sorgenvoller Teil der behördlichen Arbeit –, dass dann derjenige, der mich so beobachtet, vielleicht zu einem milderen Urteil über mich kommt als andere, dass er vielleicht erkennt, dass ich in einer jämmerlichen Art zwar, doch auch für unsere Familie kämpfe und die Bemühungen des Vaters fortsetze. Wenn man es so ansieht, vielleicht wird man es mir dann auch verzeihen, dass ich von den Dienern Geld annehme und für unsere Familie verwende. Und noch anderes habe ich erreicht, das allerdings machst auch du zu meiner Schuld. Ich habe von den Knechten manches darüber erfahren, wie man auf Umwegen, ohne das schwierige und jahrelang dauernde öffentliche Aufnahmeverfahren in die Schlossdienste kommen kann, man ist dann zwar auch nicht öffentlicher Angestellter, sondern nur ein heimlich und halb Zugelassener, man hat weder Rechte noch Pflichten, dass man keine Pflichten hat, das ist das Schlimmere, aber eines hat man, da man doch in der Nähe bei allem ist: Man kann günstige Gelegenheiten erkennen und benützen, man ist kein Angestellter, aber zufällig kann sich irgendeine Arbeit finden, ein Angestellter ist gerade nicht bei der Hand, ein Zuruf, man eilt herbei, und was man vor einem Augenblick noch nicht war, man ist es geworden, ist Angestellter. Allerdings, wann findet sich eine solche Gelegenheit? Manchmal gleich, kaum ist man hineingekommen, kaum hat man sich umgesehen, ist die Gelegenheit schon da, es hat nicht einmal jeder die Geistesgegenwart, sie so, als Neuling, gleich zu fassen, aber ein anderes Mal dauert es wieder mehr Jahre als das öffentliche Aufnahmeverfahren, und regelrecht öffentlich aufgenommen kann ein solcher Halbzugelassener gar nicht mehr werden. Bedenken sind hier also genug; sie schweigen aber dem gegenüber, dass bei der öffentlichen Aufnahme sehr peinlich ausgewählt wird und ein Mitglied einer irgendwie anrüchigen Familie von vornherein verworfen ist, ein solcher unterzieht sich zum Beispiel diesem Verfahren, zittert jahrelang wegen des Ergebnisses, von allen Seiten fragt man ihn erstaunt, seit dem ersten Tag, wie er etwas derartig Aussichtsloses wagen konnte, er hofft aber doch, wie könnte er sonst leben; aber nach vielen Jahren, vielleicht als Greis, erfährt er die Ablehnung, erfährt, dass alles verloren ist und sein Leben vergeblich war. Auch hier gibt es freilich Ausnahmen, darum wird man eben so leicht verlockt. Es kommt vor, dass gerade anrüchige Leute schließlich aufgenommen werden, es gibt Beamte, welche förmlich gegen ihren Willen den Geruch solchen Wildes lieben, bei den Aufnahmeprüfungen schnuppern sie in der Luft, verziehen den Mund, verdrehen die Augen, ein solcher Mann scheint für sie gewissermaßen ungeheuer appetitanreizend zu sein, und sie müssen sich sehr fest an die Gesetzbücher halten, um dem widerstehen zu können. Manchmal hilft das allerdings dem Mann nicht zur Aufnahme, sondern nur zur endlosen Ausdehnung des Aufnahmeverfahrens, das dann überhaupt nicht beendet, sondern nach dem Tode des Mannes nur abgebrochen wird. So ist also sowohl die gesetzmäßige Aufnahme als auch die andere voll offener und versteckter Schwierigkeiten, und ehe man sich auf etwas Derartiges einlässt, ist es sehr ratsam, alles genau zu erwägen. Nun, daran haben wir es nicht fehlen lassen, Barnabas und ich. Immer, wenn ich aus dem Herrenhof kam, setzten wir uns zusammen, ich erzählte das Neueste, was ich erfahren hatte, tagelang sprachen wir es durch, und die Arbeit in des Barnabas Hand ruhte oft länger, als es gut war. Und hier mag ich eine Schuld in deinem Sinne haben. Ich wusste doch, dass auf die Erzählungen der Knechte nicht viel Verlass war. Ich wusste, dass sie niemals Lust hatten, mir vom Schloss zu erzählen, immer zu anderem ablenkten, jedes Wort sich abbetteln ließen, dann aber freilich, wenn sie in Gang waren, loslegten, Unsinn schwatzten, großtaten, einander in Übertreibungen und Erfindungen überboten, sodass offenbar in dem endlosen Geschrei, in welchem einer den anderen ablöste, dort im dunklen Stalle bestenfalls ein paar magere Andeutungen der Wahrheit enthalten sein mochten. Ich aber erzählte dem Barnabas alles wieder, so wie ich es mir gemerkt hatte, und er, der noch gar keine Fähigkeit hatte, zwischen Wahrem und Erlogenem zu unterscheiden und infolge der Lage unserer Familie fast verdurstete vor Verlangen nach diesen Dingen, er trank alles in sich hinein und glühte vor Eifer nach Weiterem. Und tatsächlich ruhte auf Barnabas mein neuer Plan. Bei den Knechten war nichts mehr zu erreichen. Der Bote Sortinis war nicht zu finden und würde niemals zu finden sein, immer weiter schien sich Sortini und damit auch der Bote zurückzuziehen, oft geriet ihr Aussehen und Name schon in Vergessenheit, und ich musste sie oft lange beschreiben, um damit nichts zu erreichen, als dass man sich mühsam an sie erinnerte, aber darüber hinaus nichts über sie sagen konnte. Und was mein Leben mit den Knechten betraf, so hatte ich natürlich keinen Einfluss darauf, wie es beurteilt wurde, konnte nur hoffen, dass man es so aufnehmen würde, wie es getan war, und dass dafür ein Geringes von der Schuld unserer Familie abgezogen würde, aber äußere Zeichen dessen bekam ich nicht. Doch blieb ich dabei, da ich für mich keine andere Möglichkeit sah, im Schloss etwas für uns zu bewirken. Für Barnabas aber sah ich eine solche Möglichkeit. Aus den Erzählungen der Knechte konnte ich, wenn ich dazu Lust hatte, und diese Lust hatte ich in Fülle, entnehmen, dass jemand, der in Schlossdienst aufgenommen ist, sehr viel für seine Familie erreichen kann. Freilich, was war an diesen Erzählungen Glaubwürdiges? Das war unmöglich festzustellen, nur dass es sehr wenig war, war klar. Denn wenn mir zum Beispiel ein Knecht, den ich niemals mehr sehen würde oder den ich, wenn ich ihn auch sehen sollte, kaum wiedererkennen würde, feierlich zusicherte, meinem Bruder zu einer Anstellung im Schloss zu verhelfen oder zumindest, wenn

Barnabas sonst wie ins Schloss kommen sollte, ihn zu unterstützen, also etwa ihn zu erfrischen – denn nach den Erzählungen der Knechte kommt es vor, dass Anwärter für Stellungen während der überlangen Wartezeit ohnmächtig oder verwirrt werden und dann verloren sind, wenn nicht Freunde für sie sorgen –, wenn solches und vieles andere mir erzählt wurde, so waren das wahrscheinlich berechtigte Warnungen, aber die zugehörigen Versprechungen waren völlig leer. Für Barnabas nicht; zwar warnte ich ihn, ihnen zu glauben, aber schon, dass ich sie ihm erzählte, war genügend, um ihn für meine Pläne einzunehmen. Was ich selbst dafür anführte, wirkte auf ihn weniger, auf ihn wirkten hauptsächlich die Erzählungen der Knechte. Und so war ich eigentlich gänzlich auf mich allein angewiesen, mit den Eltern konnte sich überhaupt niemand außer Amalia verständigen, je mehr ich die alten Pläne meines Vaters in meiner Art verfolgte, desto mehr schloss sich Amalia vor mir ab, vor dir oder anderen spricht sie mit mir, allein niemals mehr, den Knechten im Herrenhof war ich ein Spielzeug, das zu zerbrechen sie sich wütend anstrengten, kein einziges vertrauliches Wort habe ich während der zwei Jahre mit einem von ihnen gesprochen, nur Hinterhältiges oder Erlogenes oder Irrsinniges, blieb mir also nur Barnabas, und Barnabas war noch sehr jung. Wenn ich bei meinen Berichten den Glanz in seinen Augen sah, den er seitdem behalten hat, erschrak ich und ließ doch nicht ab, zu Großes schien mir auf dem Spiel zu sein. Freilich, die großen, wenn auch leeren Pläne meines Vaters hatte ich nicht, ich hatte nicht diese Entschlossenheit der Männer, ich blieb bei der Wiedergutmachung der Beleidigung des Boten und wollte gar noch, dass man mir diese Bescheidenheit als Verdienst anrechne. Aber was mir allein misslungen war, wollte ich jetzt durch Barnabas anders und sicher erreichen. Einen Boten hatten wir beleidigt und ihn aus den vorderen Kanzleien verscheucht; was lag näher, als in der Person des Barnabas einen neuen Boten anzubieten, durch Barnabas die Arbeit des beleidigten Boten ausführen zu lassen und dem Beleidigten es so zu ermöglichen, ruhig in der Ferne zu bleiben, wie lange er wollte, wie lange er es zum Vergessen der Beleidigung brauchte. Ich merkte zwar gut, dass in aller Bescheidenheit dieses Planes auch Anmaßung lag, dass es den Eindruck erwecken konnte, als ob wir der Behörde diktieren wollten, wie sie Personalfragen ordnen sollte, oder als ob wir daran zweifelten, dass die Behörde aus eigenem das Beste anzuordnen fähig war und es sogar schon längst angeordnet hatte, ehe wir nur auf den Gedanken gekommen waren, dass hier etwas getan werden könnte. Doch glaubte ich dann wieder, dass es unmöglich sei, dass mich die Behörde so missverstehe oder dass sie, wenn sie es tun sollte, es dann mit Absicht tun würde, das heißt, dass dann von vornherein ohne nähere Untersuchung alles, was ich tue, verworfen sei. So ließ ich also nicht ab, und der Ehrgeiz des Barnabas tat das seine. In dieser Zeit der Vorbereitungen wurde Barnabas so hochmütig, dass er die Schusterarbeit für sich, den künftigen Kanzleiangestellten, zu schmutzig fand; ja, dass er es sogar wagte, Amalia, wenn sie ihm, selten genug, ein Wort sagte, zu widersprechen, und zwar grundsätzlich. Ich gönnte ihm gern diese kurze Freude, denn mit dem ersten Tag, an welchem er ins Schloss ging, war Freude und Hochmut, wie es leicht vorauszusehen gewesen war, gleich vorüber. Es begann nun jener scheinbare Dienst, von dem ich dir schon erzählt habe. Erstaunlich war es, wie Barnabas ohne Schwierigkeiten zum ersten Mal das Schloss oder richtiger jene Kanzlei betrat, die sozusagen sein Arbeitsraum geworden ist. Dieser Erfolg machte mich damals fast toll, ich lief, als es mir Barnabas abends beim Nachhausekommen zuflüsterte, zu Amalia, packte sie, drückte sie in eine Ecke und küsste sie mit Lippen und Zähnen, dass sie vor Schmerz und Schrecken weinte. Sagen konnte ich vor Erregung nichts, auch hatten wir ja schon so lange nicht miteinander gesprochen, ich verschob es auf die nächsten Tage. An den nächsten Tagen aber war freilich nichts mehr zu sagen. Bei dem so schnell Erreichten blieb es auch. Zwei Jahre lang führte Barnabas dieses einförmige, herzbeklemmende Leben. Die Knechte versagten gänzlich, ich gab Barnabas einen kleinen Brief mit, in dem ich ihn der Aufmerksamkeit der Knechte empfahl, die ich gleichzeitig an ihre Versprechungen erinnerte, und Barnabas, sooft er einen Knecht sah, zog den Brief heraus und hielt ihn ihm vor, und wenn er auch wohl manchmal an Knechte geriet, die mich nicht kannten, und wenn auch für die Bekannten seine Art, den Brief stumm vorzuzeigen – denn zu sprechen wagte er oben nicht –, ärgerlich war, so war es doch schändlich, dass niemand ihm half, und es war eine Erlösung, die wir aus eigenem uns freilich auch und längst hätten verschaffen können, als ein Knecht, dem vielleicht der Brief schon einige Male aufgedrängt worden war, ihn zusammenknüllte und in einen Papierkorb warf. Fast hätte er dabei, so fiel mir ein, sagen können: ›Ähnlich pflegt ja auch ihr Briefe zu behandeln.‹ So ergebnislos aber diese ganze Zeit sonst war, auf Barnabas wirkte sie günstig, wenn man es günstig nennen will, dass er vorzeitig alterte, vorzeitig ein Mann wurde; ja, in manchem ernst und einsichtig über die Mannheit hinaus. Mich macht es oft sehr traurig, ihn anzusehen und ihn mit dem Jungen zu vergleichen, der er noch vor zwei Jahren war. Und dabei habe ich gar nicht den Trost und Rückhalt, den er mir als Mann vielleicht geben könnte. Ohne mich wäre er kaum ins Schloss gekommen, aber seit er dort ist, ist er von mir unabhängig. Ich bin seine einzige Vertraute, aber er erzählt mir gewiss nur einen kleinen Teil dessen, was er auf dem Herzen hat. Er erzählt mir viel vom Schloss, aber aus seinen Erzählungen, aus den kleinen Tatsachen, die er mitteilt, kann man bei Weitem nicht verstehen, wie ihn dieses so verwandelt haben könnte. Man kann insbesondere nicht verstehen, warum er den Mut, den er als

Junge bis zu unser aller Verzweiflung hatte, jetzt als Mann dort oben so gänzlich verloren hat. Freilich, dieses nutzlose Dastehen und Warten Tag für Tag und immer wieder von Neuem und ohne jede Aussicht auf Veränderung, das zermürbt und macht zweiflerisch und schließlich zu anderem als zu diesem verzweifelten Dastehen sogar unfähig. Aber warum hat er auch früher gar keinen Widerstand geleistet? Besonders, da er bald erkannte, dass ich recht gehabt hatte und für den Ehrgeiz dort nichts zu holen war, wohl aber vielleicht für die Besserung der Lage unserer Familie. Denn dort geht alles – die Launen der Diener ausgenommen – sehr bescheiden zu, der Ehrgeiz sucht dort in der Arbeit Befriedigung, und da dabei die Sache selbst das Übergewicht bekommt, verliert er sich gänzlich, für kindliche Wünsche ist dort kein Raum. Wohl aber glaubte Barnabas, wie er mir erzählte, deutlich zu sehen, wie groß die Macht und das Wissen selbst dieser doch recht fragwürdigen Beamten war, in deren Zimmer er sein durfte. Wie sie diktierten, schnell, mit halbgeschlossenen Augen, kurzen Handbewegungen, wie sie nur mit dem Zeigefinger ohne jedes Wort die brummigen Diener abfertigten, die, in solchen Augenblicken schwer atmend, glücklich lächelten, oder wie sie eine wichtige Stelle in ihren Büchern fanden, voll daraufschlugen, und wie die anderen, soweit es in der Enge möglich war, herbeiliefen und die Hälse danach streckten. Das und ähnliches gab Barnabas große Vorstellungen von diesen Männern, und er hatte den Eindruck, dass, wenn er so weit käme, von ihnen bemerkt zu werden und mit ihnen ein paar Worte sprechen zu dürfen – nicht als Fremder, sondern als Kanzleikollege, allerdings untergeordneter Art –, Unabsehbares für unsere Familie erreicht werden könnte. Aber so weit ist es eben noch nicht gekommen, und etwas, was ihn dem annähern könnte, wagt Barnabas nicht zu tun, obwohl er schon genau weiß, dass er trotz seiner Jugend innerhalb unserer Familie durch die unglücklichen Verhältnisse zu der verantwortungsschweren Stellung des Familienvaters selbst hinaufgerückt ist. Und nun, um das Letzte noch zu gestehen: Vor einer Woche bist du gekommen. Ich hörte im Herrenhof jemanden es erwähnen, kümmerte mich aber nicht darum; ein Landvermesser war gekommen; ich wusste nicht einmal, was das ist. Aber am nächsten Abend kommt Barnabas – ich pflegte ihm sonst zu bestimmter Stunde ein Stück Weges entgegenzugehen – früher als sonst nach Hause, sieht Amalia in der Stube, zieht mich deshalb auf die Straße hinaus, drückt dort das Gesicht auf meine Schulter und weint minutenlang. Er ist wieder der kleine Junge von ehemals. Es ist ihm etwas geschehen, dem er nicht gewachsen ist. Es ist, als hätte sich vor ihm plötzlich eine ganz neue Welt aufgetan, und das Glück und die Sorgen aller dieser Neuheit kann er nicht ertragen. Und dabei ist ihm nichts anderes geschehen, als dass er einen Brief an dich zur Bestellung bekommen hat. Aber es ist freilich der erste Brief, die erste Arbeit, die er überhaupt je bekommen hat.«

Olga brach ab. Es war still, bis auf das schwere, manchmal röchelnde Atmen der Eltern. K. sagte nur leichthin, wie zur Ergänzung von Olgas Erzählung: »Ihr habt euch mir gegenüber verstellt. Barnabas überbrachte den Brief wie ein alter, vielbeschäftigter Bote, und du ebenso wie Amalia, die diesmal also mit euch einig war, tatet so, als sei der Botendienst und die Briefe nur irgendein Nebenbei.« – »Du musst zwischen uns unterscheiden«, sagte Olga. »Barnabas ist durch die zwei Briefe wieder ein glückliches Kind geworden, trotz allen Zweifeln, die er an seiner Tätigkeit hat. Diese Zweifel hat er nur für sich und mich; dir gegenüber aber sucht er seine Ehre darin, als wirklicher Bote aufzutreten, so wie seiner Vorstellung nach wirkliche Boten auftreten. So musste ich ihm zum Beispiel, obwohl doch jetzt seine Hoffnung auf einen Amtsanzug steigt, binnen zwei Stunden seine Hose so ändern, dass sie der enganliegenden Hose des Amtskleides wenigstens ähnlich ist und er darin vor dir, der du in dieser Hinsicht natürlich noch leicht zu täuschen bist, bestehen kann. Das ist Barnabas. Amalia aber missachtet wirklich den Botendienst, und jetzt, nachdem er ein wenig Erfolg zu haben scheint, wie sie an Barnabas und mir und unserem Beisammensitzen und Tuscheln leicht erkennen kann, jetzt missachtet sie ihn noch mehr als früher. Sie spricht also die Wahrheit, lass dich niemals täuschen, indem du daran zweifelst. Wenn aber ich, K., manchmal den Botendienst herabgewürdigt habe, so geschah es nicht mit der Absicht, dich zu täuschen, sondern aus Angst. Diese zwei Briefe, die durch des Barnabas Hand bisher gegangen sind, sind seit drei Jahren das erste, allerdings noch genug zweifelhafte Gnadenzeichen, das unsere Familie bekommen hat. Diese Wendung, wenn es eine Wendung ist und keine Täuschung – Täuschungen sind häufiger als Wendungen –, ist mit deiner Ankunft hier im Zusammenhang, unser Schicksal ist in eine gewisse Abhängigkeit von dir geraten, vielleicht sind diese zwei Briefe nur ein Anfang, und des Barnabas Tätigkeit wird sich über den dich betreffenden Botendienst hinaus ausdehnen – das wollen wir hoffen, solange wir es dürfen –; vorläufig aber zielt alles nur auf dich ab. Dort oben nun müssen wir uns mit dem zufriedengeben, was man uns zuteilt, hier unten aber können wir doch vielleicht auch selbst etwas tun, das ist: deine Gunst uns sichern oder wenigstens vor deiner Abneigung uns bewahren oder, was das Wichtigste ist, dich nach unseren Kräften und Erfahrungen schützen, damit dir die Verbindung mit dem Schloss – von der wir vielleicht leben könnten – nicht verloren geht. Wie dies alles nun am besten einleiten? Dass du keinen Verdacht gegen uns fasst, wenn wir uns dir nähern, denn du bist hier fremd und deshalb gewiss nach allen Seiten hin voll Verdachtes, voll berechtigten Verdachtes. Außerdem sind wir ja verachtet und du von der allgemeinen Meinung beeinflusst, besonders durch deine Braut, wie sollen wir zu dir vordringen, ohne uns zum Beispiel, wenn wir es auch gar nicht beabsichtigen, gegen deine Braut zu stellen und dich damit zu kränken. Und die Botschaften, die ich, ehe du sie bekamst, genau gelesen habe – Barnabas hat sie nicht gelesen, als Bote hat er es sich nicht erlaubt –, schienen auf den ersten Blick nicht sehr wichtig, veraltet, nahmen sich selbst die Wichtigkeit, indem sie dich auf den Gemeindevorsteher verwiesen. Wie sollten wir uns in dieser Hinsicht dir gegenüber verhalten? Betonten wir ihre Wichtigkeit, machten wir uns verdächtig, dass wir so offenbar Unwichtiges überschätzten und als Überbringer dieser Nachrichten dir anpriesen, unsere Zwecke, nicht deine verfolgten, ja, wir konnten dadurch die Nachrichten selbst in deinen Augen herabsetzen und dich so, sehr wider Willen, täuschen. Legten wir aber den Briefen nicht viel Wert bei, machten wir uns ebenso verdächtig, denn warum beschäftigten wir uns dann mit dem Zustellen dieser unwichtigen Briefe, warum widersprachen einander unsere Handlungen und unsere Worte, warum täuschten wir so nicht nur dich, den Adressaten, sondern auch unseren Auftraggeber, der uns gewiss die Briefe nicht übergeben hatte, damit wir sie durch unsere Erklärungen beim Adressaten entwerteten. Und die Mitte zwischen den Übertreibungen zu halten, also die Briefe richtig zu beurteilen, ist ja unmöglich, sie wechseln selbst fortwährend ihren Wert, die Überlegungen, zu denen sie Anlass geben, sind endlos, und wo man dabei gerade haltmacht, ist nur durch den Zufall bestimmt, also auch die Meinung eine zufällige. Und wenn nun noch die Angst um dich dazwischenkommt, verwirrt sich alles, du darfst meine Worte nicht zu streng beurteilen. Wenn zum Beispiel, wie es einmal geschehen ist, Barnabas mit der Nachricht kommt, dass du mit seinem Botendienst unzufrieden bist und er im ersten Schrecken und leider auch nicht ohne Botenempfindlichkeit sich angeboten hat, von diesem Dienst zurückzutreten, dann bin ich allerdings, um den Fehler gutzumachen, imstande, zu täuschen, zu lügen, zu betrügen, alles Böse zu tun, wenn es nur hilft. Aber das tue ich dann, wenigstens nach meinem Glauben, so gut deinetwegen wie unseretwegen.«

Es klopfte. Olga lief zur Tür und sperrte auf. In das Dunkel fiel ein Lichtstreifen aus einer Blendlaterne.

Der späte Besucher stellte flüsternde Fragen und bekam geflüsterte Antwort, wollte sich aber damit nicht begnügen und in die Stube eindringen. Olga konnte ihn wohl nicht mehr zurückhalten und rief deshalb Amalia, von der sie offenbar hoffte, dass diese, um den Schlaf der Eltern zu schützen, alles aufwenden werde, um den Besucher zu entfernen. Tatsächlich eilte sie auch schon herbei, schob Olga beiseite, trat auf die Straße und schloss hinter sich die Tür. Es dauerte nur einen Augenblick, gleich kam sie wieder zurück, so schnell hatte sie erreicht, was Olga unmöglich gewesen war.

K. erfuhr dann von Olga, dass der Besuch ihm gegolten hatte; es war einer der Gehilfen, der ihn im Auftrag Friedas suchte. Olga hatte K. vor dem Gehilfen schützen wollen, wenn K. seinen Besuch hier später Frieda gestehen wollte, mochte er es tun, aber es sollte nicht durch den Gehilfen entdeckt werden. K. billigte das. Das Angebot Olgas aber, hier die Nacht zu verbringen und auf Barnabas zu warten, lehnte er ab; an und für sich hätte er es vielleicht angenommen, denn es war schon spät in der Nacht, und es schien ihm, dass er jetzt, ob er wolle oder nicht, mit dieser Familie derart verbunden sei, dass ein Nachtlager hier aus anderen Gründen vielleicht peinlich, mit Rücksicht auf diese Verbundenheit aber das für ihn Natürlichste im ganzen Dorf sei, trotzdem lehnte er ab, der Besuch des Gehilfen hatte ihn aufgeschreckt, es war ihm unverständlich, wie Frieda, die doch seinen Willen kannte, und die Gehilfen, die ihn fürchten gelernt hatten, wieder derart zusammengekommen waren, dass sich Frieda nicht scheute, einen Gehilfen um ihn zu schicken, einen übrigens nur, während der andere wohl bei ihr geblieben war. Er fragte Olga, ob sie eine Peitsche habe, die hatte sie nicht, aber eine gute Weidenrute hatte sie, die nahm er, dann fragte er, ob es noch einen zweiten Ausgang aus dem Haus gebe, es gab einen solchen Ausgang durch den Hof, nur musste man dann noch über den Zaun des Nachbargartens klettern und durch diesen Garten gehen, ehe man auf die Straße kam. Das wollte K. tun. Während ihn Olga durch den Hof und zum Zaun führte, suchte K. sie schnell wegen ihrer Sorgen zu beruhigen, erklärte, dass er ihr wegen ihrer kleinen Kunstgriffe in der Erzählung gar nicht böse sei, sondern sie sehr wohl verstehe, dankte für das Vertrauen, das sie zu ihm hatte und durch ihre Erzählung bewiesen hatte, und trug ihr auf, Barnabas gleich nach seiner Rückkehr in die Schule zu schicken, und sei es noch in der Nacht. Zwar seien die Botschaften des Barnabas nicht seine einzige Hoffnung, sonst stünde es schlimm um ihn, aber verzichten wolle er keineswegs auf sie, er wolle sich an sie halten und dabei Olga nicht vergessen, denn noch wichtiger fast als die Botschaften sei ihm Olga selbst, ihre Tapferkeit, ihre Umsicht, ihre Klugheit, ihre Aufopferung für die Familie. Wenn er zwischen Olga und Amalia zu wählen hätte, würde ihn das nicht viel Überlegung kosten. Und er drückte ihr noch herzlich die Hand, während er sich schon auf den Zaun des Nachbargartens schwang.

## Das sechzehnte Kapitel

Als er dann auf der Straße war, sah er, soweit die trübe Nacht es erlaubte, weiter oben vor des Barnabas Haus noch immer den Gehilfen auf und ab gehen, manchmal blieb er stehen und versuchte durch das verhängte Fenster in die Stube zu leuchten. K. rief ihn an; ohne sichtlich zu erschrecken, ließ er von dem Ausspionieren des Hauses ab und kam auf K. zu. »Wen suchst du?«, fragte K. und prüfte am Schenkel die Biegsamkeit der Weidenrute. »Dich«, sagte der Gehilfe im Näherkommen. »Wer bist du denn?«, sagte K. plötzlich, denn es schien nicht der Gehilfe zu sein. Er schien älter, müder, faltiger, aber voller im Gesicht, auch sein Gang war ganz anders als der flinke, in den Gelenken wie elektrisierte Gang der Gehilfen, er war langsam, ein wenig hinkend, vornehm kränklich. »Du erkennst mich nicht?«, fragte der Mann. »Jeremias, dein alter Gehilfe.« – »So«, sagte K. und zog wieder die Weidenrute ein wenig hervor, die er schon hinter dem Rücken versteckt hatte. »Du siehst aber ganz anders aus.« – »Es ist, weil ich allein bin«, sagte Jeremias. »Bin ich allein, dann ist auch die fröhliche Jugend dahin.« »Wo ist denn Artur?«, fragte K. »Artur?«, fragte Jeremias. »Der kleine Liebling? Er hat den Dienst verlassen. Du warst aber auch ein wenig grob und hart zu uns. Die zarte Seele hat es nicht ertragen. Er ist ins Schloss zurückgekehrt und führt Klage über dich.« »Und du?«, fragte K. »Ich konnte bleiben«, sagte Jeremias, »Artur führt die Klage auch für mich.« – »Worüber klagt ihr denn?«, fragte K. »Darüber«, sagte Jeremias, »dass du keinen Spaß verstehst. Was haben wir denn getan? Ein wenig gescherzt, ein wenig gelacht, ein wenig deine Braut geneckt. Alles übrigens nach dem Auftrag. Als uns Galater zu dir schickte –« – »Galater?«, fragte K. »Ja, Galater«, sagte Jeremias. »Er vertrat damals gerade Klamm. Als er uns zu dir schickte, sagte er – ich habe es mir genau gemerkt, denn darauf berufen wir uns ja –: ›Ihr geht hin als die Gehilfen des Landvermessers.‹ Wir sagten: ›Wir verstehen aber nichts von dieser Arbeit.‹ Er darauf: ›Das ist nicht das Wichtigste; wenn es nötig sein wird, wird er es euch beibringen. Das Wichtigste ist aber, dass ihr ihn ein wenig erheitert. Wie man mir berichtet, nimmt er alles sehr schwer. Er ist jetzt ins Dorf gekommen, und gleich ist ihm das ein großes Ereignis, während es doch in Wirklichkeit gar nichts ist. Das sollt ihr ihm beibringen.‹« – »Nun«, sagte K., »hat Galater recht gehabt und habt ihr den Auftrag ausgeführt?« – »Das weiß ich nicht«, sagte Jeremias. »In der kurzen Zeit war es wohl auch nicht möglich. Ich weiß nur, dass du sehr grob warst, und darüber klagen wir. Ich verstehe nicht, wie du, der du doch auch nur ein Angestellter bist und nicht einmal ein Schlossangestellter, nicht einsehen kannst, dass ein solcher Dienst eine harte Arbeit ist und dass es sehr unrecht ist, mutwillig, fast kindisch dem Arbeiter die Arbeit so zu erschweren, wie du es getan hast. Diese Rücksichtslosigkeit, mit der du uns am Gitter frieren ließest, oder wie du Artur, einen Menschen, den ein böses Wort tagelang schmerzt, mit der Faust auf der Matratze fast erschlagen hast oder wie du mich am Nachmittag kreuz und quer durch den Schnee jagtest, dass ich dann eine Stunde brauchte, um mich von der Hetze zu erholen. Ich bin doch nicht mehr jung!« – »Lieber Jeremias«, sagte K., »mit dem allem hast du recht, nur solltest du es bei Galater vorbringen. Er hat euch aus eigenem Willen geschickt, ich habe euch nicht von ihm erbeten. Und da ich euch nicht verlangt habe, konnte ich euch auch wieder zurückschicken und hätte es auch lieber in Frieden getan als mit Gewalt, aber ihr wolltet es offenbar nicht anders. Warum hast du übrigens nicht gleich, als ihr zu mir kamt, so offen gesprochen wie jetzt?« – »Weil ich im Dienst war«, sagte Jeremias, »das ist doch selbstverständlich.« – »Und jetzt bist du nicht mehr im Dienst?«, fragte K.

»Jetzt nicht mehr«, sagte Jeremias, »Artur hat im Schloss den Dienst aufgesagt, oder es ist zumindest das Verfahren im Gang, das uns von ihm endgültig befreien soll.« – »Aber du suchst mich doch noch so, als wärest du im Dienst«, sagte K. »Nein«, sagte Jeremias, »ich suche dich nur, um Frieda zu beruhigen. Als du sie nämlich wegen der barnabasschen Mädchen verlassen hast, war sie sehr unglücklich, nicht so sehr wegen des Verlustes als wegen deines Verrates; allerdings hatte sie es schon lange kommen gesehen und schon viel deshalb gelitten. Ich kam gerade wieder einmal zum Schulfenster, um nachzusehen, ob du doch vielleicht schon vernünftiger geworden seist. Aber du warst nicht dort, nur Frieda saß in einer Schulbank und weinte. Da ging ich also zu ihr, und wir einigten uns. Es ist auch schon alles ausgeführt. Ich bin Zimmerkellner im Herrenhof, wenigstens solange meine Sache im Schloss nicht erledigt ist, und Frieda ist wieder im Ausschank. Es ist für Frieda besser. Es lag für sie keine Vernunft darin, deine Frau zu werden. Auch hast du das Opfer, das sie dir bringen wollte, nicht zu würdigen verstanden. Nun hat aber die Gute noch immer manchmal Bedenken, ob dir nicht unrecht geschehen ist, ob du vielleicht doch nicht bei den Barnabasschen warst. Obwohl natürlich gar kein Zweifel darin sein konnte, wo du warst, bin ich doch noch gegangen, es ein für alle Mal festzustellen; denn nach all den Aufregungen verdient es Frieda endlich einmal, ruhig zu schlafen, ich allerdings auch. So bin ich also gegangen und habe nicht nur dich gefunden, sondern nebenbei auch noch sehen können, dass dir die Mädchen wie am Schnürchen folgen. Besonders die Schwarze, eine wahre Wildkatze, hat sich für dich eingesetzt. Nun, jeder nach seinem Geschmack. Jedenfalls aber war es nicht nötig, dass du den Umweg über den Nachbargarten gemacht hast, ich kenne den Weg.«

Nun war es also doch geschehen, was vorauszusehen, aber nicht zu verhindern gewesen war. Frieda hatte ihn verlassen.

Es musste nichts Endgültiges sein, so schlimm war es nicht; Frieda war zurückzuerobern, sie war leicht von Fremden zu beeinflussen, gar von diesen Gehilfen, welche Friedas Stellung für ähnlich der ihren hielten und nun, da sie gekündigt hatten, auch Frieda dazu veranlasst hatten, aber K. musste nur vor sie treten, an alles erinnern, was für ihn sprach, und sie war wieder reuevoll die Seine, gar wenn er etwa imstande gewesen wäre, den Besuch bei den Mädchen durch einen Erfolg zu rechtfertigen, den er ihnen verdankte. Aber trotz diesen Überlegungen, mit welchen er sich wegen Frieda zu beruhigen suchte, war er nicht beruhigt. Noch vor Kurzem hatte er sich Olga gegenüber Friedas gerühmt und sie seinen einzigen Halt genannt; nun, dieser Halt war nicht der festeste, nicht der Eingriff eines Mächtigen war nötig, um K. Friedas zu berauben, es genügte auch dieser nicht sehr appetitliche Gehilfe, dieses Fleisch, das manchmal den Eindruck machte, als sei es nicht recht lebendig.

Jeremias hatte sich schon zu entfernen angefangen; K. rief ihn zurück. »Jeremias«, sagte er, »ich will ganz offen zu dir sein, beantworte mir auch ehrlich eine Frage. Wir sind ja nicht mehr im Verhältnis des Herrn und des Dieners, worüber nicht nur du froh bist, sondern auch ich, wir haben also keinen Grund, einander zu betrügen. Hier vor deinen Augen zerbreche ich die Rute, die für dich bestimmt gewesen ist, denn nicht aus Angst vor dir habe ich den Weg durch den Garten gewählt, sondern um dich zu überraschen und die Rute einige Mal an dir abzuziehen. Nun, nimm mir das nicht mehr übel, das ist alles vorüber; wärest du nicht ein vom Amt mir aufgezwungener Diener, sondern einfach ein Bekannter gewesen, wir hätten uns gewiss, wenn mich auch dein Aussehen manchmal ein wenig stört, ausgezeichnet vertragen. Und wir könnten ja auch das, was wir in dieser Hinsicht versäumt haben, jetzt nachtragen.« – »Glaubst du?«, sagte der Gehilfe und drückte gähnend die müden Augen. »Ich könnte dir ja die Sache ausführlicher erklären, aber ich habe keine Zeit, ich muss zu Frieda, das Kindchen wartet auf mich, sie hat den Dienst noch nicht angetreten, der Wirt hat ihr auf mein Zureden – sie wollte sich, wahrscheinlich, um zu vergessen, gleich in die Arbeit stürzen – noch eine kleine Erholungszeit gegeben, die wollen wir doch wenigstens miteinander verbringen. Was deinen Vorschlag betrifft, so habe ich gewiss keinen Anlass, dich zu belügen, aber ebenso wenig, dir etwas anzuvertrauen. Bei mir ist es nämlich anders als bei dir. Solange ich im Dienstverhältnis zu dir stand, warst du mir natürlich eine sehr wichtige Person, nicht wegen deiner Eigenschaften, sondern wegen des Dienstauftrags, und ich hätte alles für dich getan, was du wolltest, jetzt aber bist du mir gleichgültig. Auch das Zerbrechen der Rute rührt mich nicht, es erinnert mich nur daran, einen wie rohen Herrn ich hatte, mich für dich einzunehmen ist es nicht geeignet.« – »Du sprichst so mit mir«, sagte K., »wie wenn es ganz gewiss wäre, dass du von mir niemals mehr etwas zu fürchten haben wirst. So ist es aber doch eigentlich nicht. Du bist wahrscheinlich doch noch nicht frei von mir, so schnell finden die Erledigungen hier nicht statt.« – »Manchmal noch schneller«, warf Jeremias ein. »Manchmal«, sagte K., »nichts deutet aber darauf hin, dass es diesmal geschehen ist, zumindest hast weder du, noch habe ich eine schriftliche Erledigung in Händen. Das Verfahren ist also erst im Gang, und ich habe durch meine Verbindungen noch gar nicht eingegriffen, werde es aber tun. Fällt es ungünstig für dich aus, so hast du nicht sehr dafür vorgearbeitet, dir deinen Herrn geneigt zu machen, und es war vielleicht sogar überflüssig, die Weidenrute zu zerbrechen. Und Frieda hast du zwar fortgeführt, wovon dir ganz besonders der Kamm geschwollen ist; aber bei allem Respekt vor deiner Person – den ich habe, auch wenn du für mich keinen mehr hast –, ein paar Worte, von mir an Frieda gerichtet, genügen, das weiß ich, um die Lügen, mit denen du sie eingefangen hast, zu zerreißen. Und nur Lügen konnten Frieda mir abwendig machen.« – »Diese Drohungen schrecken mich nicht«, sagte Jeremias. »Du willst mich doch gar nicht zum Gehilfen haben, du fürchtest mich doch als Gehilfen, du fürchtest Gehilfen überhaupt, nur aus Furcht hast du den guten Artur geschlagen.« – »Vielleicht«, sagte K. »Hat es deshalb weniger weh getan? Vielleicht werde ich auf diese Weise meine Furcht vor dir noch öfters zeigen können. Sehe ich, dass dir die Gehilfenschaft wenig Freude macht, macht es wiederum mir über alle Furcht hinweg den größten Spaß, dich dazu zu zwingen. Und zwar werde ich es mir diesmal angelegen sein lassen, dich allein, ohne Artur, zu bekommen; ich werde dir dann mehr Aufmerksamkeit zuwenden können.« – »Glaubst du«, sagte Jeremias, »dass ich auch nur die geringste Furcht vor dem allen habe?« – »Ich glaube wohl«, sagte K., »ein wenig Furcht hast du gewiss und, wenn du klug bist, viel Furcht. Warum wärst du denn sonst nicht schon zu Frieda gegangen? Sag, hast du sie denn lieb?« – »Lieb?«, sagte Jeremias. »Sie ist ein gutes, kluges Mädchen, eine gewesene Geliebte Klamms, also respektabel auf jeden Fall. Und wenn sie mich fortwährend bittet, sie von dir zu befreien, warum sollte ich ihr den Gefallen nicht tun, besonders, da ich damit doch auch dir kein Leid antue, der du mit den verfluchten Barnabasschen dich getröstet hast.« – »Nun sehe ich deine Angst«, sagte K., »eine ganz jämmerliche Angst, du versuchst mich durch Lügen einzufangen. Frieda hat nur um eines gebeten: Sie von den wild gewordenen, hündisch lüsternen Gehilfen zu befreien; leider habe ich nicht Zeit gehabt, ihre Bitte ganz zu erfüllen, und jetzt sind die Folgen meiner Versäumnis da.«

»Herr Landvermesser, Herr Landvermesser!«, rief jemand durch die Gasse. Es war Barnabas. Atemlos kam er an, vergaß aber nicht, sich vor K. zu verbeugen. »Es ist mir gelungen«, sagte er. »Was ist gelungen?«, fragte K. »Du hast meine Bitte

Klamm vorgebracht?« – »Das ging nicht«, sagte Barnabas. »Ich habe mich sehr bemüht, aber es war unmöglich, ich habe mich vorgedrängt, stand den ganzen Tag über, ohne dazu aufgefordert zu sein, so nahe am Pult, dass mich einmal ein Schreiber, dem ich im Licht war, sogar wegschob, meldete mich, was verboten ist, mit erhobener Hand, wenn Klamm aufsah, blieb am längsten in der Kanzlei, war schon nur allein mit den Dienern dort, hatte noch einmal die Freude, Klamm zurückkommen zu sehen, aber es war nicht meinetwegen, er wollte nur schnell noch etwas in einem Buche nachsehen und ging gleich wieder, schließlich kehrte mich der Diener, da ich mich noch immer nicht rührte, fast mit dem Besen aus der Tür. Ich gestehe das alles, damit du nicht wieder unzufrieden bist mit meinen Leistungen.« – »Was hilft mir all dein Fleiß, Barnabas«, sagte K., »wenn er gar keinen Erfolg hat.« – »Aber ich hatte Erfolg«, sagte Barnabas. »Als ich aus meiner Kanzlei trat – ich nenne sie meine Kanzlei –, sehe ich, wie aus den tieferen Korridoren ein Herr langsam herankommt, sonst war schon alles leer; es war ja schon sehr spät. Ich beschloss, auf ihn zu warten; es war eine gute Gelegenheit, noch dort zu bleiben, am liebsten wäre ich ja überhaupt dort geblieben, um dir die schlechte Meldung nicht bringen zu müssen. Aber es lohnte sich auch sonst, auf den Herrn zu warten, es war Erlanger. Du kennst ihn nicht? Er ist einer der ersten Sekretäre Klamms. Ein schwacher, kleiner Herr, er hinkt ein wenig. Er erkannte mich sofort, er ist berühmt wegen seines Gedächtnisses und seiner Menschenkenntnis, er zieht nur die Augenbrauen zusammen, das genügt ihm, um jeden zu erkennen, oft auch Leute, die er nie gesehen hat, von denen er nur gehört oder gelesen hat, mich zum Beispiel dürfte er kaum je gesehen haben. Aber obwohl er jeden Menschen gleich erkennt, fragt er zuerst, so, wie wenn er unsicher wäre. ›Bist du nicht Barnabas?‹, sagte er zu mir. Und dann fragte er: ›Du kennst den Landvermesser, nicht?‹ Und dann sagte er: ›Das trifft sich gut; ich fahre jetzt in den Herrenhof. Der Landvermesser soll mich dort besuchen. Ich wohne im Zimmer Nummer fünfzehn. Doch müsste er gleich jetzt kommen. Ich habe nur einige Besprechungen dort und fahre um fünf Uhr früh wieder zurück. Sag ihm, dass mir viel daran liegt, mit ihm zu sprechen.‹«

Plötzlich setzte sich Jeremias in Lauf. Barnabas, der ihn in seiner Aufregung bisher kaum beachtet hatte, fragte: »Was will denn Jeremias?« – »Mir bei Erlanger zuvorkommen«, sagte K., lief schon hinter Jeremias her, fing ihn ein, hing sich an seinen Arm und sagte: »Ist es die Sehnsucht nach Frieda, die dich plötzlich ergriffen hat? Ich habe sie nicht minder, und so werden wir in gleichem Schritte gehen.«

## Das siebzehnte Kapitel

Vor dem dunklen Herrenhof stand eine kleine Gruppe Männer, zwei oder drei hatten Handlaternen mit, sodass manche Gesichter kenntlich waren. K. fand nur einen Bekannten, Gerstäcker, den Fuhrmann. Gerstäcker begrüßte ihn mit der Frage: »Du bist noch immer im Dorf?« – »Ja«, sagte K., »ich bin für die Dauer gekommen.« – »Mich kümmert es ja nicht«, sagte Gerstäcker, hustete kräftig und wandte sich anderen zu.

Es stellte sich heraus, dass alle auf Erlanger warteten. Erlanger war schon angekommen, verhandelte aber, ehe er die Parteien empfing, noch mit Momus. Das allgemeine Gespräch drehte sich darum, dass man nicht im Haus warten durfte, sondern hier draußen im Schnee stehen musste. Es war zwar nicht sehr kalt; trotzdem war es rücksichtslos, die Parteien vielleicht stundenlang in der Nacht vor dem Haus zu lassen. Das war freilich nicht die Schuld Erlangers, der vielmehr sehr entgegenkommend war, davon kaum wusste und sich gewiss sehr geärgert hätte, wenn es ihm gemeldet worden wäre. Es war die Schuld der Herrenhofwirtin, die in ihrem schon krankhaften Streben nach Feinheit es nicht leiden wollte, dass viele Parteien auf einmal in den Herrenhof kamen. »Wenn es schon sein muss und sie kommen müssen«, pflegte sie zu sagen, »dann, um des Himmels willen, nur immer einer hinter dem andern.« Und sie hatte es durchgesetzt, dass die Parteien, die zuerst einfach in einem Korridor, später auf der Treppe, dann im Flur, zuletzt im Ausschank gewartet hatten, schließlich auf die Gasse hinausgeschoben worden waren. Und selbst das genügte ihr noch nicht. Es war ihr unerträglich, im eigenen Haus immerfort »belagert zu werden«, wie sie sich ausdrückte. Es war ihr unverständlich, wozu es überhaupt

Parteienverkehr gab. »Um vorn die Haustreppe schmutzig zu machen«, hatte ihr einmal ein Beamter auf ihre Frage, wahrscheinlich im Ärger, gesagt; ihr aber war das sehr einleuchtend gewesen, und sie pflegte diesen Ausspruch gern zu zitieren. Sie strebte danach, und dies begegnete sich nun schon mit den Wünschen der Parteien, dass gegenüber dem Herrenhof ein Gebäude aufgeführt werde, in welchem die Parteien warten konnten. Am liebsten wäre es ihr gewesen, wenn auch die Parteienbesprechungen und Verhöre außerhalb des Herrenhofes stattgefunden hätten, aber dem widersetzten sich die Beamten, und wenn sich die Beamten ernstlich widersetzten, so drang natürlich die Wirtin nicht durch, obwohl sie in Nebenfragen kraft ihres unermüdlichen und dabei frauenhaft zarten Eifers eine Art kleiner Tyrannei ausübte. Die Besprechungen und Verhöre würde aber die Wirtin voraussichtlich auch weiterhin im Herrenhof dulden müssen, denn die Herren aus dem Schloss weigerten sich, im Dorf in Amtsangelegenheiten den Herrenhof zu verlassen. Sie waren immer in Eile, nur sehr wider Willen waren sie im Dorf, über das unbedingt Notwendige ihren Aufenthalt hier auszudehnen hatten sie nicht die geringste Lust, und es konnte daher nicht von ihnen verlangt werden, nur mit Rücksicht auf den Hausfrieden im Herrenhof, zeitweilig mit allen ihren Schriften über die Straße in irgendein anderes Haus zu ziehen und so Zeit zu verlieren. Am liebsten erledigten ja die Beamten die Amtssachen im Ausschank oder in ihrem Zimmer, womöglich während des Essens oder vom Bett aus vor dem Einschlafen oder morgens, wenn sie zu müde waren, aufzustehen, und sich im Bett noch ein wenig strecken wollten. Dagegen schien die Frage der Errichtung eines Wartegebäudes einer günstigen Lösung sich zu nähern, freilich war es eine empfindliche Strafe für die Wirtin – man lachte ein wenig darüber –, dass gerade die Angelegenheit des Wartegebäudes zahlreiche Besprechungen nötig machte und die Gänge des Hauses kaum leer wurden.

Über all diese Dinge unterhielt man sich halblaut unter den Wartenden, K. war es auffallend, dass zwar der Unzufriedenheit genug war, niemand aber etwas dagegen einzuwenden hatte, dass Erlanger die Parteien mitten in der Nacht berief. Er fragte danach und erhielt die Auskunft, dass man dafür Erlanger sogar sehr dankbar sein müsse. Es sei ja ausschließlich sein guter Wille und die hohe Auffassung, die er von seinem Amte habe, die ihn dazu bewegten, überhaupt ins Dorf zu kommen; er könnte ja, wenn er wollte – und es würde dies sogar den Vorschriften vielleicht besser entsprechen –, irgendeinen unteren Sekretär schicken und von ihm die Protokolle aufnehmen lassen. Aber er weigerte sich eben meistens, dies zu tun, wolle selbst alles sehen und hören, müsse dann aber zu diesem Zweck seine Nächte opfern, denn in seinem Amtsplan sei keine Zeit für Dorfreisen vorgesehen. K. wandte ein, dass doch auch Klamm bei Tag ins Dorf komme und sogar mehrere Tage hier bleibe; sei denn Erlanger, der doch nur Sekretär sei, oben unentbehrlicher? Einige lachten gutmütig, andere schwiegen betreten, diese letzteren bekamen das Übergewicht, und es wurde K. kaum geantwortet. Nur einer sagte zögernd, natürlich sei Klamm unentbehrlich, im Schloss wie im Dorf.

Da öffnete sich die Haustür und Momus erschien zwischen zwei lampentragenden Dienern. »Die ersten, die zum Herrn Sekretär Erlanger vorgelassen werden«, sagte er, »sind: Gerstäcker und K. Sind die beiden hier?« Sie meldeten sich, aber noch vor ihnen schlüpfte Jeremias mit einem »Ich bin hier Zimmerkellner«, von Momus lächelnd mit einem Schlag auf die Schulter begrüßt, ins Haus. Ich werde auf Jeremias mehr achten müssen, sagte sich K., wobei er sich dessen bewusst blieb, dass Jeremias wahrscheinlich viel ungefährlicher war als Artur, der im Schloss gegen ihn arbeitete. Vielleicht war es sogar klüger, sich von ihnen als Gehilfen quälen zu lassen, als sie so unkontrolliert umherstreichen und ihre Intrigen, für die sie eine besondere Anlage zu haben schienen, frei betreiben zu lassen.

Als K. an Momus vorüberkam, tat dieser, als erkenne er erst jetzt in ihm den Landvermesser. »Ah, der Herr Landvermesser«, sagte er, »der, welcher sich so ungern verhören lässt, drängt sich zum Verhör. Bei mir wäre es damals einfacher gewesen. Nun freilich, es ist schwer, die richtigen Verhöre auszuwählen.« Als K. auf diese Ansprache hin stehen bleiben wollte, sagte Momus: »Gehen Sie, gehen Sie! Damals hätte ich Ihre Antworten gebraucht, jetzt nicht.« Trotzdem sagte K., erregt durch des Momus Benehmen: »Ihr denkt nur an Euch. Bloß des Amtes wegen antworte ich nicht; weder damals noch heute.« Momus sagte: »An wen sollen wir denn denken? Wer ist denn sonst noch hier? Gehen Sie!« Im Flur empfing sie ein Diener und führte sie den K. schon bekannten Weg über den Hof, dann durch das Tor und in den niedrigen, ein wenig sich senkenden Gang. In den oberen Stockwerken wohnten offenbar nur die höheren Beamten, die Sekretäre dagegen wohnten an diesem Gang, auch Erlanger, obwohl er einer ihrer obersten war. Der Diener löschte seine Laterne aus, denn hier war helle elektrische Beleuchtung. Alles war hier klein, aber zierlich gebaut. Der Raum war möglichst ausgenützt. Der Gang genügte knapp, aufrecht in ihm zu gehen. An den Seiten war eine Tür fast neben der anderen. Die Seitenwände reichten nicht bis zur Decke, dies wahrscheinlich aus Ventilationsrücksichten, denn die Zimmerchen hatten wohl hier in dem tiefen, kellerartigen Gang keine Fenster. Der Nachteil dieser nicht ganz schließenden Wände war die Unruhe im Gang und notwendigerweise auch in den Zimmern. Viele Zimmer schienen besetzt zu sein, in den meisten war man noch wach, man hörte Stimmen, Hammerschläge, Gläserklingen. Doch hatte man nicht den Eindruck besonderer Lustigkeit. Die Stimmen waren gedämpft, man verstand kaum hier und da ein Wort, es schienen auch nicht Unterhaltungen zu sein, wahrscheinlich diktierte nur jemand etwas oder las etwas vor, gerade aus den Zimmern, aus denen der Klang von Gläsern und Tellern kam, hörte man kein Wort, und die Hammerschläge erinnerten K. daran, was ihm irgendwo erzählt worden war, dass manche Beamte, um sich von der fortwährenden geistigen Anstrengung zu erholen, sich zeitweilig mit Tischlerei, Feinmechanik und dergleichen beschäftigen. Der Gang selbst war leer, nur vor einer Tür saß ein bleicher, schmaler, großer Herr im Pelz, unter dem die Nachtwäsche hervorsah; wahrscheinlich war es ihm im Zimmer zu dumpf geworden, so hatte er sich herausgesetzt und las da eine Zeitung, aber nicht aufmerksam, gähnend ließ er öfters vom Lesen ab, beugte sich vor und blickte den Gang entlang; vielleicht erwartete er eine Partei, die er vorgeladen hatte und die zu kommen säumte. Als sie an ihm vorübergekommen waren, sagte der Diener in Bezug auf den Herrn zu Gerstäcker: »Der Pinzgauer!« Gerstäcker nickte. »Er ist schon lange nicht unten gewesen«, sagte er. »Schon sehr lange nicht«, bestätigte der Diener.

Schließlich kamen sie vor eine Tür, die nicht anders als die übrigen war und hinter der doch, wie der Diener mitteilte, Erlanger wohnte. Der Diener ließ sich von K. auf die Schulter heben und sah oben durch den freien Spalt ins Zimmer. »Er liegt«, sagte der Diener herabsteigend, »auf dem Bett, allerdings in Kleidern, aber ich glaube doch, dass er schlummert. Manchmal überfällt ihn so die Müdigkeit, hier im Dorf, bei der geänderten Lebensweise. Wir werden warten müssen. Wenn er aufwacht, wird er läuten. Es ist allerdings schon vorgekommen, dass er seinen ganzen Aufenthalt im Dorf verschlafen hat und nach dem Aufwachen gleich wieder ins Schloss zurückfahren musste. Es ist ja freiwillige Arbeit, die er hier leistet.« – »Wenn er jetzt nur schon lieber bis zu Ende schliefe«, sagte Gerstäcker, »denn wenn er nach dem Aufwachen noch ein wenig Zeit zur Arbeit hat, ist er sehr unwillig darüber, dass er geschlafen hat, sucht alles eilig zu erledigen, und man kann sich kaum aussprechen.« – »Sie kommen wegen der Vergebung der Fuhren für den Bau?«, fragte der Diener. Gerstäcker nickte, zog den Diener beiseite und redete leise zu ihm; aber der Diener hörte kaum zu, blickte über Gerstäcker, den er um mehr als Hauptеslänge überragte, hinweg und strich sich ernst und langsam das Haar.

## Das achtzehnte Kapitel

Da sah K., wie er ziellos umherblickte, weit in der Ferne an einer Wendung des Ganges Frieda; sie tat, als erkenne sie ihn nicht, blickte nur starr auf ihn, in der Hand trug sie eine Tasse mit leerem Geschirr. Er sagte dem Diener, der aber gar nicht auf ihn achtete – je mehr man zu dem Diener sprach, desto geistesabwesender schien er zu werden –, er werde gleich zurückkommen, und lief zu Frieda. Bei ihr angekommen, fasste er sie bei den Schultern, so, als ergreife er wieder von ihr Besitz, stellte einige belanglose Fragen und suchte dabei prüfend in ihren Augen. Aber ihre starre Haltung löste sich kaum, zerstreut versuchte sie einige Umstellungen des Geschirrs auf der Tasse und sagte: »Was willst du denn von mir? Geh doch zu den – nun, du weißt ja, wie sie heißen. Du kommst ja gerade von ihnen, ich kann es dir ansehen.« K. lenkte schnell ab; die Aussprache sollte nicht so plötzlich kommen und bei dem Bösesten, bei dem für ihn Ungünstigsten anfangen. »Ich dachte, du wärest im Ausschank«, sagte er. Frieda sah ihn erstaunt an und fuhr ihm dann sanft mit der einen Hand, die sie frei hatte, über Stirn und Wange. Es war, als habe sie sein Aussehen vergessen und wollte es sich so wieder ins Bewusstsein zurückrufen, auch ihre Augen hatten den verschleierten Ausdruck des mühsam Sich-Erinnerns. »Ich bin für den Ausschank wieder aufgenommen«, sagte sie dann langsam, als sei es unwichtig, was sie sage, aber unter den Worten führte sie noch ein Gespräch mit K., und dies sei das wichtigere. »Diese Arbeit taugt nicht für mich, die kann auch eine jede andere besorgen; jede, die aufbetten und ein freundliches Gesicht machen kann und die Belästigung durch die Gäste nicht scheut, sondern sie sogar noch hervorruft, eine jede solche kann Stubenmädchen sein. Aber im Ausschank, da ist es etwas anderes. Ich bin auch gleich wieder für den Ausschank aufgenommen worden, obwohl ich ihn damals nicht sehr ehrenvoll verlassen habe; freilich hatte ich jetzt Protektion. Aber der Wirt war glücklich, dass ich Protektion hatte und es ihm deshalb leicht möglich war, mich wieder aufzunehmen. Es war sogar so, dass man mich drängen musste, den Posten anzunehmen; wenn du bedenkst, woran mich der Ausschank erinnert, wirst du es begreifen. Schließlich habe ich den Posten angenommen. Hier bin ich nur aushilfsweise. Pepi hat gebeten, ihr nicht die Schande anzutun, sofort den Ausschank verlassen zu müssen, wir haben ihr deshalb, weil sie doch fleißig gewesen ist und alles so besorgt hat, wie es nur ihre Fähigkeiten erlaubt haben, eine vierundzwanzigstündige Frist gegeben.« – »Das ist alles sehr gut eingerichtet«, sagte K., »nur hast du einmal meinetwegen den Ausschank verlassen; und nun, da wir kurz vor der Hochzeit sind, kehrst du wieder in ihn zurück?« – »Es wird keine Hochzeit geben«, sagte Frieda. »Weil ich untreu war?«, fragte K.; Frieda nickte. »Nun sieh, Frieda«, sagte K., »über diese angebliche Untreue haben wir schon öfters gesprochen, und immer hast du schließlich einsehen müssen, dass es ein ungerechter Verdacht war. Seitdem aber hat sich auf meiner Seite nichts geändert, alles ist unschuldig geblieben, wie es war und wie es nicht anders werden kann. Also muss sich etwas auf deiner Seite geändert haben, durch fremde Einflüsterungen oder etwas anderes. Unrecht tust du mir auf jeden Fall; denn sieh, wie verhält es sich mit diesen zwei Mädchen? Die eine, die dunkle – ich schäme mich fast, mich so im Einzelnen verteidigen zu müssen, aber du forderst es heraus –, die dunkle also ist mir wahrscheinlich nicht weniger peinlich als dir; wenn ich mich nur irgendwie von ihr fernhalten kann, tue ich es, und sie erleichtert das ja auch, man kann nicht zurückhaltender sein, als sie es ist.« – »Ja«, rief Frieda aus, die Worte kamen ihr wie gegen ihren Willen hervor, K. war froh, sie so abgelenkt zu sehen; sie war anders, als sie sein wollte, »die magst du für zurückhaltend ansehen, die Schamloseste von allen nennst du zurückhaltend, und du meinst es, so unglaubwürdig es ist, ehrlich, du verstellst dich nicht, das weiß ich. Die Brückenhofwirtin sagt von dir: »Leiden kann ich ihn nicht, aber verlassen kann ich ihn auch nicht, man kann doch auch beim Anblick eines kleinen Kindes, das noch nicht gut gehen kann und sich weit vorwagt, unmöglich sich beherrschen; man muss eingreifen.« – »Nimm diesmal ihre Lehre an«, sagte K. lächelnd, »aber jenes Mädchen – ob es zurückhaltend oder schamlos ist, können wir beiseitelassen –, ich will von ihm nichts wissen.« – »Aber warum nennst du sie zurückhaltend?«, fragte Frieda unnachgiebig. K. hielt diese Teilnahme für ein ihm günstiges Zeichen. »Hast du es erprobt oder willst du andere dadurch herabsetzen?« – »Weder das eine noch das andere«, sagte K., »ich nenne sie so aus Dankbarkeit, weil sie es mir leicht macht, sie zu übersehen, und weil ich, selbst wenn sie mich nur öfters anspräche, es nicht über mich bringen könnte, wieder hinzugehen, was doch ein großer Verlust für mich wäre, denn ich muss hingehen wegen unserer gemeinsamen Zukunft, wie du weißt. Und deshalb muss ich auch mit dem anderen Mädchen sprechen, das ich zwar wegen seiner Tüchtigkeit, Umsicht und Selbstlosigkeit schätze, von dem aber doch niemand behaupten kann, dass es verführerisch ist.« – »Die Knechte sind anderer Meinung«, sagte Frieda. »In dieser wie auch wohl in vieler anderer Hinsicht«, sagte K. »Aus den Gelüsten der Knechte willst du auf meine Untreue schließen?« Frieda schwieg und duldete es, dass K. ihr die Tasse aus der Hand nahm, auf den Boden stellte, seinen Arm unter den ihren schob und im kleinen Raum langsam mit ihr hin und her zu gehen begann. »Du weißt nicht, was Treue ist«, sagte sie, sich ein wenig wehrend gegen seine Nähe. »Wie du dich auch zu den Mädchen verhalten magst, ist ja nicht das Wichtigste; dass du in diese Familie überhaupt gehst und zurückkommst, den Geruch ihrer Stube in den Kleidern, ist schon eine unerträgliche Schande für mich. Und du läufst aus der Schule fort, ohne etwas zu sagen, und bleibst gar bei ihnen die halbe Nacht. Und lässt, wenn man nach dir fragt, dich von den Mädchen verleugnen, leidenschaftlich verleugnen, besonders von der unvergleichlich Zurückhaltenden. Schleichst dich auf einem geheimen Weg aus dem Haus, vielleicht gar, um den Ruf der Mädchen zu schonen, den Ruf jener Mädchen! Nein, sprechen wir nicht mehr davon!« – »Von diesem nicht«, sagte K., »aber von etwas anderem, Frieda. Von diesem ist ja auch nichts zu sagen. Warum ich hingehen muss, weißt du. Es wird mir nicht leicht, aber ich überwinde mich. Du solltest es mir nicht schwerer machen, als es ist. Heute dachte ich, nur für einen Augenblick hinzugehen und nachzufragen, ob Barnabas, der eine wichtige Botschaft schon längst hätte bringen sollen, endlich gekommen ist. Er war nicht gekommen, aber er musste, wie man mir versicherte und wie es auch glaubwürdig war, sehr bald kommen. Ihn mir in die Schule nachkommen lassen, wollte ich nicht, um dich durch seine Gegenwart nicht zu belästigen. Die Stunden vergingen, und er kam leider nicht. Wohl aber kam ein anderer, der mir verhasst ist. Von ihm mich ausspionieren zu lassen, hatte ich keine Lust und ging also durch den Nachbargarten, aber auch vor ihm verbergen wollte ich mich nicht, sondern ging dann auf der Straße frei auf ihn zu, mit einer sehr biegsamen Weidenrute, wie ich gestehe. Das ist alles, darüber ist also weiter nichts zu sagen; wohl aber über etwas anderes. Wie verhält es sich denn mit den Gehilfen, die zu erwähnen mir fast so widerlich ist wie dir die Erwähnung jener Familie? Vergleiche dein Verhältnis zu ihnen damit, wie ich mich zu der Familie verhalte. Ich verstehe deinen Widerwillen gegenüber der Familie und kann ihn teilen. Nur um der Sache willen gehe ich zu ihnen, fast scheint es mir manchmal, dass ich ihnen Unrecht tue, sie ausnütze. Du und die Gehilfen dagegen! Du hast gar nicht in Abrede gestellt, dass sie dich verfolgen, und hast eingestanden, dass es dich zu ihnen zieht. Ich war dir nicht böse deshalb, habe eingesehen, dass hier Kräfte im Spiel sind, denen du nicht gewachsen bist, war schon glücklich darüber, dass du dich wenigstens wehrst, habe geholfen, dich zu verteidigen, und nur weil ich ein paar Stunden darin nachgelassen habe im Vertrauen auf deine Treue, allerdings auch in der Hoffnung, dass das Haus unweigerlich verschlossen ist, die Gehilfen endgültig in die Flucht geschlagen sind – ich unterschätzte sie noch immer, fürchte ich –, nur weil ich ein paar Stunden darin nachgelassen habe und jener Jeremias, genau betrachtet, ein nicht sehr gesunder, ältlicher Bursche, die Keckheit gehabt hat, ans Fenster zu treten, nur deshalb soll ich dich, Frieda, verlieren und als Begrüßung zu hören bekommen: ›Es wird keine Hochzeit geben.‹ Wäre ich es nicht eigentlich, der Vorwürfe machen dürfte, und ich mache sie nicht, mache sie noch immer nicht.« Und wieder schien es K. gut, Frieda ein wenig abzulenken, und er bat sie, ihm etwas zu essen zu bringen, weil er schon seit Mittag nichts gegessen habe. Frieda, offenbar auch durch die Bitte erleichtert, nickte und lief, etwas zu holen, nicht den Gang weiter, wo K. die Küche vermutete, sondern seitlich, ein paar Stufen abwärts. Sie brachte bald einen Teller mit Aufschnitt und eine Flasche Wein, aber es waren wohl nur schon die Reste einer Mahlzeit: Flüchtig waren die einzelnen Stücke neu ausgebreitet, um es unkenntlich zu machen, sogar Wurstschalen waren dort vergessen und die Flasche war zu drei Vierteln geleert. Doch sagte K. nichts darüber und machte sich mit gutem Appetit ans Essen. »Du warst in der Küche?«, fragte er. »Nein, in meinem Zimmer«, sagte sie, »ich habe hier unten ein Zimmer.« – »Hättest du mich doch mitgenommen«, sagte K. »Ich werde hinuntergehen, um mich zum Essen ein wenig zu setzen.« – »Ich werde dir einen Sessel bringen«, sagte Frieda und war schon auf dem Weg. »Danke«, sagte K. und hielt sie zurück, »ich werde weder hinuntergehen, noch brauche ich mehr einen Sessel.« Frieda ertrug trotzig seinen Griff, hatte den Kopf tief geneigt und biss auf die Lippen. »Nun ja, er ist unten«, sagte sie. »Hast du es anders erwartet? Er liegt in meinem Bett, er hat sich draußen verkühlt, er fröstelt, er hat kaum gegessen. Im Grunde ist alles deine Schuld; hättest du die Gehilfen nicht verjagt und wärst jenen Leuten nicht nachgelaufen, wir könnten jetzt friedlich in der Schule sitzen. Nur du hast unser Glück zerstört. Glaubst du, dass Jeremias, solange er im Dienst war, es gewagt hätte, mich zu entführen? Dann verkennst du die hiesige Ordnung ganz und gar. Er wollte zu mir, er hat sich gequält, er hat auf mich gelauert, das war aber nur ein Spiel, so wie ein hungriger Hund spielt und es doch nicht wagt, auf den Tisch zu springen. Und ebenso ich. Es zog mich zu ihm, er ist mein Spielkamerad aus der Kinderzeit – wir spielten miteinander auf dem Abhang des Schlossberges, schöne Zeiten, du hast mich niemals nach meiner Vergangenheit gefragt. – Doch das alles war nicht entscheidend, solange Jeremias durch den Dienst gehalten war, denn ich kannte ja meine Pflicht als deine zukünftige Frau. Dann aber vertriebst du die Gehilfen und rühmtest dich noch dessen, als hättest du damit etwas für mich getan; nun, in einem gewissen Sinne ist es wahr. Bei Artur gelang deine Absicht, allerdings nur vorläufig, er ist zart, er hat nicht die keine Schwierigkeit fürchtende Leidenschaft des Jeremias, auch hast du ihn ja durch den Faustschlag in der Nacht – jener Schlag war auch gegen unser Glück geführt – nahezu zerstört, er flüchtete ins Schloss, um zu klagen, und wenn er auch bald wiederkommen wird, immerhin, er ist jetzt fort. Jeremias aber blieb. Im Dienst fürchtet er ein Augenzucken des Herrn, außerhalb des Dienstes aber fürchtet er nichts. Er kam und nahm mich; von dir verlassen, von ihm, dem alten Freund, beherrscht, konnte ich mich nicht halten. Ich habe das Schultor nicht aufgesperrt, er zerschlug das Fenster und zog mich hinaus. Wir flohen hierher, der Wirt achtet ihn, auch kann den Gästen nichts willkommener sein, als einen solchen Zimmerkellner zu haben, so wurden wir aufgenommen, er wohnt nicht bei mir, sondern wir haben ein gemeinsames Zimmer.« – »Trotz allem«, sagte K., »bedauere ich es nicht, die Gehilfen aus dem Dienst getrieben zu haben. War das Verhältnis so, wie du es beschreibst, deine Treue also nur durch die dienstliche Gebundenheit der Gehilfen bedingt, dann war es gut, dass alles ein Ende nahm. Das Glück der Ehe inmitten der zwei Raubtiere, die sich nur unter der Knute duckten, wäre nicht sehr groß gewesen. Dann bin ich auch jener Familie dankbar, welche unabsichtlich ihr Teil beigetragen hat, um uns zu trennen.« Sie schwiegen und gingen wieder nebeneinander auf und ab, ohne dass zu unterscheiden gewesen wäre, wer jetzt damit begonnen hätte. Frieda, nahe an K., schien ärgerlich, dass er sie nicht wieder unter den Arm nahm. »Und so wäre alles in Ordnung«, fuhr K. fort, »und wir könnten Abschied nehmen, du zu deinem Herrn Jeremias gehen, der wahrscheinlich noch vom Schulgarten her verkühlt ist und den du mit Rücksicht darauf schon viel zu lange allein gelassen hast, und ich allein in die Schule oder, da ich ja ohne dich dort nichts zu tun habe, sonst irgendwohin, wo man mich aufnimmt. Wenn ich nun trotzdem zögere, so deshalb, weil ich aus gutem Grund noch immer ein wenig daran zweifle, was du mir erzählt hast. Ich habe von Jeremias den gegenteiligen Eindruck. Solange er im Dienst war, ist er hinter dir her gewesen, und ich glaube nicht, dass der Dienst ihn auf die Dauer zurückgehalten hätte, dich einmal ernstlich zu überfallen. Jetzt aber, seit er den Dienst für aufgehoben ansieht, ist es anders. Verzeih, wenn ich es mir auf folgende Weise erkläre: Seit du nicht mehr die Braut seines Herrn bist, bist du keine solche Verlockung mehr für ihn wie früher. Du magst seine Freundin aus der Kinderzeit sein, doch legt er – ich kenne ihn eigentlich nur aus einem kurzen Gespräch heute Nacht – solchen Gefühlsdingen meiner Meinung nach nicht viel Wert bei. Ich weiß nicht, warum er dir als ein leidenschaftlicher Charakter erscheint. Seine Denkweise scheint mir eher besonders kühl. Er hat in Bezug auf mich irgendeinen, mir vielleicht nicht sehr günstigen Auftrag von Galater bekommen, diesen strengt er sich an auszuführen, mit einer gewissen Dienstleidenschaft, wie ich zugeben will – sie ist hier nicht allzu selten –, dazu gehört, dass er unser Verhältnis zerstört; er hat es vielleicht auf verschiedene Weise versucht, eine davon war die, dass er dich durch sein lüsternes Schmachten zu verlocken suchte, eine andere – hier hat ihn die Wirtin unterstützt –, dass er von meiner Untreue fabelte, sein Anschlag ist ihm gelungen, irgendeine Erinnerung an Klamm, die ihn umgibt, mag mitgeholfen haben, den Posten hat er zwar verloren, aber vielleicht gerade in dem Augenblick, in dem er ihn nicht mehr benötigte, jetzt erntet er die Früchte seiner Arbeit und zieht dich aus dem Schulfenster, damit ist aber seine Arbeit beendet und, von der Dienstleidenschaft verlassen, wird er müde, er wäre lieber an Stelle Arturs, der gar nicht klagt, sondern sich Lob und neue Aufträge holt, aber es muss doch auch jemand zurückbleiben, der die weitere Entwicklung der Dinge verfolgt. Eine etwas lästige Pflicht ist es ihm, dich zu versorgen. Von Liebe zu dir ist keine Spur, er hat es mir offen gestanden, als Geliebte Klamms bist du ihm natürlich respektabel, und in deinem Zimmer sich einzunisten und sich einmal als kleiner Klamm zu fühlen, tut ihm gewiss sehr wohl, das aber ist alles, du selbst bedeutest ihm jetzt nichts, nur ein Nachtrag zu seiner Hauptaufgabe ist es ihm, dass er dich hier untergebracht hat; um dich nicht zu beunruhigen, ist er auch selbst geblieben, aber nur vorläufig, solange er nicht neue Nachrichten vom Schloss bekommt und seine Verkühlung von dir nicht auskuriert ist.« »Wie du ihn verleumdest!«, sagte Frieda und schlug ihre kleinen Fäuste aneinander. »Verleumden?«, sagte K. »Nein, ich will ihn nicht verleumden. Wohl aber tue ich ihm vielleicht Unrecht, das ist freilich möglich. Ganz offen an der Oberfläche liegt es ja nicht, was ich über ihn gesagt habe; es lässt sich auch anders deuten. Aber verleumden? Verleumden könnte doch nur den Zweck haben, damit gegen deine Liebe zu ihm anzukämpfen. Wäre es nötig und wäre Verleumdung ein geeignetes Mittel, ich würde nicht zögern, ihn zu verleumden. Niemand könnte mich deshalb verurteilen, er ist durch seine Auftraggeber in solchem Vorteil mir gegenüber, dass ich, ganz allein auf mich angewiesen, auch ein wenig verleumden dürfte. Es wäre ein verhältnismäßig unschuldiges und letzten Endes ja auch ohnmächtiges Verteidigungsmittel. Lass also die Fäuste ruhen.« Und K. nahm Friedas Hand in die seine; Frieda wollte sie ihm entziehen, aber lächelnd und nicht mit großer Kraftanstrengung. »Aber ich muss nicht verleumden«, sagte K., »denn du liebst ihn ja nicht, glaubst es nur und wirst mir dankbar sein, wenn ich dich von der Täuschung befreie. Sieh, wenn jemand dich von mir fortbringen wollte, ohne Gewalt, aber mit möglichst sorgfältiger Berechnung, dann müsste er es durch die beiden Gehilfen tun. Scheinbar gute, kindliche, lustige, verantwortungslose, von hoch her, vom Schloss hergeblasene Jungen, ein wenig Kindheitserinnerung auch dabei, das ist doch schon alles sehr liebenswert, besonders, wenn ich etwa das Gegenteil von alledem bin, dafür immerfort hinter Geschäften herlaufe, die dir nicht ganz verständlich, die dir ärgerlich sind, die mich mit Leuten zusammenbringen, die dir hassenswert sind und etwas davon bei aller meiner Unschuld auch auf mich übertragen. Das Ganze ist nur eine bösartige, allerdings sehr kluge Ausnützung der Mängel unseres Verhältnisses. Jedes Verhältnis hat seine Mängel, gar unseres, wir kamen ja jeder aus einer ganz anderen Welt zusammen, und seit wir einander kennen, nahm das Leben eines jeden von uns einen ganz neuen Weg, wir fühlen uns noch unsicher, es ist doch allzu neu. Ich rede nicht von mir, das ist nicht so wichtig, ich bin ja im Grunde immerfort beschenkt worden, seit du deine Augen zum ersten Mal mir zuwandtest; und an das Beschenktwerden sich gewöhnen, ist nicht schwer. Du aber, von allem anderen abgesehen, wurdest von Klamm losgerissen; ich kann nicht ermessen, was das bedeutet, aber eine Ahnung dessen habe ich doch allmählich schon bekommen, man taumelt, man kann sich nicht zurechtfinden, und wenn ich auch bereit war, dich immer aufzunehmen, so war ich doch nicht immer zugegen, und wenn ich zugegen war, hielten dich manchmal deine Träumereien fest oder noch Lebendigeres, wie etwa die Wirtin; kurz, es gab Zeiten, wo du von mir wegsahst, dich irgendwohin ins Halbunbestimmte sehntest, armes Kind, und es mussten nur in solchen Zwischenzeiten in der Richtung deines Blicks passende Leute aufgestellt werden, und du warst an sie verloren, erlagst der Täuschung, dass das, was nur Augenblicke waren, Gespenster, alte Erinnerungen, im Grunde vergangenes und immer mehr vergehendes einstmaliges Leben, dass dieses noch dein wirkliches jetziges Leben sei. Ein Irrtum, Frieda, nichts als die letzte, richtig angesehen, verächtliche Schwierigkeit unserer endlichen Vereinigung. Komme zu dir, fasse dich; wenn du auch dachtest, dass die Gehilfen von Klamm geschickt sind – es ist gar nicht wahr, sie kommen von Galater –, und wenn sie dich auch mithilfe dieser Täuschung so bezaubern konnten, dass du selbst in ihrem Schmutz und ihrer Unzucht Spuren von Klamm zu finden meintest – so, wie jemand in einem Misthaufen einen einst verlorenen Edelstein zu sehen glaubt, während er ihn in Wirklichkeit dort gar nicht finden könnte, selbst wenn er dort wirklich wäre –, so sind es doch nur Burschen von der Art der Knechte im Stall, nur dass sie nicht ihre Gesundheit haben, ein wenig frische Luft sie krank macht und aufs Bett wirft, das sie sich allerdings mit knechtischer Pfiffigkeit auszusuchen verstehen.« Frieda hatte ihren Kopf an K.s Schulter gelehnt, die Arme umeinandergeschlungen, gingen sie schweigend auf und ab. »Wären wir doch«, sagte Frieda langsam, ruhig, fast behaglich, so, als wisse sie, dass ihr nur eine ganz kleine Frist der Ruhe an K.s Schulter gewährt sei, diese aber wolle sie bis zum Letzten genießen, »wären wir doch gleich noch in jener Nacht ausgewandert, wir könnten irgendwo in Sicherheit sein, immer beisammen, deine Hand immer nahe genug, sie zu fassen; wie brauche ich deine Nähe; wie bin ich, seit ich dich kenne, ohne deine Nähe verlassen; deine Nähe ist, glaube mir, der einzige Traum, den ich träume, keinen anderen.« Da rief es in dem Seitengang, es war Jeremias, er stand dort auf der untersten Stufe, er war nur im Hemd, hatte aber ein Umhängetuch Friedas um sich geschlagen. Wie er dort stand, das Haar zerrauft, den dünnen Bart wie verregnet, die Augen mühsam, bittend und vorwurfsvoll aufgerissen, die dunklen Wangen gerötet, aber wie aus allzu lockerem Fleisch bestehend, die nackten Beine zitternd vor Kälte, sodass die langen Fransen des Tuches mitzitterten, war er wie ein aus dem Spital entflohener Kranker, demgegenüber man an nichts anderes denken durfte, als ihn wieder ins Bett zurückzubringen. So fasste es auch Frieda auf, entzog sich K. und war gleich unten bei ihm. Ihre Nähe, die sorgsame Art, mit der sie das Tuch fester um ihn zog, die Eile, mit der sie ihn gleich zurück ins Zimmer drängen wollte, schien ihn schon ein wenig kräftiger zu machen; es war, als erkenne er K. erst jetzt. »Ah, der Herr Landvermesser«, sagte er, Frieda, die keine Unterhaltung mehr zulassen wollte, zur Begütigung die Wange streichelnd. »Verzeihen Sie die Störung. Mir ist aber gar nicht wohl, das entschuldigt doch. Ich glaube, ich fiebere, ich muss einen Tee haben und schwitzen. Das verdammte Gitter im Schulgarten, daran werde ich wohl noch zu denken haben, und jetzt, schon verkühlt, bin ich noch in der Nacht herumgelaufen. Man opfert, ohne es gleich zu merken, seine Gesundheit für Dinge, die es wahrhaftig nicht wert sind. Sie aber, Herr Landvermesser, müssen sich durch mich nicht stören lassen, kommen Sie zu uns ins Zimmer herein, machen Sie einen Krankenbesuch und sagen Sie dabei Frieda, was noch zu sagen ist. Wenn zwei, die aneinander gewöhnt sind, auseinandergehen, haben sie natürlich in den letzten Augenblicken so viel zu sagen, dass das ein dritter, gar wenn er im Bett liegt und auf den versprochenen Tee wartet, unmöglich begreifen kann. Aber kommen Sie nur herein, ich werde ganz still sein.« – »Genug, genug«, sagte Frieda und zerrte an seinem Arm. »Er fiebert und weiß nicht, was er spricht. Du aber, K., geh nicht mit, ich bitte dich. Es ist mein und des Jeremias Zimmer oder vielmehr nur mein Zimmer, ich verbiete dir, mit hineinzugehen. Du verfolgst mich, ach K., warum verfolgst du mich? Niemals, niemals werde ich zu dir zurückkommen, ich schaudere, wenn ich an eine solche Möglichkeit denke. Geh doch zu deinen Mädchen; im bloßen Hemd sitzen sie auf der Ofenbank zu deinen Seiten, wie man mir erzählt hat, und wenn jemand kommt, dich abzuholen, fauchen sie ihn an. Wohl bist du dort zu Hause, wenn es dich gar so sehr hinzieht. Ich habe dich immer von dort abgehalten, mit wenig Erfolg, aber immerhin abgehalten, das ist vorüber, du bist frei. Ein schönes Leben steht dir bevor, wegen der einen wirst du vielleicht mit den Knechten ein wenig kämpfen müssen, aber was die zweite betrifft, gibt es niemanden im Himmel und auf Erden, der sie dir missgönnt. Der Bund ist von vornherein gesegnet. Sag nichts dagegen, gewiss, du kannst alles widerlegen, aber zum Schluss ist gar nichts widerlegt. Denk nur, Jeremias, er hat alles widerlegt!« Sie verständigten sich durch Kopfnicken und Lächeln. »Aber«, fuhr Frieda fort, »angenommen, er hätte alles widerlegt, was wäre damit erreicht, was kümmert es mich? Wie es dort bei jenen zugehen mag, ist völlig ihre und seine Sache, meine nicht. Meine ist es, dich zu pflegen, so lange, bis du wieder gesund wirst, wie du's einstmals warst, ehe dich K. meinetwegen quälte.« – »Sie kommen also wirklich nicht mit, Herr Landvermesser?«, fragte Jeremias, wurde aber nun von Frieda, die sich gar nicht mehr nach K. umdrehte, endgültig fortgezogen. Man sah unten eine kleine Tür, noch niedriger als die Türen hier im Gange – nicht nur Jeremias, auch Frieda musste sich beim Hineingehen bücken –, innen schien es hell und warm zu sein; man hörte noch ein wenig flüstern, wahrscheinlich liebreiches Überreden um Jeremias ins Bett zu bringen, dann wurde die Tür geschlossen.

Erst jetzt merkte K., wie still es auf dem Gang geworden war, nicht nur hier in diesem Teil des Ganges, wo er mit Frieda gewesen war und der zu den Wirtschaftsräumen zu gehören schien, sondern auch in dem langen Gang mit den früher so lebhaften Zimmern. So waren also die Herren doch endlich eingeschlafen. Auch K. war sehr müde, vielleicht hatte er aus Müdigkeit sich gegen Jeremias nicht so gewehrt, wie er es hätte tun sollen. Es wäre vielleicht klüger gewesen, sich nach Jeremias zu richten, der seine Verkühlung sichtlich übertrieb – seine Jämmerlichkeit stammte nicht von Verkühlung, sondern war ihm angeboren und durch keinen Gesundheitstee zu vertreiben –, ganz sich nach Jeremias zu richten, die wirklich große Müdigkeit ebenso zur Schau zu stellen, hier auf dem Gang niederzusinken, was schon an sich sehr wohl tun müsste, ein wenig zu schlummern und dann vielleicht auch ein wenig gepflegt zu werden. Nur wäre es nicht so günstig ausgegangen wie bei Jeremias, der in diesem Wettbewerb um das Mitleid gewiss, und wahrscheinlich mit Recht, gesiegt hätte und offenbar auch in jedem anderen Kampf. K. war so müde, dass er daran dachte, ob er nicht versuchen könnte, in eines dieser Zimmer zu gehen, von denen gewiss manche leer waren, und sich in einem schönen Bett auszuschlafen. Das hätte seiner Meinung nach Entschädigung für vieles werden können. Auch einen Schlaftrunk hatte er bereit. Auf dem Geschirrbrett, das Frieda auf dem Boden liegen gelassen hatte, war eine kleine Karaffe Rum gewesen. K. scheute nicht die Anstrengung des Rückwegs und trank das Fläschchen leer.

Nun fühlte er sich wenigstens kräftig genug, vor Erlanger zu treten. Er suchte Erlangers Zimmertür, aber da der Diener und Gerstäcker nicht mehr zu sehen und alle Türen gleich waren, konnte er sie nicht finden. Doch glaubte er, sich zu erinnern, an welcher Stelle des Ganges die Tür etwa gewesen war, und beschloss, eine Tür zu öffnen, die seiner Meinung nach wahrscheinlich die gesuchte war. Der Versuch konnte nicht allzu gefährlich sein, war es das Zimmer Erlangers, so würde ihn dieser wohl empfangen, war es das Zimmer eines anderen, so würde es doch möglich sein, sich zu entschuldigen und wieder zu gehen, und schlief der Gast, was am wahrscheinlichsten war, würde K.s Besuch gar nicht bemerkt werden; schlimm konnte es nur werden, wenn das Zimmer leer war, denn dann würde K. kaum der Versuchung widerstehen können, sich ins Bett zu legen und endlos zu schlafen. Er sah noch einmal nach rechts und links den Gang entlang, ob nicht doch jemand käme, der ihm Auskunft geben und das Wagnis unnötig machen könnte, aber der lange Gang war still und leer. Dann horchte K. an der Tür, auch hier kein Gast. Er klopfte so leise, dass ein Schlafender dadurch nicht hätte geweckt werden können, und als auch jetzt nichts erfolgte, öffnete er äußerst vorsichtig die Tür. Aber nun empfing ihn ein leichter Schrei.

Es war ein kleines Zimmer, von einem breiten Bett mehr als zur Hälfte ausgefüllt, auf dem Nachttischchen brannte die elektrische Lampe, neben ihr war eine Reisehandtasche. Im Bett, aber ganz unter der Decke verborgen, bewegte sich jemand unruhig und flüsterte durch einen Spalt zwischen Decke und Betttuch: »Wer ist es?« Nun konnte K. nicht ohne Weiteres mehr fort, unzufrieden betrachtete er das üppige, aber leider nicht leere Bett, erinnerte sich dann an die Frage und nannte seinen Namen. Das schien eine gute Wirkung zu haben, der Mann im Bett zog ein wenig die Decke vom Gesicht, aber ängstlich bereit, sich gleich wieder ganz zu bedecken, wenn draußen etwas nicht stimmen sollte. Dann aber schlug er die Decke ohne Bedenken zurück und setzte sich aufrecht. Erlanger war es gewiss nicht. Es war ein kleiner, wohlaussehender Herr, dessen Gesicht dadurch einen gewissen Widerspruch in sich trug, dass die Wangen kindlich rund, die Augen kindlich fröhlich waren, dass aber die hohe Stirn, die spitze Nase, der schmale Mund, dessen Lippen kaum zusammenhalten wollten, das sich fast verflüchtigende Kinn gar nicht kindlich waren, sondern überlegenes Denken verrieten. Es war wohl die Zufriedenheit damit, die Zufriedenheit mit sich selbst, die ihm einen starken Rest gesunder Kindlichkeit bewahrt hatte. »Kennen Sie Friedrich?«, fragte er. K. verneinte. »Aber er kennt Sie«, sagte der Herr lächelnd. K. nickte; an Leuten, die ihn kannten, fehlte es nicht, das war sogar eines der Haupthindernisse auf seinem Wege. »Ich bin sein Sekretär«, sagte der Herr, »mein Name ist Bürgel.« »Entschuldigen Sie«, sagte K. und langte nach der Klinke, »ich habe leider Ihre Tür mit einer anderen verwechselt. Ich bin nämlich zu Sekretär Erlanger berufen.« – »Wie schade«, sagte Bürgel. »Nicht dass Sie anderswohin berufen sind, sondern dass Sie die Türen verwechselt haben. Ich schlafe nämlich, einmal geweckt, ganz gewiss nicht wieder ein. Nun, das muss Sie aber nicht gar so betrüben, das ist mein persönliches Unglück. Warum sind auch die Türen hier unversperrbar, nicht? Das hat freilich seinen Grund. Weil nach einem alten Spruch die Türen der Sekretäre immer offen sein sollen. Aber so wörtlich müsste auch das allerdings nicht genommen werden.« Bürgel sah K. fragend und fröhlich an, im Gegensatz zu seiner Klage schien er recht wohl ausgeruht; so müde, wie K. jetzt, war Bürgel wohl noch überhaupt nie gewesen. »Wohin wollen Sie denn jetzt gehen?«, fragte Bürgel. »Es ist vier Uhr. Jeden, zu dem Sie gehen wollten, müssten Sie wecken, nicht jeder ist an Störungen so gewöhnt wie ich, nicht jeder wird es so geduldig hinnehmen, die Sekretäre sind ein nervöses Volk. Bleiben Sie also ein Weilchen. Gegen fünf Uhr beginnt man hier aufzustehen, dann werden Sie am besten Ihrer Vorladung entsprechen können. Lassen Sie, bitte, also endlich die Klinke los und setzen Sie sich irgendwohin, der Platz ist hier freilich beengt, am besten wird es sein, wenn Sie sich hier auf den Bettrand setzen. Sie wundern sich, dass ich weder Sessel noch Tisch hier habe? Nun, ich hatte die Wahl, entweder eine vollständige Zimmereinrichtung mit einem schmalen Hotelbett zu bekommen oder dieses große Bett und sonst nichts als den Waschtisch. Ich habe das große Bett gewählt, in einem Schlafzimmer ist doch wohl das Bett die Hauptsache! Ach, wer sich ausstrecken und gut schlafen könnte, dieses Bett müsste für einen guten Schläfer wahrhaft köstlich sein. Aber auch mir, der ich immerfort müde bin, ohne schlafen zu können, tut es wohl, ich verbringe darin einen großen Teil des Tages, erledige darin alle Korrespondenzen, führe hier die Parteieinvernahmen aus. Es geht recht gut. Die Parteien haben allerdings keinen Platz zum Sitzen, aber das verschmerzen sie, es ist doch auch für sie angenehmer, wenn sie stehen und der Protokolllist sich wohl fühlt, als wenn sie bequem sitzen und dabei angeschnauzt werden. Dann habe ich nur noch diesen Platz am Bettrand zu vergeben, aber das ist kein Amtsplatz und nur für nächtliche Unterhaltungen bestimmt. Aber sie sind so still, Herr Landvermesser?« – »Ich bin sehr müde«, sagte K., der sich auf die Aufforderung hin sofort, grob, ohne Respekt, aufs Bett gesetzt und an den Pfosten gelehnt hatte. »Natürlich«, sagte Bürgel lachend, »hier ist jeder müde. Es ist zum Beispiel keine kleine Arbeit, die ich gestern und auch heute schon geleistet habe. Es ist ja völlig ausgeschlossen, dass ich jetzt einschlafe, wenn aber doch dieses Allerunwahrscheinlichste geschehen und ich noch, solange Sie hier sind, einschlafen sollte, dann, bitte, halten Sie sich still und machen Sie auch die Tür nicht auf. Aber keine Angst, ich schlafe gewiss nicht ein und günstigenfalls nur für ein paar Minuten. Es verhält sich nämlich mit mir so, dass ich, wahrscheinlich weil ich an Parteienverkehr so sehr gewöhnt bin, immerhin noch am leichtesten einschlafe, wenn ich Gesellschaft habe.« – »Schlafen Sie nur, bitte, Herr Sekretär«, sagte K., erfreut von dieser Ankündigung, »ich werde dann, wenn Sie erlauben, auch ein wenig schlafen.« – »Nein, nein«, lachte Bürgel wieder, »auf die bloße Einladung hin kann ich leider nicht einschlafen, nur im Laufe des Gespräches kann sich die Gelegenheit dazu ergeben, am ehesten schläfert mich ein Gespräch ein. Ja, die Nerven leiden bei unserem Geschäft. Ich, zum Beispiel, bin Verbindungssekretär. Sie wissen nicht, was das ist? Nun, ich bilde die stärkste Verbindung« – hierbei rieb er sich eilig in unwillkürlicher Fröhlichkeit die Hände – »zwischen Friedrich und dem Dorf, ich bilde die Verbindung zwischen seinen Schloss- und Dorfsekretären, bin meist im Dorf, aber nicht ständig; jeden Augenblick muss ich darauf gefasst sein, ins Schloss hinaufzufahren. Sie sehen die Reisetasche, ein unruhiges Leben, nicht für jeden taugt's. Andererseits ist es richtig, dass ich diese Art der Arbeit nicht mehr entbehren könnte, alle andere Arbeit schiene mir schal. Wie verhält es sich denn mit der Landvermesserei?« – »Ich mache keine solche Arbeit, ich werde nicht als Landvermesser beschäftigt«, sagte K., er war wenig mit seinen Gedanken bei der Sache, eigentlich brannte er nur darauf, dass Bürgel einschlafe, aber auch das tat er nur aus einem gewissen Pflichtgefühl gegen sich selbst, zuinnerst glaubte er zu wissen, dass der Augenblick von Bürgels Einschlafen noch unabsehbar fern sei. »Das ist erstaunlich«, sagte Bürgel mit lebhaftem Werfen des Kopfes und zog einen Notizblock unter der Decke hervor, um sich etwas zu notieren. »Sie sind Landvermesser und haben keine Landvermesserarbeit.« K. nickte mechanisch, er hatte oben auf dem Bettpfosten den linken Arm ausgestreckt und den Kopf auf ihn gelegt, schon verschiedentlich hatte er es sich bequem zu machen versucht, diese Stellung war aber die bequemste von allen, er konnte nun auch ein wenig besser darauf achten, was Bürgel sagte. »Ich bin bereit«, fuhr Bürgel fort, »diese Sache weiter zu verfolgen. Bei uns hier liegen doch die Dinge ganz gewiss nicht so, dass man eine fachliche Kraft unausgenützt lassen dürfte. Und auch für Sie muss es doch kränkend sein; leiden Sie denn nicht darunter?« – »Ich leide darunter«, sagte K. langsam und lächelte für sich, denn gerade jetzt litt er darunter nicht im Geringsten. Auch machte das Anerbieten Bürgels wenig Eindruck auf ihn. Es war durchaus dilettantisch. Ohne etwas von den Umständen zu wissen, unter welchen K.s Berufung erfolgt war, von den Schwierigkeiten, welchen sie in der Gemeinde und im Schloss begegnete, von den Verwicklungen, welche während K.s hiesigem Aufenthalt sich schon ergeben oder angekündigt hatten, ohne von dem allen etwas zu wissen, ja sogar ohne zu zeigen, dass ihn, was von einem Sekretär ohne Weiteres hätte angenommen werden sollen, wenigstens eine Ahnung dessen berühre, erbot er sich, aus dem Handgelenk mithilfe seines kleinen Notizblockes die Sache da oben in

Ordnung zu bringen. »Sie scheinen schon einige Enttäuschungen gehabt zu haben«, sagte Bürgel und bewies damit doch wieder einige Menschenkenntnis, wie sich K. überhaupt, seit er das Zimmer betreten hatte, von Zeit zu Zeit aufforderte, Bürgel nicht zu unterschätzen, aber in seinem Zustand war es schwer, etwas anderes als die eigene Müdigkeit gerecht zu beurteilen. »Nein«, sagte Bürgel, als antworte er auf einen Gedanken K.s und wollte ihm rücksichtsvoll die Mühe des Aussprechens ersparen. »Sie müssen sich nicht durch Enttäuschungen abschrecken lassen. Es scheint hier manches ja daraufhin eingerichtet, abzuschrecken, und wenn man neu hier ankommt, scheinen einem die Hindernisse völlig undurchdringlich. Ich will nicht untersuchen, wie es sich damit eigentlich verhält, vielleicht entspricht der Schein tatsächlich der Wirklichkeit, in meiner Stellung fehlt mir der richtige Abstand, um das festzustellen, aber merken Sie auf, es ergeben sich dann doch wieder manchmal Gelegenheiten, die mit der Gesamtlage fast nicht übereinstimmen, Gelegenheiten, bei welchen durch ein Wort, durch einen Blick, durch ein Zeichen des Vertrauens mehr erreicht werden kann als durch lebenslange, auszehrende Bemühungen. Gewiss, so ist es. Freilich stimmen dann diese Gelegenheiten doch wieder insofern mit der Gesamtlage überein, als sie niemals ausgenützt werden. Aber warum werden sie denn nicht ausgenützt, frage ich immer wieder.« K. wusste es nicht; zwar merkte er, dass ihn das, wovon Bürgel sprach, wahrscheinlich sehr betraf, aber er hatte jetzt eine große Abneigung gegen alle Dinge, die ihn betrafen, er rückte mit dem Kopf ein wenig beiseite, als mache er dadurch den Fragen Bürgels den Weg frei und könne von ihnen nicht mehr berührt werden. »Es ist«, fuhr Bürgel fort, streckte die Arme und gähnte, was in einem verwirrenden Widerspruch zum Ernst seiner Worte war, »es ist eine ständige Klage der Sekretäre, dass sie gezwungen sind, die meisten Dorfverhöre in der Nacht durchzuführen. Warum aber klagen sie darüber? Weil es sie zu sehr anstrengt? Weil sie die Nacht lieber zum Schlafen verwenden wollen? Nein, darüber klagen sie gewiss nicht. Es gibt natürlich unter den Sekretären Fleißige und minder Fleißige, wie überall; aber über allzu große Anstrengung klagt niemand von ihnen gar öffentlich nicht. Es ist das einfach nicht unsere Art. Wir kennen in dieser Hinsicht keinen Unterschied zwischen gewöhnlicher Zeit und Arbeitszeit. Solche Unterscheidungen sind uns fremd. Was also haben aber dann die Sekretäre gegen die Nachtverhöre? Ist es etwa gar Rücksicht auf die Parteien? Nein, nein, das ist es auch nicht. Gegen die Parteien sind die Sekretäre rücksichtslos, allerdings nicht um das Geringste rücksichtsloser als gegen sich selbst, sondern nur genauso rücksichtslos. Eigentlich ist ja diese Rücksichtslosigkeit nichts als eiserne Befolgung und Durchführung des Dienstes, die größte Rücksichtnahme, welche sich die Parteien nur wünschen können. Dies wird auch im Grunde – ein oberflächlicher Beobachter merkt das freilich nicht – völlig anerkannt; ja, es sind zum Beispiel in diesem Fall gerade die Nachtverhöre, welche den Parteien willkommen sind, es laufen keine grundsätzlichen Beschwerden gegen die Nachtverhöre ein. Warum also doch die Abneigung der Sekretäre?« Auch das wusste K. nicht, er wusste so wenig, er unterschied nicht einmal, ob Bürgel ernstlich oder nur scheinbar die Antwort forderte. Wenn du mich in dein Bett legen lässt, dachte er, werde ich dir morgen Mittag oder noch lieber abends alle Fragen beantworten. Aber Bürgel schien auf ihn nicht zu achten, allzu sehr beschäftigte ihn die Frage, die er sich selbst vorgelegt hatte: »Soviel ich erkenne und soviel ich selbst erfahren habe, haben die Sekretäre hinsichtlich der Nachtverhöre etwa folgendes Bedenken: Die Nacht ist deshalb für Verhandlungen mit den Parteien weniger geeignet, weil es nachts schwer oder geradezu unmöglich ist, den amtlichen Charakter der Ver-

handlungen voll zu wahren. Das liegt nicht an Äußerlichkeiten, die Formen können natürlich in der Nacht nach Belieben ebenso streng beobachtet werden wie bei Tag. Das ist es also nicht, dagegen leidet die amtliche Beurteilung in der Nacht. Man ist unwillkürlich geneigt, in der Nacht die Dinge von einem mehr privaten Gesichtspunkt zu beurteilen, die Vorbringungen der Parteien bekommen mehr Gewicht, als ihnen zukommt, es mischen sich in die Beurteilung gar nicht hingehörige Erwägungen der sonstigen Lage der Parteien, ihrer Leiden und Sorgen, ein; die notwendige Schranke zwischen Parteien und Beamten, mag sie äußerlich fehlerlos vorhanden sein, lockert sich, und wo sonst, wie es sein soll, nur Fragen und Antworten hin- und widergingen, scheint sich manchmal ein sonderbarer, ganz und gar unpassender Austausch der Personen zu vollziehen. So sagen es wenigstens die Sekretäre, also Leute allerdings, die von Berufs wegen mit einem ganz außerordentlichen Feingefühl für solche Dinge begabt sind. Aber selbst sie – dies wurde schon oft in unseren Kreisen besprochen – merken während der Nachtverhöre von jenen ungünstigen Einwirkungen wenig; im Gegenteil, sie strengen sich von vornherein an, ihnen entgegenzuarbeiten und glauben schließlich, ganz besonders gute Leistungen zustande gebracht zu haben. Liest man aber später die Protokolle nach, staunt man oft über ihre offen zutage liegenden Schwächen. Und es sind dies Fehler, und zwar immer wieder halb unberechtigte Gewinne der Parteien, welche wenigstens nach unseren Vorschriften im gewöhnlichen kurzen Wege nicht mehr gutzumachen sind. Ganz gewiss werden sie einmal noch von einem Kontrollamt verbessert werden, aber dies wird nur dem Recht nützen, jener Partei aber nicht mehr schaden können. Sind unter solchen Umständen die Klagen der Sekretäre nicht sehr berechtigt?«
K. hatte schon ein kleines Weilchen in einem halben Schlummer verbracht, nun war er wieder aufgestört. Warum dies

alles? Warum dies alles? fragte er sich und betrachtete unter den gesenkten Augenlidern Bürgel nicht wie einen Beamten, der mit ihm schwierige Fragen besprach, sondern nur wie irgendetwas, das ihn am Schlafen hinderte und dessen sonstigen Sinn er nicht ausfindig machen konnte. Bürgel aber, ganz seinem Gedankengang hingegeben, lächelte, als sei es ihm eben gelungen, K. ein wenig irrezuführen. Doch war er bereit, ihn gleich wieder auf den richtigen Weg zurückzubringen. »Nun«, sagte er, »ganz berechtigt kann man diese Klagen ohne Weiteres auch wieder nicht nennen. Die Nachtverhöre sind zwar nirgends geradezu vorgeschrieben, man vergeht sich also gegen keine Vorschrift, wenn man sie zu vermeiden sucht, aber die Verhältnisse, die Überfülle der Arbeit, die Beschäftigungsart der Beamten im Schloss, ihre schwere Abkömmlichkeit, die Vorschrift, dass das Parteienverhör erst nach vollständigem Abschluss der sonstigen Untersuchung, dann aber sofort zu erfolgen habe, alles dieses und anderes mehr hat die Nachtverhöre doch zu einer unumgänglichen Notwendigkeit gemacht. Wenn sie nun aber eine Notwendigkeit geworden sind – so sage ich –, ist dies doch auch, wenigstens mittelbar, ein Ergebnis der Vorschriften, und an dem Wesen der Nachtverhöre mäkeln, hieße dann fast – ich übertreibe natürlich ein wenig, darum, als Übertreibung, darf ich es aussprechen –, hieße dann sogar an den Vorschriften mäkeln.

Dagegen mag es den Sekretären zugestanden bleiben, dass sie sich innerhalb der Vorschriften gegen die Nachtverhöre und ihre vielleicht nur scheinbaren Nachteile zu sichern suchen, so gut es geht. Das tun sie ja auch, und zwar in größtem Ausmaß. Sie lassen nur Verhandlungsgegenstände zu, von denen in jedem Sinne möglichst wenig zu befürchten ist, prüfen sich vor den Verhandlungen genau und sagen, wenn das Ergebnis der Prüfung es verlangt, auch noch im letzten Augenblick alle Einvernahmen ab, stärken sich, indem sie eine Partei oft zehnmal berufen, ehe sie sie wirklich vornehmen, lassen sich gern von Kollegen vertreten, welche für den betreffenden Fall unzuständig sind und ihn daher mit größerer Leichtigkeit behandeln können, setzen die Verhandlungen wenigstens auf den Anfang oder das Ende der Nacht an und vermeiden die mittleren Stunden, solcher Maßnahmen gibt es noch viele, sie lassen sich nicht leicht beikommen, die Sekretäre, sie sind fast ebenso widerstandsfähig wie verletzlich.« K. schlief, es war zwar kein eigentlicher Schlaf, er hörte Bürgels Worte vielleicht besser als während des früheren todmüden Wachens, Wort für Wort schlug an sein Ohr, aber das lästige Bewusstsein war geschwunden, er fühlte sich frei, nicht Bürgel hielt ihn mehr, nur er tastete noch manchmal nach Bürgel hin, er war noch nicht in der Tiefe des Schlafes, aber eingetaucht in ihn war er. Niemand sollte ihm das mehr rauben. Und es war ihm, als sei ihm damit ein großer Sieg gelungen, und schon war auch eine Gesellschaft da, dies zu feiern, und er oder auch jemand anders hob das Champagnerglas zu Ehren dieses Sieges. Und damit alle wissen sollten, worum es sich handle, wurde der Kampf und der Sieg noch einmal wiederholt oder vielleicht gar nicht wiederholt, sondern fand erst jetzt statt und war schon früher gefeiert worden, und es wurde nicht abgelassen, ihn zu feiern, weil der Ausgang glücklicherweise gewiss war. Ein Sekretär, nackt, sehr ähnlich der Statue eines griechischen Gottes, wurde von K. im Kampf bedrängt. Es war sehr komisch, und K. lächelte darüber sanft im Schlaf, wie der Sekretär aus seiner stolzen Haltung durch K.s Vorstöße immer aufgeschreckt wurde und etwa den hochgestreckten Arm und die geballte Faust schnell dazu verwenden musste, um seine Blößen zu decken, und doch damit noch immer zu langsam war. Der Kampf dauerte nicht lange; Schritt für Schritt, und es waren sehr große Schritte, rückte K. vor. War es überhaupt ein Kampf? Es gab kein ernstliches Hindernis, nur hier und da ein Piepsen des

Sekretärs. Dieser griechische Gott piepste wie ein Mädchen, das gekitzelt wird. Und schließlich war er fort, K. war allein in einem großen Raum, kampfbereit drehte er sich um und suchte den Gegner; es war aber niemand mehr da, auch die Gesellschaft hatte sich verlaufen, nur das Champagnerglas lag zerbrochen auf der Erde. K. zertrat es völlig. Die Scherben aber stachen, zusammenzuckend erwachte er doch wieder, ihm war übel wie einem kleinen Kind, wenn es geweckt wird. Trotzdem streifte ihn beim Anblick der entblößten Brust Bürgels vom Traum her der Gedanke: Hier hast du ja deinen griechischen Gott! Reiß ihn doch aus den Federn. »Es gibt aber«, sagte Bürgel, nachdenklich das Gesicht zur Zimmerdecke erhoben, als suche er in der Erinnerung nach Beispielen, könne aber keine finden, »es gibt aber dennoch trotz allen Vorsichtsmaßregeln für die Parteien eine Möglichkeit, diese nächtliche Schwäche der Sekretäre – immer vorausgesetzt, dass es eine Schwäche ist – für sich auszunützen. Freilich, eine sehr seltene oder, besser gesagt, eine fast niemals vorkommende Möglichkeit. Sie besteht darin, dass die Partei mitten in der Nacht unangemeldet kommt. Sie wundern sich vielleicht, dass dies, obwohl es so naheliegend scheint, gar so selten geschehen soll. Nun ja, Sie sind mit unseren Verhältnissen nicht vertraut. Aber auch Ihnen dürfte doch schon die Lückenlosigkeit der amtlichen Organisation aufgefallen sein. Aus dieser Lückenlosigkeit aber ergibt sich, dass jeder, der irgendein Anliegen hat oder aus sonstigen Gründen über etwas verhört werden muss, sofort, ohne Zögern, meistens sogar noch ehe er selbst sich die Sache zurechtgelegt hat, ja, noch ehe er selbst von ihr weiß, schon die Vorladung erhält. Er wird diesmal noch nicht einvernommen, meistens noch nicht einvernommen, so reif ist die Angelegenheit gewöhnlich noch nicht, aber die Vorladung hat er, unangemeldet kann er nicht mehr kommen, er kann höchstens zur Unzeit kommen, nun, dann wird er nur auf das Datum und die Stunde der Vorladung aufmerksam gemacht, und kommt er dann zu rechter Zeit wieder, wird er in der Regel weggeschickt, das macht keine Schwierigkeit mehr; die Vorladung in der Hand der Partei und die Vormerkung in den Akten, das sind für die Sekretäre zwar nicht immer ausreichende, aber doch starke Abwehrwaffen. Das bezieht sich allerdings nur auf den für die Sache gerade zuständigen Sekretär; die anderen überraschend in der Nacht anzugehen, stünde doch noch jedem frei. Doch wird das kaum jemand tun, es ist fast sinnlos. Zunächst würde man dadurch den zuständigen Sekretär sehr erbittern, wir Sekretäre sind zwar untereinander hinsichtlich der Arbeit gewiss nicht eifersüchtig, jeder trägt ja eine allzu hoch bemessene, wahrhaftig ohne jede Kleinlichkeit aufgeladene Arbeitslast, aber gegenüber den Parteien dürfen wir Störungen der Zuständigkeit keinesfalls dulden. Mancher hat schon die Partie verloren, weil er, da er an zuständiger Stelle nicht vorwärtszukommen glaubte, an unzuständiger durchzuschlüpfen versuchte. Solche Versuche müssen übrigens auch daran scheitern, dass ein unzuständiger Sekretär, selbst wenn er nächtlich überrumpelt wird und besten Willens ist zu helfen, eben infolge seiner Unzuständigkeit kaum mehr eingreifen kann als irgendein beliebiger Advokat, oder im Grunde viel weniger, denn ihm fehlt ja – selbst wenn er sonst irgendetwas tun könnte, da er doch die geheimen Wege des Rechtes besser kennt als alle die advokatischen Herrschaften –, es fehlt ihm einfach für die Dinge, bei denen er nicht zuständig ist, jede Zeit, keinen Augenblick kann er dafür aufwenden. Wer würde also bei diesen Aussichten seine Nächte dafür verwenden, unzuständige Sekretäre abzugeben, auch sind ja die Parteien voll beschäftigt, wenn sie neben ihrem sonstigen Berufe den Vorladungen und Winken der zuständigen Stellen entsprechen wollen, ›voll beschäftigt‹ freilich im Sinne der Parteien, was natürlich noch bei Weitem nicht das gleiche ist, wie ›voll beschäftigt‹ im Sinne der Sekretäre.« K. nickte lächelnd, er glaubte jetzt, alles genau zu verstehen; nicht deshalb, weil es ihn bekümmerte, sondern weil er nun überzeugt war, in den nächsten Augenblicken würde er völlig einschlafen, diesmal ohne Traum und Störung; zwischen den zuständigen Sekretären auf der einen Seite und den unzuständigen auf der anderen und angesichts der Masse der voll beschäftigten Parteien würde er in tiefen Schlaf sinken und auf diese Weise allem entgehen. An die leise, selbstzufriedene, für das eigene Einschlafen offenbar vergeblich arbeitende Stimme Bürgels hatte er sich nun so gewöhnt, dass sie seinen Schlaf mehr befördern als stören würde. Klappere, Mühle, klappere, dachte er, du klapperst nur für mich. »Wo ist nun also«, sagte Bürgel, mit zwei Fingern an der Unterlippe spielend, mit geweiteten Augen, gestrecktem Hals, etwa als nähere er sich nach einer mühseligen Wanderung einem entzückenden Aussichtspunkt, »wo ist nun also jene erwähnte, seltene, fast niemals vorkommende Möglichkeit? Das Geheimnis steckt in den Vorschriften über die Zuständigkeit. Es ist nämlich nicht so und kann bei einer großen lebendigen Organisation nicht so sein, dass für jede Sache nur ein bestimmter Sekretär zuständig ist. Es ist nur so, dass einer die Hauptzuständigkeit hat, viele andere aber auch zu gewissen Teilen eine, wenn auch kleinere Zuständigkeit haben. Wer könnte allein, und wäre es der größte Arbeiter, alle Beziehungen auch nur des kleinsten Vorfalles auf seinem Schreibtisch zusammenhalten? Selbst was ich von der Hauptzuständigkeit gesagt habe, ist zu viel gesagt. Ist nicht in der kleinsten Zuständigkeit auch schon die ganze? Entscheidet hier nicht die Leidenschaft, mit welcher die Sache ergriffen wird? Und ist die nicht immer die gleiche, immer in voller Stärke da? In allem mag es Unterschiede unter den Sekretären geben, und es gibt solcher Unterschiede unzählige, in der Leidenschaft aber nicht; keiner von ihnen wird sich zurückhalten können, wenn an ihn die Aufforderung herantritt, sich mit einem Fall, für den er nur die geringste Zuständigkeit besitzt, zu beschäftigen. Nach außen allerdings muss eine geordnete Verhandlungsmöglichkeit geschaffen werden, und so tritt für die Parteien je ein bestimmter Sekretär in den Vordergrund, an den sie sich amtlich zu halten haben. Es muss dies aber nicht einmal derjenige sein, der die größte Zuständigkeit für den Fall besitzt, hier entscheidet die Organisation und ihre besonderen augenblicklichen Bedürfnisse. Dies ist die Sachlage. Und nun erwägen Sie, Herr Landvermesser, die Möglichkeit, dass eine Partei durch irgendwelche Umstände trotz den Ihnen schon beschriebenen, im Allgemeinen völlig ausreichenden Hindernissen dennoch mitten in der Nacht einen Sekretär überrascht, der eine gewisse Zuständigkeit für den betreffenden Fall besitzt. An eine solche Möglichkeit haben Sie wohl noch nicht gedacht? Das will ich Ihnen gern glauben. Es ist ja auch nicht nötig, an sie zu denken, denn sie kommt ja fast niemals vor. Was für ein sonderbar und ganz bestimmt geformtes, kleines und geschicktes Körnchen müsste eine solche Partei sein, um durch das unübertreffliche Sieb durchzugleiten? Sie glauben, es kann gar nicht vorkommen? Sie haben recht, es kann gar nicht vorkommen. Aber eines Nachts – wer kann für alles bürgen? – kommt es doch vor. Ich kenne unter meinen Bekannten allerdings niemanden, dem es schon geschehen wäre, nun beweist das zwar sehr wenig, meine Bekanntschaft ist im Vergleich zu den hier in Betracht kommenden Zahlen beschränkt, und außerdem ist es auch gar nicht sicher, dass ein Sekretär, dem etwas Derartiges geschehen ist, es auch gestehen will, es ist immerhin eine sehr persönliche und gewissermaßen die amtliche Scham ernst berührende Angelegenheit. Immerhin beweist aber meine Erfahrung vielleicht, dass es sich um eine so seltene, eigentlich nur dem Gerücht nach vorhandene, durch gar nichts anderes bestätigte Sache handelt, dass es also sehr übertrieben ist, sich vor ihr zu fürchten. Selbst wenn sie wirklich geschehen sollte, kann man sie – sollte man glauben – förmlich dadurch unschädlich machen, dass man ihr, was sehr leicht ist, beweist, für sie sei kein Platz auf dieser Welt. Jedenfalls ist es krankhaft, wenn man sich aus Angst vor ihr unter der Decke versteckt und nicht wagt hinauszuschauen. Und selbst wenn die vollkommene Unwahrscheinlichkeit plötzlich hätte Gestalt bekommen sollen, ist dann schon alles verloren? Im Gegenteil. Dass alles verloren sei, ist noch unwahrscheinlicher als das Unwahrscheinlichste. Freilich, wenn die Partei im Zimmer ist, ist es schon sehr schlimm. Es beengt das Herz. – Wie lange wirst du Widerstand leisten können? fragte man sich. Es wird aber gar kein Widerstand sein, das weiß man. Sie müssen sich die Lage nur richtig vorstellen. Die niemals gesehene, immer erwartete, mit wahrem Durst erwartete und immer vernünftigerweise als unerreichbar angesehene Partei sitzt da. Schon durch ihre stumme Anwesenheit lädt sie ein, in ihr armes Leben einzudringen, sich darin umzutun wie in eigenem Besitz und dort unter ihren vergeblichen Forderungen mitzuleiden. Diese Einladung in der stillen Nacht ist berückend. Man folgt ihr und hat nun eigentlich aufgehört, Amtsperson zu sein. Es ist eine Lage, in der es schon bald unmöglich wird, eine Bitte abzuschlagen. Genaugenommen ist man verzweifelt; noch genauer genommen, ist man sehr glücklich. Verzweifelt, denn die Wehrlosigkeit, mit der man hier sitzt und auf die Bitte der Partei wartet und weiß, dass man sie, wenn sie einmal ausgesprochen ist, erfüllen muss, wenn sie auch, wenigstens soweit man es selbst übersehen kann, die Amtsorganisation förmlich zerreißt: das ist ja wohl das Ärgste, was einem in der Praxis begegnen kann. Vor allem – von allem anderen abgesehen –, weil es auch eine über alle Begriffe gehende Rangerhöhung ist, die man hier für den Augenblick für sich gewaltsam in Anspruch nimmt. Unserer Stellung nach sind wir ja gar nicht befugt, Bitten, wie die, um die es sich hier handelt, zu erfüllen, aber durch die Nähe dieser nächtlichen Partei wachsen uns gewissermaßen auch die Amtskräfte, wir verpflichten uns zu Dingen, die außerhalb unseres Bereiches sind; ja, wir werden sie auch ausführen. Die Partei zwingt uns in der Nacht, wie der Räuber im Wald, Opfer ab, deren wir sonst niemals fähig wären; nun gut, so ist es jetzt, wenn die Partei noch da ist, uns stärkt und zwingt und aneifert und alles noch halb besinnungslos im Gange ist; wie wird es aber nachher sein, wenn es vorüber ist, die Partei, gesättigt und unbekümmert, uns verlässt und wir dastehen, allein, wehrlos im Angesicht unseres Amtsmissbrauches – das ist gar nicht auszudenken! Und trotzdem sind wir glücklich. Wie selbstmörderisch das Glück sein kann! Wir könnten uns ja anstrengen, der Partei die wahre Lage geheim zu halten. Sie selbst aus Eigenem merkt ja kaum etwas. Sie ist ja ihrer Meinung nach wahrscheinlich nur aus irgendwelchen gleichgültigen, zufälligen Gründen – übermüdet, enttäuscht, rücksichtslos und gleichgültig aus Übermüdung und Enttäuschung – in ein anderes Zimmer gedrungen, als sie wollte, sie sitzt unwissend da und beschäftigt sich in Gedanken, wenn sie sich überhaupt beschäftigt, mit ihrem Irrtum oder mit ihrer Müdigkeit. Könnte man sie nicht dabei verlassen? Man kann es nicht. In der Geschwätzigkeit der Glücklichen muss man ihr alles erklären. Man muss, ohne sich im Geringsten schonen zu können, ihr ausführlich zeigen, was geschehen ist, und aus welchen Gründen dies geschehen ist, wie außerordentlich selten und wie einzig groß die Gelegenheit ist, man muss zeigen, wie die Partei zwar in diese Gelegenheit in aller Hilflosigkeit, wie sie deren kein anderes Wesen als eben nur eine Partei fähig sein kann, hineingetappt ist, wie sie aber jetzt, wenn sie will, Herr Landvermesser, alles beherrschen kann und dafür nichts anderes zu tun hat, als ihre Bitte irgendwie vorzubringen, für welche die Erfüllung schon bereit ist, ja, welcher sie sich entgegenstreckt, das alles muss man zeigen; es ist die schwere Stunde des Beamten. Wenn man aber auch das getan hat, ist, Herr Landvermesser, das Notwendigste geschehen, man muss sich bescheiden und warten.«

K. schlief, abgeschlossen gegen alles, was geschah. Sein Kopf, der zuerst auf dem linken Arm oben auf dem Bettpfosten gelegen war, war im Schlaf abgeglitten und hing nun frei, langsam tiefer sinkend; die Stütze des Armes oben genügte nicht mehr, unwillkürlich verschaffte K. sich eine neue dadurch, dass er die rechte Hand gegen die Bettdecke stemmte, wobei er zufällig gerade den unter der Decke aufragenden Fuß Bürgels ergriff. Bürgel sah hin und überließ ihm den Fuß, so lästig das sein mochte.

Da klopfte es mit einigen starken Schlägen an die Seitenwand. K. schrak auf und sah die Wand an. »Ist nicht der Landvermesser dort?«, fragte es. »Ja«, sagte Bürgel, befreite seinen Fuß von K. und streckte sich plötzlich wild und mutwillig wie ein kleiner Junge. »Dann soll er endlich herüberkommen«, sagte es wieder; auf Bürgel oder darauf, dass er etwa K. noch benötigen könnte, wurde keine Rücksicht genommen. »Es ist Erlanger«, sagte Bürgel flüsternd; dass Erlanger im Nebenzimmer war, schien ihn nicht zu überraschen. »Gehen Sie gleich zu ihm, er ärgert sich schon, suchen Sie ihn zu besänftigen. Er hat einen guten Schlaf; wir haben uns aber doch zu laut unterhalten; man kann sich und seine Stimme nicht beherrschen, wenn man von gewissen Dingen spricht. Nun, gehen Sie doch, Sie scheinen sich ja aus dem Schlaf gar nicht herausarbeiten zu können. Gehen Sie, was wollen Sie denn noch hier? Nein, Sie müssen sich wegen Ihrer Schläfrigkeit nicht entschuldigen, warum denn? Die Leibeskräfte reichen nur bis zu einer gewissen Grenze; wer kann dafür, dass gerade diese Grenze auch sonst bedeutungsvoll ist? Nein, dafür kann niemand. So korrigiert sich selbst die Welt in ihrem Lauf und behält das Gleichgewicht. Das ist ja eine vorzügliche, immer wieder unvorstellbar vorzügliche Einrichtung, wenn auch in anderer Hinsicht trostlos.

Nun, gehen Sie, ich weiß nicht, warum Sie mich so ansehen. Wenn Sie noch lange zögern, kommt Erlanger über mich, das möchte ich sehr gern vermeiden. Gehen Sie doch; wer weiß, was Sie drüben erwartet, hier ist ja alles voll Gelegenheiten. Nur gibt es freilich Gelegenheiten, die gewissermaßen zu groß sind, um benützt zu werden, es gibt Dinge, die an nichts anderem als an sich selbst scheitern. Ja, das ist staunenswert. Übrigens hoffe ich jetzt doch, ein wenig einschlafen zu können. Freilich ist es schon fünf Uhr, und der Lärm wird bald beginnen. Wenn wenigstens Sie schon gehen wollten!«

Betäubt von dem plötzlichen Geweckiwerden aus tiefem Schlaf, noch grenzenlos schlafbedürftig, mit überall infolge der unbequemen Haltung schmerzhaftem Körper, konnte sich K. lange nicht entschließen aufzustehen, hielt sich die Stirn und sah hinab auf seinen Schoß. Selbst die fortwährenden Verabschiedungen Bürgels hätten ihn nicht dazu bewegen können, fortzugehen, nur ein Gefühl der völligen Nutzlosigkeit jeden weiteren Aufenthaltes in diesem Zimmer brachte ihn langsam dazu. Unbeschreiblich öde schien ihm dieses Zimmer. Ob es so geworden oder seit jeher so gewesen war, wusste er nicht. Nicht einmal wieder einzuschlafen würde ihm hier gelingen. Diese Überzeugung war sogar das Entscheidende; darüber ein wenig lächelnd, erhob er sich, stützte sich, wo er nur eine Stütze fand, am Bett, an der Wand, an der Tür, und ging, als hätte er sich längst von Bürgel verabschiedet, ohne Gruß hinaus.

# Das neunzehnte Kapitel

Wahrscheinlich wäre er ebenso gleichgültig an Erlangers Zimmer vorübergegangen, wenn Erlanger nicht in der offenen Tür gestanden wäre und ihm zugewinkt hätte. Ein kurzer, einmaliger Wink mit dem Zeigefinger. Erlanger war zum Weggehen schon völlig bereit, er trug einen schwarzen Pelzmantel mit knappem, hochgeknöpftem Kragen. Ein Diener reichte ihm gerade die Handschuhe und hielt noch eine Pelzmütze. »Sie hätten schon längst kommen sollen«, sagte Erlanger. K. wollte sich entschuldigen. Erlanger zeigte durch ein müdes Schließen der Augen, dass er darauf verzichte. »Es handelt sich um Folgendes«, sagte er. »Im Ausschank war früher eine gewisse Frieda bedienstet; ich kenne nur ihren Namen, sie selbst kenne ich nicht, sie bekümmert mich nicht. Diese Frieda hat manchmal Klamm das Bier serviert. Jetzt scheint dort ein anderes Mädchen zu sein. Nun ist diese Veränderung natürlich belanglos, wahrscheinlich für jeden, und für Klamm ganz gewiss. Je größer aber eine Arbeit ist, und Klamms Arbeit ist freilich die größte, desto weniger Kraft bleibt, sich gegen die Außenwelt zu wehren, infolgedessen kann dann jede belanglose Veränderung der belanglosesten Dinge ernstlich stören. Die kleinste Veränderung auf dem Schreibtisch, die Beseitigung eines dort seit jeher vorhanden gewesenen Schmutzflecks, das alles kann stören und ebenso ein neues Serviermädchen. Nun stört freilich das alles, selbst wenn es jeden anderen und bei jeder beliebigen Arbeit störte, Klamm nicht; davon kann gar keine Rede sein. Trotzdem sind wir verpflichtet, über Klamms Behagen derart zu wachen, dass wir selbst Störungen, die für ihn keine sind und wahrscheinlich gibt es für ihn überhaupt keine –, beseitigen, wenn sie uns als mögliche Störungen auffallen. Nicht seinetwegen, nicht seiner Arbeit wegen beseitigen wir diese Störungen, sondern unseretwegen, unseres Gewissens und unserer Ruhe wegen. Deshalb muss jene Frieda sofort wieder in den Ausschank zurückkehren, vielleicht wird sie gerade dadurch, dass sie zurückkehrt, stören; nun, dann werden wir sie wieder wegschicken, vorläufig aber muss sie zurückkehren. Sie leben mit ihr, wie man mir gesagt hat, veranlassen Sie daher sofort ihre Rückkehr. Auf persönliche Gefühle kann dabei keine Rücksicht genommen werden, das ist ja selbstverständlich, daher lasse ich mich auch nicht in die geringste weitere Erörterung der Sache ein. Ich tue schon viel mehr, als nötig ist, wenn ich erwähne, dass Ihnen, wenn Sie sich in dieser Kleinigkeit bewähren, dies in Ihrem Fortkommen gelegentlich nützlich sein kann. Das ist alles, was ich Ihnen zu sagen habe.« Er nickte K. zum Abschied zu, setzte sich die von dem Diener gereichte Pelzmütze auf und ging, vom Diener gefolgt, schnell, aber ein wenig hinkend, den Gang hinab.

Manchmal wurden hier Befehle gegeben, die sehr leicht zu erfüllen waren, aber diese Leichtigkeit freute K. nicht. Nicht nur, weil der Befehl Frieda betraf, und zwar als Befehl gemeint war, aber K. wie ein Verlachen klang, sondern vor allem deshalb, weil aus ihm für K. die Nutzlosigkeit aller seiner Bestrebungen entgegensah. Über ihn hinweg gingen die Befehle, die ungünstigen und die günstigen, und auch die günstigen hatten wohl einen letzten ungünstigen Kern, jedenfalls aber gingen alle über ihn hinweg, und er war viel zu tief gestellt, um in sie einzugreifen oder gar sie verstummen zu machen und für seine Stimme Gehör zu bekommen. Wenn dir Erlanger abwinkt, was willst du tun; und wenn er nicht abwinkte, was könntest du ihm sagen? Zwar blieb sich K. dessen bewusst, dass seine Müdigkeit ihm heute mehr geschadet hatte als alle Ungunst der Verhältnisse, aber warum konnte er, der geglaubt hatte, sich auf seinen Körper verlassen zu können, und der ohne diese Überzeugung sich gar nicht auf den Weg gemacht hätte, warum konnte er einige schlechte und eine schlaflose Nacht nicht ertragen, warum wurde er gerade hier so unbeherrschbar müde, wo niemand müde war, oder wo vielmehr jeder, und immerfort, müde war, ohne dass dies die Arbeit schädigte; ja, es schien sie vielmehr zu fördern. Daraus war zu schließen, dass es in ihrer Art eine ganz andere Müdigkeit war als jene K.s. Hier war es wohl die Müdigkeit inmitten glücklicher Arbeit; etwas, was nach außen hin wie Müdigkeit aussah und eigentlich unzerstörbare Ruhe, unzerstörbarer Frieden war. Wenn man mittags ein wenig müde ist, so gehört das zum glücklichen natürlichen Verlauf des Tages. Die Herren hier haben immerfort Mittag, sagte sich K.

Und es stimmte sehr damit überein, dass es jetzt um fünf Uhr schon überall zuseiten des Ganges lebendig wurde. Dieses Stimmengewirr in den Zimmern hatte etwas äußerst Fröhliches. Einmal klang es wie der Jubel von Kindern, die sich zu einem Ausflug bereitmachen, ein andermal wie der Aufbruch im Hühnerstall, wie die Freude, in völliger Übereinstimmung mit dem erwachenden Tag zu sein, irgendwo ahmte sogar ein Herr den Ruf eines Hahnes nach. Der Gang selbst war zwar noch leer, aber die Türen waren schon in Bewegung, immer wieder wurde eine ein wenig geöffnet und schnell wieder geschlossen, es schwirrte im Gang von solchem Türöffnen und -schließen, hie und da sah K. auch schon oben im Spalt der nicht bis zur Decke reichenden Wände morgendlich zerraufte Köpfe erscheinen und gleich verschwinden. Aus der Ferne kam langsam ein kleines, von einem Diener geführtes Wägelchen, welches Akten enthielt. Ein zweiter Diener ging daneben, hatte ein Verzeichnis in der Hand und verglich danach offenbar die Nummern der Türen mit jenen der Akten. Vor den meisten der Türen blieb das Wägelchen stehen, gewöhnlich öffnete sich dann auch die Tür, und die zugehörigen Akten, manchmal auch nur ein Blättchen – in solchen Fällen entspann sich ein kleines Gespräch vom Zimmer zum Gang, wahrscheinlich wurden dem Diener Vorwürfe gemacht –, wurden ins Zimmer hineingereicht. Blieb die Tür geschlossen, wurden die Akten sorgfältig auf der Türschwelle aufgehäuft. In solchen Fällen schien es K., als ob die Bewegung der Türen in der Umgebung nicht nachließe, obwohl auch dort schon die Akten verteilt worden waren, sondern eher sich verstärke. Vielleicht lugten die anderen begehrlich nach den auf der Türschwelle unbegreiflicherweise noch unbehoben liegenden Akten, sie konnten nicht verstehen, wie jemand nur die Tür zu öffnen brauche, um in den Besitz seiner Akten zu kommen, und es doch nicht tue; vielleicht war es sogar möglich, dass endgültig unbehobene Akten später unter die anderen Herren verteilt würden, welche schon jetzt durch häufiges Nachschauen sich überzeugen wollten, ob die Akten noch immer auf der Schwelle lägen und ob also noch immer für sie Hoffnung vorhanden sei. Übrigens waren diese liegen gebliebenen Akten meistens besonders große Bündel; und K. nahm an, dass sie aus einer gewissen Prahlerei oder Bosheit oder auch aus berechtigtem, die Kollegen aufmunterndem Stolz vorläufig liegen gelassen worden waren. In dieser Annahme bestärkte ihn, dass manchmal, immer wenn er gerade nicht hinsah, der Sack, nachdem er lange genug zur Schau gestellt gewesen war, plötzlich und eiligst ins Zimmer hineingezogen wurde und die Tür dann wieder unbeweglich wie früher blieb, auch die Türen in der Umgebung beruhigten sich dann, enttäuscht oder auch zufrieden damit, dass dieser Gegenstand fortwährender Reizung endlich beseitigt war, doch kamen sie dann allmählich wieder in Bewegung.

K. betrachtete das alles nicht nur mit Neugier, sondern auch mit Teilnahme. Er fühlte sich fast wohl inmitten des Getriebes, sah hierhin und dorthin und folgte – wenn auch in entsprechender Entfernung – den Dienern, die sich freilich schon öfters mit strengem Blick, gesenktem Kopf, aufgeworfenen Lippen nach ihm umgewandt hatten, und sah ihrer Verteilungsarbeit zu. Sie ging, je weiter sie fortschritt, immer weniger glatt vonstatten, entweder stimmte das Verzeichnis nicht ganz oder waren die Akten für den Diener nicht immer gut unterscheidbar oder erhoben die Herren aus anderen Gründen Einwände; jedenfalls kam es vor, dass manche Verteilungen rückgängig gemacht werden mussten, dann fuhr das Wägelchen zurück, und es wurde durch den Türspalt wegen der Rückgabe der Akten verhandelt. Die Verhandlungen machten schon an sich große Schwierigkeiten, es kam aber häufig genug vor, dass, wenn es sich um die Rückgabe handelte, gerade Türen, die früher in der lebhaftesten Bewegung gewesen waren, jetzt unerbittlich geschlossen blieben, wie wenn sie von der Sache gar nichts mehr wissen wollten. Dann begannen erst die eigentlichen Schwierigkeiten. Derjenige, welcher Anspruch auf die Akten zu haben glaubte, war äußerst ungeduldig, machte in seinem Zimmer großen Lärm, klatschte in die Hände, stampfte mit den Füßen, rief durch den Türspalt immer wieder eine bestimmte Aktennummer in den Gang hinaus. Dann blieb das Wägelchen oft ganz verlassen. Der eine Diener war damit beschäftigt, den Ungeduldigen zu besänftigen, der andere kämpfte vor der geschlossenen Tür um die Rückgabe. Beide hatten es schwer. Der Ungeduldige wurde durch die Besänftigungsversuche oft noch ungeduldiger, er konnte die leeren Worte des Dieners gar nicht mehr anhören, er wollte nicht Trost, er wollte Akten; ein solcher Herr goss einmal oben durch den Spalt ein ganzes Waschbecken auf den Diener aus. Der andere Diener, offenbar der im Rang höhere, hatte es aber noch viel schwerer. Ließ sich der betreffende Herr auf Verhandlungen überhaupt ein, gab es sachliche Besprechungen, bei welchen sich der Diener auf sein Verzeichnis, der Herr auf seine Vormerkungen und gerade auf die Akten berief, die er zurückgeben sollte, die er aber vorläufig fest in der Hand hielt, sodass kaum ein Eckchen von ihnen für die begehrlichen Augen des Dieners sichtbar blieb. Auch musste dann der Diener wegen neuer Beweise zu dem Wägelchen zurücklaufen, das auf dem ein wenig sich senkenden Gang immer von selbst ein Stück weitergerollt war, oder er musste zu dem die Akten beanspruchenden Herrn gehen und dort die Einwände des bisherigen Besitzers für neue Gegeneinwände austauschen. Solche Verhandlungen dauerten sehr lange, bisweilen einigte man sich, der Herr gab etwa einen Teil der Akten heraus oder bekam als Entschädigung andere Akten, da nur eine Verwechslung vorgelegen hatte; es kam aber auch vor, dass jemand auf alle verlangten Akten ohne Weiteres verzichten musste, sei es, dass er durch die Beweise des Dieners in die Enge getrieben war, sei es, dass er des fortwährenden Handelns müde war, dann aber gab er die Akten nicht dem Diener, sondern warf sie mit plötzlichem Entschluss weit in den Gang hinaus, dass sich die Bindfäden lösten und die Blätter flogen und die Diener viel Mühe hatten, alles wieder in Ordnung zu bringen. Aber alles war noch verhältnismäßig einfacher, als wenn der Diener auf seine Bitten um Rückgabe überhaupt keine Antwort bekam, dann stand er vor der verschlossenen Tür, bat, beschwor, zitierte sein Verzeichnis, berief sich auf seine Vorschriften, alles vergeblich, aus dem Zimmer kam kein Laut und, ohne Erlaubnis einzutreten, hatte der Diener offenbar kein Recht. Dann verließ auch diesen vorzüglichen Diener manchmal die Selbstbeherrschung, er ging zu seinem Wägelchen, setzte sich auf die Akten, wischte sich den Schweiß von der Stirn und unternahm ein Weilchen lang gar nichts, als hilflos mit den Füßen zu schlenkern. Das Interesse an der Sache war ringsherum sehr groß, überall wisperte es, kaum eine Tür war ruhig, und oben an der Wandbrüstung verfolgten merkwürdigerweise mit Tüchern fast gänzlich vermummte Gesichter, die überdies kein Weilchen lang ruhig an ihrer Stelle blieben, alle Vorgänge. Inmitten dieser Unruhe war es K. auffällig, dass Bürgels Tür die ganze Zeit über geschlossen blieb und dass die Diener diesen Teil des Ganges schon passiert hatten, Bürgel aber keine Akten zugeteilt worden waren. Vielleicht schlief er noch, was allerdings in diesem Lärm einen sehr gesunden Schlaf bedeutet hätte, warum aber hatte er keine Akten bekommen? Nur sehr wenige Zimmer, und überdies wahrscheinlich unbewohnte, waren in dieser Weise übergangen worden. Dagegen war in dem Zimmer Erlangers schon ein neuer und besonders unruhiger Gast, Erlanger musste von ihm in der Nacht förmlich ausgetrieben worden sein, das passte wenig zu Erlangers kühlem, weitläufigem Wesen, aber dass er K. an der Türschwelle hatte erwarten müssen, deutete doch darauf hin.

Von allen abseitigen Beobachtungen kehrte dann K. immer bald wieder zu dem Diener zurück; für diesen Diener traf das wahrlich nicht zu, was man K. sonst von den Dienern im Allgemeinen, von ihrer Untätigkeit, ihrem bequemen Leben, ihrem Hochmut erzählt hatte, es gab wohl auch Ausnahmen unter den Dienern oder, was wahrscheinlicher war, verschiedene Gruppen unter ihnen, denn hier waren, wie K. merkte, viele Abgrenzungen, von denen er bisher kaum eine Andeutung zu sehen bekommen hatte. Besonders die Unnachgiebigkeit dieses Dieners gefiel ihm sehr. Im Kampf mit diesen kleinen, hartnäckigen Zimmern – K. schien es oft ein Kampf mit den Zimmern, da er die Bewohner kaum zu sehen bekam – ließ der Diener nicht nach. Er ermattete zwar – wer wäre nicht ermattet? –, aber bald hatte er sich wieder erholt, glitt vom Wägelchen herunter und ging aufrecht mit zusammengebissenen Zähnen wieder gegen die zu erobernde Tür los. Und es geschah, dass er zweimal und dreimal zurückgeschlagen wurde, auf sehr einfache Weise allerdings, nur durch das verteufelte Schweigen, und dennoch gar nicht besiegt war. Da er sah, dass er durch offenen Angriff nichts erreichen konnte, versuchte er es auf andere Weise, zum Beispiel, soweit es K. richtig verstand, durch List. Er ließ dann scheinbar von der Tür ab, ließ sie gewissermaßen ihre Schweigsamkeit erschöpfen, wandte sich anderen Türen zu, nach einer Weile kehrte er wieder zurück, rief den anderen Diener, alles auffallend und laut, und begann auf der Schwelle der verschlossenen Tür Akten aufzuhäufen, so, als habe er seine Meinung geändert, und dem Herrn sei rechtmäßigerweise nichts wegzunehmen, sondern vielmehr zuzuteilen. Dann ging er weiter, behielt aber die Tür immer im Auge, und wenn dann der Herr, wie es gewöhnlich geschah, bald vorsichtig die Tür öffnete, um die Akten zu sich hineinzuziehen, war der Diener mit ein paar Sprüngen dort, schob den Fuß zwischen Tür und Pfosten und zwang so den Herrn, wenigstens von Angesicht zu Angesicht mit ihm zu verhandeln, was dann gewöhnlich doch zu einem halbwegs befriedigenden Ergebnis führte. Und gelang es nicht so oder schien ihm bei einer Tür dies nicht die richtige Art, versuchte er es anders. Er verlegte sich dann zum Beispiel auf den Herrn, welcher die Akten beanspruchte. Dann schob er den anderen, immer nur mechanisch arbeitenden Diener, eine recht wertlose Hilfskraft, beiseite und begann selbst auf den Herrn einzureden, flüsternd, heimlich, den Kopf tief ins Zimmer steckend, wahrscheinlich machte er ihm Versprechungen und sicherte ihm auch für die nächste Verteilung eine entsprechende Bestrafung des anderen Herrn zu, wenigstens zeigte er öfters nach der Tür des Gegners und lachte, soweit es seine Müdigkeit erlaubte. Dann aber gab es Fälle, ein oder zwei, wo er freilich alle Versuche aufgab, aber auch hier glaubte K., dass es nur ein scheinbares Aufgeben oder zumindest ein Aufgeben aus berechtigten Gründen sei, denn ruhig ging er weiter, duldete, ohne sich umzusehen, den Lärm des benachteiligten Herrn, nur ein zeitweises, länger dauerndes Schließen der Augen zeigte, dass er unter dem Lärm litt. Doch beruhigte sich dann auch allmählich der Herr, wie ununterbrochenes Kinderweinen allmählich in immer vereinzelteres Schluchzen übergeht, war es auch mit seinem Geschrei; aber auch, nachdem es schon ganz still geworden war, gab es doch wieder noch manchmal einen vereinzelten Schrei oder ein flüchtiges Öffnen und Zuschlagen jener Tür. Jedenfalls zeigte es sich, dass auch hier der Diener wahrscheinlich völlig richtig vorgegangen war. Nur ein Herr blieb schließlich, der sich nicht beruhigen wollte, lange schwieg er, aber nur, um sich zu erholen, dann fuhr er wieder los, nicht schwächer als früher. Es war nicht ganz klar, warum er so schrie und klagte, vielleicht war es gar nicht wegen der Aktenverteilung. Inzwischen hatte der Diener seine Arbeit beendigt; nur ein einziger Akt, eigentlich nur ein Papierchen, ein Zettel von einem Notizblock, war durch Verschulden der Hilfskraft im Wägelchen zurückgeblieben, und nun wusste man nicht, wem ihn zuzuteilen. Das könnte recht gut mein Akt sein, ging es K. durch den Kopf. Der Gemeindevorsteher hatte ja immer von diesem allerkleinsten Fall gesprochen. Und K. suchte, so willkürlich und lächerlich er selbst im Grunde seine Annahme fand, sich dem Diener, der den Zettel nachdenklich durchsah, zu nähern; das war nicht ganz leicht, denn der Diener vergalt K.s Zuneigung schlecht, auch inmitten der härtesten Arbeit hatte er immer noch Zeit gebunden, um böse oder ungeduldig mit nervösem Kopfrücken nach K. hinzusehen. Erst jetzt, nach beendigter Verteilung, schien er K. ein wenig vergessen zu haben, wie er auch sonst gleichgültiger geworden war, seine große Erschöpfung machte das begreiflich, auch mit dem Zettel gab er sich nicht viel Mühe, er las ihn vielleicht gar nicht durch, er tat nur so, und obwohl er hier auf dem Gang wahrscheinlich jedem Zimmerherrn mit der Zuteilung des Zettels eine Freude gemacht hätte, entschloss er sich anders, er war des Verteilens schon satt, mit dem Zeigefinger an den Lippen, gab er seinem Begleiter ein Zeichen zu schweigen, zerriss – K. war noch lange nicht bei ihm – den Zettel in kleine Stücke und steckte sie in die Tasche. Es war wohl die erste Unregelmäßigkeit, die K. hier im Bürobetriebe gesehen hatte, allerdings war es möglich, dass er auch sie unrichtig verstand. Und selbst wenn es eine Unregelmäßigkeit war, war sie zu verzeihen; bei den Verhältnissen, die hier herrschten, konnte der Diener nicht fehlerlos arbeiten, einmal musste der angesammelte Ärger, die angesammelte Unruhe ausbrechen, und äußerte sie sich nur im Zerreißen eines kleinen Zettels, war es noch unschuldig genug. Noch immer gellte ja die Stimme des durch nichts zu beruhigenden Herrn durch den Gang, und die Kollegen, die in anderer Hinsicht sich nicht sehr freundschaftlich zueinander verhielten, schienen hinsichtlich des Lärms völlig einer Meinung zu sein; es war allmählich, als habe der Herr die Aufgabe übernommen, Lärm für alle zu machen, die ihn nur durch Zurufe und Kopfnicken aufmunterten, bei der Sache zu bleiben. Aber nun kümmerte sich der Diener gar nicht mehr darum, er war mit seiner Arbeit fertig, zeigte auf den Handgriff des Wägelchens, dass ihn der andere Diener fasse, und so zogen sie wieder weg, wie sie gekommen waren, nur zufriedener und so schnell, dass das Wägelchen vor ihnen hüpfte. Nur einmal zuckten sie noch zusammen und blickten zurück, als der immerfort schreiende Herr, vor dessen Tür sich K. jetzt herumtrieb, weil er gern verstanden hätte, was der Herr eigentlich wollte, mit dem Schreien offenbar nicht mehr das Auskommen fand, wahrscheinlich den Knopf einer elektrischen Glocke entdeckt hatte und, wohl entzückt darüber, so entlastet zu sein, statt des Schreiens jetzt ununterbrochen zu läuten anfing. Daraufhin begann ein großes Gemurmel in den anderen Zimmern, es schien Zustimmung zu bedeuten, der Herr schien etwas zu tun, was alle gern schon längst getan hätten und nur aus unbekanntem Grunde hatten unterlassen müssen. War es vielleicht die Bedienung, vielleicht Frieda, die der Herr herbeiläuten wollte? Da mochte er lange läuten. Frieda war ja damit beschäftigt, Jeremias in nasse Tücher zu wickeln, und selbst, wenn er schon gesund sein sollte, hatte sie keine Zeit, denn dann lag sie in seinen Armen. Aber das Läuten hatte doch sofort eine Wirkung. Schon eilte aus der Ferne der Herrenhofwirt selbst herbei, schwarz gekleidet und zugeknöpft wie immer; aber es war, als vergesse er seine Würde, so lief er; die Arme hatte er halb ausgebreitet, so, als sei er wegen eines großen Unglücks gerufen und komme, um es zu fassen und an seiner Brust gleich zu ersticken, und unter jeder kleinen Unregelmäßigkeit des Läutens schien er kurz hochzuspringen und sich noch mehr zu beeilen. Ein großes Stück hinter ihm erschien nun auch noch seine Frau, auch sie lief mit ausgebreiteten Armen, aber ihre Schritte waren kurz und geziert, und K. dachte, sie werde zu spät kommen, der Wirt werde inzwischen alles Nötige getan haben. Und um dem Wirt für seinen Lauf Platz zu machen, stellte sich K. eng an die Wand. Aber der Wirt blieb gerade bei K. stehen, als sei dieser sein Ziel, und gleich war auch die Wirtin da, und beide überhäuften ihn mit Vorwürfen, die er in der Eile und Überraschung nicht verstand, besonders, da sich auch die Glocke des Herrn einmischte und sogar andere Glocken zu arbeiten begannen, jetzt nicht mehr aus Not, sondern nur zum Spiel und im Überfluss der Freude. K. war, weil ihm viel daran lag, seine Schuld genau zu verstehen, sehr damit einverstanden, dass ihn der Wirt unter den Arm nahm und mit ihm aus diesem Lärm fortging, der sich immerfort noch steigerte, denn hinter ihnen – K. drehte sich gar nicht um, weil der Wirt und noch mehr, von der anderen Seite her, die Wirtin auf ihn einredeten – öffneten sich nun die Türen ganz, der Gang belebte sich, ein Verkehr schien sich dort zu entwickeln, wie in einem lebhaften, engen Gässchen, die Türen vor ihnen warteten offenbar ungeduldig darauf, dass K. endlich vorüber komme, damit sie die Herren entlassen könnten, und in das alles hinein läuteten, immer wieder angeschlagen, die Glocken, wie um einen Sieg zu feiern. Nun endlich – sie waren schon wieder in dem stillen, weißen Hof, wo einige Schlitten warteten – erfuhr K. allmählich, worum es sich handelte. Weder der Wirt noch die Wirtin konnten begreifen, dass K. etwas Derartiges zu tun hatte wagen können. »Aber was hatte er denn getan?« Immer wieder fragte es K., konnte es aber lange nicht erfragen, weil die Schuld den beiden allzu selbstverständlich war und sie daher an seinen guten Glauben nicht im Entferntesten dachten. Nur sehr langsam erkannte K. alles. Er war zu Unrecht in dem Gang gewesen, ihm war im Allgemeinen höchstens, und dies nur gnadenweise und gegen jeden Widerruf, der Ausschank zugänglich. War er von einem Herrn vorgeladen, musste er natürlich am Ort der Vorladung erscheinen, sich aber immer dessen bewusst bleiben – er hatte doch wohl wenigstens den üblichen Menschenverstand? –, dass er irgendwo war, wo er eigentlich nicht hingehörte, wohin ihn nur ein Herr, höchst widerwillig, nur, weil es eine amtliche Angelegenheit verlangte und entschuldigte, gerufen hatte. Er hatte daher schnell zu erscheinen, sich dem Verhör zu unterziehen, dann aber womöglich noch schneller zu verschwinden. Hatte er denn dort auf dem Gang gar nicht das Gefühl der schweren Ungehörigkeit gehabt? Aber wenn er es gehabt hätte, wie hätte er sich dort herumtreiben können wie ein Tier auf der Weide? Sei er nicht zu einem Nachtverhör vorgeladen gewesen, und wisse er nicht, warum die Nachtverhöre eingeführt sind? Die Nachtverhöre – und hier bekam K. eine neue Erklärung ihres Sinnes – hätten doch nur den Zweck, Parteien, deren Anblick den Herren bei Tag unerträglich wäre, abzuhören, schnell, in der Nacht, bei künstlichem Licht, mit der Möglichkeit, gleich nach dem Verhör alle Hässlichkeit im Schlaf zu vergessen. Das Benehmen K.s aber habe aller Vorsichtsmaßregeln gespottet. Selbst Gespenster verschwinden gegen Morgen, aber K. sei dort geblieben, die Hände in den Taschen, so, als erwarte er, dass, da er sich nicht entfernte, der ganze Gang mit allen Zimmern und Herren sich entfernen werde. Und dies wäre auch – dessen könne er auch sicher sein – ganz gewiss geschehen, wenn es nur irgendwie möglich wäre, denn das Zartgefühl der Herren sei grenzenlos. Keiner werde K. etwa forttreiben oder auch nur das allerdings Selbstverständliche sagen, dass er endlich fortgehen solle; keiner werde das tun, obwohl sie während K.s Anwesenheit vor Aufregung wahrscheinlich zittern und der Morgen, ihre liebste Zeit, ihnen vergällt wird. Statt gegen K. vorzugehen, ziehen sie es vor, zu leiden, wobei allerdings wohl die Hoffnung mitspielt, dass K. doch endlich das in die Augen Schlagende auch werde allmählich erkennen müssen und, entsprechend dem Leid der Herren, selbst auch darunter bis zur Unerträglichkeit werde leiden müssen, so entsetzlich unpassend, allen sichtbar, hier auf dem Gang am Morgen zu stehen. Vergebliche Hoffnung. Sie wissen nicht oder wollen es in ihrer Freundlichkeit und Herablassung nicht wissen, dass es auch unempfindliche, harte, durch keine Ehrfurcht zu erweichende Herzen gibt. Sucht nicht selbst die Nachtmotte, das arme Tier, wenn der Tag kommt, einen stillen Winkel auf, macht sich platt, möchte am liebsten verschwinden und ist unglücklich darüber, dass sie es nicht kann? K. dagegen stellt sich dorthin, wo er am sichtbarsten ist, und könnte er dadurch das Heraufkommen des Tages verhindern, würde er es tun. Er kann es nicht verhindern, aber verzögern, erschweren kann er es leider. Hat er nicht die Verteilung der Akten mit angesehen? Etwas, was niemand mit ansehen dürfe, außer die nächsten Beteiligten. Etwas, was weder Wirt noch Wirtin in ihrem eigenen Haus haben sehen dürfen. Wovon sie nur andeutungsweise haben erzählen hören, wie zum Beispiel heute von den Dienern. Habe er denn nicht bemerkt, unter welchen Schwierigkeiten die Aktenverteilung vor sich gegangen sei, etwas an sich Unbegreifliches, da doch jeder der Herren nur der Sache dient, niemals an seinen Einzelvorteil denkt und daher mit allen Kräften darauf hinarbeiten müsste, dass die Aktenverteilung, diese wichtige, grundlegende Arbeit, schnell und leicht und fehlerlos erfolge? Und sei denn K. wirklich auch nicht von der Ferne die Ahnung aufgetaucht, dass die Hauptursache aller Schwierigkeiten die sei, dass die Verteilung bei fast geschlossenen Türen durchgeführt werden müsse, ohne die Möglichkeit unmittelbaren Verkehrs zwischen den Herren, die sich miteinander natürlich im Nu verständigen könnten, während die Vermittlung durch die Diener fast stundenlang dauern müsse, niemals klaglos geschehen kann, eine dauernde Qual für Herren und Diener ist und wahrscheinlich noch bei der späteren Arbeit schädliche Folgen haben wird. Und warum konnten die Herren nicht miteinander verkehren? Ja, verstehe es denn K. noch immer nicht? Etwas Ähnliches sei der Wirtin – und der Wirt bestätigte es auch für seine Person – noch nicht vorgekommen, und sie hätten doch schon mit mancherlei widerspenstigen Leuten zu tun gehabt. Dinge, die man sonst nicht auszusprechen wage, müsse man ihm offen sagen, denn sonst verstehe er das Allernotwendigste nicht. Nun also, da es gesagt werden müsse: Seinetwegen, nur und ausschließlich seinetwegen, haben die Herren aus ihren Zimmern nicht hervorkommen können, da sie am Morgen, kurz nach dem Schlaf, zu schamhaft, zu verletzlich sind, um sich fremden Blicken aussetzen zu können; sie fühlen sich förmlich, mögen sie auch noch so vollständig angezogen sein, zu sehr entblößt, um sich zu zeigen. Es ist ja schwer zu sagen, weshalb sie sich schämen, vielleicht schämen sie sich, diese ewigen Arbeiter, nur deshalb, weil sie geschlafen haben. Aber vielleicht noch mehr, als sich zu zeigen, schämen sie sich, fremde Leute zu sehen; was sie glücklich mithilfe der Nachtverhöre überwunden haben, den Anblick der ihnen so schwer erträglichen Parteien, wollen sie nicht jetzt am Morgen plötzlich unvermittelt in aller Naturwahrheit von Neuem auf sich eindringen lassen. Dem sind sie eben nicht gewachsen. Was für ein Mensch muss das sein, der das nicht respektiert! Nun, es muss ein Mensch wie K. sein. Einer, der sich über alles, über das Gesetz sowie über die allergewöhnlichste menschliche Rücksichtnahme, mit dieser stumpfen Gleichgültigkeit und Verschlafenheit hinwegsetzt, dem nichts daran liegt, dass er die Aktenverteilung fast unmöglich macht und den Ruf des Hauses schädigt, und der das noch nie Geschehene zustande bringt, dass sich die zur Verzweiflung gebrachten Herren selbst zu wehren anfangen, nach einer für gewöhnliche Menschen unausdenkbaren Selbstüberwindung zur Glocke greifen und Hilfe herbeirufen, um den auf andere Weise nicht zu erschütternden K. zu vertreiben! Sie, die Herren, rufen um Hilfe! Wären denn nicht längst Wirt und Wirtin und ihr ganzes Personal herbeigelaufen, wenn sie es nur gewagt hätten, ungerufen, am Morgen, vor den Herren zu erscheinen, sei es auch nur, um Hilfe zu bringen und dann gleich zu verschwinden. Zitternd vor Empörung über K., trostlos wegen ihrer Ohnmacht, hätten sie hier am Beginn des Ganges gewartet, und das eigentlich nie erwartete Läuten sei für sie eine Erlösung gewesen. Nun, das Schlimmste sei vorüber! Könnten sie doch nur einen Blick hineintun in das fröhliche Treiben der endlich von K. befreiten Herren! Für K. sei es freilich nicht vorüber; er werde sich für das, was er hier angerichtet habe, gewiss zu verantworten haben.

Sie waren inzwischen bis in den Ausschank gekommen; warum der Wirt trotz all seinem Zorn K. doch noch hierher geführt hatte, war nicht ganz klar, vielleicht hatte er doch erkannt, dass K.s Müdigkeit es ihm zunächst unmöglich machte, das Haus zu verlassen. Ohne eine Aufforderung, sich zu setzen, abzuwarten, sank K. gleich auf einem der Fässer förmlich zusammen. Dort im Finstern war ihm wohl. In dem großen Raum brannte jetzt nur eine schwache elektrische Lampe über den Bierhähnen. Auch draußen war noch tiefe

Finsternis, es schien Schneetreiben zu sein. War man hier in der Wärme, musste man dankbar sein und Vorsorge treffen, dass man nicht vertrieben werde. Der Wirt und die Wirtin standen noch immer vor ihm, als bedeute er immerhin noch eine gewisse Gefahr, als sei es bei seiner völligen Unzuverlässigkeit gar nicht ausgeschlossen, dass er sich plötzlich aufmache und versuche, wieder in den Gang einzudringen. Auch waren sie selbst müde von dem nächtlichen Schrecken und dem vorzeitigen Aufstehen, besonders die Wirtin, die ein seidenartig knisterndes, breiträckiges, braunes, ein wenig unordentlich geknöpftes und gebundenes Kleid anhatte – wo hatte sie es in der Eile hervorgeholt? –, den Kopf wie geknickt an die Schulter ihres Mannes gelehnt hielt, mit einem feinen Tüchelchen die Augen betupfte und dazwischen kindlich böse Blicke auf K. richtete. Um das Ehepaar zu beruhigen, sagte K., dass alles, was sie ihm jetzt erzählt hätten, ihm völlig neu sei, dass er aber trotz der Unkenntnis dessen doch nicht so lange im Gang geblieben wäre, wo er wirklich nichts zu tun hatte und gewiss niemanden hätte quälen wollen, sondern das alles nur aus übergroßer Müdigkeit geschehen sei. Er danke ihnen dafür, dass sie der peinlichen Szene ein Ende gemacht hätten, sollte er zur Verantwortung gezogen werden, werde ihm das sehr willkommen sein, denn nur so könne er eine allgemeine Missdeutung seines Benehmens verhindern. Nur die Müdigkeit und nichts anderes sei daran schuld gewesen. Diese Müdigkeit aber stamme daher, dass er die Anstrengung der Verhöre noch nicht gewöhnt sei. Er sei ja noch nicht lange hier. Werde er darin einige Erfahrung haben, werde etwas Ähnliches nicht wieder vorkommen können. Vielleicht nehme er die Verhöre zu ernst, aber das sei doch wohl an sich kein Nachteil. Er habe zwei Verhöre, kurz nacheinander, durchzumachen gehabt, eines bei Bürgel und das zweite bei Erlanger, besonders das erste habe ihn sehr erschöpft, das zweite allerdings habe nicht lange gedauert. Erlanger habe ihn nur um eine Gefälligkeit gebeten, aber beide zusammen seien mehr, als er auf einmal ertragen könne, vielleicht wäre etwas Derartiges auch für einen anderen, etwa den Herrn Wirt, zu viel. Aus dem zweiten Verhör sei er eigentlich nur schon fortgetaumelt. Es sei fast eine Art Trunkenheit gewesen; er habe ja die zwei Herren zum ersten Mal gesehen und gehört und ihnen doch auch antworten müssen. Alles sei, soviel er wisse, recht gut ausgefallen, dann aber sei jenes Unglück geschehen, das man ihm aber nach dem Vorhergegangenen wohl kaum zur Schuld anrechnen könne. Leider hätten nur Erlanger und Bürgel seinen Zustand erkannt, und sicher hätten sie sich seiner angenommen und alles weitere verhütet, aber Erlanger habe nach dem Verhör gleich weggehen müssen, offenbar um ins Schloss zu fahren, und Bürgel sei, wahrscheinlich von jenem Verhör ermüdet – wie hätte es also K. ungeschwächt überdauern sollen? –, eingeschlafen und habe sogar die ganze Aktenverteilung verschlafen. Hätte K. eine ähnliche Möglichkeit gehabt, er hätte sie mit Freuden benützt und gern auf alle verbotenen Einblicke verzichtet, dies umso leichter, als er ja in Wirklichkeit gar nichts zu sehen imstande gewesen sei und deshalb auch die empfindlichsten Herren sich ungescheut vor ihm hätten zeigen können.

Die Erwähnung der beiden Verhöre – gar jenes mit Erlanger – und der Respekt, mit welchem K. von den Herren sprach, stimmten ihm den Wirt günstig. Er schien schon K.s Bitte, ein Brett auf die Fässer legen und dort wenigstens bis zur Morgendämmerung schlafen zu dürfen, erfüllen zu wollen, die Wirtin war aber deutlich dagegen, an ihrem Kleid, dessen Unordnung ihr erst jetzt zu Bewusstsein gekommen war, hier und dort nutzlos rückend, schüttelte sie immer wieder den Kopf; ein offenbar alter Streit, die Reinlichkeit des Hauses betreffend, war wieder daran, auszubrechen. Für K. in seiner Müdigkeit nahm das Gespräch des Ehepaares übergroße Bedeutung an. Von hier weggetrieben zu werden schien ihm ein alles bisher Erlebte übersteigendes Unglück zu sein. Das durfte nicht geschehen, selbst wenn Wirt und Wirtin sich gegen ihn einigen sollten. Lauernd sah er, zusammengekrümmt auf dem Fass, die beiden an, bis die Wirtin in ihrer ungewöhnlichen Empfindlichkeit, die K. längst aufgefallen war, plötzlich beiseitetrat und – wahrscheinlich hatte sie mit dem Wirt schon von anderen Dingen gesprochen – ausrief: »Wie er mich ansieht! Schick ihn doch endlich fort!« K. aber, die Gelegenheit ergreifend, und nun völlig, fast bis zur Gleichgültigkeit davon überzeugt, dass er bleiben werde, sagte: »Ich sehe dich nicht an, nur dein Kleid.«

»Warum mein Kleid?«, fragte die Wirtin erregt. K. zuckte die Achseln.

»Komm!«, sagte die Wirtin zum Wirt. »Er ist ja betrunken, der Lümmel. Lass ihn hier seinen Rausch ausschlafen!« Und sie befahl noch Pepi, die auf ihren Ruf hin aus dem Dunkel auftauchte, zerrauft, müde, einen Besen lässig in der Hand, K. irgendein Kissen hinzuwerfen.

## Das zwanzigste Kapitel

Als K. erwachte, glaubte er zuerst, kaum geschlafen zu haben; das Zimmer war unverändert leer und warm, alle Wände in Finsternis, die eine Glühlampe über den Bierhähnen erloschen, auch vor den Fenstern Nacht. Aber als er sich streckte, das Kissen herunterfiel und Bett und Fässer knarrten, kam gleich Pepi, und nun erfuhr er, dass es schon Abend war und er weit über zwölf Stunden geschlafen hatte. Die Wirtin hatte einige Male während des Tages nach ihm gefragt, auch Gerstäcker, der am Morgen, als K. mit der Wirtin gesprochen hatte, hier im Dunkel beim Bier gewartet, aber dann K. nicht mehr zu stören gewagt hatte, war inzwischen einmal hier gewesen, um nach K. zu sehen, und schließlich war angeblich auch Frieda gekommen und war einen Augenblick bei K. gestanden, doch war sie kaum K.s wegen gekommen, sondern weil sie Verschiedenes hier vorzubereiten hatte, denn am Abend sollte sie ja wieder ihren alten Dienst antreten. »Sie mag dich wohl nicht mehr?«, fragte Pepi, während sie Kaffee und Kuchen brachte. Aber sie fragte es nicht mehr boshaft nach ihrer früheren Art, sondern traurig, als habe sie inzwischen die Bosheit der Welt kennengelernt, gegenüber der alle eigene Bosheit versagt und sinnlos wird; wie zu einem Leidensgenossen sprach sie zu K., und als er den Kaffee kostete und sie zu sehen glaubte, dass er ihn nicht genug süß finde, lief sie und brachte ihm die volle Zuckerdose. Ihre Traurigkeit hatte sie freilich nicht gehindert, sich heute vielleicht noch mehr zu schmücken als das letzte Mal; an Maschen und an Bändern, die durch das Haar geflochten waren, hatte sie eine Fülle, die Stirn entlang und an den Schläfen waren die Haare sorgfältig gebrannt, und um den Hals hatte sie ein Kettchen, das in den tiefen Ausschnitt der Bluse hinabhing. Als K. in der Zufriedenheit, endlich einmal ausgeschlafen zu sein und einen guten Kaffee trinken zu dürfen, heimlich nach einer Masche langte und sie zu öffnen versuchte, sagte Pepi müde: »Lass mich doch«, und setzte sich neben ihn auf ein Fass. Und K. musste sie gar nicht nach ihrem Leid fragen, sie begann selbst gleich zu erzählen, den Blick starr in K.s Kaffeetopf gerichtet, als brauche sie eine Ablenkung, selbst während sie erzählte, als könne sie, selbst wenn sie sich mit ihrem Leid beschäftigte, sich ihm nicht ganz hingeben, denn das ginge über ihre Kräfte. Zunächst erfuhr K., dass eigentlich er an Pepis Unglück schuld sei, dass sie es ihm aber nicht nachtrage. Und sie nickte eifrig während der Erzählung, um keinen Widerspruch K.s aufkommen zu lassen. Zuerst habe er Frieda aus dem Ausschank fortgenommen und dadurch Pepis Aufstieg ermöglicht. Es ist sonst nichts anderes ausdenkbar, was Frieda hätte bewegen können, ihren Posten aufzugeben, sie saß dort im Ausschank wie die Spinne im Netz, hatte überall ihre Fäden, die nur sie kannte; sie gegen ihren Willen auszuheben, wäre ganz unmöglich gewesen, nur Liebe zu einem Niedrigen, also etwas, was sich mit ihrer Stellung nicht vertrug, konnte sie von ihrem Platze treiben. Und Pepi? Hatte sie denn jemals daran gedacht, die Stelle für sich zu gewinnen? Sie war Zimmermädchen, hatte eine unbedeutende, wenig aussichtsreiche Stelle, Träume von großer Zukunft hatte sie wie jedes Mädchen, Träume kann man sich nicht verbieten, aber ernstlich dachte sie nicht an ein Weiterkommen, sie hatte sich mit dem Erreichten abgefunden. Und nun verschwand Frieda plötzlich aus dem Ausschank, es war so plötzlich gekommen, dass der Wirt nicht gleich einen passenden Ersatz zur Hand hatte, er suchte und sein Blick fiel auf Pepi, die sich freilich entsprechend vorgedrängt hatte. In jener Zeit liebte sie K., wie sie noch nie jemanden geliebt hatte; sie war monatelang unten in ihrer winzigen, dunklen Kammer gesessen und war vorbereitet, dort Jahre und, ungünstigenfalls, ihr ganzes Leben unbeachtet zu verbringen, und nun war plötzlich K. erschienen, ein Held, ein Mädchenbefreier, und hatte ihr den Weg nach oben frei gemacht. Er wusste allerdings nichts von ihr, hatte es nicht ihretwegen getan, aber das verschlug ihrer Dankbarkeit nichts, in der Nacht, die ihrer Anstellung vorherging – die Anstellung war noch unsicher, aber doch schon sehr wahrscheinlich –, verbrachte sie Stunden damit, mit ihm zu sprechen, ihm ihren Dank ins Ohr zu flüstern. Und es erhöhte noch seine Tat in ihren Augen, dass es gerade Frieda war, deren Last er auf sich genommen hatte; etwas unbegreiflich Selbstloses lag darin, dass er, um Pepi hervorzuholen, Frieda zu seiner Geliebten machte, Frieda, ein unhübsches, ältliches, mageres Mädchen mit kurzem, schütterem Haar, überdies ein hinterhältiges Mädchen, das immer irgendwelche Geheimnisse hat, was ja wohl mit ihrem Aussehen zusammenhängt; ist am Gesicht und Körper die Jämmerlichkeit zweifellos, muss sie doch wenigstens andere Geheimnisse haben, die niemand nachprüfen kann, etwa ihr angebliches Verhältnis zu Klamm. Und selbst solche Gedanken waren Pepi damals gekommen: Ist es möglich, dass K. wirklich Frieda liebt, täuscht er sich nicht oder täuscht er vielleicht gar nur Frieda, und wird vielleicht das einzige Ergebnis alles dessen doch nur Pepis Aufstieg sein, und wird dann K. den Irrtum merken oder ihn nicht mehr verbergen wollen und nicht mehr Frieda, sondern nur Pepi sehen, was gar keine irrsinnige Einbildung Pepis sein musste, denn mit Frieda konnte sie es als Mädchen gegen Mädchen sehr wohl aufnehmen, was niemand leugnen wird, und es war doch auch vor allem Friedas Stellung gewesen und der Glanz, den Frieda ihr zu geben verstanden hatte, von welchem K. im Augenblick geblendet worden war. Und da hatte nun Pepi davon geträumt, K. werde, wenn sie die Stellung habe, bittend zu ihr kommen, und sie werde nun die Wahl haben, entweder K. zu erhören und die Stelle zu verlieren oder ihn abzuweisen und weiter zu steigen. Und sie hatte sich zurechtgelegt, sie werde auf alles verzichten und sich zu ihm hinabwenden und ihn wahre Liebe lehren, die er bei Frieda nie erfahren könnte und die unabhängig ist von allen Ehrenstellungen der Welt. Aber dann ist es anders gekommen. Und was war daran schuld? K. vor allem und dann freilich Friedas Durchtriebenheit. K. vor allem; denn was will er, was ist er für ein sonderbarer Mensch? Wonach strebt er, was sind das für wichtige Dinge, die ihn beschäftigen und die ihn das Allernächste, das Allerbeste, das Allerschönste vergessen lassen? Pepi ist das Opfer, und alles ist dumm, und alles ist verloren; und wer die Kraft hätte, den ganzen Herrenhof anzuzünden und zu verbrennen, aber vollständig, dass keine Spur zurückbleibt, verbrennen wie ein Papier im Ofen, der wäre heute Pepis Auserwählter. Ja, Pepi kam also in den Ausschank, heute vor vier Tagen, kurz vor dem Mittagessen. Es ist keine leichte Arbeit hier, es ist fast eine Menschen mordende Arbeit, aber was zu erreichen ist, ist auch nicht klein. Pepi hatte auch früher nicht in den Tag hineingelebt, und wenn sie auch niemals in kühnsten Gedanken diese Stelle für sich in Anspruch genommen hätte, so hatte sie doch reichlich Beobachtungen gemacht, wusste, was es mit dieser Stelle auf sich hatte, unvorbereitet hatte sie die Stelle nicht übernommen. Unvorbereitet kann man sie gar nicht übernehmen, sonst verliert man sie in den ersten Stunden. Gar wenn man sich nach Art der Zimmermädchen hier aufführen wollte! Als Zimmermädchen kommt man sich ja mit der Zeit ganz verloren und vergessen vor; es ist eine Arbeit wie in einem Bergwerk, wenigstens im Gang der Sekretäre ist es so, tagelang sieht man dort bis auf wenige Tagesparteien, die hin und her huschen und nicht aufzuschauen wagen, keinen Menschen außer den zwei, drei anderen Zimmermädchen, und die sind ähnlich verbittert. Des Morgens darf man überhaupt nicht aus dem Zimmer, da wollen die Sekretäre allein unter sich sein, das Essen bringen ihnen die Knechte aus der Küche, damit haben die Zimmermädchen gewöhnlich nichts zu tun, auch während der Essenszeit darf man sich nicht auf dem Gang zeigen. Nur während die Herren arbeiten, dürfen die Zimmermädchen aufräumen, aber natürlich nicht in den bewohnten, nur in den gerade leeren Zimmern, und die Arbeit muss ganz leise geschehen, damit die Arbeit der Herren nicht gestört wird. Aber wie ist es möglich, leise aufzuräumen, wenn die Herren mehrere Tage lang in den Zimmern wohnen, überdies auch die Knechte, dieses schmutzige Pack, drin herumhantieren, und das Zimmer, wenn es endlich dem Zimmermädchen freigegeben ist, in einem solchen Zustand ist, dass nicht einmal eine Sintflut es reinwaschen könnte. Wahrhaftig, es sind hohe Herren, aber man muss kräftig seinen Ekel überwinden, um nach ihnen aufräumen zu können. Die Zimmermädchen haben ja nicht übermäßig viel Arbeit, aber kernige. Und niemals ein gutes Wort, immer nur Vorwürfe, besonders dieser quälendste und häufigste: dass beim Aufräumen Akten verloren gegangen sind. In Wirklichkeit geht nichts verloren, jedes Papierchen liefert man beim Wirt ab, aber Akten gehen freilich doch verloren, nur eben nicht durch die Mädchen. Und dann kommen Kommissionen, und die Mädchen müssen ihr Zimmer verlassen, und die Kommission durchwühlt die Betten, die Mädchen haben ja kein Eigentum, ihre wenigen Sachen haben in einem Rückenkorb Platz, aber die Kommission sucht doch stundenlang. Natürlich findet sie nichts, wie sollten dort Akten hinkommen? Was machen sich die Mädchen aus Akten? Aber das Ergebnis sind doch wieder nur durch den Wirt vermittelte Schimpfworte und Drohungen seitens der enttäuschten Kommission. Und niemals Ruhe, nicht bei Tag, nicht bei Nacht, Lärm die halbe Nacht und Lärm vom frühesten Morgen. Wenn man dort wenigstens nicht wohnen müsste, aber das muss man, denn in den Zwischenzeiten je nach Bestellung Kleinigkeiten aus der Küche zu bringen, ist doch Sache der Zimmermädchen, besonders in der Nacht. Immer plötzlich der Faustschlag gegen die Tür der Zimmermädchen, das Diktieren der Bestellung, das Hinunterlaufen in die Küche, das Aufrütteln der schlafenden Küchenjungen, das Hinausstellen der Tasse mit den bestellten Dingen vor die Tür der Zimmermädchen, woher es die Knechte holen, wie traurig ist das alles. Aber es ist nicht das Schlimmste. Das Schlimmste ist vielmehr, wenn keine Bestellung kommt, wenn es nämlich in tiefer Nacht, wo alles schon schlafen sollte und auch die meisten endlich wirklich schlafen, manchmal vor der Tür der Zimmermädchen herumzuschleichen anfängt. Dann steigen die Mädchen aus ihren Betten – die Betten sind übereinander, es ist ja dort überall sehr wenig Raum, das ganze Zimmer der Mädchen ist eigentlich nichts anderes als ein großer Schrank mit drei Fächern –, horchen an der Tür, knien nieder, umarmen einander in Angst. Und immerfort hört man den Schleicher vor der Tür. Alle wären schon glücklich, wenn er endlich hereinkäme, aber es geschieht nichts, niemand kommt herein. Und dabei muss man sich sagen, dass hier nicht unbedingt eine Gefahr drohen muss, vielleicht ist es nur jemand, der vor der Tür auf und ab geht, überlegt, ob er eine Bestellung machen soll, und sich dann doch nicht dazu entschließen kann. Vielleicht ist es nur das, vielleicht aber ist es etwas ganz anderes. Eigentlich kennt man ja die Herren gar nicht, man hat sie ja kaum gesehen. Jedenfalls vergehen die Mädchen drinnen vor Angst und, wenn es draußen endlich still ist, lehnen sie an der Wand und haben nicht genug Kraft, wieder in ihre Betten zu steigen. Dieses Leben wartet wieder auf Pepi, noch heute Abend soll sie wieder ihren Platz im Mädchenzimmer beziehen. Und warum? Wegen K. und Frieda. Wieder zurück in dieses Leben, dem sie kaum entflohen ist, dem sie zwar mit K.s Hilfe, aber doch auch mit größter eigener Anstrengung entflohen ist. Denn in jenem Dienst dort vernachlässigen sich die Mädchen, auch die sonst sorgsamsten. Für wen sollen sie sich schmücken? Niemand sieht sie, bestenfalls das Personal in der Küche; welcher das genügt, die mag sich schmücken. Sonst aber immerfort in ihrem Zimmerchen oder in den Zimmern der Herren, welche in reinen Kleidern auch nur zu betreten Leichtsinn und Verschwendung ist. Und immer in dem künstlichen Licht und in der dumpfen Luft – es wird immerfort geheizt – und eigentlich immer müde. Den einen freien Nachmittag in der Woche verbringt man am besten, indem man ihn in irgendeinem Verschlag in der Küche ruhig und angstlos verschläft. Wozu sich also schmücken? Ja, man zieht sich kaum an. Und nun wurde Pepi plötzlich in den Ausschank versetzt, wo, vorausgesetzt dass man sich dort behaupten wollte, gerade das Gegenteil nötig war, wo man immer unter den Augen der Leute war, und darunter sehr verwöhnter und aufmerksamer Herren, und so man daher immer möglichst fein und angenehm aussehen musste. Nun, das war eine Wendung. Und Pepi darf von sich sagen, dass sie nichts versäumt hat. Wie es sich später gestalten würde, das machte Pepi nicht besorgt. Dass sie die Fähigkeiten hatte, welche für diese Stelle nötig waren, das wusste sie, dessen war sie ganz gewiss, diese Überzeugung hat sie auch noch jetzt, und niemand kann sie ihr nehmen, auch heute, am Tag ihrer Niederlage nicht. Nur, wie sie sich in der allerersten Zeit bewähren würde, das war schwierig, weil sie doch ein armes Zimmermädchen war, ohne Kleider und Schmuck, und weil die Herren nicht die Geduld haben zu warten, wie man sich entwickelt, sondern gleich ohne Übergang ein Ausschankmädchen haben wollen, wie es sich gebührt, sonst wenden sie sich ab. Man sollte denken, ihre Ansprüche wären gar nicht groß, da doch Frieda sie befriedigen konnte. Das ist aber nicht richtig. Pepi hat oft darüber nachgedacht, ist ja auch öfter mit Frieda zusammengekommen und hat eine Zeit lang mit ihr geschlafen. Es ist nicht leicht, Frieda auf die Spur zu kommen, und wer nicht sehr acht gibt – und welche Herren geben denn sehr acht? –, ist von ihr gleich irregeführt. Niemand weiß genauer als Frieda selbst, wie kläglich sie aussieht, wenn man sie zum Beispiel zum ersten Mal ihre Haare auflösen sieht, schlägt man vor Mitleid die Hände zusammen, ein solches Mädchen dürfte, wenn es rechtlich zuginge, nicht einmal Zimmermädchen sein; sie weiß es auch, und manche Nacht hat sie darüber geweint, sich an Pepi gedrückt und Pepis Haare um den eigenen Kopf gelegt. Aber wenn sie im Dienst ist, sind alle Zweifel verschwunden, sie hält sich für die Allerschönste, und jedem weiß sie es auf die richtige Weise einzuflößen. Sie kennt die Leute, und das ist ihre eigentliche Kunst. Und lügt schnell und betrügt, damit die Leute nicht Zeit haben, sie genauer anzusehen. Natürlich genügt das nicht auf die Dauer, die Leute haben doch Augen, und die würden schließlich recht behalten. Aber in dem Augenblick, wo sie eine solche Gefahr merkt, hat sie schon ein anderes Mittel bereit, in der letzten Zeit zum Beispiel ihr Verhältnis mit Klamm! Ihr Verhältnis mit Klamm! Glaubst du nicht daran, kannst du es ja nachprüfen; geh zu Klamm und frag ihn. Wie schlau, wie schlau. Und wenn du etwa nicht wagen solltest, wegen einer solchen Anfrage zu Klamm zu gehen und vielleicht mit unendlich wichtigeren Anfragen nicht vorgelassen werden solltest und Klamm dir sogar völlig verschlossen ist – nur dir und deinesgleichen, denn Frieda zum Beispiel hüpft zu ihm hinein, wann sie will –, wenn das so ist, so kannst du die Sache trotzdem nachprüfen, du brauchst nur zu warten! Klamm wird doch ein derartig falsches Gerücht nicht lange dulden können, er ist doch gewiss wild dahinter her, was man von ihm im Ausschank und in den Gastzimmern erzählt, das alles hat für ihn die größte Wichtigkeit, und ist es falsch, wird er es gleich richtigstellen.

Aber er stellt es nicht richtig; nun, dann ist nichts richtigzustellen und es ist die lautere Wahrheit. Was man sieht, ist zwar nur, dass Frieda das Bier in Klamms Zimmer trägt und mit der Bezahlung wieder herauskommt; aber das, was man nicht sieht, erzählt Frieda, und man muss es ihr glauben. Und sie erzählt es gar nicht, sie wird doch nicht solche Geheimnisse ausplaudern; nein, um sie herum plaudern sich die Geheimnisse von selbst aus, und, da sie nun einmal ausgeplaudert sind, scheut sie sich allerdings nicht mehr, auch selbst von ihnen zu reden, aber bescheiden, ohne irgendetwas zu behaupten, sie beruft sich nur auf das ohnehin allgemein Bekannte. Nicht auf alles, davon zum Beispiel, dass Klamm, seit sie im Ausschank ist, weniger Bier trinkt als früher, nicht viel weniger Bier, aber doch deutlich weniger, davon spricht sie nicht, es kann ja auch verschiedene Gründe haben, es ist eben eine Zeit gekommen, in der das Bier Klamm weniger schmeckt, oder er vergisst gar über Frieda das Biertrinken. Jedenfalls also ist, wie erstaunlich das auch sein mag, Frieda Klamms Geliebte. Was aber Klamm genügt, wie sollten das nicht auch die anderen bewundern; und so ist Frieda, ehe man sich dessen versieht, eine große Schönheit geworden, ein Mädchen, genau so beschaffen, wie es der Ausschank braucht; ja, fast zu schön, zu mächtig, schon genügt ihr der Ausschank kaum. Und tatsächlich – es erscheint den Leuten merkwürdig, dass sie noch immer im Ausschank ist; ein Ausschankmädchen zu sein ist viel, von da aus erscheint die Verbindung mit Klamm sehr glaubwürdig, wenn aber einmal das Ausschankmädchen Klamms Geliebte ist, warum lässt er sie, und gar so lange, im Ausschank? Warum führt er sie nicht höher? Man kann tausendmal den Leuten sagen, dass hier kein Widerspruch besteht, dass Klamm bestimmte Gründe hat, so zu handeln, oder dass plötzlich einmal, vielleicht schon in allernächster Zeit, Friedas Erhöhung kommen wird, das alles macht nicht viel Wirkung; die Leute haben bestimmte Vorstellungen und lassen sich durch alle Kunst auf die Dauer von ihnen nicht ablenken. Es hat ja niemand mehr daran gezweifelt, dass Frieda Klamms Geliebte ist, selbst die, welche es offenbar besser wussten, waren schon zu müde, um zu zweifeln. Sei in Teufels Namen Klamms Geliebte, dachten sie, aber wenn du es schon bist, dann wollen wir es auch an deinem Aufstieg merken. Aber man merkte nichts, und Frieda blieb im Ausschank wie bisher und war im Geheimen noch sehr froh, dass es so blieb. Aber bei den Leuten verlor sie an Ansehen, das konnte ihr natürlich nicht unbemerkt bleiben, sie merkt ja gewöhnlich Dinge, noch ehe sie vorhanden sind. Ein wirklich schönes, liebenswürdiges Mädchen muss, wenn es sich einmal im Ausschank eingelebt hat, keine Künste aufwenden; solange es schön ist, wird es, wenn nicht ein besonderer, unglücklicher Zufall eintritt, Ausschankmädchen sein. Ein Mädchen wie Frieda aber muss immerfort um ihre Stelle besorgt sein, natürlich zeigt sie es verständigerweise nicht, eher pflegt sie zu klagen und die Stelle zu verwünschen. Aber im Geheimen beobachtet sie die Stimmung fortwährend. Und so sah sie, wie die Leute gleichgültig wurden, das Auftreten Friedas war nichts mehr, was auch nur lohnte, die Augen zu heben, nicht einmal die Knechte kümmerten sich mehr um sie, die hielten sich verständigerweise an Olga und dergleichen Mädchen, auch am Benehmen des Wirts merkte sie, dass sie immer weniger unentbehrlich war, immer neue Geschichten von Klamm konnte man auch nicht erfinden, alles hat Grenzen, und so entschloss sich die gute Frieda zu etwas Neuem. Wer nur imstande gewesen wäre, es gleich zu durchschauen! Pepi hat es geahnt, aber durchschaut hat sie es leider nicht. Frieda entschloss sich, Skandal zu machen, sie, die Geliebte Klamms, wirft sich irgendeinem Beliebigen, womöglich dem Allergeringsten, hin. Das wird Aufsehen machen, davon wird man lange reden und endlich, endlich wird man sich wieder daran erinnern, was es bedeutet, Klamms Geliebte zu sein, diese Ehre im Rausch einer neuen Liebe zu verwerfen. Schwer war es nur, den geeigneten Mann zu finden, mit dem das kluge Spiel zu spielen war. Ein Bekannter Friedas durfte es nicht sein, nicht einmal einer von den Knechten, er hätte sie wahrscheinlich mit großen Augen angesehen und wäre weitergegangen, vor allem hätte er nicht genug Ernst bewahrt, und es wäre mit aller Redefertigkeit unmöglich gewesen, zu verbreiten, dass Frieda von ihm überfallen worden sei, sich seiner nicht habe erwehren können und in einer besinnungslosen Stunde ihm erlegen sei. Und wenn es auch ein Allergeringster sein sollte, so musste es doch einer sein, von dem glaubhaft gemacht werden konnte, dass er trotz seiner stumpfen, unfeinen Art sich doch nach niemandem anderen als gerade nach Frieda sehnte und kein höheres Verlangen hatte, als – du lieber Himmel! – Frieda zu heiraten. Aber wenn es auch ein gemeiner Mann sein sollte, womöglich noch niedriger als ein Knecht, viel niedriger als ein Knecht, so doch einer, wegen dessen einen nicht jedes Mädchen verlacht, an dem vielleicht auch ein anderes urteilsfähiges Mädchen einmal etwas Anziehendes finden könnte. Wo findet man aber einen solchen Mann? Ein anderes Mädchen hätte ihn wahrscheinlich ein Leben lang vergeblich gesucht. Friedas Glück führt ihr den Landvermesser in den Ausschank, vielleicht gerade an dem Abend, an dem ihr der Plan zum ersten Mal in den Sinn kommt. Der Landvermesser! Ja, woran denkt denn K.? Was hat er für besondere Dinge im Kopf? Wird er etwas Besonderes erreichen? Eine gute Anstellung, eine Auszeichnung? Will er etwas Derartiges? Nun, dann hätte er es von allem Anfang an anders anstellen müssen. Er ist doch gar nichts, es ist ein Jammer, seine Lage anzusehen. Er ist Landvermesser, das ist vielleicht etwas, er hat also etwas gelernt, aber wenn man nichts damit anzufangen weiß, ist es doch auch wieder nichts. Und dabei stellt er Ansprüche, ohne den geringsten Rückhalt zu haben, stellt er Ansprüche, nicht geradezu, aber man merkt, dass er irgendwelche Ansprüche macht, das ist doch aufreizend. Ob er denn wisse, dass sich sogar ein Zimmermädchen etwas vergibt, wenn sie länger mit ihm spricht. Und mit allen diesen besonderen Ansprüchen plumpst er gleich am ersten Abend in die gröbste Falle. Schämt er sich denn nicht? Was hat ihn denn an Frieda so bestochen? Jetzt könnte er es doch gestehen. Hat sie ihm denn wirklich gefallen können, dieses magere, gelbliche Ding? Ach nein, er hat sie ja gar nicht angesehen, sie hat ihm nur gesagt, dass sie Klamms Geliebte sei, bei ihm schlug das noch als Neuigkeit ein, und da war er verloren! Sie aber musste nun ausziehen, jetzt war natürlich kein Platz mehr für sie im Herrenhof. Pepi hat sie noch am Morgen vor dem Auszug gesehen, das Personal war zusammengelaufen, neugierig auf den Anblick war doch jeder. Und so groß war noch ihre Macht, dass man sie bedauerte; alle, auch ihre Feinde, bedauerten sie; so richtig erwies sich schon am Anfang ihre Rechnung; an einen solchen Mann sich weggeworfen zu haben, schien allen unbegreiflich und ein Schicksalsschlag, die kleinen Küchenmädchen die natürlich jedes Ausschankmädchen bewundern, waren untröstlich. Selbst Pepi war davon berührt, nicht einmal sie konnte sich ganz wehren, wenn auch ihre Aufmerksamkeit eigentlich etwas anderem galt. Ihr fiel auf, wie wenig traurig Frieda eigentlich war. Es war doch im Grunde ein entsetzliches Unglück, das sie betroffen hatte, sie tat ja auch so, als wenn sie sehr unglücklich wäre, aber es war nicht genug, dieses Spiel konnte Pepi nicht täuschen. Was hielt sie also aufrecht? Etwa das Glück der neuen Liebe? Nun, diese Erwägung schied aus. Was war es aber sonst? Was gab ihr die Kraft, sogar gegen Pepi, die damals schon als ihre Nachfolgerin galt, kühl freundlich zu sein wie immer? Pepi hatte damals nicht genug Zeit, darüber nachzudenken, sie hatte zu viel zu tun mit den Vorbereitungen für die neue Stelle. Sie sollte sie wahrscheinlich in ein paar Stunden antreten und hatte noch keine schöne Frisur, kein elegantes Kleid, keine feine Wäsche, keine brauchbaren Schuhe. Das alles musste in ein paar Stunden beschafft werden; konnte man sich nicht richtig ausstatten, dann war es besser, auf die Stelle überhaupt zu verzichten, denn dann verlor man sie schon in der ersten halben Stunde ganz gewiss. Nun, es gelang zum Teil. Fürs Frisieren hat sie eine besondere Anlage, einmal hat die Wirtin sogar sie kommen lassen, ihr die Frisur zu machen, es ist das eine besondere Leichtigkeit der Hand, die ihr gegeben ist, freilich fügt sich auch ihr reiches Haar gleich, wie man nur will. Auch für das Kleid war Hilfe da. Ihre beiden Kolleginnen hielten treu zu ihr, es ist auch eine gewisse Ehre für sie, wenn ein Mädchen gerade aus ihrer Gruppe Ausschankmädchen wird, und dann hätte ihnen ja Pepi später, wenn sie zur Macht gekommen wäre, manche Vorteile verschaffen können. Eines der Mädchen hatte seit Langem einen teueren Stoff liegen, es war ihr Schatz, öfters hatte sie ihn von den anderen bewundern lassen, träumte wohl davon, ihn einmal für sich großartig zu verwenden und – das war sehr schön von ihr gehandelt – jetzt, da ihn Pepi brauchte, opferte sie ihn. Und beide halfen ihr bereitwilligst beim Nähen, hätten sie es für sich genäht, sie hätten nicht eifriger sein können. Das war sogar eine sehr fröhliche, beglückende Arbeit. Sie saßen, jede auf ihrem Bett, eine über der anderen, nähten und sangen und reichten einander die fertigen Teile und das Zubehör hinauf und hinab. Wenn Pepi daran denkt, fällt es ihr immer schwerer aufs Herz, dass alles vergeblich war und dass sie mit leeren Händen wieder zu ihren Freundinnen kommt! Was für ein Unglück und wie leichtsinnig verschuldet, vor allem von K.! Wie sich damals alle freuten über das Kleid, es schien die Bürgschaft des Gelingens, und wenn sich nachträglich noch ein Platz für ein Bändchen fand, verschwand der letzte Zweifel. Und ist es nicht wirklich schön, das Kleid? Es ist jetzt schon verdrückt und ein wenig fleckig, Pepi hatte eben kein zweites Kleid, hatte Tag und Nacht dieses tragen müssen, aber noch immer sieht man, wie schön es ist, nicht einmal die verfluchte Barnabassche brächte ein besseres zustande. Und dass man es nach Belieben zuziehen und wieder lockern kann, oben und unten, dass es also zwar nur ein Kleid ist, aber so veränderlich – das ist ein besonderer Vorzug und war eigentlich ihre Erfindung. Es ist freilich auch nicht schwer, für sie zu nähen, Pepi rühmt sich dessen nicht; jungen, gesunden Mädchen passt ja alles. Viel schwerer war es, Wäsche und Stiefel zu beschaffen, und hier beginnt eigentlich der Misserfolg. Auch hier halfen die Freundinnen aus, so gut sie konnten, aber sie konnten nicht viel. Es war doch nur grobe Wäsche, die sie zusammenbrachte und zusammenflickte, und statt gestöckelter Stiefelchen musste es bei Hausschuhen bleiben, die man lieber versteckt als zeigt. Man tröstete Pepi: Frieda war doch auch nicht sehr schön angezogen, und manchmal zog sie so schlampig herum, dass die Gäste sich lieber von den Kellerburschen servieren ließen als von ihr. So war es tatsächlich, aber Frieda durfte das tun, sie war schon in Gunst und Ansehen; wenn eine Dame einmal beschmutzt und nachlässig angezogen sich zeigt, so ist das umso lockender, aber bei einem Neuling wie Pepi? Und außerdem konnte sich Frieda gar nicht gut anziehen, sie ist ja von allem Geschmack verlassen; hat jemand schon eine gelbliche Haut, so muss er sie freilich behalten, aber er muss nicht, wie Frieda, noch eine tief ausgeschnittene, cremefarbene Bluse dazu anziehen, sodass einem vor lauter Gelb die Augen übergingen. Und selbst wenn das nicht gewesen wäre, sie war ja zu geizig, um sich gut anzuziehen; alles, was sie verdiente, hielt sie zusammen, niemand wusste, wofür. Sie brauchte im Dienst kein Geld, sie kam mit Lügen und Kniffen aus, dieses Beispiel wollte und konnte Pepi nicht nachahmen, und darum war es berechtigt, dass sie sich so schmückte, um sich ganz zur Geltung zu bringen, gar am Beginn. Hätte sie es nur mit stärkeren Mitteln tun können, sie wäre trotz aller Schlauheit Friedas, trotz aller Torheit K.s Siegerin geblieben. Es fing ja auch sehr gut an. Die wenigen

Handgriffe und Kenntnisse, die nötig waren, hatte sie schon vorher in Erfahrung gebracht. Kaum war sie im Ausschank, war sie dort schon eingelebt. Niemand vermisste bei der Arbeit Frieda. Erst am zweiten Tag erkundigten sich manche Gäste, wo denn eigentlich Frieda sei. Es geschah kein Fehler, der Wirt war zufrieden, den ersten Tag war er in seiner Angst immerfort im Ausschank gewesen, später kam er nur noch hie und da, schließlich überließ er, da die Kasse stimmte – die Eingänge waren durchschnittlich sogar etwas größer als zu Friedas Zeit – Pepi schon alles. Sie führte Neuerungen ein. Frieda hatte, nicht aus Fleiß, sondern aus Geiz, aus Herrschsucht, aus Angst, jemanden etwas von ihren Rechten abzutreten, auch die Knechte, zum Teil wenigstens, besonders wenn jemand zusah, beaufsichtigt, Pepi dagegen wies diese Arbeit völlig den Kellerburschen zu, die dafür ja auch viel besser taugen. Dadurch erübrigte sie mehr Zeit für die Herrenzimmer, die Gäste wurden schnell bedient; trotzdem konnte sie mit jedem noch ein paar Worte sprechen, nicht wie Frieda, die sich angeblich gänzlich für Klamm aufbewahrte und jedes Wort, jede Annäherung eines anderen als eine Kränkung Klamms ansah. Das war freilich auch klug, denn wenn sie einmal jemanden an sich heranließ, war es eine unerhörte Gunst. Pepi aber hasst solche Künste, auch sind sie am Anfang nicht brauchbar. Pepi war zu jedem freundlich, und jeder vergalt es ihr mit Freundlichkeit. Alle waren sichtlich froh über die Änderung; wenn sich die abgearbeiteten Herren endlich ein Weilchen zum Bier setzen dürfen, kann man sie durch ein Wort, durch einen Blick, durch ein Zucken der Achseln förmlich verwandeln. So eifrig fuhren alle Hände durch Pepis Locken, dass sie wohl zehnmal im Tag ihre Frisur erneuern musste, der Verführung dieser Locken und Maschen widersteht keiner, nicht einmal der sonst so gedankenlose K. So verflogen aufregende, arbeitsvolle, aber erfolgreiche Tage. Wären sie nicht so schnell verflogen, wären ihrer doch ein wenig mehr gewesen! Vier Tage sind zu wenig, wenn man sich auch bis zur Erschöpfung anstrengt, vielleicht hätte schon der fünfte Tag genügt, aber vier Tage waren zu wenig. Pepi hatte zwar schon in vier Tagen Gönner und Freunde erworben, hätte sie allen Blicken trauen dürfen, schwamm sie ja, wenn sie mit den Bierkrügen daherkam, in einem Meer von Freundschaft, ein Schreiber namens Bartmeier ist vernarrt in sie, hat ihr dieses Kettchen und Anhängsel verehrt und in das Anhängsel sein Bild gegeben, was allerdings eine Keckheit war; dieses und anderes war geschehen, aber es waren doch nur vier Tage, in vier Tagen kann, wenn Pepi sich dafür einsetzt, Frieda fast, aber doch nicht ganz vergessen werden; und sie wäre doch vergessen worden, vielleicht noch früher, hätte sie nicht vorsorglich durch ihren großen Skandal sich im Mund der Leute erhalten, sie war den Leuten dadurch neu geworden, nur aus Neugierde hätten sie sie gerne wiedergesehen; was ihnen öde bis zum Überdruss geworden war, hatte durch des sonst gänzlich gleichgültigen K.s Verdienst wieder einen Reiz für sie, Pepi hätten sie dafür freilich nicht hingegeben, solange sie dastand und durch ihre Gegenwart wirkte, aber es sind meist ältere Herren, schwerfällig in ihren Gewohnheiten, ehe sie sich an ein neues Ausschankmädchen gewöhnen, dauert es, und sei der Tausch noch so vorteilhaft, doch ein paar Tage, gegen den eigenen Willen der Herren dauert es ein paar Tage, vielleicht nur fünf Tage, aber vier Tage reichen nicht aus, Pepi galt trotz allem nur immer noch als die Provisorische. Und dann das vielleicht größte Unglück: In diesen vier Tagen kam Klamm, obwohl er während der ersten beiden Tage im Dorf war, in das Gastzimmer nicht herunter. Wäre er gekommen, das wäre Pepis entscheidendste Erprobung gewesen, eine Erprobung übrigens, die sie am wenigsten fürchtete, auf die sie sich eher freute. Sie wäre – an solche Dinge rührt man freilich am besten gar nicht mit Worten – Klamms Geliebte nicht geworden und hätte sich auch nicht zu einer solchen hinaufgelogen, aber sie hätte zumindest so nett wie Frieda das Bierglas auf den Tisch zu stellen gewusst, ohne Friedas Aufdringlichkeiten hübsch gegrüßt und hübsch sich empfohlen, und wenn Klamm überhaupt in den Augen eines Mädchens etwas sucht, er hätte es in Pepis Augen bis zur völligen Sättigung gefunden. Aber warum kam er nicht? Aus Zufall? Pepi hatte das damals auch geglaubt. Die beiden Tage lang erwartete sie ihn jeden Augenblick, auch in der Nacht wartete sie. Jetzt wird Klamm kommen, dachte sie immerfort und lief hin und her ohne anderen Grund als die Unruhe der Erwartung und das Verlangen, ihn als Erste sofort bei seinem Eintritt zu sehen. Diese fortwährende Enttäuschung ermüdete sie sehr; vielleicht leistete sie deshalb nicht so viel, als hätte sie leisten können. Sie schlich, wenn sie ein wenig Zeit hatte, hinauf in den Korridor, den zu betreten dem Personal streng verboten ist, dort drückte sie sich in eine Nische und wartete. Wenn doch jetzt Klamm käme, dachte sie, wenn ich doch den Herrn aus seinem Zimmer nehmen und auf meinen Armen in das Gastzimmer hinuntertragen könnte. Unter dieser Last würde ich nicht zusammensinken, und wäre sie noch so groß. Aber er kam nicht. In diesem Korridor oben ist es so still, dass man es sich gar nicht vorstellen kann, wenn man nicht dort gewesen ist. Es ist so still, dass man es dort gar nicht lange aushalten kann, die Stille treibt einen fort. Aber immer wieder; zehnmal vertrieben, zehnmal wieder stieg Pepi hinauf. Es war ja sinnlos. Wenn Klamm kommen wollte, würde er kommen, wenn er aber nicht kommen wollte, würde ihn Pepi nicht herauslocken, auch wenn sie in der Nische vor Herzklopfen halb erstickte. Es war sinnlos, aber wenn er nicht kam, war ja fast alles sinnlos. Und er kam nicht. Heute weiß Pepi, warum Klamm nicht kam. Frieda hätte eine herrliche Unterhaltung gehabt, wenn sie oben im Korridor Pepi in der Nische, beide Hände am Herzen, hätte sehen können. Klamm kam nicht herunter, weil Frieda es nicht zuließ. Nicht durch ihre Bitten hat sie das bewirkt, ihre Bitten dringen nicht zu Klamm. Aber sie hat, diese Spinne, Verbindungen, von denen niemand etwas weiß. Wenn Pepi einem Gast etwas sagt, sagt sie es offen, auch der Nebentisch kann es hören. Frieda hat nichts zu sagen, sie stellt das Bier auf den Tisch und geht; nur ihr seidener Unterrock, das Einzige, wofür sie Geld ausgibt, rauscht. Wenn sie aber einmal etwas sagt, dann nicht offen, dann flüstert sie es dem Gast zu, bückt sich hinab, dass man am Nachbartisch die Ohren spitzt. Was sie sagt, ist ja wahrscheinlich belanglos, aber doch nicht immer, Verbindungen hat sie, stützt die einen durch die anderen, und misslingen die meisten – wer würde sich dauernd um Frieda kümmern? –, hält hie und da doch eine fest. Diese Verbindungen begann sie jetzt auszunützen. K. gab ihr die Möglichkeit dazu, statt bei ihr zu sitzen und sie zu bewachen, hält er sich kaum zu Hause auf, wandert herum, hat Besprechungen hier und dort, für alles hat er Aufmerksamkeit, nur nicht für Frieda, und um ihr schließlich noch mehr Freiheit zu geben, übersiedelt er aus dem Brückenhof in die leere Schule. Das alles ist ja ein schöner Anfang der Flitterwochen. Nun, Pepi ist gewiss die Letzte, die K. Vorwürfe deshalb machen wird, dass er es nicht bei Frieda ausgehalten hat; man kann es bei ihr nicht aushalten. Aber warum hat er sie dann nicht ganz verlassen, warum ist er immer wieder zu ihr zurückgekehrt, warum hat er durch seine Wanderungen den Anschein erweckt, dass er für sie kämpft? Es sah ja aus, als habe er erst durch die Berührung mit Frieda seine tatsächliche Nichtigkeit entdeckt, wolle sich Friedas würdig machen, wolle sich irgendwie hinaufhaspeln, verzichte deshalb vorläufig auf das Beisammensein, um sich später ungestört für die Entbehrungen entschädigen zu dürfen. Inzwischen verliert Frieda nicht die Zeit, sie sitzt in der Schule, wohin sie ja K. wahrscheinlich gelenkt hat, und beobachtet den Herrenhof und beobachtet K. Boten hat sie ausgezeichnete zur Hand: K.s Gehilfen, die ihr – man begreift es nicht, selbst wenn man K. kennt, begreift man's nicht – K. gänzlich überlässt. Sie schickt sie zu ihren alten Freunden, bringt sich in Erinnerung, klagt darüber, dass sie von einem Mann wie K. gefangen gehalten ist, hetzt, gegen Pepi, verkündet ihre baldige Ankunft, bittet um Hilfe, beschwört, Klamm nichts zu verraten, tut so, als müsse Klamm geschont werden und dürfe daher auf keinen Fall in den Ausschank hinuntergelassen werden. Was sie dem einen gegenüber als Schonung Klamms ausgibt, nützt sie dem Wirt gegenüber als ihren Erfolg aus, macht darauf aufmerksam, dass Klamm nicht mehr kommt. Wie könnte er denn kommen, wenn unten nur eine Pepi bedient? Zwar hat der Wirt keine Schuld, diese Pepi war immerhin noch der beste Ersatz, der zu finden war, nur genügt er nicht, nicht einmal für ein paar Tage. Von dieser ganzen Tätigkeit Friedas weiß K. nichts; wenn er nicht herumwandert, liegt er ahnungslos zu ihren Füßen, während sie die Stunden zählt, die sie noch vom Ausschank trennen. Aber nicht nur diesen Botendienst leisten die Gehilfen, sie dienen auch dazu, K. eifersüchtig zu machen, ihn warmzuhalten! Seit ihrer Kindheit kennt Frieda die Gehilfen, Geheimnisse haben sie gewiss keine mehr voreinander, aber K. zu Ehren fangen sie an, sich nacheinander zu sehnen, und es entsteht für K. die Gefahr, dass es eine große Liebe wird. Und K. tut Frieda alles zu Gefallen, auch das Widersprechendste, er lässt sich von den Gehilfen eifersüchtig machen, duldet aber doch, dass alle drei beisammen bleiben, während er allein auf seine Wanderungen geht. Es ist fast, als sei er Friedas dritter Gehilfe. Da entscheidet sich Frieda endlich aufgrund ihrer Beobachtungen zum großen Schlag: Sie beschließt zurückzukehren. Und es ist wirklich höchste Zeit, es ist bewunderungswürdig, wie Frieda, die Schlaue, dieses erkennt und ausnützt; diese Kraft der Beobachtung und des Entschlusses sind Friedas unnachahmbare Kunst; wenn Pepi sie hätte, wie anders würde ihr Leben verlaufen. Wäre Frieda noch ein, zwei Tage länger in der Schule geblieben, ist Pepi nicht mehr zu vertreiben, ist endgültig Ausschankmädchen, von allen geliebt und gehalten, hat genug Geld verdient, um die notdürftige Ausstattung blendend zu ergänzen, noch ein, zwei Tage, und Klamm ist durch keine Ränke mehr vom Gastzimmer abzuhalten, kommt, trinkt, fühlt sich behaglich und ist, wenn er Friedas Abwesenheit überhaupt bemerkt, mit der Veränderung hoch zufrieden, noch ein, zwei Tage, und Frieda mit ihrem Skandal, mit ihren Verbindungen, mit den Gehilfen, mit allem, ist ganz und gar vergessen, niemals kommt sie mehr hervor. Dann könnte sie sich vielleicht desto fester an K. halten und könnte, vorausgesetzt, dass sie dessen fähig ist, ihn wirklich lieben lernen? Nein, auch das nicht. Denn mehr als einen Tag braucht auch K. nicht mehr, um ihrer überdrüssig zu werden, um zu erkennen, wie schmählich sie ihn täuscht, mit allem, mit ihrer angeblichen Schönheit, ihrer angeblichen Treue und am meisten mit der angeblichen Liebe Klamms; nur einen Tag noch, nicht mehr, braucht er, um sie mit der ganzen schmutzigen Gehilfenwirtschaft aus dem Haus zu jagen; man denke, nicht einmal K. braucht mehr. Und da, zwischen diesen beiden Gefahren, da sich förmlich schon das Grab über ihr zu schließen anfängt – K. in seiner Einfalt hält ihr noch den letzten, schmalen Weg frei –, da brennt sie durch – das hat kaum jemand mehr erwartet, es geht gegen die Natur –, plötzlich ist sie es, die K., den noch immer sie liebenden, immer sie verfolgenden, fortjagt und unter dem nachhelfenden Druck der Freunde und Gehilfen dem Wirt als Retterin erscheint, durch ihren Skandal viel lockender als früher, erwiesenermaßen begehrt von den Niedrigsten wie von den Höchsten, dem Niedrigen aber nur für einen Augenblick verfallend, bald ihn fortstoßend, wie es sich gehört, und ihm und allen wieder unerreichbar wie früher;

nur dass man früher das alles schon mit Recht bezweifelte, jetzt aber wieder überzeugt worden ist. So kommt sie zurück, der Wirt, mit einem Seitenblick auf Pepi, zögert – soll er sie opfern, die sich so bewährt hat? –, aber bald ist er überredet, zu viel spricht für Frieda und vor allem, sie wird ja Klamm für die Gastzimmer zurückgewinnen. Dabei halten wir jetzt, abends. Pepi wird nicht warten, bis Frieda kommt und aus der Übernahme der Stelle einen Triumph macht. Die Kasse hat sie der Wirtin schon übergeben, sie kann gehen. Das Bettfach unten in dem Mädchenzimmer ist für sie bereit, sie wird hinkommen, von den weinenden Freundinnen begrüßt, wird sich das Kleid vom Leib, die Bänder aus den Haaren reißen und alles in einen Winkel stopfen, wo es gut verborgen ist und nicht unnötig an Zeiten erinnert, die vergessen bleiben sollen. Dann wird sie den großen Eimer und den Besen nehmen, die Zähne zusammenbeißen und an die Arbeit gehen. Vorläufig aber musste sie noch alles K. erzählen, damit er, der ohne Hilfe auch jetzt dies noch nicht erkannt hätte, einmal deutlich sieht, wie hässlich er an Pepi gehandelt und wie unglücklich er sie gemacht habe. Freilich, auch er ist dabei nur missbraucht worden.

Pepi hatte geendet. Sie wischte sich aufatmend ein paar Tränen von den Augen und Wangen und sah dann K. kopfnickend an, so, als wolle sie sagen, im Grunde handle es sich gar nicht um ihr Unglück, sie werde es tragen und brauche hierzu weder Hilfe noch Trost irgendjemandes und K.s am wenigsten, sie kenne trotz ihrer Jugend das Leben, und ihr Unglück sei nur eine Bestätigung ihrer Kenntnisse, aber um K. handle es sich, ihm habe sie ein Bild vorhalten wollen, noch nach dem Zusammenbrechen aller ihrer Hoffnungen habe sie das zu tun für nötig gehalten. »Was für eine wilde Fantasie du hast, Pepi«, sagte K. »Es ist ja gar nicht wahr, dass du erst jetzt alle diese Dinge entdeckt hast; das ist ja nichts anderes als Träume aus euerem dunklen, engen Mädchenzimmer unten, die dort an ihrem Platz sind, hier aber, im freien Ausschank, sich sonderbar ausnehmen. Mit solchen Gedanken konntest du dich hier nicht behaupten, das ist ja selbstverständlich. Schon dein Kleid und deine Frisur, deren du dich so rühmst, sind nur Ausgeburten jenes Dunkels und jener Betten in euerem Zimmer, dort sind sie gewiss sehr schön, hier aber lacht jeder im Geheimen oder offen darüber. Und was erzählst du sonst? Ich sei also missbraucht und betrogen worden? Nein, liebe Pepi, ich bin so wenig missbraucht und betrogen worden wie du. Es ist richtig, Frieda hat mich gegenwärtig verlassen oder ist, wie du es ausdrückst, mit einem Gehilfen durchgebrannt, einen Schimmer der Wahrheit siehst du, und es ist auch wirklich sehr unwahrscheinlich, dass sie noch meine Frau werden wird, aber es ist ganz und gar unwahr, dass ich ihrer überdrüssig geworden wäre oder sie gar am nächsten Tag schon verjagt hätte oder dass sie mich betrogen hätte, wie sonst vielleicht eine Frau einen Mann betrügt. Ihr Zimmermädchen seid gewohnt, durch das Schlüsselloch zu spionieren, und davon behaltet ihr die Denkweise, von einer Kleinigkeit, die ihr wirklich seht, ebenso großartig wie falsch auf das Ganze zu schließen. Die Folge dessen ist, dass ich zum Beispiel in diesem Fall viel weniger weiß als du. Ich kann bei Weitem nicht so genau wie du erklären, warum Frieda mich verlassen hat. Die wahrscheinlichste Erklärung scheint mir die auch von dir gestreifte, aber nicht ausgenützte, dass ich sie vernachlässigt habe. Das ist leider wahr, ich habe sie vernachlässigt, aber das hatte besondere Gründe, die nicht hierher gehören; ich wäre glücklich, wenn sie zu mir zurückkäme, aber ich würde gleich wieder anfangen, sie zu vernachlässigen. Es ist so. Da sie bei mir war, bin ich immerfort auf den von dir verlachten Wanderungen gewesen; jetzt, da sie weg ist, bin ich fast beschäftigungslos, bin müde, habe Verlangen nach immer vollständigerer Beschäftigungslosigkeit. Hast du keinen Rat für mich,

Pepi?« – »Doch«, sagte Pepi, plötzlich lebhaft werdend und K. bei den Schultern fassend, »wir sind beide die Betrogenen, bleiben wir beisammen. Komm mit hinunter zu den Mädchen!« – »Solange du über Betrogenwerden klagst«, sagte K., »kann ich mich nicht mit dir verständigen. Du willst immerfort betrogen worden sein, weil dir das schmeichelt und weil es dich rührt. Die Wahrheit aber ist, dass du für diese Stellung nicht geeignet bist. Wie klar muss diese Nichteignung sein, wenn sogar ich, der deiner Meinung nach Unwissendste, das einsehe. Du bist ein gutes Mädchen, Pepi; aber es ist nicht ganz leicht, das zu erkennen, ich zum Beispiel habe dich zuerst für grausam und hochmütig gehalten, das bist du aber nicht, es ist nur die Stelle, welche dich verwirrt, weil du für sie nicht geeignet bist. Ich will nicht sagen, dass die Stelle für dich zu hoch ist; es ist ja keine außerordentliche Stelle, vielleicht ist sie, wenn man genau hinsieht, etwas ehrenvoller als deine frühere Stelle, im Ganzen aber ist der Unterschied nicht groß, beide sind eher zum Verwechseln einander ähnlich; ja, man könnte fast behaupten, dass Zimmermädchensein dem Ausschank vorzuziehen wäre, denn dort ist man immer unter Sekretären, hier dagegen muss man, wenn man auch in den Gastzimmern die Vorgesetzten der Sekretäre bedienen darf, doch auch mit ganz niedrigem Volk sich abgeben, zum Beispiel mit mir; ich darf ja von Rechts wegen gar nicht anderswo mich aufhalten als eben hier im Ausschank, und die Möglichkeit, mit mir zu verkehren, sollte so über alle Maßen ehrenvoll sein? Nun, dir scheint es so, und vielleicht hast du auch Gründe dafür. Aber eben deshalb bist du ungeeignet. Es ist eine Stelle wie eine andere, für dich aber ist sie das Himmelreich, infolgedessen fasst du alles mit übertriebenem Eifer an, schmückst dich, wie deiner Meinung nach die Engel geschmückt sind – sie sind aber in Wirklichkeit anders –, zitterst für die Stelle, fühlst dich immerfort verfolgt, suchst alle, die deiner Meinung nach dich stützen könnten, durch übergroße Freundlichkeiten zu gewinnen, störst sie aber dadurch und stößt sie ab, denn sie wollen im Wirtshaus Frieden und nicht zu ihren Sorgen noch die Sorgen der Ausschankmädchen. Es ist nur möglich, dass nach Friedas Abgang niemand von den hohen Gästen das Ereignis eigentlich gemerkt hat, heute aber wissen sie davon und sehnen sich wirklich nach Frieda, denn Frieda hat alles doch wohl ganz anders geführt. Wie sie auch sonst sein mag und wie sie auch ihre Stelle zu schätzen wusste, im Dienst war sie vielerfahren, kühl und beherrscht, du hebst es ja selbst hervor, ohne allerdings von der Lehre zu profitieren. Hast du einmal ihren Blick beachtet? Das war schon gar nicht mehr der Blick eines Ausschankmädchens, das war schon fast der Blick einer Wirtin. Alles sah sie und dabei auch jeden Einzelnen, und der Blick, der für den Einzelnen übrig blieb, war noch stark genug, um ihn zu unterwerfen. Was lag daran, dass sie vielleicht ein wenig mager, ein wenig ältlich war, dass man sich reineres Haar vorstellen konnte, das sind Kleinigkeiten, verglichen mit dem, was sie wirklich hatte, und derjenige, welchen diese Mängel gestört hatten, hätte damit nur gezeigt, dass ihm der Sinn für Größeres fehlte. Klamm kann man dies gewiss nicht vorwerfen, und es ist nur der falsche Gesichtswinkel eines jungen, unerfahrenen Mädchens, der dich an Klamms Liebe zu Frieda nicht glauben lässt. Klamm scheint dir – und dies mit Recht – unerreichbar, und deshalb glaubst du, auch Frieda hätte an Klamm nicht herankommen können. Du irrst. Ich würde darin allein Friedas Wort vertrauen, selbst wenn ich nicht untrügliche Beweise dafür hätte. So unglaublich es dir vorkommt und so wenig du es mit deinen Vorstellungen von Welt und Beamtentum und Vornehmheit und Wirkung der Frauenschönheit vereinen kannst, es ist doch wahr, so wie wir hier nebeneinander sitzen und ich deine Hand zwischen die meinen nehme, so saßen wohl, als sei es die selbstverständlichste Sache von der Welt, auch Klamm und Frieda nebeneinander, und er kam freiwillig herunter, ja eilte sogar herab, niemand lauerte ihm im Korridor auf und vernachlässigte die übliche Arbeit, Klamm musste sich selbst bemühen herabzukommen, und die Fehler in Friedas Kleidung, vor denen du dich entsetzt hättest, störten ihn gar nicht. Du willst ihr nicht glauben! Und weißt nicht, wie du dich damit bloßstellst, wie du gerade damit deine Unerfahrenheit zeigst! Selbst jemand, der gar nichts von dem Verhältnis zu Klamm wüsste, müsste an ihrem Wesen erkennen, dass es jemand geformt hat, der mehr war als du und ich und alles Volk im Dorf, und dass ihre Unterhaltungen über die Scherze hinausgingen, wie sie zwischen Gästen und Kellnerinnen üblich sind und das Ziel deines Lebens scheinen. Aber ich tue dir Unrecht. Du erkennst ja selbst sehr gut Friedas Vorzüge, merkst ihre Beobachtungsgabe, ihre Entschlusskraft, ihren Einfluss auf Menschen, nur deutest du freilich alles falsch, glaubst, dass sie alles eigensüchtig nur zu ihrem Vorteil und zum Bösen verwende oder gar als Waffe gegen dich. Nein, Pepi, selbst wenn sie solche Pfeile hätte, auf so kleine Entfernung könnte sie sie nicht abschießen. Und eigensüchtig? Eher könnte man sagen, dass sie unter Aufopferung dessen, was sie hatte, und dessen, was sie erwarten durfte, uns beiden die Gelegenheit gegeben hat, uns auf höherem Posten zu bewähren, dass wir beide sie aber enttäuscht haben und sie geradezu zwingen, wieder hierher zurückzukehren. Ich weiß nicht, ob es so ist, auch ist mir meine Schuld gar nicht klar, nur wenn ich mich mit dir vergleiche, taucht mir etwas Derartiges auf, so, als ob wir uns beide zu sehr, zu lärmend, zu kindisch, zu unerfahren bemüht hätten, um etwas, das zum Beispiel mit Friedas Ruhe, mit Friedas Sachlichkeit leicht und unmerklich zu gewinnen ist, durch Weinen, durch Kratzen, durch Zerren zu bekommen – so, wie ein Kind am Tischtuch zerrt, aber nichts gewinnt, sondern nur die ganze Pracht hinunterwirft und sie sich für immer unerreichbar macht –; ich weiß nicht, ob es so ist, aber dass es eher so ist, als wie du es erzählst, das weiß ich.« – »Nun ja«, sagte Pepi, »du bist verliebt in Frieda, weil sie dir weggelaufen ist; es ist nicht schwer, in sie verliebt zu sein, wenn sie weg ist. Aber mag es sein, wie du willst, und magst du in allem recht haben, auch darin, dass du mich lächerlich machst, was willst du jetzt tun? Frieda hat dich verlassen, weder nach meiner Erklärung noch nach deiner hast du Hoffnung, dass sie zu dir zurückkommt, und selbst wenn sie kommen sollte, irgendwo musst du die Zwischenzeit verbringen, es ist kalt, und du hast weder Arbeit noch Bett, komm zu uns, meine Freundinnen werden dir gefallen, wir werden es dir behaglich machen, du wirst uns bei der Arbeit helfen, die wirklich für Mädchen allein zu schwer ist, wir Mädchen werden nicht auf uns angewiesen sein und in der Nacht nicht mehr Angst leiden. Komm zu uns! Auch meine Freundinnen kennen Frieda, wir werden dir von ihr Geschichten erzählen, bis du dessen überdrüssig geworden bist. Komm doch! Auch Bilder von Frieda haben wir und werden sie dir zeigen. Damals war Frieda noch bescheidener als heute, du wirst sie kaum wiedererkennen, höchstens an ihren Augen, die schon damals gelauert haben. Nun, wirst du also kommen?« – »Ist es denn erlaubt? Gestern gab es doch noch den großen Skandal, weil ich auf euerem Gang ertappt worden bin.« – »Weil du ertappt wurdest, aber wenn du bei uns bist, wirst du nicht ertappt werden. Niemand wird von dir wissen, nur wir drei. Ah, es wird lustig sein. Schon kommt mir das Leben dort viel erträglicher vor als vor einem Weilchen noch. Vielleicht verliere ich jetzt gar nicht so viel dadurch, dass ich von hier fort muss. Du, wir haben uns auch zu dritt nicht gelangweilt, man muss sich das bittere Leben versüßen, es wird uns ja schon in der Jugend bitter gemacht, nun, wir drei halten zusammen, wir leben so hübsch, als es dort möglich ist, besonders Henriette wird dir gefallen, aber auch Emilie, ich habe ihnen schon von dir erzählt, man hört dort solche Geschichten ungläubig an, als könne außerhalb des Zimmers eigentlich nichts geschehen, warm und eng ist es dort, und wir drücken uns noch enger aneinander; nein, obwohl wir aufeinander angewiesen sind, sind wir eigentlich einander nicht überdrüssig geworden; im Gegenteil, wenn ich an die Freundinnen denke, ist es mir fast recht, dass ich wieder zurückkomme; warum soll ich es weiterbringen als sie? Das war es ja eben, was uns zusammenhielt, dass uns allen dreien die Zukunft in gleicher Weise versperrt war, und nun bin ich doch durchgebrochen und war von ihnen abgetrennt. Freilich, ich habe sie nicht vergessen, und es war meine nächste Sorge, wie ich etwas für sie tun könnte; meine eigene Stellung war noch unsicher – wie unsicher sie war, wusste ich gar nicht –, und schon sprach ich mit dem Wirt über Henriette und Emilie. Hinsichtlich Henriettes war der Wirt nicht ganz unnachgiebig, für Emilie, die viel älter als wir ist, sie ist etwa in Friedas Alter, gab er mir allerdings keine Hoffnung. Aber denk nur, sie wollen ja gar nicht fort, sie wissen, dass es ein elendes Leben ist, das sie dort führen, aber sie haben sich schon gefügt, die guten Seelen, ich glaube, ihre Tränen beim Abschied galten am meisten der Trauer darüber, dass ich das gemeinsame Zimmer verlassen müsste, in die Kälte hinausging – uns scheint dort alles kalt, was außerhalb des Zimmers ist – und in den großen, fremden Räumen mit großen, fremden Menschen mich herumschlagen müsse, zu keinem anderen Zweck, als um das Leben zu fristen, was mir doch auch in der gemeinsamen Wirtschaft bisher gelungen war. Sie werden wahrscheinlich gar nicht staunen, wenn ich jetzt zurückkomme, und nur um mir nachzugeben, werden sie ein wenig weinen und mein Schicksal beklagen. Aber dann werden sie dich sehen und merken, dass es doch gut gewesen ist, dass ich fort war. Dass wir jetzt einen Mann als Helfer und Schutz haben, wird sie glücklich machen, und geradezu entzückt werden sie darüber sein, dass alles ein Geheimnis bleiben muss und dass wir durch dieses Geheimnis noch enger verbunden werden als bisher. Komm, o bitte, komm zu uns! Es entsteht ja keine Verpflichtung für dich, du wirst nicht an unser Zimmer für immer gebunden sein, so wie wir. Wenn es dann Frühjahr wird und du anderswo ein Unterkommen findest und es dir bei uns nicht mehr gefällt, kannst du ja gehen; nur allerdings das Geheimnis musst du auch dann wahren und nicht etwa uns verraten, denn das wäre dann unsere letzte Stunde im Herrenhof, und auch sonst musst du natürlich, wenn du bei uns bist, vorsichtig sein, dich nirgends zeigen, wo wir es nicht für ungefährlich ansehen, und überhaupt unseren Ratschlägen folgen; das ist das Einzige, was dich bindet, und daran muss dir ja auch ebenso gelegen sein wie uns, sonst bist du aber völlig frei, die Arbeit, die wir dir zuteilen werden, wird nicht schwer sein, davor fürchte dich nicht. Kommst du also?« – »Wie lange haben wir noch bis zum Frühjahr?«, fragte K. »Bis zum Frühjahr?«, wiederholte Pepi. »Der Winter ist bei uns lang, ein sehr langer Winter und einförmig. Darüber aber klagen wir unten nicht, gegen den Winter sind wir gesichert. Nun, einmal kommt auch das Frühjahr und der Sommer, und es hat wohl auch seine Zeit; aber in der Erinnerung, jetzt, scheint Frühjahr und Sommer so kurz, als wären es nicht viel mehr als zwei Tage, und selbst an diesen Tagen, auch durch den allerschönsten Tag, fällt dann noch manchmal Schnee.«

Da öffnete sich die Tür. Pepi zuckte zusammen, sie hatte sich in Gedanken zu sehr aus dem Ausschank entfernt, aber es war nicht Frieda, es war die Wirtin. Sie tat erstaunt, K. noch hier zu finden. K. entschuldigte sich damit, dass er auf die Wirtin gewartet habe, gleichzeitig dankte er dafür, dass es ihm erlaubt worden war, hier zu übernachten. Die Wirtin verstand nicht, warum K. auf sie gewartet habe. K. sagte, er hatte den Eindruck gehabt, dass die Wirtin noch mit ihm sprechen wolle, er bitte um Entschuldigung, wenn das ein Irrtum gewesen sei, übrigens müsse er nun allerdings gehen, allzu lange habe er die Schule, wo er Diener sei, sich selbst überlassen, an allem sei die gestrige Vorladung schuld, er habe noch zu wenig Erfahrung in diesen Dingen, es werde gewiss nicht wieder geschehen, dass er der Frau Wirtin solche Unannehmlichkeiten mache wie gestern. Und er verbeugte sich, um zu gehen. Die Wirtin sah ihn an, mit einem Blick, als träume sie. Durch den Blick wurde K. auch länger festgehalten, als er wollte. Nun lächelte sie auch noch ein wenig, und erst durch K.s erstauntes Gesicht wurde sie gewissermaßen geweckt; es war, als hätte sie eine Antwort auf ihr Lächeln erwartet und erst jetzt, da sie ausblieb, erwachte sie. »Du hattest gestern, glaube ich, die Keckheit, etwas über mein Kleid zu sagen.« K. konnte sich nicht erinnern. »Du kannst dich nicht erinnern? Zur Keckheit gehört dann hinterher die Feigheit.« K. entschuldigte sich mit seiner gestrigen Müdigkeit, es sei gut möglich, dass er gestern etwas geschwätzt habe, jedenfalls könne er sich nicht mehr erinnern. Was hätte er auch über der Frau Wirtin Kleider haben sagen können? Dass sie so schön seien, wie er noch nie welche gesehen habe. Zumindest habe er noch keine Wirtin in solchen Kleidern bei der Arbeit gesehen. »Lass diese Bemerkungen!«, sagte die Wirtin schnell. »Ich will von dir kein Wort mehr über die Kleider hören. Du hast dich nicht um meine Kleider zu kümmern. Das verbiete ich dir ein für alle Mal.« K. verbeugte sich nochmals und ging zur Tür. »Was soll denn das heißen«, rief die Wirtin hinter ihm her, »dass du in solchen Kleidern noch keine Wirtin bei der Arbeit gesehen hast? Was sollen solche sinnlosen Bemerkungen? Das ist doch völlig sinnlos. Was willst du damit sagen?« K. wandte sich um und bat die Wirtin, sich nicht aufzuregen. Natürlich sei die Bemerkung sinnlos. Er verstehe doch auch gar nichts von Kleidern. In seiner Lage erscheine ihm schon jedes ungeflickte und reine Kleid kostbar. Er sei nur erstaunt gewesen, die Frau Wirtin dort, im Gang, in der Nacht, unter allen den kaum angezogenen

Männern in einem so schönen Abendkleid erscheinen zu sehen, nichts weiter. »Nun also«, sagte die Wirtin, »endlich scheinst du dich doch an deine gestrige Bemerkung zu erinnern. Und vervollständigst sie durch weiteren Unsinn. Dass du nichts von Kleidern verstehst, ist richtig. Dann aber unterlasse auch – darum will ich dich ernstlich gebeten haben –, darüber abzuurteilen, was kostbare Kleider sind oder unpassende Abendkleider und dergleichen … Überhaupt« – hierbei war es, als überliefe sie ein Kälteschauer – »sollst du dir nichts an meinen Kleidern zu schaffen machen, hörst du?« Und als K. sich schweigend wieder umwenden wollte, fragte sie: »Woher hast du denn dein Wissen von den Kleidern?« K. zuckte die Achseln, er habe kein Wissen. »Du hast keines«, sagte die Wirtin. »Du sollst dir aber auch keines anmaßen. Komm hinüber in das Kontor, ich werde dir etwas zeigen, dann wirst du deine Keckheiten hoffentlich für immer unterlassen.« Sie ging voraus durch die Tür; Pepi sprang zu K., unter dem Vorwand, von K. die Zahlung zu bekommen, verständigten sie sich schnell, es war sehr leicht, da K. den Hof kannte, dessen Tor in die Seitenstraße führte, neben dem Tor war ein kleines Pförtchen, hinter dem wollte Pepi in einer Stunde etwa stehen und es auf dreimaliges Klopfen öffnen.

Das Privatkontor lag gegenüber dem Ausschank, nur der Flur war zu durchqueren, die Wirtin stand schon im beleuchteten Kontor und sah ungeduldig K. entgegen. Es gab aber noch eine Störung. Gerstäcker hatte im Flur gewartet und wollte mit K. sprechen. Es war nicht leicht, ihn abzuschütteln, auch die Wirtin half mit und verwies Gerstäcker seine Zudringlichkeit. »Wohin denn? Wohin denn?«, hörte man Gerstäcker noch rufen, als die Tür schon geschlossen war, und die Worte vermischten sich hässlich mit Seufzern und Husten.

Es war ein kleines, überheiztes Zimmer. An den Schmalwänden standen ein Stehpult und eine eiserne Kasse, an den

Längswänden ein Kasten und eine Ottomane. Am meisten Raum nahm der Kasten in Anspruch; nicht nur, dass er die ganze Längswand ausfüllte, auch durch seine Tiefe engte er das Zimmer sehr ein, drei Schiebetüren waren nötig, ihn völlig zu öffnen. Die Wirtin zeigte auf die Ottomane, dass sich K. setzen möge, sie selbst setzte sich auf den Drehsessel beim Pult. » Hast du nicht einmal Schneiderei gelernt?«, fragte die Wirtin. – »Nein, niemals«, sagte K. – »Was bist du denn eigentlich?« – »Landvermesser.« – »Was ist denn das?« K. erklärte es, die Erklärung machte sie gähnen. »Du sagst nicht die Wahrheit. Warum sagst du denn nicht die Wahrheit?« – »Auch du sagst sie nicht.« – »Ich? Du beginnst wohl wieder mit deinen Keckheiten? Und wenn ich sie nicht sagte – habe ich mich denn vor dir zu verantworten? Und worin sage ich denn nicht die Wahrheit?« – »Du bist nicht nur Wirtin, wie du vorgibst.« – »Sieh mal! Du bist voll Entdeckungen! Was bin ich denn noch? Deine Keckheiten nehmen nun aber schon wahrhaftig überhand.« – »Ich weiß nicht, was du sonst bist. Ich sehe nur, dass du eine Wirtin bist und außerdem Kleider trägst, die nicht für eine Wirtin passen und wie sie auch sonst meines Wissens niemand hier im Dorf trägt.« – »Nun also kommen wir zu dem Eigentlichen. Du kannst es ja nicht verschweigen, vielleicht bist du gar nicht keck, du bist nur wie ein Kind, das irgendeine Dummheit weiß und durch nichts dazu gebracht werden könnte, sie zu verschweigen. Rede also! Was ist das Besondere dieser Kleider?« – »Du wirst böse sein, wenn ich es sage.« – »Nein, ich werde darüber lachen, es wird ja ein kindliches Geschwätz sein. Wie sind also die Kleider?« – »Du willst es wissen. Nun, sie sind aus gutem Material, recht kostbar, aber sie sind veraltet, überladen, oft überarbeitet, abgenützt und passen weder für deine Jahre noch deine Gestalt, noch deine Stellung. Sie sind mir aufgefallen, gleich als ich dich das erste Mal sah, es war vor einer Woche etwa, hier, im Flur.« – »Da haben wir es also! Sie sind veraltet, überladen und was denn noch? Und woher willst du das alles wissen?« – »Das sehe ich, dazu braucht man keine Belehrung.«

»Das siehst du ohne Weiteres. Du musst nirgends nachfragen und weißt gleich, was die Mode verlangt. Da wirst du mir ja unentbehrlich werden, denn für schöne Kleider habe ich allerdings eine Schwäche. Und was wirst du dazu sagen, dass dieser Schrank voll von Kleidern ist?« Sie stieß die Schiebetüren beiseite, man sah ein Kleid gedrängt am andern, dicht in der ganzen Breite des Schrankes, es waren meist dunkle, graue, braune, schwarze Kleider, alle sorgfältig aufgehängt und ausgebreitet. »Das sind meine Kleider, alle veraltet, überladen, wie du meinst. Es sind aber nur die Kleider, für die ich oben in meinem Zimmer keinen Platz habe, dort habe ich noch zwei Schränke voll, zwei Schränke, jeder fast so groß wie dieser. Staunst du?«

»Nein, ich habe Ähnliches erwartet; ich sagte ja, dass du nicht nur Wirtin bist, du zielst auf etwas anderes ab.«

»Ich ziele nur darauf ab, mich schön zu kleiden, und du bist entweder ein Narr oder ein Kind oder ein sehr böser, gefährlicher Mensch. Geh, nun geh schon!«

K. war schon im Flur, und Gerstäcker hielt ihn wieder am Ärmel fest, als die Wirtin ihm nachrief: »Ich bekomme morgen ein neues Kleid, vielleicht lasse ich dich holen.«

## Variante des Beginns

Der Wirt begrüßte den Gast. Ein Zimmer im ersten Stockwerk war bereitgemacht. »Das Fürstenzimmer«, sagte der Wirt. Es war ein großes Zimmer mit zwei Fenstern und einer Glastür zwischen ihnen, quälend groß in seiner Kahlheit. Die wenigen Möbelstücke, die darin herumstanden, waren merkwürdig dünnfüßig, man hätte glauben können, sie seien aus Eisen, sie waren aber aus Holz. »Den Balkon bitte ich nicht zu betreten«, sagte der Wirt, als der Gast, nachdem er hier aus einem Fenster in die Nacht hinausgesehen hatte, sich der Glastür näherte. »Der Tragbalken ist ein wenig brüchig geworden.« Das Stubenmädchen trat ein, machte sich am Waschtisch zu schaffen und fragte dabei, ob das Zimmer genügend geheizt sei. Der Gast nickte. Aber obwohl er bisher nichts an dem Zimmer ausgesetzt hatte, ging er noch immer völlig angezogen im Mantel mit Stock und Hut in der Hand auf und ab, als sei es noch nicht gewiss, ob er hier bleiben werde. Der Wirt stand beim Stubenmädchen. Plötzlich trat der Gast hinter die beiden und rief: »Warum flüstert ihr?« Der Wirt sagte erschrocken: »Ich gab dem Mädchen nur Anweisungen wegen des Bettzeugs. Das Zimmer ist leider, ich sehe es erst jetzt, nicht so sorgfältig vorbereitet, wie ich es gewünscht hätte. Es wird aber alles gleich geschehen.« »Davon ist nicht die Rede«, sagte der Gast, »ich habe nichts anderes erwartet als ein schmutziges Loch und ein widerliches Bett. Suche mich nicht abzulenken. Nur das eine will ich wissen: Wer hat dir meine Ankunft angezeigt?« »Niemand, Herr«, sagte der Wirt. »Du hast mich erwartet.« »Ich bin ein Wirt und erwarte Gäste.« »Das Zimmer war vorbereitet.« »Wie immer.« »Gut also, du wusstest nichts, ich aber bleibe nicht hier.« Und er riss ein Fenster auf und rief hinaus: »Nicht ausspannen, wir fahren weiter!« Aber als er zur Tür eilte, trat ihm das Stubenmädchen in den Weg, ein schwaches, förmlich allzu junges, zartes Mädchen, und sagte mit gesenktem Kopf: »Geh nicht fort; ja, wir haben dich erwartet, nur weil wir ungeschickt im Antworten, unsicher deiner Wünsche sind, haben wir es verschwiegen.« Die Erscheinung des Mädchens rührte den Gast; ihre Worte waren ihm verdächtig. »Lass mich mit dem Mädchen allein«, sagte er zum Wirt. Der Wirt zögerte, dann ging er. »Komm«, sagte der Gast zum Mädchen, und sie setzten sich zum Tisch. »Wie heißt du?«, fragte der Gast und fasste über den Tisch hinweg des Mädchens Hand. »Elisabeth«, sagte sie. »Elisabeth«, sagte er, »höre mich genau an. Ich habe eine schwere Aufgabe vor mir und habe ihr mein ganzes Leben gewidmet. Ich tue es fröhlich und verlange niemandes Mitleid. Aber weil es alles ist, was ich habe, die Aufgabe nämlich, unterdrücke ich alles, was mich bei ihrer Ausführung stören könnte, rücksichtslos. Du, ich kann in der Rücksichtslosigkeit wahnsinnig werden.« Er drückte ihre Hand, sie blickte ihn an und nickte. »Das hast du also verstanden«, sagte er, »und nun erkläre mir, wie ihr von meiner Ankunft erfahren habt. Nur das will ich wissen, nach euerer Gesinnung frage ich nicht. Zum Kampf bin ich ja hier, aber ich will nicht angegriffen werden vor meiner Ankunft. Was war also, ehe ich kam?« »Das ganze Dorf weiß von deiner Ankunft, ich kann es nicht erklären, schon seit Wochen wissen es alle, es geht wohl vom Schloss aus, mehr weiß ich nicht.« »Jemand vom Schloss war hier und hat mich angemeldet?« »Nein, niemand war hier, die Herren vom Schloss verkehren nicht mit uns, aber die Dienerschaft oben mag davon gesprochen haben, Leute aus dem Dorf mögen es gehört haben, so hat es sich vielleicht verbreitet. Es kommen ja so wenig Fremde her, von einem Fremden spricht man viel.« »Wenig Fremde?«, fragte der Gast. »Ach«, sagte das Mädchen und lächelte – es sah gleichzeitig zutraulich und fremd aus –, »niemand kommt, es ist, als hätte die Welt uns vergessen.« »Warum sollte man auch herkommen«, sagte der Gast, »ist denn hier etwas Sehenswertes?« Das Mädchen entzog ihm langsam ihre Hand und sagte: »Du hast noch immer kein Vertrauen zu mir.« »Mit Recht«, sagte der Gast und stand auf. »Ihr seid alle ein Pack, aber du bist noch gefährlicher als der Wirt. Du bist eigens vom Schloss hergeschickt, mich zu bedienen.« »Vom Schloss geschickt?«, sagte das Mädchen. »Wie wenig du unsere Verhältnisse kennst! Aus Misstrauen fährst du fort, denn nun fährst du wohl.« »Nein«, sagte der Gast, riss den Mantel von sich und warf ihn auf einen Sessel, »ich fahre nicht, nicht einmal dieses: Mich von hier zu vertreiben, hast du erreicht.« Plötzlich aber schwankte er, hielt sich noch ein paar Schritte und fiel dann über das Bett hin. Das Mädchen eilte zu ihm: »Was ist dir?«, flüsterte sie, und schon lief sie zum Waschbecken und holte Wasser und kniete bei ihm nieder und wusch sein Gesicht. »Warum quält ihr mich so?«, sagte er mühsam. »Wir quälen dich doch nicht«, sagte das Mädchen, »du willst etwas von uns, und wir wissen nicht, was. Sprich offen mit mir, und ich werde dir offen antworten.«

# Fragmente

Gestern erzählte uns K. das Erlebnis, das er mit Bürgel gehabt hat. Es ist zu komisch, dass es gerade mit Bürgel sein musste. Ihr wisst doch, Bürgel ist der Sekretär des Schlossbeamten Friedrich, und Friedrichs Glanz ist in den letzten Jahren sehr zurückgegangen. Warum das so ist, ist ein Thema für sich; ich könnte manches auch darüber erzählen. Sicher ist jedenfalls, dass Friedrichs Agenda heute eine der unbedeutendsten weit und breit ist, und was das für Bürgel bedeutet, der nicht einmal der erste Sekretär Friedrichs ist, sondern einer recht weit hinten in der Reihe, das kann natürlich jeder einsehen, jeder, nur nicht K. Er lebt doch jetzt schon lange genug bei uns im Dorf, aber er ist hier fremd, wie wenn er gestern Abend gekommen wäre, und ist imstande, sich in den drei Dorfgassen zu verirren. Dabei strengt er sich an, sehr aufmerksam zu sein, und hinter seinen Dingen ist er her wie ein Jagdhund, aber es ist ihm nicht gegeben, sich hier einzuleben. Ich erzähle ihm zum Beispiel heute von Bürgel, er hört eifrig zu, es geht ihn ja alles sehr an, was man ihm von den Schlossbeamten erzählt, er stellt sachverständige Fragen, fasst alles ausgezeichnet auf, nicht nur scheinbar, sondern wirklich; aber, glaubt mir, am nächsten Tag weiß er nichts mehr davon. Oder vielmehr er weiß es, er vergisst gar nichts, aber es ist ihm zu viel, die Fülle der Beamtenschaft verwirrt ihn, er hat nichts vergessen von allem, was er je gehört hat, und er hat viel gehört, denn er benützt jede Gelegenheit, um sein Wissen zu vermehren, und er kennt sich theoretisch in der Beamtenschaft vielleicht besser aus als wir, darin ist er bewunderungswürdig; aber wenn er das Wissen anwenden soll, kommt er irgendwie in falsche Bewegung, er dreht sich wie im Kaleidoskop, er kann es nicht anwenden, es äfft ihn. Es geht schließlich wahrscheinlich darauf zurück, dass er kein Hiesiger ist. Darum kommt er wohl auch in seiner Sache nicht vorwärts. Ihr wisst doch: Er behauptet, von unserem Grafen als Landvermesser hierher berufen worden zu sein; es ist das in ihren Einzelheiten eine sehr fantastische Geschichte, die ich hier jetzt nicht anschneiden will, kurz, er ist als Landvermesser berufen und will es nun auch hier sein. Die riesenhaften Anstrengungen, die er wegen dieser Kleinigkeit völlig erfolglos bisher gemacht hat, sind euch ja wenigstens vom Hörensagen her bekannt. Ein anderer hätte während dieser Zeit schon zehn Länder ausgemessen, er pendelt noch immer hier im Dorf zwischen den Sekretären hin und her, an die Beamten wagt er sich gar nicht mehr heran, dass er jemals aber in die Schlosskanzlei vorgelassen werden könnte, hat er wahrscheinlich niemals gehofft. Er begnügt sich mit den Sekretären, wenn sie vom Schloss in den Herrenhof kommen, bald hat er Tagverhöre, bald Nachtverhöre zu bestehen, und den Herrenhof umschleicht er immerfort wie die Füchse den Hühnerstall, nur dass in Wirklichkeit die Sekretäre die Füchse sind und er das Huhn. Das nur nebenbei, ich wollte ja von Bürgel erzählen. Also gestern Nacht war K. wieder einmal in seiner Sache zu Sekretär Erlanger, mit dem er hauptsächlich zu tun hat, in den Herrenhof vorgeladen. Über eine solche Vorladung ist er immer glückselig, in dieser Hinsicht fechten ihn Enttäuschungen nicht an, wenn man das von ihm lernen könnte! Jede neue Vorladung bestärkt ihn, nicht in den alten Enttäuschungen, sondern nur in der alten Hoffnung. Von dieser Vorladung beflügelt, eilt er also in den Herrenhof. Er ist allerdings in keinem guten Zustand, er hat die Vorladung nicht erwartet, daher Verschiedenes in seiner Sache im Dorf besorgt, er hat ja hier schon mehr Verbindungen als jahrhundertelang hier lebende Familien, alle diese Verbindungen dienen nur seiner Landvermesserangelegenheit und dürfen, da sie schwer erkämpft worden sind und immer wieder neu erkämpft werden müssen, nicht aus den Augen gelassen werden. Ihr müsst euch das richtig vorstellen, alle diese Verbindungen lauern ja förmlich darauf, ihm zu entgleiten. Er ist also immerfort vollauf mit ihnen beschäftigt. Und dabei findet er Zeit, mit mir oder irgendeinem anderen lange Unterhaltungen über ganz abseits liegende Dinge zu führen, dies aber nur deshalb, weil kein Ding abseits genug liegt, dass es nicht seiner Meinung nach mit seiner Angelegenheit zusammenhinge. So arbeitet er immer; es ist mir eigentlich niemals eingefallen, dass er auch schläft. Es ist aber doch der Fall, der Schlaf spielt in der Geschichte mit Bürgel sogar die Hauptrolle. Als er nämlich zu Erlanger in den Herrenhof lief, war er schon grenzenlos müde, er war ja auf die Vorladung nicht vorbereitet gewesen und hatte leichtsinnig mit sich gewirtschaftet, die Nacht vorher hatte er gar nicht geschlafen und die zwei Nächte vorher immer nur zwei, drei Stunden. Deshalb hatte ihn zwar die Vorladung Erlangers, die auf Mitternacht lautete, glücklich gemacht, wie jeder solche Zettel, aber gleichzeitig sorgenvoll wegen seines Zustandes, der ihn vielleicht hindern würde, den Anforderungen der Besprechung so gewachsen zu sein, wie er es sonst gewesen wäre. Er kommt also in den Herrenhof, sucht den Gang auf, wo die Sekretäre wohnen, und trifft dort zu seinem Unglück ein ihm bekanntes Stubenmädchen. An Weibergeschichten, alles im Dienst seiner Sache, hat er ja auch keinen Mangel. Dieses Mädchen hat ihm etwas über ein anderes ihm gleichfalls bekanntes Mädchen zu erzählen, zieht ihn in ihr Zimmerchen, er folgt – es ist noch nicht Mitternacht –, und sein Grundsatz ist, keine Gelegenheit zu versäumen, wo er etwas Neues erfahren kann. Das bringt freilich neben den Vorteilen manchmal, und vielleicht sehr oft, auch große Nachteile, zum Beispiel diesmal, denn als er halb toll vor Schläfrigkeit von dem geschwätzigen Mädchen fortkommt und wieder auf dem Gang ist, ist es vier Uhr. Er denkt an nichts anderes, als die Vorladung Erlangers nicht zu versäumen. Aus einer Karaffe Rum, die er auf einem vergessenen Geschirrbrett in einer Ecke findet, holt er sich ein wenig Kräftigung, vielleicht sogar zu viel, schleicht sich durch den langen, sonst äußerst lebhaften, jetzt wie ein Friedhofweg ruhigen Gang vor die Tür, die er für die Tür Erlangers hält, klopft nicht, um Erlanger, falls er schlafen sollte, nicht zu wecken, sondern öffnet gleich, aber äußerst vorsichtig die Tür. Und nun will ich euch, so gut ich es kann, die Geschichte im Wortlaut erzählen, so minutiös, wie sie K. gestern mit allen Zeichen tödlicher Verzweiflung mir erzählt hat. Hoffentlich hat ihn seither eine neue Vorladung wieder getröstet. Die Geschichte selbst ist aber zu komisch, hört zu: Das eigentlich Komische ist freilich das Minutiöse, und darum wird euch in meiner Nacherzählung viel entgehen. Wenn ich es gut zustande brächte, ihr hättet darin den ganzen K., von Bürgel freilich kaum eine Spur. Wenn ich es zustande brächte – das ist die Voraussetzung. Denn die Geschichte kann sonst auch sehr langweilig werden, sie hat auch dieses Element in sich. Aber wagen wir's.

… Abschiedshändedruck, »es war mir aber sehr angenehm, mit Ihnen zu sprechen, es erleichtert förmlich das Gewissen. Vielleicht sehe ich Sie bald wieder.«

»Es wird wohl nötig werden, dass ich komme«, sagte K. und beugte sich über Mizzis Hand, er wollte sich überwinden und sie küssen, aber Mizzi entzog sie ihm mit einem kleinen Schreckensschrei und versteckte sie unter das Polster. »Mizzerl, Mizzerl«, sagte der Vorsteher verstehend und liebevoll und streichelte ihr den Rücken.

»Sie sind immer willkommen«, sagte er, vielleicht um K. über Mizzis Benehmen hinwegzuhelfen, aber dann fügte er hinzu: »Besonders jetzt, solange ich krank bin. Wenn ich dann wieder zum Schreibtisch gehen kann, nimmt mich natürlich die amtliche Arbeit ganz in Anspruch.«

»Wollen Sie damit sagen«, fragte K., »dass auch Sie heute nicht amtlich mit mir gesprochen haben?«

»Gewiss«, sagte der Vorsteher, »amtlich habe ich nicht mit Ihnen gesprochen, man kann es etwa halbamtlich nennen. Sie unterschätzen das Nicht-Amtliche, wie ich schon sagte, aber Sie unterschätzen auch das Amtliche. Eine amtliche Entscheidung ist doch nicht etwas wie zum Beispiel diese Medizinflasche, die hier auf dem Tischchen steht. Man greift nach ihr und hat sie schon. Einer wirklichen amtlichen Entscheidung gehn unzählige kleine Erhebungen und Überlegungen voraus, es bedarf dazu der jahrelangen Arbeit der besten Beamten, auch dann, wenn etwa diese Beamten gleich anfangs die schließliche Entscheidung wussten. Und gibt es denn überhaupt eine schließliche Entscheidung? Um sie nicht aufkommen zu lassen, sind ja die Kontrollämter da.«

»Nun ja«, sagte K., »es ist alles ausgezeichnet eingerichtet, wer zweifelt noch daran? Sie haben es mir aber viel zu verlockend im Allgemeinen dargestellt, als dass ich mich jetzt nicht mit allen Kräften anstrengen sollte, es in den Einzelheiten kennenzulernen.«

Verbeugungen folgten und K. ging. Die Gehilfen hatten noch eine besondere Verabschiedung mit Flüstern und Lachen, kamen aber bald nach.

Im Wirtshaus fand K. sein Zimmer bis zur Unkenntlichkeit verschönert. So fleißig war Frieda gewesen, die ihn auf der Schwelle mit einem Kuss empfing. Das Zimmer war gut gelüftet worden, der Ofen reichlich geheizt, der Fußboden gewaschen, das Bett geordnet, die Sachen der Mägde einschließlich ihrer Bilder waren verschwunden, nur eine neue Fotografie hing jetzt an der Wand über dem Bett. K. trat näher, Bilder …

… vielmehr wohin ich wollte und dies überdies mit der Leidenschaftlichkeit von Kindern. In dem eiligen Hin- und Hergehn war ich gerade bei Amalia, nahm ihr leicht den Strickstrumpf aus der Hand und warf ihn auf den Tisch, an dem schon die übrige Familie saß. »Was tust du?«, rief Olga. »Ach«, sagte ich halb böse, halb lächelnd, »ihr ärgert mich alle.« Und ich setzte mich auf die Ofenbank, eine kleine schwarze Katze, die dort geschlummert hatte, nahm ich auf den Schoß. Wie fremd und doch wie zu Hause war ich da, den beiden Alten hatte ich noch gar nicht die Hand gereicht, mit den Mädchen kaum gesprochen, mit dem neuen Barnabas, wie er mir hier erschienen war, ebenso wenig, und doch saß ich hier im Warmen, unbeachtet, weil ich mich mit den Mädchen schon ein wenig gezankt hatte, und die zutrauliche Hauskatze kletterte mir über die Brust auf die Achsel. Und wenn ich auch hier enttäuscht worden war, so gab es doch auch wieder von hier aus Hoffnungen. Barnabas war jetzt nicht ins Schloss gegangen, aber früh würde er gehn, und wenn auch nicht jenes Mädchen aus dem Schloss herkommen würde, so doch ein anderes.

Auch Frieda wartet, aber nicht auf K.; sie beobachtet den Herrenhof und beobachtet K.; sie darf ruhig sein, ihre Lage ist günstiger, als sie selbst erwartet hat, sie kann neidlos zusehn, wie Pepi sich abmüht, wie Pepis Ansehen wächst, sie wird ja zu rechter Zeit ein Ende machen, sie kann auch ruhig zusehn, wie K. sich fern von ihr herumtreibt, dazu, dass er sie völlig verlässt, wird sie es nicht kommen lassen.

## Die vom Autor gestrichenen Stellen

*Zu Seite 15, Zeile 13*

Aber waren das Bekanntschaften, die er machte? Bekam er nur ein einziges offenes, herzliches Wort? Wie es auch nötig war. Denn es war ihm klar, dass einige Tage nur, nutzlos hier verbracht, ihn zu einer entscheidenden Tat für immer unfähig machen würden. Trotzdem dürfte er nichts übereilen.

*Zu Seite 26, Zeile 3 v. u.*

Aber nach einem Augenblick war er wieder gefasst und sagte: »Mein Herr lässt fragen, wann er morgen ins Schloss kommen soll.« Die Antwort: »Sag deinem Herrn, aber vergiss kein Wort davon ihm auszurichten: Auch wenn er durch zehn Gehilfen nachfragen lassen wird, wann er kommen soll, wird er immer zur Antwort bekommen: Weder morgen noch ein anderes Mal.« Am liebsten hätte K. den Hörer schon weggelegt. Ein solches Gespräch konnte ihn nicht vorwärtsbringen. Auf andere Weise, das war ihm klar, auf ganz andere Weise als zum Beispiel durch ein solches Gespräch musste er vorgehen. Auf solche Weise bekämpfte er nicht die anderen, sondern sich selbst. Freilich, er war gestern angekommen, und das Schloss stand hier seit alten Zeiten.

*Zu Seite 35, Zeile 15*

Wie K. immer hinsichtlich dieses Mannes Vorstellungen hatte, die ihm selbst mit der Wirklichkeit nicht übereinzustimmen schienen, so als wäre es nicht ein Mann, sondern zwei, und nur K., nicht die Wirklichkeit, wäre imstande, sie voneinander getrennt zu halten, glaubte er jetzt, nicht seine List, sondern sein bekümmertes, schwach hoffendes Gesicht, das er trotz der Nacht erkannt haben musste, habe ihn bewogen, ihn mitzunehmen. Darauf gründete sich seine Hoffnung.

*Zu Seite 38, Zeile 7 v. u.*

K. drehte sich, um seinen Rock zu finden, er wollte ihn anziehen, nass, wie er war, und ins Wirtshaus zurückgehen, so schwierig es sein mochte. Er hielt es für notwendig, offen einzugestehen, dass er sich hatte täuschen lassen, und nur die Rückkehr ins Wirtshaus schien ihm ein genügendes Eingeständnis dessen. Vor allem aber wollte er sich in sich keine Ungewissheit aufkommen lassen, nicht in ein Unternehmen, das sich nach so großen anfänglichen Hoffnungen als aussichtslos gezeigt hatte, sich verlieren. Eine Hand, die ihn am Ärmel zupfte, schüttelte er ab, ohne hinzusehen, wessen Hand es war.

Da hörte er den Alten zu Barnabas sagen: »Das Mädchen aus dem Schloss ist hier gewesen.« Dann sprachen sie leiser miteinander. K. war schon so misstrauisch geworden, dass er sie ein Weilchen beobachtete, um festzustellen, ob diese Bemerkung nicht absichtlich seinetwegen gemacht worden sei. Das war aber wohl nicht geschehen, der geschwätzige Vater, von der Mutter hie und da unterstützt, hatte Barnabas wahllos viel zu erzählen, Barnabas hatte sich zu ihm hinabgebeugt, und im Zuhören lächelte er zu K. hinüber, so als sollte er sich mit ihm über den Vater freuen. Das tat K. nun freilich nicht, aber dieses Lächeln sah er doch einen Augenblick lang staunend an. Dann wandte er sich zu den Mädchen und fragte: »Kennt ihr sie?« Sie verstanden ihn nicht, auch waren sie ein wenig betroffen, denn er hatte ohne Absicht schnell und streng gefragt. Er erklärte ihnen, dass er das Mädchen aus dem Schloss meinte. Olga, die sanftere von beiden – auch eine Spur mädchenhafter Verlegenheit zeigte sie, während ihn Amalia mit ernstem, geradem, unrührbarem, vielleicht auch ein wenig stumpfem Blick ansah –, antwortete: »Das Mädchen aus dem Schloss? Gewiss kennen wir sie. Heute ist sie hier gewesen. Kennst du sie auch? Ich dachte, du wärest erst gestern angekommen.« »Gestern, ja. Ich habe sie aber heute schon getroffen, wir haben ein paar Worte miteinander gesprochen, sind dann aber unterbrochen worden. Ich möchte sie gerne wiedersehen.« Zur Abschwächung fügte K. hinzu: »Sie wollte einen Rat in irgendeiner Sache.« Nun wurde ihm aber der Blick Amalias lästig, und er sagte: »Was hast du denn? Ich bitte, sieh mich nicht immerfort so an.« Statt sich aber zu entschuldigen, zuckte Amalia nur die Achseln und ging weg, ging zu dem Tisch, nahm einen Strickstrumpf und kümmerte sich nicht mehr um K. Olga, bestrebt, Amalias Unart ihrerseits gutzumachen, sagte: »Sie kommt wahrscheinlich morgen wieder zu uns, dann kannst du mit ihr sprechen.« »Gut«, sagte K., »ich werde also bei euch übernachten; ich könnte allerdings auch beim Schuster Lasemann mit ihr sprechen, aber ich bin lieber bei euch.« »Bei Lasemann?« »Ja, dort habe ich sie getroffen.« »Dann ist es aber ein Missverständnis. Ich meinte ein anderes Mädchen, nicht jenes, das bei Lasemann war.« »Hättest du das gleich gesagt!«, rief K. und begann in der Stube auf und ab zu gehen, kreuzte sie rücksichtslos von einem Ende bis zum anderen. In merkwürdiger Mischung erschien ihm das Wesen dieser Leute; trotz gelegentlicher Freundlichkeit waren sie kalt, verschlossen, und sogar lauernd, hinterlistig im Namen unbekannter Herren konnten sie erscheinen, aber alles dieses war doch wenigstens zum Teil ausgeglichen –

man konnte freilich auch sagen: verschärft. K. sah es aber nicht so an, seiner Natur entsprach es nicht – durch Unbeholfenheit, durch kindlich langsames und kindlich scheues Denken, ja, selbst durch eine gewisse Gefügigkeit. Gelang es, das Entgegenkommende ihres Wesens zu benützen und das Feindselige zu vermeiden – wozu freilich mehr als Geschicklichkeit gehörte und wozu man wahrscheinlich leider sogar ihre eigene Hilfe brauchte –, dann waren sie kein Hindernis mehr, dann drängten sie K. nicht mehr zurück, wie es ihm bisher immerfort geschehen war, dann trugen sie ihn.

*Zu Seite 50, Zeile 4*

K. dachte mehr an Klamm als an sie. Die Eroberung Friedas verlangte eine Änderung seiner Pläne; hier bekam er ein Machtmittel, das vielleicht die ganze Arbeitszeit im Dorf unnötig machte.

*Zu Seite 50, Zeile 10*

... lagen dann, fast entkleidet, denn jeder hatte des anderen Kleider mit Händen und Zähnen aufgerissen, in den kleinen Pfützen Bier.

*Zu Seite 70, Zeile 10 v. u.*

Er verstand es ja schon, auf diesem behördlichen Apparat, diesem feinen, immer auf irgendeinen Ausgleich bedachten Instrument zu spielen. Die Kunst bestand im Wesentlichen darin, nichts zu tun, den Apparat selbst arbeiten zu lassen und ihn zur Arbeit nur dadurch zu zwingen, dass man unfortschaffbar hier stand in seiner irdischen Schwere.

*Zu Seite 77, Zeile 1*

»Erlauben Sie, Herr Vorsteher, dass ich Sie mit einer Frage unterbreche«, sagte K., er lehnte bequem in seinem Sessel, aber so behaglich wie früher fühlte er sich nicht mehr; die Mitteilungssucht des Vorstehers, die er doch aufzureizen sich immerfort angestrengt hatte, war ihm nun zu groß, »erwähnten Sie nicht früher einmal eine Kontrollbehörde? …«

*Zu Seite 79, Zeile 11 v. u.*

Nun kann ich freilich nicht mit jedem Brief der Behörde in den Gemeinderat laufen, aber Sordini wusste ja von jenem Brief nicht, leugnete seine Existenz und so schien ich allerdings ins Unrecht gesetzt.

*Zu Seite 84, Zeile 10 v. u.*

Meine Deutung ist anders, ich bleibe bei ihr, wenn ich auch noch ganz andere Kampfmittel habe, und werde ihre Anerkennung durchzusetzen suchen.

*Zu Seite 100, Zeile 1*

»In gewissem Sinn hat man ihn gefragt«, sagte die Wirtin, »die Heiratsurkunde trägt seine Unterschrift; zufällig allerdings, denn er vertrat damals den Chef einer anderen Abteilung, darum steht dort: ›In Vertretung: Klamm.‹ Ich erinnere mich, wie ich vom Standesamt mit der Urkunde nach Hause lief, gar nicht das Hochzeitskleid auszog, mich zum Tisch setzte, die Urkunde ausbreitete, den teuren Namen wieder und wieder las, mit dem kindischen Eifer meiner siebzehn Jahre die Unterschrift nachzuahmen versuchte, mir viel Mühe gab, ganze Bogen Papiers vollschrieb und gar nicht bemerkte, dass Hans hinter meinem Sessel stand, nicht wagte mich zu stören, und meiner Arbeit zusah. Leider musste man dann die Urkunde, als sie mit allen Unterschriften versehen war, beim Gemeindeamt abgeben.«

»Nun«, sagte K., »eine solche Anfrage habe ich nicht gemeint, nichts Amtliches überhaupt, nicht mit dem Beamten Klamm muss man sprechen, sondern mit der Privatperson. Das Amtliche ist ja hier meistens verfehlt; wenn Sie zum Beispiel heute, wie ich, die Gemeinderegistratur auf dem Fußboden gesehen hätten! Ihre geliebte Urkunde vielleicht mittendrin, vorausgesetzt, dass sie nicht bei den Ratten in der Scheune aufbewahrt wird – ich glaube, Sie hätten mir recht gegeben.«

*Zu Seite 100, Zeile 10 v. u.*

Vielleicht ist es außerdem auch noch eine Legende, dann aber ist sie gewiss nur von den Verlassenen erfunden, als Trost ihres Lebens.

*Zu Seite 101, Zeile 5*

»Gern«, sagte K. »Und nun also, was ich ihm sagen will. Ich würde etwa folgendermaßen sprechen: »Wir, Frieda und ich, lieben einander, und wir wollen heiraten, so bald als möglich. Aber Frieda liebt nicht nur mich, sondern auch Sie, in einer ganz anderen Weise freilich, es ist nicht meine Schuld, dass die Armut der Sprache für beide das gleiche Wort hat. Dass in Friedas Herzen auch Platz für mich ist, versteht sie selber nicht, und sie kann nur glauben, dass es einzig durch Ihren Willen möglich wurde. Nach allem, was ich von Frieda gehört habe, kann ich mich nur ihrer Meinung anschließen. Immerhin ist es nur eine Annahme, außerhalb derer nur der Gedanke bleibt, ich, ein Fremder, ein Nichts, wie mich die Frau Wirtin nennt, hätte mich eingedrängt zwischen Frieda und Sie. Um hier Sicherheit zu haben, erlaube ich mir, Sie zu fragen, wie es sich in Wirklichkeit verhält.‹ Das wäre also die erste Frage; ich glaube, sie wäre respektvoll genug.«

Die Wirtin seufzte: »Was sind Sie für ein Mensch«, sagte sie, »scheinbar klug genug, aber dabei bodenlos unwissend. Sie wollen mit Klamm verhandeln wie mit einem Brautvater, so etwa wie Sie, wenn Sie sich in Olga verliebt hätten – leider ist es nicht geschehen –, mit dem alten Barnabas sprechen würden. Wie weise ist es eingerichtet, dass Sie niemals die Möglichkeit haben werden, mit Klamm zu reden.«

»Diese Zwischenbemerkung«, sagte K. »hätte ich bei meinem Gespräch mit ihm, das jedenfalls nur zwischen vier Augen geführt werden müsste, nicht gehört und müsste mich also nicht davon beeinflussen lassen. Für seine Antwort aber gibt es drei Möglichkeiten, entweder wird er sagen: ›Es war nicht mein Wille‹ oder: ›Es war mein Wille‹ oder er wird schweigen. Die erste Möglichkeit schließe ich vorläufig aus der Überlegung aus, zum Teil auch aus Rücksicht auf Sie; das Schweigen aber würde ich als Zustimmung deuten.«

»Es gibt noch andere Möglichkeiten, viel wahrscheinlichere«, sagte die Wirtin, »wenn ich schon auf Ihr Märchen einer solchen Zusammenkunft eingehen soll, zum Beispiel, dass er Sie stehen lässt und weggeht.«

»Das würde nichts ändern«, sagte K., »ich würde ihm in den Weg treten und ihn zwingen, mich zu hören.«

»Ihn zwingen, Sie zu hören!«, sagte die Wirtin. »Den Löwen zwingen, Stroh zu fressen! Was für Heldentaten!«

»Immer so gereizt, Frau Wirtin«, sagte K. »Ich beantworte doch nur Ihre Fragen, dränge Ihnen nicht Geständnisse auf. Auch reden wir von keinem Löwen, sondern von einem Bürovorstand, und wenn ich dem Löwen die Löwin wegheirate, werde ich wohl auch so viel Bedeutung für ihn haben, dass er mich wenigstens anhört.«

*Zu Seite 101, Zeile 13 v. u.*

»Sie sind verloren, Herr Landvermesser, hier bei uns«, sagte die Wirtin, »alles, was Sie sagen, ist voll von Irrtümern. Vielleicht wird Frieda als Ihre Frau Sie hier erhalten können, aber es ist eine fast zu schwere Aufgabe für das schwache Kind. Sie weiß es ja auch; wenn sie sich unbeobachtet fühlt, seufzt sie und hat die Augen voll von Tränen. Gewiss, auch mein Mann hängt an mir als Last, aber er will doch nicht steuern und, selbst wenn er es wollte, könnte er wohl Dummes tun, aber, als ein Hiesiger, doch nichts Verderbliches; Sie aber stecken voll von gefährlichsten Irrtümern und werden sie nie verlieren. Klamm als Privatmann. Wer hat Klamm je als Privatmann gesehen? Wer kann sich ihn als Privatmann auch nur denken? Sie können es, werden Sie einwenden, aber das ist ja eben das Unglück. Sie können es, weil Sie sich ihn überhaupt nicht vorstellen können. Weil Frieda Klamms Geliebte war, glauben Sie, sie hätte ihn als Privatmann gesehen, weil wir ihn lieben, glauben Sie, wir lieben ihn als Privatmann. Nun, von einem wirklichen Beamten kann man nicht sagen, dass er einmal mehr, einmal weniger Beamter ist, sondern er ist immer in ganzer Fülle Beamter. Aber um Sie wenigstens auf die Spur des Verständnisses zu führen, will ich diesmal davon absehen, und kann dann sagen: Niemals war er mehr Beamter, als damals in den Zeiten meines Glücks, und ich und Frieda sind darin einig: Niemanden lieben wir als den Beamten Klamm, den hohen, den überaus hohen Beamten.«

*Zu Seite 117, Zeile 8 v. u.*

Und doch, da K. sie hier sitzen sah, auf Friedas Sessel, neben dem Zimmer, … vielleicht heute noch Klamm beherbergte, die kleinen dicken Füße auf dem Fußboden, auf dem er mit Frieda gelegen war, hier im Herrenhof, dem Haus der Herren Beamten, musste er sich sagen, dass er, wenn er statt Frieda Pepi hier getroffen und irgendwelche Beziehungen zum Schloss bei ihr vermutet hatte – und wahrscheinlich hatte auch sie solche Beziehungen –, das Geheimnis mit den gleichen Umarmungen an sich zu reißen gesucht hätte, wie er es bei Frieda hatte tun müssen. Trotz ihres kindlichen Unverstandes hatte auch sie wahrscheinlich Beziehungen zum Schloss usf.

*Zu Seite 119, Zeile 15 v. u.*

Nun hatte er nichts anderes zu tun, als hier zu warten. Klamm musste hier vorüberkommen; er würde vielleicht ein wenig betroffen sein, K. hier zu sehen, aber umso eher würde er ihn anhören, vielleicht gar ihm antworten. Die hiesigen Verbote musste man nicht zu ernst nehmen. So weit also hatte es K. gebracht. Zwar durfte er nur in den Ausschank kommen, aber trotzdem stand er hier, tief im Hof, einen Schritt neben Klamms Schlitten bald ihm selbst gegenüber, und ließ sich das Essen schmecken, besser als anderswo.

Plötzlich wurde es überall hell, das elektrische Licht brannte innen im Gang und auf der Treppe, außen über allen Eingängen, und die Schneefläche verstärkte es noch. Das alles war für K. unangenehm, wie bloßgestellt stand er auf seinem bisher so friedlich dunklen Platz, aber andererseits schien es zu versprechen, dass nun Klamm erscheinen werde, man hatte freilich voraussetzen können, dass er nicht, um K.s Aufgabe zu erleichtern, im Finstern die Treppe sich hinuntertasten werde. Leider kam aber zunächst nicht Klamm, sondern der Wirt, gefolgt von der Wirtin, sie kamen ein wenig gebückt aus der Tiefe des Ganges, auch sie waren zu erwarten gewesen, natürlich fanden sie sich zum Abschied eines solchen Gastes ein. Für K. ergab sich aber dadurch die Notwendigkeit, sich ein wenig in den Schatten zurückzuziehen und damit auf den guten Ausblick zur Treppe hin zu verzichten.

*Zu Seite 123, Zeile 5 v. u.*

K. glaubte keine Ursache zu haben, das zu tun, mochten sie ihn verlassen, es gab fast neue Hoffnung; dass die Pferde ausgespannt wurden, war freilich ein trauriges Zeichen, aber das Tor blieb doch da, offen, unverschließbar, ein dauerndes Versprechen und eine dauernde Erwartung. Da hörte er wieder jemanden auf der Treppe, vorsichtig und eilig trat er mit einem Fuß in den Flur, gleich bereit, den Schritt zurückzutun, und blickte empor. Es war zu seinem Erstaunen die Wirtin aus dem Brückengasthaus. Nachdenklich, aber ruhig kam sie herab, die Hand auf dem Geländer regelmäßig hebend und senkend. Freundlich begrüßte sie ihn unten, hier auf fremdem Boden schien der alte Streit nicht zu gelten.

Was lag K. an dem Herrn! Mochte er sich entfernen, je schneller, desto besser; es war ein Sieg K.s, nur leider nicht auszunützen, wenn sich gleichzeitig auch der Schlitten entfernte, dem er traurig nachsah. »Wenn ich«, rief er, sich umwendend in plötzlichem Entschlusse dem Herrn zu, »jetzt gleich von hier fortgehe, darf der Schlitten zurückkommen?« Während er das sagte, glaubte K. nicht, einem Zwange nachzugeben – er hätte es sonst nicht getan –, sondern es war ihm, als verzichte er zugunsten eines schwächeren und er dürfe sich ein wenig freuen seiner guten Tat. Freilich, aus der befehlshaberischen Antwort des Herrn erkannte er gleich, in welcher Gefühlsverwirrung er sich befinden musste, wenn er glaubte, freiwillig zu handeln; freiwillig, da er doch eben das Diktat des Herrn anrief. »Der Schlitten darf zurückkommen«, sagte der Herr, »aber nur, wenn Sie sofort mit mir gehen, ohne Zögern, ohne Bedingungen, ohne Widerruf. Wird's also? Ich frage zum letzten Mal. Es ist, wie Sie mir glauben werden, nicht eigentlich mein Amt, hier auf dem Hof für Ordnung zu sorgen.« »Ich gehe«, sagte K., »aber nicht mit Ihnen; ich gehe hier durch das Tor« – er zeigte auf das große Hoftor – »auf die Straße!« »Gut«, sagte der Herr, wieder mit dieser quälenden Mischung von Nachgiebigkeit und Härte, »dann gehe ich auch dorthin. Aber nun schnell.«

Der Herr kam zu K. zurück, sie gingen nebeneinander mitten über den Hof durch den unberührten Schnee; flüchtig sich zurückwendend, gab der Herr dem Kutscher ein Zeichen, der wieder beim Eingang vorfuhr, wieder auf den Kutschbock kletterte, sein Warten begann wohl von Neuem. Aber zum Ärger des Herrn auch das Warten K.s, denn kaum war er außerhalb des Hofes, blieb er wieder stehen. »Sie sind unerträglich hartnäckig«, sagte der Herr. K. aber, der, je weiter er von dem Schlitten, dem Zeugen seines Vergehens, war, desto unbefangener sich fühlte, desto fester seinem Ziel verbunden, desto ebenbürtiger dem Herrn, ja, in gewissem Sinn ihm überlegen, wandte sich ihm voll zu und sagte: »Ist das wahr? Wollen Sie mich nicht täuschen? Unerträglich hartnäckig? Ich wünsche mir nichts Besseres.«

In diesem Augenblick fühlte K. hinten am Hals ein leichtes Kitzeln, er wollte die Ursache vertreiben, schlug mit der Hand nach hinten, drehte sich um. Der Schlitten! K. hatte wohl noch innerhalb des Hofes sein müssen, schon war der Schlitten abgefahren, lautlos im tiefen Schnee, ohne Glocken, ohne Lichter, war jetzt an K. vorübergeflogen, und der Kutscher hatte im Scherz K. mit der Peitsche gestreift. Schon wandten sich die Pferde – edle Tiere, die man während ihres Wartens nicht gut hatte beurteilen können – mit großer, aber leichter Spannung aller Muskeln in kurzer Schwenkung, ohne den Lauf zu mäßigen, dem Schloss zu und kaum wurde man sich des Vorgangs bewusst, war alles in der Nacht verschwunden.

Der Herr zog die Uhr und sagte vorwurfsvoll: »Zwei Stunden also musste Klamm warten.« »Meinetwegen?«, fragte K. »Nun ja, gewiss«, sagte der Herr. »Er kann meinen Anblick nicht ertragen?«, fragte K. »Nein«, sagte der Herr, »den kann er nicht ertragen. Nun gehe ich aber wieder nach Hause«, fügte er hinzu. »Sie können sich gar nicht vorstellen, wie viel Arbeit ich dort liegen habe; ich bin nämlich der hiesige Sekretär Klamms. Momus ist mein Name. Klamm ist ein Mann der Arbeit und die, welche ihm nahestehen, müssen es ihm nachtun, entsprechend ihren Kräften.« Der Herr war sehr gesprächig geworden, selbst allerlei Fragen K.s hätte er wohl zu beantworten Lust gehabt, aber K. blieb stumm, nur das Gesicht des Sekretärs schien er genau zu beobachten, so als suche er das Gesetz zu entdecken, nach welchem ein Gesicht gebildet sein müsste, das Klamm ertrug. Aber er fand nichts und kehrte sich weg, achtete nicht auf des Sekretärs Abschied und sah nur noch zu, wie dieser sich jetzt den Weg in den Hof bahnte durch einen Zug von Leuten, die von dort kamen, es war offenbar Klamms Dienerschaft. Sie gingen paarweise, aber sonst ohne Ordnung und Haltung, plauderten miteinander und steckten hie und da die Köpfe zusammen, als sie an K. vorüberkamen. Hinter ihnen wurde das Tor langsam geschlossen. K. hatte ein großes Bedürfnis nach Wärme, nach Licht, nach einem freundlichen Wort, in der Schule erwartete ihn wahrscheinlich auch dies alles, aber er hatte das Gefühl, dass er den Nachhauseweg in seinem jetzigen Zustand nicht finden werde, ganz abgesehen davon, dass er jetzt in einer ihm unbekannten Straße stand. Auch lockte ihn das Ziel nicht genug, denn wenn er sich alles, was er zu Hause antreffen konnte, in den schönsten Farben vorstellte, merkte er, dass es ihm heute nicht genügen würde. Nun, hier konnte er nicht bleiben, und so machte er sich auf den Weg.

*Zu Seite 135, Zeile 4*

Die Drohungen der Wirtin fürchtete K. nicht. Die Hoffnungen, mit denen sie ihn zu fangen suchte, bedeuteten ihm wenig, aber das Protokoll begann ihn nun doch zu locken. Aber bedeutungslos war das Protokoll nicht; nicht in ihrem, aber in einem allgemeinen Sinne hatte die Wirtin recht, wenn sie sagte, dass K. auf nichts verzichten dürfe. Das war auch immer K.s Meinung, wenn er nicht gerade durch Enttäuschung geschwächt war, wie heute nach den Erfahrungen des Nachmittags. Aber nun erholte er sich allmählich, die Angriffe der Wirtin stärkten ihn, denn wenn sie auch immerfort von seiner Unwissenheit und Unbelehrbarkeit sprach, so bewies doch ihre Aufgeregtheit, wie wichtig es ihr war, ihn, gerade ihn zu belehren; und wenn sie ihn auch durch die Art ihrer Antworten zu erniedrigen suchte, so bezeigte doch der blinde Eifer, mit dem sie das tat, die Macht, welche seine kleinen Fragen über sie hatten. Sollte er sich dieses Einflusses begeben? Und der Einfluss auf Momus war vielleicht noch stärker; zwar sprach Momus wenig, und wenn er sprach, dann schrie er gern, aber war dieses Schweigen nicht Vorsicht, wollte er nicht etwa mit seiner Autorität sparen, hatte er nicht zu diesem Zweck die Wirtin mitgebracht, welche, da sie keine amtliche Verantwortung zu tragen hatte, ungebunden, nur von K.s jeweiligem Verhalten bestimmt, ihn einmal mit süßen, dann mit bitteren Worten in die Schlingen des Protokolls zu bringen suchte? Und wie verhielt es sich mit diesem Protokoll? Gewiss, bis zu Klamm reichte es nicht, aber gab es vor Klamm, auf dem Weg zu Klamm, keine Arbeit für K.? War nicht gerade der heutige Nachmittag ein Beweis dafür, dass derjenige, welcher glaubte, etwa durch einen Sprung ins Ungefähre Klamm erreichen zu können, die Entfernung, die ihn von Klamm trennte, doch recht sehr unterschätzte? War es überhaupt möglich, Klamm zu erreichen, dann nur Schritt für Schritt, und auf diesem Weg waren allerdings zum Beispiel auch Momus und die Wirtin; hatten denn nicht heute wenigstens äußerlich nur diese beiden K. von Klamm abgehalten? Zuerst die Wirtin, die K.s Ankunft angezeigt hatte, und dann Momus, der sich vom Fenster aus von K.s Kommen überzeugt und gleich die nötigen Befehle ausgegeben hatte, sodass der Kutscher davon unterrichtet war, dass vor K.s Weggehen die Abfahrt nicht stattfinden könne, und der deshalb, damals für K. unverständlich, vorwurfsvoll geklagt hatte, es könne allem Anschein nach noch sehr lange dauern, ehe K. weggehen werde. So war also alles eingerichtet worden, obwohl, wie die Wirtin hatte fast zugeben müssen, nicht Klamms Empfindlichkeit, von der man gerne Sagen verbreitete, ein Hindernis dafür sein konnte, K. zu ihm vorzulassen. Wer weiß, was geschehen wäre, wenn die Wirtin und Momus nicht K.s Gegner gewesen wären oder wenigstens nicht gewagt hätten, diese Gegnerschaft zu zeigen. Möglich und wahrscheinlich, dass K. auch dann nicht an Klamm herangekommen wäre, es hätten sich neue Hindernisse gezeigt, ihr Vorrat war vielleicht unerschöpflich, aber K. hätte die Genugtuung gehabt, alles nach seinem Wissen richtig vorbereitet zu haben, während er heute des Eingriffes der Wirtin sich hatte versehen müssen und doch nichts getan hatte, sich vor ihm zu schützen. Aber K. wusste nur die Fehler, die er gemacht hatte; wie sie zu vermeiden gewesen wären, wusste er nicht. Seine erste Absicht angesichts des klammschen Briefes, einfacher, unbeachteter Arbeiter im Dorf zu werden, war sehr vernünftig gewesen. Aber er hatte doch notwendigerweise von ihr ablassen müssen, als die trügerische Erscheinung des Barnabas ihn hatte glauben lassen, er könne so leicht ins Schloss kommen, wie man etwa auf einem kleinen Sonntagsspaziergang einen Hügel bezwingt, mehr noch, er werde sogar dazu aufgefordert von dem Lächeln, von den Augen dieses Boten. Und dann gleich, ohne Möglichkeit der Besinnung, war Frieda gekommen, und mit ihr der noch heute unmöglich ganz aufzugebende Glaube, dass durch ihre Vermittlung eine fast körperliche, bis zur flüsternden Verständigung nahe Beziehung zu Klamm entstanden sei, von der vielleicht zunächst nur K. wusste, die aber nur eines kleinen Zugriffs, eines Wortes, eines Blickes bedurfte, um sich vor allem Klamm, dann aber allen als etwas zwar Unglaubliches, aber doch durch den Zwang des Lebens, den Zwang der liebenden Umarmung Selbstverständliches zu offenbaren. Nun, so einfach war es nicht gewesen, und, statt sich als Arbeiter vorläufig zu bescheiden, tappte K. schon lange und noch immer ungeduldig und ergebnislos nach Klamm. Aber es hatten sich doch inzwischen, fast ohne seine Mitwirkung, andere Möglichkeiten vorbereitet: zu Hause der kleine Schuldienerposten – vielleicht war es nicht die richtige Stellung, von K.s Wünschen aus gesehen, sie war zu sehr auf K.s besondere Verhältnisse zugeschnitten, zu auffallend, zu provisorisch, zu sehr von der Gnade vieler Vorgesetzter, vor allem des Lehrers abhängig – aber es war immerhin ein fester Ausgangspunkt, und außerdem wurden die Fehler des Postens sehr verbessert durch die bevorstehende Heirat, die K. bisher mit seinen Gedanken kaum gestreift hatte, die ihm aber jetzt in aller Wichtigkeit überraschend aufging. Was war er denn ohne Frieda? Ein Nichts, taumelnd hinter seidenglänzenden Irrlichtern von der Art des Barnabas oder jenes Mädchens aus dem Schloss. Mit Friedas Liebe allerdings gewann er nun auch nicht Klamm wie durch einen Handstreich, nur in einem Wahn hatte er es geglaubt oder fast gewusst, und wenn auch diese Erwartungen noch immer da waren, als schade ihnen keine Widerlegung durch Tatsachen, so wollte er doch jedenfalls in seinen Plänen nicht mehr mit ihnen rechnen. Er bedurfte ihrer aber auch nicht; durch die Heirat gewann er eine andere, bessere Sicherheit – Gemeindemitglied – Rechte und Pflichten – kein Fremder –, dann musste er sich nur vor der Selbstzufriedenheit aller dieser Leute hüten, das war leicht, das Schloss vor Augen. Schwerer war das Sichfügen, die kleine Arbeit bei den kleinen Leuten; er will beginnen, indem er sich dem Protokoll unterzieht. Dann wendete er das Gespräch, vielleicht konnte er von einer anderen Seite her an die Wahrheit herankommen; als habe es noch keine Meinungsverschiedenheit gegeben, fragte er ruhig: »So viel ist über den Nachmittag geschrieben worden? Alle diese Papiere handeln davon?« – »Alle«, sagte Momus freundlich, so als hätte er auf diese Frage gewartet, »es ist meine Arbeit.« Hat man die Kraft, die Dinge unaufhörlich, gewissermaßen ohne Augenschließen, anzusehen, sieht man vieles; lässt man aber nur einmal nach und schließt die Augen, verläuft sich alles gleich ins Dunkel. »Könnte ich nicht ein wenig darin lesen?«, fragte K. Momus fing in den Papieren zu blättern an, so als sehe er sie daraufhin durch, ob daraus K. etwas gezeigt werden könnte, dann sagte er: »Nein, es ist leider nicht möglich.« »Das macht auf mich den Eindruck«, sagte K., »als ob dort Sachen stünden, die ich widerlegen könnte.« »Die Sie zu widerlegen sich anstrengen würden«, sagte Momus. »Ja, solche Sachen stehen darin.« Und er nahm einen Blaustift und unterstrich lächelnd einige Zeilen mit starken Strichen. »Ich bin nicht neugierig«, sagte K. »Mögen Sie nur weiter unterstreichen, Herr Sekretär. Mögen Sie auch in Ruhe und unkontrolliert die hässlichsten Dinge über mich aufgeschrieben haben. Was in der Registratur ruht, stört mich nicht. Ich dachte nur, dass dort auch manches stehen könnte, das für mich belehrend wäre, das mir zeigen würde, wie ein alteingesessener Beamter ehrlich im Einzelnen über mich urteilt. Das hätte ich gerne gelesen, denn gern lasse ich mich belehren, ungern mache ich Fehler, ungern mache ich Ärgernis.« »Und gern spiele ich den Unschuldigen«, sagte die Wirtin. »Gehorchen Sie doch dem Herrn Sekretär, und Ihre Wünsche werden teilweise erfüllt sein. Durch die Fragen werden Sie zumindest mittelbar etwas vom Inhalt des Protokolls erfahren, und durch die Antworten werden Sie den Geist des ganzen Protokolls beeinflussen können.« »Ich achte den Herrn Sekretär zu sehr«, sagte K., »als dass ich glauben könnte, er werde das, was er mir zu verschweigen sich einmal entschieden hat, durch die Fragen gegen seinen Willen verraten. Auch habe ich keine Lust, vielleicht unrichtigen, unrichtig mich anklagenden Dingen, eine gewisse, wenn auch nur formelle Bekräftigung dadurch zu geben, dass ich überhaupt antworte und meine Antworten dem feindlichen Text einfügen lasse.«

Momus sah überlegend zur Wirtin auf. »Dann packen wir also unsere Papiere zusammen«, sagte er. »Lange genug haben wir gezögert, der Herr Landvermesser kann sich nicht über unsere Ungeduld beklagen. Wie sagte der Herr Landvermesser? ›Ich achte den Herrn Sekretär zu sehr und so weiter.‹ Die allzu große Achtung, die er für mich hat, verschlägt ihm also die Rede. Könnte ich sie verringern, bekäme ich die Antworten. Leider muss ich sie aber vergrößern, indem ich zugestehe, dass diese Akten seiner Antworten gar nicht bedürfen, da sie weder ergänzungs-, noch verbesserungsbedürftig, dass aber er selbst sehr bedürftig des Protokolls, und zwar sowohl der

Fragen als auch der Antworten ist und dass, wenn ich mich um seine Antworten bewarb, dies nur in seinem Interesse geschah. Jetzt aber, wenn ich dieses Zimmer verlasse, entgeht ihm auch das Protokoll für immer und wird sich nie mehr vor ihm öffnen.« Die Wirtin nickte K. langsam zu und sagte: »Ich habe das freilich gewusst, durfte es jedoch nur andeuten, habe mich auch angestrengt, es anzudeuten, aber Sie haben mich nicht verstanden. Dort im Hof haben Sie vergeblich auf Klamm gewartet, und hier im Protokoll haben Sie Klamm vergeblich warten lassen. Wie verwirrt, wie verwirrt sind Sie!« Die Wirtin hatte Tränen in den Augen. »Nun«, sagte K., am meisten durch die Tränen beeinflusst, »vorläufig ist ja noch der Sekretär hier und das Protokoll auch.« »Ich gehe aber schon«, sagte dieser, packte die Papiere in die Aktentasche und stand auf. »Wollen Sie denn jetzt endlich antworten, Herr Landvermesser?«, fragte die Wirtin. »Zu spät«, sagte der Sekretär, »Pepi muss endlich das Tor aufmachen, es ist ja schon längst die Stunde der Dienerschaft.« Schon lange hörte man ein Pochen an der Hoftür, Pepi stand dort mit der Hand am Riegel, sie wartete nur auf die Beendigung der Verhandlungen mit K., um dann gleich zu öffnen. »Öffnen Sie nur, Kleine!«, sagte der Sekretär, und durch das Tor drängten sich, rücksichtslos aneinander vorbei, Männer von der Art, wie sie K. schon kannte, in ihrer erdfarbenen Uniform. Sie machten böse Gesichter, weil sie so lange hatten warten müssen, um K., die Wirtin und den Sekretär kümmerten sie sich nicht, schoben sich zwischen ihnen hindurch, als seien es nur Gäste wie sie selbst, es war ein Glück, dass der Sekretär die Papiere schon in der Tasche unter dem Arm hatte, denn das Tischchen war gleich beim Eintritt der Menge umgeworfen und noch nicht wieder aufgestellt worden, die Männer überstiegen es immer wieder, ernsthaft, als müsse es so sein. Nur das Bierglas des Sekretärs war gleich gerettet worden, einer hatte es sich mit einem jubelnden Gurgellaut angeeignet und war damit zu Pepi geeilt, die aber in dem Haufen der Männer schon ganz verschwunden war. Man sah nur, wie rings um Pepi hochgestreckte Arme auf die Wanduhr zeigten, es sollte ihr begreiflich gemacht werden, ein wie großes Unrecht sie den Leuten durch das späte Öffnen getan hatte. Obwohl sie aber an der Verspätung unschuldig war, die eigentlich K., wenn auch ohne seinen Willen, verschuldet hatte, schien Pepi nicht imstande zu sein, sich vor ihnen zu rechtfertigen, es war wirklich schwer für ihre Jugend und Unerfahrenheit, mit den Leuten einigermaßen vernünftig fertig zu werden. Wie hätte sich wohl Frieda an Pepis Stelle herumgeworfen und alle von sich abgeschüttelt! Pepi aber kam gar nicht aus ihrer Mitte hervor; das war freilich auch wieder nicht im Sinne der Leute, die vor allem Bier eingeschenkt haben wollten. Aber die Masse konnte sich nicht beherrschen und brachte sich selbst um den Genuss, nach welchem doch alle voll Gier waren. Immerfort schob der sich hin und her wälzende Haufe das kleine Mädchen mit sich, nur darin hielt sich Pepi tapfer, dass sie nicht schrie, man sah und hörte nichts von ihr. Und immerfort kamen noch Leute durch das Hoftor, das Zimmer war schon überfüllt, der Sekretär konnte nicht fortgehen, weder die Flurtür noch die Hoftür waren ihm zugänglich, eng beieinander standen die drei, die Wirtin am Arm des Sekretärs, K. ihnen gegenüber und so an den Sekretär gedrückt, dass einander fast ihre Gesichter berührten. Aber weder der Sekretär noch die Wirtin waren über das Gedränge erstaunt oder ärgerlich, sie nahmen es hin wie ein übliches Naturereignis, suchten sich nur vor allzu starken Stößen zu bewahren, gaben, sich hinlehnend in die Masse, der Strömung nach, wenn es sein musste, senkten die Köpfe, wenn es nötig war, sich vor dem fauchenden Atem der immerfort unzufrieden suchenden Männer zu schützen, sahen aber im Übrigen ruhig und ein wenig zerstreut aus. Nahe, wie jetzt K. dem Sekretär und der Wirtin war und mit ihnen, wenn sie es auch äußerlich nicht anzuerkennen schienen, in einer Gruppe gegenüber den anderen im Zimmer verbunden, war für ihn sein ganzes Verhältnis zu ihnen geändert, alles Amtliche, Persönliche, klassenmäßig Trennende schien zwischen ihnen beseitigt oder wenigstens für später verschoben. Auch das Protokoll konnte jetzt für K. in keiner Weise unerreichbar sein. »Nun können Sie doch nicht fortgehen«, sagte K. zum Sekretär. »Nein, augenblicklich nicht«, versetzte dieser. »Und das Protokoll?«, fragte K. »Bleibt in der Tasche«, sagte Momus. »Ich wollte es gern ein wenig ansehen«, sagte K., und fast unwillkürlich griff er nach der Tasche und hielt sie schon an einem Ende. »Nein, nein«, sagte der Sekretär und entzog sich ihm. »Was tun Sie denn?«, sagte die Wirtin und schlug K. leicht über die Hand. »Glauben Sie etwa, Sie könnten das, was Sie durch Leichtsinn und Hochmut verloren haben, durch Gewalt wiedergewinnen? Böser, schrecklicher Mensch! Hätte denn das Protokoll in Ihrer Hand noch irgendwelchen Wert? Es wäre eine Blume, abgeweidet auf der Wiese.« »Aber zerstört wäre es«, sagte K. »Wie wäre es, wenn ich jetzt, da man mich freiwillig in das Protokoll nicht mehr aufnehmen will, darauf ausginge, das Protokoll wenigstens zu zerstören? Ich habe große Lust dazu«, und er zog nun entschlossen die Tasche unter dem Arm des Sekretärs hervor und nahm sie an sich. Bereitwillig überließ sie ihm der Sekretär; ja, er lockerte so schnell den Arm, dass die Tasche zu Boden gefallen wäre, wenn K. nicht gleich noch mit der zweiten Hand zugegriffen hätte. »Warum erst jetzt?«, fragte der Sekretär. »Mit Gewalt hätten Sie es sich ja sofort nehmen können.« »Es ist Gewalt gegen Gewalt«, sagte K. »Grundlos verweigern Sie mir jetzt das früher angebotene Verhör oder wenigstens Einsicht in die Blätter. Nur um eines von beiden zu erzwingen, habe ich die Tasche an mich genommen.« »Aber als Pfand«, sagte der Sekretär lächelnd. Und die Wirtin sagte: »Pfänder zu nehmen, darauf versteht er sich. Sie haben es, Herr Sekretär, schon in den Akten bewiesen. Könnte man ihm nicht das eine Blatt zeigen?« »Gewiss«, sagte Momus, »jetzt kann man es ihm zeigen.« K. hielt die Tasche hin, die Wirtin wühlte in ihr, konnte aber das Blatt scheinbar nicht finden. Sie ließ vom Suchen ab, erschöpft sagte sie nur noch, dass es das Blatt Nummer zehn sein müsse. Nun suchte es K. und fand es gleich, die Wirtin nahm es, um festzustellen, ob es das richtige sei; ja, es war das richtige. Sie überflog es noch einmal zu eigenem Vergnügen, der Sekretär, über ihren Arm gebeugt, las mit. Dann reichten sie es K., er las: »Der Landvermesser K. musste zunächst danach streben, sich im Dorf festzusetzen. Das war nicht leicht, da niemand seine Arbeit brauchte; niemand, abgesehen vom Brückenhofwirt, den er überrumpelt hatte, ihn aufnehmen wollte, niemand – von einigen Scherzen der Herren Beamten abgesehen – sich um ihn kümmerte. So trieb er sich scheinbar sinnlos herum und tat nichts, als den Frieden des Ortes stören. In Wirklichkeit aber war er sehr beschäftigt; er lauerte auf eine Gelegenheit für sich und fand sie bald. Frieda, das junge Ausschankmädchen im Herrenhof, glaubte seinen Versprechungen und ließ sich von ihm verführen ...«

*Ebendort, sich anschließend*

... Damit endete das Blatt. Am Rand war noch eine kindlich gestrichelte Zeichnung, ein Mann hielt ein Mädchen in seinen Armen. Des Mädchens Gesicht war an des Mannes Brust versunken, der viel größere Mann sah aber über des Mädchens Schulter hinweg in ein Papier, das er in den Händen hatte und in dem er freudig irgendwelche Summen eintrug. Als K. von dem Blatt aufblickte, stand er mit der Wirtin und dem Sekretär in der Mitte des Zimmers allein. Der Wirt war gekommen und hatte wohl inzwischen Ordnung gemacht. In seiner vornehmen Art beschwichtigend die Hände erhoben, ging er entlang den Wänden, wo sich schon die Männer, jeder mit einem Bier, so gut es ging auf den Fässern oder neben ihnen auf der Erde untergebracht hatten. Jetzt sah man auch, dass es nicht so überwältigend viele waren, wie man zuerst geglaubt hatte; nur weil alle zu Pepi gedrängt hatten, war es so arg gewesen. Eine kleine, bisher unversorgte wilde Gruppe stand noch um Pepi herum, Pepi musste Übermenschliches unter den schwierigsten Verhältnissen geleistet haben, es rannen ihr freilich noch Tränen über die Wangen, der schöne Zopf war wirr aufgelöst, das Kleid sogar vorn an der Brust zerrissen, sodass das Hemd frei lag, aber unbekümmert um sich selbst, wohl auch von der Gegenwart des Wirts beeinflusst, arbeitete sie unermüdlich an den Bierhähnen. Allen Ärger, den sie K. verursacht hatte, verzieh er ihr bei diesem rührenden Anblick. »Ja, das Blatt«, sagte er dann, legte es in die Tasche und reichte sie dem Sekretär. »Entschuldigen Sie die Übereiltheit, mit der ich Ihnen die Tasche fortnahm. Es war auch das Gedränge, die Aufregung daran schuld; nun, Sie entschuldigen es gewiss. Außerdem haben auch Sie und die Frau Wirtin eine besondere Fähigkeit, mich neugierig zu machen, das muss ich eingestehen. Aber das Blatt hat mich enttäuscht. Es ist wirklich eine sehr gewöhnliche Wiesenblume, wie die Frau Wirtin sagte. Nun, als Arbeit angesehen, mag es ja einen gewissen amtlichen Wert haben, für mich aber ist es nur Klatsch, aufgeputzter, leerer, trauriger, weiblicher Klatsch, ja, weibliche Mithilfe muss der Verfasser gehabt haben. Nun, es gibt hier wohl noch so viel Gerechtigkeit, dass ich mich bei irgendeinem Amt über dieses Produkt beschweren könnte, ich werde es aber nicht tun; nicht nur, weil es zu kläglich ist, sondern weil ich Ihnen dankbar bin. Sie haben verstanden, mir das Protokoll ein wenig unheimlich zu machen, diese Unheimlichkeit hat es jetzt gründlich verloren. Unheimlich bleibt mir, dass etwas Derartiges zur Grundlage eines Verhöres hätte gemacht werden sollen und dass sogar der Name Klamms dafür missbraucht wurde.« »Wäre ich Ihre Feindin«, sagte die Wirtin, »hätte ich mir nichts Besseres wünschen können, als eine solche Beurteilung des Blattes.« »Ach ja«, sagte K., »Sie sind nicht meine Feindin. Mir zuliebe lassen Sie ja sogar Frieda verleumden.« »Sie glauben doch wohl nicht, dass meine Meinung über Frieda dort ausgesprochen ist!«, rief die Wirtin. »Aber Ihre Meinung ist es; so und nicht anders sehen Sie auf das arme Kind hinab.« Darauf antwortete K. nicht mehr, denn das waren nur noch Beschimpfungen. Der Sekretär bemühte sich, seine Freude über den Rückempfang der Tasche zu verbergen, konnte es aber nicht; er sah die Tasche lächelnd an, so als sei es nicht seine eigene, sondern eine neue, die man ihm gerade geschenkt hatte und an deren ersten Anblick er sich nicht sättigen könne. Wie wenn eine besondere, ihm wohltätige Wärme von ihr ausginge, hielt er sie an seine Brust gedrückt. Er nahm sogar das von K. gelesene Blatt unter dem Vorwand, es besser einordnen zu wollen, heraus und las es noch einmal. Erst durch dieses Lesen, bei dem er jedes Wort mit glücklicher Miene wie einen alten, guten Bekannten begrüßte, dem man überraschenderweise begegnet, glaubte er endgültig von dem Protokoll wieder Besitz ergriffen zu haben. Am liebsten hätte er es auch noch der Wirtin zum Lesen gegeben. K. überließ die beiden einander, er sah sie kaum an, allzu groß war der Unterschied zwischen der Bedeutung, die sie immerhin für ihn gehabt hatten, und ihrer jetzigen Nichtigkeit. Wie sie beisammenstanden, die beiden Mitarbeiter, einer dem anderen helfend mit ihren armseligen Geheimnissen!

*Zu Seite 159, Zeile 9 v. u.*

»Ich weiß«, sagte Frieda plötzlich, »es wäre besser für dich, wenn ich von dir fortginge. Aber mir würde das Herz brechen, wenn ich es tun müsste Und doch würde ich es tun, wenn es möglich wäre, aber es ist nicht möglich und ich freue mich darüber, wenigstens hier im Dorf ist es nicht möglich. Ebenso wie auch die Gehilfen nicht fortgehen können. Vergeblich hoffst du, sie endgültig vertrieben zu haben!« »Das hoffe ich allerdings«, sagte K., ohne auf die anderen Bemerkungen Friedas einzugehen, irgendeine Unsicherheit hinderte ihn daran, immer trauriger erschienen ihm die schwachen Hände und Gelenke, die jetzt um die Kaffeemühle langsam beschäftigt waren. »Die Gehilfen werden nicht mehr zurückkommen. Was sind denn das für Unmöglichkeiten, von denen du sprichst?«

Frieda hatte zu arbeiten aufgehört; mit einem hinter Tränen undeutlichen Blick sah sie K. an. »Liebster«, sagte sie, »verstehe mich recht. Nicht ich bin es, die das alles bestimmt hat, ich erkläre es dir nur, weil du es verlangst und weil ich damit auch manches in meinem Verhalten rechtfertige, was du sonst nicht verstehen kannst, nicht vereinen kannst mit meiner Liebe zu dir. Als Fremder hast du hier auf nichts Anspruch, vielleicht ist man hier gegen Fremde besonders streng oder ungerecht, das weiß ich nicht, es ist aber so, dass du auf nichts Anspruch hast. Ein Hiesiger zum Beispiel nimmt, wenn er Gehilfen braucht, solche Leute auf, und wenn er erwachsen ist und heiraten will, nimmt er sich eine Frau. Die Behörde hat auch darauf viel Einfluss, aber in der Hauptsache kann sich doch jeder frei entscheiden. Du aber, als Fremder, bist auf Geschenke angewiesen; gefällt es der Behörde, so gibt sie dir Gehilfen, gefällt es ihr, so gibt sie dir eine Frau. Auch das ist natürlich nicht Willkür, aber es ist doch alleinige Sache der Behörden, und das bedeutet, dass die Gründe der Entscheidung verborgen bleiben. Nun kannst du dich vielleicht gegen das Geschenk wehren, das weiß ich nicht bestimmt, vielleicht kannst du dich wehren wenn du es aber einmal angenommen hast, dann liegt darauf und infolgedessen auch auf dir der Druck der Behörde; nur wenn sie will, kann er von dir genommen werden, auf keine andere Weise. So hat es mir die Wirtin gesagt, von der ich das alles habe, sie sagte, sie müsse mir über einiges die Augen öffnen, ehe ich heirate. Und besonders betonte sie, dass von allen, die sich darauf verstehen, den Fremden geraten werde, sich mit solchen einmal angenommenen Geschenken abzufinden, da es einem nie gelingen könne, sie abzuschütteln; das Einzige, was man erreichen könne, sei, aus den Geschenken, die immer noch schlimmstenfalls eine Spur von Freundlichkeit haben, unabschüttelbare Feinde für Lebenszeit zu machen. Das sagte die Wirtin, ich erzähle es nur weiter, die Wirtin weiß alles, und man muss ihr glauben.«

»Manches kann man ihr glauben«, sagte K.

*Zu Seite 163, Zeile 8*

»Nicht die Katze erschreckt mich, sondern das schlechte Gewissen. Und wenn die Katze auf mich fällt, ist es mir, als stieße mich jemand vor die Brust, zum Zeichen, dass ich durchschaut bin.« Frieda ließ den Vorhang, schloss das Innenfenster, zog K. bittend zum Strohsack hin. »Und nicht die Katze suche ich dann mit der Kerze, sondern dich will ich schnell wecken. So ist es, Lieber.« »Es sind Abgesandte Klamms«, sagte K., zog Frieda näher zu sich und küsste sie auf den Nacken, sodass sie zusammenzuckte und an ihm hochsprang und beide dann zu Boden glitten und einander durchwühlten in Eile, ohne Atem, ängstlich, als suche einer im anderen sich zu verbergen, als gehöre die Lust, die sie genossen, einem Dritten, dem sie sie entwendeten. »Soll ich die Türen öffnen?«, fragte K. »Wirst du zu ihnen laufen?« »Nein!«, schrie Frieda und hing sich in seinen Arm. »Ich will nicht zu ihnen, ich will bei dir bleiben. Schütze mich, behalte mich bei dir.« »Wenn sie aber«, sagte K., »Abgesandte Klamms sind, wie du sie nennst, was können dann Türen, was kann mein Schutz helfen und, wenn sie helfen könnten, wäre denn solche Hilfe etwas Gutes?« »Ich weiß nicht, wer sie sind«, sagte Frieda. »Ich nenne sie Abgesandte, weil doch Klamm dein Vorgesetzter ist und das Amt dir die Gehilfen geschickt hat; sonst weiß ich nichts. Liebster, nimm sie wieder auf, versündige dich nicht an dem, der sie vielleicht geschickt hat.« K. machte sich von Frieda los und sagte: »Die Gehilfen bleiben draußen, ich will sie nicht mehr in meiner Nähe haben. Wie? Diese zwei sollten die Fähigkeit haben, mich zu Klamm zu führen? Das bezweifle ich. Und wenn sie es könnten, so hätte ich nicht die Fähigkeit, ihnen zu folgen; ja, sie würden mich durch ihre Nähe um jede Fähigkeit bringen, mich hier zurechtzufinden. Sie verwirren mich und, wie ich jetzt höre, leider auch dich. Ich habe dir die Wahl gestellt zwischen mir und ihnen, du hast dich für mich entschieden, nun überlasse mir alles andere. Noch heute hoffe ich, entscheidende Nachrichten zu bekommen. Sie haben schon damit angefangen, indem sie dich von mir weggezogen, ob schuldig oder unschuldig, ist für mich belanglos. Glaubst du denn, Frieda, wirklich, ich hätte dir die Türen geöffnet, um dir den Weg freizugeben?«

*Zu Seite 189, 15 v. u.*

Es hatte übrigens den Anschein gehabt, als habe die Arbeit Frieda gefreut, als freue sie gerade jede schmutzige und mühselige Arbeit, jede Arbeit, die sie ganz in Anspruch nehme, von Nachdenken und Träumen abhalte.

*Zu Seite 191, Zeile 11*

Eben erloschen drinnen die Kerzen, und im gleichen Augenblick erschien Gisa in der Haustür; offenbar hatte sie noch bei Licht das Zimmer verlassen, denn auf Anstand legte sie viel Wert. Bald kam auch Schwarzer, und sie gingen nun auf dem zu ihrer angenehmen Überraschung schneefreien Weg. Als sie zu K. kamen, klopfte ihm Schwarzer auf die Schulter: »Wenn du Ordnung hier im Haus halten wirst«, sagte er, »kannst du auf mich rechnen. Wegen deines Verhaltens am Morgen aber habe ich schwere Klagen über dich gehört.« »Er bessert sich«, sagte Gisa, ohne nach K. hinzusehen oder im Gehen innezuhalten. »Der Mann hat es auch dringend nötig«, sagte Schwarzer und beeilte sich, um den Anschluss an Gisa nicht zu verlieren.

*Zu Seite 212, Zeile 15 v. u.*

»Nun verstehe ich dich nicht, Olga«, sagte K., »ich weiß nur, dass ich Barnabas um alles dieses, was dir so schrecklich scheint, beneide. Es wäre freilich schöner, wenn alles, was er schon hat, auch zweifellos wäre, mag er aber auch in dem allerwertlosesten Vorraum der Kanzleien sein, so ist er doch wenigstens dort in jenem Vorraum; wie weit unter sich hat er zum Beispiel die Ofenbank gelassen, auf der wir sitzen. Ich wundere mich, dass du dies zum Trost des Barnabas zwar scheinbar würdigen kannst, in Wirklichkeit für dich selbst es aber doch nicht zu verstehen scheinst. Dabei – und dies macht dich mir noch unverständlicher – scheinst ja du der

Ansporn des Barnabas bei allen seinen Anstrengungen zu sein, was ich, nebenbei gesagt, nach jenem ersten Abend unserer Bekanntschaft niemals auch nur annähernd vermutet hätte.« »Du verkennst mich«, sagte Olga, »ich bin kein Ansporn, nein; wenn es nicht notwendig wäre, was Barnabas tut, ich wäre die Erste, die ihn hier zurückhalten und immer hier behalten wollte. Wäre denn nicht auch schon Zeit für ihn, dass er heiratet und einen Hausstand gründet? Und stattdessen verzettelt er seine Kräfte zwischen Handwerk und Botendienst, steht oben vor dem Pult, lauert auf den Blick des Beamten, der Klamm ähnlich sieht, und bekommt endlich einen alten verstaubten Brief, der niemandem nützt und nur Verwirrung in der Welt anrichtet.« »Das ist aber doch wieder eine ganz andere Frage«, sagte K. »Dass die Botschaften, die Barnabas austrägt, wertlos oder schädlich sind, mag eine Anklage gegen das Amt begründen und mag weiterhin für die Adressaten, also zum Beispiel für mich, sehr schlimm sein, aber ein Schaden für Barnabas ist das doch nicht, er trägt bloß auftragsgemäß die Botschaften hin und her, die er oft nicht einmal kennt, er bleibt dabei unangefochten amtlicher Bote, so wie es euer Wunsch ist.« »Nun ja«, sagte Olga, »vielleicht ist es so. Wenn ich hier manchmal allein sitze – Barnabas ist im Schloss, Amalia in der Küche, die armen Eltern sind drüben eingenickt, ich nehme des Barnabas Schuhflicken vor mit meinen dafür höchst ungeeigneten Händen, lasse sie dann wieder sinken und denke nach, hilflos, weil ich allein bin und mein Verstand für diese Dinge bei Weitem nicht ausreicht – dann geht mir alles ineinander über, nicht einmal die Furcht und die Sorgen bleiben ganz.« »Und warum verachten sie euch denn?«, fragte K. und erinnerte sich an den hässlichen Eindruck, den am ersten Abend diese um den Tisch unter der kleinen Öllampe zusammengedrängte, breitrückige Familie auf ihn gemacht hatte, ein Rücken neben dem anderen und die beiden Alten mit ihren fast bis in die Suppe gesenkten Köpfen, wartend darauf, dass man sie bediene. Wie abstoßend war das alles gewesen und noch abstoßender dadurch geworden, dass man den Eindruck gar nicht durch Einzelheiten hatte erklären können, denn die Einzelheiten nannte man zwar, um sich an etwas zu halten, aber nicht sie waren schlimm, sondern anderes, das man nicht benennen konnte. Erst nachdem K. manches hier im Dorf erfahren hatte, was ihn ersten Eindrücken gegenüber hatte vorsichtig werden lassen, und nicht nur ersten Eindrücken gegenüber, sondern auch den zweiten und noch folgenden, und erst nachdem diese einheitliche Familie sich ihm in einzelne Menschen aufgelöst hatte, die er zum Teil verstehen, mit denen er aber vor allem fühlen konnte, wie mit Freunden, wie er noch keine sonst im Dorf hier gefunden hatte, erst jetzt begann sich jener alte Widerwillen zu verflüchtigen, aber noch immer nicht völlig. Die Eltern in ihrem Winkel, die kleine Öllampe, die Stube selbst, es war nicht leicht, dies alles ruhig zu ertragen, und man musste ein Gegengeschenk, wie es die Erzählung Olgas war, bekommen, um sich ein wenig und nur scheinbar und nur vorläufig damit auszusöhnen. Und in Gedanken daran fügte er hinzu: »Ich bin jetzt überzeugt, dass man euch Unrecht tut, das will ich von vornherein sagen. Aber es muss, ich weiß den Grund nicht, schwer sein, euch nicht Unrecht zu tun. Man muss schon ein Fremder in meiner besonderen Lage sein, um sich dem Vorurteil zu entwinden. Und ich selbst war lange davon beeinflusst, so beeinflusst, dass mir die Stimmung, die gegen euch herrscht – es ist nicht nur Verachtung, auch Angst dabei – selbstverständlich schien, ich dachte nicht darüber nach, ich fragte nicht nach den Ursachen, ich versuchte gar nicht, euch zu verteidigen, freilich, das Ganze lag mir auch fern, schien mir fern zu liegen. Jetzt stellt es sich mir aber ganz anders dar. Jetzt glaube ich, dass die Leute, welche euch verachten, die Ursachen dessen nicht nur verschweigen, sondern sie wirklich nicht wissen; man muss euch kennenlernen, besonders dich, Olga, um sich von dem Wahn zu befreien. Euch fällt offenbar nichts anderes zur Last, als dass ihr weiterstrebt als die anderen, dass Barnabas Schlossbote geworden ist oder es zu werden versucht, trägt man euch nach, um euch nicht bewundern zu müssen, verachtet man euch und tut es mit solcher Kraft, dass auch ihr dem unterliegt, denn was sind eure Sorgen, eure Ängstlichkeit, eure Zweifel anderes als die Folge dieser allgemeinen Verachtung?« Olga lächelte, und so klug und helläugig blickte sie auf K., dass er davon fast betroffen war, es war so, als habe er etwas sehr Irriges gesagt und Olga müsse nun in ihn eindringen und die Irrtümer beseitigen und sie sei sehr glücklich über diese Aufgabe. Und die Frage, warum alles gegen diese Familie sei, schien K. wieder ungelöst und einer klaren Beantwortung sehr bedürftig. »Nein«, sagte Olga, »so ist es nicht, so günstig ist unsere Lage nicht, du suchst es gutzumachen, dass du uns Frieda gegenüber bisher nicht verteidigt hast, und verteidigst uns nun zu sehr. Wir streben nicht weiter als die anderen. Das wäre ein hohes Streben, Schlossbote werden zu wollen? Jeder, der laufen und ein paar Worte eines Auftrages im Gedächtnis behalten kann, hat die Fähigkeit, Schlossbote zu werden. Es ist auch kein bezahlter Posten. Die Bitte, als Schlossbote aufgenommen zu werden, scheint man so aufzufassen, wie die Bitte kleiner, unbeschäftigter Kinder, die sich dazu drängen, für die Erwachsenen irgendeinen Weg zu machen, irgendeine Arbeit zu besorgen, alles nur der Ehre und der Arbeit halber. So ist es auch hier, nur mit dem Unterschied, dass sich nicht viele herandrängen und dass man den, welcher wirklich oder scheinbar aufgenommen wird, nicht freundlich behandelt wie ein Kind, sondern quält. Nein, also darum beneidet uns niemand, eher bemitleidet man uns deshalb, bei aller Feindseligkeit findet sich doch noch ein Funken Mitleid hie und da. Vielleicht

auch in deinem Herzen, denn was sonst würde dich zu uns ziehen? Die Botschaften des Barnabas allein? Das kann ich nicht glauben. Ihnen hast du wohl niemals viel Wert beigelegt, nur aus Mitleid mit Barnabas oder doch zum größten Teil deshalb hast du auf ihnen bestanden. Und diesen Zweck hast du auch nicht verfehlt. Zwar leidet Barnabas unter deinen hohen, unerfüllbaren Anforderungen, aber gleichzeitig gewinnt er dadurch ein wenig Stolz, ein wenig Zuversicht, die fortwährenden Zweifel, von denen er sich oben im Schloss nicht befreien kann, werden ein wenig widerlegt durch dein Vertrauen, durch deine fortwährende Anteilnahme. Seit du im Dorf bist, steht es mit ihm besser. Und auch auf uns andere geht etwas von diesem Vertrauen über; es wäre noch mehr, wenn du öfter zu uns kämst. Du hältst dich zurück, Friedas wegen, das verstehe ich, ich sagte es auch Amalia. Aber Amalia ist so unruhig, in letzter Zeit wage ich mit ihr manchmal kaum das Nötigste zu sprechen. Sie scheint gar nicht zuzuhören, wenn man mit ihr spricht, und wenn sie zuhört, scheint sie das Gesagte nicht zu verstehen, und wenn sie es versteht, scheint sie es zu verachten. Aber das alles tut sie ja nicht mit Willen, und man darf ihr nicht böse sein; je abweisender sie ist, desto sanfter muss man sie behandeln. So stark sie scheint, so schwach ist sie. Gestern zum Beispiel sagte Barnabas, dass du heute kommen wirst; da er Amalia kennt, fügte er aus Vorsicht hinzu, dass du nur vielleicht kommen werdest, bestimmt sei es noch nicht. Aber trotzdem wartete Amalia, unfähig, etwas anderes zu tun, den ganzen Tag auf dich, und nur am Abend konnte sie sich nicht mehr auf den Füßen halten und musste sich legen.«
»Nun verstehe ich«, sagte K., »warum ich euch etwas bedeute, ohne mein Verdienst eigentlich. Wir sind aneinander gebunden, wie eben der Bote an den Adressaten, aber auch nicht mehr, übertreibt es nicht; es liegt mir zu viel an eurer Freundschaft, besonders an deiner, Olga, als dass ich zulassen wollte,

dass sie durch übertriebene Erwartungen gefährdet wird; ähnlich wie ihr mir fast dadurch entfremdet worden seid, dass ich zu viel von euch erhoffte. Wird mit euch gespielt, so mit mir nicht minder, dann ist es überhaupt ein einziges, ein erstaunlich einheitliches Spiel. Ich habe aus deinen Erzählungen sogar den Eindruck, dass die zwei Botschaften, die mir Barnabas gebracht hat, die einzigen sind, die ihm bisher anvertraut wurden.« Olga nickte. »Ich schämte mich, es einzugestehen«, sagte sie mit niedergeschlagenen Augen, »oder ich fürchtete, dass dir dann die Botschaften noch wertloser werden könnten.« »Aber ihr beide«, sagte K., »du und Amalia, strengt euch doch an, mir das Vertrauen zu den Botschaften immer mehr zu nehmen.« »Ja«, sagte Olga. »Amalia tut es, und ich ahme ihr nach. Es ist diese Hoffnungslosigkeit, die uns beherrscht. Wir glauben, die Wertlosigkeit der Botschaften liege so offen zutage, dass wir nichts verderben können, wenn wir auf das Offenliegende auch noch hinweisen, dass wir vielmehr bei dir an Vertrauen und Erbarmen gewinnen, also das Einzige, worauf wir im Grunde hoffen. Verstehst du mich? Dies ist unser Gedankengang. Die Botschaften sind wertlos, unmittelbar aus ihnen ist keine Kraft zu holen, du bist zu klug, um dich in dieser Hinsicht täuschen zu lassen, und selbst wenn wir dich täuschen könnten, wäre Barnabas nur ein Lügenbote, und aus Lügen käme keine Rettung.« »Du bist also nicht offen zu mir«, sagte K., »nicht einmal du bist offen zu mir.« »Du verstehst unsere Not noch nicht«, sagte Olga und sah K. ängstlich an, »wir sind ja wahrscheinlich schuld daran, ungewohnt des Verkehrs mit Menschen stoßen wir dich vielleicht ab, gerade durch unsere verzweifelten Versuche, dich anzuziehen. Ich wäre nicht offen? Niemand kann offener sein als ich dir gegenüber. Wenn ich dir etwas verschweige, so geschieht es nur aus Angst vor dir, und diese verheimliche ich ja nicht, sondern zeige sie offen, nimm mir die Angst und du hast mich ganz und gar.« »Was für eine Angst denn?«, fragte K. »Die Angst, dich zu verlieren«, sagte Olga, »bedenke doch nur, drei Jahre kämpft Barnabas um seine Stelle, drei Jahre lauern wir auf einen Erfolg seiner Bemühungen, alles vergeblich, nicht der kleinste Erfolg, nur Schande, Qual, verlorene Zeit, Drohungen der Zukunft, aber eines Abends kommt er mit einem Brief, dem Brief an dich. ›Ein Landvermesser ist angekommen, er scheint für uns gekommen zu sein. Ich werde den ganzen Verkehr zwischen ihm und dem Schloss vermitteln‹, sagte Barnabas. ›Wichtige Dinge scheinen im Spiel zu sein‹, sagte er. ›Natürlich‹, sage ich, ›ein Landvermesser! Viele Arbeiten wird er ausführen, viele Botschaften werden nötig sein. Nun bist du wirklicher Bote, nächstens wirst du das Amtskleid bekommen.‹ ›Es ist möglich‹, sagt Barnabas; selbst er, dieser so selbstquälerisch gewordene Junge, sagt: ›Es ist möglich.‹ An jenem Abend waren wir glücklich, sogar Amalia nahm in ihrer Art daran Anteil, sie hörte uns zwar nicht zu, zog aber ihren Schemel, auf dem sie strickte, näher zu uns und blickte manchmal nach uns hin, wie wir lachten und tuschelten. Das Glück hat nicht lange gedauert, noch am gleichen Abend nahm es ein Ende. Zwar schien es sich noch zu steigern, als dann unerwartet Barnabas mit dir kam. Aber schon begannen die Zweifel, es war zwar ehrenvoll für uns, dass du gekommen warst, aber es war von vornherein auch störend. Was wolltest du, fragten wir uns. Warum kamst du? Warst du wirklich der große Mann, für den wir dich gehalten hatten, wenn dir daran lag, in unsere arme Stube zu kommen? Warum bliebst du nicht an deinem Ort, ließest die Boten, wie es deiner Würde entsprach, an dich herankommen und fertigtest ihn gleich ab? Nahmst du nicht dadurch, dass du gekommen warst, der Botenstellung des Barnabas ein Stück ihrer Wichtigkeit? Auch warst du zwar fremdartig, aber ärmlich angezogen, den nassen Rock, den ich dir damals abnahm, drehte ich traurig hin und her. Sollten wir mit dem ersten, so lange ersehnten Adressaten Unglück haben? Dann allerdings konnten wir sehen, dass du dich nicht mit uns gemein machtest, du bliebst beim Fenster, und nichts konnte dich zu unserem Tisch bringen. Wir kehrten uns nicht nach dir um, aber wir dachten an nichts anderes. Warst du nur gekommen, um uns zu prüfen? Um nachzusehen, aus welcher Familie dein Bote stammte? Hattest du schon am zweiten Abend deines Aufenthaltes Verdacht gegen uns? Und war die Prüfung schlecht für uns ausgefallen, da du so verschlossen bliebst, kein Wort für uns hattest und dich dazu drängtest, wieder von uns fortzukommen? Dein Weggehen war für uns ein Beweis, dass du uns nicht nur missachtetest, sondern, was viel schlimmer war, auch die Botschaften des Barnabas. Wir allein waren nicht fähig, ihre wahre Bedeutung zu erkennen, das konntest nur du, den sie unmittelbar angingen und auf dessen Beruf sie sich bezogen. Du eigentlich lehrtest uns also die Zweifel; von jenem Abend an begannen die traurigen Beobachtungen des Barnabas oben in der Kanzlei. Und was noch der Abend an Fragen offengelassen hatte, das beantwortete der Morgen endgültig, als ich aus dem Stall kam und zusah, wie du mit Frieda und den Gehilfen aus dem Herrenhof zogst, dass du nämlich keine Hoffnungen mehr auf uns setzt und uns verlassen hast. Barnabas freilich sagte ich davon nichts, er trägt genug schwer an seinen Sorgen.« »Und ich bin nicht doch wieder hier?«, sagte K., »lasse Frieda warten und höre die Geschichten von eurer Not an, wie wenn es meine eigene wäre?« »Ja, du bist hier«, sagte Olga, »und wir sind glücklich darüber. Die Hoffnung, die du uns gebracht hast, begann schwächer zu werden; wir waren dessen schon sehr bedürftig, dass du wiederkamst.« »Auch für mich«, sagte K., »war es nötig, zu kommen, das sehe ich.«

*Zu Seite 215, Zeile 7 v. u.*

»Und Amalia freilich hat sich gar nicht eingemischt, obwohl sie nach deinen Andeutungen mehr vom Schloss weiß als du; nun, vielleicht hat sie die größte Schuld an allem.« »Du hast einen erstaunlichen Überblick«, sagte Olga, »manchmal hilfst du mir mit einem Wort, es ist wohl, weil du aus der Fremde kommst. Wir dagegen, mit unseren traurigen Erfahrungen und Befürchtungen erschrecken ja, ohne uns dagegen zu wehren, schon über jedes Knacken des Holzes und, wenn der eine erschrickt, erschrickt auch gleich der andere und weiß nun nicht einmal den richtigen Grund. Auf solche Weise kann man zu keinem richtigen Urteil kommen. Selbst wenn man die Fähigkeit gehabt hätte, alles zu durchdenken – und wir Frauen haben sie nie gehabt –, verliert man sie unter diesen Umständen. Was für ein Glück ist es für uns, dass du gekommen bist.« Zum ersten Mal hörte K. hier im Dorf eine solche uneingeschränkte Begrüßung, aber wie sehr er sie bisher entbehrt hatte und wie vertrauenswürdig ihm auch Olga schien, er hörte sie nicht gern. Er war nicht gekommen, um jemandem Glück zu bringen; es stand ihm frei, aus eigenem Willen auch zu helfen, wenn es sich traf, aber niemand sollte ihn als Glückbringer begrüßen, wer das tat, verwirrte seine Wege, nahm ihn für Dinge in Anspruch, für die er, so gezwungen, niemals zur Verfügung stand, bei bestem Willen seinerseits konnte er das nicht tun. Doch machte Olga ihren Fehler wieder gut, als sie fortfuhr: »Freilich, wenn ich dann glaube, ich könnte alle meine Sorgen ruhen lassen, denn du würdest für alles die Erklärung und den Ausweg finden, sagst du plötzlich etwas ganz und gar, etwas schmerzlich Unrichtiges, wie etwa dieses: Amalia wisse am meisten, mische sich nicht ein und habe die größte Schuld. Nein, K., an Amalia reichen wir nicht heran und mit Vorwürfen am wenigsten! Was dir bei Beurteilung alles anderen hilft, deine

Freundlichkeit und dein Mut, das macht dir ein Urteil über Amalia unmöglich. Um ihr Vorwürfe machen zu dürfen, müssten wir zunächst eine Ahnung dessen haben, was sie leidet. In letzter Zeit gerade ist sie so unruhig, verbirgt so viel und verbirgt im Grunde gewiss nichts anderes als eigenes Leid –, dass ich kaum das Nötigste mit ihr zu sprechen wage. Als ich hereinkam und dich im ruhigen Gespräch mit ihr sah, erschrak ich; in Wirklichkeit kann man jetzt nicht mit ihr sprechen, es kommen dann wieder Zeiten, wo sie ruhiger ist, oder vielleicht nicht ruhiger, sondern nur müder, jetzt aber ist es wieder einmal am ärgsten. Sie scheint ja gar nicht zuzuhören, wenn man mit ihr spricht, und wenn sie zuhört, scheint sie das Gesagte nicht zu verstehen und wenn sie es versteht, scheint sie es zu verachten. Aber das alles tut sie ja nicht mit Willen und man darf ihr nicht böse sein, je abweisender sie ist, desto sanfter muss man sie behandeln. So stark sie scheint, so schwach ist sie. Gestern zum Beispiel sagte Barnabas, dass du heute kommen wirst; da er Amalia kennt, fügte er aus Vorsicht hinzu, dass du nur vielleicht kommen werdest, bestimmt sei es noch nicht. Aber trotzdem wartete Amalia, unfähig, etwas anderes zu tun, den ganzen Tag auf dich, und nun am Abend konnte sie sich nicht mehr auf den Füßen halten und musste sich legen.« Wieder hörte K. daraus vor allem die Anforderung, welche diese Familie an ihn stellte. In dieser Familie konnte man sich verirren, wenn man nicht achtgab. Es tat ihm nur sehr leid, dass ihn gerade gegenüber Olga solche unmöglich auszusprechende Gedanken beschäftigten und die Vertraulichkeit störten, die Olga als Erste hervorgerufen hatte, die ihm sehr wohl tat, die es vor allem war, welche ihn hier zurückhielt und derentwegen er das Weggehen am liebsten ganz ins Unbestimmte verschoben hätte. »Wir werden uns schwer einigen«, sagte K., »das sehe ich schon. Noch haben wir das Eigentliche kaum berührt, und schon gibt es Widerspruch hier und dort. Wären wir zwei allein, die Einigung wäre nicht schwer, mit dir wollte ich bald einer Meinung sein, du bist selbstlos und klug; nur sind wir aber nicht allein; ja, wir sind nicht einmal die Hauptpersonen, es ist deine Familie da, über die wir uns kaum einigen werden und über Amalia gewiss nicht.« »Du verurteilst Amalia ganz und gar?«, fragte Olga. »Ohne sie zu kennen, verurteilst du sie?« »Ich verurteile sie nicht«, sagte K., »ich bin auch nicht blind gegen ihre Vorzüge, ich gebe sogar zu, dass ich ihr vielleicht Unrecht tue, aber es ist sehr schwer, ihr nicht Unrecht zu tun, denn sie ist hochmütig und verschlossen und zum Überfluss noch herrschsüchtig; wäre sie nicht auch traurig und offenbar unglücklich, könnte man sich gar nicht mit ihr aussöhnen.« »Ist das alles, was du gegen sie hast?«, fragte Olga, und nun war sie selbst traurig geworden. »Es ist wohl genug«, sagte K. und sah erst jetzt, dass Amalia schon wieder in der Stube war, aber weit entfernt, beim Tisch der Eltern. »Dort ist sie ja«, sagte K., und gegen seinen Willen klang in den Worten der Abscheu mit, vor dem Abendessen und allen, welche daran beteiligt waren. »Du bist gegen Amalia voreingenommen«, sagte Olga. »Ich bin es«, sagte K. »Warum bin ich es?« »Sag es mir, wenn du es weißt. Du bist offen, das schätze ich sehr hoch, aber du bist nur offen, solange es dich betrifft, die Geschwister glaubst du durch Schweigen schützen zu müssen. Das ist unrecht, ich kann Barnabas nicht unterstützen, wenn ich nicht alles weiß, was ihn und, da bei euch in alles auch Amalia hineinspielt, auch was Amalia betrifft. Du willst doch nicht, dass ich etwas unternehme und infolge ungenügender Kenntnis der näheren Umstände und nur aus diesem Grunde alles verderbe und euch und mir in nicht wiedergutzumachender Weise schade.« »Nein, K.«, sagte Olga nach einer Pause, »das will ich nicht und deshalb wäre es besser, alles bliebe beim Alten.« »Ich glaube nicht«, sagte K., »dass das besser ist, ich glaube nicht, dass es besser ist, wenn Barnabas weiter dieses Schattendasein eines angeblichen Boten führt und ihr mit ihm dieses Leben teilt, Erwachsene, die sich von Kinderspeise nähren, ich glaube nicht, dass das besser ist, als wenn Barnabas sich mit mir verbindet, mich hier in Ruhe die besten Mittel und Wege ausdenken lässt, und dann, vertrauensvoll, nicht mehr auf sich gestellt, unter fortwährender Kontrolle, selbst alles ausführt und zu seinem und auch meinem Nutzen weiter in die Kanzlei vordringt oder vielleicht auch nicht weiter kommt, aber in dem Raum, in dem er schon ist, alles verstehen und verwerten lernt. Ich glaube nicht, dass das schlecht und nicht mancher Opfer wert wäre. Doch ist es natürlich auch möglich, dass ich unrecht habe und dass gerade das, was du verschweigst, dir recht gibt. Dann bleiben wir trotzdem gute Freunde, ich könnte deine Freundschaft hier schon gar nicht entbehren, aber unnötig ist es dann, dass ich den ganzen Abend hier bin und Frieda warten lasse, nur die wichtige, unaufschiebbare Angelegenheit des Barnabas hätte das rechtfertigen können.« K. wollte aufstehen, Olga hielt ihn zurück. »Hat dir Frieda etwas von uns erzählt?«, fragte sie. »Nichts Bestimmtes.« »Auch die Wirtin nicht?« »Nein, nichts.« »So habe ich es erwartet«, sagte Olga, »von niemandem im Dorf wirst du etwas Bestimmtes über uns erfahren, dagegen wird jeder, ob er weiß, worum es sich handelt, oder ob er nichts weiß und nur an umlaufende oder von ihm selbst erfundene Gerüchte glaubt, jeder wird irgendwie im Allgemeinen zeigen wollen, dass er uns verachtet, offenbar müsste er sich selbst verachten, wenn er das nicht täte. So ist es bei Frieda und bei allen, aber diese Verachtung geht nur im Allgemeinen ungeteilt gegen uns, gegen die Familie, die Spitze kehrt sich doch nur gegen Amalia. Darum besonders bin ich dir auch dankbar, K., dass du zwar unter dem allgemeinen Einfluss stehst, doch weder uns noch Amalia verachtest. Nur voreingenommen bist du, zumindest gegen Barnabas und Amalia, völlig kann sich eben niemand der Einwirkung der Welt entziehen; dass du es aber soweit imstande bist, ist sehr viel, und ein großer Teil meiner Hoffnung ruht darauf.« »Mich kümmert nicht die Meinung der anderen«, sagte K., »und ich bin nicht neugierig nach ihren Gründen. Vielleicht – es wäre schlimm, aber möglich –, vielleicht wird sich das für mich ändern, wenn ich heirate und mich hier einlebe, vorläufig aber bin ich frei, es wird mir nicht leicht werden, vor Frieda den Besuch bei euch zu verschweigen oder zu rechtfertigen, aber noch bin ich frei, noch kann ich, wenn mir etwas so wichtig scheint, wie die Sache des Barnabas, ohne schwere Bedenken mich damit befassen, so ausgiebig ich nur will. Nun wirst du aber verstehen, warum ich auf eine sehr eilige Entscheidung dränge: Noch bin ich bei euch, aber nur wie auf Abberufung, jeden Augenblick kann jemand kommen und mich holen, und wann ich dann werde wiederkommen können, weiß ich nicht.« »Aber Barnabas ist doch nicht hier«, sagte Olga, »was kann man ohne ihn entscheiden?« »Ihn brauche ich vorläufig nicht«, sagte K., »vorläufig brauche ich anderes. Ehe ich es aber aufzähle, bitte ich dich, lasse dich nicht täuschen, wenn das, was ich sage, herrschsüchtig klingt, ich bin ebenso wenig herrschsüchtig wie neugierig, ich will weder euch unterwerfen noch euch euere Geheimnisse aussaugen, ich will euch nur so behandeln, wie auch ich behandelt werden wollte.« »Wie fremd du jetzt sprichst«, sagte Olga, »du warst uns doch schon viel näher, deine Vorbehalte sind gänzlich unnötig, ich habe nie an dir gezweifelt und werde es nicht tun, tue aber auch du es nicht hinsichtlich meiner.« »Spreche ich anders als früher«, sagte K., »so ist es deshalb, weil ich euch noch näher sein will als früher, ich will bei euch zu Hause sein, entweder verbinde ich mich so mit euch oder gar nicht, entweder machen wir völlig gemeinsame Sache hinsichtlich des Barnabas oder wir vermeiden sogar jede flüchtige, mich und vielleicht auch euch kompromittierende, sachlich unnötige Berührung. Für diese Verbindung, wie ich sie haben will, diese auf das Schloss abzielende Verbindung, gibt es allerdings ein böses Hindernis: Amalia. Und darum frage ich zuerst: Kannst du für Amalia sprechen, für sie antworten, für sie bürgen?« »Ich kann zum Teil für sie sprechen, zum Teil für sie antworten, bürgen kann ich für sie nicht.«

»Willst du sie nicht rufen?« »Das wäre das Ende. Du würdest weniger von ihr erfahren als von mir. Sie würde jede Verbindung ablehnen und keine Bedingung dulden, sie würde selbst mir zu antworten verbieten, sie würde mit einer Geschicklichkeit und Unnachgiebigkeit, die du noch gar nicht an ihr kennst, dich zwingen, die Besprechungen abzubrechen und zu gehen und dann, dann allerdings, wenn du draußen bist, würde sie vielleicht ohnmächtig zusammenfallen. So ist sie.« »Aber ohne sie ist alles hoffnungslos«, sagte K., »ohne sie bleiben wir im Halben, im Ungewissen.« »Vielleicht«, sagte Olga, »wirst du jetzt die Arbeit des Barnabas doch besser einschätzen können, wir zwei, er und ich, arbeiten allein; ohne Amalia ist es so, als bauten wir ein Haus ohne Grund.«

*Zu Seite 239, Zeile 1 v. u.*

»War er vielleicht doch wegen der Briefgeschichte amtlich bestraft worden?«, fragte K. »Weil er gänzlich verschwand?«, fragte Olga. »Im Gegenteil. Dieses gänzliche Verschwinden ist eine Belohnung, um welche die Beamten angeblich sich sehr bemühen, der Parteienverkehr ist ja für sie das Quälende.« »Aber Sortini hatte ja solche Arbeit auch früher kaum gehabt«, sagte K. »Oder gehört jener Brief auch etwa zu dem Parteienverkehr, der ihn quälte?« »Bitte, K., frag nicht so«, sagte Olga. »Seit Amalia hier war, bist du anders. Was helfen solche Fragen? Ob du sie im Ernst oder Scherz stellst, niemand kann sie beantworten. Sie erinnern mich an Amalia in der ersten Zeit dieser Unglücksjahre. Sie sprach fast nichts, aber merkte auf alles auf, was geschah, sie war viel aufmerksamer als heute, und manchmal unterbrach sie doch ihr Schweigen und dann war es mit einer derartigen Frage, die vielleicht den Frager, jedenfalls den Gefragten und ganz gewiss auch Sortini beschämte.«

*Zu Seite 240, Zeile 10 v. u.*

»Das Schloss ist schon an sich unendlich mächtiger als ihr, trotzdem könnte noch ein Zweifel daran sein, ob es gewinnen wird, das aber nützt ihr nicht aus, sondern es ist, als ginge euer ganzes Streben dahin, den Sieg des Schlosses unzweifelhaft sicherzustellen, deshalb fangt ihr plötzlich ganz grundlos mitten im Kampf euch zu fürchten an und vergrößert damit euere Ohnmacht.«

*Zu Seite 314, Zeile 3*

»Setzen Sie sich irgendwohin«, sagte Erlanger; er selbst setzte sich zum Schreibtisch und legte einige Akten, die er zuerst, nach flüchtiger Durchsicht der Umschläge, neu ordnete, in eine kleine Reisetasche, ähnlich jener Bürgels, sie erwies sich aber als fast zu klein für die Akten. Erlanger musste die schon eingelegten Akten wieder herausnehmen und sie nochmals anders zu packen versuchen. »Sie hätten schon längst kommen sollen«, sagte er; er war schon früher unfreundlich gewesen, nun übertrug er wohl auch noch seinen Groll wegen der widerspenstigen Akten auf K. K., aufgestört aus seiner Müdigkeit durch die neue Umgebung und die knappe Art Erlangers, die ihn in entsprechendem Abstand der Würde ein wenig an den Lehrer erinnerte – auch äußerlich waren kleine Ähnlichkeiten, und er selbst saß hier auf dem Sessel wie ein Schüler, dessen sämtliche Mitschüler rechts und links heute ausgeblieben waren –, antwortete möglichst sorgfältig, begann mit der Erwähnung von Erlangers Schlaf, erzählte, dass er, um ihn nicht zu stören, weggegangen sei, verschwieg dann allerdings seine Beschäftigung in der Zwischenzeit, nahm dann wieder erst die Erzählung mit der Verwechslung der Türen auf und schloss mit dem Hinweis auf seine außerordentliche Müdigkeit, die er zu berücksichtigen bat. Erlanger fand sofort die schwache Stelle der Antwort heraus: »Sonderbar«, sagte er, »ich schlafe, um für meine Arbeit ausgeruht zu sein, Sie aber treiben sich in der gleichen Zeit, ich weiß nicht wo, herum, um sich dann, wenn das Verhör beginnen soll, auf Müdigkeit zu berufen.« K. wollte antworten, Erlanger verwies es ihm mit einer Handbewegung: »Ihre Müdigkeit scheint Ihre Schwatzsucht nicht zu verkleinern«, sagte er. »Das stundenlange Murmeln im Nebenzimmer war auch nicht geeignet, meinen Schlaf, an dem Ihnen angeblich so viel gelegen ist, zu schonen.« Wieder wollte K. antworten, wieder verhinderte es Erlanger. »Ich werde Sie übrigens nicht mehr in Anspruch nehmen«, sagte Erlanger, »ich will Sie nur um eine Gefälligkeit ersuchen.« Plötzlich aber erinnerte er sich an etwas, es zeigte sich jetzt, dass er die ganze Zeit über unbestimmt an irgendetwas ihn Ablenkendes gedacht hatte und dass die Strenge, mit welcher er K. behandelt hatte, vielleicht nur formell gewesen und eigentlich nur von Unaufmerksamkeit hergekommen war, und drückte den Knopf einer elektrischen Glocke auf dem Schreibtisch nieder. Aus einer Seitentür – Erlanger bewohnte mit seiner Dienerschaft also mehrere Zimmer – trat sofort ein Diener. Es war offenbar ein Amtsdiener, einer von denen, von welchen Olga ihm erzählt hatte, er selbst hatte einen solchen noch nicht gesehen. Es war ein ziemlich kleiner, aber sehr breiter Mann, auch das Gesicht war breit und offen, umso kleiner erschienen darin die niemals ganz offenen Augen. Sein Anzug erinnerte an den Anzug Klamms, allerdings war er abgenützt, passte schlecht, besonders an den zu kurzen Ärmeln war es auffallend, denn auch der Diener hatte ja recht kurze Arme, der Anzug war offenbar für einen noch kleineren Mann bestimmt gewesen, wahrscheinlich trugen die Diener die alten Kleider der Beamten. Das mochte auch etwas zu dem sprichwörtlichen Stolz der Diener beitragen; auch dieser schien zu glauben, dass er mit der Befolgung des Glockenzeichens schon alle Arbeit getan habe, die man von ihm beanspruchen könne, und sah mit einem derart strengen Ausdruck auf K., als sei er berufen worden, um K. zu kommandieren. Erlanger dagegen wartete schweigend, dass der Diener irgendeine Arbeit, wegen der er ihn gerufen hatte, als eine gewohnheitsmäßige jetzt ohne weiteren ausdrücklichen Befehl ausführen werde. Da es aber nicht geschah, der Diener nur immerfort böse oder vorwurfsvoll K. ansah, stampfte Erlanger ärgerlich mit dem Fuß auf und trieb fast – wieder musste K. die Folgen eines von ihm nicht verschuldeten Ärgers tragen – K. aus dem Zimmer, er solle einen Augenblick draußen warten, er werde gleich wieder eingelassen werden. Als er dann wesentlich freundlicher zurückgerufen wurde, war der Diener schon fort, die einzige Änderung, die K. im Zimmer bemerkte, bestand darin, dass jetzt eine Holzrollwand Bett, Waschtisch und Kasten verbarg. »Es gibt recht viel Ärger mit den Dienern«, sagte Erlanger, was aus seinem Munde als eine erstaunliche Vertrauensäußerung gelten konnte, wenn es freilich nicht bloßes Selbstgespräch war. »Und Ärger und Sorge überhaupt genug«, fuhr er fort, er saß zurückgelehnt, die Hände, zu Fäusten geballt, hielt er weit von sich auf dem Tisch. »Klamm, mein Herr, ist in den letzten Tagen ein wenig unruhig, wenigstens erscheint es uns so, die wir in seiner Nähe leben und jede seiner Äußerungen überlegen und zu deuten suchen. Es erscheint uns so, das heißt nicht, er ist unruhig – wie käme Unruhe an ihn heran? –, aber wir sind unruhig, wir um ihn herum sind unruhig und können es in der Arbeit kaum mehr vor ihm verbergen. Das ist natürlich ein Zustand, der, wenn er nicht den größten Schaden bringen soll – für jeden, auch für Sie –, womöglich keinen Augenblick länger andauern darf. Wir haben nach den Gründen gesucht und Verschiedenes gefunden, was möglicherweise daran schuld sein könnte. Es sind darunter die lächerlichsten Dinge, was gar nicht sehr zu verwundern ist, denn äußerste Lächerlichkeit und äußerster Ernst haben nicht weit zueinander. Das Büroleben besonders ist derart erschöpfend, dass es nur geleistet werden kann, wenn alle kleinsten Nebenumstände sorgfältig beachtet und womöglich keine Veränderung in dieser Hinsicht zugelassen wird. Der Umstand zum Beispiel, dass ein Tintenfass eine Handbreit von seinem gewöhnlichen Platze entfernt wurde, kann die wichtigste Arbeit gefährden. Über all das zu wachen, wäre eigentlich Arbeit der Diener, doch ist leider so wenig Verlass auf sie, dass ein großer Teil dieser Arbeit von uns, nicht zum wenigsten von mir, dem ein besonderer Blick dafür nachgerühmt wird, geleistet werden muss. Nun ist das aber eine sehr empfindliche, intime Arbeit, die von gefühllosen Dienerhänden im Nu fertiggemacht werden könnte, mir aber viel zu schaffen macht, weitab von meiner sonstigen Arbeit liegt und durch dieses Hin und Her, das sie verursacht, nur ein wenig schwächere Nerven, als es die meinen sind, wohl völlig zerrütten könnte. Sie verstehen mich?«